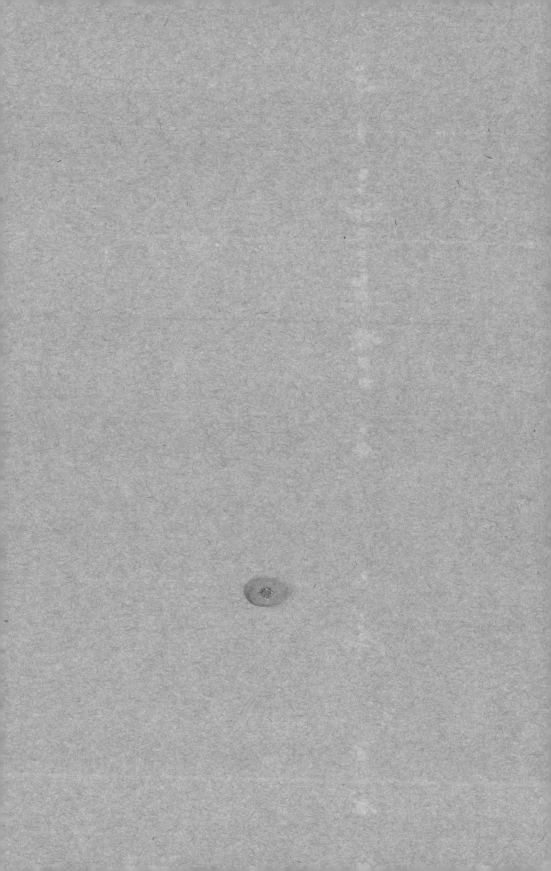

OPEN 是一種人本的寬厚。

OPEN 是一種自由的開闊。

OPEN 是一種平等的容納。

OPEN 3/39

別忘了我自己
We Are Not Ourselves

作者◆馬修 ・ 湯瑪斯（Matthew Thomas）
譯者◆蘇瑩文
發行人◆王春申
編輯指導◆林明昌
營業部副總經理◆高珊
主編◆邱靖絨
校對◆楊蕙苓、何宣儀
美術設計◆吳郁婷
印務◆陳基榮

出版發行：臺灣商務印書館股份有限公司
地址：23150 新北市新店區復興路 43 號 8 樓
電話：(02)8667-3712　傳真：(02)8667-3709
讀者服務專線：0800056196　郵撥：00000165-1
E-mail：ecptw@cptw.com.tw
網路書店網址：www.cptw.com.tw
網路書店臉書：facebook.com.tw/ecptwdoing
臉書：facebook.com.tw/ecptw
部落格：blog.yam.com/ecptw
郵撥：0000165-1
E-mail：ecptw@cptw.com.tw
網路書店：www.cptw.com.tw

局版北市業字第 993 號
初版一刷： 2017 年 12 月
定價：新臺幣 560 元

ISBN 978-957-05-3115-2

OPEN 3/39

別忘了我自己

We Are Not Ourselves

馬修・湯瑪斯（Matthew Thomas）著
蘇瑩文 譯

媒體熱烈推薦

「作品描寫力爭上游者對地位與家庭親情的渴望，以及對其如何處理突來的不幸，都做了極佳的闡釋。本書和以雙手護衛完整家庭的主人翁愛琳一樣，熱切、寬容又讓人難忘！」

——作家吉姆・薛波（Jim Shepard）

「美國都會中產階級的悲歌，也對人們堅信要提升社會地位的渴求而哀悼……並聚焦在我們多數人都可能踏上的黑暗地帶——小說家通常比任何人都懂得如何將光線照射在大眾集體恐懼之處。」

——The Millions文學網

「這本書帶來的喜悅，不亞於任何經典文學名著。」

——《華盛頓郵報》（*The Washington Post*）

「震撼人心的作品……比我今年讀過的任何書更讓我投入，而且沉迷到難以自拔。」

——菲爾．克雷（Phil Klay），文學網站 TheMillions.com（'Year in Reading'）

「這個坦誠又私密的家庭故事，具有打動讀者內心的能量！」

——《紐約時報》（*The New York Times*）書評主筆珍奈特．馬斯林（Janet Maslin）

「這可能是繼《修正》（*The Corrections*）後，我所讀過最扣人心弦的家族史詩故事。」

——梅麗莎．梅爾茲（Melissa Maerz），《娛樂週刊》（*Entertainment Weekly*）

獻給喬伊（Joy）

親愛的，妳還記得當年共結連理的男人嗎？觸摸我，
讓我別忘了自己。

——史坦利．庫尼茲（Stanley Kunitz）

若身體遭受的折磨壓抑了天性，掌控了思考，
我們便不再是自己。

——《李爾王》

孩子的父親凝視水中的魚線。男孩抓住一隻青蛙，拿釣魚鉤穿刺青蛙的肚子，他純粹只為了想看這個過程。看到魚鉤扯出了濕滑黏稠的內臟，孩子內疚又反胃。他刻意無辜地問道，是否能用青蛙當釣餌，父親的目光飄了過來，鼓起鼻翼，拿起裝滿餌的咖啡罐朝孩子搖了搖，掉出來的蟲餌蠕扭爬開。父親表示孩子行徑太惡劣，不能以年紀小當作殘忍的藉口。他要男孩取下鉤子，捧著抽搐的青蛙，在青蛙斷氣後，才遞給兒子一把小刀，挖掘小墳墓。父親說話的方式出奇冷漠，彷彿世界上只剩下這對父子，而兩人間有道沉重的無形鎖鍊。

孩子葬了青蛙，慢條斯理地拍平墳土，他不想抬頭看。父親開口要他反省剛才的作為，轉身便走開了。他蹲著聆聽逐漸遠去的腳步聲，淚珠滾落下來，泥土和腐葉的氣味鑽進他的鼻子。他站起來看向河面。暮色快速地穿越山谷湧過來。一會兒後，孩子才發現自己在原地停留的時間遠比父親預期的久，然而他就是沒辦法勉強走向車邊，他擔心到時父親會認不出他。男孩無法想像出比這更可怕的遭遇，於是他拿起小石頭往河裡扔，打算等父親過來找人。扔著扔著，最後一顆拋出去的石頭沒有激起熟悉的水花聲，背後卻突然響起一聲刺耳的蛙鳴，他嚇得拔腿就跑，最後才找到靠在車邊的父親。父親一腳跨在擋泥板上，似乎早有打算，準備等他一整夜，這時父親拉拉帽子，打開車門，開車帶孩子回家。當時，父親還認得他。

第一部

晴雨歲月

1951——1982

1

下工後，那群男人聚在道賀堤酒吧不是為了見神父，而是想找愛琳·杜莫帝的父親。愛琳四年級那年，就已經注意到這件事了。父親送完貨，會在四點半去愛爾蘭踢踏舞蹈教室接她，兩人一起走到酒吧。其實舞蹈班六點才下課，但愛琳從來不介意提早離開位在神父寓所地下室的教室。賀利先生不是扯著嗓門要她抓準節拍就是要她夾緊雙臂。根據賀利先生的說法，愛琳身材過於纖細，缺乏踢踏舞動作需要的爆發力，舉個例子來形容好了，就像看到警察路過，要能瞬間立正站好。愛琳想學吉魯巴或查爾斯頓林迪舞之類，或任何可以恣意搖擺、揮舞肢體的舞蹈，但母親卻為她報名愛爾蘭傳統踢踏舞。

愛琳的母親沒完全拋下愛爾蘭，也還不是美國公民；而她父親最愛掛在嘴上的，就是他一有資格，便要立刻提出美國公民申請。起居室牆上那張裱了框的美國公民證書，日期是一九三八年五月三日，正對面掛的是愛爾蘭守護聖人聖派崔克驅蛇的水彩畫；若廚房另一頭的凱爾特木雕不算，這幅畫是公寓裡唯一的藝術品了。公民證書的小照片上蓋了鋼印，簽名的字跡工整，照片上臉孔的表情堅毅剛猛。愛琳看著照片想找出這表情的涵義，但證書上年輕時候的父親抿緊嘴，什麼都沒說。

父親魁梧的身軀幾乎足以填滿整個門框。他拿著牛仔帽橫擋在身前，像是想將任何交談機會摒除在外，賀利先生的吼聲停了下來。他的吼罵並非針對愛琳而來，然而只要愛琳的父親在場，男人全都會自動安靜下來。錄音機的音樂沒停，學舞的女孩繼續跳完這曲滑步吉格。若非考慮自己不受管束的身子是否整齊地排在隊伍裡，愛琳覺得小提琴的樂聲聽來還算悅耳。舞曲一結束，賀利先生分秒不差地讓愛琳先下課，而且在孩子收拾物品時只顧低頭看地板。女孩一心想趕緊離開，一言不發地走向馬路邊，好換下舞鞋。

父女倆來到酒吧所在的街區，愛琳一馬當先跑在前面，想看有沒有人坐在父親的老位子上，只不過她從來沒看過別人坐那張高腳凳，而是以凳子為中心圍個半圓，彷彿光是等待她父親出現，就能讓大夥兒凝聚在一起。

酒吧裡煙霧瀰漫，她是唯一的孩子，而且可以親眼看著父親為大家主持公道。五點前的常客是和他一樣的勞工，從容地喝著啤酒，疲憊卻滿足，沉浸在安樂的氛圍當中。五點後湧現的上班族則是坐到擁擠的吧檯旁，敲響銅板等人招呼，拿到啤酒猛灌時不忘開口點下一杯，而且雙手還會握住扶手把身子前傾來大聲催促。然而這些人盯著她父親看的時間不亞於對酒保的注意。

愛琳身穿襯衫和褶裙，坐在酒吧最前面一張搖晃不穩的桌邊，邊寫作業邊聽父親和旁人的交談。她不必特別豎起耳朵就聽得到，儘管她就坐在幾公尺外，但大家都不覺得有必要壓低聲音。她父親的態度威嚴但超然，免去了旁人的尷尬。

「我快瘋了，」他的朋友湯姆支吾地說：「晚上都睡不著。」

「說出來吧。」

「我背著西莉雅，在外面有女人。」

她父親靠上前去，用目光將湯姆緊緊釘在高腳凳上。

「幾次？」

「一次而已。」

「別騙我。」

「第二次我太緊張，硬不起來。」

「那就是兩次了。」

「算吧。」

酒保巡經他們面前瞄了一眼，看啤酒還剩多少，然後把擦吧檯的毛巾往肩頭一甩，往前繼續走。父親瞥了愛琳一眼，女孩加足力氣寫字，把鉛筆尖給折斷了。

「你搞上哪個賤女人？」

「一個在銀行工作的女孩。」

「去告訴那個傻女人，說事情結束了。」

「我會的，麥克。」

「你還會再幹這種蠢事嗎？現在就告訴我。」

「再也不敢了。」

這時有個男人走進酒吧，她父親和湯姆朝走來的男人點頭致意。一陣風跟著他竄了進來，愛琳覺得光裸的小腿有點涼，灑出來的啤酒和地板清潔劑的味道也撲了上來。

「掏出你口袋裡所有的錢，」她父親說：「給西莉雅買個禮物。」

「對，該這樣做，是該這樣做沒錯。」

「每一毛錢都得拿出來。」

「我不會再犯。」

「對上帝發誓，外遇結束了。」

「我發誓，麥克。我鄭重發誓。」

「別讓我聽到你拈花惹草的流言。」

「那種日子結束了。」

「還有，別傻到把你做的好事告訴那個可憐的女人。別說你在外面的作為，她已經夠包容你的了。」

「好，」湯姆說：「對。」

「你是他媽的蠢才！」

「我真的是。」

「這件事我們就別再說了，叫兩杯啤酒來喝吧。」

除非他態度嚴肅到讓大夥兒也跟著板起臉來之外，無論他說什麼，都能逗大家發笑。這些人就當他不在場似地大肆讚揚他的美德，其中半數人初到美國時就是靠他才在謝弗啤酒廠、梅西百貨當管理人員或雜役，要不，就是在酒吧裡擔任酒保。

大家都喊他大麥克。據說他沒有痛覺。麥克的肩膀格外寬挺，就算只穿長袖襯衫，看起來也像穿著西裝外套。他的拳頭大小可比嬰兒的腦袋，身軀之壯，如同他能一手各勾一個大啤酒桶。除了勞動之外他不會仗勢欺人，而且壯碩的身材是渾然天成，不是刻意鍛鍊出來的肌肉。如果你看到休息時候的大麥克，會覺得他縮回平常人的比例，但若你有事想瞞著他，他會在你面前膨脹起似的。

愛琳沒那麼幼稚，她明白父親喜歡的並不是毫不考慮就奉他為神的人，而且那種態度和大口暢飲生啤酒沒有兩樣。父親欣賞的是會在他周遭觀察他性格的少數人。

愛琳雖然才九歲，但還是看懂了幾件事。她知道父親為什麼不在回家吃晚餐前，再去踢踏舞蹈教室接她下課，因為在他要離開酒吧前，從曼哈頓趕過來的上班族才剛到，他一天能給這些人的時間已經太短，若離開酒吧再去接女兒，時間更不充裕。這些人圍在他身邊，鬆開領帶、脫下外套，湊在一起開始聊天。他離開酒吧的時間由五點半延後一刻鐘，這額外的十五分鐘帶來不小的差別。她曉得父親不是耽溺享樂，而是他對這些男人的協助和對她母親的責任一樣重要。

他們一家三口每天都共進晚餐。愛琳的母親白天在寶路華錶廠打掃辦公室和洗手間，回到家，晚上六點準時上菜，從來沒心情聽人解釋。愛琳的父親在回家路上不時看著手錶，越接近家門腳步越快。如果愛琳跟不上他的腳步，他便會抱著女兒走完最後一段路；有時她故意放慢腳步，就為了讓父親將她抱在懷裡。

*

愛琳四年級結業之前，她和父親在一個怡人的六月傍晚回到家，看到餐具已經擺在桌上，但臥室的門卻關著。父親一副遭背叛的模樣，敲敲腕錶又上了發條。他看向掛在水槽上的時鐘對時：六點二十分。愛琳從沒見過父親這麼沮喪。她知道問題不僅是回家遲了而已，父母間有種她不懂的狀況。她氣母親的刻板，但父親似乎並不生氣。他緩慢、安靜地用餐，站起來幫自己倒水時，也替她將水杯加滿，還從放在爐檯上的鍋裡，舀出多過平時的胡蘿蔔放到她盤裡。接著他穿上外套走了出去。愛琳去敲臥室的門，但沒有直接拉開，側耳聆聽卻什麼也沒聽見。接著，她走向齊歐先生的房門口，但裡頭也沒有聲響。她忽然感到恐慌，以為自己遭大家拋棄。她想要去敲那兩扇門看能否叫誰出現，但她也知道在這個節骨眼上最好別去吵母親。為了讓自己冷靜下來，愛琳擦拭爐板桌檯的碎渣和污漬，完全看不出母親稍早在這裡煮了晚餐。她開始想像如果孤零零過完一生會是什麼情況，女孩心想，這應該會是人生最悲慘的遭遇了。

愛琳之所以愛在酒吧裡聽父親說話，是因為他在家裡話不多。若是開口，頂多也是在切肉時講些做人的基本原則，例如「人不能光是空想而不努力耕耘」、「每個人都該兼職」、「錢就是賺來花的」。他嚴格堅持最後一點，而且特別受不了那些在美國出生、口袋空空、沒錢請大家喝一輪啤酒的人。

至於他的兼職呢，是在道賀堤、哈奈特、里特利姆堡這些酒吧當酒保，每間酒吧一週去一晚。大麥克．杜莫帝負責倒啤酒的日子，酒吧裡的煙霧和收入便會達到高峰，酒客彷彿把他視作場次有限的巡迴演員。反正這對謝弗啤酒廠沒有損失，大家都知道他的東家是誰。而且他說話時用的是母親極力想擺脫的愛爾蘭腔，鄉音對酒保這份工作有加分的效果。

當愛琳鼓起勇氣問起家族血脈時，他會大手一揮要她安靜。「我是美國人，」似乎這麼說就足以解決問題，而就某方面而言，這個道理也沒錯。

愛琳在一九四一年出生，當時她住處這一帶還看得見出街區名稱的來由，然而伍德塞（譯註：原文Woodside字義為「樹林邊」）的綠意，在於環繞在街區周邊的墓園。自然界的法則序列在這裡逆轉，柏油路、木板圍籬和磚造建築與居民一起呼吸，而逝者占據了綠地。

父親家有十二個兄弟姊妹，母親家有十三個，但愛琳是獨生女。他們住河邊七號線地鐵高架段旁層層排列的四層樓公寓裡，容納這一家三口的房間擺了兩張單人床，像軍舍一樣。另一個臥室租給亨利．齊歐，這名房客分攤每月的開支，就可換來國王般的睡眠享受。齊歐先生一向外出用餐，回家立刻把自己關在房裡吹豎笛，但音量小到要愛琳把耳朵貼在門上才聽得到。只有在他出門、回家，或出來用浴室的時候，女孩才會見到這名房客。如果愛琳對齊歐先生想要有更深入的瞭解，要忍受這名猶如鬼魅的男人在家可能會有些奇怪，但事實上，知道他就在門後待著，也稱得上安慰，尤其是在她父親威士忌下肚後回家的夜晚。

父親並非天天喝酒。他在兼差當酒保的夜晚滴酒不沾，逢齋戒日也一樣，這是為了表示他有能力抗拒；但當然了，聖派崔克日當天和前後那幾天是例外。

父親到酒吧兼差的夜晚，愛琳和母親會早早上床，而且可以睡得很沉。但若他在家，母親會讓她晚點睡，母女一起仔細清理家裡稍微值點錢的小東西，例如銀器、雕像、水晶吊燈和相框，重點只是為了讓她父親過來查看這場顯而易見，彷彿是為了歡迎唯一貴賓舉辦的宴會。直到沒別的東西可以清理擦洗之後，母親就會要她上床睡覺，自己則坐在沙發上等待。這種時候，愛琳總會將臥室的門留一道縫。

父親喝的若是啤酒還好，他會把帽子掛好，仔細地把外套掛在牆壁的鉤子上，然後像頭被拴住的大熊往沙發上重重坐下，咬著菸斗含糊地發牢騷。愛琳聽到母親輕聲細語地說些家務事，父親則邊聽邊點頭，並且豎直十指，指尖頂出一個尖塔又放下。

有些夜晚，他甚至會踩著舞步，逗故意裝作沒看到的母親大笑，然後抱起坐在沙發上的母親，在起居室裡跳起方塊舞。他與生俱來、獨特的魅力，使得母親無法抗拒。

然而喝威士忌的夜晚就不同了，通常是在發薪日，而拴住父親的枷鎖也會鬆開。他把外套丟在門廳的桌上，邁著大步在屋裡找東西摔，彷彿酒吧裡朋友對他所抱持的期待已鬱積成壓力，只得靠肢體動作來發洩。愛琳在道賀堤酒吧聽說過父親酒量過人，喝多仍不失態；一天晚上，母親顯然面對令她很洩氣的情況，於是直接問個究竟，父親解釋自己接受挑戰，連喝了好幾輪，但不想讓相挺他的人失望，再難過也得挺直脊背，清楚地說出每一個字。任何人都必須保持信念。

他不會朝她扔東西，而且只丟一些像靠枕或書本這些摔不壞的物品。她母親永遠一言不發，靜靜地等他發洩完畢。若父親發現愛琳從門縫間偷看，便會像個忘了臺詞的演員一樣瞬間愣住，接著走進浴室。這時母親才會上床睡覺。到了隔天早上，父親會怒視自己那杯茶，眨眼的速度和蜥蜴一樣緩慢。

愛琳偶爾會聽到葛雷迪家或朗格家傳來吵架聲。憤怒的爭吵聲聽得出求助的意味，這表示她家不是這棟公寓裡唯一有困難的家庭。聽到爭執聲，她的雙親會心照不宣地隔著餐桌揚起眉頭，或在鄰居家爭吵一開始時交換個疲憊的微笑。

某次，父親在晚餐時指了指齊歐先生的房間。「我們不能讓他一輩子住在這裡。」他告訴母親。愛琳想到生命中如果少了齊歐先生竟難過起來，父親接著又說：「不過還是要看老天爺的臉色。」

無論愛琳多麼留意齊歐先生在房門後的聲音，最多也只聽得到彈簧床嘎吱作響，以及他坐在小桌前寫字的沙沙聲，或是微弱又低沉的豎笛樂音。

這天晚餐時，母親匆匆站起來離開，父親見狀，立即跟了上去，並隨手關上臥室的房門。他們壓低聲音說話，但愛琳聽得出兩人語氣中緊繃的情緒。她湊上前去聽。

「我會把東西弄回來的。」

「你這個笨蛋。」

「我會把事情處理好。」

「怎麼處理？**大麥克不會向任何人開口借錢。**」她不屑地說。

「總會找出辦法的。」

「你怎麼會失控到這個地步？」

「妳覺得我想讓我的妻子、女兒住在這種地方嗎？」

「喔，太好了。所以這是**我們的**錯？」

「我沒這麼說。」

一陣風從起居室吹過來，愛琳扶著臥室門的雙手跟著移動，讓她的心跳更快。

「是你自己愛賭馬、賭牌，」母親說：「別說得好像不干你的事。」

「可是那是我內心真正的想法，」父親說：「我知道妳不想住在這裡。」

「我還一度以為你可以當紐約市長，」母親說：「但你光是管道賀堤酒吧就滿意了，你甚至連老闆都不是，道賀堤長官。」她頓了一下。「我真不該把那該死的戒指從我手上摘下來。」

「我會弄回來的，我發誓。」

「不可能的，你自己也知道。」母親原本刻意壓低憤怒的聲音，幾乎只聽得到嘶聲，但現在聽起來只剩下哀傷了。「你會東挖一塊西挖一角，到最後什麼也不剩。」

「夠了。」父親說了這兩個字，房裡一片靜默。愛琳想像父母像兩座能以神祕方式溝通的石雕一樣站著，只是她永遠猜不透他們的心思。

當愛琳有機會單獨留在家中時，她拉開母親放婚戒的書桌抽屜。母親有次洗碗，戒指差點掉進水槽的出水孔，此後便把戒指收在抽屜裡。愛琳偶爾會瞥見母親打開盒子，感覺母親似乎是為了仔細欣賞，還刻意讓寶石的切面對著光線閃爍。如今女孩看到戒指盒裡空無一物，才明白母親打開盒子，是為了確定東西是否還在。

母親生日的前一週，愛琳和父親回到家，發現母親不在廚房也不在臥室裡，連張紙條都沒留。父親開豆子罐頭加熱，煎了幾片培根，再拿出幾片麵包。母親在這對父女用餐時才回來，掛好大衣，說：「恭喜我吧。」

父親嚥下嘴裡的食物，問道：「恭喜什麼？」

母親拿著一疊紙往桌上一拍，刻意露出每次想挑釁丈夫時必定出現的眼光。他又起另一片培根，先是拿起那疊紙邊嚼邊讀，接著又放下來。

「妳怎麼可以這樣？」他輕聲問：「怎麼可以不找我？」

若不是太瞭解父親的個性，愛琳會以為這個音調是有點難過的，但她知道世上沒有任何事物有辦法傷害父親。

看父親沒有怒喝，母親露出幾乎可說是失望的表情，拿起文件就走進臥室。幾分鐘後，父親拿起掛在鉤子上的帽子走了出去。

愛琳走進臥室，坐在床上，這時母親正站在窗口抽菸。

「剛才是什麼事？我沒看懂。」

「那疊紙是歸化公民的文件，」母親指著梳妝臺，說：「去啊，去看看。」愛琳走過去拿起文件。「從今天開始我是美國公民了，恭喜我吧。」

「恭喜。」愛琳說。

母親吐出一口煙，淡淡又哀傷地一笑，才又抽下一口煙。「我上個月開始辦手續，」她說：「沒告訴妳爸爸。因為我本來想帶他一起去，給他一個驚喜，對他來說，親自來見證我宣誓，意義重大。但後來我決定讓他嚐點苦頭，所以才找我表哥丹尼．葛拉辛陪我去。」

愛琳點點頭，看見文件上有丹尼的名字。這些紙張看起來像是已經在檔案夾裡放了好幾百年，和人類文化一樣長久。

「我現在好後悔，」母親悔恨地笑了笑，「妳爸爸最喜歡慶祝了。」

愛琳不太確定母親指的是什麼，但她覺得，這和父親連微不足道的小事都要付諸行動有關係。她親眼看過父親在酒吧裡幫忙一名喝多的酒客，扶著他的手肘帶他走向吧檯好靠穩身子，而對方卻完全沒意識到有人協助；而且他從來不會撞倒啤酒杯或灑出威士忌、頭髮永遠梳理整齊，連根散開的髮絲都看不到。她還看過父親在幾次喪禮中擔任扶棺人。父親做事讓人覺得只要雙眼往前看，挺直腰背踏穩腳步，在風笛手的樂聲中步下教堂的階梯，就是世界上最神聖的工作。這是大家如此仰賴他的諸多原因之一；也是她母親故意那麼做的理由。

「別愛上任何人，」母親拿起文件塞進本來放著戒指的抽屜裡，「那只會害自己心碎。」

2

一九五二年春天，愛琳的母親宣布一個讓人訝異的大消息：她懷孕了。愛琳從來沒看過父母親手牽手。若不是聽凱蒂伯母說，當年這對夫妻在愛爾蘭一處舞蹈俱樂部相識而且是知名搭檔，愛琳可能不會相信父母這輩子碰過對方的身體。儘管如此，母親還是和其他女人一樣懷了孕。這世上充滿了奧祕難解的謎。

母親辭掉寶路華錶廠的工作，天天坐在沙發上編織嬰兒毯，毯子四角都完工後又繼續編嬰兒帽。接下來是毛衣、嬰兒襪，用的全是純白色，而且把所有小衣服全放進大櫃子的抽屜裡。母親的手藝傑出，針針緊實，排列整齊又對稱。在這以前，愛琳不曉得母親會編織。她猜測母親說不定在愛爾蘭時曾經幫家人編織衣物或把手藝品賣到店裡，但她知道最好別問，她甚至不敢問母親是否可以摸摸圓滾滾的肚皮。她與嬰兒最接近的距離，是在打開抽屜欣賞那些編織的衣物的時刻；愛琳會先撫摸柔軟的編織品，再拿起來貼在臉頰上。有天晚上，趁母親上床睡覺後，她拿起猶有餘溫的編織棒針，兩支棒針間垂著拿來搭配另一隻的嬰兒襪。愛琳開始想像，這個嬰兒會和她一起為家中帶來生氣，她好想用親吻蓋滿嬰兒的臉頰；然而女孩只彷彿看到和母親一樣的小小臉孔，而且露出和愛琳在撒嬌時相同的遲疑。她摒除雜緒，一直到不再看到母親的面容以後，才終於看到嬰兒散發著明亮喜悅的笑容。愛琳下定決心要和這名未出生的手足，建立起自己和雙親所缺少的親密關係。

愛琳興奮地期待弟弟或妹妹誕生，正因為如此，當父親告訴她母親流產時，沒開玩笑，她當真感覺到自己的心碎了；醫師發現子宮刮除術無法止血，只能摘除母親的子宮。

母親在子宮摘除後，膀胱感染發炎，住院靠磺胺劑治療才撿回一條命。當時不鼓勵兒童到醫院探視病患，愛琳一個月幾乎見不到母親一面。這好幾個月期間，父親極少提起母親，而母親拖過半年還沒出院。每當父親準備帶愛琳去探望母親前，才會含糊地說些類似「我們要到醫院，趕緊去準備。」的話，除此之外，母親就像是從女孩的生命中消失了一樣。

愛琳很快就學到自己不該問起母親的狀況，但在這種新生活開始的幾週後，她有天晚上還是刻意地連問了幾次，想看父親會作何反應。「妳說夠了。」父親打斷她的話，在餐桌前站起來，明顯想控制臉上的表情，對女兒說：「去洗盤子。」接著便轉身離開，彷彿提起不在家的妻子會讓他太過痛苦。但是從前他們為什麼又吵個不停呢？愛琳認定自己永遠不可能瞭解男女之間的互動。

母親住院後，下廚和打掃的工作落到愛琳身上。父親會留下一些錢，讓她去購物、上自助洗衣店。這一帶剩下沒幾戶農莊，愛琳騎腳踏車到其中一戶去買新鮮蔬菜，而且發展出自己的一套方式來複製母親的菜色，比如胡蘿蔔豌豆燉牛肉、英式烤牛肉、免發酵又免揉的愛爾蘭蘇打麵包、羊排和烤馬鈴薯。愛琳去圖書館借來食譜，動手嘗試做新料理。她只做過一次千層麵，看到自己做出濃稠的完美成品，還忍不住興奮地用手敲流理臺。

在桌燈昏暗的光線下做完功課後，她會坐在地板上用撲克牌蓋房子，要不就是到樓上的舒密特家去看電視，著迷地看電視上那些臉上永遠掛著笑容的母親，以及放下報紙和孩子聊天的父親。

在學校裡，她通常能比那些舉手搶答的女孩早一步找出答案，但她完全不想讓自己成為他人目光的焦點。如果她能夠選擇任何超能力，愛琳一定會選擇隱身術。

某天，父親帶她去看傑克森高地一處由屋主共同管理的自有住宅區，這處巨大建築的寬度與深度幾乎與一整個街區相當。這對父女到地下室公寓去找父親在此擔任管理員的朋友。愛琳從廚房高過街道的窗口透過鐵欄杆往外看。外頭有一大片讓人看了眼花目眩的綠色草坪。「草坪能看不能踩，」父親的朋友說：「連住戶也一樣。他們付錢要我維持環境，確保草坪毫無用武之地。」兩名男人交換了愛琳無法瞭解的笑聲。

草坪四周圍著鑄鐵矮籬，相連的一棟棟建築猶如框架。要跨越籬笆簡直太容易了。草坪四邊有道雅致的紅磚小徑，沿著小徑也可以穿過草坪。愛琳先穿過將草坪劃成兩個長方形的中央小徑，再沿著外圍繞了一大圈，接著她嘗試各種不同的路徑組合，一邊聆聽樹上小鳥啁啾和微風吹拂樹葉的窸窣聲響。黃昏時瓦斯燈會亮起，宛如鎮守財富的衛兵。愛琳感到難得的平靜。附近沒有車聲，沒有人推著購物車回家。一名老婦人朝她揮揮手後又回到室內。愛琳抬頭看著掛著飾穗窗簾的大窗，覺得光站在這外頭就很開心了，不一定要踩在草地上。說不定會有人帶她上樓，讓她見識這整片景觀。三樓公寓起居室的燈亮著，孩子停下腳步，看到大落地鐘和整面壁櫃高高在上，彷彿用和煦的目光凝視放在桌上的碗。她看不到碗裡裝什麼，但知道是她最喜歡的水果。

住在這種地方的人找到了方法理解生命的重點，她恰好一窺奧祕。如今她明白住在某些地方的住戶比尋常人家快樂。除非知道真有這種地方存在，否則任誰都會滿意原來的住處。愛琳想像世上有更多這樣的住宅隱藏在高牆和路樹後方，只要裡頭的人不說，外界便無從得知。

愛琳終於把鞋底穿破後，對所有女性穿著一無所知的父親，帶回一雙深咖啡色的鞋子，她相信那絕對是男孩子的鞋款。父親知道她拒穿便沒收了舊鞋，讓女兒別無選擇。隔天，愛琳抱怨其他女孩都嘲笑她，父親說：「鞋子是用來包腳保溫的。」並說自己在她這個年紀有二手鞋穿就很慶幸了，何況是新貨。

「如果媽媽沒生病，」她利嘴利舌地說：「她絕對不會逼我穿這種鞋子。」

「妳說得沒錯，問題是她真的病了，而且不在家。」

父親顫抖的喉音嚇著了女孩，於是她不再爭辯。隔天晚上，他帶回一雙珠光閃閃的漂亮女鞋。

「這件事到此結束。」他說。

齊歐先生很晚才會回家，但不像是喝過酒的模樣，而且永遠保持著禮貌。儘管他在愛琳兩歲時就已經搬進來同住，但女孩總覺得這位房客像初來乍到似的。

愛琳開始特地為他煮些食物並送進他房裡，齊歐先生笑容可掬地開門，感激地接下餐盤，而父親則是嘮嘮叨叨，唸著要加收餐費。

齊歐先生的滿頭灰髮中只剩下一小撮黑髮，彷彿是拿瀝青刷過的痕跡。若他脫下袖口已經磨損的花呢外套，他會捲起袖子，拉鬆領帶。

這陣子他會一陣一陣地咳嗽，某天晚上，愛琳端了杯茶到房門口給他，另一晚則是拿咳嗽糖漿過去。

「只不過是我呼吸的新鮮空氣不夠而已，」齊歐先生說：「我要多出去走走。」

儘管咳得厲害，齊歐先生仍然有辦法吹豎笛。愛琳不再掩飾，光明正大地坐在他的房門外，背抵著牆壁讀課本。在這樣孤獨的傍晚，她覺得毋須為自己毫不遮掩地表達興趣感到歉意，甚至偶爾還跟著吹起口哨。

一天晚上，父親晚餐後靜靜地坐在沙發上，表情焦慮。愛琳避開他，一如往常地坐在齊歐先生門外的老位置。暖氣管運作時咯咯作響，與豎笛的樂音十分協調。她抬起頭時發現父親正回頭看她，這是從來沒發生過的事。於是愛琳專心閱讀插圖精美的《格林童話》。前一天，父親聽愛琳說齊歐先生送她這本書便開始不高興，之後，她看到父親敲敲房客的門，遞了錢給他。

她正埋首閱讀〈傻大膽學害怕〉時，父親嚇得她突然閃開。父親一把推開齊歐先生的房門，要他別製造噪音，愛琳差點來不及從門邊走開。齊歐先生為自己所造成的困擾道歉，但愛琳知道房客沒製造任何麻煩，因為父親坐在沙發上，幾乎聽不見客房裡的聲音。

父親想搶下齊歐先生手上的豎笛，但後者站起來緊緊抓住樂器，最後連零件都扯散開來，齊歐先生踉蹌後退，猛烈地咳嗽。父親到廚房打開收音機，調大了音量，吵得樓上的鄰居得用力踏他家的天花板表達。

第二天，愛琳回家才發現齊歐先生離開了。

事後，她幾乎整整一週不和父親說話，父女倆見面也不打招呼，像結婚多年的老夫老妻。最後，父親在走廊上攔住她。

「反正他遲早得搬家，」父親說：「我只是讓他早點走而已。」

「他沒別的地方可去。」她說。

「妳媽要回家了。」

愛琳又興奮又害怕。原本她已經開始想像母親不可能回家了；但反過來想，持家的人不再是她，父親也不會再為她一個人所有。

「這和齊歐先生有什麼關係？」

「妳今天晚上就可以把妳的東西搬進去。」

「你不想再找房客了嗎？」

他搖搖頭。想到未來的可能性，愛琳心裡突然湧出一陣興奮之情。

「我會有自己的房間？」

她父親把頭別開。「妳媽媽要和妳一起睡那個房間。」

3

一九五三年復活節過後的週三，母親在住院八個月後總算回到家中。愛琳的父母分房睡，和離婚差不多。

母親在四十二街上一間時髦的糕點店「頂樓」找到店員的職缺，日漸晚歸，而且通常喝醉酒。愛琳為了表達抗議，不但把髒碗盤堆在水槽裡，還把衣服扔在臥室的角落。但幾次在學校裡因為衣服太皺遭同學嘲笑，使得她不得不繼續獨自處理家務。

接著母親開始在家裡喝酒，瘦長的身子躺在凹陷的沙發上，一手端著蘇格蘭威士忌，另一手夾著菸，攀著菸蒂的長長菸灰，似乎正在蓄積往下跳的勇氣。愛琳只能無助地看著讓人厭惡的菸灰慢慢堆積。母親雖然把菸灰缸放在腿上，但有時菸灰偏要掉在靠枕上，愛琳總是會迅速過去把它拍掉。母親經常在沙發上過夜，但隔天早上仍然照常上班。

那年夏天，母親到皇后大道上的史蒂芬家電買了一臺窗型冷氣，要送貨員把冷氣裝在她和愛琳共用的房間裡。公寓的這層樓，沒別的人家有冷氣。母親邀了葛雷迪太太和朗格太太到家裡這間臥室裡，站在持續吹送冷風的機器前面瞪著看，像是在仰望掌握療癒能力的救星。

如果愛琳的父母同時都在，家裡會瀰漫著尷尬的休戰氣氛。母親總是關上臥房門，坐在窗邊凝視滲入街頭的夜色。晚餐過後，愛琳會端茶進來給母親；而父親則是在餐桌前邊抽菸斗，邊聽愛爾蘭足球比賽的轉播。不管怎麼說，至少大家還住在同一個屋簷下。

她最討厭想像母親搭火車的模樣。一想到母親伸展四肢坐在地鐵經過陰暗的通道，就想到一連好幾個小時坐在餐桌邊盯著門看的婦人。然而聽到鑰匙插進鎖孔轉動的聲音，愛琳又會立刻站起來煮水或洗碗盤，她不要讓母親稱心如意，不想讓母親知道女兒正在為她擔心。

一天晚上，愛琳做了晚餐、洗好鍋盤，疲倦地安坐在沙發上。母親坐在沙發上抽菸，雙眼直視前方。她怯怯地把頭靠在母親腿上，身子沒敢亂動。她看著母親蒼白的唇間吐出煙霧，菸灰越來越長。除了嘴角些微的皺紋和臉頰上血管所造成的紅絲之外，母親的皮膚猶如瓷器般白潤光滑，唇形也依舊美麗，唯一透露出歲月痕跡的只有牙齒。

「妳為什麼不像電視上演的母親那樣抱抱我或親親我？」

愛琳等著，以為母親會尖酸地回應，沒想到母親只是自顧自地彈掉菸灰，從菸盒裡抽出另一支菸。母女倆久久沒有交談。

「要討抱抱、親親，妳不覺得自己年紀太大了點？」母親終於這麼問。最後，她把女兒的身子挪到一邊，起身為自己用高腳杯倒了酒，然後端著酒坐下來。

「我和妳爸爸不一樣，」她說：「我迫不及待想逃離農莊，甚至還記得自己打包的樣子。我爸對我媽說：『迪綴兒，讓她走，這裡不是年輕人待的地方。』我當年十八歲，想尋找新世界的世外桃源，最後卻落得在長島幫人打掃，還得在拂曉時搭地鐵通勤。拂——曉。妳可能不認識這個字彙。」

母親偶爾會喃喃地自言自語，愛琳聽得出開端。這些獨白充滿了刻薄的辯解。女孩靜靜地坐著聽。

「我從前會作白日夢，幻想有朝一日能住在自己打掃的豪宅裡。沒有人喜歡擦窗戶，但我偏就愛，因為擦窗戶可以看到微風下的草坪。那些草坪上連一顆石頭也沒有。我也喜歡看網球場，平平整整的，樹籬上連一根凸出來的細枝都沒有。這代表……什麼？代表所有混亂都整理過。我喜歡迎風的沙丘、拍打的浪花和繫在碼頭上的帆船。我站在窗外擦玻璃，看著裡頭橫臥躺椅上的女人舒服得像是喝下大碗牛奶的貓。我不羨慕她們的安逸。如果換成是我，我恐怕從早到晚都懶洋洋，撐著手肘躺著，等著——」

母親慵懶地姿態讓愛琳聯想到枯瘦的死神，「——躺回絲緞床單。」

「聽起來好像還不錯。」愛琳說。

「不是『還不錯』，」一會兒之後，母親才回神，尖銳地說：「應該說『棒透了』。」

聖誕節來臨的幾天之前，母親要愛琳在她換班前搭地鐵到「頂樓」去。愛琳到了糕點店，發現母親毋須費力便有沉穩的表現，任誰都不可能發現她早已有嚴重的酒癮。愛琳充滿驚奇地閒逛，目瞪口呆地欣賞裝飾著糖衣的手工糕點。

母親下班後拿了一盒松露巧克力給愛琳帶回家，然後帶著女兒沿第五大道走到三十九街，經過羅德泰勒百貨公司櫥窗，過去愛琳只在報紙上看過這間百貨公司的照片。櫥窗場景是溫暖的火爐和閃爍著絲光的迷你家具，這感覺好比她之前站在草坪前，看著猶如完美世界的花園公寓。她好想爬進精緻的畫面裡生活。這天風颳得猛，但空氣不是太冰，她呼吸著冬季沁人的氣味。櫥窗的氛圍讓暮光下的街道格外吸引人。愛琳覺得她們在路人的眼光中就像尋常母女，享受傍晚例行逛街的樂趣，這個念頭讓她不由得興奮起來。她打量路人的臉，想證明他們想的一定是：啊，多美好的小家庭。

「聖誕節是一切的焦點，」坐在回家的地鐵上，母親說：「妳一定要記住。其他無論什麼事都不重要，就算是面對死神也一樣。」

那天晚上，母親在出院後第一次送她上床睡覺，為她蓋被。愛琳半夜醒來時發現房裡另一張床上沒人，搖搖晃晃走出房間才看到母親坐在沙發上。在那恐怖的一刻，愛琳以為母親死了。她頭往後仰，張著嘴，手上握著空酒杯。女孩靠上前去，看見母親的胸口仍有起伏，又看到母親擱在腿上的菸灰缸和手上的酒杯。愛琳小心地不去吵醒母親，把這兩樣東西拿到廚房的水槽裡，接著拿來母親床上的毯子為她蓋上，回房睡覺時把門開著，以便她躺在床上也能看到母親。

愛琳收到的包裹中有一本豎笛教本，教本下放的是齊歐先生的豎笛。筆記紙條上寫著齊歐先生死於肺癌，在遺囑中把這兩樣東西留給愛琳。她把豎笛放在身邊睡了好幾天，最後還是母親一天早上發現才阻止，說她這麼做太詭異。她試著吹了幾次，但自己製造出來的噪音五音不全，只覺得沮喪。過去來自牆後模糊但優美的樂音，從沒在她記憶中消退，她又想起了齊歐先生，閉上眼睛專心凝神，她還是聽得到整首曲子，彷彿有隻訓練有素的手從她心底掏出了樂曲，然而她自己連幾個簡單的音符都串不起來。最後，愛琳只得拆開豎笛，凝視了一會兒才放回盒子裡粉紅色的軟襯上。她不必吹奏就能欣賞齊歐先生的豎笛，零件光滑精緻，突起的金屬閃爍出光澤，拿在手上有種沉甸甸的喜悅。愛琳喜歡輕壓一碰就往下陷隨即又輕巧彈回原位的按鍵。曾經靠在齊歐先生唇邊的吹嘴，有一端比較窄，愛琳也喜歡把吹嘴靠在自己的唇邊，享受含住吹嘴時牙齒所感受到的壓力。

豎笛是她最美好的財產，全家沒人有比她更好的禮物。她打定了主意，這件樂器不屬於這個公寓。等她長大以後，她要住進一棟夠好的房子，而且漂亮到讓別人不會注意到豎笛。齊歐先生也會這麼期待。她只要嫁給一個能讓她的美夢成真的男人就好了。

十三歲那年，愛琳開始到自助洗衣店工作。她第一次領到薪水時，先是用拇指和食指捏著鈔票，好一下子後，才把錢攤在面前的桌上開始計算。如果她繼續工作而且盡可能存下每一塊錢，在高中畢業後就不必再仰賴父母，說不定還可以更早。然而，這個願景帶來的興奮立刻轉成了哀傷，她不願想像自己不再需要父母的日子，她可以把錢存下來給他們用。

母親喝的酒遠多於父親在任何時候喝下的量，似乎想要彌補過去的不足般。愛琳開始改以防患於未然的態度來照顧母親，而不是視狀況才臨時反應。她會煮好咖啡，並隨時備妥母親可能會需要的阿斯匹靈，也會在母親躺在沙發上睡著時為她蓋上毯子。

一天晚上，愛琳走進起居室，看到母親只要垂下頭便又立刻抬起來，每當母親想抵抗睡意，緊抓著醉倒前最後一絲清醒的意識時，就會重複這個動作。若想和她並肩坐在沙發上，這是最輕鬆的時刻了。她不夠清醒，說不出尖酸刻薄的話，但是透過微微拍動的眼皮，母親還是能感覺到女兒坐在身邊。

愛琳挨著母親坐下，手一摸，發現沙發濕了。一開始她還以為是母親打翻了酒。

愛琳想到得幫母親換衣服就害怕，因為母親可能會意識到她自己出了什麼狀況。然而她也不能讓母親整夜坐在濕沙發上。於是女孩設法脫下母親的濕衣服，為她套上睡袍，並扶她躺到沙發沒被打濕的那頭。接下來要扶她上床就得費點勁了。

愛琳坐在沙發旁邊的地上，把母親的頭和肩膀拉到自己盤坐的腿上，再將母親整個人往下拉，隨後才用雙臂架著母親的腋下。母親喃喃地不知說些什麼。最後愛琳終於將母親拉到床邊，但問題是不知該如何讓母親躺上去。經過一番拉扯，母親清醒了些，賴在地上不想起來。

「媽，讓我扶妳上床。」愛琳說。

「我睡這裡就好。」

「妳不能睡地上。」

「我偏要。」母親越說越含糊了。每當她喝醉或生氣的時候，愛爾蘭腔便更加清楚。

「地板很冷。讓我扶妳起來。」

「別管我。」

「那是不可能的。」

愛琳拉了好一會兒終於放棄，躺在母親的床上休息，直到聽見父親從酒吧下班回家的聲音才醒過來。她走進廚房，看到他拿著一杯水坐在餐桌邊。

「你能扶媽媽起來嗎？她躺在地上。」

他什麼話也沒說，站起來跟著她走。愛琳這才想到，除了齊歐先生住在家裡的最後那一夜以外，她從來沒看過父親走進這間臥室。

在廚房投射過來的光暈中，母親看起來像是一團丟在地板上的髒床單。

愛琳看到父親輕輕鬆鬆地抱起母親，似乎單手就足以執行這項任務，而且還用另一手扶著母親的頭。母親修長的四肢往下垂，睡得很沉。他不疾不徐地將她放到床上，看著她的睡姿。愛琳聽到他輕聲說了句：「布麗姬」。這不像在對母親說話，反而更像在自言自語。接著父親才為母親蓋被，並拉起毯子蓋住她的肩膀。

「妳自己也趕快去睡吧。」說完話，父親便走了出去，並隨手帶上門。

「想想看伍德塞長滿了大樹的美景，」瑪麗愛莉絲修女對她的八年級學生說：「想像好幾百畝未經開發的美麗大地。孩子們，從前這地方就是那樣。這個國家建立之初，你們住的這一帶，這裡的每吋土地過去都屬於一個家族所有。」

一輛垃圾車從學校前面路過，咳嗽般地發出轟隆隆的響聲，修女頓了一下，讓車子先開過去。黑板上方一捲地圖微微擺動，愛琳幻想著地圖說不定會突然攤開，剛好敲到修女的頭。

「早期有幾名清教徒建立了麻州劍橋市，其中一人的孫子買下一大塊地，在這裡蓋了一座農莊。」修女捧著書在教室裡來回走動，翻開的頁面上有農莊的幾張圖片。「他的繼承人把農莊改建成莊園。這棟豪華莊園——」修女用幾乎是嗤之以鼻的語氣說出這幾個字，「——寬廣的門廊通向前廳。房子還有配備火爐的後廳，一個大廚房，大門上裝了黃銅拉環，主屋一側還有個蘭花園。」修女嚴謹又詳盡地敘述房子的架構，像是想把案子帶上法庭。「幾代之後，這個家族把這片產業賣給出身南卡羅來納的曼哈頓商人，當作週末度假別墅。隨後，火車運輸業在上世紀後半期開始發展，一名房地產開發商看到了契機。於是他砍掉這片土地上的樹木，將沼澤抽乾，鋪上你們今天腳底下踩的街道，還將土地隨機劃分成近千小塊。他為中產階級打開這扇門，讓他們以每月十美金的費用進駐。緊接著大家蓋起了屋舍。為了空出蓋教堂的空間，產業中最後一處原有的建築物——這棟莊園，也在一八九五年拆毀，最後成了你們現在使用的學校。」

修女拿著書朝愛琳走過來時，她正看著掛在教室前面那面像是皺著眉頭的時鐘。她懶散地瞥了圖片一眼，但視線一沾上就挪不開，在修女拿著書繼續往前走時，還開口要求修女再一次繞過來。

「皇后區大橋於一九〇九年完工，隔一年長島鐵路線的東河隧道開工，接著從一九一五年開始，紐約地鐵法拉盛線——也就是你們口中的七號線——一站站連接起來。隨後，愛爾蘭人——也就是你們的祖父母或父母——為了擺脫曼哈頓貧民窟，開始大批渡河過來尋找替代方案，最後來到了伍德塞。你們可以想像一戶公寓裡擠著十個、二十個人的環境。幸好紐約市政府住宅管理局在一九二四年開始建設，蓋了許多公寓住宅來減輕居住密度的問題。」這時修女已經走回教室前面，在面對陪審團提出最後陳述時，嘴角微微露出獲勝的微笑。「這是上帝處理事情的方式，對於有所欠缺的人，祂便施予。這是不是很好？祂為大家著想，而不是只眷顧住在林中豪華農莊的一家人？妳不同意嗎，杜莫帝小姐？」

愛琳正在作白日夢，心裡想的是照片上看到遭拆除的農莊。修女的問題拉回她的注意力。「同意，」她說：「同意。」

然而她覺得把農莊拆掉未免太可惜。鄉間這棟壯觀美麗的農莊四周有大片土地——這實在很不錯。「想到這裡，我們必須說，」瑪麗愛莉絲修女說出結語，「如果農莊還在，今天你們當中沒有任何一個人會在這裡，我們都一樣，根本就不可能存在。」

愛琳環顧四周的同學，努力想像這些人都未曾誕生，全都不存在的景象；她也想到自己和父母的小公寓。如果這些房子沒有蓋成，難道真的會是錯誤的嗎？

她又幻想自己正坐在莊園的沙發上，欣賞著窗外一整排樹。她看到自己蹺腿坐著，閱讀一本厚厚的書。有些人就是在那種房子裡出生，但為什麼偏偏不是她？

說不定她不是在農莊裡出生，但無論如何都已經來到世上，而就算其他人辦不到，她也要找到方法回到農莊。

幾天後的一個晚上，她穿過街區去找伯母凱蒂和比她小四歲半的堂弟派特。派迪伯父在兒子兩歲時過世，此後，派特便將愛琳的父親當作親生父親看待。

愛琳從小就開始讀故事書給派特聽，因此派特在入學前已認識一些字，在其他孩子仍在學字母時就已經會寫了。小傢伙很機靈，但從成績上看不出來，原因是他從來不寫作業，但只要不是課本或作業，派特都願意讀。

愛琳帶著派特到餐桌前坐下，要他打開課本，告訴他課業只能拿A，低於這個分數一概不能接受。她表示在自己幫忙之下，派特沒有任何做不到的事。她說他必須成功，並賺到足夠的錢買座農莊，而她要住在側廂。然而堂弟草草寫了作業便去看故事書，他長大以後只想替謝弗啤酒廠開卡車。

母親前些日子在早上原有的神奇的自持能力逐漸消失，在愛琳得到布朗克斯區勝海倫娜高中全額獎學金入學的第一年，母親突然喪失了原本自制的紀律，一次到糕點店上班遲到後，沒過幾天便再犯，到最後根本就不去。有天她在一樓門廊昏倒，警察只好抱她上樓。警察離開後——父親堅持不能留下任何書面資料，愛琳沒說話，也不敢為母親換上乾淨的衣服。她擔心母親會尷尬，儘管母親已經昏了過去，但愛琳仍然害怕母親易怒的脾氣，因為她小時候犯錯，遭母親拿衣架修理的記憶，仍然沒有消失。

第二天當母女倆一起坐在餐桌旁時，母親慵懶地靜靜抽菸，愛琳說自己要打電話去匿名戒酒協會。她沒說電話是凱蒂伯母給的，也沒說她和家族其他人談論過母親的問題。

「妳愛怎麼做就怎麼做。」母親說完話，驚訝但興致盎然地看著愛琳撥電話。協會有個女人接了電話，愛琳表示母親需要協助。女人說協會願意幫忙，但必須由母親親自求助。

愛琳心一沉。「她不會開口的。」女孩回答時，感覺淚水湧上了眼眶。她看到母親刺探的目光發現她的淚水，於是飛快地擦去眼淚。

「我們需要她親口要求才能提供協助，」女人說：「很抱歉。但別放棄，妳還有很多人可以求助。」

「他們怎麼說？」母親問道，一邊拉緊睡袍的腰帶。

愛琳一隻手蓋住話筒，將狀況告訴母親。

「該死的，把電話給我。」母親捻熄香菸，站了起來。「我需要協助，」她對著電話說：「妳聽到我女兒的話了嗎？該死，我需要協助。」

隔天傍晚，有兩名男子到家裡來找母親，愛琳從來不曾如此為父親外出而覺得感激。愛琳跟著坐下，聽他們說明接下來要安排母親住進尼克伯克醫院，明晚會過來帶她走。

當晚，在兩個男人離開後，母親取下架子上的威士忌，坐在沙發上，一次倒一點喝。她謹慎地喝，彷彿喝的是藥水。他們要母親準備大約兩週用的衣物，愛琳幫母親打包了一只小行李袋，先放在床下，打算等母親住院後再向父親解釋。

愛琳在學校裡擔心了一整天，那兩個男人還要好幾個小時後才會到她家，她擔心事情會有變化；但她回家後發現母親看來沒有異狀，好端端地在家裡等著。四口瓦斯爐上的水壺閃閃發亮，地板擦過了，放下來的百葉窗整整齊齊。愛琳煎了香腸和蛋，母女一起吃，母親慢慢咀嚼。將近六點鐘，兩名都穿著西裝的男子來到公寓，母親沒說話，等於默認願意跟他們走。母親在公寓裡收拾最後一些例如牙刷、皮夾和書本等必需品，臉上露出罕見的溫柔和憂傷，愛琳看了不禁心痛。

女孩和三人一起坐車到醫院，手續完成後，兩名男子還送她回家。一抵達公寓，開車的男人停下車，靜坐著不動，副駕駛座上的男人下車繞過來為愛琳拉開車門。她站在車外，想說幾句話表達自己的感激，但這麼做似乎又不得體。男人摘下帽子，兩人間有一種奇特但心照不宣的寂靜。愛琳很慶幸，還好這兩人都不多話。最後，第二個男人遞給她一張寫了電話號碼的紙條。

他說：「有任何事隨時可以打電話過來。」接著坐上車離開。

母親在醫院裡住了九天，出院後通過面試，到貝賽一所學校擔任清潔工。她時常抱怨長島鐵路的班次等候時刻耗去太多時間，但愛琳認為真正讓母親心煩的，是因為多年來搭乘的都是相同的路線，但永遠離不了太遠。

愛琳幻想獨自來段精采的旅行。當她在地理課上學到了死亡谷是北美最熱又最乾燥的地點後，便決心去探訪，就算她雪白的肌膚在長時間曝曬下可能曬傷，也在所不惜。在她的想像當中，若有哪個地方不需有人作伴，一定只有像死亡谷那樣廣袤的荒漠了。

4

一九五六年秋天——也就是愛琳升上高二那年，另一批來自愛爾蘭的親戚來到美國。她為此開心不已！的確，當時家裡像擁擠的病房，塞滿了剛下船的親戚，這些鼻涕未乾的親人占用了大面積地板，甚至搶了她的床，但無論如何，愛琳的父親在眾人圍繞之下再次顯得生氣勃勃，大夥兒著迷地圍著他，彷彿看著馬戲團裡用鼻尖頂球的動物明星；而母親則是陪著愛琳一起操持家務。

在愛琳狹小家中來來去去的親戚不少於十來個人，包括母親的小妹瑪姬。這位小阿姨沒比愛琳大幾歲，連母親都是第一次見到。此外她還見到了蘿妮和莉麗阿姨，迪西、艾迪、大衛叔叔，還有堂表兄弟姊妹諾拉、布蘭登、米奇、愛蒙、戴克藍、瑪格麗特、翠絲和尚恩。這當中曾經有兩人、三人，甚至四個人同時住在她家中，最後分別在洛克威、伍德隆和茵伍德找到公寓，才搬了出去。最讓愛琳覺得溫馨的，是大家齊聚在餐桌前用餐，或是在夜裡醒來聽到低沉的鼾聲和變換睡姿的聲響，她相信這是自己最快樂的時刻。

父親最小的弟弟迪西叔叔是最早到的人，一到便住進父親的房間裡。愛琳第一次逮到父親不在家的時光，就提出了滿肚子問題。要迪西叔叔說話不難，這和打開水龍頭一樣，話語自己會流出來。

「妳爸爸深愛金瓦拉，」迪西叔叔說：「妳不可能見過那麼快樂的人，臉上成天咧著大大的笑容。但土地改革法案實施後，我們遷到了洛赫雷，那片農地雖然比較肥沃，但我認為離開老家和他出不少心力幫忙建造房子，給他帶來一輩子無法克服的傷痛。」

小小的公寓、鄰居和屋外的噪音，似乎都臣服在迪西叔叔的魅力之下。他抬手揉揉沒修鬍渣的下巴，四周一片鴉雀無聲。

「我的年紀比他小很多，搬家時我才七歲左右，所以蓋新房子時，我享受了一段快樂時光，一起從無到有，把房子給蓋了出來。我父親帶著家裡幾個兄弟挖土，拖著原木穿過沼澤，用收割的茅草搭建屋頂。告訴妳啊，那房子堅固得很，到現在還是。除了妳爸之外，每個人都很滿意。他說，如果政府能不顧人民的意願從你手裡收走一棟房子，就有辦法拿走下一棟，所以他從來沒有真正安頓下來。我猜，天空就是他的天花板，但他有個特質：請他做事不必開兩次口。天啊，甚至連開口都不必。他一天到晚工作，看到他砌的石牆，妳會以為起碼有一哩長。」

「他要的是有一點可以去打牌的錢，有的撲克牌局一戰就是五天，除了打牌，他只想下田工作。如果我說他的力氣大到足以折彎榔頭，妳一定不相信，但是他就是想把力氣用來拔難纏的蔬菜。到了一九三一年，當時妳爸爸大概二十四歲了，我們在都柏林當巡警的大哥威利患了白內障，因為一隻眼睛瞎了，只好回到農場來。我家那小塊農地不足以養活兩個男人和我父親，而且整個島上沒半個工作可找，連妳爸爸這樣的人都找不到工作。」

他眉頭一揚，戲劇性地咋個舌，似乎想說哥哥找不到生存空間這件事是肇因，他拋下的家鄉就是因為這樣，才注定沒落。

「我父親能做的，就是幫他買張船票過來。原本想移民的是威利而不是妳爸爸，但那是不可能的事，因為這個國家不接納傷殘人士。」

「我父親給他三個月的時間。妳爸爸用足了全副精力犁田、耙土和播種，差點連吃飯和睡覺的時間都省了。如果有人在農地裡拚了命，就算從前做過什麼事也都不會有人計較。他的朋友為他舉辦盛大的歡送會，持續了三天三夜。大家都玩瘋了！最後，妳爸爸在派對結束後還整夜下田，大家想叫他去睡覺，但他就是不肯聽。第二天早上，我父親拿著船票走出家門，我跟在後面，看到他在外頭除草。我永遠忘不了我父親說的話。」

迪西叔叔停了下來，他站起來準備現場模擬演出。

「我父親說：『麥克．約翰』，然後把船票遞給他。」迪西這時伸出手，把假想中的船票遞給愛琳。「『你必須離開，沒別的辦法了。』我父親轉身回屋裡去。」迪西轉過頭，走了幾步又繞回來。「我和妳爸爸一起站了一會兒，誰都沒說話。我們的母親帶他去搭船。」

迪西一屁股坐下來，瞄了見底的茶杯一眼。愛琳立刻起身為叔叔倒茶。

「我記得妳爸爸寫來的第一封信，」迪西邊吃酥餅邊說，「他說，離家最難克服的一件事，是知道威利對他種的作物毫無概念，而且會拖拖拉拉地錯過收成的時間。結果和他預料的一樣。他在信裡寫著想像的過程：作物放著腐爛發酵，養分都浪費掉了。他說他再也不種任何東西了。我另一個哥哥派迪——就是妳派特堂弟的爸爸，願主保佑他安息——，他可是早幾年就過來了。派迪推薦他到謝弗啤酒廠，公司看了他一眼，立刻安排他上工扛啤酒桶。」

愛琳知道父親對自己能讀能寫深感驕傲，因為和他一起長大的朋友不見得人人做得到。女孩會興致勃勃地看著父親戴上眼鏡，在支票或送貨單上簽名，但卻很難想像他坐下來好好寫封信，特別是吐露自己想法和感情的信。若硬要說父親真有近似感情流露的表現，也只可能出現在某些愚蠢、懶散或貪財者惹他義憤填膺的時刻。

她當然知道父親也年輕過，但其中的奧義不容易理解。如今，她看到了當年的父親：一名跨海探索新生活的勇敢年輕人，以靜默來填補內心的懊惱和傷痛。愛琳想找到和父親一樣的男人，但外表不必那麼強壯。這個人必須歷經命運的考驗，但仍要保持赤子之心；若非得面對不平順的人生，這個人也必須能夠超越。如果一定要說父親有什麼缺點，那就是他缺少這樣的念頭了。表現堅強的方式不只一種，女兒並非盲目地一無所知。

她要的男人是要像枝幹粗壯但樹皮輕薄的大樹，並能開出美麗的花朵，就算只為了她一個人而開也好。

讓父親安定下來的也許是這些親戚，但也可能是管理階級的薪水。總之，當公司提拔父親由司機擢升到調度司機的經理人後，奇妙的轉變出現了。他不再外出，改而在家裡喝酒。過去愛琳從沒見過父親在家裡端著酒喝。他在家喝酒看起來沉穩，神情放鬆又帶著自制，不像母親從前那樣，會讓混亂場面隨酒而來。父親在家喝酒顯得風雅和諧，彷彿某種程度的進化。

他買來高級玻璃杯，每天晚上和來家裡的不管哪位親戚小酌一兩杯，先在杯裡放許多冰塊，再加一份昂貴的威士忌，彷彿這只是打發時間的休閒活動，是每日引擎運作後過濾多餘殘留物的有效方式。父親買了新家具、洗碗機和手工東方地毯。他還買了一台電視，讓大家在傍晚一起看。能打破愛琳魔法快樂時光的，只有當她在看電視戲劇節目時瞥向母親的時候，她以為母親會和大家一樣，為了緊湊的情節而全身緊繃，卻發現她只是專注地看著父親手上的酒，神情和等著食物從桌上掉下來的小狗一樣。

她和比利．莫拉格到桑尼賽的「起錨」俱樂部。比利長她一歲，從麥卡蘭西高中畢業後，來找愛琳的父親幫忙，想在謝弗啤酒廠找工作。比利顯然暗戀了愛琳多年，至少她的朋友都這麼說，但愛琳對比利沒什麼意思，之所以會和他出門，是為了日後能說自己曾經給過這個男孩機會。一定有不少女孩願意主動向比利示愛，他濃密的金色鬈髮看來強韌到足以掛著一個人，身體強健又有魅力，在男孩間人緣很好。她能感受到他的吸引力，但是她不能把自己寄託給任何一位只把最高目標放在為謝弗啤酒廠開三十年卡車的男人身上。

俱樂部裡光線昏暗，有點霉味。她和比利進門時，有個樂團正在前面演奏，但沒多久他們便收拾起樂器，換投幣點唱機上陣。這地方的客群很有活力，看來各個年紀都有。

來此之前，她從來沒喝過酒精飲料。她看看酒單，點了杯「僵屍」，心想，要嘛，就從最烈的調酒開始。比利嘴角上揚，露出賞識的笑容。

「我記得上班的第一天。妳爸爸喊我『文弱小子』，每個在美國出生的愛爾蘭後裔，他都這麼喊。告訴妳，這話出自他口中就像讚美。」愛琳沒辦法不去注意比利不斷攪動杯裡的冰塊，喝了飲料還會用毛茸茸的手背抹嘴角。「他派我跑史坦登島的路線，這表示我可以領到跨區加給。那是我的第一天欸，我是新手，他還特地讓我有額外的錢可賺。他說：『沿路有十二個停點，在六小時內可以結束，但你十小時後再回來。』我沒聽懂，不想讓他以為我會逃避責任，所以我說：『如果平常要六小時，我五小時後就會回來，長官。』他當我白癡似的狠狠瞪著我，說：『如果你真要在十小時內才能完成，那就乾脆別回來了。』」

看他興高采烈地談著她父親，女孩開始懷疑比利愛的究竟是誰。她以連自己都意外的速度喝著調酒，用吸管喝下偏甜的飲料。看著空杯，愛琳開始緊張，覺得似乎馬上要失控，不但大腦微微發麻，說話時，嘴唇沒辦法立即反應，脖子上的腦袋也有些沉重。她坐著喝酒，努力回應比利炙熱的凝視，這時老是在她腦海裡打轉的想法停了下來，只能專注地看著比利嫩得有點奇怪的雙頰和一雙招風耳。她想像矮幾十公分、穿著橫條T恤、剪西瓜頭的小比利。聽比利說著說著，愛琳笑著想，眼前明明是個大男孩，不知怎麼地，變成與全世界對抗的成年男人。酒保比愛琳的父親年輕約莫一兩歲，他意味深長地看了愛琳一眼，比利沒注意到，但酒保的眼神似乎流露出對這個大男孩的同情。愛琳點的第一杯調酒太甜，但她太喜歡加點的第二杯，於是一連點了三杯。

比利過了午夜才帶愛琳回家。女孩也是事後才聽說的，當晚比利求她父親饒了他一條小命，他說愛琳像是著了魔，只要他想帶她回家就賞他耳光，然而他又不想讓別人誤會而被趕出去，因為那樣一來，他變成得讓愛琳留在酒吧裡，和那些酒鬼待在一起。

父親第二天一大早就叫醒愛琳。她在浴室地磚上坐了好幾個小時，把頭靠在馬桶邊，一覺得反胃就坐直身子吐。等她把腸胃裡的東西吐得一乾二淨之後，父親要她先去沖個澡，接著陪她走到聖賽巴斯汀教堂望彌撒。

「妳和我們大家都一樣，」他說：「沒有特別豁免權。」

新建的教堂裝了冷氣，愛琳不只不再出汗還開始發抖，彌撒期間她不得不跑了趟洗手間，睡著會被父親以手肘碰醒，領聖餐時還差點被嗆到。站在聖壇前，有那麼恐怖的一瞬間，她以為自己會吐出來。她戒慎恐懼地跨出腳步，回到長椅前一路深呼吸，最後，她還因此缺課一天。

那個週五夜，在大家用過晚餐，廚房打理乾淨，母親也回房休息之後，父親要她坐在沙發上。

「如果妳傻到準備這麼做，」他說：「就不能毫無準備地輕率行動。」

他走向酒櫃，拿來幾個杯子放在咖啡桌上，然後又回頭拿來各種不同的小瓶裝威士忌。

「這是要做什麼？」

「上課。」

「我不要。」她說。

「一定要。」他說。

「我已經學到教訓了。」

「這次學的不一樣，」他說：「我們從好東西開始。」

父親表示要依序教她有哪些東西能喝，哪些該避免。他倒了幾份威士忌到她杯裡。比喝酒更讓她反感的，是父親竟然有此計畫，而且在事發之前便打好主意。這些小瓶裝威士忌似乎就是為此而買的，父親就像真正的老師一樣有教學計畫。

她小啜一口，喉嚨感到一陣灼熱。父親要她大口點喝。這酒聞起來像木炭，入口還有炭灰味。他從每個瓶子裡倒出一點，要她依序喝。愛琳喝出其中的不同，但無法分辨得太清楚。喝到了第四種酒，他幫自己也倒了些，要女兒一起慢慢品嚐。這口酒很滑順，讓她的腸胃感到一陣暖意，而且還慢慢散開，一點一滴暖了全身。

父親將威士忌酒瓶拿開，換來同樣幾支小瓶裝的伏特加。愛琳每種都討厭，而父親一口都沒喝。他戴著老花眼鏡，顯得有點學究氣。女孩不知道這到底算是大師課程還是某種居家監禁。父親再拿出幾款不同的琴酒，打開瓶蓋讓她每種都喝一點。喝過最早一輪威士忌後，父親便沒再喝。她懷疑他是想藉科學研究的方式，來解決她對飲酒帶來的所有幻想。

最後他從冰箱裡拿來一瓶謝弗啤酒。

「喝喝看。」他說。

「我不喜歡啤酒的味道。」

「喝掉，了結這件事。」

他打開瓶蓋把啤酒遞給愛琳，她喝了幾口便想把啤酒瓶推回給父親。

「喝完。」他說。

看女兒喝完這瓶啤酒，他要女兒再也不要讓別人看到她喝啤酒。接著他拿出幾瓶帶有果味或顏色豔麗的酒，她沒料到父親會讓人在家裡喝這些東西。他同樣讓她輪流試喝君度橙酒、薄荷酒、黑醋栗酒和柑曼怡干邑香甜酒。愛琳喜歡薄荷酒，父親搖搖頭，倒了一大杯。

「好好享受。」他說。

「我不想喝那麼多。」

「如果妳想留在這個家裡，就得把那杯酒喝完。」父親又拿出另一個杯子，同樣倒滿薄荷酒。「接著再喝完這杯。」

她喝完之後，父親走過來再為她倒一杯。

「現在是怎樣？」她已經開始頭暈了。

「喝掉。」

愛琳隔天早上醒來時頭痛欲裂，心裡慶幸這天是週六。

「妳再也不要喝任何不透明的酒，」父親看到她站在廚房流理臺邊找阿斯匹靈吃，說：「喝過的酒杯放下後若沒隨時盯著看，也不要再拿起來喝。」

「好。」她說。

「喝威士忌，」他說：「好品質的威士忌，別喝多。就這樣了。」

「我以後大概再也不會喝酒了。」

她隱約看到父親嘴角閃過一絲笑容。

除夕夜那晚，他向女兒舉杯，聚在一起的家人也一同祝賀。

「敬我的愛琳，她又拿下模範生了，」他大聲祝賀：「上帝祝福她，總有一天，我們全都得在她手下工作。」他停頓了一下。「我說啊，她喝下五六杯『僵屍』還能好端端地站著，一定有過人之處。這絕對是我的女兒。」

絕對是我的女兒。愛琳在短短幾個字當中聽出父親這輩子從沒明說的感情。有了這句話，她認為自己應該和仙人掌一樣，只要幾滴雨水就能撐過好幾年。然而愛琳仍然覺得尷尬，而且決定日後除了無聊女孩會在聚會裡喝的飲料之外，她再也不喝酒了。

5

聖凱薩琳護理學校位在布魯克林區的布希維克街上，打從學生踏進校門到畢業前，教職員似乎只有一件大事想告知大家：若他們表現欠佳，絕對會被踢出校門。然而愛琳歷經十三年天主教教育，知道即使護理不是她的選擇，但自己從小也在無意之間體驗過，老師們丟給她的任務，她早已曾見識，他們似乎也知情，因此她偶爾可以感覺到前輩對她有種近乎專業的禮遇。愛琳不由得想，父親大概就是有這種體驗吧，為了自己沒得選的抉擇而受到讚美，為了如何不誤感到備受尊重的這種陷阱而思考。

她有幾位同學渾身散發著聖潔的光輝，但愛琳從不以如此自找罪受為目標。這些同學口頭上雖然抱怨工作吃力又不討好，卻很可能願意進修道院奉獻，可是她們在修道院裡撐不過五分鐘的，因為她們缺乏堅忍的心智。

愛琳從沒夢想要當護士，但在她住的地區，女孩子們若不想當祕書也只有這條出路。她寧願當律師或醫師，可是在她眼裡，這些行業是特權人士的範疇；她連怎麼籌錢去學法律或醫學都不知道。愛琳認為自己的聰明才智足以勝任，她擔心的是自己缺乏想像力。

*

愛琳從聖凱薩琳護理學校畢業後拿到了獎學金，在一九六二年秋天進入聖約翰大學修學士學位。她打算參加暑修，以三年時間完成四年的大學課業，再繼續唸研究所，準備領管理階級的薪水。為了賺零用錢和日後的護理管理學位的學費，愛琳到邦威泰勒百貨公司當時裝展示員。女性顧客來看她展示衣著，想像衣服穿在自己身上的模樣——當然要假設腰部先減幾寸、長高一點、頸部緊緻、有一頭閃亮動人的黑色秀髮、肌膚光滑，再加上一雙有如貓頭鷹般懾人又深邃的祖母綠色澤的眼眸。差別是在於她們有錢，有財富帶來的傲慢與舒適。儘管從不刻意表現，愛琳仍然是試衣間裡最受歡迎的模特兒。她不會扶腰撐肘地向買家推銷，只是穿上衣服定定地站著，臉上不帶微笑但也不故作嚴肅，不直視顧客但也不閃避眼神，該說話時說話，該安靜時則保持緘默，總之，愛琳只是表現最自然的一面，鼻子癢就會伸手抓搔。她會依照顧客的要求轉身，展示服裝的各種角度，展示後立刻回試衣間換下來。其他女孩似乎會多停留一會兒，試圖抓住尚未做出決定的顧客。

愛琳會作白日夢，幻想著下個走進來的客戶，原本是來為女友挑選衣服的富有男人，沒想到見到她便變了心，人生出現莫大的轉變。想像他會要她忘了護理工作，帶她飛向世界，並可做到照顧她父母的需求，從此以後她可以過著悠哉快樂的人生，再也不必幫病患換便盆，或彎腰照顧老男人時不必拍掉摸上來的手、不必替口臭的老婦人量體溫，連一天都不必工作，無憂無慮。到時候，她會再回到邦威泰勒百貨公司來，坐在椅子上看模特兒依她的要求展示衣服。到時，她要擺出什麼也不買就要離開的架子，看似浪費了所有人的時間，但臨走前又買下每款衣服，只純粹想讓百貨公司員工摸不透像她這樣的女人究竟過著哪種生活。可惜在此向愛琳展示服裝的對象，都是一些比她大沒幾歲的女人，要不就是由母親陪伴前來的青少女。這些人說她明豔動人，但是她知道她們腦子裡只想到自己。

一九六三年的某個四月午後，一名年紀和愛琳相近的女郎來為伴娘挑禮服。女郎顯然是漫無目的地隨意挑選，情緒有些緊繃。她看起來很面熟，愛琳為她展示了四、五件衣服，最後想起女郎叫薇吉妮雅．陶爾斯，在聖賽巴斯汀讀到七年級後搬到了曼哈瑟。愛琳暗自祈禱，希望薇吉妮雅不要認出她，但當對方審視衣服的褶紋時，卻開心地拍起愛琳的肩膀。

「愛琳？」

「怎麼了？」

「愛琳！愛琳・杜莫帝！」

薇吉妮雅絲毫不打算壓低聲音。愛琳靜靜地揚起眉頭，在這個她刻意與其他人保持距離的工作場所，尷尬地確認自己的身分。

「是我，吉妮。吉妮・陶爾斯。」

「薇吉妮雅，天哪。」愛琳輕聲說。

薇吉妮雅個性和善誠懇，是班上唯一有親人在投資銀行擔任經理人的學生。她父親是基督徒，但她的母親是天主教徒，且在愛琳家附近長大。薇吉妮雅雖然害羞又有些笨拙，但沒有人會嘲笑她，她的家庭就像一件防護斗篷似地罩在她的肩上。

「妳在這裡做什麼？」薇吉妮雅問道。

這時愛琳覺得無論怎麼回答都不對，於是拉拉衣服的胸口，半開玩笑地舉起雙手承認。

「對！」薇吉妮雅說：「衣服。」她手上拿著兩件洋裝，衣架上還掛著三件，看起來都不怎麼理想。

「呃，真糟糕。這當中妳會喜歡哪件？」

如果愛琳有大筆錢來買伴娘的衣服，她會有完全不同的選擇。她會挑雅致素淨一點的，而且將來還可作為他用的洋裝。她相信自己的衣櫃裡，一定可以找得出比薇吉妮雅看上眼的還更好看的衣服，若可以用一百塊挑到一件好洋裝，她絕不可能買五件二十塊的衣服。況且她出門的機會不多，不必擔心哪件衣服的曝光率會過高。

「我覺得妳之前試穿了一件還不錯的衣服。」愛琳說。

「薰衣草紫的那件嗎？我就知道！我也喜歡，那就決定買那件了。」

愛琳穿著寬篷的禮服，覺得自己很像是為特價午餐打廣告的三明治人。

「愛琳．杜莫帝！」薇吉妮雅說出這名字的口氣，像極了回答益智節目的提問，「我猜，這只是妳的兼職。」

「我還在讀大學，」她說：「上護理學校。」

「我想妳將來會當醫師之類的人物，妳一直是班上最聰明的學生。」

愛琳感到臉龐一陣燥熱。

「我今年要從莎拉．勞倫斯學院畢業，而且就要結婚了！不過現在妳早該猜到了。他是賓州人，很正直，耿直到連我都覺得好笑。我爸爸幫他在雷曼兄弟控股公司安排了面試機會，我們以後會搬到布隆克維去，所以最後一個月我可以走路上學！」

愛琳知道那個地方，是西契斯特郡郊區的豪華住宅區。「聽起來好棒。」

「而且我知道妳猜不到我明年要做什麼。」

「做什麼？」

「我要進法學院，哥倫比亞大學法學院。」

「妳一向聰明。」愛琳嘴巴這麼說，心裡卻很驚訝。

「不如妳呢，妳才是反應最快的人。」

「妳嘴真甜。」

「同學當中就妳最像大人，」薇吉妮雅說：「我經常想起我們六年級時，妳帶我去渥爾沃斯超市，要我買筆記本在每堂課分開用。妳記得嗎？」

愛琳記得，但是對她而言，當時為了課業進步而付出的額外精力並不是美好的經驗，儘管那個時候她認為只要努力，就可以重建世界。

「我記得妳當年讀書不是太有效率，但我不記得去超市買筆記本的事了。」

「我覺得妳大概受夠了，看我永遠找不到自己需要什麼東西，所以要我把筆記本分類使用。沒別人像妳一樣，幫了我那麼大的忙。」

「我也很高興。」愛琳覺得胃部一陣翻攪。

「妳應該和我一起上法學院，我們可以同組討論，這麼一來，我還占了便宜。」

這時的薇吉妮雅就像站在馬戲團的鐵籠外頭，一手握著鐵欄杆，和她說話時，另一手還無意識地拿著羊排。愛琳必須在說出讓自己後悔的話之前，趕緊結束這段插曲。

「下輩子再說吧。」愛琳說，剛才壓下的尷尬這下子又湧了上來。低胸剪裁的洋裝讓她自覺暴露。一名新顧客走了進來，另一名試穿員正在忙，於是愛琳詢問薇吉妮雅是否要買下薰衣草紫色的洋裝，然後請負責招呼顧客的人接手。

「妳一定要來找我們，」薇吉妮雅走出去時說：「先給我們幾個月的時間安頓，別忘了，在布朗斯克維爾。妳可以在電話簿裡找到我們的號碼。李藍·卡洛夫婦。我們很希望妳過來，人生最珍貴的就是老朋友了。」

母親要她把錢存下來，必要時可以買輛二手車，但陪她去選車的人是父親。展示間停放著龐蒂亞克一九六四年嶄新車款「風暴」。

「車價幾乎等於我所有的存款。」愛琳說。

「妳將來會賺得更多，再存錢不是問題。」

「這筆投資不合算。」

「這是人生的投資，」父親說：「妳如果想要這輛車就該買下。我說啊，這比載運啤酒的卡車好多了，也許我自己也該買一輛，或是買旁邊那款敞篷車。叫什麼型號來著？GTO？我可以帶妳媽媽去兜風。妳覺得她會喜歡嗎？」

他當下的語氣似乎很認真，而愛琳也想說：爸爸，我覺得她應該會，然而她卻說：「那才是最不合算的投資。」接著問父親，櫻桃紅還是藍色的車比較適合她？

她大可買輛二手車，把錢省下來將來用。或者她也可以將生活目標昭告眾人，讓大家確知她的人生方向，說不定還可以藉由努力奮鬥改變未來。

「妳以為我還會怎麼說？」父親說。

她選了櫻桃紅。

母親下班回家時，她正坐在桌前。

「又在用功？」

愛琳咕噥一聲當作回答。母親把整串鑰匙扔到愛琳攤開的筆記本上，當作對女兒這種反應的反擊。連扣在一起的幾個鑰匙環串了許多鑰匙，每把都代表一間或好幾間母親要清掃的房間。愛琳將鑰匙從筆記本上撥開，彷彿上頭沾了許多細菌。

「妳為什麼不能把書本放下，就算五分鐘也好，」母親說：「妳可以開車載我和我的朋友嗎？」

「去哪裡？有哪些朋友？」

「一起聚會的朋友。」愛琳不高興地想：聽她把那些經驗說得真愉快。

「妳可以自己開我的車去。」愛琳回答，目光沒有離開書本。

「我開妳那輛車會緊張。」

母親一年前才拿到駕照，上路仍會心驚膽跳，何況愛琳的「風暴」是新車。

「我要準備考試。」

「我們輪流當司機，」母親說：「這週輪到我接送。」

「妳究竟有什麼打算？」

「別這樣，」母親說：「再不走就遲了。」

第一站在傑克森高地。愛琳驚訝地把車停在一處自有集合住宅前面，她一直以為富有人家不必面對人性悲慘的一面。母親下車後，愛琳立刻拿出課本。她打算一停車就讀書，就算車上有人也不管。這不是禮貌寒暄的好時機，事實上，這次的任務已經夠她懊惱的了。

母親回車上時，語氣明顯開朗了許多。

「海朗，」她向坐進後座的男人介紹：「這是我女兒愛琳。」

「這麼說，妳是今天的卡艾戎了。」

「是愛琳。」她糾正他。

「卡艾戎，是希臘神話中在冥河的船夫。」

「喔，」愛琳說：「對。」

「負責擺渡亡靈。」

他上車時假髮撞到門框，但是他沒偷偷伸手調整，而是整頂摘下來，又再漠不關心地重新戴好。海朗的這頂假髮似乎不是為了掩飾禿頭，而是為了揭露這個事實。

「你真有活力，海朗，」母親笑著說：「但我恐怕沒辦法這樣形容你頭上那塊小毛毯。」

「我應該給妳個忠告，」他說：「這樣說如何：別信任借頭髮來戴的男人。」

「說得好。」愛琳說。

「去說給我太太聽。不過我在她面前不會戴上這個東西，可惜妳們沒看過我從前的滿頭鬈髮，和神話中的大力士參孫一樣。」

愛琳透過後視鏡發現他看著車外沉思。海朗立刻又轉回視線看著她，她彷彿早已習慣成為焦點。

「小心帶剪刀的女人，」他咯咯地笑，他們小圈圈的笑話讓最沉重的事物也變得輕飄飄，「午餐喝三杯就得留意。」

「午餐喝一杯就嫌多了。」母親說。

「呃，如果我們要下地獄，至少也要走得有格調。這輛車很棒。」

「謝謝。」愛琳說。

「你說反了，」母親說：「我們是要離開地獄。」

「對，對，」他表示同意：「我們暫時處於苦難當中，但充滿希望；而且如果我們沒有希望，至少也不會絕望；就算我們絕望，再怎麼樣都有這輛棒透的車子可搭。」

母親心情愉快地去按門鈴，帶朋友上車，然後隨口閒聊讓他們放鬆心情。即使只有海朗在車上，愛琳也沒辦法按照稍早的計畫看書，沒料到這趟差事竟然十分有趣。在短短幾分鐘之內，她便發現，其中有些人擁有日積月累的洞察力。連跑了三個地方後，她終於把車停在路邊，從照後鏡目送這一行高矮胖瘦各不相同的四個人走進教堂地下室，消失了身影。

她們先送每個人返家才開車回家，母親朝搖下的車窗縫外吐煙，並且又快又急地說個不停。愛琳發現母親表面上歡樂，但嘴角像是被鉤住似地往下垂。曾經有一次，母親要她到廚房坐下，淚眼汪汪地將愛琳成功掩埋住的往事又挖掘出來，表達自己的歉意。愛琳看得出母親沒有全然相信女兒能諒解，而她雖然出於主動，卻同樣無法置信。母親盡了全力想抹殺過去，但那些事件會一輩子糾纏著愛琳，一想到這個無法動搖的事實可能會融成液體，滲入她童年的每一個角落，愛琳便覺得不安又厭惡。存在於過去歲月中的氣味，猶如壓制不住的煙霧，始終會破壞兩人間的關係。而這時在車上，母女之間正好沒有屏障足以濾除刺痛的氛圍。

「麻煩再把車窗搖下來一點。」

母親沒說話，照愛琳的吩咐做。她直視前方抽著菸，和過去酗酒最嚴重時一樣避開愛琳的眼神。愛琳在路邊停車，下車去搖下後座的車窗。她在車外站了一會兒，在這詭異但興奮的一瞬間，母親的後腦勺看來就像別人。無論母親得經歷什麼狀況，愛琳也只能容許自己做這麼多。她還要為自己的生活奮鬥。生命操縱在自己的手上。這趟接送途中，有些人的住處對她來說已經算夠好的了，那麼他們為什麼還不滿足？如果能住在這些房子裡，她不必搭另一個女人的車去潮濕的教堂地下室參加聚會。她會看著家裡的壁爐、皮沙發、排滿書的圖書室；她可以聆聽四周的寧靜，可以悄悄地看著等待下一批訪客到來的閒置雅房。有了這一切，她可以放下酒杯。然而這些人卻辦不到。這些人置身其間，但不知怎麼地，就是不覺得滿足，這讓愛琳心神不寧，因為這表示某些不愉快的情緒是沒有底線的。她搖搖頭，像拍掉東方地毯上的灰塵似地甩開這個想法，決定自己只要有個房子就要感到滿足。

6

一九六三年，愛琳把整個秋天的時間用來遊說堂弟派特去申請大學，時序來到十二月，部分學校的入學申請日期也已經截止。她去找派特，做最後的懇求。

「我不是上大學的料。」派特說。他把大腳架在凱蒂伯母家裡的咖啡桌上，愛琳百褶棉裙下的雙膝併攏，端莊地坐著，

「胡說。」

「我在學校裡的表現一向不怎麼樣。」他往前靠，把菸灰彈進咖啡杯後才又往後靠。

「你應該很出色才對，你比其他男生聰明多了。」

「妳該放下這個念頭了，別再把我想像成美國的未來領袖。」

事實上她早已經放棄。他夠聰明，不必怎麼用功就能從高中畢業，而且他有種讓眾人擁戴的獨特直覺，這個特質讓愛琳聯想到自己的父親。愛琳不在乎堂弟把大好前途浪費在某些接受未成年顧客的酒吧裡，她只要他安全就好。

「你就算睡著了也能拿到A，」她說：「只要稍微加點油就好了。」她翹起腳，把玩香菸盒，費了一番努力來抗拒，才沒有吹開朝自己飄過來的煙。

「我沒辦法坐下來好好讀書，就是坐不住嘛。」

「我幫你填申請書。」

「我必須活動，不能被關著。」他掐熄菸蒂，雙手交叉枕著腦袋。

「你很有可能被送到越南，」她刻薄地說：「這個可能性直到你踏上越南之後才會結束。」

派特在一九六四年二月滿十八歲，愛琳一直希望他和當時的女友結婚，但派特就是不願意。他六月畢業後立刻收到體檢表，這可把愛琳嚇壞了，因為他是最好的人選，出奇的健壯有力，視力幾乎達二點零，儘管有家族遺傳，他的膝蓋並沒有問題，所以被宣告不適入伍的機會等於零。她要他加入國民警衛隊免得被派到危險的單位。接下來的八月，美軍與北越在北部灣海上駁火，國會決議對北越展開大規模轟炸，這時她以為派特一定會找個大學註冊，沒想到幾週後，他竟然去參加陸戰隊的徵兵活動。

派特打架從來沒輸過，所以他可能覺得任何問題都可以用強硬的目光來因應。他到帕里斯島接受陸戰隊新兵基本訓練，接著是爆破兵訓練，隨後被派到北卡羅來納州的勒尊營。一九六五年六月，他自願加入登陸南越的第一波人員。

派特在離開前打了電話，愛琳無法想像電話另一頭的堂弟會是什麼模樣：理了平頭，身上的衣服和大家一樣，像是去同一家店裡買來的polo衫和短褲。她腦海中的派特仍是那個小她五年級，身穿聖賽巴斯汀制服外套，不耐煩地變換左右腳來支撐身體，等她幫他打好領帶的男孩。愛琳沒有兄弟，派特等於是她的手足。

「你給我好好活著。」她說。

「如果妳想激勵人心，我身邊有好幾個嚇傻的傢伙，我可以把電話交給他們。搞清楚了，和妳說話的是派特，派特·杜莫帝。咱們一會兒見喔。」

「好。」

「告訴妳爸，我會讓他驕傲的。」他說。

父親在堂弟的腦袋裡塞進太多愛國言論，派特還以為自己要加入聖戰。

「你想都別想，不要為了讓他高興去做傻事，」她說：「他從來沒這麼要求你，如果你出了什麼事才真的會嚇到他。」

「他是這麼告訴妳的嗎？」

「他不必說出口，那很明顯吧。他只想要你平安回家。他身邊都砌滿了漫天胡言亂語，你根本看不到他本人。」

「如果軍方可以接受，我想他寧可代替我去。」

「就算可以也沒有意義。唯一讓他害怕的是平日正常規律的生活。一如活著回家，過正常規律的生活來讓我開心。忘了我爸吧。」

她幾乎聽得到他立正站好的聲音。

「告訴他，我一定會讓他驕傲。」他說。

她嘆口氣。「你自己告訴他。他會在你上次看到他的地方，好端端地靠在躺椅上，哪兒都不會去，讓大家來找他。」

「我會的。」

「再見，派特。」她說了之後，心裡仍然想：**再會了，派特**，免得自己真的說出來。愛琳等他先離線，才掛斷電話。

7

她開始期待冠上另一個男人姓氏的日子。她受夠了「杜莫帝」死硬的愛爾蘭特性：泥煤沼澤的氣味、感傷的反叛小調，深入血脈的挫敗不知何時會反撲，一如喜怒之難料。

在成長過程中，愛琳的身邊圍繞了太多愛爾蘭人，因而不曾思考過自己是愛爾蘭裔這件事。聖派崔克日這天，整個城市鬧哄哄的，猶如家族聚會，她感覺到身為愛爾蘭後裔的驕傲，風笛哀淒的樂聲每次都能喚醒古早的赤誠之心。

然而進了大學以後，愛琳見識到父親不熟悉的另一個世界，這才逐漸理解，在設定自己前途的同時，旁人的看法也有其重要性。她不能擺脫「愛琳」這個愛爾蘭名字，但大可把名字和不同的姓氏組合起來。愛爾蘭血統偶爾能帶給她快樂，甚至帶來安全或驕傲的感覺，但如今這樣能激發她情操的機會太罕見。能想到的例子，像是她十九歲生日前一天，同為愛爾蘭後裔的甘迺迪當選總統時，便讓她喜極而泣。

她要一個聽不出差別的姓，那種列印在得體名字卡上，代代相傳，又看得出盎格魯撒克遜家族歷史淵源的姓氏（譯註：愛爾蘭人屬凱爾特人，不同於最早期由英國及北歐移民至美國的盎格魯撒克遜人），如果這個姓氏搭配了體面的家族背景，她更是不會在意。

事情發生在一九六五年十二月中旬。愛琳按計畫以三年時間從大學畢業，進入紐約大學修護理碩士學位。午休時她會和在附近工作的朋友露絲，約在華盛頓廣場的拱門下碰面，一起去吃午餐。那個十二月天，氣溫比平常來得稍暖，有些年輕男人脫了外套，只穿著毛衣。

「嗯，我不是說他需要找個對象來約會，」兩人走向百老匯時，露絲說：「不過他目前可沒有交往對象。」

愛琳嘆了一口氣；別又來了。大家都自以為替她找到了好歸宿，但這些男人通常是諂媚又愛誇口的紈袴子弟，只能迷倒她的朋友和酒吧其他人。像這樣的人，她擺脫都來不及。

「我相信那個人一定會出現，」愛琳說：「告訴他好事總是眷顧耐心等待的人。」

能打動愛琳的是那種可靠又循規蹈矩的男人，但以其他女孩的標準來衡量，這種人未免太無聊。她沒認識幾個這種類型的男人，也許他們只是無法突破在酒吧裡圍繞著她的人牆。但如果他們連接近都辦不到，那也不會是她的真命天子。她寧願單身，也不要和一個膽怯的男人在一起。

「妳真挑剔！」露絲說：「我是想幫妳留意而已。好，沒關係，妳知道嗎，如果這樣，那乾脆算了。」露絲扣上外套的鈕釦。

愛琳察覺到露絲的怒火。露絲在簡餐店前面拉住她。「告訴妳好了，」她說：「法蘭克要我幫他這個忙，我們才剛開始約會，所以我想為他出點力。我才不管妳除夕夜要做什麼，也不在乎妳想不想找樂子。如果要想一輩子單身我也能接受。總之我盡力了，我甚至也安排妳和湯米．德藍尼約會，看看妳自己是怎麼搞砸的。」

「妳覺得和西點軍校的男人在一起有安全感，」愛琳這話彷彿是對自己說的：「以為他會有點格調。」她看到一輛計程車停在轉角，把報紙夾在胳膊下的男乘客付了車資。

「湯米是個好人。」露絲說。

「喔，我只知道他鋒頭很健，」愛琳說：「我不可能知道他是不是好人。他連坐下來好好和我講兩句話都辦不到，整晚忙著和人打招呼，確認自己拍到了所有人的背。」

「湯米的朋友很多。」

「他請每個人都喝了一輪，還說雖然我自己不知道，但他日後會是我丈夫，大家都跟著喝采。他還真敢說！」

帶著報紙的男人走出車外。他個子高，長相又帥，深色的頭髮剪得很短，戴了一副引人注目的眼鏡。愛琳把這男人想像成交換教授，可能是義大利人或希臘人，在他朝她看過來之前，趕緊轉移了自己的視線。

「他喜歡妳，想得到妳的好感。」

「好感！」

「聽我說，這次不一樣，」露絲的說法缺乏說服力：「他不會刻意討好妳，他和妳一樣不想做這種事。」

「他有什麼毛病？是同性戀嗎？」

愛琳不知道自己為什麼還要抗拒。通常她會幫好朋友露絲一點小忙，但是她不想讓自己失望，特別是在除夕夜。她看著計程車駛離路邊，到了街口又停下來讓一對年輕男女跳上車。雲層後面的太陽探出了頭，露絲又解開外套鈕釦。

「他是紐約大學研究生，學理科的。法蘭克和他上同一堂解剖學，這個人把所有精力都放在研究上，從不離開圖書館。法蘭克很擔心，想帶他出來走走。」

愛琳沒說話，因為怕失望，所以努力想排開逐漸在腦海裡形成的理想畫面。

「所以法蘭克告訴他，說是我吵著要幫朋友在除夕夜那天找個伴。」

「才不要！」愛琳說：「我才不要假裝自己要找人施捨。」

「他很有教養，不會回拒女人的要求。只有這麼說才會成功。」

「露絲！」

兩個女孩推推擠擠地進了簡餐店。愛琳發現餐檯座位都有人，只剩下一組桌椅。

「他很英俊，我這麼說會不會順利一點？連法蘭克都這麼講。他說他認識的所有女生都覺得他朋友很帥。」

「那就把他移交給她們好了。」愛琳嘴上這麼說，心裡卻不這麼想。她無法相信自己為什麼對這個男人有如此強烈的防禦心。

「就算看我的面子吧，以後我再也不煩妳了，」露絲伸手拉開門，「這次見面之後妳再去當妳的老處女。」

「好吧。但我不會假裝榮幸有他作陪。」

從安排的那一刻起到真正見面之前，愛琳說服自己，這純粹是做好事。但聽到露絲家的門鈴響起，愛琳卻開始緊張，而且躲進臥室鎖上門。

「拜託！我得去開門。」

「我不去了。說我病了，要不就隨便找個藉口。」

「出來打招呼！」門鈴響了第二聲，露絲堅定地低聲說。

她聽到露絲請他們進來。她喜歡他的聲音，溫和但不軟弱。她鐵了心不打算讓他今天好過，接著才決定開門。她不要讓任何男人以為她需要他，更不是一位得讓別人拉著袖子才能走動的麻痺隱士。

她還沒機會開口說出任何刺耳的話，艾德便先站了起來。他的確英俊，但不至於秀氣，整個人顯得勻稱精瘦，每一處線條都乾淨俐落，包括迷人的笑容，在他臉上添加的皺紋也一樣。

他靠上來在她耳邊低聲說：「我知道妳大可不必答應，但是我一定會盡可能地讓妳覺得每分每秒都值得。」

她的心猛跳了一下，好比冬天午後發動汽車引擎時的震動。

和他跳舞就像作夢一樣。當艾德將愛琳拉近身邊時，她訝異地發現他是個真實的人，而不是想像。他的眼鏡、仔細梳理過的頭髮、在人行道上和門口表現的風度，早已贏得她的好感，而他厚實的肩背更是讓她放鬆。和他們同桌的女孩，都覺得艾德是她們見過最有禮貌的男人。愛琳初聽他說話，發現他咬字清晰又沒有腔調，覺得他很像電影中的教授，但又沒有那些角色的荒唐和軟弱。然而在某方面來說，他的文雅和教養，又足以讓她過去那些安排來的男伴也難以相信。他能夠討論他們無法瞭解的事物；拿在手上的啤酒都變溫了卻沒怎麼喝，彷彿要把啤酒奉獻給帶來話題的眾神。愛琳若非因為苦惱於不知他是否能和父親相處，也不會早早帶他回家，免得哪天不得不分手時難過，沒想到艾德的態度讓大麥克瞬間解除戒備，最後她根本不必以艾德與父親合不來為藉口。其實她不必這麼驚訝的，艾德也是在這一帶長大的孩子，知道朋友有難該出拳相助，更知道在問題出現之前就先想辦法化解，大家願意聽他說話，因為他的說法不同，不會說些他們早就知道的事。

他還是天生的運動健將。他們和愛琳的老朋友辛蒂及傑克去高爾夫練習場打球，辛蒂的丈夫傑克是高爾夫球迷。艾德揮桿擊球時，她聽到結實的聲響，接下來她只看到小球像顆豆子般劃出拋物線飛向遠端。

某個週末，他們到森丘去拜訪她的朋友瑪麗和湯姆．卡達西。卡達西夫婦住的是連棟樓房，附近有個網球場。艾德和愛琳向主人夫婦借了網球裝，四個人打起雙打，沒計分也不管發球權，光是打球而已。艾德總是在看似不可能的狀況下跑位回擊。最後湯姆下戰書，要和艾德單打，愛琳一回頭看見瑪麗露出尷尬的表情。她們都知道接下來會怎麼發展。湯姆是福特漢姆大學的榮譽選手，發球強勁有力，雖然在混合雙打時有所保留，但賽後總是會藉單打痛宰對手。

艾德和湯姆各就各位，湯姆開出勁猛的快速球。這顆球迎面飛過來，落地後反彈打中艾德，似乎想再次出擊。湯姆的第二球直朝艾德的雙手而來，艾德在最後一刻手腕一揚，回球正好過網，湯姆連忙往前衝，但球在他撈到之前已經落地。賽局中兩人的比數一直糾纏不清。艾德發球的方式謹慎而且確實，果斷的揮球力道十足。她喜歡看他橫拿球拍回應凶猛攻勢的模樣，他會把球發進左右外角，然後往場中間移動。湯姆贏得了這盤球，但在這群朋友圈中，從來沒有人能像艾德一樣將比數追得這麼近。

一行人走路回卡達西家沖澡、換衣服。愛琳的手和艾德手牽著，另一手拉著瑪麗借她的迷你裙裙邊。她覺得這身穿著上場打球，像是有層保護，但離開球場後，這迷你裙卻讓她覺得暴露。艾德穿湯姆的備用網球衣好看極了，好像生來就該這麼穿。

「你什麼時候開始這麼會打網球？」

「我沒那麼好。」

「在我看來很厲害了。」

他邊走邊拍著球。「有一年暑假，我在展望公園打工清垃圾，有幾次在下工後留下來，到網球場上去打球。當時我老是跑著，想追到球，結果有個職業選手免費傳授我一個訣竅：『你覺得球的落點會在哪裡，人就先過去。』」

「我的策略也不錯，」她說：「我站著不動，讓球從我身邊過去，讓你負責。」

他說：「我發現了。」

「我有扁平足。」

花園裡種著忍冬，香味朝他們飄過來。艾德把球收進口袋裡。「嗯，我們也不能讓妳穿這身球衣打球流汗，」他摟緊她，捏了她的臀部一下。「又短又緊的小衣服。」兩個人踉蹌地走了幾步。「簡直太不得體了。」

「正確的說法叫網球裝，泰山先生，」她玩鬧地推他一下，「而且這樣很得體，你規矩一點。」

湯姆和瑪麗走在前面，他把球拍像獵人的來福槍一樣扛在肩膀上，身上的衣服顯得很隨性，露在外頭的衣角顯示出他不必為錢傷腦筋，但愛琳知道這只是外表，因為湯姆想打進職場社交圈。他在摩根資產管理公司上班，但他老家在桑尼賽，和她一樣，父親都是勞工階級。此外，儘管福特漢姆是名校，卻仍比不上哈佛、普林斯頓或耶魯。

侍者過來時，湯姆皺皺鼻子，指著酒單點酒，愛琳看出那是因為他寧願不作聲，也不想發音錯誤。湯姆沒問大家想吃什麼，逕自為所有的人點餐。艾德輕輕按了按她的手，彷彿有股電流通過兩人之間。在那一瞬間，她清楚知道艾德的想法，他想的不只是湯姆，還有她、他自己和生命的問題等，她喜歡艾德看待一切事物的角度。她願意花一輩子時間調整自己，配合他和緩的思考頻率。

他不強硬但也不軟弱。該怎麼說呢？她唯一能想到的形容詞是敏銳。她覺得這個想法很好：艾德是個敏銳的男人。旁人給予的，他都能吸收。

他姓列爾瑞，一聽就知道是愛爾蘭後裔，但她認為自己還是可以嫁給他。

8

艾德的家族在南北戰爭前就已經來到紐約，和其他人唯一的差別是艾德的高祖父參與了北軍莫尼特艦（譯註：USS Monitor，北軍重炮艦，一八六二年，與南軍 CSS V Virginia 於漢普頓錨地海上交戰）的建造。據艾德說，他的父親會在言語中暗示祖先曾經是海軍艦艇的工程師，但事實上只是格林波引特的大陸鐵工廠的工人，當年莫尼特艦的船身就是在那裡打造的。

艾德的母親蔻菈笑語動人。每週五晚上，愛琳會和蔻菈、艾德一起坐在家中的廚房裡喝茶、吃燕麥餅乾，艾德在卡羅花園盧基爾街長大，這地方離高架的F線地鐵相距不遠。即使再冷，蔻菈還是將窗戶打開讓熱氣流通。愛琳很喜歡看著蕾絲窗簾迎風揚起。一旁的空地是貓的地盤，牠們經常蜷縮在舊輪胎中間。只要這些貓一跳上窗臺，蔻菈就會拿著抹布噓牠們離開。列車沒隔多久便會經過，為流逝的光陰計時。愛琳每次要離開，蔻菈都會先擁抱她再道別。無論擁抱過幾次，這個母愛十足的動作還是會讓愛琳訝異，而她也總是笨拙地回抱，但不管怎麼說，她還是很喜歡蔻菈的擁抱。

艾德的父親修伊過世好幾年了。愛琳對修伊瞭解不多，因為艾德不常說，而蔻菈也從來不提。他曾經生活在這個家裡的唯一證據，是放在桌尾的一張裱框照片，戴著帽子的修伊身穿大衣，臉上似有若無地浮著隱約的笑容。愛琳知道他曾經在默劇演出時擔任鋼琴手，也在薩寶蘭油漆工廠擔任封蓋工，那時他曾建議公司將屋頂儲水桶漆成油漆罐的外觀，因而得到一筆獎金，還在聯邦產物保險公司擔任過風險評估員，到了第二次世界大戰時，他才領悟到生命的意義。

艾德本人對二戰期間沒有任何記憶，但談起父親當年的經歷卻顯得最自在，雖然那全是聽來的故事。

「如果問起戰爭，他一開口就能連講四小時。」艾德說。

當時政府鼓勵平民積極參與和戰備生產有關的必要工作，修伊因此到了陶德船廠的船塢，為受損船隻的鐵板和船殼上打釘。工作本身並不能激勵人心，唯一稱得上危險的，也不過是出海。但他喜歡和同伴並肩努力工作，呼吸帶著海鹽的空氣，想像自己的勞力即將換來的收穫——他得暫且放下這個工作，最諷刺的一點，修伊是列爾瑞家族移民到美國的第三代，但至今仍在船上工作。

艾德說，修伊與同事的工作是將一般貨輪改裝成油輪，將船加裝第二層船殼；也把豪華客輪改成運兵船。就工業和重要性而言，這個工作最重要的一項，是改裝「瑪麗女王」號。他們拆下客輪上的家具和木材飾板，把酒吧和餐廳改成醫療室，外觀則改漆成暗灰色以免被浮出水面的潛水艇識破，最後還要做防火處理。改裝過的「瑪麗女王」的速度和驅逐艦一樣高達三十海里，而當年潛水艇的平均速度只有十海里。一九四三年是戰火最猛烈的時候，「瑪麗女王」在沒有任何炮艦的保護之下，載了一萬六千名士兵從倫敦駛抵雪梨。

一天晚上，愛琳在艾德家待到很晚。蔻菈已經睡了。兩個年輕人坐在沙發上，這張舊沙發邊緣脫了線，填充物冒出頭來。愛琳從桌尾拿起修伊的照片。

「他是怎麼樣的人？」

「大概和大部分父親一樣吧，」艾德說：「外出工作，很晚才回家。在家的時間不多。」

「如果以男人來論呢？除了身穿大衣頭戴帽子之外，我很難想像他的為人。」

桌邊兩盞小燈是起居室裡唯一的光線來源，讓這個空間看來像是又小又舊的酒吧。蔻菈在屋裡每個角落都放著可愛的小雕像，但是讓這處公寓成為「家」的影響也到此為止。愛琳對自己的父母有了新的觀感，感謝母親將家裡整理得井井有條，感謝父親在家具壞損時會付錢換新。艾德在成長過程中沒這麼多奧援。

「他很愛笑，」艾德說：「會說黃色笑話，而且嘴巴老是叼著根雪茄，成天忙來忙去地調解糾紛。」

「還有呢？」她放下照片，問道。愛琳感覺得到，艾德快說出口了。「再說一點。」

「他愛喝酒，」艾德說：「過世前狀況不是太好。」

「這種事我多少能懂。」她說。兩人靜靜地分享彼此相同的感受。

「很抱歉，」他說：「我不該讓妳聽到這種事。」

她的情緒波動，喉嚨緊了起來。「你在我面前什麼都能說，你知道的。」

「如果沒什麼好說，我也不知道要怎麼講。」

「想到什麼就說什麼。」

看艾德沒說話，她擔心把他逼得太緊，因為過於緊張，她還扯開了沙發扶手的布料，她雙眼看著艾德，一隻手把布料塞回原處。她寧可不吵他，也不願冒險惹他生氣，從此再也不提這件事；但她更不想讓這段關係退回她與其他男人相處的表面階段。除了艾德以外，她從來沒有這麼想和任何一個人說話，這麼渴望把自己從未說出口的事情告訴他。同樣地，她也從來沒有這麼想瞭解任何人。從前她覺得若是對哪個男人有好感，讓對方保持一點神祕感是必要的。這天愛琳首次感覺到，進一步的瞭解並沒有減損自己對艾德的好感，甚至有所幫助。

「妳記得查理．麥卡錫嗎？」一會兒之後，艾德才說：「腹語諧星艾德加．伯根的人偶？我爸爸從前常說我很像查理。」

愛琳把交疊的雙手放在膝上，屏住呼吸，努力不露出急切的態度。

「剛開始，我以為如果我表現得像查理，就可以逗他笑。於是我一直練習，把聲音模仿得很像。看我爸爸從酒吧回家，立刻跳到沙發上扮人偶的臉給他看。」艾德模仿人偶齜牙咧嘴睜大雙眼，用空洞詭異的眼神左看右看。「有時候他會大笑，有時候則是叫我別鬧了，說我和那個人偶一點也不像。我從來不知道自己該不該扮人偶。我記得自己最後一次扮查理時，他笑了又笑，接下來卻啪地賞我一巴掌，」艾德把手放在咖啡桌上，「要我別出自己的洋相。」

沙發上的兩個人把手伸向對方，指頭交纏了一會兒。愛琳用雙手包覆艾德的手掌，並拉向自己，她在他手上印了一個吻，然後整個人靠過去。

艾德說他母親從不討論他父親酗酒的問題，但是據艾德所知，他父親在大戰前並不喝酒。「如果戰爭一直持續下去，或如果他去當公園巡守員之類的戶外工作，事情也許會不一樣。」

戰後，修伊回到聯邦產物保險，整天待在辦公室裡。他沒有嗜好。「我覺得他唯一知道的放鬆方式，是到茉莉酒吧去，」艾德說：「他一走進去，每個人都會舉杯歡迎。大家都喜歡聽他說笑話，並讓他請客。」

艾德說，在他九歲時，他母親會在每週五發薪日，要他坐車去領他父親的支票。如果他沒及時拿到，公司會把錢拖到下一週。如果拿到，他父親也不見得會缺錢用。修伊有一副好歌喉，每週到海星聖母教堂在喪禮上領唱，一場就可以賺到二十五美金，相當於週薪的三分之二。艾德之所以知道這件事，是因為他在上課日會去教堂，當喪禮的祭壇輔祭男孩。

「他第一次領唱時，」艾德說：「我從聖器室拿著十字架走出來為喪禮開場，沒想到卻看到他臉上帶著羞怯的笑容站在一邊。時間一到，他走上講臺，緊張地看我一眼，好像做了壞事被我逮到。也許他有朋友知道他能唱，所以幫他安排領唱。我還記得，我知道他來教堂之前還喝了酒，有些事就是看得出來。」

她點點頭。

「管風琴響了，他開始領唱，但看他的樣子好像不相信自己有那種嗓子，彷彿他是第一次聽到自己的歌聲。我想不到他唱得那麼好，把感情都唱了出來，幾個坐在長椅上的親友甚至流下眼淚。」

「我爸爸沒辦法唱歌，」她說：「只是自以為能唱。」

艾德溫暖地對她微笑。「喪禮後他來領錢，當時我剛好在神父寓所要換下輔祭員的白色長袍。他用手壓著嘴唇。『別告訴你媽媽。』」艾德的臉色沉了下來。「我一向這樣，知道但不能說，妳懂嗎？」

她再次點頭，心想，有時人生會讓人早熟，然而有些人永遠長不大。

「之後他便經常出現了。我不知道公司怎麼沒開除他，因為搭地鐵來回也要好一段時間，他每次出來一定得花兩、三個小時。他唱了好幾年，依我看，那些錢根本沒拿給我媽媽當家用。妳想想看，教堂和我家只隔了一個街區而已。她說不定會想和他一起吃午餐。」

艾德開了口之後，便彷彿潰堤的水壩。他們每週都到曼哈頓用餐一次，話題經常轉向童年的生活。她得知艾德在初中是模範生，但到了高中卻絲毫不顧學業。在艾德第二度被學校開除後，蔻菈靠自己在教區的關係，讓他進入鮑爾紀念高中試讀。漫長的車程讓他靜下心，最後終於畢業。接著他在哥倫比亞街的康斯坦姆工廠找到調配油漆的工作，上班地點離家很近，走路就能到；他把每週的薪水支票都交給母親。

艾德說，他在康斯坦姆認識了一位值得尊敬的人——負責指導油漆調配的工程師。化工喚醒了沉眠在艾德內心的求知慾，果真學得不少要訣。沒多久，懶得翻手冊的同事已經會開口向他請教。為了多賺一點錢，他跳槽到多米諾化工，將殘渣煉成糖，觀察過程中的反應、添加的試劑和最後的產物。他先是進入社區大學修夜校課程，接著又辭去多米諾的工作，正式到他弟弟菲爾就讀的聖方濟各學院註冊入學。學費是蔻菈繳的，用的是艾德從前拿回家所存下來的錢。

他家的公寓裡沒有通道，從廚房到起居室會經過每張床的床尾，艾德和菲爾本來同睡一張床上，直到姊姊費歐娜出嫁搬到史坦登島後，兩兄弟才各擁一張床。在某天修伊從辦公室搬回一張書桌之前，艾德和菲爾仍然在餐桌上寫作業，因為那是當時唯一能攤開書籍和筆記本的空間。蔻菈從來不必喊他們吃晚餐，只要叫他們把書拿開就好。

週五晚上艾德的朋友出門作樂，他則是在家等酒保打電話來。艾德總是把車停在酒吧門口按喇叭示意，修伊則是要兒子等他再喝完一杯。艾德不願意進去，因為他不想親眼看父親喝酒。有一回他等到睡著，回神時連忙踩下煞車，以為自己邊打瞌睡邊開車，差點要追撞前車。於是他連按了好幾聲喇叭，幾名男人出來查看，修伊也跟著一起出來，用瞪別人家瘋孩子的眼光看著自己的兒子，但艾德沒罷手，等他終於不再按喇叭時，修伊立即對他大吼大叫。艾德說，自從那次以後，他把車子開到酒吧門口只會輕按一聲，然後熄掉引擎等待。

學校提名艾德加入真福傅若望董斯高榮譽協會，菲爾早他一年時也接受了提名，他們是聖方濟各學院唯一同列榮譽協會的兄弟。

艾德提起他父親過世當天的情形，那時他們正在十四街上的呂修餐廳吃維也納式炸小牛肉片搭配酸白菜。

「我畢業前幾天，」他說：「我爸躺在沙發上突然心臟病發作。我開車送他去醫院，一路上大概闖了所有紅燈，還用一手壓著他，免得他向前趴。」艾德伸手壓著愛琳示範。「我從酒吧載他回家時也得按著他。抵達醫院時我看得出他已經過世了，我用力拍了拍他的臉頰，扛起他就衝進醫院。」

一直到親耳聽到修伊過世，待在家屬等候室裡的艾德才哭了出來，也才知道自己扭傷了背。過去他厭惡那些扛父親回家的夜晚；他得背負父親的身體，拉扯他的手臂，而他父親則渾身酒臭，鬍渣刺痛艾德的脖子，說話含糊不清，還帶著威士忌的甜腥。然而在這哀傷與疼痛交替之際，他終於明白自己愛過去這一切所發生的事。

「有些事，我們可以感覺得到但沒辦法解釋，」艾德說：「而且也知道別人無從理解。」

「我懂。」愛琳想到自己面對父母偶爾也會有同樣的情緒，接著發現，在這一刻，她對艾德也有這樣的感覺。每個人都希望自己的「愛」能記錄在時間這本帳簿裡。「你什麼都不必多說。」她說。

9

她想買件豪奢的結婚禮物送給未婚夫。恰好她父親的知交，是浪琴公司的副總經理——在父親重新上酒吧後，捨棄道賀堤酒吧，改到哈奈特時，這兩人總是並肩坐在吧檯邊，同時也代理積家錶在北美的銷售。愛琳花了六百美金，買下積家尚未上市的新錶款樣品，這只腕錶搭配十八K金錶鏈，市價要兩千美金。她分了三期付清款項。

她絞盡腦汁，想找出能表達內心情感的刻文，比方親密提及後代子孫之類的文句，但能想出來的句子都太古怪。於是她最後決定鐫刻他的全名，希望艾德能明瞭愛琳視他為自己男人那番缺乏潤飾但情深意濃的心意。

結婚一週前，他們到綠苑酒廊用餐，從地鐵站出來直接搭馬車到餐廳門口。這是愛琳第一次到綠苑酒廊，她愛極了這地方的宴會桌，可以飽覽美景的大片窗戶，和寒冬中的樹木。

用完沙拉後，她將手錶送給艾德。艾德解開蝴蝶結，俐落地拆開綠色錫箔包裝紙，打開盒子後取出了手錶。

「好漂亮。」他說道，但沒試戴便收回盒子裡。「可是我不能收。我不是那種會戴金錶的人，妳還是退回店裡去吧。」

愛琳一時錯愕，不但說不出話，甚至也忘了生氣，只感到難以承受的失望，連胃都跟著抽痛。

「我買的是樣品，艾德，不能退。」她摺好鋪在腿上的餐巾，並撫平絲質洋裝的裙襬。

「為什麼不行？」

「因為只有這一只。」

「我確定他們會聽——」

「而且上面刻了字，可惡。」

他還繼續說，但愛琳沒聽，而是迅速又冷靜地思考該如何走出餐廳。她不打算回應，想著她乾脆把手錶留在桌上，然後回家告訴父母要取消婚禮，遺憾自己無緣看到父親戴上大禮帽和燕尾服。一名侍者過來將沙拉盤疊放在一起收走，另一名侍者上前為他們加水，動作不疾不徐，免得一次倒出太多冰塊。

「如果妳不想退貨，說不定妳可以請他們幫我用皮錶帶換掉K金錶鏈。」她對眼前這個男人獻上真心，對方卻高傲又無知地表示她太不瞭解他，而且在這一刻，他對她近乎荒唐地坦白掏心。「我是個普通人，不懂得怎麼戴這種東西。」

她發現，想走出自己的生命簡直易如反掌。她對艾德的同情突然湧現，接著彷彿豪雨過後似的，她坐在如同一池怨恨當中，想的是這個即將成為自己丈夫的男人有多麼抑鬱窮酸。

晚餐的氣氛雖然緊繃，但他們仍然熬到吃完甜點。起身離開時，憤怒驅使她一把撈出放回手提包裡的錶，要他讀刻在腕錶底殼的字。

艾德靜靜地看，有那麼一會兒，愛琳覺得他似乎感動了，像是想改變心意，這讓她莫名其妙地緊張起來，然而艾德還是將錶遞回給她。

「我會永遠愛妳，會把這輩子奉獻給妳，為妳努力工作，」他說：「謝謝妳買這件禮物送我，而且我怎麼說都不足以表達我心中的感激，但是我知道自己絕對不可能戴，如果妳拿回去退，我們可以把這筆錢存下來，讓我們的孩子讀大學。很抱歉，雖然我也想改變，但怎麼樣就是改不了自己的個性。有時我覺得去當另一個人還比改變自己容易，例如現在就是。妳今晚好美，我真不忍心讓妳失望。」

幾天後，她父親看到艾德，問起手錶在哪裡？艾德老實說了出來——放在家裡的盒子裡，他覺得戴上太彆扭。父親沒有表現出女兒預期的憤怒，艾德的回答讓他不由得沉思。

當天夜裡，父親把愛琳叫進房裡。「他不收昂貴的禮物有他的道理，」父親說：「他們家族在幾百年前便移民到這個國家，但到現在還沒有自己的房子，真是罪過。如果我在世時妳還沒有自己的房子，我死後也會從墳墓裡跳出來找妳算帳。」

兩人在認識一週年後不久結婚，到尼加拉瀑布度週末當作蜜月旅行。這和她夢想中的法國、義大利或希臘不同，但艾德正在準備一份要併入論文當中的報告，而且他們手頭的錢有限，不可能跑遠。遊河的「霧中少女」號在淡季不開船，他們只能從觀景區欣賞。河水將大塊大塊的冰沖到瀑布斷層處，他們沒停太久，因為潑濺的冰水實在太冷，於是到餐廳裡，或走入附近美麗的景色中散步。

最後一天，她站在觀景塔上，心裡正讚嘆著四處飛濺的水其實出自一體時，艾德說等他們回家後，在他做資料的蒐集和研究時，兩個人不會再有時間出門遊山玩水；也就是說，這一整年的大部分時間都會如此。愛琳沒把這些話看得太嚴重，她以為艾德只是因為想擺出一家之主的尊嚴，才斷然地用誇大的男性觀點來安排他的時間。因為在婚禮的準備期間或是在兩人交往時期，艾德雖然在研究同一份資料，但仍然排得出時間陪她。沒錯，過去他們只在週末見面，但她平時也有自己的工作。

一九六七年三月底，他們各自從父母家中搬出來，住進傑克森高地第八十三街一棟屋子的二樓，這棟屋子共住了三戶人家。愛琳心中滿懷喜悅，感覺像是實現了人生的一部分夢想。好幾年來，傑克森高地拉扯著她的想像力，如今她終於住進其中一戶，可以在這裡入眠，結束每一天。生活細節一如她的記憶，但多了嶄新的熱情。十字路口的花盆宣告新生命的到來，春天的氣味穿過窗戶，停留在家中的枕套上。

她樂於將娘家的混亂拋諸腦後。她想走保守路線——這當然不是指政治，否則父親會和她斷絕父女關係——而是就舉止態度而言。她一向表現得比實際年齡成熟，但她注意到自己現在格外謹慎，例如過期牛奶即使沒發酸也會倒進水槽，開車在下雨天或過彎時也會減速。她為艾德買了一件體面的毛呢外套，並且要他丟掉舊鞋，改穿W翼紋鞋或牛津鞋。

儘管如此，她心裡仍有些忐忑。和艾德住進夾在上下兩戶人家之間的屋子好比三明治，這不能算是她的夢想，而房東安傑羅·奧蘭多一家人住在一樓，他的姊姊康索菈塔獨自住在三樓。安傑羅任職衛生局，他的妻子蕾娜是家庭主婦。奧蘭多夫婦有三個孩子，分別是十歲的蓋瑞、九歲的唐尼和七歲的布蘭達，全家鬧哄哄的，讓愛琳覺得這棟房子其實更像是連棟的公寓建築。最早她說服自己，儘管住了不只一戶人家，然而搬進獨棟房屋便代表擁有難得的寧靜。但奧蘭多家的小兄弟老愛和一小群街坊鄰居的孩子在車道上玩；碰到下雨天，他們會在家裡震天價響地打鬧好幾個小時，期間還夾雜著蕾娜尖銳的訓斥聲。艾德書房樓下是布蘭達的臥室，小女孩整夜開著收音機，聲音直往樓上傳。艾德戴上耳塞，展現超凡的專注力，噪音沒干擾到他，反而激怒愛琳。安傑羅和蕾娜吵起架來不是大吼大叫就是摔門，糟的是這種事經常發生。惱人的噪音上下包夾。多數夜晚，康索菈塔會焦躁地在公寓裡繞圈圈踱步，踏著沉重的腳步走進每個房間，沒人會想到身形那麼消瘦的女人能踩出這麼大的聲音。她會走進某個房間打開電視後再走到另一個房間，讓電視一路響到收播停止或根本不關，刺耳的噪音經常讓愛琳難以入眠。

婚姻生活進入第三個月後，愛琳詫異地發現自己和丈夫一次也沒去過酒吧、餐廳或是參加派對。為了婉拒朋友的邀約，她找藉口都找煩了；每當他們打電話來而她必須拒絕時，她都想把話筒遞給艾德去解釋。若她真能在本該兩人一起出席時獨自赴約，那更得面對大夥兒的詢問，要她說明艾德在哪裡，最後她果斷決定：出趟門實在不值得這麼辛苦。她原以為自己會和艾德一起在寇克立夫婦家打牌、看丈夫搶救法蘭克．麥圭爾家的烤肉危機，或是看著他在湯姆．卡達西家中，在大家幾杯香蕉達可利調酒下肚之後，興致突發地彈奏起鋼琴來。在她最早的幻想中，艾德終究會同意花錢買家具，讓她在自家餐桌旁招待一屋子好朋友，傑克．寇克立在她驕傲地端出檸檬胡椒烤雞走過時拍手叫好，誇張作勢地聞香，不料婚後她竟得氣呼呼地坐在安樂椅上，只有幾乎被翻爛的小說作陪。而她能有那張該死的安樂椅的唯一理由，竟然是因為她母親說，過來拜訪總得有地方坐，艾德才不得不尷尬地點頭。母親直接拒絕坐在他們家破爛不堪的沙發上，這張沙發有段歷史，因為菲爾到多倫多去才會留在他們家。艾德只需要有地方可以靠放腦袋讓他思考就好，就算是地板也沒關係，思考對他好比身體所需要補充的養分，或靈魂所需要的幻想。他唯一的考慮似乎只有他的研究工作，而且還不是實質上的工作，因為當愛琳說起自己每日工作時他幾乎沒聽，但他的工作，他寶貴、重要的研究工作將會為科學帶來貢獻。她通常會站在門口一會兒，看他低頭研究可惡的筆記，連敷衍地揮手道再見都沒有，接著才孤單地一個人到附近散步。

愛琳踩著年輕時，赴約走過的步道，當年來到傑克森高地的目的，就是要吸引旁人的目光。她路過楊恩家，想起從前兩人看完電影、到他家吃漢堡喝奶昔，男孩會懷抱希望地陪著她在三十七大道來回散步，最後才送她搭地鐵回家。有時候她會帶這些年輕人繞進小巷弄裡，不是為了找地方親熱——她倒也不是沒做過這種事——而是因為她喜歡欣賞那些自有住宅，想像自己日後住進優雅環境的生活。

有些時候，她會再一次地覺得這並非不可能；然後繼續往前走，走到這個可能性變得越來越小，街區越來越陌生為止。她也會停在亞爾托羅餐廳前面，看著成對佳偶用餐或家人之間互遞餐點分享，心想不知何時一切才能安頓，讓她和艾德也能一起品嚐美味的奶油麵包，喝杯紅酒暖胃，而他們一點也不急，可以從誘人的菜單上慢慢挑選。如果沒有這樣安逸的閒暇時間，她看不出人生還有什麼意義。

初春有天特別熱，艾德穿著內褲和T恤埋首桌前。愛琳怨恨起這張書桌，這桌子的四腳破破爛爛的，而且褪成了暗棕色。她知道自己無論如何擺脫不了這張書桌，搬到哪裡都得帶著走。

艾德告訴過她，買到這張桌子是他長大成人後，和他父親之間少有的快樂回憶之一。有天他父親下班回家，要兒子起身和他走。這對父子開著車進城，但他父親沒有說明原因，只帶著他走進聯邦產物保險辦公室。「那地方看起來像是被清空了一樣，」艾德說：「他帶我走進儲藏室，裡頭有一張辦公桌和一張椅子，那是他用的桌椅，他特別請要好的雜物工幫他留下來。辦公室隔天要進新家具。『坐下，』他說：『拉開抽屜，假裝你在念書。』在他眼前那麼做好奇怪，通常我念書時都是我媽在背後看。『你可以用這套桌椅讀書嗎？』他問道。我說：『怎麼可能會有人不用，桌子這麼漂亮。』我爸還是那副老樣子，他說：『那好。現在我可以用那張桌子來看報紙了。』但是我知道，能為我做點事讓他很高興。」

愛琳第一次聽到這個故事的時候很感動，但如今看來，這張醜陋的桌子成了一種象徵，代表丈夫的自我格局將如何局限他日後揮灑的空間。

愛琳凝視正在用功的丈夫，看到艾德暴露在四角內褲外的蒼白雙腿讓他顯得荒謬，她等待他轉動椅子和她面對面，至少暫時當個正常男人。她既憤怒又失望，走過去打開了冷氣。艾德一言不發地直接關掉冷氣，接著馬上回頭去讀書，連看都沒朝她的方向看一眼。兩人就這麼來回了好幾次。她無法相信自己竟會把這輩子託付給一個寧可忍受這種毫無意義折磨的男人。他們雖窮，但每週都還能存點薪水當作未來的購屋基金，而艾德卻認為連這最基本的舒適都不該存在。

從前兩人還在約會時，愛琳正面看待他這些怪癖，覺得艾德因此散發出一股獨特的魅力。當然了，他比工作中的醫師迷人，聰明才智也不輸其中任何一人，之所以沒去念醫學院只是因為太沉迷於手邊的研究。這有些浪漫沒錯，但一起生活以後，原本的癖好卻成了病態；從前讓她著迷的獨立個性變成挑剔和自我傷害。

熱氣擊垮了愛琳。她說自己受夠了，轉身準備走回她父母在伍德塞的公寓。她的汗水沾濕了襯衫，怨恨驅使她往前走。就讓艾德如願吧，讓他自己待在悶熱的家裡好了，她不想和他一起被困在這個狹小的空間裡，多一分鐘都不行。

來應門的父親看她怒氣沖沖又滿身汗的，馬上知道出了什麼狀況。「現在那裡才是妳的家，」他說：「去和他溝通，把事情解決。」

她因為急著離開艾德，連皮包都忘了帶，只好開口要點零錢搭公車。

「妳既然能走回娘家，」父親說：「就能走回去。」

愛琳回到自己家，對父親處理這件事的憤怒，讓她忘了對丈夫的氣。艾德看到她，什麼也沒說，但在她沖了澡走出來時，家裡的冷氣已經開始運轉。

那天晚上，兩人的纏綿像是永無止境；至於汗水呢，她一點也不在意。

一天，愛琳在回娘家的路上，看到道賀堤酒吧窗口貼了張告示：「七月二十一日週五七點，大麥克．杜莫帝與彼特．米克尼斯短跑大對決。」

她認識彼特，而且從來沒喜歡過這個瘦高的男人。他說話會刻意比別人大聲一點，像是想模仿另一個男人的聲音。

「你那場短跑比賽是怎麼一回事？」她走進廚房劈頭就問。父親斜靠在桌旁喝茶，眼睛看著窗外，身上穿著全新的白色內衣和室內拖鞋。

「他老愛吹噓自己的腳程有多快。」

「你都快六十歲了。」

「那又怎麼樣？」

「彼特還不到三十。」父親把水壺放回爐上。

「他年紀是只有我的一半沒錯，」父親說：「男人氣概也一樣。」

愛琳覺得整件事太可笑，但到了比賽當天，下班回家前還是忍不住到道賀堤去。這天酒吧生意特別好，緊繃的氣氛像是帶著靜電似地一觸即發，讓人以為來這裡欣賞的是拳賽，而不是荒謬的無聊競爭。嗡嗡的喧囂聲中夾雜著興奮的叫嚷，她舉目看去，所有男人全聚在一起，手掌相互拍著後頸。有人問起她父親的作戰計畫，想看他打算怎麼打敗彼特。「我要用嚼過的菸草汁，噴瞎他的眼睛。」他嚼著滿口的菸草說話，換來滿堂歡笑。幾個男人正在做最後的統計。「兩塊美金押大麥克。」她聽到有人驕傲地大聲下注，心想，父親的擁護者寧願賠錢，也要把錢堆在酒吧上以表示支持，這筆錢足以從老闆手上買下酒吧，要不也可以拿去做些更有意義的事。

路線規劃好了：起點是吧檯後方，兩名參賽者從吧檯後跑到外頭的人行道，繞街區一圈之後再回到原點。她不太忍心全程跟著看。彼特有雙和馬一樣長的腿，可以筆直輕鬆地繞過街角；而父親只能鼓著腮幫子脹紅著臉，雙腿邊跑邊抖。大夥兒即將見證一個時代的結束。

「給我一杯愛爾蘭威士忌，」父親用指節輕敲吧檯，「我要暖身了。」他脫下襯衫和內衣，像個沒戴手套的拳擊手。彼特假意嘻笑，但看來早已洩了氣。父親把一隻腳放在高腳凳上，肌肉跟著動作抽動，他彎腰繫鞋帶，厚實的背脊直和牌桌一樣寬。

「吉米，」他故作嚴肅：「叫路上的孩子讓路，我不想撞倒任何人。」

大家又笑了，互相交換眼色。父親和彼特同時齊足站在吧檯後，酒保從三開始倒數，兩名參賽者各自穿過吧檯兩側的酒客，同一時間衝向大門。父親魁梧的體格好比衝鋒陷陣的公牛把彼特擠到門邊。這兩個人根本連大門都沒法跨出，而彼特還沒開跑就氣喘吁吁。

「門口擠了太多人。」父親回到老位子上，脖子上的皮膚散發著熱氣與怒意，眼神凶狠，這名驕傲的族長腳步沉重。愛琳看著父親的朋友紛紛拿回吧檯上的賭金，發現他們的目光全落在她修長窈窕的身上，夏日傍晚的熱氣，她讓制服緊緊包覆著她。她是族長的女兒，而且還嫁給外人。

這些人沒贏，但同樣也沒輸，不管是賭資或是大麥克都還在。父親和彼特參加同一場競賽，但依循的是自己的規則。所羅門王也會用這種方式，她哀傷地想，如果父親出生在另一個時代，這樣的天賦不知會讓他提供給前來求助的人什麼不同的建議。

10

艾德主修腦科，在神經科學領域的輔修是精神病藥物學，特別是針對治療精神異常的藥物對神經中樞運作的效果。他用美國自然歷史博物館動物行為部門的水族箱來做研究實驗，探討正腎上腺素這種神經傳導物質對西非福壽魚學習能力的影響。這種魚的雄魚在雌魚下卵後排精，然後將所有受精卵含在舌下加熱孵育。艾德的這些魚分別養在溫室中的小水族箱裡，把溫度控制在攝氏二十六度，然後在相同溫度的實驗室裡為魚注射藥物，以提升或抑制受測物的反應，魚看到紅燈後，若沒有在五秒內躍過障礙便會遭到電擊。艾德測試的主題是藥物是否能影響生物做決定的能力，簡而言之，也就是會讓學習能力有什麼改變。

「學習」這個主題讓他著迷。他告訴愛琳其中原因，因在他自己的生命中，學習幾乎是出自意料之外的所得與機會。「如果不是在康斯坦姆認識那位化學家，」他說：「我不知道自己會走上哪條路，真的是一念之差。」

他持續實驗了將近一年，每週六天，毫無例外，即使是在例如家庭聚會、和朋友共進晚餐這種較不便分身的時候仍然照常做實驗，除非愛琳施壓，他才可能請同事幫忙，抽出短暫的時間相陪。他總是睡眠不足，吃得不夠多，還因為埋首桌前太久而腰痠背痛，但他的研究逐漸有了成果，越接近尾聲他越有精神，看他如此，愛琳獨自去採購，用美國運通卡買了一張咖啡桌、兩張沙發、一對茶几和幾盞燈，心想他心情這麼好，應該不至於抱怨。然而過了幾週，這筆花費還是讓她心驚膽跳，以至於她到了排定送貨的週六早上還是沒告訴丈夫。這天艾德提早到實驗室去蒐集資料，她鬆了一口氣。送貨員把新家具搬進來，把舊沙發拖到後院，準備週一來回收。她坐在其中一張新沙發上，苦惱著稍晚該怎麼交代。艾德一拉開前門，她立刻跳起來準備迎戰，然而他從門廊走進來時，臉上依然掛著做研究時的寧靜表情，看似剛從冥想中醒來。他環視屋內，她等著丈夫變臉，準備開口說自己會把家具退回去，但他卻一屁股坐在沙發上，稱讚沙發和扎實的靠枕，說比起之前塌陷的舊家具好太多。她從來不曉得他也知道沙發坐墊已經往下陷了。

就在他的資料蒐集完全的大約兩週之前，溫室的加熱設備故障，導致水族箱結凍，所有樣本全數死亡。

艾德沒有砸碎設備、沒有怒罵溫室管理人，也沒有回家遷怒於她。他靜靜地吃晚餐，躺在咖啡桌和沙發之間的地上，愛琳則是躺在另一張沙發上看書陪他。她知道他不想聽鼓勵的言語。到了睡覺時間，她俯身凝視丈夫，在他眼底看到的不是難過而是極度的疲憊。她很清楚，這時不必說些一切自然會解決之類的話。於是她親吻他的嘴唇，要他早點回房間，然後關掉電燈。艾德就這麼躺在無聲的黑暗當中，他很晚才上床，而且隔天就準備用下一批魚做實驗，因為他需要完整的數據。

一年後他終於完成實驗，而經過這麼久的時間以後，福壽魚的學名改過了三次，從最早的Tilapia heudelotii macrocephala改成Tilapia melanotheron，到最後的Sarotherodon melanotheron melanotheron。

「抄捷徑不可能求得任何有價值的結果。」當愛琳問他怎麼度過那段艱苦的時刻時，他這麼說。她完全同意。不抄捷徑——不屈就，正是她毫不猶豫和他結婚的原因。

在他們又可以出門後，艾德為兩人買了大都會交響樂團的會員票。一次在去聽音樂會的路上，他在人行道上撿到一隻雛鳥，並拿手帕包著走過了幾條街，聽了她抗議，他才把小鳥放在花臺上。一直到回家前，艾德都不願和愛琳說話。她關燈時說：「晚安，亞西西的聖方濟各（註：St. Francis of Assisi，為動物及自然環境的守護聖人）。」他這才忍不住笑出來，兩人做愛後才入睡。

一九七〇年十二月，她和艾德到鬧區去欣賞第五大道的櫥窗擺設。愛琳興奮地看著櫥窗。儘管艾德對他們去年的開支多有嘲諷，甚至一度稱這些地方是「過度消費者眼中的聖壇」，但自從她十一歲起母親帶她來欣賞之後，愛琳只要能抽空，便會跑這麼一趟，她決心不讓丈夫的牢騷破壞這個樂趣。

艾德拒絕付停車場的費用，於是他們花了半個小時才在二十五街和第七大道的交叉口找到免費停車位，這地點距離羅得泰勒百貨公司有一點五公里之遠。儘管她穿著高跟鞋，外頭氣溫只有零下六度而且風大，他還是不肯搭計程車。太陽往下掉，櫥窗的鐵窗也拉了下來，彷彿要抗議冷冽的天氣。第七大道人行道上出奇冷清，她注意到路過的計程車多半都載了客。

越接近百貨公司，人行道便越擁擠，每個路口都有救世軍的義工在搖鈴募款。她看到一小群人聚在前面，於是加快了腳步，這讓艾德嘆了一口氣而且越走越慢。

她興高采烈地看著轉角處，一隻黃金獵犬撕扯禮物的包裝紙，艾德手上的一小包烤核桃已經吃得快見底，他邊嚼邊批評，破壞了這美好的一刻。

「這些擺設看似為了娛樂大家，」他說：「但事實上只是要消費者掏出荷包裡的錢。」他的語氣輕鬆自在，似乎以為兩人之間有了新的共識。「這就和發展出複雜機制來當作誘餌的生物一樣，而大家都會上鉤。事實上，這真的值得驚嘆。」

「你聽聽自己在說些什麼話。」

「拿蜂蘭來說好了。蜂蘭的花形長得像雌性黃蜂，會讓雄蜂想和花交配，過程中，公蜂腳上會沾到花粉然後四處散播。這就如同櫥窗不是百貨公司的重點，目的是要把消費者拉進店裡，然後帶著商品走出來。」

她努力把注意力放在電動人偶上：櫥窗裡的小女孩看到聖誕老人象牙白的靴子消失在煙囪裡，緩緩抬起手來掩住嘴巴。

「這是個讓人驚嘆又具催眠作用的循環，讓人心智動搖。」

「你對任何事都這麼執著嗎？一定要分析到底？」

「更讓人吃驚的，是每年展出的都是相同的裝飾。」

「這個說法就太無知了，」她忿忿地說：「完全不一樣。他們在這上頭花了很多心思，也用好幾個月的時間準備。」

如果不是因為他堅持要妻子加入對話，她可能不會這麼介意他的異議。分享快樂時光難道是過分的要求嗎？

她觀察四周其他女人的丈夫，他們臉上看來也沒多高興，但至少全安分站在一旁，不是雙手放在背後，就是伸手搔鼻頭。就算他們想，也沒辦法說出和艾德一樣機智又殘酷的評語。

「還有，來這裡觀光的人潮，」他說：「一年比一年糟，又擠又推的想搶下好位子。他們拿著麵包，吵吵鬧鬧地侵入這個富麗堂皇的城市。我真希望我們可以不要做這種事。」

她獨自直接走向地鐵站。一對路過的男女好奇地看了她一眼，似乎從她的表情就能看穿她心裡的厭惡。她不知怎麼地，對著一名站著不動如山的男人微笑，促狹的笑容流露出些許讓人喘不過氣的迷戀，而他的回應則是脹紅了臉。一直走到下個街角，她才發現有人拉住她的手肘。

「不要這麼歇斯底里，」艾德說：「我只不過說出自己的看法而已。」

「世界不是實驗室。」

「別這樣，」他說：「我們回去看櫥窗吧。」

他身上舊外套的袖口已經磨損，看起來就像個準備去地鐵站裡討錢的退伍軍人。

「你已經破壞了樂趣。」

「別這樣說，唉，我有時候真的不懂得節制。我也不知道自己哪裡出了錯。」

「我知道，」她說：「因為你小時候沒享受到足夠的樂趣。」

他拉著她的手臂，但愛琳不肯動。她看著熱氣從人字孔冒出來，駛過的公車讓她的胸口跟著隆隆作響。她很清楚物質世界的極限在哪裡。她想進入櫥窗的景象裡，凍結在時間當中，像道具一樣和諧完美地運作，實踐設計者手中的計畫。如果可以不必為生命中的一切做決定，而是化身為每年一度的布景，在最萬無一失的季節，為娛樂靜靜欣賞的人群而展出，那會有多好。真實世界如此混亂，燈光不夠完美，牆壁斑駁掉漆，快樂只是片面。

「這幾年內，」她說：「總有一天我們會回來，到時候你會懂得欣賞，不會為這件事惹我生氣。我夢想那一天能快點到來。」

「就當作是今年好嗎，」他說：「我們回去欣賞櫥窗，拜託，寶貝，讓我彌補過錯。」

「太遲了。」她說。

「永遠沒有太遲這回事，」他說：「別這麼講。」

她本來沒直視他，直到這會兒才停下腳步凝視丈夫。川流不息的人潮有的往前有的往後，朝著不知何處的目的地前進。她的人生像此時此刻一樣渺小，而眼前這名男人，就是她選來共度這輩子的對象。他把帽子拿在手上，彷彿是為了想懇求她才摘下帽子，她知道他永遠會有缺點，他的異議永遠會稍嫌過度，對於這個世界的墮落永遠會僵硬面對。她心想，**我們不可能時時刻刻背負著自我懲罰的刑具**。然而這時的艾德努力想拉她走回他看不起的場景當中，她看得出來，他沒辦法以自己不認同的方式生活，而當他發現何者才是正確的做法時——例如現在，其他什麼都不重要。路過他們身邊的人似乎都沒有實際形體，真正拉住他們的是手上的購物袋。

「我告訴妳了嗎？我好喜歡妳梳的髮型。」他說。愛琳讓自己軟化下來，因為她以為艾德沒有發現這個細節。兩人循原路折返，四周的街道生氣勃勃。她在丈夫的缺點中找到某種程度的完美，她這個真實的、活生生的、對資本主義影響過度警覺的丈夫，正跨出不可能錯認的O形腿往前走。她的目光沒離開他踩在人行地磚的鞋子，讓他領著她，往哪裡去都好。

11

拿到博士學位後沒多久，有天艾德回到家，說默克化工集團的高層看到他發表在期刊上的一篇文章，找上了他。當時愛琳正在廚房裡忙著切搭配燉肉用的蔬菜。

「他說我會有一間實驗室，配備最先進的設備和最高品質的器材，而且還會有自己的助理團隊。」

「他有沒有提到薪水？」她把彩椒放入燉鍋裡，然後把刀子拿到水槽清洗，這時，她聞到樓下奧蘭多家飄上來油炸和甜膩的味道。

「他不必說到此。這樣講好了，反正比我現在賺的多。」

「差多少錢？」她動手切牛肉丁。這塊厚牛肉的油花很漂亮，艾德不可能贊同她花這麼多錢買一塊肉。

「我們的日子會過得很舒服。」

他對於這個陳述似乎沒太大興趣。

「親愛的！」她放下刀，同時聽到自己拉高嗓門地說：「太棒了！」愛琳伸出雙臂擁抱丈夫。

「我們得搬到紐澤西去。」

「他們要我們住哪裡都好。」她說，放開手讓他往前走，自己開始動起腦筋。她開始想像布隆克維的獨棟住宅。「如果不住紐澤西，也可以住別的地方，像是西契斯特郡。」

「住那裡通車太遠。」

「那我們就搬到紐澤西。」

「我不要。」他說。

「那你要怎麼辦?你覺得怎麼樣比較舒服?」

「留在原來的地方。」他說。

她瞪著丈夫看。他沒開玩笑，當真要拒絕這個工作，如果真要她猜，她會說他早就打定主意了。她拿起刀子切最後一塊牛肉。

「那不是研究工作，是製藥。」艾德在起居室裡來回踱步。

「生產可以救人的藥。」她把砧板上的肉塊推進燉鍋裡。

「生產賺大錢的藥。」他說。

這個機會就像他們的命運，一定有辦法讓他講道理的。她在鍋裡加了鹽、胡椒和兩杯水，扭開瓦斯爐的火。「你已經在研究藥物了，這有什麼差別嗎?」

艾德站在隔出廚房和起居室的圓拱下，雙手高舉過頭，頂著門框拉伸肌肉。「研究藥物和製藥不一樣，」他說：「如果獨立研究，我可以當看門犬，如果替他們工作，我只是一隻寵物狗，要不然就是養來攻擊別人。」

「我們有了孩子以後呢?」她蓋上油和香料的瓶蓋。「你難道不想要有足夠的能力撫養孩子嗎?」

「我當然想。不過那要看妳所謂的撫養是什麼意思了。」他意味深長地看了她一眼，放下雙手望向燉鍋的玻璃蓋。他走過去打開收音機，調整天線以減低雜音，此時，古典樂團的小提琴和笛子樂聲流進了廚房。

「我可以強迫你，」她說：「但我不會那麼做。」

「妳辦不到的。」

「絕對可以，女人一向都是這樣。我可以找出方法左右你的決定，但是我不會那麼做。」

他站直身子。「妳不是那種人。」

「那是你運氣好，我說真的。」她雖然這麼說，但心想，自己比艾德想像中更懂得擺布他人。如果丈夫不打算為將來奮鬥，總要有人做這件事。「我只想要你知道，我曉得自己不會去影響你的決定，而且也不會強迫你。」

「別忘了我很快就能升等。」他說。愛琳看得出他心裡轉什麼念頭。

艾德在布朗克斯社區學院擔任助理教授，他剛從紐約大學畢業就在那裡教書。總有一天他會升任副教授，不久後再拿到教授職位。

「你現在走的這條路可沒有快慢的差別。」她尖酸地說，看著艾德在窗玻璃上的倒影，不想直視他。「我不在乎你能多快升等。」

結婚五年後——也就是愛琳三十一歲那年，他們決定不再避孕，甚至想積極做人。愛琳在她工作的愛因斯坦醫院素來有頂尖護理長的名號，這讓她有信心在短暫的缺席後還能回到相同的工作領域。就因為艾德當初沒有接受默克的職務，所以她終究得回去工作。

七個月飛逝，她的肚子依然沒有動靜，愛琳開始著急了。無論如何，她的年紀還不算太大，但是她知道該是理性計畫的時候了。過去他們一向隨性，有興致才做愛，一切碰運氣。現在她決定擬定懷孕計畫，把放在其他方面的注意力轉到這上頭來。她畫出排卵週期表，要艾德排好時間。此外，他們也接受了檢查。艾德的精子數正常，活動力也強，愛琳的卵巢同樣沒有問題。然而每逢月經來時她都會哭，艾德每個月都得安撫她。

又經過六個月的努力，愛琳終於懷孕，心中多了一道嶄新的明亮。如今，過去造成煩惱的事不會再讓她傷腦筋，她變得容易開心大笑，也給艾德更自由的空間，她監督的護士不必費什麼力氣就可以應付她。這種安詳連她自己都感到驚訝。她從來不覺得自己會是那種充滿母性光輝、講究健康飲食的女人，沒想到她懷孕後雖然老覺得累，卻還是會邊笑邊下廚、整理家務，甚至光想到自己活著就覺得快樂。如果有人在高速公路上超她的車，她會聳聳肩，把車切進另一條車道，希望每個人都能安全抵達目的地。

愛琳的母親過來家裡探望她時，因讀了報紙有感，感激地低聲咕噥幾句才把報紙遞給女兒。

「來，」她說：「讀讀這則新聞，說不定可以讓妳學些東西。」

這是一篇關於露絲．甘洒迪的報導，其中有一段講到甘洒迪家的孩子會藏起衣架，讓露絲沒工具打人。愛琳幾乎不曾回想母親拿衣架打她的往事，一來是因為這個回憶不美好，再者，這會讓她聯想到幾乎不值得懷念的抑鬱童年，即使經過這麼多年，每當想起母親拿著鐵製小衣架的處罰，她似乎還會感覺到疼痛。

「看到了嗎？」愛琳遞回報紙時，母親驕傲地說：「我不是唯一一個。如果露絲．甘洒迪可以，我也可以。妳也該這麼做，但妳不會，因為妳太軟弱。」

若不是懷了身孕，愛琳可能會說些錢買不到品味的話，從清潔婦到女王都能做同樣的事，但就因為這麼說會觸及母親的痛處，所以她只說：「世上什麼人都有。」而且當下決定日後就算盛怒，也絕不動手打自己的孩子。

幾個月後愛琳不幸流產，無以言表的哀傷差點讓她承受不住。這幾乎比甦醒的不祥預感更糟，這個預感也許得回溯到她母親的流產，以及那次流產帶給母女兩人的影響。愛琳從來沒有刻意承認，但心中藏著沒有出口的念頭如死巷：她害怕自己可能永遠無法懷孕，要不，就是保不住胎兒。

她盡可能不讓艾德看到她有多頹喪。她必須督促丈夫繼續努力，好再次懷孕，況且她也不想讓艾德以為暫時不要給她壓力便是體貼的表現。一年過去，兩人還是沒有好消息。她上餐廳時開始會多喝一杯；即使，在家裡下廚用餐，也幾乎餐餐小酌。慢慢地，喝到喜歡的酒，她會買一整箱放在地下室，以便朋友來作客時有好酒招待，何況大批採購更為便宜。她覺得自己開始對母親的心路歷程多了一些瞭解。但儘管同樣是喝酒，愛琳仍能自制，她每天上班，也照常存錢。

沒多久，艾德也不繼續安慰她，似乎放棄了生小孩的可能性。有時愛琳會猜想，丈夫說不定還因此鬆了一口氣。他當然駁斥這個說法，但在她的想像當中，艾德可能也樂得保留若是當父親得耗費的時間。某個夜晚，他表示太累無法按計畫做愛，愛琳指控他破壞兩人的計畫。她明知自己是在鬧情緒，但怎樣也忍不住。

在她的朋友當中，沒人有懷孕生子的問題。辛蒂．寇克立五年內生了三個女兒，最後還為傑克生下兒子夏恩。瑪麗．卡達西在小史蒂芬出生後，又生下一對雙胞胎女兒卡莉和莎凡娜。凱莉．范拿岡的女兒愛芙琳雖然是兔唇，但幾年後誕生的亨利，看來就像嬰兒食品包裝上的小天使。報喜的電話和慶生卡片一個接著一個來。唯一沒消息的親近好友只剩下露絲．麥圭爾，但她七個弟妹中最小的兩個可是她親手帶大的。聽露絲說自己受夠了，不想再帶小孩，愛琳覺得自己和她似乎更親近了些。兩個女人會湊在一起慶祝沒有子女的生活。

每當他們去參加慶祝朋友子女的生日時，愛琳只要看到孩子拆開禮物就會開始咬指甲。她總是花太多錢買太多禮物，看到孩子拆開包裝紙就會緊張兮兮地充滿期待，好像她一定要得到最重要、最不可或缺的禮物。

艾德卻因為沒有子女而得以自在地追求工作專業上的興趣，他不必半夜起來餵奶、換尿布，也沒有帶兒女看診的問題，並且在神經傳導物質領域研究出重要的成果，經常到研討會發表演說，比同儕更早得到教授的提名資格。

她不再把每次月經當作身為女性的宣言，轉而將旺盛的精力投入工作，不但連續幾度升職，而且感覺到上司和同事視她為時代新女性，願意犧牲母職換取事業生涯——要知道，當時是一九七五年。不只男人服從她的指令，已做母親的女人也恨她，如果她願意繼續追求事業，機會就在眼前。

然而流產的夢魘還是縈繞著她。她曾經夢到自己坐在馬桶上，聽到「噗嚨」的怪響，一看才發現有個小嬰兒正張著眼睛看她。這個分不出性別的嬰兒憤怒地瞪她還緩緩眨眼，這時她醒了過來，還伸手去搖醒艾德。去上廁所時，她避開不看馬桶。她和丈夫終於適應了沒有孩子的生活，無法否認的，這帶來一些相對的好處，他們出門時不必像其他夫婦要找人帶小孩，還可以仗著叔叔、阿姨的身分去寵溺朋友的孩子，在事業上也無所羈絆。在她得知艾德寧願拒絕系主任一職，而把所有時間都放在研究及教學上時，她之所以會感到沮喪，很可能也是因為這個理由。這就好比聽到丈夫親口說出他不愛他們的孩子一樣。

為了彌補放棄系主任一職的損失，艾德開始在紐約大學夜校兼職，教的是解剖學。他會先回家吃晚餐，然後搭地鐵進城。課後回家時，艾德身上總是散發出冰凍屍體的味道。她無法忍受丈夫摸過屍體之後又來碰她，只要他故意伸手逗弄，她便會尖叫連連，扭著身子跑開。

在這個時候，紐約大學生物系釋出了一個教授終身職缺。艾德有位指導老師恰好是評選委員會的一員，並表示若艾德提出申請，委員會一定會認真考慮。

愛琳催他趕緊去申請。紐約大學絕對可以大大提升他的聲譽。

「布朗克斯社區學院需要我，」他說：「誰都能去紐約大學教書。對我來說，最重要的是讓我的學生知道他們接受了真正的教育。我想幫助那些孩子申請進入紐約大學，想要他們先準備妥當，到時候才有能力面對校方的要求。」此外，他想留下還有其他理由。一是布朗克斯的退休和健康保障十分完備，但紐約大學的教授就不一定了；另外，艾德在布朗克斯有個相當好的實驗室，足以讓他進行和在紐約大學相同的研究；可以申請的補助也不少。「重點是要有正確的野心。」他說。

他終究沒有去申請紐約大學的職缺。之前，愛琳一度興奮地和朋友談及艾德轉任紐約大學的可能性，如今，她在這些人面前為丈夫的選擇辯護，表示機會只是遲早的問題，艾德會是院長的當然人選。她說，這種事不能太招搖，日後進入更顯赫的機構擔任行政工作時，專業經驗等於是資歷。

艾德繼續在夜校授課。但如今他渾身散發防腐劑的臭味回家時，她不但不讓他上床睡在她身邊，還要丈夫先沖過澡才願意擁抱或親吻他打招呼，他也到這時候才能用晚餐。通常她會上床去，一點都不願觸碰到艾德。愛琳不認為如此抵制丈夫有什麼不對，畢竟決定是他自己做的。在她為了他的快樂做了這麼多犧牲之後，他不該理所當然地覺得自己什麼都能得到。

後院那株大樹的樹冠，幾乎與奧蘭多家的山牆屋頂一樣高，擋住他們臥室的光線。愛琳和艾德都接近三十四、五歲了，初老的念頭悄悄鑽進他們的腦袋，兩人靠做愛來了摒除這種想法，但有時也帶著怒意。兩人都沒別的打算；有時他們吵起架來會冷戰好幾天，愛琳偶爾有離婚念頭時，也懷疑丈夫是不是也有此打算，但他們從未真正說出口。他們知道雙方都不可能斬斷婚姻的結合，這個認知開啟了通往對方靈魂深處的門。這對夫婦彼此太熟悉，竟開始覺得對方像床上的陌生人，這樣的感覺為他們的愛情生活注入一股全新的力量。她不知道自己的朋友是否也走過同一條道路，但她就是不敢去問。

愛琳雖然早已放棄，不再為懷孕生子而焦慮，但到了三十五歲那年，她不但懷孕而且還足月在一九七七年三月中旬的幾天前生下孩子。她和艾德花了好幾週的時間為可能是男孩的嬰兒想名字，但產後，到了負責填寫出生證明的女孩過來詢問的第二天，他們還是沒有答案，讓女孩擔足了心。這天，露絲搭火車過來探望愛琳，帶來的書放在醫院的床頭桌上忘了帶走。到了第三天，負責行政事務的女孩又來問孩子的名字，並且告訴愛琳可以去市政府檔案找找靈感，這時愛琳的目光正好落在露絲的書上，《布里居太太》（註：*Mrs. Bridge*，作者為Evan S. Connell），她從來沒聽說過這本書。愛琳有個遠親叫作康諾，但她選擇這個名字的真正原因，是因為「康諾」與其說像個名字，不如說更像姓氏——從前她協助過的一名出身背景良好的醫師也叫這個名字，她想讓兒子的生命有個漂亮的起點。

康諾幾個月大時，她像是從長眠中醒來似地領悟到：這孩子來到人間是一件極其重要的大事。不知不覺中，她逃出了被困了許久的陷阱。後來有段時間，她常催艾德讓她再懷個孩子，直到她擔心若真的高齡懷孕可能會生下畸胎才放棄。她要把未來建立在這個孩子身上。

為嬰兒洗澡所帶來的喜悅讓愛琳自己也感到訝異。她甚至懷疑這會讓所有認識她的人都驚訝不已。每次按下洗手槽的水塞然後打開水龍頭時，她都有一種平靜的感受。她用單手手掌撐住兒子的脖子，讓他的身體靠在自己的臂彎裡，然後用另一手為兒子洗澡，拿著毛巾擦淨孩子皮膚的皺褶。他無聲地對她微笑，讓她卸下緊繃的情緒。小水花潑濺到他的臉龐，孩子咳了咳，又回到不可思議的寧靜狀態。到了康諾長大了些，可以自己坐在洗手槽之後，她會把沾濕的小毛巾拿給孩子抓著吸吮，自己再拿另一條毛巾幫他洗澡。孩子大力地吸吮，以小小的牙齒拉扯毛巾，如此純粹的活力和愉悅就是能帶給她快樂。

在康諾長大一點到可以走進浴缸時，她最愛看的是兒子踮起腳尖，伸手越過浴缸去玩水，孩子小小的背肌跟著抽動。康諾曾經在情急之下差點一頭栽進水裡。這孩子會快速地連續拍打水面製造水花，在她倒洗髮精為他搓揉後腦的頭髮時，還一邊咯咯笑，一邊高興地拉著自己的小陰莖，他還會一把抓住兒童專用的洗頭杯，在母親阻止之前大口喝下肥皂水。洗完澡，她會拿毛巾裹住兒子，為他灑爽身粉，穿好尿布，把他的手腳塞進睡衣裡。她能感覺到孩子在衣物輕柔的包覆下感到舒服又輕鬆。這沒什麼道理，但連為他解開衣服的釦子也能讓她開心。她聞著孩子身上的味道，懷疑自己的生命中是否能缺少這個香味。無論是她幫孩子洗澡、送他上床睡覺、梳乾他剛洗過的頭髮、哺乳，或拿奶瓶餵孩子、放下孩子躺好，或是夜裡去看他，觸摸他起伏的胸腔，用指尖感覺他的心跳，任何一個小動作都能融化她的心。她上床躺著，在入睡前，腦海裡想的也是他。儘管她總覺得累，儘管她想像這種迷戀會在隔天醒來時消失，但母愛像口深井，永遠會在睡夢中填滿，她會再次從搖籃中抱起孩子貼向自己，親吻他柔軟的脖子。有些事無法以言語形容，這就是個好例子：看到自己漂亮的兒子，沒有人能形容像她這樣的女人會有多快樂。她知道這種情況不可能持續一輩子，很快地，她會對他有所要求和期盼。她打算好好享受這段時光，拿來填滿自己的心，這可以讓她度過許多歲月。

12

愛琳的母親戒酒後，覺得呆坐在家比長時間工作更難受，於是她到了六十多歲還繼續去貝賽工作，在初中生下課後打掃校園。這時愛琳的父親早就拿了手錶和退休金，把卡車鑰匙丟給了年輕人。但後來母親的雇主失去了和學校的合約，母親也沒再找工作。她說了好幾年想存錢在微風角海灘買棟度假小屋，但愛琳懷疑母親是否知道自己在所剩無幾的時間裡，沒辦法有這麼大的改變。母親不再讀《紐約日報》而改看《愛爾蘭回聲報》，想用存款回愛爾蘭旅行。她對祖國的定義開始變得模糊，彷彿新家園的生活只是個實驗，而且經過證實，的確帶來不良的影響。

很早以前，愛琳便已經把自己和艾德對他事業的爭執告訴過母親，知道母親會咂舌搖頭，以表示對女婿缺乏動力的譴責，但母親逐漸有了改變，現在她沒有從前來得務實，不再那麼為身分地位煩惱，也不再抱怨政治、地鐵上遇到的蠢蛋或都市生活的醜陋與污臭。她開始讀小說，還加入讀書會的討論。愛琳難免覺得受到背叛。她猜想，這個轉變的部分原因，應該是母親藉著忙其他事來避免喝酒。「負面想法會讓妳退縮在角落裡，」一天下午，她們帶寶寶去法拉盛公園野餐，回家後母親帶著微笑說：「這些想法會加倍生長，而且圍繞在妳身邊。別奢想自己沒有的東西，把注意力放在單純的快樂上。」這番過時又遲了好幾步的智者訓話，涵義甚深；可說是一個女人出手但失敗後擁有的策略，或更糟的，是從來沒施展過的戰術。這種話，對匿名戒酒協會那些毀了自己又陷入悔恨輪迴的潦倒人士可能有效，但愛琳的問題不在於負面思考，而是對周遭的每個人缺乏正面的看法。她有憧憬，即使丈夫（和現在是母親）看出其中的醜陋之處，她也不會放棄。至少父親支持她——天主垂憐，只要對方有心去做，他什麼都支持。無庸置疑，她也一定會堅持目標。如果艾德願意踏上她鋪好的路，等在前面的是美麗人生，是美國夢。

「一天這麼做一次就好。」母親說。但愛琳心裡想的是：一次就要足。

一九八〇年的聖誕節，愛琳買了卡式錄放影機送給艾德當禮物。東西是兩人一起看到的，但是當艾德看到約莫一千美元的價格時，立刻決定聲稱那不是生活必需品。愛琳這輩子辛苦工作，為的不是在買得起的時候按兵不動。她如今已經是布隆克維勞倫斯醫院的護理主任，錢賺得心安理得，既然丈夫熱中看老電影，那麼錄放影機會是完美的禮物，於是她從八月起便開始分期付款。

艾德拆開包裝時簡直嚇壞了，像是看到了從神聖古墓挖出來的遺骸，詛咒即將臨頭。

「妳怎麼可以做這種事？」他在三歲兒子的面前氣沖沖地問：「怎麼會想要買這個東西？」

幾天後，她洗完澡走出浴室，看到丈夫蹲坐著把卡帶放入錄放影機裡，於是譏諷地看了他一眼。

「好啦，」他說：「我錯了。這是很棒的禮物。」

「你省省吧。」

「我是真心的。妳真的很體貼。」他抱著卡帶的空盒，說：「我很感激。」

「我不相信。」

「嘿，我知道我很刻板，不懂得變通。」

「這還要你說嗎？」

「但這不表示我學不會一、兩件事。」

他把放電視的櫃子推過來放在床邊，正在播放的是公共電視網兩個節目間的募款宣傳。艾德拍拍床鋪，「上來。」他說。

「我得先去梳頭髮。」

「別這樣，」他說：「我想確定自己把節目錄了下來。」

「反正我看到你肯用就很高興了。」

「我還能怎麼說？」他舉起雙手作勢投降，「妳對我太好了，真不知道沒了妳我要怎麼辦。」

「真的嗎？」

「我是真心的，沒有妳，我一定迷途。」

有時候，她會覺得無論艾德加諸什麼困境在她身上，全都值得承受，罕有男人願意像他這樣徹底認錯。

「親愛的。」說完話，她達成他一直想要的希望，鬆開毛巾赤裸地站在他面前。一開始她微微駝著背，但接著站直了身子，雙手插腰，反過來欣賞他流連貪戀的眼神。電影開始了，但艾德的目光沒離開妻子的身軀。她知道自己臉紅了。「你最好按下錄影鍵。」她說。艾德還是看著她，於是愛琳只好爬到他身上，按下按鈕。

「我們可以晚點再看，」他邊說邊親吻她的脖子，「發明錄放影機的人簡直是天才。」他的手在她背後游移，輕捏她的臀部，碰觸她女性的核心。

「什麼時候看都可以。」她嬌喘著回答。

她翻下身，拉開被單。艾德轉低電視音量，然後扯下自己的內褲。她伸手想關掉床頭燈，他將自己推入她的體內並讓她翻躺過來。錄影帶規律地轉動，螢幕的光線跳動，忽明忽暗的光影在美麗的夜色中，描繪出兩人身體的線條。

*

一九八一年一月，愛琳的母親診斷出罹患食道癌。

有一名護士會來家中照顧母親，但父親也分攤了護理工作。愛琳下班後回家，看到父親餵母親吃藥，並為她洗澡、換衣服、將食物打成流質——這時母親已經無法吞嚥固體食物了，還會送她上床睡覺。他甚至搬進她的房裡，睡在另一張單人床上。

母親在一九八一年十一月二十三日進了醫院，之後便再也沒有出來，同一天，父親提起自己胸痛的問題。醫院要他住院，發現他隱瞞自己的癌症病情沒說，癌細胞已經蔓延到胸腔的其他器官。院方讓他住單人房，和母親的房間隔了一條走廊，每天有專人推著夫妻倆出來見一次面。

她的父母分房睡了三十年，但就在聖誕節的前幾天，當醫師推著母親最後一次離開父親身邊時，她在走廊另一頭喊他。

「別讓他們把我從你身邊推開，麥克，我的麥克！」她的聲音只有地板聽得到。

就連地板也沒聽到的，是當晚母親插管之後問愛琳的問題。

窗簾拉了下來，除了床頭燈之外，病房的大燈也關了。愛琳裝了兩杯冰水過來，杯子還是滿的，但冰塊早已融化。

「當初那麼做值得嗎？」

愛琳靠過去，想聽得更清楚一點。「是指做什麼，媽媽？」

「過去二十五年來我滴酒不沾，結果又有什麼差別？」

她知道自己的臉上露出不自在的笑容。她一點也不高興，但就是忍不住露出有點殘忍意味的笑容，愛琳不想讓母親看出此時自己受了多大的傷害。遠處的叫人鈴和對講機的聲音從拉開的房門傳了進來。愛琳在醫院工作了二十個年頭，然而不知怎麼地，她覺得自己像是到了一個從未去過的地方。日光燈綠色的光影讓母親看起來好憔悴，皮膚薄到看得到下面的血管。

「我在問妳。」母親費力地轉動靠在枕頭上的頭，雙頰像是她充滿警覺性的大眼下方的平滑凹洞。

「妳怎麼能這樣問？」

「那麼做值得嗎？」

愛琳一直認為母親戒酒後的日子，是母女倆生命中最快樂的時光。盤據在母親心中的冰川逐漸融化，情緒上偶爾會出現冰山裂開似的較大波動，到了康諾出生後，冰河徹底融化，平靜的海洋中只會偶然出現喪失勇氣的島嶼。有些時候，母親甚至看似喜悅，但那也許只是表面上的演出。

「當然了。」愛琳說，拉起母親的手。

「我希望自己沒戒酒。」母親沒看愛琳，而是望向窗簾的縐褶，另一隻手則平放在毯子上。

「想想那些妳本來不可能得到的一切，那些受妳影響的人。我們共度了許多快樂的日子。」

母親抽回手，疊在自己的另一隻手掌上。「我寧可拿那些來交換一杯酒。」

「但是妳沒有。」

「我日後還是可以。」

愛琳再次握起母親的手，這回加重了力道。「太遲了。妳付出那麼多，不能收回去。妳度過一段美好的人生。」

「這倒是真的。」母親說。沒多久，她便合眼過世。

兩週後，父親也跟著離開人世。整理資料時，愛琳才知道父親在數十年前就已經賣掉手上的公債，也和保險公司解了約。也許他是拿這筆錢去當鋪贖回母親的戒指吧。她知道父親經常簽賭賽馬，但從沒想過他真的會沉迷賭博。如果真是這樣，那他在她面前把問題掩飾得實在太好。她記得十歲左右那年，放學後在朋友諾拉家彷彿看到過什麼。諾拉打開門，一名身穿深色西裝頭戴帽子的男人要她帶口信給父親。「如果他不還錢，帳會記在你們幾個孩子頭上，」男人指著諾拉和愛琳，「告訴他。」愛琳回到家還是害怕，把事情的經過一五一十告訴父親，但他說：「他指的不是妳。他以為妳也是諾拉家的小孩，可是妳不是。妳是我的孩子。」她無法想像任何人會有足夠的勇氣用那種方式來到她家門口，父親熟識這個城市的每一個愛爾蘭警察，非愛爾蘭裔的也不少，但這不表示他在外頭沒欠債。也許這是他們一家人一直沒能住進獨棟房子的原因，也許這也解釋了他為何會堅持女兒一定要有自己的房產。總之，她得用自己的私房錢來支付雙親的喪葬費。

眼前這兩個守靈的日子距離太近，愛琳擔心有幾名親戚可能無法出席父親的喪禮，然而一些得遠道搭機前來的人依舊沒有缺席，但是就算他們沒到，廳裡也只剩下門廊才有空位可站。

愛琳看著棺木，心想父親怎麼可能塞進那麼小的空間，這時有位和她約莫同齡的黑人男子走過來，說自己叫納繖尼，是卡爾・華盛頓的兒子，卡爾是父親在擔任卡車司機時的老搭檔。納繖尼問她是否知道兩人的父親為什麼會成為搭檔。父親在人生的最後幾天講了許多故事，但她訝異地發現他竟然沒提過這件事。

「我爸爸是謝弗啤酒廠僱用的第一個黑人員工，」納繖尼說：「他第一天早晨去上班時，沒有任何司機願意和他搭檔。看到這種情況，我爸爸懷疑自己是否該去換個新工作。妳父親跟在幾名司機後面走進倉庫，看到了其他幾個人交抱雙臂站在一旁的樣子，於是說：『混蛋老黑，和我上同一輛車。』隨即自己二話不說地跳上卡車。」

聽他這麼說，她不禁縮了縮身子，但是納繖尼仍面帶微笑。

「他有時候說話很粗魯。」她說。

「我爸爸聽過更糟的稱呼，」他說：「那天以後，除了我爸爸，妳父親不願意和別人搭檔，而且一搭檔就是二十年。我不知道妳還記不記得，他最早跑的是布朗克斯那條路線。」

她點點頭。

「和我爸爸搭檔後，他堅持改跑上東區路線。」

「我記得他換過路線。」

「他告訴我爸爸，『布朗克斯的黑人夠多了，我們換上東區，讓那一帶的人換換口味，看看黑臉孔。』」

她拿著紙巾擦眼淚，也遞給納徹尼一張。

「大麥克這樣，大麥克那樣，」納徹尼說：「妳父親的名字，我可是在家從小聽到大，次數多過我自己的任何一個家人。」

他朝他的妻子和子女招招手，要他們過來。愛琳也向這家人致意。

此時她尷尬得知華盛頓老先生在幾年前過世，讓她更困窘的，是她在直視納徹尼的臉孔說：「我真希望當時就知道」，她才發現，他根本沒奢望愛琳能出席他父親的喪禮。

13

一九八二年二月，布朗克斯社區學院宣布，院長即將在學期結束後離開。校方邀請艾德接手這個職務，甚至提到日後擔任董事長的可能性。愛琳覺得自己宛如早幾步看穿棋局的大師。如果艾德接受院長職務，即表示他的教學生涯畫下句點，但是他也不可能拒絕；艾德仍得把兒子和她綁在背上，爬上責任的階梯。

在勞倫斯醫院工作讓她開了眼界，見識到站在階梯高層上頭的人是怎麼過日子。下班後，她會不由自主地步行或開車到布隆克維，欣賞修剪得宜的灌木圍籬和離街道有段距離的精緻房屋；加厚的玻璃窗閃閃發光，裡頭的餐桌擺設像是馬上要用聖誕晚餐。每隔一段時間，她會送車子進廠保養，這讓她不得不改搭大都會北線，但這段車程為她帶來無限的樂趣，因為古典雅致的布隆克維車站很漂亮，沒有塗鴉而且光線柔和，送人到車站的車子看來十分悠哉。看似昏沉的騎士經過打著瞌睡的城市，往中央車站前進。她動了念，想像下班以後回到這樣的家，享受真正的人生，隨即又想到住在這裡需要更多的經費。艾德的新工作現在來得正是時候。

她以為自己早已把想法清楚告訴了艾德，丈夫會瞭解也會同意，但有天他回到家，說自己婉拒了院長一職。「教學太重要，」他說：「我想讓學生得到和菁英學院相同的教育，至少在我班上我可以如此確認。我沒辦法控制太多。」

這個突來的轉變觸怒了愛琳，艾德不但反覆無常而且又任性。這不是結婚時她心中那個清醒的男人。當然了，他有他的論點，他追求形而上的目標、不能計量，而且無法以世俗的方式得到回報。她雖然對他的研究越來越沒耐心，但卻發現自己也會對朋友提及這些研究，用清高的態度談起犧牲與責任，以此作為包裝。

愛琳想讓艾德的理想主義勝過她的務實，而且也成功地如此過了幾週，直到一天晚餐，她忍不住說自己受夠了這處公寓，住了十五年也該搬家或進一步買下自己的房子。艾德主張奧蘭多收的房租不高，而且他們正在存康諾的教育基金，他們必須避免不必要的開支，同時也可省去當屋主的痛苦。若換個日子談論，愛琳可能會緩和自己的情緒，不讓對話演變得太火熱，但這天，面對艾德和這種不合宜的怯懦，她任憑自己的怒火燃燒。愛琳感覺到自己即將瀕臨口出惡言的極限，一旦那種讓人無法忘卻的說法脫口而出，有可能永遠改變他們的關係。於是她要他送孩子上床，然後摔上門轉身離開餐室。

第二天下班時間，相同的一群人一樣不急著回家，而是朝醫院附近的酒吧前進，愛琳首度接受同事的邀請一起去。她決心在外頭逗留到——天曉得幾點鐘，就算兒子在家、無論這群人數越來越少的人要做什麼都不管。然而她第一杯酒喝不到一半，便想起母親下班後還流連在外那段傷透心的插曲，於是立即伸手拿皮夾想結帳，但其他人不肯讓她付錢。開車回家時，她下定了決心，自己不能在艾德面前裝沒事。她在目前安排的生活方式中聽到計時器在倒數，而且她越來越焦躁不安。她原以為兩人走在同一條道路上，朝同一個夢想中更優渥的條件走去，但他越是堅持要留在原來的住處，她便越難將他視作未來人生的共同受益夥伴。她需要艾德當她的夥伴，因為儘管有時候和他相處不容易，但她太愛他，所以她要將丈夫從他的決定中拯救出來，還要挽救可能隨之而來的婚姻危機。這個方法就是堅持搬家。他一向尊重她的看法，只不過隨著年紀增長，他就越是被困在恐懼和習慣當中，她必須拉高嗓門讓他聽到聲音，如果艾德能忍受，就得照她的要求做。她同樣也盡了全力配合他。丈夫和她一樣，都需要一個真正的家。他像在挖沙坑似的，將自己埋在理想當中，這只會讓他的思想更狹隘。他必須讓思緒有呼吸的空間，必須重整、去見識新的可能性，不能畫地自限。如果說她在哪方面能幫上忙，就是可以讓他放大思考的格局。

她提著整籃摺好的衣服爬樓梯，快走到自家樓層時才聽到門鈴響。艾德去夜間部上課了。她洩氣地抱怨幾句，用手肘頂開家門，在第二聲鈴聲響起前快步衝下樓。兒子本來就睡得淺，但是五週歲後的這幾個月期間，任何細微的聲響都會吵醒他。爬兩段樓梯到洗衣間，再爬一段樓梯去應門，上上下下的實在累人。

當她看到安傑羅站在門口時，立刻自問著，是否忘了把這個月的房租塞進他家門縫。這種每月固定的程序像是羞辱，她得先屈從地彎腰，再努力把信封塞進貼了防風條的門縫下，她很可能無意識地順從自己的意念而把繳房租的事忘了，等著看房東要多久才會說話。

「現在方便說話嗎？」

「當然可以，請進。」

她穿著合身的運動套裝，領頭走上樓梯覺得有點扭捏。到了樓上，她請房東在餐桌旁坐下，但他寧願站在門口靠著門柱，把剛剛摘下來的便帽拿在手上。

「要不要喝咖啡？還是來點水？」

「不必麻煩，謝謝。」

她坐了下來。

「我的財務出了點小狀況。」安傑羅說。

「很遺憾。」她這麼說。因為不想聽細節，於是她整理起椅套來。

他深吸了一口氣，壓壓肥胖的指關節。「我不想把整件事說出來，免得妳煩心。長話短說吧，我得把房子賣掉。」

「我懂。」她說。

「我想問你們有沒有興趣？」

最近她和艾德開始認真討論是否要買房子。她的策略是訴諸丈夫實事求是的個性，強調擁有家的優點。擁有自己的房子代表著更重的經濟壓力，但這是建立資產而不是白白付出租金，而且以他們的存款來看，支付頭期款並沒有問題。他們之所以沒有採取行動，是因為他對支出方式採取保守態度，以及害怕改變的心態。她沒想過要買下一棟有多戶住家的房子，但是租金可以抵消一部分貸款，而且她這才想到，要說服艾德買新房，不如直接說她想買下現在住的地方。這麼做，連搬家費用都省了下來。既然最近他的立場較為鬆動，這會是最有利的機會。拖得越久，艾德便有更多時間說服自己不該讓房子綁住財務，而且他若聽到安傑羅有困難，一定會出手幫忙。

當初父親鄭重表示愛琳必須有自己的房子，否則他死了也會纏著女兒不放，買下房屋也算撫慰了大麥克。這陣子以來，她越來越常想起父親的詛咒。這樣一來，愛琳可以說她在父親生前就住進自己家裡了，只要簽幾份文件就可以完成正式手續。父親應該會喜歡這個乾淨俐落的解決方案。

「這來得好突然。」她說。

「我可以降價賣給你們，」他說：「我只要求你們開個我付得起的房租。」

「我會和我先生商量。」

「請你們務必要討論，」他說：「否則我很快就得搬家。」

愛琳的心思開始打轉。艾德有個表親住在布羅德狹島，小孩在扮演超人時爬到二樓屋頂往下跳，跌斷了一隻手和一條腿。她本來就不喜歡住在樓上，這件意外更成了她心裡的疙瘩，何況又沒有自己的車道可停車。從前她還感謝安傑羅願意讓她和艾德把車停在車道上，如今這份感激已經成了厭煩，因為每當他們家的門被擋住時，她不是得繞路，就是得去按安傑羅家的門鈴。

「我有個想法。」她說。

「妳儘管說。」

「我想交換公寓，我想搬到一樓。」

「妳的房子當然由妳決定。」他說。

「還有另一件事。」

「什麼事？」

「我想請你把車停在路邊，」她說：「騰出整個車道留給我們用。」

這番話讓他思考了一下。安傑羅想到自己迫於現實不得不退讓，嘴角勾起了苦笑，而愛琳對房東究竟面臨什麼狀況一點也不在乎。

「沒問題，」安傑羅找回短暫消失的氣力，「這附近的停車位很多，最糟也不過是多走一、兩條街而已。」

「我們還要你們把車庫清空。」

「所有東西都會搬走。」

「我要用地下室的雪松木櫃子，你們可以用我們現在用的衣櫃。」

她彷彿聽到他吹了聲口哨，但分不出他是驚訝還是佩服她的協商技巧。「細節都可以談，」他說：「我們可以一起研究。」

「我只是想先坦白提出這些事。」

她的鑰匙放在矮櫃上的置物盤裡，安傑羅拿著鑰匙在指頭間轉來轉去。「我懂了。」

「我會和艾德商量。」

「妳會讓我們留下來？」

「沒錯。」

他放下鑰匙，站直身子。「而且開出我們負擔得起的租金？」

「我不會把租金開得太高，」她說：「到現在，我們已經像一家人了。」

「就算我死了也一樣？」

「安傑羅！天哪！」

他看她的眼神，像是面對一個男人而不是女人。「我是說，假如有天我死了呢？」

「就算你死了也一樣。」

「我只是想知道有人會照顧我的家人，」他說：「我不想傾家蕩產，我只是想照顧好自己家人。」

他回頭走向樓梯。

「我懂。」她朝他走過去。

「這樣吧，我們去查查看這種房子市價多少，然後你們少付一點。」

「我得和我先生商量。」她又說了一次。「我們必須先申請貸款。」

「別擔心。」他已經往下走了一步才又轉身，這次，他露出真正開懷的笑容。「在這個國家，像你們這樣一切都打點得有條有理的人，想要什麼都能到手。」

第二部

年少歲月

1986.10.23（週四）

14

愛琳又碰到人手不足的窘境，她只好加班留下來填寫表格和紀錄，在她最後一趟巡房、用紙杯給藥時，一名病患像傻子似的想在吃藥時耍酷——有些人也會這樣拋花生吃，結果不小心失誤，把藥掉到塑膠地板上滾了出去。藥劑室沒人接電話，她手邊也沒相同的藥，於是只好趴到地上尋找，最後才在床的另一頭找到沾滿灰塵的藥。她人在床下，舉起拿著藥的手表示大功告成，等她手腳並用退出床下時，卻發現眼前的病患白癡似的盯著她的臀部看。原來，在她專心找藥時，露在床外的臀部便隨著動作擺動。她真想把藥強塞進病患的嘴裡，用力關上他的下巴，好撞斷他的牙齒，可是她不打算讓這個沒有用的笨蛋破壞自己的鎮定，所以還是把藥丸放進杯子裡。這是她自己選擇的職業（事實上，她覺得是這個工作惡意占有般地挑中她），即使是主管也得任人宰割。

將近六點半，她才來到東契斯特路。哈琴森公園大道上的車流還能動，而且大都會球隊這時在波士頓客場出賽，所以過橋後的狀況應該不會太糟。職棒球賽期間駛經這條路簡直是惡夢一場，茫茫然地，找不到盡頭又沒有意義，可說是宇宙之不可預測的實證。她的坐骨神經抽痛，雙腿麻木，車子龜速前進，讓她幾乎失去了耐性。

到了白石，路面逐漸朝著布朗克斯白石大橋的纜索爬升，她心情跟著好轉。通勤時她唯一不介意的是花在橋上的時間。她喜歡纜索在第一組門形塔柱前雀躍地逐漸攀高，一過塔柱又立刻往下收。有時候——例如現在，收音機播放的旋律正好與大橋的韻律相同。纜索往第二道塔柱爬升，她覺得自己置身於不可思議的美景當中。這天沒有其他事物能刺激她去思考或計畫。這座牢固的大橋本身就是個好理由。高懸在東河上的大橋本來就是塵世的焦點，而凡夫俗子也無法不讚嘆倒映在水面上的朦朧影像。到了纜索末端，景觀又回到庸庸碌碌的人間風景，愛琳對這天晚上期待或希望的計畫，也從最抽象的廣點逐漸收窄成形。

至少交通還算流暢，看來她在七點之前就能回到家。她在五點打了通電話說自己會晚歸，請蕾娜先讓康諾吃晚餐，但在下班之前她又打了第二次電話表示不必。蕾娜要她別擔心，她不介意留康諾在家吃飯。愛琳堅持自己要和孩子一起用晚餐，她聽到自己說這話時的語調有些尖銳，於是她又說家裡的雞肉已經放在冷藏室裡解凍，如果不煮會壞掉。

儘管她知道艾德晚上不可能陪他們母子，但當天早上她仍然決定在今晚家庭聚餐。如果他繼續在夜校教書而迫使她對家庭時光的定義讓步，那麼她就只能讓步，而不是屈從地在艾德去上課的晚上請蕾娜留康諾吃晚餐，幫他洗泡泡浴，然後愛琳才上樓去接小孩。其實光是康諾和她就足以構成一個家庭，這種情況也並非罕見，有些家庭也只有母親和一個孩子。不見得一定要艾德在家，她才能快樂。

她氣的是艾德每週有兩個晚上有課，他每週也要在研究室裡加班一次。如果他打算長久這樣缺席，至少也得藉此賺些像樣的薪水。她對當初艾德拒絕默克化工的工作仍然耿耿於懷，而不知怎麼地，這些年來看他又兼了這麼多課，只讓愛琳覺得丈夫更不負責任。

過了白石快速道路北上出口，她看到空盪盪的謝亞球場，不禁鬆了一口氣。要不了多久——她真是等不及了，看似無盡頭的球季也即將結束。愛琳在一一四街轉個彎，朝三十四大道的方向開去，因為她不喜歡路過北方大道的可樂那。她不想住在緊鄰破敗區域的環境，只不過她自己現在住的傑克森高地近來也逐漸變調。有些原本可靠的老店家成了舊貨商，而且西班牙文招牌有增加的趨勢。

去奧蘭多家接康諾不是什麼令人開心的事。從前，當孩子還在讀幼稚園甚至小學一年級時，她的確很期待，她一到後門，兒子就會朝她跑過來，但最近她得費些工夫才能帶他回家。奧蘭多家永遠開著電視是原因之一，而且他們家對孩子來說很舒適，到處可見裝飾品和有趣的小玩意。布蘭達四歲的女兒雪倫通常也在，奧蘭多家裡的人數通常不會低於三人。她想起自己十來歲時的快樂時光，當時公寓裡經常有從愛爾蘭過來的親戚。這當然有區別，奧蘭多家熱鬧一點，肢體互動多，家人關係也更親密。她自己小時候沒有面臨吸菸者的問題，但奧蘭多家抽菸的人多；除了雪倫之外，大概每個人都在愛琳面前點過菸。她不知道康諾在奧蘭多家得到的快樂，是否足以與她小時候和表親的相處比擬，但康諾也無法分辨這點。或者說，他比較像當年到舒密特家看電視的小愛琳，覺得自己逃離了真實生活。康諾究竟有什麼感覺？如果是後者，兒子大可不必。她和艾德給了兒子一個她本身都從未擁有的安靜環境。儘管如此，康諾最近總要在她扭開廚房收音機開始準備晚餐，家裡不顯得太空洞時，才願意下樓。

她停好車，走出來脫下鞋，迅速換下長襪，穿上脫鞋後走上樓梯。蕾娜穿著罩衫來開門，說：「進來，進來。」一派女主人的自在表現。安傑羅則坐在妻子背後那張曾經屬於愛琳的餐桌旁，抽菸看報紙。他還穿著環保局的襯衫，釦子沒扣，衣服也沒塞進長褲裡，而且下身只穿著內褲。安傑羅的手很厚實，抽菸讓他的指頭染了黃漬，但他的短髮看起來很優雅，較長的髮絡服貼地往後梳。他露出溫暖的笑容，輕輕揮手歡迎她。他們家裡唯一的幾本書沾滿了灰塵，就放在安傑羅身後的玻璃櫃裡，他高中沒畢業，但仍然能讓人覺得他有能力對別人的問題提出可信的答案。她看著他從容地翻閱報紙，先舔舔指尖再將手放到下個頁面往前翻，彷彿在讀一本圖案鮮明的手抄書。自從康索菈塔在幾個月前過世後，他不再像從前那麼容易大呼小叫，而且更有時間在桌旁和興高采烈的康諾聊天。顧慮到康索菈塔可能有留下小筆遺產，這家人仍照常付康索菈塔的房租。蕾娜和安傑羅打算帶蓋瑞搬到三樓，讓唐尼、布蘭達和雪倫有自己的空間。孩子都長大了，但看來不會在短期內離家獨立。

蓋瑞和布蘭達坐在沙發上，橫躺在中間的雪倫把頭枕在母親腿上，舅舅蓋瑞握著她的腳。唐尼則占了安樂椅，康諾獨自坐在小沙發上，大家正在看益智問答節目《險境》。愛琳走進來時，康諾幾乎連頭都沒抬。唐尼揮了揮手，蓋瑞顯得有點不好意思，因為他燈芯絨長褲上的T恤緊緊地貼著肚子。其實他沒胖太多，而是衣服穿了太久，早就縮水了。

益智節目裡，此時的問題是歷任美國總統中誰的任期最短，且只持續了三十二天。愛琳不記得了。

「哈里森，」蓋瑞在參賽者按鈴前便大喊：「威廉．亨利．哈里森。」康諾熱情地應和：「對！」唐尼驕傲地對大哥露齒一笑。下一個有關人名的問題，問的是在巴爾的摩與波多馬克車站槍殺第二十任總統詹姆斯．加菲爾的兇手。

「查爾斯．吉托。」蓋瑞搶先回答，不一會兒之後，參賽者也說出同樣的答案。

蓋瑞待在自己的房裡時，愛琳比較自在，她不怎麼喜歡想到他。蓋瑞是奧蘭多家最年長的孩子，但他一直沒有出門工作。他有種頹喪認分的神態，似乎早已放棄人生，然而他同時也有相當高的智商。她不喜歡看著有能力的人不去追尋應有的舒適生活。派特堂弟已經夠讓人失望了，她不願去想像康諾有可能像蓋瑞一樣落入深淵；但當然了，愛琳更不願想自己可能有同樣的際遇，只不過沒那麼嚴重。她事業有成，但人生這條路不如預期的理想，儘管她披荊斬棘，力圖打入中產階級的生活，但就是找不到晉升之路。她寧可蓋瑞是善於處理瑣事的服務生，但事實上，他是個複雜又聰明的年輕人。她聽過他討論時事，而且不由得要同意他的看法，甚至還從中得到自己未能領悟的高明見解。可惜他卻像個邊緣人，生活中只能和一次播半小時的電視節目對談。一陣幽閉恐懼感橫掃而來，她必須忘記世上有蓋瑞這樣的人，忘記任何人都可能失敗。她必須引導兒子離開，否則康諾會被蓋瑞帶進生命的黑洞當中。

康諾站起來，先隔著咖啡桌和唐尼擊掌，接著才朝她看過來。

「該回家了，」她說：「我要準備晚餐。」

「我可不可以等妳做好再下去？」

「不行。」她厲聲回答，接著要自己鎮定下來。「你現在就和我一起下去，他們受夠了。讓奧蘭多一家子好好過個平靜的夜晚。」

「他沒吵到任何人，」正在看報紙的安傑羅抬起頭說：「康諾高興待多久都沒關係。」

「謝謝，可是他得幫忙我準備晚餐。」她沒打算要康諾幫忙，只不過想找個好藉口。

「我們剛剛還在討論政治，」安傑羅說：「他說妳希望他當政治家，我還問他知不知道什麼是政治家。」

愛琳勉強自己笑出聲來。「其實我現在最希望的是讓他下樓。」她拉高音量，讓康諾也聽得到。

她向大家道再見後便走到門口。康諾拖拖拉拉地還在後面站著看電視。蓋瑞又答對了另一個問題，唐尼和康諾大聲叫好。

「康諾，」她說：「走嘍。」

他慢吞吞地拿起書包跟著她下樓。她忙著烤雞，要兒子幫忙切萵苣，準備今天晚上吃烤雞肉沙拉。她最近太常屈就簡單的披薩，如果是艾德準備，則是用大量的奶油烤起士，要不就是起士漢堡，所有東西都要加起士。愛琳覺得兒子比她理想中要胖。沒錯，康諾還不到生長突增期，但事實上她家族遺傳粗壯的體型，若不小心控制，孩子很容易偏重。康諾倒是沒顧慮，糖果和冰淇淋絲毫不忌口，吃出了一張圓臉。她小時候沒空長胖，在比兒子現在大幾個月時，她就得準備餐點、買菜、處理家務，她無法想像康諾要怎麼做這些事。每次愛琳要康諾去店裡買東西時都得列出採購清單，即便如此，他仍然免不了遺漏。

她打算開始安排他的生活。艾德在這方面幫不上太大的忙。他太寵兒子，不但有求必應，孩子無論做任何事也都能逗他開心。康諾考了九十五分回家，艾德笑容滿面，而她總是被迫扮演嚴母的角色，問他另外五分去了哪裡。她不喜歡康諾不以為意，一派輕鬆、不必背負太多責任的生活態度。

她在沙拉裡加了一些櫻桃番茄，隨即拿平底鍋迅速煎雞肉，又拿了些調味料拌在一起，要康諾坐下來吃晚餐。她先為他擺了沙拉，才在上頭鋪上雞肉。

「晚餐就吃這樣？」他問道。

「你要多吃綠色蔬菜，無論如何就是得吃。」

七點半，艾德已經上了半小時的課，一小時後才會下課。有那麼一會兒她氣惱地想，不知艾德會不會想起他們母子倆。康諾一如往常地吃得太快。他一點也不喜歡吃沙拉，但仍然快速吞下去，這種進食的方式有些不負責任。也許他趕緊吃掉晚餐是為了吃甜點。他知道規矩，除非掃光盤子，否則沒有甜點可吃。她整晚靜坐要兒子吃飯那種第一階段早已是好幾年前的事，她在那段時間學到哪些食材該避免，而康諾則不再趁母親不注意時把不想吃的東西偷偷丟掉，因端上什麼就吃什麼。對他而言，甜點有種神奇的魔力。她一向會在家裡留些甜點，這不單是為了兒子，也是為了她自己，但她吃得不多，和他的狼吞虎嚥無法相比。如果他想成為菁英人士就必須學會自制。放縱地吃喝是不合宜的舉止。她要他吃慢一點，康諾點點頭，仍然以自己的步調吞嚥。「吃慢一點，」她開始惱火，「你會嗆到。」愛琳站起來拿水杯去裝水，然後便站在水槽邊喝下一杯又倒滿一杯。她轉過身來看到康諾朝著她揮動雙手，叉子還放在盤上，但接著才看到孩子跳起來把雙手放在喉嚨邊。「你嗆到了嗎？」但她已經知道答案。康諾在學步時也嗆到過幾次，不過，通常只是虛驚一場，可能是孩子把黏稠的副食品、鮪魚或花生醬吸入食道嗆住，幸而還能呼吸；但這回他發不出任何聲音。愛琳應該要冷靜下來抱住他，一手握拳放在孩子的肚子前，用另一手握拳往上推，但她就是辦不到。

她在護理師的生涯中處理過好幾次異物梗塞的病例。處理方式是將雙手放在病患的腰部，以正確的力道往上推擠橫膈膜，讓孩子吐出食物，只要幾秒鐘就能完成，而且時間比一般人想像的還來得充裕，在大腦受損之前有整整四分鐘可用，但這是她的兒子，她沒有犯錯的空間。

愛琳慌張地拉住康諾的肩膀，她知道自己不能慌，但就是無法控制，因為她太愛兒子了。她心想：拜託別死，拜託別死。她放聲呼救，拖著孩子朝後樓梯過去。到了樓梯口她先高聲喊：「安傑羅！安傑羅！安傑羅！」接著又跑上樓用力敲門喊：「下來！」然後跑下樓，因為她不該把孩子獨自留在樓下。愛琳的雙手在發抖。「他嗆到了！」她忍不住尖叫，這時孩子的臉色逐漸發青。她聽到有人飛奔下樓，唐尼推開她，自己站到康諾身後，用盡力量施作近似哈姆立克的急救方式，一塊東西從康諾的嘴巴裡飛了出來掉在地毯上。康諾開始咳嗽，痛苦的哀嚎比較像隻貓而不像孩子。他吐出來的是一顆櫻桃番茄，原來他整顆吞了下去。愛琳撿起番茄氣得用手捏爛，接著才把孩子帶到餐桌旁坐下。這時安傑羅、蓋瑞和布蘭達也走了進來。康諾咳個不停，但至少沒繼續大哭。愛琳進廚房幫兒子倒水時，拿起桌上的餐盤把雞肉沙拉全倒進垃圾桶裡。她知道自己快要崩潰，再也控制不住心中澎湃的情緒。康諾迅速把水喝掉。她再也不會因為他吃太快而發脾氣了。她把這件事全怪罪在艾德身上，她氣丈夫不在身邊，讓康諾去面對危險。她感激的是今晚在家的奧蘭多一家人，自己愧為護理師，竟然無法拯救兒子。

「這下子你吃東西可以慢一點了嗎？」回到餐室時，她只想得出這句話問兒子，眼淚緊接著掉了下來，康諾似乎茫然到哭不出來。

「如果你是蓋瑞，」唐尼說：「我會讓你嗆死。那個字眼怎麼說，蓋瑞？安樂死？」

還在咳嗽的康諾輕聲笑了出來。

「不可以再這樣了，」安傑羅說：「我不想再心臟病發作，兩次就夠多了。」

「你沒事吧？」布蘭達搭著康諾的肩膀問道。男孩點點頭。「吃東西要慢一點，食物沒長腳，跑不掉的。」

「我的任務結束了，」唐尼說：「我最好去找個電話亭，換下超人的衣服。」

「你先去把浴室地板上的髒內褲撿起來怎麼樣？」布蘭達說：「沒有克力普頓石擋在你面前。」

此刻，大家都需要笑聲，但是愛琳看得出來，這次意外嚇到了唐尼，唐尼眼神慌亂地搔著頭。奧蘭多一家人看起來有點沮喪。康諾每天下午都在樓上，愛琳從沒想過他們可能不知不覺地把他也當作他們的家人。

「你還好嗎？」

「《命運轉輪》要開始了。」蓋瑞說。於是他們都全上樓去了。

康諾點點頭。

「嚇到了？」

他又點頭。「我沒辦法呼吸。」他說。

「我知道。」

「也說不出話來。」

孩子不知道這些話帶給愛琳多少折磨。

「好可怕，」她說：「我都呆掉了。」

「唐尼救了我。」

「我不曉得怎麼了，我從前做過哈姆立克急救。我想，應該是病患和你對我的意義不同。」

「還好有他們。」他說。

「如果他們不在，我最後還是會自己動手，」她說：「我接受的訓練會主動接手。我猜，因為我知道他們在，所以才沒進入救命的模式。」

「他救了我一命。」男孩深思地說。

「我們別小題大作了，」她說：「你本來就不會有事，我們有充裕的時間。」

康諾似乎還在驚嚇當中。愛琳走向冰箱，從裡面拿出冰淇淋，盛了一碗給康諾。

「來，吃點冰淇淋，」她說：「吃這個不可能嗆到吧，不過你可能還是變得出花樣。」

通常到了這個時間，愛琳會要兒子坐下來寫功課，但這天她什麼也沒說。在這個時候，就算他永遠不寫功課也沒關係。也許艾德一向都是抱持這個想法。

她要他拿著冰淇淋坐到沙發上吃，這又開了先例；而且愛琳還去幫兒子打開電視。家裡只有一臺放在主臥室裡的黑白小電視，他們在球季或世界盃期間，用帶輪子的架子把電視推出來。她趁兒子看《今宵娛樂》時去洗鍋子，整理完畢才回來陪在旁邊。球賽通常是八點開始，但是康諾轉到國家廣播電台時，《天才老爹》正好開始。她沒花多久時間就看出《天才老爹》會給電台帶來多大的廣告收入。母子倆分別躺在兩張沙發上，從大老遠看不清楚節目的布景。寇斯比家的女兒凡妮莎不顧母親的阻止，想化妝上學。賽奧想在家裡舉辦消防演習。這個節目和《天才小麻煩》差不了多少，只不過劇中角色全是黑人。世界改變得太快。兒子眼中的美國和她小女孩時的記憶難以相符。她覺得自己像是夾在兩個世代之間的人，兩腳分別踩在歷史的兩邊。對康諾來說，母親的生活遙遠又古老，就像她當年聽到的移民拓荒者故事一樣。

《天才老爹》結束時，球賽也要開始了。愛琳告訴兒子，她要回臥房躺一下，他驚訝地看著她。

「妳不看比賽？」

她看得出孩子還沒從剛才的驚嚇中恢復過來，不想獨自一個人。「我會看一下。」她溫和地說。

她不怪康諾。她自己也一再看到唐尼擠出那顆番茄的情景。她想坐在兒子身邊，抱緊他，然而她不知該怎麼表示。她看的球賽雖然不少，但其實完全沒有興趣，於是坐了幾分鐘以後，便起身拿起《寂寞之鴿》（譯註：*Lonesome Dove*，作者Larry McMurtry以本書奪下普立茲獎，後改編為同名迷你影集）心煩意亂地翻頁，同一頁連續讀了好幾次。紐約大都會球隊很早就處於落後的局面，到了第五局已經連輸了四分。

她知道自己並不是世上最溫柔的母親，而且工作占去她很多時間。總之，她是職業婦女。其他孩子的母親留在家裡烤餅乾，隨時可以和孩子交談，對孩子的想法一清二楚。她從沒想過要當康諾的朋友，只會在晚餐時盡可能談些有意義的主題，讓一家三口親密地交談，因為這不僅對康諾的未來有建設性的作用——將來和兒子相處的人會以他說話的內容來評價他，同時也因為她喜歡聽他的想法。她努力工作，提供孩子舒適的生活。這和給予情緒的奧援有相同的價值。生命並不是只有表達情感和擁抱而已。然而她還是不知該怎麼打破兒子築起的防備，這讓她煩惱，無論是智力上的問題或情緒的都一樣。

她把書籤夾入書中。「我想睡了。」她說。

「妳不能留在這裡看書嗎？」

他這麼說，是需要她的陪伴。他沒辦法用太多文字表達，但這多少算是承認了。她再次翻開書，又從剛才讀過的第一章第一頁讀起。

艾德在十點前回到了家。母子兩人都聽到了開門聲，接著是艾德把大衣掛在門廳的衣架上，最後他把公事包放在書房的桌上之後，才終於走進起居室。

「比數還是四比零嗎？」走進來時，他問道。

康諾點點頭。「古登被打得好慘。」

「我聽了收音機報導，球評說他的球速下滑了。」

「後援的艾爾席德表現不錯，但對方揮棒毫不留情。」

「剛才出了點狀況，」愛琳打斷父子的談話，「康諾嗆到了。」

「什麼？」艾德轉頭看看妻子，又轉頭問兒子：「怎麼了，小傢伙？」

「我想專心吃晚餐免得嗆到，結果接下來就真的嗆到了。」

艾德看著她。「真的嗆到？」

「食物卡住氣管。」

「什麼東西？」

「一顆櫻桃番茄。」

「妳幫他把番茄吐了出來？」

「是唐尼。」

艾德指著二樓。「你們在奧蘭多家吃晚餐？」

「唐尼下樓來。」康諾說。

「下來我們家吃晚餐？」

她想到要在兒子在場時討論細節就手腳發冷，因為孩子會看出她還在擔心。

「我晚點再解釋。」她說。

「過來。」艾德說完，隨即往沙發一坐，伸手攬來康諾，孩子貼向父親毛呢西裝的翻領。艾德輕而易舉地就和孩子建立起連結，而她卻老是扮黑臉。也許康諾因此才會對她這麼冷淡。孩子挪動身子靠得更緊，運動褲的褲腰勒住他圓滾滾的肚皮。他將臉貼向艾德的法蘭絨襯衫哭了起來。艾德親吻兒子的頭頂，舉起手來揉他的背。康諾這一埋頭就是好幾分鐘。艾德看著她，無聲地用唇語問她出了什麼事，但愛琳揮手要他別問。一會兒之後，康諾才抬起頭。

「如果我沒記錯，你媽媽說過好幾次了，」艾德用堅定但溫和的語氣說：「你吃東西能不能放慢速度？你能不能為了我這麼做？」

康諾點點頭。

「很好。」

接著這對父子什麼也沒多說，從這段對話直接跳回球賽。她放下手上的《寂寞之鴿》，把注意力放在這一大一小身上。這是值得珍惜的時刻，艾德舒適地貼著兒子，而康諾的雙腿則掛在父親的腿上。在康諾還小的時候，她對他充滿了溫情，但在兒子三歲後，她便很難和他溝通。她知道艾德仍然可以，所以她不怎麼擔心兒子會覺得沒有依靠，但如今她有種感覺，認為自己好像錯失了某件重要的事。這讓她與其說是憤怒，倒不如說是更受傷、更不解。

大都會隊在第八局上半場跑壘得分，到了第九局，雷・奈特擊出的滾地球遭凱文・米契爾封殺——看了這麼多場球賽，她已經知道每個球員的名字了，慕奇・威爾森拉擊出二壘安打，菲爾・桑塔納以安打將自己送上一壘。艾德說這支隊伍有本事在兩出局的狀況下以安打得分。接著列尼・戴克拉站上打者席，但在幾球過後遭到三振出局，比賽宣告結束。大都會隊在這年的職棒世界大賽中三敗二勝，又寫下另一次敗戰紀錄。即使像愛琳這樣不熱中球賽的觀眾，也知道這支曾經在紐約職棒聯盟獨領風騷的隊伍，即將結束風光的時代。

「赫斯特完投，」艾德說：「真不簡單。」

「他們打不到他的球。」康諾說。

艾德站起來關掉電視的音量，讓螢幕繼續閃爍，父子看著紅襪隊選手大肆慶祝，新聞也發布了。接著他才關掉電視，拔掉插頭，準備推回主臥室去。

「下一場由克萊門斯主投。」康諾的語氣似乎藏著不祥的預感。

「沒錯，可是他們要回紐約比賽。」

「他們必須連贏兩場。」

「他們辦得到的。」

「但他們得面對羅傑・克萊門斯。」

「塔格・麥格羅是怎麼說的？」艾德用蘇格拉底循循善誘的反詰方式反問兒子。

「要有信心。」康諾回答。

「那就對了。」

這時已經十一點三十分，早過了康諾平時上床的時間。他們迅速道晚安，讓孩子去睡覺。艾德推著電視的樣子像在推投影機。她也上床睡覺，艾德先送康諾上床，幾分鐘後才進來。她把兒子嗆到的經過和她自己的反應——或者該說反應不足——告訴丈夫，艾德點點頭，表示事情已經過去，現在沒事了，這些話讓她鎮定了些。艾德很懂得安慰人。他給妻子一個吻，愛琳翻身躺好，剛才球賽轉播太吵，到這時她才靜下來思考晚餐時究竟發生了什麼事，自己為什麼會愣住，康諾那時站在餐桌旁，連氣都喘不過來，只能無聲地指著自己的喉嚨：一股比愛更濃烈、更神祕的感情，從她內心深處湧了上來。她再度感覺到兒子像過去一樣是自己的血肉，而她和他一同瀕臨垂死的邊緣。如果他意外死了，一切都會改變；即便她會活下去，她的生命也會失去意義和目的。這個經常惹她冒火的孩子，像捧著她的命運走動，但她對康諾沒有信心，覺得自己脆弱無助，日後她必須教他更加小心。

愛琳在凌晨一點半醒來。康諾輕推著母親，問是否可以上床一起睡。她昏昏沉沉地沒力氣抗議，隨即挪動身體，讓兒子躺在她和丈夫之間。她不記得孩子上次和他們一起睡是多久之前的事了。愛琳在康諾小時候就畫清了界線，有些夫妻的婚姻完全被睡在床上的孩子給綁架，她不打算讓艾德和自己成為那種受害者。別說性愛，這完全是為了一夜好眠。最後，康諾也不得不放棄爬上大床的嘗試。

她半睡半醒，又想起稍早的事，康諾當然會想上床。她聽到兒子搖醒丈夫，兩個人講起話來。

「我差點死掉。」康諾說。

「你好好的，沒事的。」艾德說。

「我當時好害怕，到現在還覺得可怕。」

艾德翻過身。「你好得很。你很安全，而且眼前的日子還很長，有一大段路要走。」

「我不想死掉。」康諾說。

「那你最好記住這種感覺，然後跨出去，充分利用你的人生。」

「你真的覺得他們會贏？」

「你說大都會隊嗎？會的。」

「連贏兩場？」

「要有信心，」艾德說：「他們辦得到的。好了，快睡覺。」

愛琳聽著父子倆的談話，回想起從前當齊歐先生還住在家裡時，她和父母同住的房間。她不記得分別躺在三張床上的三個人曾經在關燈之後說話，而且父母都背對著她。當時她曾經想過若父母親同睡一張床會是什麼樣子，而現在回想，她也懷疑自己有沒有勇氣鑽到父母中間，去體會雙親在自身的兩側所散發出來的溫度。如果當年父母睡在同一張床上，也許她會長成有勇氣做那種事的女孩，或許想像力所及的範圍就在自我局限的框架之內，要是能夠睡在兩張床中間的床上，她就已經得到了慰藉。或者說，人會安於自己所能得到的條件。伸手就能摸到父母親的背對她來說已經足夠，但她的兒子不會就此滿足。在這個她無能拯救兒子的夜晚，她很高興自己和丈夫同享一張大床，讓兒子有機會跳上來。她小時候得不到的，不表示康諾也不該得到。她猜想，不知今晚自己是否或多或少地失去了孩子對母親的信心。生命中有太多錯覺會斑駁剝落，也許她只是加快了崩垮的速度，說不定這不是一件壞事。總有一天，康諾要懂得照顧自己。

她感覺到康諾翻身離開艾德，朝她貼了過來；愛琳沒料到兒子會有這種舉動。他的前額靠在她的肩背處，不到一分鐘就睡著了。她一動就會吵醒兒子，但不挪動他，自己又不能睡，她決定先等等。說也奇怪，兒子躺在身邊竟然能讓她感動，但不管怎麼說，夜晚還漫長，而她隔天早上仍得面對沉重的工作，終究她還是把孩子挪開了。

她躺著想：*我差點失去他，我再也不會拿該死的櫻桃番茄給他吃了。而且關於大都會隊，艾德最*

好說對，否則這孩子對父親失望的程度會高過球隊，但話說回來，他必須學到不見得所有的事都會如他所預期的發展。

她反覆思索，若康諾能如願固然好，但如果他希望落空，卻也有利他的人格培養。整天的操勞加上腎上腺素的消退，打敗了她對空間的需求，因為她知道孩子貼在身邊，但自己還是迷迷糊糊地入睡了。

小傢伙一定會很高興，她心想：讓大都會隊贏球吧。

接下來她只知道自己醒了。不知怎麼地，夜裡她轉身過來面對著沉睡的兒子，再過去的是熟睡的艾德，背對著母子沉睡。康諾輕輕地呼吸，眼睫毛和父親的一樣長，昏暗的晨光透過百頁窗照著孩子甜蜜豐潤的臉頰。他似乎察覺了母親的目光，張開眼睛，在半睡半醒中眨了幾次，和小時候還沒全醒時一樣有些迷茫。他迷糊地對母親微笑，接著又睡了過去。她不知該怎麼處理自己對孩子，甚至對丈夫的所有感覺，於是她起床沖澡，讓父子倆自然醒過來時，發現對方也還在床上。

第三部

富足微風的吹拂

1991

15

愛琳驚訝地看到艾德在康諾上床後，並沒有走進書房批改研究報告或閱讀期刊，而是躺在沙發上邊看報紙，邊聽華格納的音樂。她就算沒聽過，也知道那必定是華格納，光是澌強的澎湃氣勢和渾厚的歌聲就足以證實。艾德在沉思時總會聽華格納。

她拿著書坐在另一張沙發上，樂得有丈夫在一旁作伴，分享冷得刺骨，連窗戶都結了一層霜的二月夜晚。她打開仿真火爐的燈，等玻璃炭發出互相碰撞的聲音。她高興自己嫁的男人除了有讓朋友欽佩的博學知識外，也會細心看完體育新聞。他站起來走進書房時，她以為失去了艾德的陪伴，但他只是去拿筆回來玩字謎遊戲。她還喜歡他碰到頭痛的線索時，毫無掛慮地向她高喊求助的方式。這表示他對自己健全的思考能力有充分的信心，能夠迎頭面對其他男人通常會自我膨脹的無知；如果拿堅實的船殼來比喻艾德，那些男人不過是微不足道的小波浪。

「我盡力做了所有自己能做的事，」他說，把對摺兩次的報紙放在咖啡桌上，「我想實際一點。也許我是該放鬆了。」

她的視線離開手上的書，想迎視他的雙眼，卻發現他抬頭看著天花板。

「我不太明白你的意思。」她說。

「我馬上要滿五十歲了，要放慢腳步。我理當休息的。」

「胡說。」她說。

「我打算一下班就回家，說不定還可以看看電視。」

「我要看到了才會相信。」

「我從現在就開始這麼做。」

她心跳突然加快。想像他在雙人床上逗留久一點，的確讓人愉快。他已經不在夜校授課了，感謝上帝，但他仍然努力工作，通常在她睡著後才回到房間。

「我不知道你能持續多久，」她說：「你會覺得無聊。」

「我沒問題的。」

「嗯，你高興就好。」她說。

艾德已經走到音響旁邊去換唱片了，在她還來不及聽到音樂之前，便戴上耳機，然後躺回沙發上閉起眼睛。

愛琳等著丈夫注意到她的凝視。他喜歡那樣躺著作白日夢，但通常會在樂章之間揚起眉毛為她做些評論。她懷疑丈夫是不是睡著了，因為他躺著完全不動，但接著便看到他的腳跟著旋律踩著節奏。唱片一面播放結束後，他仍然交抱雙臂靜靜地躺著。她關掉桌燈，站起來走向臥室。她喊了丈夫的名字，但他沒有回應。她等著看他對妻子離開客廳有什麼反應，但他只是推了推眼鏡，她走過去低頭看他。艾德一定以為自己在這場遊戲中能撐得比她久，但愛琳開始不耐煩了。她準備湊過去親吻他的臉頰道晚安，但還沒碰到丈夫，他便張開了眼睛，嚇得他瞪著她看，彷彿妻子打斷了他的重大思考。

「我要上床了。」她說。

「我馬上進去。」

愛琳睡著後連續醒了好幾次，丈夫不在身邊，她老是睡不好，於是她起來走進起居室，看到另一盞桌燈還亮著，而艾德也還戴著耳機。唱片仍在轉動，他應該是放了一疊唱片讓機器自動換片。她關掉音響，再次喊他，艾德隨即舉起一隻手阻止她。

「我再躺一分鐘就好。」他說。

「已經凌晨四點了。」她關掉桌燈，房裡夜燈的光線鑽進了拂曉當中。「你得睡個有品質的好覺，那是你自己說的話。光線不會影響你的睡眠嗎？你需要能夠充分休息的睡眠，進來裡面，幾小時後你還得去教課。」

「我明天要請假，」他說：「我不想去。」

「什麼？」

二十年來，他沒缺過任何一堂課，他們還因此吵過架。缺一堂課沒關係，她會想到什麼就說什麼，學校不會因此開除你，他們就是不會。

「這也是我辛苦換來的假。」他說。

「嗯，隨便你怎麼說都好，上床來吧，時間很晚了。」

她站著等他起身，兩個人一起沿著走廊往前走。早上她醒來時，卻發現他坐在床尾。

「妳最好幫我打電話請假。」他說。

她打了電話後才去沖澡換衣服，當她走進廚房時，發現艾德又躺在沙發上，彷彿從前一晚到這天早上都沒移動，唯一的差別是桌上多了杯茶。

「你對『放輕鬆』這件事倒是滿認真的嘛。」她說。

「我是在凝聚能量，」他說：「我明天就沒事了，可以去上課。」

他讓妻子在上班前親吻他道別。愛琳下班回家時，驚訝地看到艾德還躺在同一個地方，身上還是同一套衣服，她本來不相信他真的會待在家裡，這不像他的個性，他一向視不缺課的紀錄為傲。康諾的書包和外套掛在餐室的椅子上。

艾德閉著眼睛，雙腳不時打著節拍。她站著看他，然後拍拍他的肩膀。看愛琳說話，艾德指指耳機，表示自己聽不見，她比手畫腳要他摘下耳機。

「我在聽音樂。」他說。

「我看得出來。」

「今天上班還好嗎？」

「很好，」她說：「你整天都躺在這裡嗎？」

「我起來吃過東西。」

「這麼說，這是你的新把戲？」

「我只是在嘗試，而且感到煥然一新。」

「聽你這麼說真好。」她說。

「我一直想多花點時間來照顧自己的需求，」他說：「這是第一步。之前那陣子我頭昏腦脹的，現在我想回歸基本。」

「工作怎麼辦呢？」

「我要請妳再幫我打電話請假一天。」

另一個廳裡的鏡子上有她的影像，愛琳穿著一件早就想淘汰的大衣。從前她覺得三十歲就很老了，如今，她到年底即將滿五十歲，三十歲則是年輕到無法想像的歲數。

「你打算放鬆多久？」

「我還沒有打算。」

「我可以期待你今晚和我們一起用餐嗎？」

「那當然。」他揮揮手要她離開，自己又戴上了耳機。

愛琳邊準備晚餐，邊思考這是怎麼一回事。他顯然是被某種中年危機嚇到了，可能是衰老吧。她有信心，不會是因為出現第三者。他們同心協力維持正常的生活，若要說不忠，要是無法維持家庭狀況穩定和生活自在的慾望，這種損失會比愛情更有嚇阻的作用。

她知道丈夫值得信賴，這不只是因為他從不會為了宿醉而缺課、不會拿薪水去賭球賽，也不會忘記他們的結婚紀念日而已。說來微妙，但他是個可以預測的人。有些女人希望自己的男人保持神祕，但她愛的就是艾德缺乏神祕感的個性。神祕感有不同的層面、程度和本質，本身就夠複雜的了。艾德的心容不下太多熱情，他不會去追尋轟轟烈烈的愛情，但他熱情的程度也讓他無法接受偷偷摸摸的戀情。他太專注於自己的工作，無法同時愛兩個女人，而且沒辦法忍受偷情者擅長的虛偽互動。

幾天後他才回去上班，但夜裡戴耳機聽音樂的儀式沒有改變。有天晚上看他回到書房，愛琳反而鬆了一口氣。她以為丈夫是去批改學生的實驗報告，但當她端著一盤餅乾進去時，卻發現他在寫筆記，而且費盡苦心不讓她看到他在寫什麼。那夜稍晚，她回去書房去找，但筆記已經不在原來的位置了。

她覺得晚餐氣氛怪異。每當她想直視艾德時，他便把目光轉開，而且絕口不提工作上的事，其實嚴格說來，除了康諾每天在學校裡發生的事，他什麼事都不提。

「接著，」康諾說：「他們把他舉到籃框邊，但是沒把球遞給他灌籃。有人拉下他的短褲，接著又拉掉他的內褲！他就這樣掛在籃框上，一直到寇華德先生跑過來才把他抱下來。」

「哈哈哈！」

艾德的笑聲未免太過熱切。她期待丈夫能指責孩子的行為，然而他似乎沒真正把康諾的話聽進去。他的聲音有溫度，但眼神閃爍，她不禁懷疑自己是不是太急於排除丈夫外遇的可能性。他近來老是無精打采的，有時看來像是處於幻夢的狀態。

「好。」艾德把自己的椅子往後推，敷衍地拍拍康諾的頭，隨即到沙發旁戴起防止別人干擾的耳機。康諾顯得有些尷尬，像是伸手相握卻遭到對方拒絕。愛琳很清楚，現在最好別和兒子說話，免得讓他更加困窘。

上床睡覺時，愛琳覺得自己好邋遢。她捏捏堆積在臀部的贅肉，不明白這些肉是怎麼溜到她身上的。她知道醫院裡的醫師在走廊上看到她仍然會回頭，但如果她在艾德眼中並非如此，那麼其他男人對她的興趣顯然不能帶給她信心，那只是他們無差別的無聊習慣——想像她是否也曾經是個美女罷了，她又不是沒看過他們盯著其他女孩看的樣子。

艾德過了午夜才回房間。他站著俯視她，眼神怪異。她知道自己突然渾身僵硬起來。

「有什麼事要告訴我嗎？」

「沒什麼。」他說。

「你到底在聽什麼音樂？」

「華格納的《尼伯龍根的指環》，我有太多沒開封的唱片。看那些東西這樣放著，我有點急，想趕緊聽完。」

她驚訝地發現自己聽到這句話鬆了一口氣。這理由特殊到可能成真。在她的想像當中，當人走到某個階段，發現過去和未來的道路一樣泥濘時，的確會退而執行某個遠大的計畫。

長久以來，她一直覺得餐點的成功與否，取決於盤中食材的色彩排列，但現在這麼處理食物卻顯得太裝模作樣。她不贊同地看著橘紅色的胡蘿蔔、鮮綠色的豆子、白色的薯泥和一堆深色的肉及洋蔥，像小時候不肯吃這些東西一樣，拿著叉子挑來挑去。

她從前最喜歡坐在廚房的桌邊欣賞微風吹動窗簾，看著矮籬另一側帕倫坡一家人聚在餐室用餐的樣子，但如今她只覺得隔壁鄰居的房子太近。從前她能忍受這樣庸俗的環境，因為至少她能有個家，然而現在卻覺得失望到難以承受的程度。

這陣子，愛琳隨時都想著布隆克維。她在一九八三年離開勞倫斯醫院，到法洛克威的聖約翰主教醫院擔任護理督導，此後便念念不忘過去每天到布隆克維的時光。幾年後，她回到愛因斯坦醫院擔任護理長，心想搬到布隆克維的時機可能成熟了。搬家以後，兩夫妻的通勤都比較方便，她現在賺得不少，艾德的薪水也不差，兩人的投資收益也不錯。艾德有個同事是紐約大學的地質學家，他們聽了他的建議，投資八千美元，買了一家油頁岩公司的股票，這筆金額本來漲到了四萬四千美元，但可惜在一九八五年破產。同一年，他們還因為澤西第一證券公司的水餃股詐欺案而損失了兩萬美金。命運最後一擊是在一九八七年，她的上司離職到公家單位工作，新來的院長把能開除的員工全開除，然後帶進自己的團隊。她雖然在中北布朗克斯醫院落腳工作，但不得不接受減薪的條件。

她實在看不下去了，帕倫坡家那盞可怕的吊燈像鮮黃色的人造奶油一樣亮，面對暗淡晚餐的帕倫坡夫婦蒼老了許多，於是她站起來拉上窗簾。艾德把她的起身當作是晚餐結束的暗示，隨後自顧自地走向沙發。

她和丈夫剛搬過來時，這個地區住的是愛爾蘭人、義大利人、希臘人和猶太人，大家彼此都認識。後來這些家庭陸續搬走，進駐了哥倫比亞人、玻利維亞人、尼加拉瓜人、韓國人、中國人、印度人和巴基斯坦人。康諾和新鄰居的孩子玩在一起，但她從來沒見過這些孩子的家長。她的朋友伊蓮搬到花園市，把位在街頭的房子賣給一戶自稱是波斯人的伊朗家庭，可是除了「伊朗人」之外，她沒辦法以別的方式稱呼他們。這戶人家的兒子法西德，和康諾是聖貞德小學的同班同學，經常在愛琳家進進出出。

郊區的社區充滿吸引力，這不難想像，因為她現在住的地方已經算是半個郊區，以交通來說，無論是大眾運輸或開車都十分便利。每棟房子旁邊都有自己的車道，沿著北方大道有不少加油站和汽車經銷商，開車可到達拉瓜地亞機場、羅勃．摩西高速公路、謝亞球場的大型停車場，和一九六四年曾舉辦萬國博覽會，但現在卻像是冰河遺跡的場地。

她喜歡的商店多半都搬走了，取而代之的是一些賣廉價飾品、T恤和黑市煙火的店鋪。南國風情的髮型沙龍櫥窗以厚重的窗簾遮住，有些店面販售致命武術的用品，此外，漫畫書店、跆拳道教室、外幣和支票兌換亭、韓國人經營用菸葉捲大麻的雪茄店，販賣仿冒日本流行玩具的韓國商店、計程車招呼站、簡陋的酒吧、速食店，異國料理食材的批發商、看似鴉片館的餐廳則四處可見，拉丁美洲人經營的商店裡，還堆著她永遠不可能買來吃的東西。角落上的大道劇院現在成了跳拉丁舞的舞廳，霓虹燈閃爍到深夜，震耳欲聾的節奏逼得所剩無幾的老警衛不得不離職。舞廳外停滿了車，警察經常得出面制止鬥毆。在這波入侵中，唯有燈光陰暗的愛爾蘭小酒吧依然屹立不搖，只是多年來她一直避開這間酒吧，所以也沒什麼值得吹捧的。

附近的花園公寓仍看得出從前的富裕。她想像憔悴的單身漢手握逐漸消失的財富，古老的傳承走到了安靜的盡頭。有些地方還看得到過去的風采，例如巴瑞西尼巧克力店和揚恩冰淇淋店，但走進這些店裡，她又會感傷老店家所剩無幾。

她知道自己可以把這些改變視為讓這個城市變得更偉大的功臣，是注定要出現的替換，是移民社會面對的必要更迭，但問題是他們取代的人不能是你。這點也許只有聖人才能接受。假如當聖人代表，她得壓抑自己的脾氣，容忍這些人，那麼她一點也不想當。幾年前，他們全家去巴哈馬搭渡輪度假時，有人闖進他們家行竊，她努力忘卻自己對那些人的厭惡，但動機與其說是聖潔，不如說是想繼續平靜地住在這一帶，而不是一走進雜貨店，便統統把這些人當作是當年闖空門的人。那次渡輪假期結束之後，她回到家發現珠寶箱裡的東西被搜刮一空，抽屜也被翻得亂七八糟。幸好她之前不顧艾德的反對，在漢諾威信託公司開了一個保險櫃，把艾德的積家錶和母親那只命運多舛的訂婚戒指收了進去，所有的債券同樣也放在保險櫃裡。就某方面來說，她對小偷沒拿走太多東西還算滿意，終於有這麼一次，她能把艾德從不花錢買項鍊、手鐲送她當生日禮物或是結婚紀念品的個性視為優點。沒錯，這些人是拿走了艾德的音響，但過幾年他一定得換新，這反而視為她買禮物送丈夫的好藉口。惹她生氣的還有奧蘭多一家人，他們當時在家，她無法想像他們什麼都沒聽到，或是聽到了卻不採取行動。其實讓她偶爾失眠而且腦子裡盡是復仇計畫的癥結，在於臥室櫃子裡齊歐先生留給她的豎笛也被偷走。那些人拿豎笛有什麼用？他們不可能自己留著，因為那些豬一樣的渾球，不可能知道怎麼吹奏如此精緻的樂器。她想像他們回到豬舍般的公寓檢查贓物，東聞西嗅，滿臉驚訝地看著拆解開的豎笛，然後把它扔進了垃圾桶。

她不能把一切都歸罪於最新一波的移民。她隔壁兩邊的鄰居在這裡住得都比她久，但兩戶人家都已經沒落。他們的房子雖然已顯得無趣，但也一度風光體面，如今蕾絲窗簾不再完整，窗口的木條鑲邊也褪了色，帕倫坡家的後院停的是生鏽的舊車，旁邊放的是裝滿雨水的鼓，而金恩．庫尼家永遠在整修，到處都是殘骸瓦礫。金恩一天到晚掛著插滿工具的腰帶在自家產業大步巡視。新來的住戶到處散播金恩和家人的謠言，說他低調走私武器給愛爾蘭共和軍，而金恩的女兒老愛穿迷你裙搭配網襪，入夜才會回家。關於這女孩也有不少流言，然而愛琳知道真相，金恩的妻子在北方大道出車禍過世，肇事者逃逸無蹤，此後他的精神就有些失常，而他的女兒不是妓女，只因為她和這些拉丁美洲移民第二代一起長大，便成了拉美風尚的受害者，說實在的，要分辨這些孩子和妓女的確不太容易。

愛琳剛搬來時，家家戶戶門前花團錦簇，大家在園藝上花了不少心思，但現在許多花圃都退回了野地，高高的野草甚至越過矮牆往外探。儘管她沒遺傳到父親對所有綠色植物的愛心與情感，但她決心讓自家花園成為荒地中的綠洲。安傑羅幫了她不少忙，沒讓太多花草送命，愛琳也從他身上學得了不少技巧，但自從他幾年前第三次心臟病發作過世以後，她又得不時買來新的植物以填補夜裡枯萎的花草。

她花了太多預算買家具，每兩年都要洗地毯和粉刷牆壁，包瑞燈具拍賣時，她還買了一盞漂亮的水晶燈。這房子不是太漂亮，但別有一番光彩。她唯一躲不掉的是樓上奧蘭多一家人的腳步聲。雖然整棟房子都是她的，但腳步聲卻令人掃興。

她泡茶時，艾德坐在桌旁背對著她，和當年她第一次用雙手抱住他時一樣實在，但她現在只想出手狠打正彎著腰揉太陽穴的丈夫。她把手放在他的肩膀上，這一碰讓他縮了一下，她想：**他究竟把我當成誰了？**

她想在丈夫戴上耳機之前投向他，想要在他一擺好靠枕時就拉掉耳機的插頭，讓音樂流竄出來，然後用更大聲的惡言謾罵壓過樂聲，然而她沒那麼做，只是在上床之前坐在扶手椅上看書。

她一直在想，不曉得自己是否對丈夫太嚴苛，畢竟教了這麼多年課之後，他理當好好休息。她還沒聽到康諾對此有什麼評語，兒子進入青春期後，回家經常板著臉，她希望孩子對艾德這個新的習慣能視而不見，好讓她做出結論：純粹是她自己想太多。

但康諾還是注意到了。「聽唱片是怎麼一回事？」一天晚上他終於問了。康諾漫不經心地嚼著口香糖，這通常會讓她厭煩，但這下她覺得孩子唯有用這種態度才敢開口。

艾德抬起頭，但沒有回應。

「耳機又是怎麼搞的？」康諾朝父親靠近了些，又開口問。

基於艾德這陣子怪異的表現，她以為他會大發雷霆，但艾德只是拿下耳機。

「我在聽歌劇。」

「你現在一天到晚都在聽。」

「我決定沒聽完這些大師巨作之前不能死，維爾第、羅西尼，還有普西尼。」

「誰說要死了？你的日子還長得很。」

「沒有比當下更好的時間。」艾德說。

「你不必用那個東西。」康諾指著耳機。

「我不想打擾任何人。」

「你覺得你這樣子就不會打擾人嗎？」

另一個晚上，她去田徑場接康諾，上車後他問她：父親是不是不快樂。

「我不覺得，」她說：「我認為他相當快樂。」

「他老是說：『你活著就是要做決定，先思考，衡量正反兩面的所有可能性，然後下了決定就要貫徹到底。』」

她從來沒有聽艾德親口說出這個理論，一定是父子倆趁她不在時的男子漢交心。她知道自己豎起了耳朵。

「例如，以女生來說好了，他說：『如果你要結婚，做了決定就不能回頭。事情不見得永遠完美，但是你必須努力，這是重要的決定。』」

她覺得胃部一緊。

「可是我不懂的是，如果真的這麼辛苦，如果是因為自己做了決定才要堅持，那一開始何必結婚？」

「夫妻結婚是為了愛情，」她防備地說：「你父親和我當年相愛，現在也相愛。」

「我知道。」他說。

她認為他有可能不知道。她不習慣過度親密，尤其是在兒子面前更難。康諾小時候，艾德還經常碰她、親吻她，但她會急著躲開。她當然不會自己伸手去碰他，但他知道該在結婚當夜採取主動。她不是那種年紀輕輕、會穿迷你裙的女人，但她所能提供給他的是折中後的獨立態度，是經過協商的妥協。她和他在床上時，和在其他任何地方都不同，但這不是兒子能想像得到的。

「你爸爸很快樂，」她說：「他只是老了，就這樣而已。總有一天你會明白，你自己也會遭遇相同的經驗。」

這不像是最佳的解答，但應該足以應付了，因為在回家的路上，康諾沒再提出別的問題。

16

父親老是躺在沙發上，但那天早上他走進康諾的房間，說要帶他去棒球打擊場。他們開車到中央公園大道旁、小購物商場後面的老地方。

康諾在架子上選了一支看起沒那麼爛的球棒，試戴後找出合適的頭盔。父親去攤子上換來一堆投幣用的銅板。康諾朝標示「特快球」的投球機走過去，戴上散發著汗水和臭味的頭盔，右手戴上打擊手套，然後站到左打者的位置，丟下銅板。投球機投射出光線，等了一會兒之後才有一顆球快速飛來，直接撞到了橡膠擋球網。康諾眼睜睜地看著另一顆球飛過去，懷疑自己是否真能打到球。這幾顆球的時速將近一百三十公里，絕對沒有機器上所標榜的一百四十五公里。

下一顆球發過來時，康諾沒拿捏好時間，揮棒稍微慢了一點，把球轟的一聲打到身後。接著他打出擦棒球、滾地球，下一球他揮棒打到投球機後面。這球絕對會被接殺出局，但由於他的信心，最後還是成就了一好球。父親站在康諾身後喝采，康諾急著揮出下一棒，結果用力過猛，握把敲到了球，使得他的雙手又刺又麻，忍不住在原地跳了起來。下一球，康諾揮棒落空。

「鎮定，兒子，」父親說：「你打得到的，找出你的節奏。」

康諾接著揮出擦棒球，這是最後一球了，於是他停下來用雙腿夾著球棒，調整打擊手套。他後面沒有人排隊，所以他可以慢慢來。旁邊打擊位置的打者，轟一聲把球打到安全網上。父親雙手抓著擋球網，身體靠在上面。

「你準備好了嗎？」

「好了。」

「好好表現。」

他投下銅板，擺好擊球姿勢。第一球嗡一聲從他身邊經過，落在擋球網上。

「眼睛看好球，」父親說：「看球怎麼進捕手的手套裡，只看就好，這球別揮棒。」

他看著球飛過去。

「好，現在算好時間。下一球會以同樣的速度和方向過來，重點在於時間的計算。」

康諾揮出下一棒，力道收了一點，比較有節制，若在實際的球場上，這顆球的落點應該會在外野。接下來的兩球他如法炮製，棒子擊球時發出的聲音像是砸破瓜果，而場上瀰漫著一股橡膠灼燒的味道。

銅板換來的球數用完了，他伸手把球棒遞給父親。「你想進來打嗎？」

「不用了，」父親說：「讓你玩個開心。」

「我沒關係的。」

「我覺得我一顆球都打不到。」

「你一定可以的，你太看輕自己了。」

「我最風光的日子早就過去了。」父親說。

「要不要敲兩下看看？好嘛，爸，一個銅板就好了。」

「好吧，」父親說：「可是我像稻草人一樣呆站的時候你可不能笑。」

父親走進打擊區，接下康諾手上的頭盔。他看看球棒，說不必戴上打擊手套。他身上穿著格子襯衫和合身的牛仔褲，康諾覺得父親確實有點像稻草人，露在頭盔外面的眼鏡，看起來就像是實驗室裡用的護目鏡。康諾離開打擊區，走到父親剛才看他打球的位置。父親丟下銅板，和康諾一樣站在左打者的位置上。

第一球以迅雷不及掩耳的速度撞向擋球網，下一球也一樣。父親把球棒靠在肩膀上。第三球迎面而來。

「你不揮棒嗎？」

第四球啪一聲落地，偏高的第六球直往康諾的方向而去。父親一次也沒揮棒。

「再怎麼樣也揮揮看吧，」康諾說：「只剩三球了。」

「我在觀察球怎麼進壘，」他說：「在等我的好球。」

「剩兩球了。」

「好。」父親說。

「老爸，你不能光站著不動。」

父親卯足全力揮向最後一個機會，球像顆砲彈似地射了出去，揮動的球棒轉到背後，如棒球教材裡的圖片，和名將泰德．威廉斯的姿勢一模一樣。如果不是遠處的球網攔住，這顆球可能會飛得更遠。

「哇噢！」

「還不錯，」父親說：「我最好在領先的時候退場。」

康諾走進打擊區，從父親手中拿起頭盔和球棒。父親看起來累了，一副揮了半小時球棒的樣子。康諾丟下銅板，站到打擊區裡的位置。父親剛才的打擊一定帶動了康諾的信心，因為他穩穩打擊，只有一次揮棒落空，接著他又一次投進銅板，揮棒打擊平飛的直球。

「打得好。」父親說。

他一直打到累了才停手，父親開車帶他去兩人打完球後常去的餐館。康諾點了起士漢堡，父親點了鮪魚起士三明治，兩人一起分享一杯巧克力奶昔。康諾喝了一半，但父親把自己的那半杯也留給他。

「沒關係，爸。」

「你喝。」父親說。

食物送上來時，父親不像是真的想吃，反而是饒有興致地看著康諾。

「怎麼了？」康諾問道。

「我從前很喜歡看你吃東西，現在好像也一樣。」

「為什麼？」

「你小的時候，大概兩歲左右吧，喜歡抓起一大把食物，用手掌往嘴裡塞，像這樣。」父親把手放到嘴邊示意。「你常說：『要肉丸！』臉上都沾滿了醬汁說『還要肉丸！』語氣非常堅定，好像吃肉丸是全世界最重要的事。」他咯咯地笑。「而且你吃得又多又快！你一定會再要，說你已經『吃光光！』我最愛看你吃東西。我想那是直覺吧。我知道你只要能吃就能活下去，但除此之外，還有你吃東西時那種快樂的樣子。對當時的你來說，切成小方塊的烤起士三明治就像是全世界了，能吃進嘴裡才是最重要的事，恨不得吃得更快。」

父親的目光讓康諾十分緊張，他自己的鮪魚起士三明治一口也沒吃。

「你要一直坐著看我吃嗎？」

「沒有啊，我也在吃。」

父親吃了一、兩口，康諾請服務生加水，還要了些番茄醬。

「我真希望能解釋給你聽。」一會兒之後，父親說。

「解釋什麼？」

「有你在的感覺，有兒子的感覺。」

「你的薯條還要吃嗎？」

「全都是你的了。」父親說，康諾又吃了一點。「想吃多少儘管拿。」父親把盤子推向康諾。「全吃掉吧。」

17

艾德馬上要過五十歲生日了，他們本來約好要親密安靜地共進晚餐，但愛琳打算食言，改在當天辦一個大型派對，這保證他當晚一定得離開沙發，況且她想要的更多。她想搖醒丈夫，讓他回到正軌，重拾失去的熱情。最近他花了太多時間獨處，強迫艾德和大家相處，對他會有幫助。

她擬妥派對賓客的名單後，才意識到自己這方的社交範圍占了多少分量。艾德有不少朋友已經不再聯絡。當她把自己的友人視作丈夫的朋友的同時，她也看到相同的狀況：艾德對社交退縮，將社交行事曆交給妻子安排。她覺得自己必須負起責任，讓他不要成天待在家裡，她決定擴大邀請的對象，不限於經常來往的親友，要找來剛結婚時常和艾德碰面的舊識，還要邀請他從沒見過面的表親。她要讓艾德記得，世上還有太多可以期待的事物。

儘管她知道寒冷的三月初會讓她種下的花草在派對後立即枯萎，但她仍然將花臺徹底改頭換面。她新栽下玫瑰，拍緊新枝四周的土，這時一輛車以致命的速度衝向北方大道，車上的四個喇叭大聲播放節奏強烈的南美騷莎音樂。如果她是男人，絕對會啐口水以表達心裡的不屑。她厭惡那個司機，厭惡他可能是毒販的雇主，更討厭自己得去擔心搭列車來參加派對的人可能遇到麻煩。老天保佑，別讓她的親友碰到近來開始在羅斯福大道站壁攬客的妓女。愛琳有次和艾德手牽著手走下樓梯，竟然還有個妓女大剌剌地找艾德搭訕。

她邀了幾位中北布朗克斯醫院的高層來參加派對，希望這些人不會針對這一帶目前的狀況妄下評語。她職業生涯的未來要如何發展，端看他們是否能視她為圈內的一份子。她要怎麼解釋傑克森高地原來的面貌呢？

她不覺得自己種族歧視。曾經有幾名黑人護士遭到上級不合理的對待，後來靠她出面幫忙才解決，她引以為傲。此外，她和中北布朗克斯的警衛相處融洽，他們大多也是黑人。

愛琳很喜歡描述她父親當年為華盛頓先生挺身而出，在大家都拒絕與他相處的情況下，他與後者搭檔開車的故事。她也喜歡說從前那些愛爾蘭老警衛沒有人願意到街頭的中國雜貨店去購物的事，在新店面臨倒閉之際，她父親決定直接上門去打探，發現雜貨店的劉老闆是個認真誠懇的人，於是一連好幾個晚上拿著不知打哪兒來的蔬菜站在雜貨店旁邊的路口，攔下往來行人說：「快去他媽的中國佬店裡花點錢。」而大家也真的會聽他的話。到了現在，伍德塞一帶中國雜貨店四處可見。她經常在想，不知道新一代是否會和她父親幾年前一樣，為某個堅守正業的愛爾蘭移民做相同的事；她同樣懷疑自己協助過的黑人護士當中，有幾個會願意拉陷入困境的白種女人一把。過去幾年來，她眼見布朗克斯的環境越來越糟，但她沒有為之怯懦。安全警衛看她每天獨自開車上下班都表示敬佩，而到了晚上，他們絕不會讓她在無人陪伴之下走到自己的車旁。

不，沒有人可以說她種族歧視，但這不表示她必須接受或樂見傑克森高地的改變。這些人把這裡變成了戰場。

到了派對當天，她才發現自己的家有多小。在艾德平常回家時間的一小時以前，人已經多到要左推右擠才能走進廳室，愛琳只好請派特堂弟把一張茶几放到地下室。然而當賓客聚向廚房時，她覺得自己好像置身在人形盾牌當中。她的爐子上燉著火腿花椰菜，她還得處理流理臺上的另外幾道料理。她沒準備任何可能會引人反感的食物，一點也不必心慌，可以一道一道端出來。她請外燴公司另外準備的東西也送到了，食物多到吃不完，她要自己安心，可以開始放鬆了。

康諾用公共電話打電話回家，通知他們艾德再過十分鐘就會到家，愛琳萬萬沒想到自己竟然會驚慌緊張起來。她把訊息告知起居室裡的客人，吵鬧聲立刻停了下來。慢慢地，起居室裡的寂靜變得比喧囂更響亮，她幾乎能聽到體內深處跳動的脈搏。她穿過人牆，想讓艾德一走進來就能看到她。

艾德走進來的那一刻，愛琳突然有種不想直視丈夫臉孔的衝動，於是她順從地閉上雙眼。聽到四周響起瘋狂的賀喜聲後，她張開眼睛看到丈夫滿臉笑意地從賓客面前走過，每看到一張臉都高興地大喊，像是戰前高呼似的，不是狂喜就是錯亂。他興奮得脹紅臉，滿身大汗。等愛琳終於靠過去擁抱他時，聽到他像對其他人一樣高喊，像是許多年沒看到妻子。他喊個不停，其他人也繼續歡呼。艾德用無法置信的狂喜和每個人都打了招呼。

愛琳不想丟下艾德一個人，但也怕留下來陪他。她眼看丈夫被淹沒在親友的懷抱當中，於是溜進廚房去幫他拿杯飲料。再回到門口時，他還一再重複驚喜的表現。她要康諾去打開音響，讓艾德在眾人簇擁下走進起居室，她從鏡子裡觀察其他人的反應，但一看到丈夫的表情就硬生生地收回了視線。艾德看到弟弟菲爾遠從多倫多趕回來，發出了瀕死動物的吼聲。她端起放著開胃點心的托盤，傳給大家，食物的香味和成功的派對融合為一。她沒摸到家裡的任何灰塵，也沒發現有任何失誤，唯一的混亂來自賓客，有個人甚至撞到雞尾酒缸，把幾個水晶杯掃到地上，對此，她還是能保持耐心。

她為自己倒了杯葡萄酒，不著痕跡地走進起居室和大家一起聊天。幾群人在談笑，她幾乎能聽到每個人的聲音，但她想到丈夫剛才訝異到近乎狂亂的神態就無法專心，於是走過去找艾德。

她走出門廊，看到派特、幾個抽菸的朋友和在外面玩的孩子，但沒有人看見艾德走出來。浴室的門鎖著，一會兒之後走出來的是她的小阿姨瑪姬；接著她到地下室裡也沒找到人。

最後她走到後門的樓梯轉角，人沒上去而是往樓上喊；上頭沒有回應，但她憑直覺往上爬，終於看到艾德坐在二、三樓之間的臺階上，在她上樓時，他光是坐著直盯著妻子看。這讓愛琳好緊張，丈夫似乎一直在等她上來找人。音樂和賓客模糊的交談聲，穿過轉折的樓梯一波一波地傳上來，自有其吐納和節奏，歡樂的氣氛沒有稍減。

「法蘭克想幫你拍照，」她說：「費歐娜剛到，不知道你和她打過招呼沒有？」

他安靜地坐著，但視線沒有挪開。

「派特完全是為了想看你才來的，他現在不參加派對了。你真該聽聽我終於找到他時，他在電話裡是怎麼說的。『為了艾德？』他說：『那當然，赴湯蹈火都可以。』」

「別讓他太接近吧檯。」艾德說。

「他連進來都不肯，」她低聲笑著說：「光站在門廊上。」

她知道自己眼眶裡含著淚，但問題是她一點也不覺得難過。「樓下正熱鬧，」她說：「如果你能下去會更好。」

他拍拍身邊的階梯，這個溫暖的動作讓她感動，然而她同時也覺得憤怒、不解。愛琳雖然很想獨自下樓，但終究還是妥協地拉起裙襬坐下來。

「我老了，」他說：「我可以感覺到身體的崩壞。」

「你會這麼想，是因為今天是你的生日，」她說：「每個人都會變老。」

「我沒想到會看到這麼多人，我以為我們要安安靜靜地度過這個晚上。」

她挖苦地看著丈夫。「最近安靜的夜晚還不夠多嗎？」

「樓下有一半的人我都不認識。」

「你幾乎每個都認識，」她說：「總共大概也只有四個你從來沒見過的人。」

「那就是我不記得他們是誰了。」

「你當然記得。我陪你下去走一圈和每個人講講話，這麼一來，你可以聽到他們的名字，知道他們是誰。」

他撇開頭。

「你喜歡參加派對，」她說：「還抱怨我太常出門，但只要派對一開始，你比誰都玩得盡興。這些人是來看你的，他們問起你在哪裡時我真的不知道該怎麼說。」

「就說妳兩秒鐘前才在隔壁廳裡看到我。」

「你是怎麼了？」

「我累了，我沒辦法告訴妳我有多累。我受夠站在一堆人面前成為大家目光的焦點。妳知道這要耗費多少精力嗎？你永遠不能缺席，永遠不能！而且永遠不能心情不好。我像是一直在拋球雜耍，不能讓球掉下來也不能出錯，我現在只想躺下來。」

「噢，偏偏不行。大家都來了，我們得好好珍惜這個機會。很抱歉，我辦了這個派對。」

「妳不必道歉。」

「有必要的。我這麼做太傻，真是蠢到極點。」

「熬過這一學年就好了，」他說：「我好期待假期能趕快到來。我今年暑假絕對不上課，我要好好待著。」

如果換個日子，愛琳可能會逼他站起來下樓去，但她這天不知為何沒這麼做。就在他雙手拍拍膝蓋站起來之前，她本來要說，五分鐘後她再上來接他。

「好了，」他說：「走吧。」

在兩人回到派對現場時，她先跑下樓去地下室的架子上拿來一瓶酒。

「進去的時候拿起酒瓶揮一下，」她說：「我怕有人發現你離開。」

把相機掛在脖子上的法蘭克．麥圭爾喊艾德過去，看到派對主人夫妻終於現身，他顯然鬆了一口氣。愛琳看著法蘭克請賓客在餐室裡排成一列，大夥兒等他對好焦距，好似熬過了漫長的瞬間才敢呼吸。她想牢牢記住這一幕；不是視覺上的細節，這將來看照片就有了。她想記住的是氛圍，是率真的友誼、靠在一起相摟的朋友、等待拍照的不耐，以及事後抹去尷尬的親暱笑聲。愛琳心想，和這張一樣，所有合照中排排站的人，到最後總是會像遭到武力驅離似地散開，到各個角落去喝飲料吃東西或去抽根菸。艾德在身邊人群散去時，站在原地，顯得好無助。她決定了，在這場派對上絕不丟下丈夫獨自一人，於是若無其事地扶著丈夫的手肘，帶著他四處走動。他像一艘完美的帆船，感覺到纜索稍有扯動便跟著轉向，完全遵循妻子的帶領，以她設定的方向為目標。她知道自己在場讓艾德心安，沒多久，她自己也再次樂在派對當中，然而她還是得努力抵抗衝動，才沒丟下艾德而自顧自地跑去加入有趣的團體對話中。從前她知道艾德可以在派對上自得其樂，覺得這是自己運氣好。他們可以隔著派對中的人群遠遠揮個手、點個頭或眨個眼，而且當其他女人在靠近艾德時打量他，還會引起她對丈夫的渴望。如今，這麼近距離地在派對中相處，愛琳反而很難看清他的模樣，距離縮短後，某種情感似乎也跟著喪失。

辛蒂．寇克立端著蛋糕走進來，大家合唱起《生日快樂》，愛琳在丈夫出奇無力地吹蠟燭時，把手貼在他背後，艾德有氣無力，吹到第三次還有蠟燭沒熄。大燈點亮後，辛蒂把刀子遞給艾德。他站著拿刀揮動了一會兒，愛琳無法自制地想像，也許有東西在丈夫眼前威脅他。她握住他的手，希望這個舉動能讓人想起當年他們切婚禮蛋糕時的模樣，她壓著艾德手上的刀切穿一層薄糖霜，停在下方的冰淇淋上。愛琳放手時，艾德還忙著想抽出卡在冰淇淋中的刀子，嘗試失敗後，他舉起雙手作投降狀，往後退了一步。愛琳開懷地大笑，她希望自己能露出一般男人普遍沒有的表情，接著她用雙手捧住丈夫的臉，毫不保留地親吻他。在這些人面前這麼做，無異是悖離了她長久遵循的禮儀，艾德一開始似乎全身僵硬，但隨即放鬆下來讓妻子親吻他，大家也跟著喝采叫好。這時，愛琳才放開艾德，把刀子抽出，並將蛋糕切成小塊。

愛琳一向討厭早上醒來看到家裡一團糟，感覺像是付了高價卻沒買到應有的享受，儘管如此，當客人離開後，她還是直接上床睡覺。艾德直直地躺著，這幾乎可說是她最愛他的一點。她在書裡讀過，躺著睡表示信任，因為這個姿勢等於暴露了內臟器官。他在床上一向很有信心，她愛丈夫讓她覺得自己嬌小，讓她能依偎著他，讓她伸手就能抱住他。愛琳想起兩人第一次跳舞時，她才驚訝地發現他老是藏在過大外套下的運動員體格，這讓他和靠勞力維生的男人共處時一點也不顯得突兀。艾德讓她連接起兩個世界，一是她所在的俗世，另一個則是她渴求的細膩人生。在所有男人當中，她唯有在他的懷裡才能安然入睡。

第二天早上，她為自己煮了茶，開始整理鍋碗瓢盆。她清理完流理臺和櫥櫃門之後，用抹布擦拭廚房地板。通常她會以光潔的地板和松木的香味為傲，但今天卻沒有。她怎麼能長時間忍受骯髒的塑膠地板？牆上壁紙看得見脫膠的痕跡，窗框的接縫鬆開了，窗戶一拉開，玻璃就像鬆脫的牙齒般滑來滑去。她到餐室擦洗地毯和那些漂亮的擺飾，聞到了清潔劑的味道時，心情稍微好了些，但沒多久，她眼裡又只看得到鏡牆邊腳下的整排髒污。來到浴室，她發現浴缸缺了好幾片磁磚，露出下面的黑底。

愛琳腦子裡只有一個想法：昨天賓客有沒有注意到這些細節？有沒有看到土耳其地毯上的污點？有沒有發現梳妝臺的蛀痕？她想像客人可能會拿起哪個擺設，發現下面滿是灰塵。

她轉移陣地，到地下室清理洗衣間。她得找布蘭達談談，烘乾機裡永遠有用過的芳香紙，洗衣精的空盒子永遠要她去丟。這些生活中的小缺憾加總起來足以削弱她活在人世間的幸福感。洗衣間打掃乾淨以後，她又去整理儲藏架，決定和唐尼討論如何收拾工具。接下來是雪松木櫃子，這回她怪的是自己粗心大意，因為好幾件她喜歡的毛衣都蛀了洞。她上樓回到浴室，動手在浴缸磁磚脫落的部位補土。她抬頭時看到艾德站在門口，康諾跟在他後面，兩人穿的都是週日上教堂時最體面的衣服。

「你們要做什麼？」她問道。

「去望彌撒，」艾德說：「週日不是都要去望彌撒嗎？」

「現在幾點了？」

「四點四十五分。」康諾說。

除了五點的儀式之外，她每次都錯過彌撒。她發現丈夫和兒子用怪異的眼神看著她，她跟著低頭看看手上那雙應該戴在別人手上的橡膠手套，其中一隻手還拿著破破爛爛的綠色海綿刷。

「等等我。」她說。愛琳隨即脫下手套關上浴室的門，把自己打理乾淨。

18

康諾擔心的是老師離開教室，因為在權威缺席的空檔，他會成為同學攻擊的箭靶。所以當埃爾里希太太地理課上到一半要去洗手間，並指派蘿拉．哈勒斯上前維持秩序時，康諾立刻知道接下來大致會怎麼發展。那天彼得．麥考利跑到黑板前抓起板擦丟擲，不但沒扔中康諾而且還差得很遠。坐在教室後面的某個同學出手助陣，接連丟了兩支鉛筆過來，第二支打中康諾沒長眼睛的後腦勺，哄堂的笑聲猶如狂風吹動的窗簾一樣響個不停。連康諾的書呆子朋友也忍不住咯咯地笑。蘿拉沒記下任何人的名字，而胡安．卡斯特羅則是站在門邊，負責真正的守望工作。彼得撿起板擦跑過來，往康諾的背上一蓋。儘管康諾一直拍，但還是沒拍掉粉筆灰。

他從前常和這些同學一起玩。這些孩子多半住公寓，而康諾家因為有後院，所以成了派得上用場的一份子。大夥兒在他家碰面，把腳踏車丟在他家。康諾會和大家一起到沃爾沃斯超市去偷酷涼口香噴劑，他從不動手，只是到處張望，擔心自己被當成把風的人。大家走出超市大門後，才會明目張膽地拿出贓物，當成毒品似地往嘴裡噴，他們說把妹全靠這招。夏恩．鄧恩和彼得．麥考利兩人都吹噓和女生上過床，康諾一點也不懷疑。每年天主教夏令營結束後，都至少會有一名七或八年級的未婚媽媽來搭校車上課。

康諾念四年級那年春季，人生起了變化。有天，胡安的哥哥和人起了爭執，於是他們騎車到七十八街公園去。康諾這時才發現自己、同學以及另外一群年紀較長的少年排成一列，和另一群人對峙。康諾看到同伴有人亮刀，儘管他知道自己什麼也做不出來，卻仍跟著大家走。他相信自己會在鬥毆中受傷。在警笛聲出現後，一切變得像慢動作，他彷彿能預見自己的下場：被塞到警車後座，未來全毀。原來的兩列人馬一哄而散，往四面八方逃竄。他和朋友跑去騎腳踏車，一路沿著三十四大道騎回家。康諾瘋狂地踩動踏板，心臟差點跳出來，彷彿有鱷魚緊追在後，瞄準他的腳踝張開大嘴想咬。

有了那次經驗，他改和數學資優組的書呆子混在一起，從五年級起就沒拿過九十五分以下的成績，參加比賽則拿過兩次數學小天才、一次拼音小天才和一次科學小天才。他不會像約翰·阮那樣指正別人的錯誤，也不像艾伯特·林會到處炫耀成績，但他仍然是大家攻擊的頭號對象。這可能是因為他像木頭士兵似地坐得筆直，幾乎連頭都不轉，而且不回應任何同學的挑釁。他不想讓老師找他麻煩。除了考試時拒絕讓同學抄答案之外，圓滾滾的身材也成了缺點。打從康諾三年級起，肥肉便不知不覺地上身，就像是從夢中得來的。如今到了八年級，他長高了幾寸，肥肉也成了肌肉，但這不能算，再怎麼樣他還是個胖子。更糟的是，班上唯有他是讀市中心最好的天主教高中，若想親吻哪個女孩，他可能要再熬好幾年。其他孩子彷彿光用鼻子聞，就知道他與眾不同。從前康諾心情不好時會找父親談談，但現在卻只會到地下室去練舉重。

他會利用午餐時間去擔任葬禮彌撒的輔祭男孩，只要有機會一定不推辭，如此一來，他就可以不必走進學校餐廳。反正他也不吃午餐，如果他吃了午餐，偶爾還會在吃下後吐掉。他想讓自己的肌肉像動作片明星的皮膚一樣緊實。

教堂既高又深，除了祭壇外一片黑暗。聚光燈和探照燈照亮了祭壇，特別是聖像。他喜歡看坐在長排椅上的人，看他們的臉。康諾是教堂有史以來最佳的輔祭，捧著福音書時，不會像別的男孩那樣搖晃，簡直是人形講臺。他把雙腿雙臂的痙攣獻給了上帝。

說到體育課；儘管上課當天任誰當他的隊友，都會視他的體能反應當作臨時資產，但康諾還是最討厭體育課。上課前的更衣時間簡直是場夢魘。不知道是哪個虐待狂，規定大家必須把體育服穿在制服裡面，然後像脫衣舞孃似地一層層脫下外衣。男生女生分別到體育館的兩端，在同學面前脫下衣服。他不允許自己朝女生的方向看，因為他知道要是有男生逮到他偷看，他的下場會極度悽慘，但他同樣不能低頭或左右觀望，免得有人罵他同性戀，於是他只好抬頭看幾乎與教堂一樣高的天花板，或是看窗外近得誘人的開闊空地。

通常在混亂的幾分鐘過後，寇茲華德先生才會吹響哨子正式上課。自從那天康諾踩著彼得和胡安交握的兩雙手攀住籃框以後，他就一直保持這個模樣。他們把其他同學舉到籃框後會遞上籃球，讓他們灌籃後再盪下來。就因為看起來太好玩，所以康諾看到彼得和胡安招手時才會放下戒心。他們非但沒把球交給他，夏恩還拉下他的短褲和內褲。他不懂自己為什麼會把這件事當作別人的故事告訴父母，也想不通當時為什麼沒鬆手放開籃框跳下來。

那天放學前，他坐在課業輔導室裡等待鈴響。他想在鈴聲響起的那一秒就跳起來，但他清楚得很，自己最好別再那麼做。前幾週他聽到「預備」立刻跳起來，惹得全班大笑。

巴拉瑞索太太打個手勢要全班站起來，接著又打了第二個手勢，讓約翰．阮帶隊走出去。康諾是第二排的排頭，跟在克麗絲汀娜．赫南德茲後面，穿過一大群下課的學生往樓梯走過去。感謝上帝，巴拉瑞索太太要他坐在最前面，這讓他的逃脫機會倍增。這是被挑作目標的諸多好處之一。不久前赫南德茲太太才要他和凱文換位子，理由不必明說：大家都知道他坐在後面遭到嚴重霸凌。

他下了樓梯立刻走到街上，絲毫沒有逗留，也沒和人交談，穿過校門後他才呼出一大口氣，拉鬆領帶、解開釦子，但他還不能完全鬆懈，因為接下來還得穿過好幾個街區，越遠的房子看起來越安全。他緊握的拳頭逐漸鬆開。

第一個街區是學校前面的大道，從這裡到八十三街只有一小段路，理當是最安全的地方，因為四周有車有大人，而且教堂就在角落，但事實正好相反，這裡反而是最危險的地帶。他經過神父的寓所，其他人不知是怎麼辦到的，像是穿過了任意門，早已坐在階梯上等著他。康諾覺得自己的命運掌握在這些人手上，包括湯米、古斯塔佛、凱文、丹尼、卡羅斯、夏恩和彼得。丹尼和他住在同一條街上；這事到了下課後才有點意義。丹尼在學校裡的表現和大家一樣，在同學取笑康諾時甚至還笑得特別大聲，然而他卻從來沒打過康諾；他雖然會動手推，但從來沒真的打過康諾。

康諾經過教堂時，情緒開始變得激動。他今天做了什麼事招惹到這群人？有沒有和女生交談？有沒有和「任何人」說話？還是因為「沒有」說話才得罪人？以上狀況皆有可能。他好想變成隱形人。如果他能在任何人發現前繞到轉角過馬路，那麼他們跟在他後面走回家的機會不大，但要注意的是接下去的路上有太多窄巷，那裡人少，他得加快腳步。如果他們想在那段路上攔截，他簡直像個沒馬騎、徒步穿過沙漠的人。

康諾橫越馬路時瞥見那群人也跟了上來，而且一到了對面，就像方陣似地迅速圍住他，對方當下突然有點猶豫，因為人數差距太過懸殊。康諾覺得那群人在那一瞬間的態度有些搖擺，似乎也看出他每次屈從的荒誕。他想像他們決定放棄，這時，丹尼說：「嘿，兄弟們，算了吧。」然後大夥兒立即四散，走路回家。

最近當他看著這些人時——例如這一次，他看到的不是霸凌者，而是迷失的孩子，是日後迷失的成人。康諾不知道自己為什麼會有這種想法，為什麼晚餐後會在自家附近散步，和陌生人打招呼，並朝彎腰駝背的老婦人揮手。

舉棋不定的時間過去了。圍住他的孩子當中，有個人像是由電子氣流帶動似地高喊了出來。今天負責動手的是安靜又不起眼的卡羅斯．托瑞斯，但霸凌者的角色需求超越了他本身的性格，他只好裝腔作勢。卡羅斯笨拙地朝康諾走過去對空出拳，康諾盡可能避開。他感覺到自己的襯衫往上提，在閃躲時釦子繃得更緊，挨打只是遲早的問題，他身邊的圈子逐漸縮小，對方一掌打中他的耳朵，劇痛讓他只聽到震耳欲聾的爆聲。他必須緊緊抓住書包，絕對不能讓這些人從他手中搶走，他臉上又挨了一掌。這些孩子張大嘴看著他挨打，訝異中半帶著敬意，但訝異逐漸轉變成憤怒：他為什麼不自我防衛？其實他自己也很納悶。康諾的個頭大，也比他們壯得多，也許是因為他們有人會帶刀到學校吧。康諾看過他們亮出武器。有個畢業生的哥哥老早就加入了「拉丁王」幫派，還因為帶槍到學校而成為傳奇人物。康諾偶爾會想：有哥哥一定很好，可以一票兄弟聯手打天下，而不是孤零零地像隻挨打的小狗，然而他之所以沒有回手，並非每次都是因為恐懼，而是另一種無法解釋的感覺。

他舉起雙手護住臉後，腰上挨了一腳，只能邊喘氣邊努力地站穩腳步，若他真的倒下就只好用雙臂保護身體，到時候還得期待對方手下留情，別踢到他的頭。他仍然站著，其他孩子也保持著文明的態度。卡羅斯看他開始搖晃，立即大喊大叫，每打中一拳，對自己就更有信心。

「還不還手！」

他看著眼前模糊成一團的孩子想求助。他一向用這種方式看他們，而且對他們回視的目光中，感覺有某種憐憫與同情，但同時存在的還有叛逆。他們開始幫腔，跟卡羅斯一起口出威脅的話。

「打啊，娘娘腔！」

他們把他推向卡羅斯。

「喂，卡羅斯，你要白白讓他撞啊？」

康諾仍然舉著手。

「你想打，是嗎？要打嗎？」

「不，」康諾說：「不要。」

他肚子又挨了一拳，不由得彎下腰去，但痛歸痛，他卻沒有哭。他不怕掉眼淚，他本來是想哭的，但眼淚就是流不出來。

卡羅斯狂笑，瞬間看起來像是和康諾在分享，讓他加入某個玩笑。「還手！」他高聲喊：「死娘炮！」康諾在卡羅斯眼中看到仇恨，於是轉移視線看他的雙手。卡羅斯下手很重，康諾幾乎能聽到拳頭回彈的聲音，彷彿挨打的是別人。大家全愣住了，康諾則搖搖晃晃的，這時有個大人——一個陌生人——過來解圍，孩子們立即一哄而散。

回到家，康諾用鑰匙開門，一進去就癱坐在沙發上，聽到父親走進門的腳步聲才醒過來。他聽到父親走進書房，這是慣例，他會先進去放下公事包，接著才會來到起居室。康諾不想在父親走進來時看到自己仍坐在沙發上，不想讓他看到滿身瘀青然後開始問問題，但康諾最不想面對的，是到時候他若還躺在沙發上，父親一定會站在一旁和他進行一番怪異的協商，要他讓位，換父親戴上耳機後躺下，躲入自我隔離的世界。

從前康諾和父親無所不談，父親知道怎麼安慰他。他想黏在父親身上，親吻父親的臉和脖子。光這麼想就讓他感到尷尬，他知道那段時期離現在並不像自己所想的那麼久。

他站起來說：「我要出去了。」他對著父親坐在書桌前的背影說，父親沒說話，只是點點頭。他出門沿著北方大道朝可樂那的方向走，離開感覺安全的地區，但這沒關係。他會一直走，走到晚餐時間才回家，每踏出一步，他都能感覺到體內的脂肪在燃燒。

他們又度過了另一段安靜的晚餐時間，叉子隨便一敲都像經過喇叭放大的聲響。以前，父母在晚餐時都有說有笑，如今卻是講求效率地大口進食，和獅子對付獵物的方式差不多。靜謐的氛圍中有一絲不安，康諾認為問題出在門框上方掛的裝飾品：兩隻站在心形底框上親吻的石膏鴿子。這件裝飾品是父母的結婚禮物，但送禮的朋友在婚禮後就失去了聯絡。這件裝飾品鬆鬆地掛在釘子上，稍微有點碰撞就會搖晃掉落。幾年前一次摔落時弄破了底框的一大塊石膏，父親用快乾膠黏了回去，破損的地方還看得到白色裂縫。康諾一直想拿下這個裝飾品，丟到父母面前說：「你們看看！你們兩個應該要這樣，像一對愛情鳥一樣！」

晚餐越接近尾聲，刀叉餐具的聲音就越大，他的父母像是想趕緊結束晚餐這件例行公事，好回頭分別去做更能滋養心靈的活動。母親沒注意到他把牛排的肥肉偷偷放到鋪在腿上的餐巾上，他稍後可以趁她不注意時丟進垃圾桶裡。

母親雙手往桌面一拍。「這是從什麼時候開始的？一家人怎麼會變得彼此無話可說？」父親繼續咀嚼食物，康諾也是，父子間浮現了小小的聯合陣線。父親低頭看盤子，康諾想有樣學樣，但他知道母親的眼光落在他身上。

「那好，」她說：「由我來開始好了。學校怎麼樣，有沒有什麼有趣的作業？」

最近他有種感覺，母親為了驅散三人之間的沉默，會找他來問話。從前不管他做什麼事都不會引起父母太多興趣。他幾乎要脫口說出自己丟臉的故事。

康諾搖搖頭。

「好，」母親說：「我受夠你們兩個了。」她站起來，倒掉自己盤裡的殘餚。

「我正在寫一篇關於派特舅舅的文章。」康諾說。他本來不想提，因為他厭惡這種扛起家人對話的責任，但老師的確給了作業，若說出來可以讓母親回到餐桌上，那麼他就可以減輕父親身上的壓力。

「派特舅舅，為什麼？」母親回到座位上問道。

派特舅舅不是他的親舅舅，是母親的堂弟。他曾經帶康諾到陰暗的酒吧裡，並抱著外甥坐上高腳凳，向大家介紹「小公子」。派特臉上有道傷疤，是他為了保護一位老婦人遭搶劫而留下來的紀念。派特舅舅無論走到哪裡都有熟人。

「我們要描寫一位家人，他必須要有個有趣的職業，」康諾說：「如果可以，我要去這個人的工作場所，然後寫下五百字的文章。」

「我告訴你誰的工作有趣，是你爸爸。你可以看他教書。」

父親聽了，放下刀叉，抬起頭來。「他不會想看我教書的，」艾德口氣堅定，「讓康諾跟派特在鳥籠旁邊走走，說不定可以學到一些教訓和經驗。」

「艾德。」她說。

「康諾可以問派特，為什麼在欠了諾斯福克生意最好的酒吧錢以後，要去清理金絲雀的糞便，還可以問我們為什麼要開支票幫他付去年的稅。」

「我比較想要你去看你爸爸上課。」母親說。

「我沒辦法看爸爸上課，」康諾說：「作業明天就得交。」

「明天，」她哼了一聲，說：「那簡直是太棒了。請問你打算什麼時候到島上去？」

「我看過那個農場，」康諾說：「用編的就好了。」

「不行，我不能讓你沒認真蒐集資料就寫文章。」

「天哪。」

「我明天打電話到學校幫你請病假，作業晚一天交。」

「酷！我可以搭列車去找派特舅舅。」

「你想得美，」母親說：「你要和你爸去學校。」她把餐巾扔在自己的盤子上。「我要去散步，晚餐是我煮的，輪你們兩個清理。」

母親摔上前門離去時，這對父子互望了一眼。父親沒發現他把餐巾裡的東西丟進垃圾桶裡。通常他得發高燒才能請假留在家裡。母親照顧的病人不是沒死過，甚至還有人死在她懷裡。

「明天是你的幸運日，」父親的語氣單調，「我的課只上到十一點。」

康諾高興得手足舞蹈。他等著父親跟著歡笑，但艾德光是低著頭，雙手泡在洗碗水中。

康諾醒來就覺得奇怪：母親已經出門了。他掙扎地爬起床到書房去找父親，看到艾德正靠在桌前寫東西。他開口正要說話，但父親舉起一隻手要他安靜。

「先去洗澡。」

父親說要去發動汽車時，康諾的早餐還沒吃完。康諾最喜歡在車子引擎發動時坐在駕駛座上，腳下轟隆隆的聲響表達出力量與自由，同時也代表極可能面臨的危險。若是誤拉排檔桿，他可能會衝出新做的車庫門，要不就是往後倒在人行道上。

「坐過去，」父親說：「沒時間玩了，別去開那個東西。」康諾還沒轉開收音機的按鈕，艾德便先喝止兒子。

安靜了一會兒之後，艾德說：「我先說點學生的事，他們很厲害。」他只要感動就會流露出這種眼神。「他們也很驕傲，能在百公里之外看出誰是騙子，無法忍受別人把他們當小孩子看。他們日後還要面對很多關卡。」

康諾完全聽不懂父親要講什麼。

「我們進教室時，我會介紹你讓大家認識，然後你就去坐在最後面聽課。你不可以打擾任何人。我沒辦法和你說話，所以你不要提問；我還要請你不要打斷我上課，因為我必須專心。」

抵達校園後，艾德把車開到停車場，關掉引擎然後靜靜坐著。他閉上眼睛深呼吸，康諾等著看接下來要發生什麼大事。父親揉揉太陽穴，一會兒之後才張開眼睛看著他。

「你準備好了嗎？」

「好了。」康諾說。

父親伸手拿起放在後座的公事包。「剛剛是我上課前的紓壓儀式。」

康諾很難相信父親需要紓壓。他一向能掌控情況，而且牆上掛的獎牌足以證明他是個優秀教師。

他想找放在公事包裡的東西但沒找到，開始變得焦急，驚慌地抽出一疊文件翻看。康諾坐在狹窄的前座上幾乎能聽到父親的心跳聲。在他終於找到東西後——一本筆記，父親起伏的胸腔和憤怒翻找文件的雙手才停下來，和他全身一樣進入某種詭異的停滯狀態。康諾不知該說什麼，而父親則是雙眼直視前方。

「沒事，」父親說：「因為你在，所以我希望一切完美。」

他們穿過校園，遇到幾個父親熟識的人。就算再粗魯的人，看到校內這位傑出同僚也會刻意露出愉快的表情打招呼，但父親介紹康諾時快得幾乎沒停下腳步。他走路速度飛快，康諾幾乎跟不上，甚至得要小跑，這讓康諾沒辦法好好觀察校園。這地方看起來和電影裡的優美校園沒什麼兩樣，建築不但有雄偉的石柱還有石像，一點也不隨便。

「好漂亮。」康諾說。

「校園是名建築師史坦佛．懷特設計的，」父親不加思索地說：「一度是紐約大學的布朗克斯分校。」他的聲音好遙遠，像在授課一樣。「紐約大學蓋這個校園時，當年的校長表示他希望這裡成為美國的理想校園。一九七〇年代初期，因為維修費用過於龐大，紐約大學才把這個校園賣給紐約州政府，我們也才從以前的布朗克斯科技高中搬過來。」

「爸！」他說。

「怎麼了？」

「我們遲到了嗎？」

「沒有。」

「那我們為什麼要跑步？」

他的語氣中，一定有某種讓艾德停下腳步的因素，因為父親停下來把手搭在他的肩膀上。

「我也不想這樣，」他說：「相信我。我很想帶你好好參觀，有個地方……」他揉揉鼻子，幾秒鐘之後才說：「……『美國名人廳』，我們可以從那裡俯瞰校園，視野有好幾公里遠，還有名人胸像在你身邊圍成一圈。如果一切順利，下課後我再帶你過去。」

他們來到教室大樓，康諾看父親走得這麼快，以為他們會直接走進坐滿學生的教室裡，然而父親卻帶他走進專屬實驗室，而且還關上門。父親要他在實驗室裡看到什麼有趣的東西都可以拿來研究，只要不打破就好。他揮手指向吊在角落上方的人體骨骼模型、遠處沿著牆壁擺放整排裝了老鼠的玻璃櫃，和一組看似孤單的各式燒杯和培養皿，接著拿出筆記本來回踱步，小聲朗誦。

康諾沒去碰那些易碎的燒杯和培養皿，避開老鼠指控似的目光，加快腳步經過空洞的骨骼模型，由於沒找到能夠引發他興趣的東西，於是又繞回那個放老鼠的玻璃櫃前輕敲玻璃，同時聽父親在唸什麼東西。

「如果你想要，可以餵牠們吃東西，」父親指了指看似一直在他背後偷聽的老鼠，「你後面的抽屜裡有一袋飼料。」

「不必了。」康諾說。

「我想要專心，」父親說：「如果可以不必擔心你是不是在旁邊聽，我會感覺好一點。」

父親四處尋找某樣東西。「來，拿去，」他丟給康諾一本《科學人》雜誌。康諾不喜歡這本雜誌，家裡已經有一堆了。父親一向把他的注意力放在有關黑洞、冰川或酸雨的文章上，但康諾喜歡的是《運動畫刊》和《時代》雜誌末頁的〈人物〉專欄。

「這樣好嗎，你去外面坐著等，我處理好了再出來叫你？」

康諾想說，如果父親真的那麼想要他離開，他可以不要去旁聽這堂莫名其妙的課，但還是忍了下來。再怎麼樣作業還是得寫。他有種感覺，覺得自己最好別小題大作。「我去教室裡等你。」他說。

「太好了，」父親顯然鬆了一口氣，「往上爬兩層樓的四四三教室。你先去自我介紹。」

康諾離開時，父親走到長桌尾端的洗手槽掬水潑臉。

他一次跨越三層階梯往上跑。教室門開著，他盡可能若無其事地從前面經過，發現裡頭的學生比他料想的還多。他應該怎麼在滿堂大學生面前自我介紹？就算是在同齡孩子面前說話，他還不時擔心顫抖聲會洩漏心情。

他先假裝走過去看布告欄，接著才折返到教室。坐在這間階梯教室最後面一排的學生可以從高處往下看，牆上有個盒子似乎在嘲笑他：遇到緊急狀況請敲碎玻璃。這幾個字像是突來的一記重擊，就算手拿著小斧頭，他還是一樣無助。他開始理解了，父親再三複習授課內容是明智之舉。

他走進教室，看到後排有個空位便急忙坐下，等待劇烈的心跳先舒緩下來。如果這些學生真的想知道他是誰，自然猜得出來。

父親走進來時，他沒有抬頭看講臺，反而低頭看自己的筆記本。

「我們今天要開始討論中樞神經系統，」他說：「我要提到的內容很廣，你們必須好好吸收，為期末考做準備，所以我要請你們仔細做筆記，因為我不可能中斷授課來回答任何問題。如果中途有不懂的地方請先寫下來，下課後再交給我，我在下週四上課時會把書面回答交還給你們。此外，很遺憾地要向大家報告，因為我接下一個長期研究計畫，所以不得不取消這學期接下來的教授辦公室開放時間。」

教室裡爆出一波不可置信的抱怨，康諾的父親沒有抬頭，自顧自地翻開講義，等待喧鬧聲自動平息下來。

「在剩下來的每堂課結束前，我會收下你們的問題，而且會一併交還上次的問題與答案。書面回答會占掉我很多時間，所以我希望你們放心，以這種方式來彌補你們損失的教授辦公室開放時間是最恰當的做法。如果你們覺得我看起來反應慢、容易分心，或需要一點時間恢復精神，請別忘了我是為了保持課程和研究計畫正常運作才會這麼累。」

「另外還有一件事。從今天開始，我只會讀我準備好的講義，不回答問題也不發問。比起最初的幾堂課，最近幾堂課的內容的充實度有些不足，你們一定早就注意到了。」

康諾聽到幾句低聲附和，但父親沒有停下來，也沒注意到。

「我要先請你們原諒，從現在開始，我講課的內容會相較枯燥一點，但我相信幫各位準備好面對期末考的能力，比輕鬆活潑更重要。」

父親走來時，康諾聽到教室傳出一陣氣憤的低語。他一開始講課，立刻有學生四處張望，想看看其他人的反應，但現在有好幾個原本沒拿東西的人掏出了筆記本，更多人連筆也都準備好了。

父親開始上課。

「中樞神經系統，」他說：「是神經系統最大的部分，由腦、脊髓以及其周邊神經系統組成，這個我們稍後會詳述。中樞神經系統在我們的行為反應中扮演了重要的角色。」

康諾四周的人寫下父親所講的每個重點。

「中樞神經系統位於背腔，而背腔分為顱腔和椎管兩部分。腦位於顱腔內，而脊髓位於椎管內。」

有幾個人舉手，舊習慣顯然沒辦法立刻改變。就算父親瞥見了這幾隻手，也沒有任何表示，而是繼續翻頁。

「中樞神經系統受到精巧的雙重並行系統保護。首先，腦和脊髓的表面都包覆著稱作腦膜的薄膜。腦膜又分成相連的三層組織，由外而內分別是硬腦膜、蛛網膜和軟腦膜。」

學生似乎很困惑，大部分的人已經停筆，除了彼此對看之外，紛紛舉起手來。

「中樞神經的第二重保護是骨頭。顱骨保護腦，脊椎骨保護脊髓。」

到了這個時候，幾乎所有的學生都已經舉起手。父親說他不接受發問，但康諾相信若他知道有多少隻手舉了起來，他一定願意回答，好讓每個人都能繼續聽下去。

「腦接受由脊髓和腦神經傳達的訊息——稍後我們會講到這些腦神經的名稱，也會再詳細討論。腦的主要功能是處理接收到的感覺，指派動作。」

他停下來思考。父親似乎處於某種特殊狀態下，因而聽不到滿堂的抱怨聲。班上沒有人寫筆記了，康諾不想惹父親生氣，但他知道如果自己現在能幫忙解決問題，父親日後會感謝他。

康諾站了起來，看到所有的人都轉頭面對他，雙手的手指開始發麻。他想要的是讓父親抬起頭來，不要繼續盯著筆記。他清了清喉嚨。

「爸！」他清楚地大聲喊父親。

父親一定沒聽到他的聲音，要不然就是聽見但沒意識到情況的嚴重性。康諾這下子就是想坐下也沒辦法了，他幾乎喘不過氣來。

「脊髓負責三個主要功能，」父親繼續唸：「將周邊神經系統接受到的感覺訊息傳達到腦，將動作訊息由腦部下達到不同的反應器，而且還是小型的反射中樞。」

「爸！」他又喊了一次，而且這次更堅定了。「爸爸！」

父親直視著康諾，就好像教室裡只有父子兩個人。所有學生同時放下手。父親環視周遭盯著他看的臉孔，大家似乎都等著看接下來會怎麼發展。父親又低頭看筆記了，在他這麼做的同時，教室裡的學生又紛紛舉起手來，而且出聲喊他。

「列爾瑞教授！」

「教授！」

但他沒聽見。「中樞神經的第二重保護，」他在喧鬧聲中繼續說：「是骨頭。」有個男學生跳起來，似乎想跑上前將他從講臺上拉下來。

「顱骨保護腦……」

康諾知道自己剛才聽過這段話。

「搞什麼鬼？」跳起來的男學生問道。

「嘿！」坐在男學生後幾排有位女學生喊道：「你不能無視我們的存在。」

康諾看過父親下定決心的樣子。一旦他決定做什麼事，假如他真心要做，絕對會不顧一切埋頭進行的。

教室裡的叫嚷越來越大聲，幾乎沒人聽得到父親在唸什麼。

「爸！」康諾大聲喊：「**爸爸！**」

父親再次停了下來。這次他往後退了一步，離開講臺和面前的筆記。康諾看到筆記本上本來已經翻過去的頁面又翻回最上面。父親看著他的眼神怪異，彷彿除了自己之外，康諾是教室裡唯一的人。他退到公事包旁邊，緊緊抓著把手，像是怕被別人搶走，接著他似乎恢復了一些，又走回講臺上。康諾坐了下來。

「今天我們要開始討論中樞神經系統。」他說，然後停下來，看看四周的學生。教室裡一片詭異的安靜。康諾好想找個人說句話，他知道光靠自己的力量沒辦法完成。

幾秒鐘後，父親向前排一位女學生招手，她稍早在吵鬧聲中仍然認真地寫著筆記。

「凱倫，」他說：「妳叫凱倫，對吧？」

「是的，列爾瑞教授。」

「凱倫，如果妳不介意，可以提醒我剛剛講到哪裡嗎？」

「你剛才說到脊髓是小型反射中樞。」

「好，」他說：「很好，很好，謝謝妳。我就是要知道這個。脊髓是反射中樞。」

他用力翻頁，看完整本筆記後，又用力翻回來，似乎差點扯散筆記。

「知道嗎，」他說：「我累了。我工作太辛苦，腦袋要想太多事。事實上，今天有件事特別讓我分心，我希望你們能原諒我今天上課因此受到影響。如果你們轉頭看，你們會看到我兒子坐在教室最後面。」

康諾知道自己脹紅了臉。

「你們也看到我兒子和我一起來上課，」父親說：「對他來說，今天是個重要的日子。」父親直視著他。「對不對，兒子？」

「對。」康諾說。

「今天是他的生日。」父親說。

大家都盯著他看。其實他的生日已過了將近一個月。他還清楚記得，金屬球棒、打擊手套、高檔T恤、安全網、一盒盒棒球、放球的桶子，他們晚餐後走到刺骨的冷風中把裝備架設在車道後面。在月光下，在安靜的傍晚，他們揮棒對著安全網擊球，聽到球棒打中球中心時發出清亮的響聲。

大家臉上都掛著笑容，他聽到一連串的清笑聲。坐在他附近的一位女學生問他幾歲。

「十四歲。」他說。

「今天滿十四，」父親說：「而且乖乖地在後面等我。是這樣的，我們下課後要去看大都會隊出賽，今天是開賽日。我心裡一直在想這件事，擔心塞車，我們的時間有點匆促。很抱歉，我今天心神不寧的，真的，如果我坦白面對自己，我應該要問你們介不介意讓我提早下課，下週再補。我知道你們有些人大老遠過來，是不是可以原諒我取消今天的課，下次補課呢？」

學生們彼此看來看去，有些人抱怨，有名男學生沮喪地捶桌子，大聲說了句「太扯了！」就走出去，其他人只是聳聳肩。

「好，那就太好了，」父親說：「那我們現在就下課。」

大家開始收拾東西。「我會把今天本來要講的內容詳細寫成講義發給大家，然後下一堂課先花點時間帶大家一一看過。」他拿起放在地上的公事包也開始收東西。「謝謝各位，」他對著正在收拾書包、穿外套的學生說：「你們真好。很抱歉這樣浪費大家的時間。」

有幾個學生在離開時祝康諾生日快樂。父親向他們揮手，目送他們走出去。康諾坐著等到大家都離開後，才走到教室前面。父親面向黑板站著，雙手放在粉筆盒上。康諾看得出父親的肩膀上下起伏。

「我得去上廁所。」儘管他不需要，但是他還是這麼說。

他看著廁所裡的鏡子，先拉起襯衫，再整件脫掉以舒展雙臂。他的雙臂更壯更有線條了。康諾握起兩個拳頭朝耳邊提，模仿職業摔角手霍克．霍肯那樣擠出肌肉，咧嘴露牙地裝出狂笑。他靠上去用前額抵住鏡子，呼出的熱氣凝結在鏡面又散去。他拍打腰肚上僅存的嬰兒肥，力道大得留下了紅色印記。

「滾，」他說：「滾開！」但他又怕會有人走進來看到他。

他穿好襯衫才走出去，父子靜靜地走到車邊。

「我沒買球賽的票，」上車開了一會兒之後，父親才說：「我們還是可以去，看看能不能進去。」

「我們不必去。」

「票可能不容易買。」

「是啊。」

「我在想，說不定我們可以去看飛機起降。」

康諾打開收音機，將音量調高幾度。他凝視父親的臉孔，想找出憤怒的痕跡，但父親似乎沒注意到他改變了音量。康諾再調高幾度，父親立刻伸手控制按鈕。

「太大聲了，」他說：「不要這麼大聲。」

這時的音量比一開始還小，但康諾不想去動。他轉頭看向窗外。

「嘿，爸？」

「怎麼了？」

「剛才是怎麼了？」

「我今天不想上課。」

「你為什麼要說我今天生日？」

他看得出父親臉紅，而且雙手把方向盤抓得更緊。

「你以為我不知道自己的兒子是哪天生日嗎？三月十三日！」父親深吸了一口氣。「我只是想要事事完美，想要你有足夠的材料寫報告。」

「你看起來有點迷惑。」

「我好得很！」父親大聲說。「夠了！我只是想要你在場時一切完美。我從來沒帶你進教室。別再說了！」

他的聲調隨著音量上揚，字字句句彷彿是吶喊，但他隨即住嘴，讓呼吸穩定下來。

「我今天不想關在教室裡。」他說。

父親靜靜地開車，康諾也沒說話。

「抱歉，你的作業泡湯了，」他說：「也許你改天可以再回來看我上課？」

「沒關係，」康諾說：「我可以用編的，我已經知道你是哪一種老師了，你每天都在教我。」

他們開車回皇后區，朝一片他們自稱是自己所擁有的草坪開去，這片帶狀草坪沿著拉瓜地亞往前延伸。停下車後，父親轉頭看他。

「你能不能幫我一個忙？不要把今天的事告訴你媽媽？」

「來這裡看飛機的事嗎？」

「不是。另一件事。」

「好啊，沒問題。」

「她和你不一樣，不可能瞭解實際的狀況。」

他們走向跑道附近的圍籬。康諾看到遠處的飛機互相保持距離，排隊等著進場。在他們身邊起飛的飛機引擎聲隆隆作響。和起降的飛機相比，人顯得好渺小。父親伸手攬住康諾，康諾的指頭則緊扣著圍籬。

他們在開車回家時收聽球賽轉播，到家後，父親沒像往常一樣擺好唱片、戴上耳機，而是打開收音機，父子倆一起坐在沙發上聽球賽。大都會隊以一分險勝費城人隊，古登札札實實地投了八局，法蘭哥觸殺了差點敲出安打的對手。

他想過是否該把父親怪異的行徑告訴母親，但問題是他不知道父親反常的表現該從什麼時候開始算，什麼時候結束。這和深淵般的代溝不同，那種裂隙會吞噬人的一生。父親沒和六、七〇年代的嬉皮為伍，而是沉迷於研究，聽的是平．克勞斯貝（Bing Corsby）的老式音樂，喜歡學外文和雙關語。有多少次康諾在早餐時伸手想多拿一份餐點，父親會攔住他的手，假裝認真地問一顆蛋難道不是un œuf（譯註：雙關語，法文「一顆雞蛋」的發音與英文的「足夠」（enough）近似）？

有誰忘得了去年的感恩節？他們到寇克立家過節。寇克立一家人從前和他們家一樣，住在附近幾條街外的三層樓分戶房子裡；但是現在搬到長島，住的是獨立洋房，家裡鋪著長毛地毯，下嵌式起居空間，四邊都有長沙發，還有一台看球賽最理想的超大型電視。辛蒂・寇克立和康諾的母親在聖賽巴斯汀小學從一年級起就同班。

康諾的父母在主臥室裡打扮，康諾躺在床上看書。起居室裡的收音機還開著，父母一定以為他還在外頭聽轉播，因為母親發出少女般的笑聲，讓康諾覺得自己似乎聽到不該聽的對話。他悄悄走到自己的臥室門口。

「喔，艾德，」他聽到母親說：「別這樣！」

「為什麼不可以？我覺得很不錯。」

「一點也不好，」她嘴巴上雖然這麼說，但音調聽來卻像是另一回事。「我堅持——不，我要求——你不能這麼做。」

「我偏要，」他說：「我動手了。」

「艾德！」她尖叫：「那是全新的！」

聽他們說笑不是怪事，但這次有點不同，他們在玩鬧。康諾在場時，他們和一般父母一樣，笑得有些矜持。他從來沒聽過母親說起話來這麼年輕。

「看起來怎麼樣？」父親問道。

「你不能給別人看。聽到了嗎？」

「妳是怕女人沒辦法抗拒，」他說：「妳覺得她們會暈倒。」

他們安靜了幾秒鐘。康諾直接走到關上的主臥室門邊，心臟劇烈地跳動。他聽到模糊的聲音。

「我們沒時間。」母親說，但聽起來像是要說時間充裕得很。

她輕聲呢喃。康諾覺得全身的血液都涼了。他從沒看過父母嘴對嘴親吻，但這會兒他們正在接吻，天曉得還做了什麼事。他想起每次看著傑克．寇克立大大方方地把辛蒂拉到身邊時，他總會無聲催促父親也在大家面前摟住母親。

「我們該走了。」母親說。他聽到洋裝拉鍊拉動的聲音。

「說不定可以逗傑克笑出來，他需要大笑。」

康諾連忙溜回自己的房裡。等他們走出來後，他努力尋找蛛絲馬跡，看能不能知道他們剛才討論什麼惡作劇，但什麼都沒看出來。

他們愉快又安靜地開車沿著北方公園大道到長島的寇克立家。男人坐在下嵌式起居空間看美式足球賽，女人邊聊天邊把鍋子裡的食物盛到盤子上。餐桌上擺著上好的銀器和酒杯，鹽和胡椒也都裝在純銀的罐子裡，餐桌鋪著兩層桌布。大家陸續走進餐室時，康諾早已坐在桌前，準備迎接吃太飽後的痛苦胃脹氣。餐後他要和其他男人一起坐在沙發上拍肚子輕輕打嗝。

傑克負責切火雞，大家輪流遞上盤子。

「艾德，」傑克說：「你為什麼不和我們一樣把外套脫掉？」

大家都知道接下來要發生什麼事。

「我不能脫，」康諾的父親說：「我的襯衫只有前片。」

在場的人紛紛笑了出來，康諾覺得自己臉紅了。這是每年的例行公事。康諾才不管大家覺不覺得這句臺詞好笑，但他爸爸一定要這麼怪嗎？他是唯一還穿著西裝外套的人，其他人都穿毛衣配卡其褲，父親就算在盛夏也穿長袖襯衫配長褲。康諾完全不在乎艾德口中提到的皮膚癌和臭氧層問題，他只知道老爸看起來像個笨蛋。

「知道嗎，艾德，」傑克說：「你老是說同一句話。到底是什麼意思？你想告訴我什麼？」

傑克身高一九五公分，體重一一五公斤，從前是陸戰隊員。從他剛剛坐在下嵌式起居空間的樣子看來，不難想像他在場上擔任四分衛的模樣。他用渾厚的聲音描述往事，最後以笑聲收場；康諾的父親語氣溫和，而大家總是靠上前聆聽。只要康諾的父親開口，傑克便會眼睛一亮，特別有興趣諦聽，但康諾只想要父親趕快說完，他擔心傑克看出父親其實很奇怪。

「就是我穿的襯衫只有前片沒有後背，所以我不能脫掉外套。」

「怎麼可能只有襯衫沒有後背？」

「這樣比較便宜，」父親說：「布料少一半。」

「這裡有誰不能看你的背嗎？」傑克這句話有些挑釁的意味。他轉頭問法蘭克．麥圭爾：「你對看艾德的背有意見嗎？」

法蘭克來回看著康諾的父親和傑克，好像不知道該怎麼回答才對，於是緊張地笑著說：「好了，你們幾個，」他說：「他想穿外套就讓他穿，今天是感恩節。」

「我知道他想穿著外套，法蘭克，但我要請他脫掉，他讓我很不舒服。」

「你真的想要我脫？要我把外套脫掉？」

傑克堅定地看了康諾的父親一眼。儘管可能只有狗才聽得到現場流竄的電流，但辛蒂這時也感覺到不對，於是把手搭在傑克的臂膀上做無聲的懇求。

「對，」傑克說：「我要你把外套脫掉。」

「嗯，你是這裡的主人，這是你家。」

「目前應該還是。」

「傑克！」辛蒂說。

康諾的母親一開始還面帶微笑，這下子也擔心起來。康諾的父母知道傑克工作的航空公司打算大規模裁員，傑克擔心會遭到遣散。康諾本來不應該曉得這件事的，但他偶爾會在關燈後站在臥室門口，聽母親在走廊或廚房裡講電話。

「沒事，辛蒂，」康諾的父親說：「外套真的礙到你了，是吧？」

「大家都沒穿。」

「好吧，」父親說完便站起來。「我懂。很抱歉，讓你覺得不舒服。」他慢慢地抽出外套下的一隻手臂，接著又抽出另一隻手。他竟然把看似昂貴襯衫的後片整個剪掉，兩隻掛著的袖子像是強風下的鼓漲風向袋。他的皮膚宛如平滑到荒唐的畫布，上頭點綴著雀斑和散亂的汗毛。在那一瞬間，餐廳像是在時空中完全靜止。

「你就是要我脫？」他問道：「就是想看？你現在高興了吧？快看啊！」

傑克爆出一聲狂笑，響亮又突然的聲音像是臨終前的咳聲；他的第二聲笑聲像標點符號一樣短促，最後，像第一顆拋到水面的石頭之後，緊接著又快又痛苦地吐出一連串笑聲，而且感染了餐廳裡所有的人。

「該死地坐下來吃我家的火雞，你他媽的傻蛋。」傑克終於恢復自持後說道。傑克臉上的表情看得出他願意為康諾的父親赴湯蹈火。康諾從前也看過其他人這樣凝視著他父親。說不定得先變成大人才能真正欣賞父親。

那年秋天，艾德要康諾為科學展做一個有關「習慣」的專題報告。他們拿筆輕敲一大坨皮球蟲。一開始，有幾隻蟲在舒展開後很快就不再縮成球狀，其他幾隻蟲仍然有反應。到最後，所有的蟲都不再縮起身體了。這個報告本該有足夠的分量，他們發現這些皮球蟲只為了五分鐘的無謂騷擾，就學會放棄百萬年來累積的反應。康諾蒐集數據，父親幫忙他在海報上畫出實驗結果，他們用了不需要太多技巧的各種圖表。康諾一走進禮堂便知道自己一點希望也沒有。其他孩子的作品做的是巨大的活火山、無線電遙控車，還有人架起兩張桌子長的迴旋管路製作出完整的生態系統。在老師走過來看他的成品時，康諾渾身冒汗。他本來應該盡全力說明他們的——呃，他的——研究歷程，但他解釋得不如預期中的充分。

主辦單位頒發頭獎給他時，表揚他的作品不僅清晰易懂，而且周密地運用了科學方法。其他人的父母聽到自己的孩子獲獎時都興奮得大吼大叫，只有他父親端坐在椅子上，沉著地對他點點頭，握拳鼓勵。康諾這輩子最佩服父親的就是那一刻，父親似乎從頭到尾一直知道他勝券在握。

這天母親回家後，把他叫到一邊。「爸爸在學校裡的表現怎麼樣？」她問道：「他還好嗎？」她問得出奇地熱切，而且把音量壓低到近乎耳語，康諾嚇得幾乎要全盤托出，但隨後他想起自己答應過父親的事。

「爸不就是爸嗎，」他說：「他講的我一個字都聽不懂。」

19

護理雜誌上有一篇文章提到，固定的作息對有憂鬱傾向者的心智有害，而改變鬱悶環境中的某些要素，很可能會是建設性的治療方法。她不確定艾德是否真的罹患憂鬱症，但她知道自己永遠不可能說動艾德去看精神科醫師。

艾德需要的——應該說是他們一家人需要的，是打破成規。她的想法逐漸成形，搬家說不定就是讓他從冬眠中甦醒的方式。何況時機正好，康諾隔年要上高中，從幾乎任何地方都可以通勤進城。以每下愈況的居住環境來說，這棟房子只會下跌，用不著幾年，他們就會被困在這裡。

獨棟房子會帶來轉變，一切都會不同。傑克升任南非航空貨運經理後，寇克立一家搬離了東梅多，情況果然明顯好轉。他們當年還住在傑克森高地時，傑克已經有憂鬱症的徵候，搬到東梅多後，他在自家大車庫裡自己動手做家具，對園藝同樣興致勃勃，還特別在後院設計了一片優美的景觀和大家共享，泳池水花波動，收音機的音樂蓋過遠方除草機的噪音，濕腳印踩在日曬後的水泥地立刻就乾，空氣中飄散著防曬乳的味道。

她上次調整奧蘭多一家的房租已經是五年前的事，而且當初雖然稍微調漲了些，但仍然遠低於市場行情。多虧奧蘭多一家人，她的兒子當年才沒有送命，猶然銘刻在心的感念，抵消了短收房租的損失。康諾下課後會到二樓或三樓，直到艾德回家才下來，但他如今已有能力照顧自己，他們的保護不再像從前那麼重要。

「我一直在想房子的事。」她說。康諾到法西德家用晚餐，家裡只剩下她和艾德。艾德沒有回答。

她早已習慣這種單方面交談的方式，也學會判斷他沉默中的不同意義。那晚的沉默是單純、正面的沉默，沒有其他鬱悶或哀傷的成分；彷彿攤開一面能讓她投影的紙張。

「我在想，如果有個自己的地方就好了，別再收房客。我當房東當膩了，你不覺得嗎？」她盛了滿滿一盤雞肉、馬鈴薯和熱騰騰的四季豆，把盤子遞回給艾德。晚餐菜色看來無趣，但反正家裡只有他們兩個，而且艾德似乎也從來沒在乎過。

「這裡是我們的家。」他說。

「我知道，」她說：「我只是覺得我們可以找一個比較……嗯……更屬於我們自己的地方。」

「我們為這棟房子花了不少心血。」艾德切開雞肉。他不是切成小塊，而是從中間一切為二。

「你在這裡快樂嗎？」

「快樂啊。」他埋首再次對切已經切半的雞肉。

「你不快樂，」她說：「你糟透了，不肯離開那張沙發。」

「我很快樂。」

「我們可以搬到郊區，換一棟好房子。」

「我們家就是好房子。」從晚餐開始到現在，這是他第一次抬頭看她。他已經把盤子上的雞肉切成一口口的小塊，像磁磚一樣排列整齊，但他一塊也沒吃。

「這附近環境會每下愈況。」

「我是都市人，」他說：「那些可是空盪盪的街道，房子與房子之間還有距離。」他輕蔑地揮揮手中的叉子。

她最想要的就是房子與房子之間的距離。

「如果能離開不是很好嗎？找個地方從頭開始？現在是最好的時機。康諾明年要進入新的學校，我們也存了不少錢。」

「這地方比我長大的家好多了。」艾德說。

「對，」她說：「這你倒是沒說錯。」

她不喜歡被人強加在頭上的吝嗇。她要的不是皇宮，只是想更上一層樓。何況她還是為了艾德著想，但她該怎麼說才不會讓自己的想法驚動丈夫呢？

「我不想再聽到別人在我樓上走路。」她說。

「嗯，那就和蕾娜換樓層啊。她一定會很高興，爬樓梯對她來說很辛苦。」

她譏諷地看了他一眼。艾德現在開始對切四季豆了。

「這裡是我們的生活中心。」他說。

「你不想去看看別的地區嗎？」

「我不想被隔離，」他說：「不想去適應全新的生活。」

她想強忍住不說出自己的感覺，然而最後還是忍不住開了口。「你已經在過全新的生活了。」

她看著他終於把一些食物放進嘴裡慢慢咀嚼，好像要重新思考咀嚼的機制運作，這逼得她快要發狂。愛琳放下刀叉，等他說話。

「妳想住的地方，我們負擔不起。」他說道，但他似乎心不在焉，而是專心致志地把切成小塊的食物往嘴裡送，咬碎後再吞下肚。

「你根本不知道我想搬到哪裡。」她尖酸地說。

她很久以前就不再過問家裡的財務細節了。他們夫婦倆有個共同帳戶，由艾德以最嚴謹的方式管理，其他的投資同樣也由他負責。由於艾德處理投資組合的態度保守（當初她聽了醫院裡一名醫師的小道消息，決定投資澤西第一證券，艾德心不甘情不願地同意），因此甚少因為擴展過度而蒙受損失，得到的利潤不亞於——甚至高於他們的收入，然而買房這件事不能由他作主。如果她不能讓他對這個計畫提起興致，她至少得帶動足夠他們兩人分享的興奮之情。

她開始找布隆克維的房地產資訊。

「這個地方看起來很完美。」她指著報紙上的售屋廣告給艾德看。

「妳知道我對這件事有什麼想法。」

「就讓我高興一下嘛。反正是週六，我們去開心一下。」

「那天我已經規劃好了。」

他幾乎從來不預先計畫。這個策略太過明顯，她忍不住笑了出來。

「說來聽聽。」她說。

「大都會隊出賽的票。」他說。

「你已經買了票？一定要看週六那場嗎？」

「有工作人員幫我留了票，我說我得先問問我太太有沒有空。」

他的臉上充滿期待，彷彿真以為妻子沒看穿他的詭計，沒辦法和他爭辯。第二天晚上，他把票拿給她看，顯然是他下班順道到球場去買來的。他甚至一次買下四張票，多出來的第四張票也增添了戲劇效果。

五月上旬的這個週六，天氣晴朗又涼爽，連她也不得不承認這是看球賽的好日子。康諾把第四張票拿去邀請法西德一起去。地鐵七號線上，大人也穿著球隊制服以示支持，返老還童般和青少年同樣散發出無法節制的熱情。列車抵達威里斯點，車門打開，她夾在人潮中幾乎是飄浮著走出車外。他們沒像平時一樣走之字形斜坡往上爬，而是在第一排樓梯後便停下腳步。在他們穿過走道進入日光下，看到了球員本尊。

兩個男孩毫不掩飾地露出神氣模樣坐了下來，享受後座球迷投來的嫉妒眼光。場上的球員正在揮棒暖身。他們拿出了棒球手套，康諾只要看球賽就會戴著手套，連戴好幾個小時，緊張兮兮地隨時戒備，儘管如此，他從來沒成功地接到球，而且差得很遠，他們從前買的位置就是不對，但座位既然在前排，戴上手套接到球的機會倍增。

艾德問大家想吃什麼，他負責去買點心和飲料。艾德放下節儉的習慣，兩個男孩借機砲火齊發，對彼此喊出語意隱晦的術語：熱薯泥（註：hot smash，狂熱的守球員遊戲）、玉米罐頭（註：can of corn，容易接殺的高飛球）、黏踢踢（註：high and tight，近身球）、五四三（註：round the horn，三壘策動的一、二壘雙殺）、熱角（註：hot corner，三壘）、髒東西（註：filthy stuff，好球）。聽著兩個男孩說話，她的心逐漸安穩下來。艾德用收音機聽球賽時是她最好的思考時間。她知道球賽的基本規則，而艾德也為她說明了較為複雜的局面，但她就是無法瞭解丈夫和兒子為什麼會如此虔誠隆重地看待球賽，在這種遊戲中，舊球棒和皮手套猶如聖器，簡直可比古時聖人的手指和內臟。事實上，兒子對棒球的所知，豐富得讓她訝異，他簡直是求知若渴地讓大腦去吸收這些知識。這些沒經歷過戰爭的男人，活在一個歷史不算長的國家，在劃時代的對手面前仍然自覺渺小，而當他們把焦點放在退休球員的紀錄上時，他們渴望真正的歷史。球場觀眾突然安靜下來，莊嚴神聖的氣氛，將凡人提升為神人，總之，棒球比賽就是會讓他們聯想起古代的戰役。康諾和艾德看過或聽過球賽轉播後還會去讀球賽的評論，沒參與的球賽同樣不放過。以球賽為中心的故事，幾乎和賽局本身同等重要。某些體育記者的報導可以讓艾德醉心，但她看不出他為何著迷。那些文章根本是佯裝成歷史衝突紀錄的陳腐新聞稿。於是，她每次來球場，都會把注意力轉移到場內的細節，例如藏在酸白菜下方的熟食肉品味道、激得觀眾拚命鼓掌叫好的計分板，以及兒子和她擊掌時的感覺。

艾德去了很久。她轉頭焦急地尋找他的「會員獨享」夾克，一會兒之後才看到他在隔壁的座位區，和瞭望塔上的水手一樣，以手遮陽，靠在欄杆上四處張望。他的票在她的口袋裡，因此他沒辦法拿給想引導他的帶位員看。艾德拍掉第二個帶位員搭在他肩上的手，她知道他越來越焦躁。她不想引人注意，但帶位員隨時可能喊警衛協助，那麼一來，場面會更難以收拾。於是她站起來揮舞雙臂，高喊艾德的名字。他一看到她便一把推開帶位員，而後者看到秩序恢復正常，也就沒再追過來。他穿過擺滿托盤的走道走過來，愛琳把他帶回來的食物分給兩個男孩。

他站在自己的座位前面，說：「你們搞什麼，究竟到哪裡去了？」

她瞥了一眼，看四下有沒有別人在聽。「我好好地坐在這裡。」她急著安撫他。到目前為止，還沒有人看過來，但她知道艾德的脾氣快要爆發。

「我找不到你們。」他憤怒地說。

「我知道，親愛的，可是你現在已經找到了。」

「我到處找來找去。」

「艾德，」她說：「我在這裡，在這裡，我們好好看球吧。」

兩個孩子忙著吃，沒特別注意艾德。他沒坐下，而是站著看人群，似乎想看看讓他如此困惑的原因，是否投射在其他觀眾的後腦上。法西德無精打采地撥弄油膩膩的德式脆餅，康諾則狼吞虎嚥，兩口吃掉熱狗後繼續進攻自己那份脆餅。她發現站在她身後的艾德仍然餘怒未消，於是拉拉艾德的袖子。坐下後，他拍平自己的褲子，而且相同的動作不斷重複，看似想讓自己暖和一點，要不就是有食物碎屑掉在腿上。他沒替自己和妻子帶任何食物回來。

「我們兩個的東西呢？」

「我沒幫我們買。」

她不可置信地搖頭。「那我們要吃什麼？」

「妳沒說要吃東西。」

「現在我得開口要，才有東西吃？」她拿起一片康諾的脆餅。

「等等。」有個熱狗小販走向他們這一區，愛琳揮手要他過來。

「我覺得你好像都不思考了，」他們拿到熱狗，在位置上坐好，她說：「你得跟上，不能脫節。」

「我們看球就好。」他說。

幾局後，大都會隊打出一個界外高飛球，而且朝著他們的方向飛過來。她能夠感覺到球正往他們身邊接近，而且球越接近，時間就過得越緩慢，讓大家的期望倍增；接著風向一轉，球眼看就要飛走，沒想到下一秒鐘竟然飛了過來。他們四周的人都伸出手，然而球就是直直飛向艾德。他笨拙地想接，結果球打到他的手反彈出去，被身後一名同樣也在接球的男人搶下。

在那一瞬間，康諾顯得很驚訝。幸運之神就這樣擦身而過。緊繃的精力使得他全身顫抖，他像熱鍋上的油珠似地跳了起來。

「哇噢！」他對父母親、法西德，對任何聽得見他聲音的人說：「你們相信嗎？」

搶到球的球迷表情堅決，雙眼凝視偌大的空間，他的朋友用力拍著他的後背道賀，但他發現再繼續握著戰利品沒太大的效果，因為歡呼聲不夠熱烈。

艾德難過極了。「對不起，小子，」他說：「我本來想幫你接下來的。」

「沒關係，爸。」

「我真的很抱歉，」他很沮喪，「我好難過。」

「如果你戴著手套可能就接到了。」康諾貼心地說，還伸長手展示自己的手套。艾德回頭請接到球的男人把球借給孩子看，男人小心翼翼地遞過來，愛琳覺得男人太小題大作。康諾渴望地把玩著球，她擔心兒子可能開口要求留下來，但孩子在看似無聲地與球心意交流了好一會兒之後，還是還了回去，男人立刻把球藏到外套的口袋裡。這顆棒球彷彿有不可思議的魔力，就像在虛擬替代戰爭中搶來的戰利品，讓所有男人回歸到最原始的一面。後來又有幾顆界外球朝他們飛來，無論落點多遠，康諾都握起拳頭捶打手套，她找不出任何話來阻止他。

20

她和康諾並肩坐在前梯的最高一階，不懂大家為什麼會如此在意星座。星星之間拉起的光網，描繪出人類對星座應有的聯想，可惜效果不佳，就算她從前學過這些星座的形狀，她也懷疑自己是否能有足夠的信心看得到。

平常夜裡的星光微弱，能看得到就很了不起了，但那天晚上的星光特別閃爍。她想搬家還有另一個原因：郊區說不定天天都可以看到星星。

「你看到什麼？」她問道。

「很多星星，」他說：「妳呢？」

「大熊星座在那裡。」他說。

「還有小熊星座。」

「對。」

「還有北極星。」

「對極了。」

他們對星座的所知差不多就是如此了。看到兒子抬頭看時，沒滔滔不絕地說出關於星座的所有知識，她鬆了一口氣。嫁給科學家有許多讓人恐懼的問題，其中之一就是怕自己的孩子沒有足夠的能力活在平凡人的世界裡。

「我常在想，幾千年前的人抬起頭來看到的也是相同的星星。」他說。

孩子哲學家的口吻讓她不由得微笑。

「還有，在我們死後才來世上報到的那些人也一樣。」他說。

她感覺到一陣冷顫。這個觀點應該由她來灌輸給孩子，而不是反過來。她經歷過喪父喪母之痛，在醫院裡幾乎每天都有人過世，然而聽到康諾說出生命無可避免的終點，她卻覺得渾身不對勁。

「回屋裡去，」她說：「很晚了。」

「我想看星星會不會越晚越亮。」

「明天還要上課。」她知道自己快要失控。她生命中的男性都拒絕配合她。「你可以到暑假再研究。」

她站在走廊上，看著康諾拖著腳步走進房間。隨後卻發現自己又走回前梯，再次去欣賞夜空，努力猜測古人究竟看到什麼東西，有動物，獵人，說不定還有王者。除了看似脖子上繫著長長狗鍊的狗之外，她什麼也沒發現。待她回頭，連狗都不見了。

那天晚上她無法入眠，心裡只有那些固定在原位、超越人類哀傷、困惑的星群，以及浩瀚宇宙所帶來的慰藉。

21

他們在週日十點鐘去望彌撒。艾德從來就不是他們上教堂的驅動力。康諾小時候，艾德甚至只要看到孩子開始毛躁，就帶著他從後門離開。

至於負責督促大家望彌撒的愛琳，則對上帝的信念已經不再有太大的信心。這麼多年來，她不再認為世界是上帝計畫下的產物。她在開刀床上看到過太多斷氣的人，有的吵鬧，有的安靜，有人想掙脫也有人完全不動。到頭來，死亡似乎只是器官的衰竭，是肺部最後一次吐氣，心臟最後一次跳動，血液不再往腦裡輸送。

但這不表示她從此不再望彌撒。她希望孩子接受品德教育，而教堂許多善舉是望彌撒的最好理由，不管上帝是否存在都一樣。在滿懷心事時，她會忍不住偵測是否有哪個頻率能接收她的訊息，領過聖餐和大家一起跪在跪墊上時，她會針對那個頻率祈禱，但多數時候，她都覺得像是在自言自語。

上週是聖神降臨節的週日，芬尼根神父任職教區三十年了，在他主持的最後一場彌撒尾聲，他介紹了繼任者喬達里神父。在場的每一個人都把這位在講壇上準備禮物的新任神父當作未來的預兆。過去十年來，在教區來來去去的神職人員，從一開始的愛爾蘭裔為主到稍後的拉丁美洲裔，如今，很顯然地，以後會是來自印度的神父。

在教堂裡坐在她身邊的印度教友年年增多。幾個月前，一戶印度家庭買下佛爾家位在前一個街區的房子，她本來以為印度人應該篤信印度教，所以隔週看到他們上教堂才會那麼驚訝。她在教堂裡逗留了一會兒，因為她不想和他們同路回家，但那天晚上她躺在床上，想起自己的行為卻覺得羞愧。接下來的那個週日，她追上他們，和他們一起走到教堂。能夠彌補儘管是沒別人知道的怠慢，讓她好過許多，此後，她才能坦然地目送，讓他們自己走路回家。

對於來自其他國家的文化，艾德的態度比較開放，比如他們經過格林威治村時，艾德甚至能對龐克搖滾樂手的招牌龐克頭大表欣賞，然而這種髮型只讓她反感。正因為如此，當他們參加喬達里神父主持的第一場彌撒時，她對他認真聽講的態度毫不驚訝。站在耶穌聖像前的祭壇上，一身白袍的喬達里神父讓她覺得毛骨悚然，而且他的捲舌音特別重，連拉美裔教友都轉頭看，似乎在說：這傢伙不是我們自己人。艾德不是抱起雙臂、饒有興致地聽講，就是拍打放在腿邊的教會公告。

艾德在讀經時通常可以輕鬆跟上不同的章節，對他來說，聖經的文學層面比神聖的意涵來得有意義，然而這天站在講壇上的是喬達里神父，因此連艾德都得打開聖經跟著讀。不過愛琳認為喬達里神父比歐蒂斯神父好多了，她寧可後者直接用西班牙文主持儀式，然後找個翻譯在一旁協助。

這天讀的是舊約的箴言，講述天主的智慧本源更早於地球。

當祂建立高天時，我已在場；
當祂在深淵之上劃出穹蒼，
上使穹蒼穩立，
下使淵源固定；
當祂為滄海劃定界限；
令水不要越境，給大地奠定基礎；
我已在祂身旁，充作技師，
那時，我天天是祂的喜悅，

不斷在祂面前歡躍，
歡躍於塵寰之間；
樂與世人共處。

喬達里神父合上書開始佈道，艾德仔細聆聽。喬達里神父講的和稍早讀的箴言一點關聯也沒有。他說，如果我們全是塵土做的，那麼相同的塵土——也就是他口中的宇宙塵——在宇宙間隨處可見，而宇宙塵又很可能是來自「大爆炸」，因而，擁有相同的塵土會讓我們對彼此負責。神父的說法顯然迷住了艾德。喬達里神父說，比起浩瀚的宇宙，人類相對渺小，而渺小本身就具有教育意義，時時提醒我們：謙卑是人性的一部分。神父要參加彌撒的每個人去探索萬物不可思議之處，去敬畏萬物，而且不分大小、一視同仁。接著他引述耶穌會法籍神父德日進（Teilhard de Chardin）的話：「他確信，若是最微不足道的完整事實具備了無法推翻的真相，即使是最高明的理論，相較之下，也脆弱空洞到不堪一擊。」她從未看過艾德在教堂裡這麼熱切地聽講。他拍打前排座椅的椅背，當她看著丈夫焦躁猶豫地變換坐姿的那一刻，她還真想伸手拉住他，免得他站起來鼓掌。

彌撒結束後，一群人聚集在教堂外面。愛琳穿過人群走到馬路的停車格旁，但回頭只看到康諾。艾德像要祝賀新人的賓客一樣，還站在階梯上排隊等著和牧師打招呼。

她走到丈夫身邊，正好在他和神父握手的那一刻。

「講得好精采。」他如此唐突的說法像是在稱讚政客。「你是從哪裡來的？」她覺得好丟臉，但喬達里神父貌似愉快地和艾德握手。他們聊了很久，等待的隊伍因此阻塞不前。

她等到兩人走到一段距離外才開口。

「到底是怎麼一回事？」

「哪回事？」

康諾早已掏出口袋裡的網球抛接著玩。

「你什麼時候開始對神父的生活這麼感興趣？」

「他表現得很好。」艾德說。

康諾失手沒接到球，站在街上的艾德接了起來，隨即邊走邊抛著玩，這個舉動觸怒了愛琳。她氣得把教會公告捲成警棍似的紙棒，打向艾德另一手的掌心。

「你一定得問他是從哪裡來的嗎？」

「他來自印度。」

「你非知道不可？」

「我想學習新事物。如果我們不學習就會死去。」艾德把球扔回給康諾。「難道不是嗎，小子？」

到家後，艾德像生根似地停步在家門前面的人行道上。她要康諾先進去，孩子猶豫了一下才走進家門。艾德站在原地不動，她開始登上門階，希望這個舉動能讓丈夫跟上來。

艾德先把康諾的球往地上一丟再接回反彈的球。「我看到報紙，」他說：「妳圈了幾棟房子。」

她拉起裙襬，坐在門階的最上面，覺得自己好像是和男友親熱而被丈夫抓包的人。球打在人行道上發出「啪」的聲音，艾德用雙手接住球。

「我不想搬家，」他說：「我們的房子好極了，而且對附近環境也很熟悉，難道這對妳來說還不夠嗎？再說，我們現在還有這個新神父。」

「他是印度人，」她無法置信地脫口而出，來不及控制自己的嘴巴，「看看你四周。看看這一帶正在怎麼改變，或者我該說，這裡早就變了。」

「這裡是我們家。」他說。

「那裡呢？」她指著對面整排公寓一樓牆壁上的塗鴉問道。

「那也是。」他說。

「萬聖節走在路上被人丟雞蛋呢？」

「小孩走到哪裡都一樣搗蛋。」

「那蕾娜被搶又怎麼說？」

「人不可能住在無菌室裡。」他說。

「庫尼太太碰到的事呢？你希望我碰到那種事嗎？」

「當然不是。那是意外。」

「還不如說是謀殺。」

她停了一下，覺得自己已經從憤怒轉為尋找解決方式的模式了。她不必和他爭吵，如果有必要，她可以自己完成這件事。

「我希望我們能看到外面的世界。」她說。

他搖搖頭。他的頭上有一小塊逐漸形成的禿斑，但也只有從她現在這個角度才看得到。他不再玩球，而是把手放在她腳上握了一下。這個帶電似的碰觸讓她一震，他似乎把所有的能量都送到了雙手上。

「我沒辦法解釋為什麼在這方面我不能給妳更多，」他說：「我只是真的不想到其他地方。妳有沒有體會過時間從妳身邊溜走，別人在跑，可是你追不上的感覺？如果妳能讓世界停止運轉呢？妳可以仔細看，沒有人會到別的地方去，連一會兒都不會，這麼一來，才有足夠的時間去瞭解。我希望我有能力讓世界停止轉動。我不想讓任何人、任何事物移動。」

「人會遷移，」她說：「生命就是這樣。」

「我嚴正表示抗議。」他說完話，把球放到口袋，起身走進屋裡，讓愛琳獨自留在門階上。

22

她看的第一棟房子要價九十萬，比他們目前能負擔的金額至少高一倍，然而她還是去看了，以作為比較的基礎。

她穿上體面的灰色套裝搭配抓褶襯衫，腳踩高跟鞋。當她沿著長長的車道把車開上房子前面的圓形空地時，發現周邊已經停了幾輛車，其中有一輛BMW、一輛福斯和一輛奧迪，這讓開著雪佛蘭的愛琳有點尷尬。所幸艾德最近的懶散沒影響到他洗車的習慣，至少她的車比別人乾淨。

房子大門是開著的。她走進寬敞的門廳，除了大理石地板外，牆上也掛了好幾幅油畫，拱形天花板上還垂著大型水晶吊燈。她環視整間房子，沒多久便有個熱情的房屋仲介走下樓梯，後面跟著一對穿著比愛琳輕鬆但神情看來更自在的年輕夫婦。她弄錯了天候，趕緊脫下外套——天氣太熱了，這時他們也踏下最後幾階樓梯，那座樓梯看起來似乎沒有盡頭。

「歡迎。」看仲介張開雙臂的樣子，似乎想給她來個擁抱。那對夫婦至少比愛琳年輕十到十五歲。她覺得自己擅闖了不該進入的地方，想轉身朝車子走去。

「我看到門開著。」她說。

「沒問題！我們正要去參觀後面的露臺。要不要一起來，還是妳先隨意走走看看。」

「謝謝，」她說：「我先逛逛好了。」

她站在原地看著他們走出去。她又想離開，但想到他們在她走後，會在背後說三道四就無法忍受。廚房裡飄出這種房子裡一定會有的乾燥花香味。她不打算因此受到誘惑而走進廚房，但她實在無法抗拒香味所營造出來的氣氛。她轉身上樓，在樓上臥室裡驚訝地發現還有另一對夫妻，他們的年齡與她較為接近，還帶了兩個女孩一起來，年紀小的女孩正在床上跳來跳去。那位做母親的女人看了看愛琳，立刻喝阻小女孩。那名丈夫正在欣賞窗戶精緻的作工。他上下打量愛琳，像是把她當作這房子的一部分，接著，臉上露出微笑。那個妻子推著兩個女孩出去，但丈夫還逗留在臥室裡評論房子的架構，在他的想像中，可能有一群觀眾正等著聽他發言。

等這家人離開後，愛琳走到男人剛才欣賞的窗戶邊，從這裡看，她的車子像是迷你車。車頂經過鳥襲加上被樹上掉下來的橡實折騰，需要重新烤漆了。

她拍鬆剛才小女孩躺過的枕頭，努力抗拒想坐在床上的衝動。愛琳突然覺得好累，不知道待在這個房間裡還能做什麼事。她現在被困在這裡，因為她不想下樓面對剛才那對年輕夫婦和房屋仲介。她聽到低聲談話的聲音，於是要自己放慢呼吸。在此刻之前，愛琳完全沒發現自己心跳得這麼快。她深吸了一口氣，提醒自己：這些人不知道她只是虛張聲勢的參觀者，依她看，這些人可能也都是假買家。說不定其中有哪個人是這地方的主人，至於那個仲介只是擺起架勢，好融入這個環境，但若要講到工作職銜，她和其他人並沒有兩樣。

她努力讓自己鎮定下來，就在真正平靜下來之前，她在桌燈旁看到幾張分別用精緻相框裱起來的照片，然而照片裡沒有任何足以解釋她為何會這麼激動的理由。這當中有一張可能是全家度假時拍的家庭照、一張黑白婚紗照，另一張是一對年長夫妻騎在馬背上，那位丈夫一派輕鬆地露出笑容。他們之所以會出售房子，可能是想搬到溫暖的地區，或是這對夫婦其中一人過世，甚至是兩個都走了，才留下這筆遺產。而相片中的男士表現出來的熱切態度，讓人猜不出他的年齡，卻令她激動到差點反胃。

她必須住進這樣的房子才能有足夠的呼吸空間，才能為他們兩人安頓一切，但艾德並不明白。在這裡，她可以讓自己不必再當那種在丈夫出門前還忙著張羅午餐的妻子。她甚至願意想像自己在這次搬進去的家中過世。

愛琳鼓起勇氣走下樓，到露臺去找房屋仲介和剛剛那對年輕夫婦。那個丈夫正在巡視院子，妻子則去檢查烤肉架。愛琳先整理好襯衫才拉開玻璃門。

「我得走了，沒空留下來聊天。」

「沒關係。」仲介說：「妳拿了簡介嗎？」

「這棟房子很好，只是和我們理想中的不太一樣。」

「每個人的要求都不同，對吧？否則大家住的都會是同一棟房子。」

「我丈夫和我想在這一帶看看其他待售的房子。」

「這是我的名片，請收下。你們現在住在哪裡？」

「市中心。」愛琳說。理論說來，皇后區就在市中心，但她知道自己話中另有涵義。

「我很樂意帶你們參觀其他房子。」

「謝謝。」愛琳轉頭對年輕夫婦說：「祝你們找到理想中的房子。」

「妳也一樣，在哪裡都好。」年輕男人傲慢的態度讓她覺得這人太不客氣了。

她回家時，艾德已經戴著耳機，閉著眼睛躺在沙發上。她站著揮舞雙手，想引來他心眼的目光，接著他上樓走進康諾的房間。

康諾穿著棒球服躺在地上。看到孩子穿著球衣的可愛模樣，她忽然好感動。衣服有點小了，康諾這幾年來長大不少，雙臂拉長還長了汗毛，同時上半身也變得結實。對於康諾花了不少時間在地下室練習舉重，她不知道自己該不該擔心，或是該擔心到什麼程度。她聽人說舉重會妨礙孩子成長，但最近看來，她倒是不必為此操煩，況且孩子只要不惹麻煩，就夠讓她開心的了。

還好他知道要先卸下鞋底沾滿泥巴塊的防滑釘，但是衣服上的黏土痕跡再怎麼洗都還在。

「球賽怎麼樣？」

「我們輸了。我的表現糟透了，保送對方九個打者。」

他自己拋球自己接，掉下來的球近到差點打到臉；若不是及時轉頭，其中一次很可能打斷鼻梁。

「你會進步的。」

「我臂力很夠。」他說，硬是在臉上堆出笑容。

「別把車庫門打凹就好，」她說：「我不想現在就花錢換另一扇門。」

他點點頭，說：「爸去看了球賽。」

「真的？」

「而且還做了件怪事。」

她知道自己開始驚慌。「怎麼了？」

「球賽結束後他嚇到我了。我得留下來幫忙搬裝球的袋子、壘包那些東西。爸去開車，後來我坐進車裡，他竟然對我大喊大叫。我從來沒看過他那個樣子；他罵個不停：『你害我等！害我一直等！』」

「嗯，讓別人等的確不好。」她不怎麼真心地回答，不曉得孩子是否聽出此刻她並非大力支持丈夫的舉動。

「我又不能把球棒那些東西丟著不管，是教練要我幫忙的，而且時間也沒有太久，我動作沒那麼慢。回家的路上他還是罵個不停。」

「你爸爸這陣子不好過，」她說：「別放在心上，他不是針對你。」

「我又沒叫他等我，我甚至沒要他過來。」

「他很喜歡看你打球。」

「隨便啦。」

「別這樣講。」

「媽，妳不在場，他真的瘋了。」

康諾隨手一拋，球立刻滾了出去。他坐了起來，雙手放在膝蓋上，看起來像個小大人，已經懂得人情世故的煩惱。康諾不笨，知道有些孩子的父親會家暴，有的孩子根本沒有父親在身邊，但是看著他一副理想破滅的樣子，還是很讓人難過。過去愛琳常常嫉妒父子倆的親密，但她現在一心只想捍衛他們的父子關係。

「你爸爸本來就不喜歡坐在車裡等人，」她說：「你別覺得他只對你這樣，我相信他也很難過。」

「他把車停在車道上，讓我們坐了半個小時，就是為了要道歉的事。」

「看吧，」她說：「這不就結了嘛。」

然而當晚上床時，她還是拿這件事質問艾德。

「康諾說你對他發脾氣。」

「我失控了。」

「他還小，艾德。」

「不會再有這種事了。」

「最好是不會，我才不管你爸爸是怎麼對你的，但那孩子也不是他。」

愛琳把車停在幾條街外，想趁仲介沒看到她開什麼車之前走進房屋仲介公司。這個花招總有一天會被識破，但她希望仲介認真地拿她當買家看待，這和她年輕時請店家幫她保留某些物件一樣。櫃臺人員在紙條上寫下她的姓名，留給她一點時間考慮。這種處於買與不買之間的狀態似乎就足以壓制渴望；

而她幾乎從來沒有真的買下。也許她能以這種方式對待那些昂貴的房子，像是在打預防針似的，在裡頭逗留幾分鐘，以防她真的想住進去。

仲介公司位於布隆克維的中心，雖然夾在兩家精品店中間，但感覺像是古早的牙醫診所，裡頭的牆壁裝飾著木質壁板，地上鋪的是藍色薄地毯，中央走道的左右兩邊各有幾張舊辦公桌，整體印象讓愛琳覺得自己並沒有完全脫離原來的世界。角落裡有一位她沒看過的仲介正飛快地說著話。

葛羅麗亞一頭棕髮，剪成類似政客的短髮，但仔細看，仍然找得到夾雜在其間的幾絲金髮；深藍色套裝搭配的是看似絲質的襯衫。她有一口雪白的牙齒，而且和帽緣一樣整齊。這個女人的身高與愛琳相仿。

葛羅麗亞和上次一樣，敞開雙臂表示歡迎，愛琳懷疑這可能是從房仲教戰手冊裡學來的標準姿勢，儘管如此，她還是不由自主地放棄抵抗——這和她對乾燥花的態度一樣。兩個女人在辦公桌旁坐了下來。

「我們何不從妳打算找哪種房子開始談？有沒有特別想找的房型？」

愛琳對於房型所知不多。殖民地式？艾德華式？都鐸式？她只聽過這些名稱。對她來說，這些和她一心想住到郊區一樣，都只是抽象的渴望。重點是房子所代表的意義：優美、壯觀、隱密以及永久性。

「我相當喜歡上週看到的那棟房子。」她說。

葛羅麗亞似乎很驚訝。「我以為妳不喜歡。」

「嗯，這樣說也對，某些要件我的確不欣賞，但整體來說算是完美的住家。」

葛羅麗亞似乎正在衡量自己是否該吞下誘餌，接著她面帶微笑地說：「要每個條件都完美才行，」接著又說：「我一定得替妳找到這樣的房子。」

「謝謝。」

「如果妳不介意，我想先知道價格是否為優先考量？」

「這不必擔心，」愛琳說：「價格不是問題。」

葛羅麗亞揚起眉毛。「好，」她說，開始動筆寫，「如果我要幫妳尋找未來的家，我需要知道一個大致的方向。」

「那當然。」愛琳說。

「我們從頭開始好了，愛琳。妳姓列爾瑞，對嗎？」

「是的。」

「妳上次說你們住在市中心？」

「沒錯。」

「哪一區？」

「皇后區。」

「皇后區有些地段很迷人，不是嗎？我有個弟弟住在道格拉斯頓。」

道格拉斯頓完全是另一個世界。愛琳頓了一下，說：「我們住傑克森高地。」

「是那種有花園的自有住宅嗎？」葛羅麗亞又問了，而且期待地揚起眉頭。「聽說那些房子很漂亮。」

「我們自己有棟房子，」她說：「三層三戶的房子。」

「好。」她寫下來。「然後，妳想搬到布隆克維？還是有其他合意的區域？」

「就布隆克維。」

葛羅麗亞抬起頭，帶著笑容說：「布隆克維美極了，對不對？我丈夫帶我們搬過去的時候，我以為我死了，進入了進天堂。」

「我從前在勞倫斯醫院工作，」她說：「那是好幾年前的事了，我當時就很喜歡那一帶。」

「所以，妳喜歡上次看到的那棟房子。最喜歡它的哪些特點？」

「大小很合適。」

「妳需要幾間臥室？三間？四間還是五間？」

「至少四間。」愛琳飄飄然地挑了中間的數字。

「好極了！好，那麼理想的價格範圍呢？」

愛琳想了想。「視情況而定，」她說：「要看妳問的是我還是我先生。」

葛羅麗亞笑了。「我們就是因此才愛他們，對不對？男人睡哪裡都一樣。老實說，我也一直想要我先生考慮搬進大一點的房子。有多少財力就住多好，這又沒什麼錯。妳先生在華爾街工作嗎？通勤很方便。」

「他是大學教授。」

葛羅麗亞又停了一下，做出下一個評價。

「好的，四間臥室。需不需要離車站近一點？他是在市中心上課嗎？在紐約大學，還是哥倫比亞大學？」

「我們兩個都開車，」她平淡地說：「他在布朗克斯社區大學上課。」

「妳希望住處附近有學校嗎？」

「沒必要。我兒子康諾會進市中心的學校。」為了製造效果，她停了一下才說：「瑞吉斯中學。」

她希望說出校名能略為增加威望，像吹脹的氣球一樣形成保護範圍；而仲介也確實揚起了眉毛。

「哇！」葛羅麗亞說：「這年輕人一定很聰明！」但隨即戳破氣球。「我先生也是校友。他一天到晚說個不停，我都聽膩了。我家都是女兒，但如果我有兒子，我一定也會送他進瑞吉斯。」

愛琳強忍下想指正這個女人的慾望。沒有人會「送」兒子進瑞吉斯，孩子必須通過十一月份的考試，而妳得祈禱他能接到面試函，接著在面試過後，妳還必須再次祈禱他拿到A；而且「祈禱」不是說說罷了，必須是誠心誠意地禱告，就算妳一向如此也是一樣。然後兒子收到信時，妳要在他拆開入學許可時坐在旁邊，在他表示不想進全是書呆子的男校時告訴他：現在聽妳的話，日後一定會感謝妳，最後妳才會看到他雖然想假裝生氣，臉上還是閃過一絲笑容。在妳說出「你祖父母絕對會很驕傲」時，妳會覺得心神為之一振，因為這麼多年來一直背負著對他們的責任，如今終於可以讓他分攤重擔，而且妳看得出來，不知怎麼地，他也知道這件事如此發展必有原因，而他不是唯一牽扯在內的人。妳想像父親在妳背後看著，默默點頭讚許，而謎一般的母親也在一旁，妳似乎能看到她想到孫子以及所有在世、過世者的未來而展露的微笑。

「寬鬆的範圍呢？可超過還是要低於一百萬？」

她一直覺得自己最多負擔得起的金額約莫是四十萬美金。賣掉傑克森高地的房子後再扣掉稅金和佣金，頭期款應該沒問題，但四十萬是上限，而且這個金額離她回答的「低於百萬」遠得很。

「其他有什麼我該注意的地方嗎？」

「我希望找棟搶眼的房子，」愛琳說：「站在馬路上就會感受到吸引力，要讓人看過就忘不掉。」

週日彌撒結束後，艾德沒躺到沙發上，而是為一家三口準備了一籃午餐，開車帶他們去拉瓜地亞機場旁邊的帶狀草坪野餐。她攤開毯子，一家子吃起艾德所準備的食物，這些三明治簡單得有點奇怪：麵包夾著火雞肉，沒抹美乃滋、芥末，沒加生菜或番茄，甚至連切都沒切。

他們不知已經多久沒共度這種輕鬆的時光了。她希望能享受與家人共處的時光，但康諾拿起棒球手套像頭小公鹿似地跳來跳去。艾德終於站起來讓兒子達成心願。

太陽先在雲層後躲了一陣子才探出頭來，陽光下閃閃發光的飛機逐漸遠去，留下一波波噪音。微風吹散了悶熱；這是她心中的完美時刻，就像偶爾會在日常生活中出現的時刻一樣。她咬下清脆的蘋果，嚐到了酸甜的滋味，綠草的清香撲鼻而來；她想把這一刻凝結起來放在心裡。就某方面而言，這算是欺瞞，規避了記憶的自然運作方式，但她認為把這些片刻、這些自己凝結下來、像是在夢中吶喊「我醒著！」的時光，是最不尋常的清晰記憶。

艾德稍顯笨拙但穩穩地站著等兒子投球過來，然而當他左右移動時，腳步卻出人意料之外地敏捷。他身上的襯衫、西褲不適合打球，但他仍然應付得宜。康諾一接到球就急著出手，因此失了準頭。他們一開始相距不遠，但孩子似乎想逐漸拉遠。艾德投的是拋物線，而康諾則是快速直球，孩子過於熱切，艾德遇到用力過猛的球便得急忙追趕，免得球滾到馬路上。這對父子的左右兩邊各停了一排車，愛琳最不希望看到的是被打破的車窗玻璃，那會破壞了這場草地野餐。艾德要兒子靠近一點，康諾一開始抗拒，但在艾德舉起手套招手時仍然靠了過去，離剛開始投球的距離沒遠多少。艾德又打個手勢要兒子放慢速度。

「不要那麼快，」他說：「我們只是丟著玩。」

「這還不是最用力，爸。」康諾說。

但她看得出來，兒子的確使盡了全力。艾德雖然接得到球，但球速似乎嚇到他了。

「放慢點。」聽得出艾德快發脾氣了。

「為什麼?你接不到嗎?」

康諾扔出的球像拳頭似的，直朝父親而去，艾德趕緊讓開，讓球從身邊飛過，看了兒子一眼之後才去撿球。

「夠了，」她等艾德走遠後才說：「你爸爸要你別投那麼快。」

「我沒有！我沒有全力投。」

「聽他的就是了。」

「好啦，媽，」他說：「放輕鬆。」

艾德看來沮喪多於憤怒。受制於青春期兒子的達爾文進化邏輯之下，他站了一會兒，彷彿在考慮自己有什麼選擇，接著才把球投向康諾，孩子單腳一跳，撈下迎面飛來的球。

在艾德球還沒離手之前，她便看出蜷伏在康諾體內的憤怒。讓康諾從男孩轉變到男人的生理變化令人讚嘆，像是毫無協商空間的推進力，以清除前一個世代，好為當下的自己騰出空間；而她生命中的兩位男性即將有所交手、碰撞，也讓她開始驚恐，怕這對父子誰也不可能毫髮無傷。

也許康諾還在生父親的氣，氣他在車子裡怒吼。也許他氣父親接球笨拙，或是因為父親一直比不上其他孩子的父親。艾德不只年紀老，行為也老派，但棒球一直是他和康諾共同的喜好。康諾可能難以承受老化影響父親執行這個舊習慣的能力。無論原因為何，康諾把所有感覺加諸在投球的力量上，因此球一出手，她也忍不住小聲驚呼。

艾德預料到球會來得飛快，似乎僵住了，甚至連閃都沒閃。這一幕在她眼前似乎以慢動作呈現，她看出自從兩人結婚後，他的動作和反應都慢了不少。他手腳的速度跟不上腦袋，即使從遠處看，愛琳仍然看得見丈夫張大了雙眼。這顆球直接打中艾德的胸口，他踉蹌地往後跌，先坐下才躺倒在地。

她喊出聲，立即跳起來拔腿狂奔。康諾也連忙跑過去，在她到達丈夫身邊時，兒子正跪在一旁和艾德說話，她一把推開康諾。艾德像心臟病發作似地抓著胸口。康諾結結巴巴地道歉，想靠上前去的心情和母親推開他時同樣急切，接著艾德推開愛琳，用手肘撐起上身看著妻兒。

「我沒事，真是的，」他說：「讓我站起來。」

艾德站起來時，愛琳對著康諾舉起手作勢要打他。她覺得三個人彷彿浮雕般地停在那個瞬間。她的手因為即將發生的碰觸而抽痛，而她兒子面臨迎面而來的摑掌幾乎要發抖。愛琳真的賞了康諾一巴掌，重重地摑在臉上。

「孩子不知道自己的力道有多大。」艾德握住她仍然發麻的手，撿起地上的球。「回原位去。」

「我們去坐在野餐毯上。」她低聲說。

「我們還要再練幾球。」

「不必再投了。」康諾對艾德說，但不肯直視母親。

「我們還沒練完。」艾德說。

「艾德。」她懇求丈夫去休息，一想到剛才可能發生的任何狀況就不舒服。

「去坐著，」他說，接著拍拍手套對康諾說：「繼續練習。」

康諾不情願地走開，接下艾德投過來的球後高吊回去。

「用力一點！」艾德說。

康諾再次出手，沒有用上全力。

「用力！」艾德喊道：「秀出實力！」

那天晚上躺在床上，愛琳看到丈夫尖領內衣下的胸口位置有個棒球印，她伸手撫摸，但艾德以奇怪的姿勢往上拎起她的手——有點像掀開蓋在奶油上的紙蓋——直接放到一旁。

兩人沒交談，同樣平躺著，身子連一寸都沒碰到，雙手也平放在自己的身體兩側。像兩具木乃伊。她平貼在大腿邊的手依舊因為掌摑康諾而發麻。

從前無論他們怎麼爭吵，臥室都是不可侵犯的空間。她可以在臥室裡說出在其他地方無法表達的話語，她蜷起身子窩在丈夫身邊的方式，會讓她帶領的護士吃驚。她知道讓丈夫採取主動是老派的想法，然而他從來沒有這樣的障礙，如果說不可信賴的言語像滑溜的懸崖，那麼他們彼此的碰觸便是安穩的高地。

「我要坦白承認一件事，」她說：「昨天我說我和辛蒂在一起，其實我是去看房子。」

他惱怒地看她一眼，接著像睡著似地閉上眼睛。「我不知道妳為什麼老想要搬家，」他說：「我喜歡這裡。」

「你怎麼能說這種話？你的心根本不常在這裡，你所有的時間都躺在沙發上，在隔離所有感覺的空間裡，戴上耳機就聽不到外頭的喇叭聲或轟隆隆的汽車引擎聲；我負責所有的日常採購，你不必在賣場的走道上推擠，不必和不會說英文的收銀人員溝通；你不是女人，所以不必擔心晚上人身安全的問題。」

「現在時機不對。」他說。

「時機太對了，康諾也要從聖貞德小學畢業了。我們在這個鬼地方待得還不夠久嗎？」

「天哪，」他終於睜開眼睛說話，「妳怎麼突然變了個人？」

「一直到前一陣子都還好，但現在壓力大到幾乎擠破頭。」

「我忙著做一個恢復活力的回春計畫，」他說，似乎講的是不同的話題，「最近花很多時間補足之前沒做的事。我不想讓那堆資料紀錄瞪著我看，所以我決定付諸行動，就算妳、康諾或妳那群光說不練的朋友不喜歡也一樣。」

愛琳聽丈夫這樣形容她的朋友當然不高興。她從來沒在他們面前提起他近來的表現，因為她怕自己不敢聽他們的回答。

「到現在，我該為自己做點事了。」他說。

她應當勃然大怒的。為他自己做點事？那她為他犧牲，讓他讀完研究所又該怎麼說？但艾德這番話聽起來像是經過預演，像是還沒掉下來的壞牙一樣咯咯作響。是不是因為連他自己也不相信？

「我沒辦法這樣過一輩子。」她說。

「暑假快到了，我會有多一點的時間來打理房子。我有幾個計畫，比方說整修車庫，重新粉刷家裡的牆壁。」

「你可以把從前的鄰居帶回來嗎？可以消滅噪音？」她裝出不自然的笑容。「我是說，你為我們做這些事嗎？你為自己做得夠多了，可以給我們弄來一片有綠色草坪的前院嗎？」

「妳該放輕鬆。」

「別告訴我該怎麼做，而且在你對自己近乎瘋狂的時候，我不會虧待自己。現在想想，一切都是從那時候開始的。」

「現在狀況好一點了。」他伸手撫摸她的頭髮。在他的碰觸下，這下子輪到她妥協了。

「我要你和我一起去看看房子。我討厭自己一個人去。」

「如果我們要留下來，去看房子做什麼？我會重新整修我們的房子。」

這就和對小孩子說話一樣，她失去了自制力。「你可能要留在這裡，」她慢慢地說：「但是我不能。」

「可是我剛剛說了，我不能離開。」

「你也不能回到過去，艾德。」

「別犯賤。」

兩人在一起這麼多年來，他從未這樣說過她，愛琳狠狠地瞪著丈夫。

「對不起，」他說：「我不是那個意思。」

「別在我面前說髒話，」她咬牙切齒地說：「想那樣對女人說話就去找個女朋友，還是說，這就是你恍神又滿口莫名其妙道理的原因？這附近是不是有個你不能離開的女人？哪個南美小女郎？」

艾德翻身過去，說：「晚安。」

愛琳不想當第一個打破沉默的人。她躺在床上，轉動陷在浮腫指頭上的戒指，摩擦得皮肉發痛。晚餐吃了煮過的鹹牛肉罐頭後，她的手指像充氣似地膨脹起來。她想摘下戒指主要不是為了不舒服，純粹就是想摘掉，擺脫艾德此刻對她的任何所有權，就算他不曉得也沒關係，但問題是她摘不下來。

「妳完全誤解了。」一會兒之後，艾德說。她感覺到他的手貼在她後背的肩胛骨之間。「沒有別的女孩，妳是我的唯一，妳知道我多愛妳。」

她沒轉過去，雙眼瞪著衣櫃抽屜的把手看。「那你為什麼不肯為我做這件事？」

他沮喪地捶打床鋪，她感覺到一陣震動。「我現在不能走，」他說：「我只想留在老地方。「郊區的意義就是讓人能一直住下去。」他沒有回答。「親愛的，聽我說，你還好嗎？真的沒事嗎？你最近不太對勁。」

「我很好，只是這一年來太辛苦了。」

他們又靜靜地躺著，最後她終於翻身面對他。「我們不會立刻搬家，」她說：「得花好幾個月，甚至好幾年。」

「我就是沒辦法！」他捶打枕頭，「妳聽不見嗎？」

她把玩內衣前襟的小花，想驅走聽他這樣講話的屈辱感。

「我還是會繼續看房子，但是我不會瞞著你把這棟房子賣掉。艾德，我需要你的同意。」

「我這個暑假會整修房子，」他說：「說不定妳最後會想留下來。」

「你高興就儘管動手，」她說：「但別以為我會因此改變決定，一小盆水救不了大火。」

23

愛琳坐進葛羅麗亞的車裡。她們看了一棟有六間臥室的房子，裡頭空間寬敞，就算她要舉辦夢中的晚餐派對和宴會都綽綽有餘，她真希望葛羅麗亞能讓她睡在主臥室的地板上，好讓她在夜裡醒來，和空辦公大樓裡的警衛一樣，在黑暗中的空間漫步。光憑表情便看得出來，她完全同意葛羅麗亞指出來的重點，美麗無須言語就能領會，四處可見的精緻木作和素淨的花崗岩桌檯品味極致，根本不可能抗拒。

「我想盡可能多看幾棟房子，」她們離開時，愛琳說：「我想全部記住。」

葛羅麗亞的配合度很高，於是愛琳讓自己放鬆下來。她一直擔心浪費這個房仲的時間，但葛羅麗亞沉穩的表現極有專業水準，所以愛琳決定相信對方絕對有足夠的耐心。葛羅麗亞通常會在路上把房價告訴她，連帶說出要求賣方降價的評估。愛琳看得出來，葛羅麗亞會觀察她的反應來建立基準點，所以她什麼也不表示；她通常不會選出特定物件，而是讚美華麗的室內設計、修剪得宜的草坪、無懈可擊的露臺，以及可以從廚房往外看的大扇窗戶——將來她可以看著在外面玩耍的孫子。愛琳每次都說同樣的話：「哇！」「天哪！」「美極了！」或是其他的讚嘆，讓葛羅麗亞聽不出她真正的感覺——也就是驚恐。愛琳把驚恐轉換成熱心和肯定。看完房子後，兩個女人會先坐在車裡談幾分鐘，接著再開始下一場演練。那天下午就這麼模模糊糊地過去。

大約在看過第五棟房子後，葛羅麗亞在轉動引擎鑰匙之前先停了一下。

「看房子很好玩，對吧？」

「太有意思了，」愛琳說：「我可以看一整天。」

「是啊，但到了某個階段，我們還是得訂定條件。」

「真的很難決定。這些房子都好極了，除了搬家以外，有誰會離開這樣的房子？」

「我相信妳絕對會喜歡下一棟，」葛羅麗亞堅定地說：「我什麼資訊都不告訴妳，我讓妳自己去感受，我想看看哪些要素會打動妳。」

她們開車到下一個地點，這棟房子讓人看了絕對忘不了。這棟殖民式建築──她現在懂這些詞彙了──蓋在道路高處，門前的斜坡草坪緩緩往下延伸。這棟房子的窗口有黑色的百葉遮板，美麗的門廊，側面房間開了落地窗，面積起碼是他們現在住處的三倍大。兩人參觀屋子時，愛琳一直刻意睜大眼睛看，葛羅麗亞領著她來到門廊。

「我們坐一下好嗎？」

「沒問題。」愛琳說完話，挑了一張白色高背搖椅坐了下來，葛羅麗亞則是坐在最上一層門階，面對著她。她剛才從停車位看上來，就覺得坐在門廊上一定很享受，而她果然沒猜錯。

葛羅麗亞拿出一包菸。「可以讓我抽根菸嗎？」

愛琳沒有反對。

「通常我不會在客戶面前抽菸，相信我，那要很大的決心。」

「請便。」

「我覺得和妳在一起很自在。」葛羅麗亞說。

愛琳低頭看。葛羅麗亞和她一樣都是上班族，鞋子有些磨損，而且愛琳看得出來，葛羅麗亞的指甲油是自己塗的。愛琳納悶地想，不知父親會怎麼看待她這種舉止，她的嘴角不由自主地顫抖了一下。

「我本來說預算低於一百萬，現在想想，那個說法不怎麼實在。」

「比較理想的預算是多少？」

「妳聽了不會高興的。」愛琳說。

「任何金額我都能接受，我只需要知道從哪裡著手就好了。」

「我甚至不曉得能不能說動我先生搬家。」

「看看妳，妳是個大美人，妳到哪裡他都會跟著。」

「妳嘴真甜。」愛琳說。她感覺到哀傷全聚到了胸口，彷彿有股磁力將所有散落在身體末端的碎片全吸了上來。

「所以我們的預算大概是多少？八十？七十萬？」

這麼大剌剌地談錢讓愛琳不安，感覺好像仲介拿著燈光朝她臉上照射，連皮膚上的小瑕疵都看得一清二楚。

「比較接近四十萬，」她說：「最多五十。」

「什麼！」葛羅麗亞呼出一口煙，把菸屁股捻熄在階梯上。「妳有沒有一點概念，知不知道這棟房子開價多少？猜猜看。」

「八十萬。」

「九十五。」她誇張地說出數字，好像在嘉年華會裡說出某人的體重一樣。葛羅麗亞笑了。「我們要改變策略了。」

「很抱歉，浪費了妳的時間。」愛琳難過地說。

「嘿，老實說我們是浪費了一些時間沒錯，但是我不介意，我本來就喜歡看房子。我會幫妳找到合適的住處，讓妳先生沒辦法抗拒。」

她們決定下週繼續看屋。她回應葛羅麗亞道再見的擁抱，那一刻突然覺得好感激：這個捧著她的命運秤重的女人沒有羞辱她。

她約好了電解除毛的時間，那是她常去的美容院，位在商業區和住宅區的交界地帶。她不想去，但要預訂時間相當費事，同時她覺得長在嘴唇上方和下巴的汗毛越來越礙眼。她懷疑這是否預告了日後會有更大的改變。最近她的皮膚經常會刺痛，而且比平常癢一點。此外，她在某些特殊的時間也會感到燥熱——她還不打算把這種情形看作是更年期的熱潮紅；胸部也沒有從前飽滿。她的月經一向不規律，無法由此來判斷，但她最近的確經常頭痛，但話說回來，任何人在她的處境下都不可能不頭痛。如果面臨變化，她不打算視而不見，可是在得到更確切的證據之前她也不想妄下結論。在這個時候，她盡可能地保持自己的容貌。

為了避開交通阻塞，她決定搭地鐵。七號線月台的人不少，列車裡同樣擠滿乘客，每次靠站，人都越來越多，一直到了七十四街，轉車的乘客才湧向其他路線。她從八十二街步行回家，看到街景劇烈的變化。在這一帶，這條街曾經好比是皇冠上的珠寶耀眼。店面的白泥牆面上鑲嵌了交叉的木條，散發都鐸式建築的魅力——她現在看到這種形式的建築懂得辨認了——街燈的鑄鐵座裝飾華麗；但如今幫派像是卡住動脈的血塊，雜貨店變成酒店、匯兌站，以及掛著簡易招牌遮掉古老門面的廉價商店。從前街燈的圓球形燈罩不見了，但在布隆克維的龐德菲爾路上還看得到類似的街燈，這可能也是布隆克維之所以吸引她的部分原因：那地方像是傑克森高地崩壞之前的時空膠囊。

她沿著路邊走，一群穿厚T恤戴棒球帽的年輕人橫占了整個人行道，正朝她走過來。在她眼裡這些人像是南美裔，但她不是每次都猜對。其中領頭的年輕人倒著走，張開雙臂誇張地揮舞，其他人紛紛拍手叫好。如果她不走到馬路上，雙方一定會相撞，但她不打算讓開；這些人應該要懂得互相禮讓。倒著走的年輕人沒有轉身，於是她停下腳步，希望這群人能像經過岩石而分流的水一樣，從她身邊經過。她舉起雙手護住前胸。倒著走的年輕人看到同伴睜大了眼睛，可惜反應仍慢了一拍，還是撞到了她。

「抱歉！」她的聲音比預期中來得尖銳。年輕人防備地迅速轉身，彷彿準備施展空手道攻擊，看到她之後才放下雙手。

「對不起，女士。」他說。其他人都在後面竊笑。她知道自己應該繼續往前走，什麼話也別說，對這樣的一群年輕人，她本能的反應就是害怕，然而在這當下她突然覺得一陣憤慨。

「人行道是給大家走的，你們知道吧。」

「對不起，」年輕人說：「這是意外。」

她逼他兩次道歉，知道最好就此結束。他們可以跑開，在背後嘲笑這個白種女人，也許他們會遠遠地用髒話罵她，但是年輕人敷衍了事的道歉卻惹惱了愛琳，她決定了，儘管沒有人會費心地這麼做，但她一定要教育這些年輕人什麼才是正確的舉止。

「你們走路時眼睛應該要看路，」她說：「這段人行道已經不好走了，你們這個樣子，別人根本不能過。」

「妳說得都對。」這個年輕人有種壓抑的特質，像一頭等著暴衝的老虎。

「我住的那一帶也是一樣，」她說：「不能因為你們人多勢眾，我就得離開。」

撞到愛琳的年輕人，身後有另一個男孩朝她走過來。她知道接下來會聽到什麼話：**去你媽的白種賤人！**但第一個年輕人舉起手攔住同伴。「冷靜一點，」他說：「很抱歉撞到妳，我們也不是故意要占用整個人行道。沒有人要接收妳的住宅區。我在這裡出生，這裡容得下我們所有的人。」

他明確有力的表達讓她驚訝，接著，他要同伴讓出一條路，用求和的手勢請她通過。愛琳加快腳步離開，心裡反覆思考這件事，想弄清楚這個不可思議的逆轉是怎麼回事。她本來以為對方會表示出惡意，這個結果竟讓她有些失落。不可否認地，那個孩子有良好的教養。她想忘記這件事，這比暴力相向更讓她不安。這件事讓她隱約看見未來，暗示她即將遭到淘汰。

當晚在敘述事件時，愛琳將年輕人禮貌的道歉竄改為她所預期的謾罵，和原本那種無法解釋的異常行為相比，謾罵更接近她的經驗。「我不會重複那些不堪入耳的髒話，」她說：「就算康諾不在場也一樣。」她知道這是輕微的小罪，但是她不必費心為自己辯護，因為搬到郊區對大家都好。和她料想的一樣，艾德僅僅無聲地表達憤慨，這反而煽動了她對幫派份子的怒火。幾天後，她竟然逐漸相信那群年輕人真的說出她以為已塞進他們口中的話，加上這種可能性也不小，記憶真是不可信賴。

這次她來到仲介公司，直接把車停在前面，葛羅麗亞的擁抱從過度熱情轉為不拘形式的友善。兩個女人都跨過了橋樑，對彼此有了信賴。對葛羅麗亞而言，幫愛琳找到房子可能會是好投資。

在這天的行程當中，葛羅麗亞列舉出愛琳會看到的優點，但同時也老實地說出無法避免的事實，像是把她當成了自己人，讓她以互信的心情來面對這些缺失；接著她們才打算進去參觀。如果不是因為上週看房子的記憶猶新，這次愛琳可能會看上某一棟住宅，畢竟這是她喜歡的區域。但問題是兩次的落差太大。之前看的房子有五間房間，這次變成三間；本來的大理石換成了美耐板；合成板取代了扎實的木料，要不就是原本的木料年久失修必須整批換掉；上次她看到華麗的門廳，現在的這處卻沒比她原來房子的小門廳大多少；上週參觀的房屋有高聳的天花板，窗戶又多，光線可以穿透到屋裡，現在她只看到再也熟悉不過的陰暗。她對房子的期待和價位一樣往下沉。

葛羅麗亞看出愛琳心境的轉變，於是努力鼓吹看不見的優點，但沒有一棟房子讓愛琳看上眼。她可以和理想中的房子住在同一條街上，可以和那些房子裡的住戶成為朋友，但她就是沒辦法住進自己的夢幻家園，至少在她和艾德的這輩子辦不到。她享受了這麼多年的心靈陪伴，養大了一個健康快樂的兒子，這比某些女人的一生更富足。她開始覺得自己貧困卑微，納悶地想，若是當初嫁了別人會擁有什麼樣的生活，誰知道她只能在參觀了讓人失望的房子後，獨自坐在外面，她不由自主地想，坐在車裡更嗤之以鼻地看著反正也買不起的房子，這就是自尊的代價，車裡瀰漫著哀傷的氣氛。她想安慰葛羅麗亞，這個女人態度友善又有耐心，愛琳想表達自己的感激。「我的想法太不切實際了，」她說：「以有限的預算，我買不到想要的房子。」

「其實這幾棟房子中，有的還不錯。」葛羅麗亞說。

「有幾棟讓我想到我現在的家，」愛琳說：「這些地區都在邊陲上，不是大好就是大壞。我要找的下一棟房子，是要能讓我安頓下來的家。我不想隨時緊張兮兮地戒備，如果是那樣，還不如乾脆住在傑克森高地算了。」

葛羅麗亞帶她看的這些房子，不是在楊克斯就是在佛儂山，這一帶的窮人和相對富有的住戶緊緊相鄰，界線的兩側正好是黑與白。她並不是想避開黑色的臉孔，她想避開的是黑人的憤怒、報復和自以為是的正義。她想讓自己和入侵的犯罪之間有個緩衝，她不想再次被迫看著住宅區沒落，然後像個為凋零人口守護古卷的僧侶，只能擁有過去美好的記憶。

「還不要放棄，」葛羅麗亞說：「多給自己一些時間。」

「那當然。」愛琳說。

24

沒到艾姆賈少棒球場打球的日子，康諾會到七十八街公園，雖說到這個地方來，他偶爾還是會感到害怕。他們在這裡打壘球，不是正式的隊伍，只是投接球，但在練習中，他有種受到保護的感覺。年紀大一點的白人幫派通常會聚集在這個地方，這些二十來歲的年輕人頭綁花頭巾，下身穿運動褲，帶著喇叭，轟隆隆地大放老式搖滾樂，要是他們沒打壘球，這些人才會溜直排輪鞋，還會拿紙袋裝啤酒瓶直接對嘴喝。康諾搞不懂這些人下午為什麼不必工作，而且身邊還圍著一群和康諾同齡的女孩。

他喜歡和偶爾來公園的高中生玩球，因為他們不會抱怨他加速快投。每次班尼．伊雷索像口袋裡裝了磚塊似地慢吞吞走路，康諾都會和一個高中生練球。班尼去年被聖貞德開除，現在進入約瑟夫．普利茲中學就讀。康諾五年級時讓班尼抄過他的作業，考試也罩他。班尼的弟弟荷西還在聖貞德小學讀書，有時候會跟著其他人在下課後圍毆康諾。

「你要擔心你的名聲了。」班尼說。

「什麼名聲？」

「這條街上的人都知道你很軟弱。」穿著公牛隊球衣的班尼唇邊已經冒出細細的鬍子，古龍水透過幾層衣服竄了出來。

「我連自己在街上有所謂的名聲都不知道。」

「我只是提一下而已。」

「我不軟弱。」他說。

「大家會亂傳，你得注意一下自己的名聲。」

「多謝你告訴我。」康諾用右手把球扔向戴著手套的左手。

「和我走，一會兒再回來打球。你得幫自己取個外號。」

「我已經有了。」他不曉得自己為什麼要這麼說。

班尼懷疑地看著他。「是嗎？真的嗎？」

「是啊。」

「叫什麼？」

康諾腦筋一轉，說：「PAV。」這幾個字母最早跳進他的腦海中。

「我聽過這個外號。」班尼說。

他沒想到自己誤打誤撞，還真碰到有人在這個地盤上用這種名號。「別說出去。」他緊張地說。

「PAV是什麼意思？」

他想了想。「人人都有弱點（譯註：原文為People Are Vulnerable）。」

班尼思考了幾秒鐘。「很深奧。」

「謝啦。」

「如果有人聽到你冒充他，你就完了。」

「這明明就是我用的。」

「你等一下畫出來給我看，」班尼說：「等我從我媽家回來。」

「我現在不塗鴉了。」他努力裝酷。

「為什麼？」

「我有次差點被抓到。」

「你真是他媽的娘娘腔白鬼。」

「才不是，我只是得注意自己的名聲。」他停了一下，才說：「在我父母面前要注意。」他想拿這句話開玩笑。班尼推他一把，康諾踉蹌地退了一步。剛才和他練球的男生走開了。

「我不是和你開玩笑，」班尼說：「大家都說你軟弱，我只是要你親口告訴我。」

康諾知道自己接下來的舉動看起來很瘋狂，但他還是拉高了T恤的袖子。「你說這叫軟弱？」他拉伸肌肉問道。班尼從口袋裡掏出一把彈簧刀。

「再說一次你不軟弱，」班尼已命令的語氣說：「再說一次。」

康諾靜靜地站著沒動。

「告訴我，說你冒用別人的外號。」班尼語帶威脅，「說出來，康諾。」班尼亮出刀刃讓康諾看了一眼，接著才收回手腕處，把刀拿在手上。

「你要我說什麼？」康諾問道，他已經嚇得不知如何思考。

「說『我是操他媽的娘炮。』」

「我是他媽……」康諾停了下來，他說不出那種話。班尼大笑，似乎看穿了康諾的心思。

「操他媽的！」班尼糾正他。「操他媽的娘炮。」

「去他的娘炮。」

班尼再次亮出刀子。「**說出來！**」

「操他媽的。」康諾的胃一陣抽緊。

「整句說出來。『我是操他媽的娘炮。』」

「我是操他媽的娘炮。」

班尼放聲大笑。「你要是想照顧好自己的名聲，最好別到處說這句話給別人聽！」他把彈簧刀收回口袋。「兄弟，我不會拿這個東西對付你啦。」他作勢要推康諾，康諾瑟縮了一下，班尼又笑了。「你要是想保住小命，最好別亂用別人在街上混的名號，他們會收拾你，今天上課到此為止。」

康諾回家時，一路反覆聽到自己說的話。*我是娘炮。我是娘炮。*到家後，他看到父親戴著耳機躺在沙發上，一隻手豎著食指前後揮動，緊閉著雙眼似乎想在黑暗中看出什麼東西。當耳機低柔的聲音突然漸大時，他手一抬，整個人順勢坐起來；在樂聲緩和時，他仍然閉眼躺著，胸口隨著呼吸起伏。

康諾把書包放在餐桌上，然後走進地下室。他在推舉椅的兩端各加了四公斤槓片，然後躺上去。他心想：*舉吧，娘炮*，但是他完全舉不動，於是拿掉新加上的槓片，用原來的四公斤推舉了幾次。

他一邊舉重，一邊想自己能說什麼話逗班尼笑。當班尼問他PAV是什麼意思時，他大可說「娘炮處女」（Pussy-Ass Virgin），但他總是事後才想出這種話。他甚至還知道法文是怎麼形容這種為時已晚的小聰明，他就是那麼娘。父親教過他一個法文說法：樓梯上的機智（Esprit d'escalier），指的是當你想到該如何應對時，人也已經離開，來不及了。能當場立即反應的孩子不必擔心肥胖、聰明或娘炮這種問題。你得有點惡毒的心眼才轉得過來；而且偶爾樂於讓別人尷尬。他不想讓別人困擾。在康諾的內心深處——其實也許沒那麼深，他知道自己娘娘腔，也許就因為如此，稍早對班尼說出那些話才不至於那麼困難。

說不定他這麼娘炮是他父親的錯。父親是個好人，但他倒也不是不准康諾回擊。上次康諾被打腫了眼睛回家，父親就說：「我准許你回手，我不會因為你回手而找你麻煩。」但康諾不想冒險，他不想留下少年犯罪的紀錄，不想被禁足或受到更糟的懲罰。他考慮的是自己的長久紀錄。康諾不想毀掉就讀好高中、過好日子的機會，他需要老師和校長都站在他這邊。他想要離開這一帶，沒錯，他馬上就會領到獎學金進曼哈頓名校就讀了，要遠離傑克森高地，沒有比這更好的方式。也許他是十足的娘炮，但至少他不是班尼那種渾球。

他加上剛剛拿掉的槓片，心想，舉吧，他媽的，接著他竟大聲說了出來，這話就像加入新俱樂部的通關密語。父親沒跑下來查看他是否傷到了自己，因為父親戴了耳機，什麼也聽不到。

娘炮，他心想，操他媽的。

25

她醒來時艾德已經在整理車庫，而且把不少東西放到後院，看起來和隔壁鄰居家相像到讓人無法忍受。在這個五月大熱天的早上，艾德滿身大汗。

「我帶康諾走喔。」她說。

「好。」

「你真的不想來，確定嗎？」

「我有點忙。」他指指一整堆雜物。她有些內疚，覺得自己不該把兒子帶走，無論丈夫想做什麼，孩子說不定都幫得上忙，只不過她沒辦法再次獨自一人去看房子。

康諾坐進車裡，搜尋到收音機的音樂臺，把音量轉大。

「妳為什麼沒要我把音量關小？」

「聲音又不大。」她說。

「爸爸開車時都不讓我把音量開大，他說他需要專心。」

「我不介意。」她一手握方向盤，掄起另一手的指頭敲打車門。她開車上班時聽過這首曲子。康諾微笑地看著她，愛琳覺得自己總算有這次機會可以取代艾德，成為兒子的最愛。這孩子一向黏父親，她懷疑這是因為兒子出生沒多久，自己就返回工作崗位的結果。問題應該不只在於她經常不在家，同時與她晚餐過後如打卡似的，把和朋友通電話聊天當第二份工作看待有關，但她現在認為這與空間的需求也有關，如果他們搬家，她便不會如此頻繁地講電話，可以變得更像兒子的理想母親。

「你爸爸心事很多。」她寬宏大量地說。

「他是世界上最容易發脾氣的人，開車時一定雙手抓住方向盤，什麼話都不能跟他說。」

想到艾德和她初見面，開車接她時，會一隻手的手肘靠在車窗邊，像電影裡的帥哥耍帥。

「你不知道當大人的感覺，」她說：「隨時都要動腦筋。」

「離收費站還有一公里，他就堅持要我把零錢準備好，真的很奇怪。如果我沒把錢數好拿在手上，他還會發脾氣。過收費站時，他還會像投球一樣，用力地把錢丟進繳費箱，笨手笨腳的。他到底是怎麼了？為什麼這麼怪異？」

她不是沒搭過艾德開的車，他不像是在開車，倒像是在動腦部手術。「所有的父親都一樣，偶爾會有奇怪的表現，」她說：「別想太多。」

「可是那讓我好尷尬。」

電臺正好播放他喜歡的曲子，他搖頭晃腦，抬起雙手拍打儀表板。

「我需要你的意見，」她說：「我看了太多房子，已經不知道該怎麼想了。」

「爸爸呢？他怎麼說？」

「到目前為止，你爸爸和我對是不是要搬家的看法還不一致，」她說：「在這件事上，我要請你當個大人，如果我們真的找到了喜歡的地方，我要請你先別說出來。」

「沒問題。」

車開到中央公園大道時，她感覺到自己用力踩下油門。車裡有種嶄新的氣象，現在她有個同謀，氣氛不同了。她開車比艾德自在，能夠欣賞兒子喜歡的音樂，在高速公路上也能稍微加速，而且接近收費站才開始數銅板。愛琳有足夠的精力改變自己的生活，將丈夫從洞穴裡拉出來，讓全家人擺脫即將吞噬他們的深淵。

＊

葛羅麗亞以雙臂擁抱的儀式接待康諾，看到愛琳的兒子似乎格外高興。愛琳一開始以為這只是仲介人員的標準伎倆，後來才想到她為什麼如此興奮。康諾的出現，表示他母親的買房計畫不只是幻想。

「我幫妳找到了一個完美的地方，」她說：「優雅得不得了。價格比妳的預算稍微高一點，但不會高太多。我希望妳能考慮一下，這是這筆預算能買到的最佳選擇了。」

他們開車順著帕瑪路往楊克斯的方向去，沿路經過好幾棟宏偉的大樓和枝葉茂密的公園，不多久便轉個彎。她對這一帶的地理位置預先做過研究，知道這裡算是布隆克維的邊陲，地址有布隆克維的郵遞區號，學區則是在楊克斯。但既然康諾在這個春天就要就讀市區學校，學區就不是問題。她看到一面難以分辨是驕傲或是防備的立牌，上面寫著：「西勞倫斯公園」。

這一區相當看好，新舊房屋夾陳，優美的弧形道路兩旁各有一排老橡樹。她看到濃密的綠蔭間有一棟都鐸式灰泥建築，不但有從前停馬車的小屋，甚至還有一片曾作為網球場的空地。彎進一條相對寬敞的街道後，路面平坦了點，房子雖然較不隱蔽，但仍然高過路面，顯得莊嚴。他們停在一棟灰色的殖民式建築前方，這地方的樹籬沒有修剪，正面的門柱從門廊往上延伸到二樓，車道兩側有石柱，通往正門的步道一旁，有座騎士拎著燈的雕像，在長年曝曬下，雕像的紅外套出現裂縫，而且褪成了粉紅色。房子的建築年代應該是在一九五〇年以前，但施工良好，而且比她上週看的所有房子要大上兩倍。愛琳心中充滿了期待。

葛羅麗亞帶著他們從車道走向通往後門的臺階。露臺的紅磚冒出青苔，四周的石牆上長滿植物，像是茂密但雜亂的英式花園。露臺後方臨著一片布滿石頭的斜坡，石頭上覆蓋著長春藤，而坡頂則是幾棟從另外一條街進出的住家。

廚房看似經過擅入者一番蹂躪，櫃子門沒關好，壁紙鼓起，地磚上蓋著一層髒兮兮的塑膠布，後半部的每一個空間——包括廚房、儲藏室和餐室——都和地下墓穴一樣陰暗。但她看得出來，只要天氣好，光線就能穿透進來，加上若她能修剪後院的花草，在餐室鋪上淺色地毯再加一盞搖曳的吊燈，以後想要在這裡舉辦餐宴並不困難。起居室的光線明亮，旁邊是鋪著地磚的門廳和大門，一排有扶手的樓梯從這裡通往二樓。這座樓梯的第一個轉彎平臺處，有另一道小樓梯通向可以用來當閱覽室的房間，再過去的空間有一排窗戶和固定式書櫃，日後可以讓艾德當書房用。

葛羅麗亞走向前門，誇張地大力拉開雙開的兩扇門，光線立刻流洩進來。站在前門口往左看是前門的門廊，但木頭欄杆已經腐朽。愛琳看到門前彎曲的車道通向帕瑪路，這條進城的主動脈，為這棟房子帶來讓人刮目相看的郵寄地址。

愛琳站在門廊上，想像賓客拉開鐵欄杆大門，順著蜿蜒的步道走進來。想到大家朝著她走來，和那些等待客人、擁抱、遞酒、端蛋糕、送禮物的美好時光，愛琳既興奮又激動。她轉頭看到康諾站在起居室裡看著窗外，輕柔的光線正好照在他身上，讓他看起來像是幾世紀前貴族兒童肖像畫的主人翁。搬家後的歲月，會是他未來人生的重要歷程。她在不知不覺中已經做出了決定。她必須盡快保留住自己在想像當中的人生形象，在那個人生中，艾德快樂地在書房裡勤奮工作，將想法轉換為嶄新的理論，而她會是雍容的女主人，帶領受人敬重的一家人。這棟房子將是他們一家三口人生第二幕的背景，康諾陷入沉思的眼神，是她最好的保證。

「妳覺得怎麼樣？」愛琳飄飄然地走進屋內，葛羅麗亞矯情地問她。她時機掌控得宜，堪稱是大師級仲介，重點是她根本不需要答案。葛羅麗亞像新郎領妻子進新房似地，帶著愛琳母子上樓。

「我先帶你們看幾間臥室，」她說：「主臥室留在最後。」

她帶這對母子走進一間吞下康諾現在的臥室後還留下偌大空間的臥室。

「這間可以當你的臥室。」愛琳說。

「太棒了！」他衝進房裡，像貓在巡視領域般地檢視房間，先拉開櫃門再關上，接著躺在房間中央，盡可能地伸展四肢。愛琳看兒子這麼興奮，忍不住笑了。

「好了，」她說：「可以起來了。」

「沒關係，」葛羅麗亞說：「他當然會興奮。」

「這裡連飛機都能降落了。」他說。

「大概只有直升機才可能吧。」葛羅麗亞也認同。

「的確，這房子是夠大。」愛琳小心翼翼地說。這地方的售價到底比她預算「稍微」高多少？這可能又是戲弄，只不過這次的主謀換了人。

「妳連主臥室都還沒看。」

「我有點擔心價格的問題。」

「妳的預算是四十萬，」葛羅麗亞說：「最多五十。」

「五十是到頂的價格了。」愛琳說。

他們已經來到走廊上，放低音量說話。

「房價是五十六萬。」

「這個差距不小。」愛琳想藏住心裡的驚慌和失望。

「假如妳想到屋子整修好之後可增值為七十五萬，妳就不會這麼想了，而且七十五萬是最基本的價格。」葛羅麗亞帶著一絲不耐的語氣冷冷地說，彷彿她們討論的是藝術品，談價格太不上道。「但這房子不是沒有缺點。」

「缺點？」愛琳說。

「不見得會影響交易。你丈夫手巧嗎？」

她想起家中車庫裡的工具散落一地，以及艾德想用整修過的房子吸引她繼續住下去。他對居家修繕的所有知識都來自自學教材，但是無論他想研究什麼，最後總會得到不錯的結果。「如果我拿得到博士學位，」有次家裡走廊的電線短路，燈不亮，他當時就誇口說：「我就能弄懂怎麼修理故障的電線。」而且他也成功辦到了，但雜務耗費太多精力，整修之類的大工程總是讓他筋疲力盡。

「他手還算巧。」她說：「為什麼這麼問？」

「這棟房子之前賣了超過一年，後來下架又重上，屋主降了價。」

「有什麼問題嗎？」

「會淹水，而且問題讓人一個頭兩個大。首先是房子蓋在坡谷因此會積水，而且地基是石塊，後方也是石塊，所以水全往裡頭灌。此外，去年冬天水管爆裂，地下室災情嚴重，有很多地方要拆掉重做，而且還不能保證不會再次淹水。加上過兩年屋頂又該換了。整修要花不少錢，但如果你們自己能修繕，還是很划得來。」

「我丈夫做得到。」她說。

這對艾德也是好事一樁，他可以透過勞動減輕壓力。她能想像他穿上T恤、牛仔褲喝啤酒，伸手抹掉額頭的汗水，把棒球帽插在褲子的後口袋裡。

「我們去參觀妳的房間。」葛羅麗亞說。她們讓康諾留在房裡，繼續往前參觀兩間不大不小的臥室，一間裝潢了成套的燈光、鏡子和水槽，猶如更衣室般的浴室，以及隱藏在鑲嵌玻璃門後的一間獨立廁所。

主臥室套房裡的衣櫥和她現在家中的客房一樣大。她幻想自己坐在臥室的角落，和樓下同樣的光線照進來，差別只在於少了樹木的遮蔽。在這樣的光線下，任何人都會忘了哀傷。

最近幾年來，他們的臥室裡多了一種實驗性的心態，兩人探索彼此的身體，似乎進入生命的另一個新階段，必須互相認識。她需要光線來玩樂，來發掘新感受。如果能在白日亮晃晃的光線下赤裸相對，也許雙方都能有所收穫。

牆上的壁紙失去了原有的平整，看得見外凸的氣泡和接縫，天花板上的污漬和角落也得好好處理。要恢復臥室的原貌，時間和金錢同樣得花不少心思。

愛琳走到窗邊。她聽人說過郊區的生活單調，但是她不相信如果住進這棟房子會有感到日子無趣的機會。如果寬敞的空間和光線還不足以證實她往前跨了多大一步，若還有任何一絲不確定的陰影飄過，她只需要拉開窗簾凝視無人的街道，等待下一輛車子從街角開來就好。車與車之間都有相當的距離，她感受到逐漸湧現的安寧：除非一般人特地來訪，否則不會到這裡來；除非有留下來的特殊理由，否則也不可能長住。

「依我看，妳很喜歡這裡。」葛羅麗亞說。

「沒錯，」她輕聲說：「我是很喜歡沒錯，只是在傷腦筋該怎麼找出預算。」

她從幻想中醒過來，這個咒語瞬間打破了她的白日夢，但是她不捨得放手，要自己記住這裡所有的細節。

他們不可能投下這麼大的支出比例，月付額會更高；此外，他們也不可能立刻完成她想要的整修，要循序漸進。這表示他們在接下來的日子裡必須節儉度日，不能去餐廳享用美食或欣賞演出。

「你覺得怎麼樣？」葛羅麗亞問康諾。

「我們可以在車道上裝個籃框嗎？」

真是單純的孩子，愛琳想到：擔心的事和大人完全不同。

「沒什麼不可以的。」

「有人很興奮喔。」葛羅麗亞說。

「我也很興奮，」愛琳說：「但是我們要說服的對象是孩子的父親，告訴他房屋的結構扎實，缺點可以修繕，支出在掌握內，我覺得這是我們理想的房子。」

葛羅麗亞拍著手，說：「就是要展現這種精神，除非情況特殊，否則你們沒辦法用這個價格買下這棟房子。」

他們走下樓。葛羅麗亞指出幾處愛琳稍早沒看到的積水痕跡，隨後帶他們走到房子的管線間。愛琳仔細觀察葛羅麗亞讓她看的每一處地方，但她盡全力不去記住這些景象。康諾戳了戳一塊腐朽的表皮，然後拉開來，愛琳強忍住火氣才沒責罵兒子，但老屋面臨的種種問題，像是從水下傳出的聲音。她在該點頭的時候點頭，不悅的時候便拉長臉，又在葛羅麗亞進車庫檢視房子泡過水，而且很可能坍塌的擋土牆時，大嘆了一口氣。她決定讓這些地面下的細節維持不見天日的面貌。這些事等到有空再處理就行了，目前的重點是遮住自己的眼睛。這棟房子的地基可能正在腐爛當中，但是暴露在外的部分足以趕走任何疑慮。

「要修繕的工程不少。」葛羅麗亞說。

「我們辦得到。」愛琳轉頭對康諾說：「你爸爸做得到，你覺得呢？」

「不可能吧。」

「他只是不想和整修沾上邊，」她告訴葛羅麗亞：「但是他們辦得到，我有信心。」

「妳說了算，媽。」

「要不然我們可以算你打工的薪水，你也該自己賺零用錢了。」

「有些事他沒辦法自己做，比方我剛才提過的屋頂。屋頂還可以撐一段時間，但電線舊了，可用的電流安培不夠，可能會跳電；另外還有些電源插座故障。我嚇到妳了嗎？」

「我正在聽。」

「水管和通風管都包著石綿，所以不太可能變賣，地下水箱也一樣。」

「我擔心的不是賣的問題，而是該怎麼買新的。」

「火爐周圍會積水。有部分工程得花不少錢，但還好淹水沒留下霉斑。我們所能知道的大概就是這樣了。」

「看來，我們需要請修水管和修屋頂的專家。」

「還要有萬事包的承包商和水電工，」葛羅麗亞說：「再加上願意配合的丈夫。」

「幾個插座暫時不用沒關係；但若沒這棟房子，我真不知該怎麼活下去。」

回家途中，他們停車加油。愛琳去付錢時買了幾張刮刮樂，用銅板刮開後，兌換了兩包奶油小蛋糕。她從來沒想到自己會做這種事。眼看沒中獎，她又加碼買了五張，其中有兩張刮出「再來一張」，結果全部落空。她另外買了五張刮刮樂回家，外帶第三包奶油小蛋糕和康諾在車子裡吃，回程中，孩子完全沒察覺她心裡一片混亂。

愛琳打心底覺得焦慮，一邊開車一邊玩弄電動窗的按鈕。把車停到家裡的車道後，她看到艾德用一條好好的床單蓋在車道上的某樣工具上，還用煤渣磚壓住床單的邊角，而且車庫門也是關上的。她看到淨白的床單，突然覺得心寒。

艾德坐在書桌前，門廳和他的書房相鄰，中間隔了一道玻璃門。通常她聽到有人開門進來，都會高興地轉動椅子迎接，但這天卻是例外情況。「我們回來了。」她說道。她沒聽到艾德回應，於是走進去站在丈夫身後。他正在計算學期成績，考卷和報告凌亂地放在桌上，只有少數堆成一疊。他邊計算分數，邊在筆記本上記錄。她從來沒看過艾德用這麼精確的方式計算成績，他把每個學生的姓氏和考試期數寫成一列。愛琳看著丈夫一絲不苟地檢查他寫在考卷上的數字。這耗費了雙倍時間，而且這種差事他通常靠記憶就能做到。

愛琳伸手搭著丈夫的肩膀，沒想到他嚇得差點跳起來，但並沒回頭看她。

「妳搞什麼？」他怒氣沖沖地說。

「我不是故意要嚇你的。」

「我算分數的時候別來吵我。」

「這規矩是從什麼時候開始的？」

「我不想搞砸。這個班級人數很多，過去幾天我打了太多分數，都有點頭昏眼花了，妳應該可以想像。我不想算錯，這些東西看多了像是會出現幻影。」

「床單是怎麼一回事？」

他摘下眼鏡，通常他要認真思考時都會有這個動作，但接著他卻垂下雙肩。

「什麼床單？」

「外面那條床單。」她說道。

「我想把東西留在外頭。」

「那你為什麼要拿好的床單？」

「好的床單？」

「你可以用別的布。」

他把鉛筆摔向桌面。「那有什麼差別？」

「你拿的是我用來鋪床的床單，櫃子裡大概有十條舊床單可以用。」

他猛然轉過椅子，她本能地往後退。艾德脹紅了臉，嘴角扭曲。「我拿了放在最上面的床單！」這時他站起來了。「我沒時間研究床單是新的還是舊的，只不過是隨手拿一條而已！」他開始大吼了。「我拿了放在最上面的床單！」他抬起手來，不知是想打她還是想咬手。「一天到晚都有人經過我們家，他們會東看西看，我必須把所有東西都蓋起來！」

她本來不打算追究，但這下子不得不問：「那你為什麼要把東西留在外面？」

「我不想再花時間重組，」他說：「這樣可以嗎？該死！該死！」

她沒說話，心裡只想著康諾不曉得會不會聽見。

「對不起，」他說：「為了算這些分數，最近我壓力很大。這些孩子不好教，年輕的一輩根本不懂什麼叫尊重。太可恥了。」

「你在說什麼？出了什麼事？」

「事情是，」艾德說：「最近我太忙，沒辦法集中精神。」

愛琳想弄清楚丈夫的意思，因為她覺得他有時候根本什麼事也不做，所以才會有一疊沒登錄分數的考卷，但她忍了下來。

「分心之下，我算錯了幾個分數，結果學生大鬧了一場。就這樣，現在的孩子覺得要什麼就該立刻得到，你說你會重新檢查分數，他們堅持不肯等到下一堂課。他們瘋了！我喜歡慢慢處理，審慎思考。可是一堆人擠到你的辦公桌前面，你就是辦不到；尤其他們說話又那麼莽撞，那麼沒禮貌。」

他說的話好奇怪。艾德是系上最受歡迎的教授之一，尤其他對分數的要求並不嚴苛。學生喜歡和他一起研究，在他面前證明自己，他對學生的信任也讓他們更有自信。他這種個性有時讓愛琳想殺了他，因為她不相信那些學生值得他這樣付出。

從櫥櫃裡拿出一條舊的麻質床單後，她到車道上撿起壓住床單的煤渣磚，看到蓋在下面用五公分乘十公分粗細角材組成的不規則架構，看不出究竟是裝飾還是結構，但最像的還是一堆營火用的木料。

有好幾次她請艾德移動一些沉重的工具，她以為這回他會拿出來，結果仍然沒有，車道上只有這堆讓人摸不著頭腦的東西。她換下完好的床單，改用舊床單，為了不讓丈夫看到，把換下的床單摺好後，她便快步往回走，她偶爾在地下室裡受到驚嚇，以為有什麼東西向她接近時，就是用這種方式走路。

她邊走邊想該對艾德怎麼說，隨後決定讓時間決定一切。如果他明天早上發現床單換掉了——他一定會看到——那麼他只好自己去處理妻子弄亂的角材排列。

＊

愛琳醒來後，發現床上只有自己一個人。她踩著不穩的腳步走進起居室，看到艾德書房的燈還亮著，丈夫俯身靠在書桌前，似乎是連續坐了好幾個小時，連背都給累駝了，頭髮也是一團亂。桌燈散發出高熱，汗水的味道、舊書陳腐的霉味融合在一起，書房反而像是溫室。

「上床睡覺了。」她說。

「我在工作。」

「現在是凌晨三點，來睡吧。」

「我得先把這個做完。」艾德的聲音虛弱，像是坐著就睡著了，但語氣中有種怪異的警覺。他的雙眼凹陷，黑眼圈明顯，像個熬到齋戒尾聲的人。

「不能明天再完成嗎？」

「不能。」

「我看看。」她說。

她靠上前去，他身子一歪擋住她的視線，但她仍然看到書桌兩側各有一疊紙張，中間有個計算機。她拿起一疊考卷翻看，每份考卷的第一頁上都有分數，這就怪了，因為如果艾德不是在批改考卷，那他是在做什麼？她放下考卷，無視他的抗議，拿起實驗報告，同樣地，這些報告的右上角都有圈起來的紅色數字。

「這些都打好分數了，」她問道：「你為什麼不去睡覺？」

「我還在工作。」

「還有成績要算？」

「對。」

艾德用雙手遮住書桌上的筆記本，她看到這就是稍早寫了名字和數字的本子，但旁邊還有另一本筆記本。

「那是什麼？」她指著第二本筆記本。

「妳別來煩我好嗎？能不能回去睡？我做好就會去睡覺。」

她推開艾德的雙手，拿起第二本筆記本。上面寫著和第一本同樣的名字和數字。

「這是怎麼一回事？」

她看著考卷回答自己的問題，本子「考試」欄位上的數字，和學生在考試得到的成績相符。他用來加總成績的本子攤開放在書桌遠端。她拿起成績本檢查，果然她的預感沒錯：成績本上面沒有數字。他擔心犯錯嗎？這些學生究竟是多莽撞，連像他這麼卓越的老師，都得為了不可能出錯的算術問題工作到深夜？她應該休息，好平息一開始就影響他信心的心理打擊。在睡意侵襲之下，原來不值得一提的小事也會變得嚴重。

「我來幫忙。」她小心地沒說明自己要幫他什麼忙，而且訝異地發現丈夫立刻棄守，並沒堅持。她拿起桌上的考卷，帶他到餐桌旁。「你拿成績本，」她說：「我報分數讓你記下來。」

他拿著筆，準備開始記錄。她拿起第一份考卷。愛德溫．阿瓦雷茲，八十四分。她迅速翻看下面幾頁，確認加總計算正確。沒錯，的確是八十四分。這可能是艾德看到成績會為之驕傲的孩子，一個來自街坊的年輕人。

「好，」她說：「愛德溫．阿瓦雷茲。」

「等一下！」艾德突然慌了手腳，「等等！」

他站起來衝了出去，她還來不及跟上，便看到他拿了把長尺回來。他端正坐好，把長尺移到愛德溫．阿瓦雷茲的欄位下面。看他這麼緊張，愛琳笑了出來，但艾德可沒笑，甚至連頭都沒抬，似乎以為眼前的名字在眨眼間就會消失。

「好，」他說：「開始。」

「愛德溫．阿瓦雷茲。」

「愛德溫．阿瓦雷茲。」他猶豫地重複一次，像是在比對名單上的其他名字。這只是第一個名字，這樣做確實奇怪。

「考試成績八十四。我們現在只登記考試成績。」

「對，」他說：「只登錄考試成績。」

「好了嗎？可以繼續下去了嗎？」

「八十四分嗎？」

「沒錯。」她咬著舌頭說。丈夫的反應固然令人不安，但現在不是討論的時候。她得讓兩人都回去睡覺。

「好，」她說：「露西．亞瑪托。等我一秒鐘。」

愛琳翻閱考卷，心算加出總分，她知道半夜三更做算術有多惱人。這次艾德還是沒算錯，她知道重算是多餘的。這種事在結婚時早已成了定局，他的習性有時幾近固執，如果放任不管，可能轉變成障礙，或者情況也可能更糟，比如他也可能花心或嗜賭。

艾德找到了亞瑪托女士的欄位，長尺迅速移到她本學期的成績欄下面。

「七十三。」她說。

「七十三。」他原本絕望的聲調已經消失了。她雖然疲倦，但能和丈夫一起工作仍然讓她感動，這遠勝過敵對，說不定她還能把房子的事情說出口。

他們登錄了整疊成績，她唸出學生的名字，他拿著成績本查找登錄。發現丈夫的算術正確無誤後，她檢查加總數字的速度越來越快，像喊出賓果遊戲號碼一樣地唸出數字，他在填寫之前會重複一次；他確認的語氣越來越高亢，而她再次確認的語調讓她覺得不太自在，像個老師在和學生說話。他們順利地登錄了所有分數，艾德的注意力完全沒有渙散，移動金屬長尺猶如雷射一樣準確。他冒著汗，在她心算時停下來擦拭額頭上的汗水，但眼睛沒有離開成績本。

最後一個名字是亞拉什．札黑達尼，正好也是得分最高的學生，九十七，這個讓人愉快的巧合，可以讓艾德帶著好心情上床睡覺。時間接近凌晨四點了，離她起床上班的時間沒剩幾個鐘頭。她知道自己太清醒，不可能再睡著，但是她還是可以躺下來讓肌肉休息。隔天是醫院的大日子，醫療院所評鑑委員會要到中北布朗克斯醫院視察，一如往常，這些督察會很棘手。她帶領的人員準備周全，問題是她自己睡眠不足，得比平常努力才能有正常的表現。為了迎接這些督察，她前一週加班到筋疲力盡。上週五有十名護士請假，她準備開除其中幾個，因為她們應該很清楚不該在週末前夕請假。由於人手不足，她不得不親自去處理一群幫派份子，這些人在探病時間過後衝進醫院，要求進入加護病房探視胃部中彈的兄弟，這一夥有十來個人推開警衛，衝進大門，大剌剌地往病房裡走。她跑過去攔住他們。「你們不能進來，」她說：「可以明天再來探視。」其中有個人問：「妳不怕我們嗎？這位白人女士？」當時她已經沒力氣害怕了。警衛和兩名後備保全人員趕了過來，三個全是黑人。如果那些混混不趕快退下，警衛隨時會掏槍，誰知道到時候會出什麼事？她是加護病房中唯一的白人。警衛要對方離開，那群人當中有個年輕女孩，她一定是傷者的女朋友，手裡還抱個嬰兒。她懇求地看著愛琳。「我一次放幾個人進去，」愛琳說：「我們彼此尊重，然後你們明天還可以回來。我向你們保證院方會好好照顧他，這件事就到此為止。」保全人員的態度軟化下來，要那群幫派份子靠牆邊排成一列，而她也看到帶頭的傢伙安撫每個人。他看了愛琳一眼，像是在說：女士，妳很上道。儘管這個眼神出自一個街頭混混，但當中對她的認可仍然讓她心頭一震。下次艾德若是為了荒謬的小問題近乎瘋狂地大做文章，她會希望讓那個年輕人可以在丈夫面前用那種眼神看她。比起艾德微不足道的不滿，那個眼神更有生命力。

她本來想見好就收，但突然覺得應該更謹慎一點。「我們再檢查一次分數。」她說道，而且從艾德的神色看來，他本來就打算再來一次。

「我們交換，」她說：「我順著欄位唸，你報分數。」

艾德欣然接受新的分派，於是兩人開始檢查考卷。到了倒數第四份，也就是湘塔．華盛頓女士的考卷，她要艾德重複他剛剛報的數字。

「八十六。」他說。

但是他剛才登錄了六十七分，這是梅爾文．托瑞茲的分數，而他在成績本上恰好列在湘塔的上面。

「等一下。」她抬頭看著他手中的考卷，這時的陽光已經逐漸鑽進外頭的空氣中了，然而光線上不像凌晨的先鋒，反而像是殘留的暮色。

「什麼？怎麼了？」

「我只是想看一下。」

「我剛剛說過了，」他說：「八十六。」

「親愛的，我剛剛也聽你說八十六。」她的喉嚨好緊。「我只是想再確認一次。」

「有問題嗎？出錯了嗎？」

「我改個東西就好，」她說：「等我一下。」

她伸出手想拿筆，但他拍住妻子的手。「什麼事？」他冒火了，「到底怎麼了？」

「列在湘塔・華盛頓上面的學生分數重複，」她照實說：「就這樣。我把分數擦掉，填上正確的就好。」

「可惡！」他舉起雙手，「老天爺！全錯了！全都錯了！」

「你等一下，我先改這裡。」

「不必了，」他說：「改一個地方有什麼用？」

「這只是不小心弄錯，」她說：「你登錄到上面那行的分數。時間很晚了。」

「對，對，」他不屑地說，「很晚了沒錯，現在讓我把事情做完，之後我會去睡覺。」

他拿走成績本而且蓋上，抬起手揉了揉眼睛。

「還差三份考卷就對完了。」她說。

「沒關係，」他堅定地說：「我們對完了。」

早知如此，她默默地把分數改過來不說就好，或趁他入睡後再偷偷來改，如今她只能說服他不要熬夜。

「如果對完了，」她說：「我們就去睡覺。」

「我會馬上回房間。」

「現在就走。」

「我說我會馬上回去睡覺。」

「你需要睡眠。」

他重重地捶桌子。「我想睡的時候就會回房間！妳究竟要我怎麼說才聽得懂？該死的，別煩我好不好？」

她用力抽走他手中的本子。「別和我說話，」她慢慢地說，冷冰冰地看著他，「一個字都別說。」她翻開登錄分數的頁面檢查最後三個數字。威特克，七十三。威廉斯，五十八。札黑達尼，九十七分。她再次檢查考卷，然後啪一聲合起本子。

「好了。」她說：「都正確。我要上床睡覺了，要不要留下隨便你，反正我都不在乎。」

沿著走廊走向臥室時，愛琳不由自主地握起了拳頭。她已經在丈夫身上浪費了太多時間，還可以想像他整晚耗在書房裡反覆檢查數字的模樣。

她躺在床上數起羊來——這是她長大以後第一次這麼做，而且還沮喪地咬著枕頭。她聽到艾德踏在走廊上的腳步聲。愛琳轉過身背對著丈夫，艾德靠著她躺下，而她則是盡可能地靠向床邊。這種時候，就算是不小心的碰觸也會引爆怒火，害她得去沙發上過夜；而且此時努力想睡也失去了意義，她會躺到要起床洗澡時才起來。

她感覺到床鋪輕微地震動，但一直到震動越來越厲害才注意到聲音。雖然艾德掩飾得很好，但彈簧的震動和隨之而來的悶聲喘氣洩漏了他的舉動。她一開始沒辨認出來，因為她從未想像過艾德是那種會哭泣的男人。這和大男人的姿態無關，只是他從來不哭，連他出席他父親的葬禮也一樣。

她慢慢地轉身，嘗試著靠過去，完全猜不出碰到丈夫時，他會有何反應，難保他不會像困獸一樣，以暴力相向。兩人現在處在新的局勢當中，規則自然與以前不同。

她逐漸靠向他，確認丈夫沒有反應後才伸手碰他的肩膀，心想自己大概會被推開。看到艾德沒有抗拒，她才安慰地揉了揉他的肩膀，沒想到他哭得更厲害。她整個身子貼住艾德，他順勢往後靠。她用另一隻手攬住他，緊緊地抱住他。她發現自己把丈夫當成孩子似地摟住。過去她一向不喜歡用這個姿勢安慰他，擔心這會降低自己對他的吸引力，但當下她壓根沒想到吸引力這回事，她抱著哭泣的丈夫，柔聲安慰他，終於讓他慢慢緩和了下來，轉身把頭埋在她睡衣的前襟。

就算他自己不知道，她也能懂，這就是老化。她自己也有相同的感受，然而她明白這對男人而言有所不同，他們連掉頭髮或腰痠背痛都會驚慌。女人對死亡和老化有較為健全的心理準備，尤其是為人母者，在分娩的過程中已見證過生死之間只隔著一條線。愛琳本身是護理師，看過太多在她長期照顧下的熟識病人過世；而艾德教的是解剖和生理學，他的領域是死亡的博物館，而不是親臨前線。他對分數登記錯誤的事反應過度，但面對中年危機，哪種反應才叫作合理的反應？這些反應不都有些荒謬嗎？

他們正要展開人生的下一個階段，她並不害怕。**來吧**，她心想，**我會好好照顧他**。

艾德哭得太累，沒幾分鐘就睡著了；而愛琳在鬧鐘響起時仍然清醒。她梳洗更衣時，他依然沉睡；出門前，她先把書桌上的文件整理好。

醫療院所評鑑委員會派了六名督察來考核，愛琳和其他幾名主管到會議室裡做簡報。她對這天早上比平常花了多一點時間梳妝打扮的成果很滿意，而且她身上的灰色裙裝夠合身，讓她兼顧了專業和魅力——因為評鑑委員會的督察以男性居多。

事實上她累壞了，但她有十足的信心，她帶領的人手都有充分的準備。她為這些護士做了一整年的演練，訓練她們如何回答問題，她們知道所有關於藥品、器材、專業知識和病患護理的最新準則。讓她心煩的是，督察對病人所提出的問題。通常病患說的都是好話，但只要有一名病患表示不滿，委員會便會追根究柢。「服務怎麼樣？」「糟透了。」「你的病房呢？」「髒得要命。」「你有沒有及時拿到應該服用的藥物？」「我要找人的時候，身邊永遠沒半個人。」

她說明護理工作的流程後便坐了下來，努力在其他主管簡報時保持清醒；結束後，幾名督察放他們離開。

在沒有得到允許之下，愛琳不能跟著這些人到處走動，這讓她覺得自己宛如罪犯，她的職務岌岌可危，而嚴格的規範是最高優先。這些刻板的督察對工作絲毫沒有幽默感，像納粹衝鋒隊員一樣四處偵察；走進實驗室裡確認所有器材乾淨而且放在該放的位置，檢視醫院裡每一份表格，像律師審視起訴書找破綻似地仔細翻閱文件，詢問醫護人員的態度毫不馬虎。沒有人知道他們要多久才會離開，說不定三天，說不定要花一週。

經過愛琳的密集訓練，她帶領的人員應該連記者會都擋得住，可惜計畫之外總是有意外。有位督察在探訪病人時發現了一瓶過期的生理食鹽水，這讓其他人開始挖掘，結果在一臺放藥品的送藥車裡找到過期藥品。用過期品是會惹出人命的，你可以訓練所有護士說出正確的回答，但督察若是在排列整齊的五十種藥品中找出一樣過期品，那麼幾週以來的訓練無疑功虧一簣。一臺故障的送藥車沒依照規定鎖在儲藏室裡，當然了，他們不會說出是在哪裡找到這樣東西，只說東西沒放在該放的地方。這傷害了愛琳，她一向以保持急診室的精準運作為傲，在她管事的醫院，沒有任何心臟病突發的病患，會因為送藥車上沒有該有的藥品而送命。如果送藥車不在該在的位置，那麼上面放什麼東西根本不重要。

這天下班時間，幾位督察在離開前給她一張清單，上頭有太多事項足以危及她的職務。他們給她一個在隔天早晨改進的機會。事情很簡單，只要改正幾個事項，包括換掉過期藥品和生理食鹽水，把送藥車歸回原處，但這份清單同時也表示委員會已經盯上她。如果她熬得過來，中北布朗克斯醫院便能恢復原有的名聲，然而這幾件事並不容易，他們像一群不願讓院方通過關卡的團體。這一週會過得很漫長，然而醫院的一切仍得照常運作。人照常生病，心臟病突發不會暫停，甚至還有個孩子玩煙火炸斷了手掌。

在開車回家的路上，她等紅燈等到睡著，在她把車子停回家中的車道時，她看到艾德用床單蓋住的東西還在原位。白天的混亂讓她忘了這件事，她走過去拉起床單一角，看到下面的東西還是原封不動，愛琳的活力耗盡，無法再放過艾德的自尊，於是她一把扯掉床單，如果他要的真是營火，那麼他得找別的方法驅魔。她把所有的角材收起來丟進垃圾桶，木料參差地豎得老高，愛琳把垃圾桶拖到路邊彎道，準備隔天讓清潔隊當垃圾收走。艾德看到一定會大發雷霆，其實這正是她這麼做的目的，疲憊讓她嚴格地對待丈夫。昨晚他的脆弱和她的溫柔似乎是去年的事了，她幾乎想不起來，那就像一場夢。這簡直太愚蠢了，她怎麼能那麼放縱他？

她走進屋裡，看到他又俯首在桌前整理前，一晚沒檢查過的實驗室報告。這像是一場不斷重播的影片。

「我把你那堆角材丟到路邊去了，」她說：「希望你別再把後院堆得像垃圾場一樣。」

「好。」他頭也不抬地回答。

「就這樣？說聲『好』就沒事了？你不發火？沒要我別亂動你的東西？」

他像是沒聽到似地繼續工作。她聞到他身上古龍水的味道。謝天謝地，艾德沖過澡也換上了乾淨的衣服，但是他下班後沒沖第二次澡，通常若沒再沖個澡，他會覺得自己不乾淨。

「你本來到底想做什麼東西？」

「我不知道妳在說什麼。」他坐在旋轉椅上轉過身來，臉上的表情看似他只想盡責做好自己的工作。他是那種忍氣吞聲的丈夫，面對不見得永遠體貼、明明一番好意卻不懂得婉轉表達的悍妻。

「我說的是後頭那堆東西，」她利嘴利舌地說：「你那個史前時代的小作品。」

「我真的得專心才行，」他說：「不管我做了什麼事，我都道歉。」

「你不記得你拿床單蓋住後院那堆木料？」

「記得，」他說：「我記得。」她看得出他沒忘記，但這可能是他完工後首次回想起這回事，他太過專心了。

「很好，」她說：「告訴我一件事，我就讓你熬夜工作。你打算做什麼東西？」

「什麼？」

她認出他第一步棋：假裝沒聽到好爭取時間。

「你打算做什麼東西？」

「喔，妳知道的。」

「我就是不知道才會問你。」

「反正在做東西，我告訴過妳，妳曉得的。」

「我上週六出去的時候，你說你有個計畫要完成，要整修房子。」

「對！沒錯，我在做整修房子要用的東西。」

「究竟是什麼東西？」

他的回答像是把電話交給手上有肉票的綁匪一樣，隨時監督是否有漏洞。

「嗯，是要給妳一個驚喜。」

「我什麼驚喜都不想要。」她盯著他看了好一會兒。「你今天過得怎麼樣？」

「很好。」

「沒遇到問題？」

「沒有。」

「沒有學生找你抱怨？」

「沒有。」

她猶豫了一下，接著才說出來。

「你今晚要我幫你登錄另外那疊報告嗎？」

他毫不猶豫地說：「要。」

愛琳沒力氣下廚，於是叫了外送披薩。她在晚餐過後花了不少時間沖了熱水澡，想在幫艾德處理實驗室報告之前先睡一個小時，但躺進臥室裡聞到霉味反而不想睡覺，決定改躺沙發。在這種時候，她真希望起居室裡能有臺電視。這是他們——應該說主要是以艾德的意見為主，她只是配合——一開始的立場就是這樣。結婚之初，認真說來，艾德並不討厭電視，只是不喜歡這項產品對美國人生活帶來的影響。起居室裡沒有電視，偶爾還是不方便，但好處也不少。比方客人來訪時大家會專心交談，不像在艾德姊姊費歐娜家裡，電視猶如主宰者，讓所有對話都變成沒有交集的獨白。每週日一家三口躺在床上收看情境喜劇《非常大酒店》是生活中的大事，但最近艾德對電視的控管越來越嚴格，每當她晚上想看強尼．卡森的《今夜秀》時，都會要求她關掉電視。他的思考方式越來越偏向自我而且更保守；而她則相反。在他們搬入新家後，她一定要在日後當作閱覽室的小空間裡擺一臺大電視。

她走進臥室把小電視推進起居室，只想讓自己的腦袋休息，不在乎噪音是否會吵到艾德，反正他不可能在做什麼重大研究，而且她過不了多久，就要陪他坐在餐桌前整理實驗室報告的分數。

一直到聽見艾德拍打電視，她才醒過來。

「把這東西關掉，」他說：「我還要工作。」

愛琳實在太睏，因此他的說法沒有惹惱她，只好奇事情接下來會怎麼發展。

「把電視推進去，把它推開。」

「怎麼這麼巧，這裡剛好也是我家。」她的血氣開始上升。

「把東西推開！電視害我沒辦法專心。」

她站起來，拍鬆背後的枕頭。「我們家的成員不能用這種口氣交談，我沒容許我爸爸這樣對我說話，也不準備讓你這麼做。你惡劣的態度我都記不得已經持續多久了，而且我受夠了，連一天也不能再忍受，如果你不就此打住，艾德，我發誓我會離開。我不想搞出一場鬧劇，我只會帶著兒子走人。你知不知道我有多累？知不知道我白天上班有多辛苦？因為我昨天必須熬夜幫你。如果你事事都要親自動手，那好，你自己去做，不要把我牽扯進去，我反而輕鬆。」

他重重地坐在扶手椅上看著她，炙熱的目光幾乎讓她緊張起來，她不由自主地軟化下來。他的目光足以重新燃起埋在灰燼下方的餘火。

「對不起。」他說。

「你昨天就說過了。」

「我工作壓力太大。」

「我也一樣。」她說。

「我知道。」

「你的工作什麼時候開始有壓力了？我以為教書的一個好處就是壓力不大。」

「最近不一樣了。」

「你沒用心，」她說：「我覺得你最近心思不太對，但你又不願意講開，你就是不讓我走進你心裡。」

「我面對的是新世代，」他說：「必須表現得十全十美。」

「你面對的是中年危機，」她說：「我沒有詆毀的意思，但事實就是如此。」

「我只要再撐幾週就沒事了，」他說：「我會趁暑假休養生息。我手頭有些事已拖延太久得趕緊處理。對不起，讓妳承受這一切。我很累，會出錯，連睡都睡不好，要想辦法幫自己充電。」他摘下眼鏡揉眼睛。

「這種感覺我懂，」她邊打呵欠邊說，「你什麼時候要我幫忙對實驗室報告？」

「明天是最後一堂課了。」

「去拿過來一起對，這樣我們兩個都能睡點覺。」

她在水壺裡加水準備泡茶，覺得自己像是在濃稠的液體中走動。愛琳站在爐邊，看著水滾，泡好茶才懶懶地走向坐在餐桌前的艾德。她想堅持小小的儀式，小口小口地喝茶而不是大口吞下，但她得先讓艾德冷靜下來。他的膝蓋上上下下抖個不停，有些時候他就是忍不住。

「我先喝點茶再開始。」

「好，好。」

她想讓溫暖的茶水發揮滋潤的效果，可惜失手加了太多牛奶，口味反而不對。為了保持清醒才泡茶喝不是什麼好方法，因為她經年累月地在睡前喝茶，茶只會讓她更想睡。

「開始吧。」她說。

艾德全神貫注地看著成績本，和起跑前的選手一樣堅定。她想起前一天晚上工作接近尾聲時的混亂場面，團隊合作演變成相互叫囂。如果有什麼方法，可以在接下來艾德「可能」犯錯前避免爭執就好了。他的心智在一個她沒跟上的地方，錯誤的試探無異宣告末日的來臨。她想起女人常受到的冤枉指控，生了康諾固然讓她體內的荷爾蒙有所變化，但她從不無故發飆。

這時她才想出該怎麼做，而且是唯一正確的方式。她昨晚就應該想到的，當時她按照艾德的指示，但今晚輪到她作主，然而愛琳還是有些猶豫。這做法若是出了差錯，無論為時多短，一定會引爆艾德的怒火，她能想像他可能會像在槍戰前抓到撲克牌局有人作弊一樣地翻桌。

愛琳清了清喉嚨。「我有個想法。」她想說出來，但丈夫沒有回應，明白表示他不想交談。「這樣可以省點時間，當然了，除非你有其他更好的方式，讓你來決定好了。」

他點點頭，表示自己在聽，這已經有了進步。她啜了口茶。

「我直接登記在成績本上，」她說：「我做完後你來檢查。」

「好啊。」他立刻回答。一開始她以為艾德沒聽到，接著他抬頭再說了一次。愛琳感覺到全身放鬆。她沒發現剛才自己全身緊繃，似乎準備迎接驚嚇甚或是衝撞。

「那好。」她準備拿走他手上的成績本。本來她沒打算真這麼做，但他太快放棄主導權，彷彿一直等著她接手。

她沒花多久時間就填寫好分數，這讓她差點笑了出來，她怎麼會相信這件事得付諸全心全意才能完成，其實只要填好前幾個分數，後面想錯也很難。分數欄位早已依照學生的姓氏排列，想到艾德查找字母耗費的時間，她不由得心頭一驚。

「好了。」她蓋上本子，希望他別堅持要親自再檢查一次。

「謝謝。」愛琳完全沒料到丈夫會這麼說。

「我們上床去吧。」

當晚他們熱切地纏綿，艾德似乎把壓力全灌入她的體內，但是她仍然很享受。夫妻倆已經很久沒有感受到這樣的熱情了。和他的憤怒同樣嚇人的是受到禁錮的男人的情緒。他低聲哼著達到高潮，她隨即跟上。事後，渾身大汗的兩人靜靜地躺著，艾德熱切地看著她，愛琳覺得夫妻間那道看不見的障礙已經消失，這時，她要開口說出房子的事就簡單多了。

26

週六她開車到布隆克維去找葛羅麗亞。愛琳還沒出價，但也沒興趣去參觀別的房子。然而她仍然驅車北上。看到葛羅麗亞凌亂的桌面，讓愛琳渾身不安。

「這樣好不好，我們邊走邊聊，」葛羅麗亞指著外頭，「看看這個城市。」

葛羅麗亞一走到門外便掏出香菸，愛琳沒有抗議。

「妳不介意我抽菸，對吧？」

「當然不會。」

「那好，因為我無論如何都得來根菸！」

葛羅麗亞先沙啞地笑了笑，咳了幾聲後點起菸吸了一大口。

「和妳老公說了沒？他叫什麼名字？」

不知道從什麼時候開始，葛羅麗亞在愛琳面前卸下了所有客套的形式，懶洋洋的音調中還帶著一絲俗鄙。一開始，兩個女人都刻意表現出親密的態度。儘管愛琳如今往前邁步，即將住進這個地區，但她仍然覺得矛盾，這表明了她在追求理想目標時退讓了一小步。她可以想見葛羅麗亞在這裡有多少熟人，若真有什麼打算，認真的房仲人員能帶動的力量不容小覷。葛羅麗亞似乎可以左右整個局面，對別人私事的瞭解也不亞於心理諮商師或神職人員。

「艾德，他叫艾德。」

「他准了嗎？」

「我們還沒談，他太忙。」

葛羅麗亞又吸了一大口菸，愛琳知道仲介的雙眼盯著她看。

「妳怕的是開口後會聽到他拒絕，那麼一來就斷了協商的後路，我懂的。我有相同的經驗，相信我吧。」

愛琳惱怒了，但狀況比葛羅麗亞的敘述更複雜，就算她有時間好好解釋當中的微妙之處，她也不相信葛羅麗亞這種人能夠領會。她真不明白，自己怎麼會在這個粗魯的女人面前放下戒備。

「我很快就會和他討論，」愛琳說：「而且我有信心，我們能夠出價。」

「我還有點時間，」葛羅麗亞的說法很哲學，「但不可能等一輩子。那棟房子的價格低於市場行情，若真要出價，你們是打不贏這場戰爭的。」

愛琳一直覺得光靠自己的喜愛就足以在那棟房子周圍建立起隱形的防護罩，這下子恐慌的種子生了根。她們繞了一圈，葛羅麗亞向沿路遇到的屋主、店員和幾個出來聊天的住戶打招呼。愛琳則是緊張兮兮，覺得手頭武器不足，沒辦法贏得任何人的認可。開車的感覺比較安全，要不，一個人單獨行走也比較好。

在上匝道朝布朗克斯河公園大道的方向開去之前，愛琳一直不願意向自己承認她要到什麼地方。她只是繼續往前開，想開到葛羅麗亞開車載她去的那條街上，從那裡只要轉個彎，便能通往兩側有石柱的車道。愛琳憑直覺又轉了幾個彎才看到那棟房子，她沒別的打算，只想再接近一點，確認自己對房子的感覺。

她把車停在房子前面，因為把車開上車道太過招搖。她在車裡坐了一會兒，凝視被石牆圍起的前院，努力召喚踏上那片土地的勇氣。就算屋主不介意她藉此行來堅定買屋決心的打算，但她知道自己確實將擅闖私有土地。愛琳沿著走道來到黑色的門梯，露臺上沒有她想像中的桌椅。一定是有人受僱來處理過茂密的花草和矮樹叢了，她看出自己可以在哪些位置加種其他品種的花，住在這樣的房子裡，她會想要保持花草盎然的生氣。愛琳看到後院石坡上有道階梯，於是穿過小徑，沿著階梯來到半坡上一處沒有使用的平臺，她可以在這裡擺張桌子，好居高臨下地俯視自己擁有的一切。

後院整片坡地延伸到盡頭有一道牆，隔牆是坡頂一戶義大利風格別墅的院子。別墅無論是氣勢或占地都遠勝於這棟房子，但比不上奢華的別墅沒什麼好丟臉的。

過了不久，她看到隔壁住宅有個男人在後院翻土，男人只要一抬頭就能看到她；愛琳躲到樹後，看他走進屋裡才蹦蹦跳跳地踏下階梯。露臺上的花草為她帶來推開小房間紗門的勇氣，而且不但是紗門，連後面的玻璃門也是一拉就開，下一秒鐘，她便走進了屋裡。

她沒開燈，空盪盪的屋裡聽得到回音。她正猶豫是否該繼續往裡頭的起居室去時，外頭窸窣的葉子聲讓她加快腳步。

上樓之後，她發現整個地方的味道和上次不一樣，有股淡淡的霉味，也許是從地下室飄上來的，也可能是因為房子一直關著沒開；接著她走到康諾上回躺在地上的臥室。少了人，房間看起來太大，讓她無法久留，於是她走進客用浴室，打開兩個水龍頭，愛琳看到鏡子裡的倒影後立刻轉開視線，怕發現背後有什麼東西。房子裡太安靜，所有聲響都會被放大。

她來到主臥室，抵著窗邊的牆面坐下來，而她坐得越久就越緊張，儘管如此，她仍然無法站起來離開。她想任由外力來指示下一步該怎麼走，好比登山客終於攻頂成功，沒辦法回去過原來的生活。

當她聽到聲音時，不知已經坐了多久。她飛快地站起來找地方躲藏，想都不想就下樓直接面對進屋的人。她不曉得來的是屋主、是其他可能的買主、是鄰居或警察。她考慮去躲在主臥盥洗室的浴簾後面，但問題是裡頭沒有浴簾，而且就算有，萬一他們進來拉開浴簾看到她，那又該怎麼辦？他們一定會打電話報警。她也想到可以打開櫥櫃門，拉下通往閣樓的梯子，但如果她發出聲響，到了閣樓後還能往哪裡跑？

最後她站到臥室門口。樓下的燈光閃爍，她聽了一會兒，聽出是房屋仲介——這回不是葛羅麗亞——帶著一對夫婦來參觀，她決定躲進浴室，聽到他們上樓再做決定。若她聽到他們往左走，她可以乘機溜下樓，如果他們攔下她，她大可喃喃說兩句話然後繼續走，這幾個人不太可能跟著她走，也不可能問她任何問題。而他們若是往右走，她可以躲進主臥室套房，謊稱自己留下來多看房子幾眼。

愛琳聽到這個陌生仲介細數房子的種種優點，知道另一對夫婦正在聆聽她也聽過的細節，她心裡的喜悅差點凍結。他們可能會一輩子留在屋裡。愛琳既焦慮又不耐煩，這個情緒讓她做出意料不到的大膽決定。為了製造效果，她壓下抽水馬桶的把手，接著來到樓梯平臺往下走。

「喔！」那名仲介說：「我不知道裡頭有人。」

「不好意思，我留下來借用廁所。」

「沒問題。」

「我不打擾你們了，」看房的夫婦從廚房走出來時，愛琳說：「這房子很不錯。」

「的確是。」那位丈夫說。

「嗯，至少我們知道廁所能用！」說完她馬上覺得好蠢，而仲介聽到愛琳這麼說有些不自在。

「是啊，哈哈。」一會兒後，仲介才回應。

「我可以從前門出去嗎？我走後請你們再鎖上好嗎？我想去看看正面的門廊。」

「請便！」仲介看起來彷彿鬆了一口氣。

一走到外頭，愛琳逐漸鎮定下來。她靠著欄杆緩和自己的呼吸，撫摸到光滑但有欠平整的油漆。空氣剛修剪過的青草味裡夾雜著薰衣草、紫丁香的芬芳，愛琳傾聽著鳥叫聲和枝頭樹葉的窸窣聲。這裡沒有救護車或警車的警笛聲，也沒有汽車音響震耳欲聾的噪音。有個小女孩騎車經過，揮手和她打招呼。愛琳也揮手致意，滿足了她當屋主的幻想；接著，她突然找到北上想尋找的寧靜，那種無法形容的追求。她聽到仲介帶著那對夫婦走到門廊，寧靜的感覺隨即消失。隔著大門，他們的聲音起聽來一片模糊，但愛琳知道他們正在思考，在衡量、考慮這棟房子。在她心裡，這裡已經是她的家，她不計一切要完成這個事實。

27

康諾不懂自己為什麼要告訴母親說他想搬家，很可能是因為他看出愛琳有多麼期待兒子如此想而做此回答。但真相是：他哪裡都不想去。若在這時候離開，別人看在眼裡會認為他棄守，是承認「你們沒說錯，我真的是娘炮。」他馬上要進新學校，固然可以交新朋友，但搬走以後連現在的老朋友都沒了，這點他可以確定。法西德、賀克多、艾伯特陪他度過了受盡恥笑的日子，如今法西德要進布魯克林科技高中，賀克多要就讀聖方濟各預校，艾伯特會進私立天主教莫洛伊高中。

他們離開後，康諾會失去一小塊自己。連那些給他帶來無限困擾的「前朋友」也是他生命的一環。說不定在大家都成人以後，大夥兒會在某人的家裡聚在一起喝啤酒聊是非，那些過往的回憶會讓他們笑到前俯後仰。想擁有這麼長遠又精采的共同回憶，你一定得和他們住在同一個城市，要有夠深的關係。

他不想要另一個家，就算要也不是透過搬家。他母親似乎沒有這方面的問題。她在伍德塞住到二十多歲，閨密都是打從小學一年級就認識的朋友。他看得出她們有多喜歡互相為伴。她說時代不同了，大家都搬來搬去的，街坊鄰居也不比從前，但是他知道這種狀況還是可以扭轉，只要在這個時候不離開就好。

他在法西德家，兩人正在玩電玩「麥克·泰森的拳無虛發」。他兩次想闖過活塞本田的關卡，但其實他的心思不在電玩上。他把搖桿交給法西德，看他一路打趴蘇打帕平斯基和蠻牛。康諾的進度遠遠落在法西德之後，連法西德開打的階段都沒能達到，法西德按按鍵的指頭之快，不亞於蜂鳥振翅的速度。

大多數的孩子都不太搭理法西德。他在六年級才轉到聖貞德，在那個年紀，多數人都已經有固定的圈子，於是法西德成了自由球員。

「我媽要我們搬家。」康諾說。

「是喔？」法西德一副有聽沒有到的樣子，手上拿著搖桿動來動去，憤怒地敲打按鍵。

「她想帶我們離開這一帶。」

「要搬到哪裡去？」

「西契斯特郡。」

「那是什麼地方？」

「算郊區。」

「酷啊。」法西德又罵了句髒話，扔開搖桿，但東西輕輕掉在地毯上，他扯扯連接線，把搖桿重新拉回手中，開始下一盤遊戲。

「我不想走。」

「為什麼？」

「我的朋友都在這裡。」康諾說。

「你的新家會有後院，說不定還有游泳池。」

「是啊。」

「換作是我，我願意走。」

「那你的朋友怎麼辦？」

「有什麼好怎麼辦的？」

「你真的不介意？」

「我不是要傷你的心，可是，」他說：「才不會哩。」

「我會想念你和賀克多，還有艾伯特。」

「就算你留下來我們也不會碰面。你要和那群書呆子一起進大都市念高中，到時候，你們會躲在更衣室裡互相打手槍。」

「你可能把我當成是你了。」康諾說。

「我要爽的話會找女生服務，真多謝。」

「事情會全面改觀。」

法西德結束這盤遊戲，按下暫停鍵。『你要塑造嶄新的自己。』這是我媽說的，只不過她說的是波斯文，**Khodeto az no dorostkon**。兄弟，我也不想來美國，但我老爸的政治思想惹來麻煩，所以我們才不得不趕緊離開。在我面前，你還想說什麼全面改觀的話。」

「如果你搬家就不能進布魯克林科技高中。」

「兄弟，我才不在乎自己念哪所高中！隨便哪裡都行。我在意的是高中畢業以後的事，進了大學我就能自己住了。」他雙手一拍。「可以帶正妹回宿舍，哈！」

康諾知道其他孩子為什麼不會找法西德麻煩，因為他在他們面前不會示弱，早已有自己的計畫。

「這裡就是家。」康諾說。

「家？」法西德說：「家是什麼意思？我將來要去華爾街工作，娶個像愛莉莎·米蘭諾那種騷老婆回家裡的大床搞。以後我會住進帶游泳池的大房子，那才叫家。」

康諾覺得自己像小孩，只希望有一天能握到女生的手就好，但法西德已經在想像以後要怎麼上自己的老婆了。

「好像很不錯。」康諾說。

「塑造嶄新的自己！」法西德把搖桿遞給康諾。「你可以從打電玩出發，別打得那麼孬！」

「我得先有自己才能塑造出另一個嶄新的自己。」康諾說。

「噢，別那麼說，」法西德說：「你已經是大人物了。你是我這輩子見過最呆的書蟲。」

28

事情是發生在數學課上。古斯塔佛．克魯茲拍了拍康諾的背，康諾默默忍受了一年，但古斯塔佛就是不放棄。每年到這個時候，某些學生的一言一行都有舉足輕重的影響。康諾通常會用手臂特別遮住考卷，身子也更往前趴，好擋住別人的視線。就算這個舉動看起來像無可救藥的書呆子也無妨，重點是他要讓老師知道他沒參與作弊。

古斯塔佛開始拍打他的後頸了，康諾若是轉身，看起來會像是古斯塔佛的同謀。

他想到自己在其他同學眼中的形象：變態書蟲，從前那個小胖子仍然躲在他笨拙的肢體下，既沒有自我風格又沒有膽量，絕對不可能有機會和女生接吻。康諾被侮辱和取笑過千百次；還曾經攀在籃框上，雖想用手遮住私處但又怕跌下來，然而他並沒有真正因羞辱而受苦，因為他父母總是告訴他說，其他孩子看不出他真正的價值。他不確定該不該繼續相信這種話。

他稍微坐直，把身子側向一邊，讓古斯塔佛一覽無遺地看到他的考卷——至少是最上面一段。考題答案是複選，下方可以讓學生自由發揮在答題時碰到的問題。光是複選題部分就能讓古斯塔佛過關了。康諾很緊張，如果蒙特洛小姐朝他看過來，他會更緊張，然而有鑑於他先前抵死抗拒，蒙特洛小姐一定以為這道防線已經徹底鞏固。

古斯塔佛在學校的餐廳裡表現得興高采烈。

「我說啊，幹得好，康——小諾！」

「噓……」康諾想裝酷，但感覺卻像是遭人檢舉。「別說出去。」

「我懂你，兄弟。」

在幾天後的另一次無預警抽考，康諾寫完考卷後稍微往旁邊靠。這次蒙特洛小姐厲聲說：「眼睛看自己的考卷！」但古斯塔佛也應該看夠了。

「康——小諾！」古斯塔佛又這樣喊他。康諾心想：康小諾，康小諾。

下課後，他沒像往常一樣急著回家，而是和他們一起坐在教區神父寓所的階梯上，彷彿有某隻看不見的神來之手，把他安置在這些人當中。他只希望這些人不要有任何一個注意到他不屬於這個團體。

他們一起到夏恩家打惡作劇電話，先是打電話到吉安尼餐廳，在電話簿裡找來老師的地址，請餐廳外送一個派，接著又打電話給安蒂哥妮．席究斯，大夥兒給這個好心腸的居家型女孩，取了個毫無想像力的綽號「阿豬喔妳」。彼得邀她出來，她經過審慎考慮後才答應，沒想到他立刻罵了聲：「神經病！」然後掛掉電話。

「常和你在一起的那個中國男生怎麼樣？」

「誰？」

「你的朋友，」夏恩說：「艾伯特，艾伯特．林。」

「他不是我的朋友。」

「隨便啦。他電話幾號？」

「我不知道。」康諾說。

「拿去，」夏恩說，把電話交給他。「你來打，叫中國菜外送。」

幾個孩子吃吃竊笑，猛拍膝蓋叫好，他們全在夏恩家的起居室裡。夏恩的母親很晚才下班，父親是陸戰隊員不在國內，原來被派到波斯灣，本應該在三月回國，但戰爭結束後又被改調到孟加拉，支援暴風肆虐後的慈善救援工作。電話上面有張他穿著軍服的照片。

「我不知道他家號碼。」康諾說。

「你再扯吧，」彼得說：「你和那傢伙每天說話。」

「等一下，」夏恩說：「我打過一次電話問他功課。」

夏恩找出通訊錄撥打艾伯特家裡的號碼，聽到對方的答鈴聲，他興奮地扮了個鬼臉。

「喂？」他對著電話說：「這裡是巧巧廚房嗎？我要訂排骨和炒飯。」

其他人敲起邊鼓，康諾努力露出微笑。夏恩用手遮住電話，無聲地說：**是他老爸**。

「不對，我要訂排骨，要外送。」

夏恩笑了出來，把電話掛掉。

「回撥！」彼得說。他把電話遞給康諾。「你來打。」

康諾假裝看著通訊錄上的號碼，拿起聽筒。他慢慢按下號碼，故意按錯後再重來一次，接下來卻因為緊張而真的打錯。夏恩抓起通訊錄直接撥打上頭的號碼，讓康諾繼續拿著聽筒。電話響了幾聲，對方有人接聽，但來的不是艾伯特的父親，這下子是艾伯特本人了。

「喂？」艾伯特說。

康諾緊張到說不出話來。

「喂？請問你是誰？別再打過來了好嗎？」

艾伯特掛斷電話。

「他把電話掛了。」康諾說，希望這可以讓大家滿意。

「再打回去！」

「你們不想試試別人嗎？」

「打回去！」

康諾看著紙上的號碼。電話響了一會兒，他鬆了一口氣，覺得自己逃過一劫，沒想到對方依然接了，接電話的也還是艾伯特。

「你們這些混蛋別再打電話來了。現在是不是你們在麥當勞打工的休息時間？喔，等等，我忘了。連麥當勞都不會想僱用你們，可是我敢說他們一定僱用了你老媽，而且還是按小時計費，我聽說她要價不高。」

康諾一向欽佩艾伯特的早熟和急智，但現在他覺得好羞愧。這幾個新的老朋友專注地看著他。

「回嗆他幾句。」夏恩催促他。

「我要訂排骨和炒飯。」康諾刻意壓低聲音說話。

「那可好笑了，」艾伯特說：「真有創意，我從來沒聽過這種話，一次都沒有。」

康諾不知道接下來該怎麼說，只知道自己臉上露出愚蠢的傻笑，覺得自己越來越笨。他發現其他幾張臉孔正欣賞地看著他，這怎麼可能？他能想得出來的，只有點更多的食物。

「還要蛋捲，」他裝出中國腔點菜，他的朋友聽到後笑得更大聲，「餛飩湯。」做這種事讓康諾覺得好反胃，若他父親發現一定會瞬間暴怒；然而能成為這群人的一份子卻讓他感覺良好。

「夏恩．鄧恩？是你嗎？還是彼得．麥考利？」

康諾默默祈禱，希望艾伯特別唸到他的名字。

「何況我們不是中國人，」艾伯特說：「你們這些白癡根本分不出來。我們是韓國人，我不喜歡中國食物。你們要不要來點韓式泡菜？也許我媽可以幫你們這些無知的廢物做點泡菜，我親自帶過來扔在你們臉上。」

艾伯特就是這麼愛挑釁。通常這很炫，但現在卻嚇壞了康諾。艾伯特母親做的泡菜非常可口，康諾第一次吃到時整張嘴巴像是著了火，他家裡從來不吃那麼辣的東西。

「快，康諾！」彼得大吼，「罵回去。」

大家忽然全都安靜下來，因為彼得違反了遊戲規則。他們假裝驚訝，卻又咯咯地笑了出來。

「康諾？是你嗎？」

康諾沒有回答便掛掉了電話。他知道艾伯特再也不會和他交談了，於是，當他們要他打電話給法西德時，他直接拿起電話就打。

「這次我來，」夏恩說：「我想自己收拾這個中東佬。」

夏恩站在他父親表情嚴肅的照片下方，對著電話吐出一連串侮辱的字眼，連假音都懶得裝。

*

唐尼去上廁所時，康諾站在走廊門口，等著聽馬桶沖水聲或腳步聲。他從櫃子上的大盤子裡抓了好幾大把銅板，放進自己的口袋裡，他雖然有零用錢，但還是把這些銅板拿走。而偷錢讓他胃痛。

他買了食物、漫畫和棒球卡。他在羅斯福大道的一家店裡看到有人買雙截棍和星形飛鏢，於是他又買了一把收起來正好是手掌大小的摺疊刀。康諾不但帶刀上學，還刻意不拉上背包的拉鍊，好讓他的新朋友看。

「把那東西收起來，」夏恩說：「天哪，你是怎麼搞的，可以同時這麼呆又笨到這種程度？」

艾姆賈球場沒有球賽，他只好去公園。他所有的新朋友都打曲棍球，但是他沒有裝備，所以只好趁等待的時間，和一個年紀大一點的男孩練投。

隨後一行人到北方大道的舞蹈教室前面，隔著百葉窗看女生跳舞。所有他迷戀過的女生都在這個舞蹈班上，而且除了他之外，每個男生都和其中某個女生約會。幾個女生在舞蹈班下課的幾分鐘時間到外面透氣。他是唯一沒拿著曲棍球具的男生，他想把棒球手套藏到背後去。「棒球娘炮。」他聽到夏恩說。康諾看過夏恩和年紀大一點的男生打壘球的表現慘不忍睹，儘管如此，當其他人穿著全套防護衣腳踩冰刀或輪鞋俯視他時，他還比較喜歡拿著棒球手套。幾個女生疑惑地看了他一眼，似乎在等其他人說明為什麼願意讓康諾加入。

接著他們到多多雜貨店去偷東西。時間接近傍晚了，康諾知道自己應該在晚餐前去幫母親買東西，也曉得自己早就該離開，但為了保留待在這個圈子裡的資格，他想和其他人做一樣的事。

雜貨店裡看櫃臺的是韓國佬安迪，儲藏室由他老媽看顧，他們的計畫是派幾個人去分散這對母子的注意力，然後其他人乘機去偷東西出來。大夥兒一進去便四散分開，康諾站在最前面的棒球卡展示區。要他假裝對這些東西有興趣不難，因為他常到這裡來買漫畫書和棒球卡。他提出一堆問題好纏住安迪，但沒動手偷。他本來以為自己的掩護可以贏得夥伴的讚美，但在他們走向下一條街互相展示糖果、汽水，甚至還有保溫瓶等戰利品時，雙手空空的康諾還是被譏笑是孬種。

一群人到幾條街外的彼得家去。彼得從櫃子裡拿出幾瓶烈酒遞給大家喝，康諾一口都沒碰。

「你真的很廢，」彼得說：「廢到無法想像的地步。你幹嘛又來和我們混？」

彼得看看古斯塔佛，後者則是聳聳肩。「我兄弟康諾幫了我一個忙。」古斯塔佛說，接著又看了康諾一眼，像是在說：**現在你得自己幫自己**。

他們在舞蹈班下課後又回去接女生。他可以想像這種感覺：能放輕鬆和女生交談，並把這當成應有的權利。七年級那年，他在法西德催促下打過電話約克麗絲汀・塔戴出門，結果這通電話以羞辱作結。如今克麗絲汀就站在那裡，並說了些他聽不懂的話，他幾乎什麼都沒聽到，因為興奮的血液在他全身上下快速流動。

「你身上有味道。」克麗絲汀又說了一次。

「什麼？」

「你該用止汗劑或是古龍水，要不就去沖個澡。」

其他女孩吃吃地笑。「好，我會用。」他說。尷尬之下，他連腳趾都蜷縮了起來。

「去你的，」夏恩說：「我的女人不喜歡你。」

夏恩帶著克麗絲汀離開，彼得回家去，康諾和古斯塔佛、凱文則沿著北方大道走，又來到多多雜貨店附近。

「你應該要拿點東西才對，」古斯塔佛說：「大家都拿了。」

天色逐漸昏暗，店家馬上要打烊。安迪背對著櫥窗，他是大學生，康諾看過他穿紐約大學的厚T恤。康諾幾乎每天都來買棒球卡，每個月至少會買一次漫畫。安迪一向會把所有漫畫放進長形的袋子裡交給他，有時候還會順手放組免費棒球卡送這名老顧客，他喜歡看到康諾打開袋子才發現裡頭有球員卡的模樣。

古斯塔佛還在說話，但康諾沒繼續聽，他走到街上一段距離以外，然後轉身用盡全身的力量扔出他隨身攜帶的棒球，大片櫥窗玻璃應聲碎裂，像冰柱一樣掉下來。

古斯塔佛大吼一聲：「他媽的屌斃了！」隨即和凱文往回跑。康諾則是不顧車流拚命跑，一直到家門口才站住，他獨自一個人，胸口噗通噗通地跳。家裡大門沒鎖，他站在門廳往外看後面有沒有追兵。他真想找個人交換自己這個身體。

父親戴著耳機躺在沙發上，母親在廚房裡準備的晚餐聞起來像是花椰菜拌麵條，冰箱裡若沒有別的食材，她通常會簡單準備這道麵條。他只說了一聲「自己到家了！」沒理會母親問他剛才到哪裡去，就直接走進自己的房間。他聽到警車響著警笛經過，於是開始咬自己的指甲，接著，他走進浴室把衣服脫光聞一聞腋窩。

克麗絲汀說的沒錯，他確實有味道。他該要長大面對一切，別再像個寶寶。康諾進了淋浴間把熱水的水量開到最大，一點冷水也沒加，熱水燙得他全身皮膚變紅，巨浪般的大量蒸氣湧進了他的房間。

他沒辦法不去想那扇打破的櫥窗，那幕影像在他腦海中不斷重現，玻璃先是往內凹陷，接著才一片片掉下來。警方會找到那顆棒球，會採到指紋。有一次他把棒球手套忘在店裡，打電話問過之後，他們還開著店門等他過去拿。他可以想像安迪搖頭不解，納悶這小瘋子究竟是哪條筋接錯線。每次有人說出笨到不行的話或表現得像個混蛋，安迪的嘲諷永遠能贏得康諾的心，儘管安迪已經是大學生，仍然願意花時間逗這些孩子開心。康諾彷彿看到安迪握起拳頭敲打櫃臺、鎖起店門去找母親商量，還看到那對母子一起清掃玻璃碎片。他想像安迪收拾起一張張展示在櫥窗裡的牌，喃喃詛咒著拉下鐵窗。他不該這樣糟蹋他們。

康諾像在自我懲罰似地快速搓洗身體，但仍然無法冷靜下來。他只能想到克麗絲汀．塔戴說他有味道，克麗絲汀在和夏恩約會前，曾經是古斯塔佛的女朋友，有人說他們兩個上過床。她的裙頭拉得比別的女孩高，襯衫永遠過緊。想到這裡，康諾勃起了，他在蒸氣中握住自己，迅速抽動幾下然後一洩而空，他想揉掉手上黏答答的精液。康諾不但心情盪到前所未有的谷底，也從來沒這麼害怕過。他的確有罪，遲早會被逮到。他想出門、離開，想遠走高飛，再也不要看到安迪或是安迪的母親，無論那對母子到哪裡，都會戴著康諾的真面目一起走。

有人來敲浴室的門。「吃晚餐了。」母親只說了一句話，但他覺得自己像是被傳喚到法官面前。

29

艾德公布學期總成績的前一晚，他聽到愛琳問晚餐想吃什麼時，哼都沒哼，頭也不抬地舉起一隻手，傲慢地拒絕。

愛琳退回廚房，以搗碎漢堡肉來發洩內心的沮喪，粗暴地切下胡蘿蔔，好享受利刃剁在砧板上的聲音。

晚餐後，在她清理廚房時，艾德把所有資料搬進了廚房裡。

「陪我一下，等我準備好，妳可以幫我填成績。」

「我要去起居室看書，」她說：「等你準備好再來找我。」

「不行，」他說：「我要妳留下來準備好，等我喊妳。」

急診室主任在等待救護車到來時也不過如此，他的表現荒謬到讓她提高警覺，但愛琳沒有發脾氣，而是煮了熱茶，拿著自己的書坐到桌旁陪他。

「不對，」他抬起頭，「這樣不行。」

「怎麼樣？」

「妳不能看書，」他說：「我要妳先準備好。」

「你在開玩笑吧。」她說，自顧自地看起書來。

「不可以！」他抽走她手上的書。

焦躁的急診室醫師拿護理師出氣之後有時會道歉，至於那些不曾道歉的醫師，其實也不必放在心上。但那些人的工作是拯救性命，艾德想拯救的是什麼？

「親愛的，」她說：「我趁你工作時在旁邊看書有妨礙到你嗎？真的會造成什麼問題嗎？」

他把筆重重地放在整疊文件上。「做事要有方式！」他吼道：「有可以運作的工作方式！我們要遵循方式！反正遵循就對了！」

她已經摸清了他們的「工作方式」：他做自己的事，而她則是默默地、和藹地、眼睛連眨都不能眨地看他工作。

「好。」她蓋上書看著他。除了兩鬢有些許灰絲，他的頭髮還算黑，長長的眼睫毛仍然能讓任何女人嫉妒，湛藍的雙眼緩和了鼻梁和下巴堅硬的線條。他英俊的面貌仍然會讓她感到驚訝。

她坐著等，慢慢地喝茶，看來喝茶應該是「做事方式」中可以通融的舉動。她伸手去拿資料，想先看一下好進入情況。艾德擋住她的手，要她繼續等。她知道自己是故意要惹他，沒隔多久她便問他問題，他本來沒有理會，依然低著頭，最後忍不住終於抬頭，咬牙切齒地看著她，眼睛幾乎要噴出憤恨的火花。

「安靜，」他低吼：「安靜坐好，等我把成績算完。」

她想說幾句刻薄的話來回報他的羞辱，唯一讓她沒口出惡言的原因，是她模糊地感覺到這不是當初和自己結婚的男人，艾德似乎變了個樣子。她坐在椅子上，一手放在桌上，另一手握著馬克杯。

他打完成績後放下筆，吐出一大口氣，還揉了揉眼睛，大動作地靠向椅背，彷彿第一次見到她似地凝視她。他突如其來的熱切凝視，讓愛琳整張臉紅了起來，她想碰他，驅散自己的不安。她拿起那疊資料，開始登錄到本子裡，她的動作很快，看她做完，他又拿出另一張紙，上面列的編號旁都有空格。

「輪到這個了。」他說。

「這是什麼？」

「成績單。」

「你要我做什麼？」

「在另一張表格上找出學生的學號。」

他都幫她想好了。既然他對這些資料這麼有組織和效率，情況掌握得宜，那又何必要她來做？填完成績後，她重重地蓋上成績本。艾德雙手一拍，興奮地將拳頭高舉過頭。丈夫這個姿勢讓愛琳十分困窘，明明是再也尋常不過的事，有什麼好這麼高興的。她想從艾德的動作裡找出諷刺的意味，但無法全然找出。

當晚他們再次做愛。他鎖定目標似地親吻她，壓制住她的手腕，這讓她想起從前他們短暫嘗試懷第二個孩子的方式，兩人的身體合而為一地律動，他規律的衝刺簡短又謹慎，唯一美中不足的是，愛琳擔心康諾會聽到床頭敲到牆壁的聲音。

艾德在深夜搖醒她，她朦朧地看了鬧鐘一眼，時間是凌晨四點。她費了番工夫才聽懂他說的話：丈夫要她一起去廚房。

擺在眼前的是她稍早填過的成績單，旁邊還擺了一頁看似相同的紙，愛琳困惑地看著丈夫。在雙眼適應了廚房昏暗的光線後，她發現自己原來填好的成績全被畫掉，取而代之的是另一串成績。

「我要麻煩妳做一些修改。」

「我不懂。」

「我做了一些變動，要請妳填到新的單子上，好讓我明天能貼在教室外面的牆壁上。」

「你為什麼要修改？我們都填完了啊。」

她只想趴在桌上睡覺，心想，若她真的那麼做，他很可能保持相同的姿勢站到她醒來為止。

「快點改！」他吼道：「我調整過一些分數！妳要改上去。」

她實在摸不著頭腦，只能屈從他的邏輯。愛琳很快便看出其中的模式，艾德把所有成績不分高低全去掉加減，往上拉高，C-改成B，C+同樣是B，而B則改成A。艾德給分一向堅持原則，不隨便給A，能從艾德手中拿到A是件大事。

「這是怎麼搞的？」

「我有其他因素要考慮，例如出席率。」

「你還真大方。」她嘲諷地說。

「大方沒什麼不對。」

「確實沒有。」她微笑著說：「但是你非常大方。」

「我重新評量幾個給分，這和妳無關。」

「好，」她說：「我已經夠累了，不知道為什麼還要多話。」她把成績填在乾淨成績單的相對學號旁邊後放下筆。「好了，我要回去睡覺了。」

第二天早上，她發現艾德躺在沙發上。書桌上的成績又往上修改過了，只剩下A和B兩個等級，成績單下面還有另一張空白紙張。她知道填寫這些最後的假成績是她的工作，說不定艾德還有另一張成績單，上面打的全是A？

愛琳站在原地，想起父親在世最後幾年間，若他要去酒吧，她便會把現金放進他的長褲口袋，免得他請客時面臨沒錢可用的窘境。如果她這次再修改分數，也許可以讓艾德免除尷尬。

他縮著身子躺在沙發上，以他的骨架來說，沙發對他實在太小。睡夢中的艾德很難令人擔心，他看起來像個孩子，像放大版的康諾，併攏的雙手放在臉旁，宛如停頓在祈禱的時刻。所有男人在剛睡醒時似乎都有脆弱的時刻，像是被人從他們自己的宇宙喊回地球。在那一瞬間，她脫離了合乎常理的時空；然而瞬間之後，艾德又恢復了她丈夫的身分。

30

她坐在門廊上，以嶄新的鎮靜心態聆聽來自街坊的聲音。她聽到遠處的隆隆聲響，看到飛機劃過天空；一輛車駛向北方大道，傳來模糊的節拍；情境喜劇的笑聲在兩棟屋子中間的低地回響。想到房子有朝一日將脫手，一切似乎較容易忍耐，買下房子的人會清楚知道自己有什麼收穫，而且會敞開雙臂擁抱。就算她不至於太思念這個地區，但至少在簽下賣屋合約、心裡的怒氣消失之後，她能用超脫的態度回來檢視老家。她還是可以回這個地區剪頭髮，除了寇特，沒有人能夠整理她滿頭蓬鬆的亂髮，何況他收費合理，而且她也還能再到亞爾托羅餐廳用餐，儘管亞爾托羅是這一帶的好去處，讓她能忍受住在這裡的這段日子，但最好的情況也不過如此而已，其他地方同樣能找到更好的餐廳。

康諾跳舞似地閃了一下，避開往後甩上的車門，小心翼翼地用指尖捏著用塑膠護套包起來的漫畫書，彷彿拎的是犯罪現場的重要證物而用另一隻手提著購物袋。

「今天是漫畫書店的大日子啊。」她猶疑地問艾德。

「他今年表現得很好，是個好孩子。」

「看來他今天也表現得不錯，花了大筆錢。」

「這是投資，」艾德說：「他知道自己要看什麼，並沒買沒營養的垃圾書。」

她走進康諾的房間。他把新買來的漫畫一本一本地塞到放書的長形書盒裡，表現的態度和整理珍藏版圖書的圖書館員一樣嚴肅。

「你是不是藉機敲你爸爸竹槓？」

「才沒有！妳為什麼這麼說？」

「好不容易學期結束，他心情正好，你一定也看得出來。」

「不是我提議的。他回家就說：『我們去漫畫書店。』我說我不想去，可是他很堅持。我告訴他我已經不去那家書店了，我不喜歡店裡的人。」

「為什麼？」她問：「他們做了什麼讓你不高興的事？」

「沒有，」他說：「反正就是人不好，我早就不去了。爸爸說：『那我們去那間開在從前你看牙醫那個地方的書店。』然後他一路開到貝賽。我也不想買這麼多書，我是說，我雖想要，可是這種感覺不大對，但是他一直說『想買什麼就買。』」

「他花了多少錢？」

「一大筆錢。」

她靠上前去。「一大筆是多少？」

「兩百美金，超過兩百。」

「超過多少？」

「兩百四十八塊七毛八。」他說。

她簡直無法相信這個數字。她以為除非買下滿滿一手推車的漫畫，否則不可能在漫畫書店裡花那麼多錢。

「你撿了現成的便宜。」

「我沒有。」康諾憤慨地說。他先在塑膠書套裡放進硬紙板，再把書放進收藏漫畫的盒子裡；如果這真的是投資，她也不能指責他沒有好好照顧自己的資產。「他一直說：『我要你覺得你能得到所有想要的東西。』而且還要我把購物籃裝滿，我沒有買太貴的書。」

愛琳打了個冷顫，像是有股冷風吹進房裡。艾德的慷慨讓她難過，孩子似乎也有所察覺，這次快樂的收穫蒙上了一層陰影。就像有些身處兩地、相隔再遠的人，還是能在同一時間感受到痛苦一樣；艾德儘管就在隔壁房間，但愛琳深深地為丈夫難過。

年長的領班以莊重但輕鬆的態度帶他們到桌旁。亞爾托羅開幕這麼多年來一直沒有改變，侍者在黑色制服的腰間繫著白圍裙，前臂掛著一條白餐巾；大理石花色的鏡牆和輕音樂；熱騰騰的切片麵包，以及永不出錯的自選濃郁紅酒。城裡的街角處處都有像這樣的義大利餐廳，拿手菜特別好，其他菜色也不差，但她總覺得亞爾托羅多了點精緻。亞爾托羅的兒子桑德洛，以幾乎相同的保守態度經營這個老地方；儘管如此，愛琳還是期待有朝一日，心裡能放下這個餐廳，走向更尊榮的去處。

艾德帶著微笑，慈愛地看著菜單，彷彿上面寫的是答案，而題目是有趣但瑣碎的問題。

「學期結束了，你高興嗎？」她問道。

「很高興。」他說。

她拿起幾個糖包把玩。「嗯，艾德。」過了像是永無止境的停頓之後，她才說話，並且努力地擠出笑容。「我們看到一棟還不錯的房子，我們都很喜歡。」

「妳找到房子了？」

他怪異地看著她，臉上沒有任何表情。

「其實不算是真的找到，」她說：「而是看到。那房子說不上完美，而且我們也不見得買得起。」

「妳想搬家？我們可以搬啊。」

「什麼？」

她有些暈眩，把雙手放在桌上好穩住自己。他舉白旗的速度太快，讓她以為是因為孩子在場，而且他們是在公共場所；只要回到家，他就會把心裡的不滿完全發洩出來。然而另一個念頭讓她停頓了更久：她真的相信他願意搬家，彷彿他打從一開始就沒有真的反對過。

艾德轉頭問康諾：「你想搬家嗎？」

愛琳深吸了一口氣，腸胃似乎打了結，她很可能會嘔吐。

「很想，」康諾用奇特的嚴肅態度說：「我已經準備好，可以離開這裡了。」

「是嗎？」艾德問道。

「馬上可以走。」

「為什麼？」

「嗯，」康諾說：「我徹底想過了。」愛琳不可能會知道在他們看過房子後，兒子心裡打的是什麼念頭。「我的結論是，我秋天就要進中學，對我來說，那會是全新的開始。我覺得我們都該有個全新的開始。」

兒子幫了愛琳一個大忙，她完全不曉得他這麼有自信。說不定她期待家族出個政治家的夢想很可能成真。艾德看著她，而她則是聳聳肩。

「再說，」康諾繼續說：「我們看到的那棟房子很棒，車道幾乎有半個籃球場寬。」

有了康諾的大力鼓吹，她就不必向艾德推銷。

「你想搬家？」艾德又問了一次，同時在嘴裡塞進更多麵包。

康諾點點頭。

「有何不可呢？」艾德說：「那我們就搬家吧。」

「我們不必急。」眼看丈夫的立場這麼快就轉變反而讓她不安。

「妳說妳找到房子了，不是嗎？」

「對，可是——」

「那我們就可以搬家。」

「真的嗎？」康諾問道。

「真的。」

「看到你願意談這件事真好，我們可以稍後再詳細討論。」她說。

「說得好。」他咧開嘴笑，同時在麵包塗上奶油，而康諾也跟著傻笑。

「有人心情不錯喔，」她說，但是艾德沒聽到，「我說啊，有個人的心情不錯。」這對父子努力地咀嚼嘴裡的食物。艾德示意侍者再端來一盤麵包，麵包上桌後，康諾又點了一杯可樂。「留點肚子吃晚餐。」她說，但不確定自己是指艾德或是康諾。她不知不覺中撕開了糖包，結果糖灑在她腿上，她把糖揉成了帶著顆粒的糖糊，但不願站起來去洗手。

「好，」她說：「康諾想搬家，你想搬，我也想搬，所以我們有共識了？」

艾德拿了另一片麵包，邊塗奶油邊點頭。

「你不介意我先做些計畫，然後開始行動。你支持我這麼做？」

「那當然。」他說。

她的火氣開始上升了。「我們先倒帶一下，」她說：「你不記得自己說過不想搬家嗎？你當初不是說時機不對？」

「我知道我們討論過這件事。」他說。

「你記不記得你很肯定地說你不想——你不能搬家？」

他點點頭，但她同樣不確定丈夫是否聽了進去。

「然後你突然覺得這很可行？」

她的聲調在不知不覺中拉高，附近幾桌的客人探頭看過來。

「對不起，」他說：「我很抱歉。」他帶著懺悔的語氣道歉，希望能讓她安靜下來。

「嘿，爸！」康諾說：「沒關係，這是件好事！」這孩子靠過去，伸手攬住他的父親。

「對不起，」他說：「我還想再來點麵包。」

他的道歉讓她很不自在。「再告訴我一件事，」她說：「你為什麼改變心意？今天為什麼表現得這麼不一樣？」

「因為我今天心情好。學期結束我好快樂！有好幾週、好幾個月不必回去！」

他的態度近乎輕浮，也許這不是憂鬱或沮喪，而是躁鬱症。

學年結束了，接下來他有連續三個月的空檔可以完成她想要他做的事。他並非不想搬家，而是無法應付額外的事務，他花太多精力處理自己的憂鬱、中年危機、學生、研究，連從前應付自如的學生給分，也成了無法克服的負擔。壓力造成他思考短路，為了計分、登錄和公布成績而差點發瘋。他竄改分數，而且還為了這件事失眠、對她吼叫，甚至縮進她懷裡哭。他只想獨自療傷，但他的工作讓他無法獨處，只有當他閉著眼睛躺在沙發上，用音樂讓自己停止思考時，惡魔才會放過他。

艾德和康諾狼吞虎嚥地吃喝，愛琳看著自己的餐盤避免和他們交談，慢慢吃自己的東西。在桌上的盤子清走後，桑德洛莊重地走過來，身後跟著端著甜點盤的侍者。

「這是我的心意，」他說：「請三位各選一道甜點。」

桑德洛誤打正著地挑了這個時候放下拘謹的態度。「你不需要這麼客氣。」愛琳說。

「我們今晚有慶祝活動，」他說：「說來也許很難相信，但我們在這裡已經經營三十年了，你們是我們長年的忠實顧客。」

他一定看出她突然僵住。

「我不是說最老，」他說：「是長期以來的好顧客。」

「我們吃不下三份。」

桑德洛轉頭對艾德說：「你看，」他假意語帶慍怒，「所以她才會保持這麼苗條的身材。」

艾德露出溫暖的笑容，看不出任何緊繃的情緒，但康諾卻不安地扭動身子。桑德洛走開了。

「學期結束快樂。」艾德舉杯一口喝掉最後一點酒。

「找到房子快樂。」她說。艾德舉起空杯，康諾舉起水杯，一家人拿著杯子輕碰。

「敬我進高中。」康諾說，大家又碰了一次杯子。

艾德看著她。「祝妳一切順利。」他說。

「怎麼說？」

「找到對的房子。」

「我說過我找到了。」

他對康諾說：「祝你進高中一切順利。」

「謝了，爸。」

「祝我們一家人一切順利。」

31

母親在外面喊他，要他出來。康諾走出來，看到她依著鏟子站在花圃上，最近她在花圃花了不少時間。只要他在週末去打球，一定會看到她蹲在花草旁邊戴著手套揮舞鏟子，要不就是從深不見底的袋子裡挖土出來填。

「我要你幫忙埋這些東西。」她遞給他一個雕像，看起來很像是蕾娜擺在她家櫃子上的東西。雕像是個紅衣男人，手上抱著穿粉紅色衣服的嬰兒——可能是小耶穌。她指著玫瑰叢之間的空隙，「在那裡挖個洞。」

「要挖多深？」

「動手挖就好了，等我喊停再停。」

「為什麼要把這個東西埋起來？」

「聖約瑟會幫人賣房子，」她說：「要面對大街、頭下腳上地倒著埋。」

「妳相信這種事？」

「反正無害。」她說。

他的鏟子碰到硬物，挖開土壤後看到一顆大石頭。他清空旁邊的土，想把石頭挖出來，但石頭不容易挖，像是長了根。康諾脫下襯衫掛在欄杆上，繼續挖石頭。他很喜歡自己新的體型，那年他長高了十公分左右，他看著自己的肌肉在使力時放鬆又縮緊。

「這是第二個雕像了，」母親在他挖土的時候說：「第一個花了四塊錢，但我覺得不太對，因為是塑膠做的，而且光是約瑟沒有小耶穌。這個是我向宗教用品店的女店員買的，我說我要個好東西，不要廉價品，她拿這個雕像給我看，但說這不是用來埋的。」

「要多少錢？」

「四十塊。」

既然要埋，這筆錢未免太多了些。他清開滑落到洞裡的土，把雕像頭下腳上地放進去，埋好再壓平凸起的土堆。

「如果沒效呢？」他問道。

「一定會有用的。」母親說。

32

辛蒂．寇克立的妹妹珍，在東梅多的二十一世紀房地產公司工作，愛琳把房子交到她手上處理。找在地仲介可能會單純一點，但若非必要，她不打算把錢留在這裡。

接下來是要告知奧蘭多家。她來到樓梯二樓轉角的平台，沒有敲門，先站在門外聆聽，得知他們全在家，包括住在三樓的蓋瑞和蕾娜，而且正一邊看《命運轉輪》，一邊發出笑聲。唐尼好心地對著電視喊出答案，順便罵參賽者兩句。

賣房子等於要把這家人趕到街上，要不，至少也是加重唐尼身上的負擔，因為兩戶公寓的房租支票都是他開的。布蘭達在帕斯馬克連鎖超市上班賺不到多少錢，蓋瑞一直沒有固定的工作，而蕾娜的年紀已經不適合工作了。

愛琳回到樓下。第二天她下定決心，再次上樓，聽到裡頭有人低聲交談才敲了敲門。布蘭達開門讓她走進餐室，唐尼和雪倫坐在餐桌旁。

「我來的不是時候。」

「一點都不會！」唐尼指指空著的椅子。「要不要一起吃，我們準備了很多東西。」

她只知道自己飄飄然地走了進去，而布蘭達則是消失在廚房裡。

「妳吃過晚餐了嗎？」唐尼問道。

「我不想打擾你們。」

「請坐，」唐尼說：「我幫妳盛一盤麵。」

其實她真的餓了。康諾去打球，艾德接兒子回家後，兩人會在外頭吃，她本來打算幫自己加熱昨天的剩菜。餐桌正中央有一大盤看來很可口的肉丸，上面淋了厚厚一層濃郁的深紅色番茄醬。

雪倫精靈般的眼睛，從裝了汽水的玻璃杯後面看著她。布蘭達端來一盤用鋁箔紙包住的熱騰騰的大蒜麵包。

「要不要一起吃？」布蘭達再次問道。

唐尼叉起一大把義大利麵，舀出幾個肉丸，在旁邊淋上滿滿的番茄醬。愛琳還來不及回答，唐尼就把盤子遞給她。

「我猜是要吧。」她說。

唐尼拿走雪倫的盤子，女孩靜靜地坐在對面朝愛琳微笑。九歲的雪倫有一頭美麗的直髮和漂亮的五官，個性害羞但溫和，是這家人陷入困境時最美好的補償，重點是，這孩子在大家疼愛之下完全沒有被寵壞，她散發的光輝，彷彿重現了家族血脈在數代冬眠後的基因。

布蘭達低頭做謝飯禱告。愛琳在康諾出生後也努力維持了一陣子這儀式，但如今她家餐桌上已經省去了這個習慣。她在布蘭達念出熟悉的句子時喃喃附和，並且臨時加上新禱詞。

「看起來真棒。」在大家都在胸前畫過十字後，愛琳這麼說。

「感謝妳，」唐尼向她眨眨眼，「我很努力。」

「太好笑了，」布蘭達說：「你連水煮蛋都不會做。」

唐尼迎視愛琳的雙眼，誇張地抬起眉毛對妹妹說：「我何必知道怎麼做水煮蛋，」他說：「我有妳就夠了。」

「你再這樣下去，」布蘭達說：「總有一天早上會喝到毒咖啡。」

唐尼面帶微笑，吐出舌尖然後輕咬了一下，能成功激怒妹妹讓他非常得意。雪倫邊看邊咯咯地笑。

「妳是有什麼事來找我們嗎，愛琳？」布蘭達問道：「我忙著端東西上桌，忘了問妳為什麼上來。」

「可不可以先讓這位可憐的女士吃東西？看她滿嘴食物妳還要問話。」

愛琳咀嚼麵條，豎起一根指頭。唐尼平靜但關心地看著她，唐尼和善的大臉，有著和職業拳擊手一樣多肉的五官。他沒變得和哥哥一樣抑鬱或是和父親一樣嗜賭，而是自食其力。從前他和一群不良少年混在一起，但和今天盤據街頭的毒販相比，當年的流氓簡直是小巫見大巫。唐尼最好的朋友克瑞格本來也住在同一條街上，而在克瑞格騎摩托車撞上電線桿之後，她就再也沒看到那群孩子了。唐尼透過父親的關係同樣做清潔工作，他還是會修車，但只有在放假時才玩車、修車，而且純屬嗜好，不是收入來源。鄰居帕倫坡家，讓唐尼把修理中的汽車停在他們家的車道後面。

「我真正想知道的，」愛琳說：「是妳這道番茄醬汁的配方，我做的從來沒這麼好吃。」

「重點在新鮮的香腸，無論是辣味或甜味，只要妳喜歡就好。要挑好的品質，不要撿便宜貨，然後用平底鍋煎焦。」

「要故意煎焦？」

「煎出理想的焦度再把番茄放進去，果酸會吸收鍋底的焦醬，把味道帶進肉汁裡，改天我再教妳怎麼做。」

「別聽她的，」唐尼說：「我老媽做的比較好吃。」

「這白癡傢伙難得說對一次，」她說：「沒人做得比我媽更好。這我可以接受，反正我還有時間，熟能生巧嘛。」

「想熟能生巧也要自己先有料。」唐尼說。

「你夠了你！」布蘭達一掌拍向唐尼的腦袋。餐桌上熱烈的氣氛太有感染力，難怪從前她下班回家時，康諾不肯馬上下樓，非得她上來帶不可。

「這陣子，妳的車子一直發出讓我聽來不太暢快的雜音，」唐尼摸著下巴說：「妳知道我在說什麼嗎？」

「我不太確定。」

「我檢查看看，說不定可以在出問題之前先找出原因。」

「不必麻煩了，」她說：「我可以開去修車廠檢查。」

「他們會海削妳一筆，我非但不收費而且做得更好，讓妳那輛車可以跑一輩子。」

「謝謝。」她愧疚地說。因為太緊張，她指頭勾到舊桌布的蕾絲，把桌布戳出了一個洞。這比她想像的更難，她要怎麼告訴他，其實自己一有機會就要換一輛好一點的車？她把餐巾放在腿上，把椅子往後推。

「妳還好嗎？」

「我吃得有點快。」她說。

「布蘭達的廚藝就是這樣，」唐尼說：「讓人想盡快吃完。」

雪倫噗一聲笑了出來。

愛琳想放棄原來的計畫下樓去，等鎮定一點再上樓，但是房子要賣，得插上出售的告示，而且她得能自由進出所有三戶公寓。

「有誰要甜點和咖啡？」餐具的聲音全停下之後，布蘭達問道。

「我不吵你們了。」

「沒那回事。到裡頭坐，我來煮茶。」

唐尼帶她走進起居室。愛琳坐在黃色的花布沙發上，她一直覺得這塊布太花，而且椅墊和扶手都磨舊了。她總覺得這個細節足以說明奧蘭多家寧願留下這張沙發，而把錢用來買新的大電視，如今坐了下去才知道沙發的柔軟與舒適。她一向把奧蘭多家起居室當作室內裝潢的負面教材，然而這個地方散發著分享後的溫暖。角落裡破舊的鋼琴，看似和從前的老沙龍一起被劫掠過，她偶爾會聽到有人在樓上彈琴，直到此刻，才發現琴聲帶給她的喜悅。

唐尼和她面對面地坐在另一張沙發上，雪倫過來坐在愛琳身邊。電視開著但聲音關掉了，唐尼眼角瞥著螢幕。

「那些都是妳做的嗎？」她指著掛在牆上、加了框的作品問道。雪倫點點頭。「我不知道她的天分是哪裡來的，」唐尼說：「我們家族裡沒有這種遺傳，妳真該看看她在學校裡的表現。雪倫，把妳上次的成績告訴列爾瑞太太。」

小女孩有些抗拒。

「說啊，告訴她。」

「全是A。」她一口氣說出來。

「我連高中都沒畢業，」唐尼說：「這孩子讓人感到驕傲。」他的眼神恍惚。「我想幫她複習功課，但她完全不需要。我的小女兒也是一樣，反應很快，還不到兩歲就會數到十了，但當然不是遺傳自我。我要雪倫向妳和列爾瑞先生學習，你們是另一個層次的人；我告訴她，要她將來和妳一樣。我從來不明白教育真正的意義，我要她看著我，然後不要和我做一樣的事。」

「別說這種話，」愛琳說：「我敢說，有你這種舅舅，雪倫一定很驕傲。」就在嘴上這麼講的時候，她突然意識到自己是真心這麼想的。「而且日後會是你小女兒的好爸爸。」

他露出疲倦的笑容，沒有抗辯地接受愛琳的宣判似的。布蘭達先端了一盤雙色夾心餅乾進來，接著又拿來馬克杯和咖啡。愛琳想找杯墊。

「沒關係，」布蘭達說：「這張桌子的年紀比我大，本來就是要用來放東西的。」

桌面上印下了一個個圓形杯印，宛如徹夜聊天留下的戰利品。看到這些杯印，愛琳突然納悶自己為什麼總是要維持光亮如新的桌面，她家的桌面幾乎和買來的時候一樣，看不出歷史的痕跡。

「我有事要告訴你們，」她開口了，布蘭達坐到唐尼身邊，「實在很難開口。」

布蘭達像是裝了雷達而且偵測到危險，直挺挺地坐著。

「艾德和我決定搬家，我們要把房子賣掉。」

唐尼揚起了眉毛；布蘭達兩手握住杯子，啜了一口咖啡。

「太好了，愛琳，」唐尼說：「你們要搬到哪裡？」

「西契斯特郡，」她說：「布隆克維。」

「接近楊克斯，對不對？那一帶很漂亮。」

唐尼這麼快就指出確切地點，讓愛琳覺得氣餒，雖說這沒什麼好驚訝的，因為他對附近方圓百公里左右的主要道路都瞭如指掌。

布蘭達拿出香菸，翻下洋裝的袖子，讓自己坐得舒服一點，不知怎麼地，這個動作讓愛琳不太自在。是香菸的味道，必然會連同公寓裡的氣味向她湧來。這個味道會沾在所有東西上頭，康諾下樓的時候也是滿身菸味。她真不願去想到兒子坐在煙霧中，或是雪倫在煙味籠罩之下入睡；讓她生氣的還有另一個原因：這可能會讓將來的買家反感。

「什麼時候搬？」布蘭達張嘴說話時，一股煙跟著冒了出來，她叼著菸，和愛琳過世的母親簡直一個模樣。她覺得自己對布蘭達硬起了心腸，而且這個情緒波及到唐尼和雪倫，無意之間，布蘭達讓愛琳的任務變得容易了一點。

「很快，我不確定。」

「我看上了一棟房子，我們決定出價。」

「那我們怎麼辦？」

「我也不知道。買家可能會讓你們住下來，也可能請你們另外找地方，這得由對方決定。」

「妳已經找到了買家？」

「我只是說出我的想法。」

「他們可以調漲房租沒關係，」布蘭達說：「我會想辦法，我只是不想搬家。」

「妳一直對我們很好。」唐尼伸出一隻手，像是想擋下妹妹的唐突。「我們很感激。」

他們靜靜地坐著，布蘭達大口大口地吸菸。

「沒你們在身邊會變得很奇怪。」唐尼說。

「不住在這裡才很奇怪。」布蘭達說。

「妳需要我們幫忙嗎？」唐尼問：「有什麼我們幫得上忙的地方？」

他的肩頭寬闊，個性勇敢，溫暖的圓臉上沒透露任何失望的情緒。

「我會帶人來看房子，樓上也得看，整棟房子都要開放讓幾個買家參觀，到時我會先把時間告訴你們。」

「好。」他說。

「仲介要求帶買方參觀時，你們得離開，你母親和蓋瑞也是一樣。」

「聽到了。」

「她可能還會帶一點東西進來，例如蠟燭或布套等等。」她停了一下，又說：「我家也是一樣。」

「沒問題。」他說。

「再問一次，這會是什麼時候？」布蘭達問道，然後用力捻熄香菸。

「很快，可能從下週開始。」布蘭達喊雪倫過去。女孩走到對面沙發，在母親和舅舅中間坐下來後，起居室內的平衡似乎有了轉變。「很抱歉，事情發生得太突然，我們才剛決定。一下決定，我就先來告訴你們了。」

「別誤會，」布蘭達說：「我很為你們高興，一點也不怪妳。要是我有機會也會想離開。」

愛琳低頭看自己交握的雙手。

「房子賣掉後，我們會有多久的時間？」

「要看情況，」她說：「三十天、六十天或九十天，我不知道。」

「我們不是也有作為房客的權利嗎？」

「我不確定，因為我們從來沒花時間簽約，但是我會去問仲介。」

「太扯了，」布蘭達說：「把我們放進合約裡，替我們爭取一些時間。」

唐尼站起來。「裡頭好熱，」他說：「有沒有人要來瓶啤酒？」他離開起居室。

愛琳清清喉嚨。「若是那樣，房子恐怕會很難賣，尤其是你們的租金低於市場行情。」

「那就調漲租金，沒關係，加倍好了，該怎麼開就怎麼開。」

「我們先別為此擔心，」愛琳說：「說不定我會碰到想把房子全租出去的買家。等我有更多資訊，我會看能怎麼幫助你們。」

「說不定我們可以自己買下來。」唐尼端了一杯冰水回來。她看出他剛才說要喝啤酒只是為了緩和氣氛。「我女兒過來住的時候，如果有自己的一個房間一定很好。」他想看妹妹對這個提議有什麼反應。布蘭達的臉色沉重，彷彿在說：誰有那筆錢？唐尼嘆了一口氣，說：「別擔心我們，妳的煩惱一定已經夠多了，我會想想辦法，如果需要我們幫忙就交代一聲。」

她想到蕾娜。她知道蕾娜應該聽到她親口說出來較好，但是她不知道自己有沒有勇氣上樓，再一次說出同樣的話。蕾娜做什麼都光明磊落，正直和道義是她天生的預設姿態。她是那種整天坐在教堂裡的年長婦人，勇敢地承擔一切，好拯救身邊的罪人。

「還有一件事。」她說。

「什麼事？」唐尼說：「妳儘管說。」

「可以幫我告訴你媽媽嗎？」

珍在一週後帶人來參觀房子。讓一群人虎視眈眈地來看她的家具、財產和浴室，本來讓愛琳十分厭煩，但她後來想，**讓他們來，讓他們來看看我們打造的綠洲**。珍提早一個小時過來，在樓上的床鋪鋪上羽絨被，在桌子和茶几上放上擺飾。奧蘭多一家人已經遵照要求，把房子清理乾淨，但愛琳依稀還看到他們坐在門廊上，臉上露出屈從或憤怒的表情。她用爐子加熱一些乾燥香花，感覺上，這裡已經是別人的房子了。

她最好奇的是哪些人會來。現在是離開而不是探索傑克森高地的時機，但也許有些大無畏的年輕人會幻想自己有足夠的魄力和耐心，來擔任明日社區的前哨部隊。社區不會再有美景，但講這話不是她的責任。

愛琳出門去做頭髮。她在來看房者參觀時間結束的半小時後返家，看到一個高大的印度人在門廊上和珍談話。她在帕倫坡家前面停下腳步，想尋找蛛絲馬跡，判斷他是否對房子有興趣。他指指點點的，無論珍說什麼他都點頭。一個應該是他妻子的女人，帶著一雙兒女站在人行道上，兩個孩子都靠在母親身上。愛琳忍住上前自我介紹的衝動，試圖摸清他們的感受。等這家人離開後，珍說他們可能想出價。那個男人說他們需要整棟房子，好讓全家人一起住，包括兄弟姊妹、姪子、姪女和祖父母。愛琳想：**原來這是他們的生活型態**。

幾天後，那個印度男人同意愛琳的開價，也就是三十六萬五千美金，珍本來認為價格開得有點高。愛琳先打電話給葛羅麗亞，確認布隆克維的房子是否已經賣掉，之後才打電話給唐尼，告訴他有人出價。

「出多少？」

她把價錢告訴他。唐尼對著電話吹了聲口哨，久久沒說話。他知道這比當年她從他父親手中買下房子時貴了多少嗎？

「真的不少錢，」他說：「太好了，幹得好。」

「謝謝。」她說。

他又頓了一下。「我們有多久的時間？」

她說時間很短，只有一週，最多兩週，她想盡快賣掉房子。

「妳能不能再等一陣子？」他問道：「我可能有別的方法，但是我需要更多時間。」

她不知道唐尼要去找誰借錢，或是他要冒什麼風險去弄到這筆錢，但那是他的問題。

「我看看能怎麼辦。」她說。掛掉電話後，她明白自己不會有任何行動，她必須趁房子能脫手時趕快賣掉。

她打電話給葛羅麗亞，表示要出價買布朗克斯的房子。

第二天——說謊前她先原諒了自己，她告訴唐尼有人競標，所以第一名競標者提高了價格，同時也表示是最後的價格，她必須立刻回應。

他說，他連頭期款都湊不到。

「很抱歉，」她說：「我只好接受對方的出價。」

至於布隆克維的房子，愛琳出了比賣方開價低的價格，但因為沒別人競爭，所以賣方沒有異議地接受。

印度買家堅持三十天後交屋，但愛琳為房客爭取到六十天的時間。她至多也只能這麼做。唐尼還是幫她修好了車。

33

康諾聽到父親的怒罵聲醒了過來，看到父親豎著指頭對著他左右搖。

「天哪！你知不知道自己做了什麼好事？知不知道？」

「你沒收果醬，在外頭放了整晚！」父親說：「而且蓋子沒蓋！」

康諾結結巴巴地道歉，但父親搖手打斷他。「你怎麼可以做這種事？」父親氣得連連跺腳，像釀酒前踩碎葡萄的步驟。康諾從來沒見過父親這麼孩子氣的舉動，比起吼叫，這更讓他擔心。

十分鐘後，父親回到康諾房裡，坐在床邊說：「我不知道自己剛才是怎麼了。」

這一整個暑假，父親表現得宛如保衛能源的聖戰士一樣。他說不必每天洗澡，每兩天洗一次就夠了。如果暫時離開收音機旁邊，他會關掉電源；如果康諾用熱水洗碗洗太久，他會伸手過來按掉水龍頭；如果兒子打開車裡的冷氣，他會要求開窗就好。每次父親關掉家裡的冷氣，母親就會威脅說要離家出走然後立刻重開，只有這句話能讓父親軟化態度，其他都不行，他會讓母親繼續用冷氣，但拉掉咖啡機、烤麵包機、音響、電視和Apple IIe的電源。

一天晚上，他們坐在廚房的餐桌旁，父親寫字太用力，壓斷了鉛筆筆尖。父親沮喪地吼叫。「這該死的鉛筆太爛了，」他把鉛筆折成兩截，「爛透了。」

母親開車帶他們去新家附近欣賞美景，停好車走出車外後，父親交抱著雙臂站在車旁。他們去約克鎮採過一次桃子，當時父親雙手插在口袋裡，靠在停在路邊的牽引車巨大的輪胎邊，母親摘了一整籃她能找到的最漂亮桃子。一家人準備到農場去付帳時，父親從母親提在手上的籃子裡拿出桃子丟在地上。「我們吃不了這麼多東西！」他說。

「你到底是怎麼了？」她還來不及阻止，他已經丟掉了大半的桃子。母親四處張望，看有誰注意到他發怒。「你瘋了嗎？」

「我們不需要這麼多！」父親說，接著用腳踏過桃子，跟著母親繼續走。「我們吃不下那麼多！」

「我只是想做桃子派。」她告訴康諾，似乎想要兒子主持公道。康諾覺得唯一安全的反應是聳聳肩。

「我不要吃！」父親說：「這輩子接下來的日子，你做的派我可以一口都不吃。」

這下變成母親自己把籃子倒過來，把剩下的桃子都倒掉。她扔下籃子，三個人靜靜地走向車子，在開車回家至少三十分鐘的車程中，三人都沒有交談。康諾戴上耳機，但是根本沒打開隨身聽。他等了又等，想等父親或母親打破沉默，但最後還是失望，他覺得越來越反胃，快到家時終於有了聲響：是母親坐在副駕駛座上低聲啜泣。這時他才按下隨身聽的開關。

34

他們在八月底搬家，她記得那是個酷熱的日子，天氣悶熱到讓人高興地逃離城市。愛琳花了好幾週裝箱打包，牆上原來掛著照片和靠著家具的位置，顏色比較淺，像是一幅以這家人生活為主題的長曝光照片。看到家當模糊的外觀、空盪盪的廳室和堆積在飾板角落的塵土，愛琳更急著離開。搬家工人終於過來把東西放到卡車上了。

「你想和我最後一次仔細看看這棟房子嗎？」她問和康諾一起坐在門廊上的艾德。

「我和這房子已經兩不相欠了。」他說。

她痛恨艾德話中的意涵，他完成了自己的私人儀式。她本來還想像他們開始打包那天或住在舊家的最後一晚能開香檳慶祝，但期待落了空。

「你不想看房子最後一眼？」

他沒有回答。康諾看來也寧願坐在門口。她沒有從這對父子中間擠過去，而是繞到側門走後樓梯到二樓平臺。她往裡頭看，空曠的廳室嚇了她一跳，焦慮的情緒瞬間湧上來，她站在原地，沒辦法走進公寓裡。她多少期待能看到唐尼、布蘭達和雪倫，但唐尼在前一週已經帶家人搬進一戶三房公寓，布蘭達和雪倫住一間臥室，他自己和蓋瑞同睡一間，第三個房間留給蕾娜。那間公寓位在轉角處的複合式住宅裡，然而和附近公園的迷人私有住宅不同，狹小的水泥公共空間取代了綠地。此時，愛琳喊聲「你好」，聽到餐室傳來回音才走進去。她站在餐室裡回想，不久前她才在這裡把搬家計畫告訴奧蘭多一家人；而更早以前，從剛結婚到康諾出生的前幾年，一家人就是在這個地方用餐。她站了一會兒，心裡開始發毛，於是趕緊離開。

她急忙下樓到自己原來的公寓。她現在是這樣看老家的，一處公寓。住在這裡的這段期間，她寧可當自己是住在一棟獨立的房子裡，只是還有用不到的樓層未用而已。

一九八二年，安傑羅・奧蘭多在走投無路的情況下把房子賣給她，不到十年後，安傑羅的兒女本來有機會買回充滿兒時記憶的家，但終究沒能如願，奧蘭多家族在這棟房屋裡的故事於是走到終點。他們暫時棲居在別人的公寓、別人的大樓裡，而變動永遠不會停止。原來掛著家人照片的位置只剩下釘孔，在補土填滿釘孔、粉刷掉門邊的鞋印和補平凹陷的走廊以後，這屋子就可以妥當地迎接下一個家庭。

從她手中買下屋子的那家人的態度很明確，他們會在漆過的牆上打下屬於自己的釘孔，沙發坐墊上附著的會是他們家料理的味道，四壁之間也會迴盪著他們的喜怒哀樂。他們三層樓都用得著，也會有足夠的時間去忘記這地方一度屬於另一個家庭。而這個想法有雙向的意義，也就是除了布隆克維之外，愛琳沒住過別的地方。

最後簽約時，她和多默一家人見了面，驚訝地發現男主人的名字和姓氏一樣叫作多默——儘管如此，她還是在合約上看到多默先生有第二個比較接近她想像中那種夾雜一連串子音與母音的名字。看到她難掩驚訝的樣子，個子奇高又戴著墨鏡的新屋主告訴她，在他的家鄉還有不少同名同姓的多默・多默，原因是聖多默曾經在西元一世紀到印度為海外猶太人宣道。愛琳認為這個說法太荒唐，雖說聖多默可能真的去過印度，但那不可能發生在聖多默或其他使徒到達西歐或愛爾蘭之前。多默・多默看來是個聰明人，但是他對時間的說法一定不正確。

一戶印度裔人家買下她的房子，而且連帶地要把家族全帶過來，從一樓住到三樓，這件事再次提醒她：傑克森高地是個大熔爐，是熱氣吹出來的泡泡將她吹離這個地區，這裡應該是全世界每平方公里有最多不同族群居住的區域了。比較詩情畫意的人，可能可以在不同的語言中找到靈感，但是她只想和看起來比較像她家人的住戶為鄰。

最後只剩下一件事了，她要進家裡檢查是否遺漏了任何物品。客房的地板上有一隻死蟑螂，她伸手想拿，但在碰到之前又收回手。

廚房櫃子裡有一把靠在牆邊的掃把，樣子看似邀舞遭拒的追求者。艾德和康諾在外頭等，但是她抗拒不了衝動，開始掃地板上的棉絮和碎屑。愛琳想起從前自己有條不紊地掃伍德塞娘家的廚房地板，沿著肉眼看不見的幾何形路線，清掃每一寸百合花紋的塑膠地磚。她當年的夢想是住進這會兒要離開的房子，不知怎麼地，這一路走來，她的標準也跟著提高。她的新家寬敞又明亮，站在路邊看過去相當氣派，有斜坡車道、百葉遮板，正面步道的兩側還杵著石柱。那是她夢寐以求的住宅，她盡可能不去思考自己日後是否會覺得那房子和舊家一樣又舊又沉重。

她看著掃到地板中央的灰塵，她的手邊沒有畚斗，連可以取代的硬紙板都沒有。搬家工人或是多默一家人會踩散這堆灰塵。這已經不是她的責任了；如今這間廚房已經屬於另一個女人，她大可留下灰塵走出去，放下沒有處理的瑣事代表贏得勝利，但話說回來，她這輩子一直在清理善後。她曾經聽到艾德告訴康諾，灰塵的主要成分是皮膚細胞，倘若這是事實，那麼這堆灰塵當中有無數透過顯微鏡才看得到的她。她小心翼翼地跪下——因為她穿著絲襪，用一隻手將灰塵掃進另一隻手的掌心，然後倒進水槽裡。她看到小指掃過的地上還有殘留一道灰塵，於是沾濕雙手，抹掉這輩子留在這裡的餘燼。

她走到屋外，看到艾德和康諾已經坐進艾德的車裡了。前一天晚上，她下班後先把自己的車停到新家的車道上，當時屋子裡很暗，她急忙走出去搭通勤列車，不想單獨逗留太久。

看來艾德沒有因為等待而發脾氣，但他的臉上沒有任何表情。這對她來說是好現象，如此一來，她反而容易安排計畫；然而康諾的表情複雜，有種她不想在當下看到的混亂。她打開後座的車門坐進去。艾德開著車在前面帶路，搬家公司的卡車跟隨在後，載著一家人的財產往三區大橋（註：Triborough Bridge，於二〇〇八年改名為甘迺迪大橋）前進。

這天很晴朗，他們開車沿著北方大道走，陽光暖暖地照射在路邊的房子上。康諾向一名她不認識的老人揮手道別。傑克森高地幾乎成了陌生的地區，她覺得自己好像慢慢從夢中醒來。在陽光下，車窗外的臉孔看起來都很和善，三三兩兩甚至是獨行的人們，像是隨著看不見的浮力行進。這些人不會再讓她感到恐懼，愛琳已經清除了血液中的這個毒害。昨天，她想到自己再也不必參加喬達里神父的彌撒，再也不必走在北方大道上，竟解脫似地笑了出來。

愛琳瞥見小酒店的員工正在堆放酒瓶，她往後仰靠著頭枕，看著車頂的泡綿。當她再往外看時，車子已經過了好幾條街，轉到布魯克林皇后高速道路上，她太熟悉通往布隆克維的這條路，不必苦思也看得到高速公路怎麼銜接，下了交流道之後如何通向地面街道，直通即將展開她家庭人生第二幕的新家所在。現階段只剩下一小段路得完成，儘管這可能是她最後一次來到這條路，但她沒有任何不捨，愛琳閉上眼睛，想盡快把它拋在腦後。她緊閉的眼皮後方是受到祝福的虛無，而當中的黑暗好比死後的平靜。她工作了一輩子為的就是走向這一刻，愛琳感到筋疲力盡，覺得自己可以一睡好幾年不醒。

車上隆隆的冷氣聲掩蓋了街道上的噪音，越來越模糊，她醒來才發現車子已經開到新家的車道。看到車窗外的房子，她第一個念頭是：這房子和她記憶中的不一樣，不曉得為什麼，房子像是縮小了，也變得比較平凡。她想要丈夫倒車，這不是他們的家，要好好找才能找到新家，但接著她看到載著家當的卡車也繞了過來。

愛琳下車，伸展細長的四肢想甩掉睏意。看到艾德和康諾茫然地站著，她才想起新家唯一的鑰匙在她的手提包裡。

車道在夏日艷陽的烘烤下出現裂縫，等到天氣變涼後，這樣的裂縫會更明顯。天氣預報接下來的幾天都是晴天，如果艾德和康諾能隔天一早就開工，他們還有時間鋪上瀝青讓太陽曬乾。她等一下就要讓艾德到五金行去買長柄鏟和一桶柏油。

她打開門，一家三口走進廚房，分別站在不同的角落裡靜靜地對看，愣愣地不知道在其他廳室裡等著他們的會是什麼樣的未來。愛琳拉開只剩上面絞鍊的櫃子，拉在手中的門像鐘擺般地搖晃著。她不是沒看過新家斑駁的油漆、剝落的壁紙、老舊的櫃子、醜陋的亮光漆和缺角又有刮痕的美耐板流理臺，但不知為什麼，她忘了情況有這麼糟，而且到現在才發現，這個廚房竟不如她拋在腦後的老家廚房。到了這個時候，她才明白接下來有多少工作有待完成，要花上多大一筆整修費用。

她想說些話來祝福新家，但又不願意想到那些話聽來會有多麼不恰當，於是她要丈夫和兒子去卸下放在車上的東西。日後，她還會有時間品嚐改變過後的人生，享受這個終於到來的階段。

愛琳拉開前門走到門廊上，小心翼翼地靠在搖晃的欄杆上，看著搬家工踩著蹣跚的腳步，讓沙發輕飄飄地沿草坪而上，沉重的胡桃木衣櫃起伏地跟隨在後。在那一刻，所有家具都好像飄浮在看不見的浪頭上，像是沉船的殘骸。她想像自己終於脫離了沉船般的舊生命，站到另一艘船的甲板上，駛向陌生的海岸。

她走進屋裡，空出一條路，讓沙發歪歪扭扭地通過寬敞的門廳。她仔細看過地磚，上面那層一指厚的亮光漆一定得立刻刮除。她才覺得自己從恍惚中醒過來。

工人把沙發抬進起居室，看著她，等待她指示該放在哪裡，但這個簡單的問題徹底難倒了愛琳。她要他們先放下，讓她想想該怎麼安排，請工人先把衣櫃搬到樓上。她想要的是充滿無限可能的新生活，讓其他家具留在卡車上就好。等工人搬完之後，他們會開車離開，把她和家人留在她費了一番工夫才得到的偌大空間裡。

她要他們把沙發推向窗戶下的牆邊。這個來到新家後的第一個決定，並沒有如同她想像中那麼讓人雀躍。除了家具暫時不能就定位——不可能是那種讓她安心自在的永久位置，愛琳還有一種不安的感覺：這只是一連串決定的第一個，她現在是船長了。

工人放好沙發，準備回卡車去，但愛琳要他們稍等。這些人站在門梯上看著她，包括她本人在內，全等著聽她要說什麼。愛琳想把這一刻冰存在腦海中，她知道自己一定會想再回到這一幕。即將面對的未來好比來勢洶洶的濃霧，找不到清晰的線索；她目前擁有的，只有對這棟房子、對未來在此地生活的憧憬，建築物本身並非她所要的主因。當然了，在投注了時間和金錢以後，房子終會達到她的理想，但她擔心這兩個條件很快就會消耗殆盡，往後日子的真實相貌等在緩坡下方，在卡車幽暗的貨櫃裡，但她卻能清楚地看到這些拉著汗濕的T恤、靠在欄杆上的工人。她得說幾句話，一定有話可以說的，假如能再等個一分鐘就好了，她一定能想到完美的句子。她看得出這些人逐漸失去耐心，他們只想把她的東西從一個地方搬到另一個地方，對於哪些東西該放哪裡一點概念也沒有，這讓她離失望更近了一點。

第四部

誠實，可靠，正直與忠誠

1991——1995

35

康諾依照郵件的指示，穿過陰暗的通道後來到另一端，在與外界隔離的庭院裡，和一群吵鬧的男孩在這裡等人帶他們進去。現場沒有大人，因此孩子間沒有緩衝，在過去，他們都是自己班上的優等生，但如今只是眾多資優生中的一員。有個男孩比大家高出一個頭，康諾聽到有人猜測大個兒應該是籃球好手，可能會帶領校隊痛宰無力抵抗的對手。一想到自己可以為了團體利益和他攜手痛宰敵手，康諾便興奮得不得了，他們在初中時代全被當作書呆子，飽受輕蔑和凌辱，如今復仇的時候到了。他的體型是某種許諾，代表了他們總有一天會讓人刮目相看。康諾要讓大家知道，過去的日子是序幕，笨拙是因為他尚未破繭而出。

突如其來的勇氣，讓康諾穿過庭院走向那個高個子男孩，近看之下，對方的臉孔十分孩子氣。康諾自我介紹，男孩以溫和但出人意料之外的低沉聲音說自己名叫羅德·漢尼。康諾得知羅德同樣也是西契斯特郡的通勤生，住在朵布斯費里鎮。這群男孩被帶進禮堂聽演講、填表格、領書，最後才到學校餐廳繼續鬧哄哄地度過令人興奮的午餐時間。這天放學後，康諾和羅德一起搭六號地鐵到中央車站，兩個人都還沉浸在這天聽到的所有訊息當中，他們約好隔天早上在大鐘旁邊碰面。

第二天，羅德看到康諾走向大鐘便朝他揮手，彎下高䠷的身子拿起背包。康諾對新友誼抱持著緊張的態度，這段友誼可以讓雙方互相瞭解，也可能帶來失望，他不想一開始就犯下無法彌補的錯誤。

「你今天好嗎，兄弟？」康諾說，在兩人擊掌時，刻意看向他處，並裝出輕鬆隨意的模樣。他不想讓聲音洩漏出任何感情。

「好興奮喔，要去學校了！」羅德說：「我從來沒想到自己會說出這種話。」

羅德看著他，想看他是否肯定這種想法，這時康諾才發現這男孩不會是他的救贖。羅德的雙眼明亮，彎腰駝背的樣子像個問號，康諾想叫他站直。

那天下課時間，大家到體育館裡打球，羅德的球技證實了康諾的疑慮。他接不到球也不會運球，至於灌籃就更不必提了。這孩子接到球後沒辦法同時跳起來，在籃球場唯一的殺傷力，是傷到他自己。

開學的第一週，康諾甩不開羅德，這小子和他一起去參加越野隊的練習。這是大家都能參與的活動，不必預先選拔，練得夠勤就能成為隊員。

越野跑步不是什麼風光有趣的活動，要週末一大早起床跑好幾公里，每天下課後也得練習，這種「真正的」運動員鍛鍊方法讓許多人望之卻步。康諾以身為「真正的」運動員和球員自豪，但那要一直到隔年春天才會有人知道。他之所以參加越野隊，是為了想打好棒球而訓練自己的腿力，增強速度和耐力，儘管如此，他還是逐漸喜歡上這項運動以及自己的表現，但碰到瓶頸仍然會沮喪。他的肌肉修長體格精實，良好的程度足以讓他體會和優秀跑者長久練跑的感覺。每當好手拉開距離後，他會感覺到自己的身體想追上去，想要有傑出的表現。

羅德對於練跑的態度嚴肅又執著，是亞密爵教練掛在嘴上的模範。教練老愛說他隔年冬天要怎麼樣把羅德訓練成跨欄選手。羅德肢體不夠協調，連一道欄都跨不過，又怎麼可能跨過一排跳欄。

無論怎麼勤練，羅德的速度一直沒有進展，總是比實力較弱的跑者還要慢一分鐘，而且還會因為速度慢而自責。在季末才讓他對自己要求如此嚴格的原因揭密：羅德的父親會來看他們練習。當羅德終於衝過終點線時，漢尼先生直接在大家面前大聲斥責他。康諾和隊友圍到羅德身邊，拍拍他的背表示安慰，但在發現羅德的弱點後，那週練習時他們也做了相同的事，除了嘲笑羅德的步伐外，還笑他氣喘如牛、滿身大汗，連他的短褲都可以拿來當笑柄，康諾沒有保留，加入隊友一起奚落他。他知道這麼做不對，而且羅德也知道。聽著大家嘲笑，羅德會默默地用目光尋找康諾。畢竟羅德和康諾的差別，在於天生能力的微小差異而已，除此之外，漢尼先生荒唐的教育方式可能也得算上一筆。有這樣的父親很辛苦，但羅德臉上掛著無辜又脆弱的表情走來走去，同樣沒幫到自己的忙，這種表情讓人不安，會想以行動制止。

康諾結束練習回家時，看到父親跪在廚房，拿著金屬刷清洗地磚骯髒的亮光漆。他從廚房開始，朝閱覽室、門廳一路刷過去，一次刷一塊地磚。康諾換上舊牛仔褲陪父親一起工作。兩個人沒交談，拱著背並肩刷地，康諾用力推著金屬刷，剛跑過八公里的肌肉開始痠痛。

「以這種速度，我們大概可以在兩千年完工。」他說。

「你繼續刷就好了。」

「臭死了。」所有窗戶和廚房流理臺上的風扇都已經打開，但九月天氣酷熱，溶劑的味道揮之不去。「我頭好痛。」康諾坐起來揉揉雙手，檢查是否有擦傷。

「你不想幫忙就別幫。」

「我正在幫忙啊。」

「要幫就別多話。」

他們摳洗地磚的裂縫，溶劑可以洗掉亮光漆，但每塊地磚都得用力刷乾淨。他覺得應該有磨地磚專用的機器，但父親執意要用這種方式——他自己的方式，來做這件事。他甚至拒絕休息，像是要表達某種態度。

康諾刷掉另外半塊地磚上的亮光漆。「我明天要考拉丁文。」他說。

父親頭也不抬地揮手要他離開。「去做功課。」他說。

「我可以幫忙。」康諾愧疚地說。

「去做你該死的功課。」

那個週末，父親帶他去范柯蘭德公園參加越野賽。早晨的艷陽、一望無際的天空和徐徐清風，讓康諾感覺一切充滿希望，唯一掃興的是起跑槍響後那二點五公里的地獄之行：艱困的呼吸和瀕死般的疲憊。稍遠的草坪上有本地人在踢足球，他們對即將加諸在越野跑者身上的折磨絲毫不感興趣。

參賽者的家長和兄弟姊妹懶洋洋地站在一起。羅德在隊友的一旁彎下腰，他細長的雙手抵著地面，就一個約莫兩百公分高的男孩來說，這姿勢有欠威風。在康諾的隊友斯岱方鼓動之下，大家紛紛開口諷刺，和康諾站在一起嘲笑羅德。羅德伸展長手長腳暖身的姿勢實在笨拙，隊上唯一沒笑的是陶德．考夫林，因為他在場上優異的表現，讓他得以寬厚待人。

越野隊員暖身時，康諾的父親拍了照片，最近父親迷上攝影，什麼都拍。為了表示抗議，康諾別開頭專心暖身，把注意力放在腿筋的伸展上，同在附近暖身的其他隊伍讓他有種防守地域的感覺。他們正在舒展大腿肌肉，看似輕鬆又優雅。

起跑槍響後一陣混亂，大家你推我擠忙著卡位，過了一小段距離後才又會合在一起。一群跑者迅速地排成一列，自然而然地出現了先後次序。長長的隊伍跑上足以累垮人的後山坡，除了派在橋邊或通道的計分員之外，他獨自面對岩石上潦草隨性的塗鴉，閃避沿路的馬糞，還得盡可能越過步道上不規則的缺口，以免扭傷腳踝。過了山丘最高點後便是陡峭的下坡，他加快速度免得落後太多。到了山腳，就在車子呼嘯而過的亨利哈德森大道附近，突然出現一處急轉彎和一片空地，將近四百公尺的筆直跑道，兩側都是觀眾和大呼小叫的教練，筋疲力盡的康諾，盡可能以最快的速度向終點線衝刺，即便心肺差點就要造反。

他看到遠處終點線附近的人群，但感覺上像是從望遠鏡的另一頭看，他好想到一旁去嘔吐。一大群從他身邊經過的跑者，喚醒了他體內神奇的潛力，但他仍然沒辦法好好抬起頭。

他在看到父親之前，就先聽到他的聲音。「加油，康諾，」父親圈起雙手，對他溫和地喊：「加油，兒子。」

他深吸了一口氣，踢出雙腿，彷彿這雙不適任的腿不屬於他，而他也想替雙腿找到正確的主人。康諾終於加入了隊伍的後段，終點線的歡呼聲宛如一堵越來越近的高牆，他想超越其他人，但時間所剩不多。他不在領先的跑者群當中，那些人已經邊休息，邊把玩金色的噴漆獎牌，重點是他身邊這一小群競爭者，他們不見得可以領到獎牌，主辦單位一向發太多獎牌，三十、五十，天曉得多少個。領獎的有領先的前四分之一和前三分之一的跑者，金牌和銀牌選手都不只一名，接著是銅牌，最後才是什麼都領不到的跑者。獎牌究竟有多少面這類問題，讓亞密爵教練聽到厭煩。「那有什麼重要？」他說：「你為什麼想要墊底？」

他勉強跟上一小隊跑者，陸續通過終點線，剩下的獎牌還真不少。他彎腰穩定呼吸，眼睛看著主辦單位人員頒發獎章。迎接這些跑者的歡呼聲逐漸轉弱，嘈雜的人聲中只聽到斷斷續續的喝采，而終點線附近的人群也慢慢散開。

落後的最後幾名跑者陸續出現，羅德也在其中，高高的個子，但動作僵硬，像是才活過來的圖騰柱。羅德的父親聲音本來就尖，這下子又扯著嗓門沮喪地吼叫，周遭的人突然全靜了下來，直到羅德通過終點線後，大家才又開始高談闊論。所有人都刻意轉開目光，為那孩子感到困窘，亞密爵教練拿筆敲敲計分板，當作無力的譴責。

「那孩子叫什麼名字？」康諾的父親問道。

「誰，他嗎？」康諾說：「羅德。」

「你待在這裡。」

康諾緊張地看著父親走向羅德和漢尼先生。

「你叫羅德，對吧？」

羅德點點頭。

「你要幹什麼？」漢尼先生氣呼呼地說：「我在和我兒子說話。」

「羅德，我在想，」康諾的父親沒理會漢尼先生，「我能不能和你合照？」

羅德顯然很驚訝，但仍然說：「好啊！」漢尼先生目瞪口呆地說不出話。康諾的父親把相機交給斯岱方，斯岱方先是尷尬地左看右看才準備拍照。康諾無法相信自己親眼所見，這一刻未免太難堪了，他衝過去搶下斯岱方手中的相機，以最快的速度取景。父親和羅德都面帶微笑，沒有人會知道前一分鐘才剛發生什麼事。康諾按下快門，接著才去找亞密爵教練問自己的名次，教練不屑地看向別處，把計分板遞給他。

與康諾同年級的戴克藍．寇因，和他一起從布隆克維一起搭通勤列車，不久後便開始在週末帶著康諾到處走。

「你看起來像個義大利小鬼頭，」戴克藍說：「你得要有預校生的架勢才行。」

「好。」

「拿那件仿立領的襯衫來說好了，你要穿件不同的襯衫，要有真正的襯衫領。美式足球衫不錯，Polo衫也可以，要不就是開釦襯衫。」

戴克藍在本地長大，念的是聖約瑟中學。他認識這一帶所有進福特漢姆大學預校和布隆克維高中的學生，而且和他們都混得很好。重要的不是他彈得一手好鋼琴，大家在乎的是他曾經在八年級時參加過業餘的帝國冬季冰上曲棍球賽，擔任過守門員。他們可能也看到了戴克藍父親在晴天時會停在車道上的名爵（MG）跑車。

「那頭刺蝟髮型太不入流，」戴克藍說：「髮膠也別用，留長你的頭髮然後旁分。」

戴克藍那一頭亂糟糟的鬈髮從棒球帽下冒了出來，帽上的標識是美國公開賽。連康諾戴的大都會隊球帽都不合格，因為戴著真正代表某支棒球隊伍的棒球帽，可是呆到最高點的表現。

「還有你的褲子，讓你看起來像是從飛機上跳下來的。你看過這附近有人穿嘻哈褲嗎？你不會想要那一堆口袋和圈環的，那樣穿像個泥水工。買牛仔褲就好，一般正常的牛仔褲，而不是那種水洗作舊刷破款。」

戴克藍討厭康諾母親買的所有牛仔褲。康諾沒辦法不去注意到戴克藍的母親總是能照顧到所有細節，比方把制服的褲子燙整齊，午餐是用蠟紙包得像聖誕禮物般的三明治，旁邊還放著一小袋美味健康的胡蘿蔔，最後再加上兩片烤成完美圓形、自製的燕麥巧克力碎片餅乾。她甚至還會幫兒子把餐巾摺成三角形，而且戴克藍不只是在上學時毫無瑕疵而已，康諾簡直沒辦法相信戴克藍家有多整齊多完美。他自己的家裡從來就沒辦法像寇因家一樣，不過話說回來，畢竟自己的母親是全職的職業婦女。

「還有，不要把褲管捲起來，那是義大利小鬼頭的標準穿法。」

他想像自己在戴克藍眼裡一定很像剛接觸到文明的土著。

「把那雙銳跑娘娘腔球鞋丟掉，買雙平底帆布鞋。走復古風的bass不錯，還有，現在沒人穿三角褲了，換成四角褲，只能穿四角短褲。」

「四角短褲。」

「沒有例外。我沒辦法更強調這一項了。」

「我會去買。」

「再買雙足球鞋，愛迪達Sambas款。」

「我又不踢足球。」

「那是因為你不知道什麼對你有益，」他說：「大家都踢足球，去買雙足球鞋就對了。」

「這樣不會讓人覺得我太刻意了嗎？」

「難道你寧願讓人覺得你連試都不想試？」

布朗克斯河沿河公園的西側是布朗克斯河公園大道，南邊是帕瑪路，北以龐德菲爾路為界。公園的主要步道兩側都有樹木，放眼望去，盡是大片大片的草地，到了晚上，年輕人會聚在這裡喝酒。

布隆克維的犯罪率不高。警方常會從公園大道開著警車上草皮，讓孩子措手不及，未達飲酒年齡的孩子會往帕瑪路跑。康諾看過他們匆匆忙忙地離開公園，很想知道自己要怎麼做，才能和那些孩子混在一起。

戴克藍帶他去找一群在岔路上聚會的團體。據戴克藍說，他們多半都是福特漢姆大學預校的學生，其中有幾個讀約納學院，有幾個念布隆克維高中。女生則是烏蘇拉學院、聖嬰學校和布隆克維高中的學生，當中也有幾個年紀大一點的大學生、退學生，或是從來沒進大學就已經工作的人。

在戴克藍介紹康諾時，有個傢伙拿起手電筒照亮自己的臉，光束照著他的五官，看來讓人毛骨悚然。這張臉下面是一件粉紅色和白色條紋的牛津布襯衫，眼睛充滿血絲。戴克藍說他是福特漢姆預校的高年級生。

「來，」那傢伙說：「喝點啤酒。」

他從半打裝的塑膠圈環裡拉出一瓶啤酒遞給康諾，康諾覺得自己無法拒絕，只好試著扭開瓶蓋。

「我幫你開。」那傢伙拿起鑰匙鍊上的開瓶器幫康諾打開瓶蓋。戴克藍向一個看起來和康諾同齡的孩子招手。

「這位是布魯斯特，這位是康諾。」戴克藍說。

「你和這小子上同一所學校？」布魯斯特指著戴克藍問道。

「是啊，」康諾說：「但我很可能被當，最後只好去念福特漢姆預校。我不想把所有時間拿來拚命用功。」

這些人不必知道康諾的成績有多好，他不想剛到這裡就被大家當成只會讀書的怪胎。

「再來一瓶？」年紀大一點的男孩問道，拿走康諾手中的瓶子。稍早，康諾趁沒人注意的時候把啤酒倒在地上，但這會兒戴克藍略帶酒意地看著他，康諾覺得自己有必要喝掉這瓶啤酒。他啜了一口，覺得好苦。

「有沒有看到那邊那個女孩？」戴克藍的音量不小，「金髮的那個?她叫蕾貝卡，會幫你口交。有人吸過你的屌嗎？」

康諾連和女孩接吻的經驗都沒有。「沒啦，」他說：「還沒有。」

「她和誰都能搞。」

康諾不懂那麼漂亮的女孩為什麼要隨便陪人上床。

「你和她睡過嗎？」康諾問道。

戴克藍慢慢地咧開嘴笑。「棒透了，」他說：「感覺很棒。」他喝光啤酒。「你何不去找她聊聊？」

戴克藍把康諾推向蕾貝卡的方向。她站在給康諾第一瓶啤酒的大男孩身邊，康諾拿著酒瓶走過去，開口又要了一瓶。

「好兄弟，」大男孩讚許地說：「酒多得很。」

他覺得有股氣從胸口冒了上來，在大男孩幫他開啤酒時打了一個嗝。蕾貝卡有一張無邪的臉孔和甜美的笑容，很難想像她會是個隨便的女孩。有人開了一個玩笑，她輕笑的模樣讓康諾全身都感覺到一波暖意。戴克藍走過來介紹幾個穿得幾乎一模一樣的男生給他認識，康諾隨意地回握他們伸出來的手。他知道酒精開始發揮作用了，也感覺到一股油然而生的勇氣。

「這附近一直是都這麼死氣沉沉的嗎？」他問道，而且感覺到蕾貝卡正饒有興致地看著他。

「差不多吧。」有人說。

「如果我把我城裡的兄弟帶過來，」他說：「警察會嚇得尿褲子。」

「硬漢啊。」有人嘲弄地說，康諾看到這人朝另一個男孩看了一眼，並且嘻嘻地笑。

「我從前混過幫派。」這人才說完話，康諾看到戴克藍搖搖頭。「我真想知道，如果這裡真的出了事，警察會有什麼反應。」

剛才有人回應說了句話，但康諾沒聽到，只曉得其他人開始笑了起來。他想用機智化解難堪，但什麼話也想不出來。蕾貝卡朝河邊的樹林走過去，戴克藍轉過身和朋友說話時正好背對著康諾，康諾聽不到他們在說什麼。其他人走開後，戴克藍站在他身邊。

「拜託你告訴我剛剛是在開玩笑，」戴克藍說：「拜託你告訴我你沒那麼遜。」

康諾自顧自地喝著啤酒，喝光後，又去找拿手電筒的大男孩再要一瓶。

他還來不及反應，四周的人就散開了。他在人群的最外側，離警車最近，他還有時間和其他人一起離開公園，但不知為什麼，他偏就是站在原地。他喝醉了，這不容置疑，他從來沒喝醉過；接著他只知道警察拿走他手中的啤酒。「現在這是證物了。」警員說。另一名警員要他靠在車旁，雙手放到背後。

他小時候玩過手銬，但這副更真實，而且扣在他手腕的骨頭上。他知道自己被推進了警車，坐進去時，一個金屬物戳到他的皮膚，讓他的背也縮了一下，等兩名警員坐進車裡就把車立刻開走。康諾隔著前後座之間的欄杆打量兩名警員的後腦，覺得異常平靜。車頂的旋轉警示燈照亮了車外泥濘的草地。他知道自己應該更難過些，但不知怎麼地，這件事似乎無法避免，心想，他父母會殺了他。

車子開到警察局，一名警員將他帶進一個小房間。「我幫你倒杯水來，」他說：「請坐。」

康諾坐在警員手指的椅子上，頭開始痛起來。他的上方掛著一幅航海圖。警員拿著杯子走進來，康諾一口把水喝光。

「我想知道，你是從哪裡弄來的酒，是你自己買的嗎？」

康諾搖搖頭。

「請你說話回應。」

「我不知道是誰給我的，」他說：「他年紀大一點。」

另一名警員站起來。「這些都會是口供，你知道嗎？」他說：「你的學校會知道。你的家長已經趕過來了。」

「是嗎？」

「那孩子叫什麼名字？」

「我才剛搬過來，警官，」他說：「任何人的名字我都不知道。」

「你記不記得他有什麼特徵？」另一名警察問道。

「他年紀比較大，人很好，穿著有領襯衫。」

「這孩子在浪費我們的時間。」

「你得上少年法庭，」第一個警員說：「我們這裡不會放縱這種事，你現在應該知道了吧。不管你是從哪裡來的，這裡就是不同。」

「傑克森高地。」

「哪個鬼地方都一樣。」

不多久，康諾的父母就到了。母親走進來立刻賞了他一巴掌，父親看起來關心多於憤怒。除了越野練習之外，他哪裡都不能去。東契斯特郡少年法庭檢察官建議認罪協商，以換取三十小時的社區服務。康諾此時站到法官面前。「如果下次還讓我在法庭上看到你，」法官說：「你最好記得帶牙刷。」

走出法庭時，母親增強了她的威嚇語氣。「如果你還敢在布隆克維讓我丟臉，」她說：「你連家都不必回，還有，在你滿二十一歲之前別想再喝酒，你還不算男人，不能喝。」

「對不起，媽。」

「你連男人都還不算。」她又說了一次。

36

除了冰箱、水槽和爐子之間的一條狹窄通道以外，艾德的地磚變臉計畫，目前占用了廚房其餘的空間，所以他們只好在餐室吃飯。等艾德把注意力轉到餐室腐朽的地板上之後，她勢必得放棄餐室，但目前她決定好好享受這個空間。她釘了一張床單隔開餐室和起居室，後者不但塞滿了家具，還堆了許多日後等艾德清理完地磚後才能擺進閱覽室和門廳的東西。餐室是她的聖殿，經過她巧手整理，餐室的布置幾乎全數完工，看起來就像個夜夜上演好戲的小劇院。她把瓷器放在櫃子的深處，擦得發亮的燭臺像哨兵似地站在拱形壁櫃裡，用化學藥劑清洗過的水晶吊燈閃閃發光，桌布純白的蕾絲邊，更讓人聯想到純樸的聖壇。

艾德拉開椅子坐下，額頭上仍看得到成串的汗珠，他把汗濕的前臂放在桌上，用她仔細摺好的餐巾擦汗。

等廚房地磚清理好，他們才會裝上新的櫃子和流理臺。

「我不知道你為什麼不讓我僱人來清洗地板，」她說：「我們還有錢找幫手。」

「我做得很好。」他說。

「我不想這樣過日子。我們買這棟房子不是為了放一堆箱子，我要真正的廚房。」

他們手頭還有一些錢。在付了折舊獲利所得稅（她很後悔多年來把房子以低價租給奧蘭多一家人，因為房子幾乎沒帶來什麼「獲利」）和新屋百分之五十的頭期款後，賣掉傑克森高地房子的收入還剩下四萬美金可以用來整修新家。

「妳會有妳的寶貝廚房，」艾德說：「地板很快就能清洗乾淨了。」

「再過兩週就十一月了，艾德。我們可以請人來，花一天時間就可以完工，說不定他們用機器處理，幾個小時就能磨好。」

他抓住她的手腕，靠上前去。

「除了我和康諾以外，有哪個人敢碰那塊地板就試試看，妳聽懂了嗎？」

她掙脫他的手。「隨便你。」她刻薄地說，揉揉自己的手腕，「可是別想叫兒子幫忙。你想充英雄就自己去做，他不會插手，他的學校功課已經夠多了。」

「我不需要他幫忙。」

她感覺得到自己突然有種反感，諷刺的話語凝結在她口中。

「好極了，」她說：「太好了，我夢寐以求的就是這樣。」

37

車子加過油後，父親到加油站裡付錢，母親突然轉頭對坐在後座的康諾說話。

「你要知道這對你爸爸有多重要。」她說：「我寧願在山邊找家好民宿住下來欣賞綠意，但你爸爸做這件事是為了你，你要記住，要感激。聽到了嗎？」

「好啦。」他說。

「而且我還有事要抱怨，我們早上出發前，你是說了什麼讓他難過的話？他說那是你們父子之間的事，可是我看得出來，他很難過。」

「什麼都沒有。」康諾說。

「我很確定一定有什麼事。」

「他說得沒錯。那確實是我跟他兩人的事。」

「別這麼不耐煩，」母親說：「你還要靠我們養，別忘了這件事。」

他不想把自己說的話告訴母親，因為說出來恰好證實她的想法，證明他是個不知感恩的小渾球。

他不知道自己為什麼要那麼說，但話就是冒了出來。他和父親站在水槽邊，康諾沖洗自己用過的盤子，準備放進洗碗機裡，父親遞來毛巾時，康諾說：「你有口臭。」父親疑惑地看著他，於是康諾又說了一次，但措辭有些不同。「你嘴巴好臭。」父親用手擋著嘴巴吹氣聞一聞，接著用不知是受傷、困惑或是感激的眼光看著兒子，康諾分辨不出來。「謝了。」父親的說法還是沒讓他得到結論。隨後父親走進浴室，在裡頭待了將近一小時才出來。康諾聽到他在浴室裡不斷刷牙，而且水龍頭的水也沒關，安靜了一會兒之後，水才又開始流。

母親的心情在一家人抵達庫伯斯鎮之後好轉，這地方到處都是可愛的小店。他們停好車，走進國家棒球名人堂，這棟紅磚建築看起來比較像是大學或郵局。應父親的要求，母親幫父子倆在一扇拱門前拍了張照片留念，然後母親去逛街，三人約好兩個鐘頭之後再到名人堂正門前碰面。

康諾和父親經過掛著頭像浮雕的壁面。父親指著他當年最愛的賈基・羅賓森、杜克・史奈德、羅伊・康帕鎳拉和皮維・瑞斯；康諾則抱怨自己最喜歡的吉爾・侯傑斯並沒有和其他人一起獲選。有幾個雖然不是道奇隊的球員，但他仍然仰慕，例如盧・蓋瑞格、史坦・謬西歐和羅貝朵・克里蒙堤。站在這些浮雕前面閱讀碑文是件很有趣的事，可以欣賞作者如何把球員的傳記和經歷寫成短短幾行精簡的文字，如果康諾現在還是十二歲，他會更喜歡。當年這些東西讓他百看不膩。

過沒多久，他們便覺得看得夠多了，康諾惦念著午餐，心想母親說要看綠意、賞落葉可能有她的道理，賞葉無聊歸無聊，但至少他不必為了怕傷父親的心而假裝看得津津有味，或符合父親的期望。他們正要通過一間四面牆上都擺著玻璃櫃的廳堂時，父親突然停下腳步。

「下一次我們再來的時候，」父親說：「名人堂會把你列進來。」

康諾本來以為父親接著會笑出來，卻沒一直沒聽到他的笑聲。「那當然，爸，」他翻著白眼說：「好啦。」

他球打不錯，程度的確可以進高中校隊，但也沒有球探看上他；父親和他一樣清楚狀況。

「我要你聽我說，」父親說：「我要認真地和你談一下。」

有個可愛的女孩和她父母及小弟，站在一起看玻璃櫃裡的舊手套。

「在這裡談？」康諾問道：「一定要在這裡講嗎？」

「你最近的樣子讓我有點擔心，」父親說：「也許是因為讓我想起我在你這個年紀時的樣子。我讓自己的日子過得很痛苦，但其實沒那個必要。我看到你硬起心腸，那不是你；我看到你把自己封閉起來，但其實你的心胸開放又善良。」

「好啦，爸。」他舉起雙手，想讓父親住嘴。

「你知道我在說什麼嗎？」

「我不知道，」他說：「我是說，我還好，爸，我好得很，你不必擔心。」

「你還好，」父親說：「你不只好而已，你很優秀。這點我知道，相信我，但你最近都封閉心靈。」

「爸，」他說：「是因為我早上說你口臭，你才這樣講嗎？」

父親大笑。「聽好了，我要你做一件事，你可能會覺得有點奇怪。你願意幫我做這件事嗎？」

「什麼事？」

「你要相信我。」

「會不會讓我很丟臉？」

「除了我們兩個，不會有別人知道。」

「好吧。」康諾挫敗地把雙手往自己的大腿一拍。「好吧，當然可以。」

「你一生中絕對會碰到讓你憤怒的事。我不要你被憤怒毀了一生，也不要你忘了自己有多好，所以我們現在要做個小小的練習。」

「你還好嗎？我是說，沒什麼事吧？」

「我很好，」父親說：「你準備好了嗎？」

「當然好了。」這下子康諾真的好奇了。

「現在我要你做的，是打心底相信自己下次到名人堂時，他們已把你列進來。」

這太超過了。「我連你在講什麼都聽不懂。」康諾說道，這時剛才那個可愛的女孩從他身邊經過，還直視著他的雙眼。

「噓，」父親說：「閉上你的眼睛。」

康諾閉上眼睛。

「我要告訴你，名人堂把你列進來時，就是下次我們再來的時候。我要你先把這件事當作事實。」

「好。」他緩和了一點。父親說這話的時候有些興奮，而且聽起來很確定。康諾想相信父親能夠預知未來，或有類似的能力。

「敞開自己的心思去感覺。你日後會成為大都會隊的投手，會從擴音機裡聽到自己的名字，而且會聽到好幾千次。你會聽到喝采、噓聲，會在草地或是人工草坪上出賽；你的肩膀、手肘和指節會嚴重受傷，但一切都是值得的。將來每次球隊在主場出賽時，你都有保留位，你的孩子、妻子會坐在保留位上。現在你看到自己的頭像浮雕了，你在想，浮雕上的你看起來好像別人，但那真的是你，是你的背號和名字。」

父親的神情讓康諾覺得他說的不只是棒球，不只是名人堂。他要說的是康諾想要的一切，他要表達的是他相信自己的兒子。

接著，連康諾自己也不知道為什麼，他真的感覺到什麼叫作把喜悅帶給大眾，什麼叫作有超群的表現。康諾從來沒讓自己想像那樣的成果，他不想張開眼睛。

「我要你真的去感受，」父親說：「而且要記住這種感覺，因為這和你日後的人生經歷一樣真實。你會記住嗎？」

康諾閉著眼睛，點點頭。

「你要發揮自己的想像力。」父親說。

康諾覺得自己的心像花朵一樣綻放開來。如果不要恐懼，別去假想自己不可能成為球迷口中傳誦多年的大聯盟選手，那麼在他一邊想像時，就能體驗那樣的人生；進入名人堂，或者無論他想要什麼，他都能得到。

「好。」康諾說。他聽到有人從他身邊經過。他沒張開眼睛卻看得到，知道那些人穿什麼，臉上有什麼表情。

「你能感覺到力量嗎？」

「可以。」他說。而且他真的有了感覺，他已經跨越了時間。

「你現在憤怒嗎？」

「不會。」

「你害怕嗎？」

「不害怕。」

「你知道我愛你？」

「知道。」他說。

「張開眼睛。」父親說，但康諾等了一下，因為他心裡有個聲音告訴他：父親和他再也不會回到此時此刻。「我們去找你媽媽。」

38

廚房的櫃子在週五組裝完畢。愛琳度過彷彿沒有盡頭的一週，下班回家後看到櫥櫃潔白的表面，整個人靠在她渴望已久的中島桌臺邊，驚喜無比地環顧四周，然後才拉開櫃門，撫過令人愉快的磨砂內板。她等不及，只想趕快到「食物帝國」超商去採買。自從為了拆除而清空壁櫃以後，她便滿心期待這趟補充食材的旅程。

第二天早上，她等著工人帶來巨大的檯面以架設流理臺。因為花崗岩太貴而且她下定決心再也不用美耐板，於是她本來選用了杜邦的可麗耐面材，然而到了最後一刻，她還是改變心意，訂了花崗岩。

她考慮過是否要留在廚房裡監督工人安裝檯面，但在廠商和助手把板料抬上後樓梯時，她發現自己寧可享受等最後看到成品時的神奇感受。愛琳小時候下課回家，看到母親以吸塵器吸過地毯的整齊線條後，就有這種念頭。

她在超市的貨架之間繞來繞去，把所有她認為有需要的東西全放進購物車裡，還沒逛到乾貨區，推車就已經滿到讓她不得不去結帳，先把一袋袋東西放進車裡再回頭逛。買完第二趟之後，不但車子的行李箱塞得全滿，連後座、駕駛座和地上都堆了戰利品，讓她開車只看得到正前方和駕駛座的左側後視鏡。她覺得回程這趟路連引擎都得費力轉動。

把車開回家裡的車道時，她按了按喇叭，要康諾出來幫忙提袋子，自己則先進去欣賞流理臺，光亮的花崗岩檯面讓她看得目瞪口呆。她繞著檯面走，用手觸摸冰冷的表面，入迷地看著往前延伸的長型石材。

康諾拿著第一批購物袋走上來，把東西放在中島桌臺上。「怎麼了？」他問道。

「你準備製造災難嗎？」

「我只是買了些東西。」她心虛地抗辯。

她開始收拾東西，康諾在車庫和廚房間來來回回地不知走了多少趟。還沒完全拿進來，袋子就已經堆滿了中島桌臺，艾德走進廚房立刻發飆，拿出冰箱裡的東西丟進垃圾桶裡。

「我們吃太多了！」他吼道：「這些食物太多了！」

「請你自制一點好嗎？」

「我們要改變飲食習慣，」他說：「我們越來越胖。這該改了，一天只能吃一餐！不可以超過一餐！」

「這些東西大概夠我們吃十年。」康諾說。

「丟掉！」艾德走出廚房時仍咆哮：「全拿去丟掉！」

愛琳跟著他走出去。「如果你想丟就拿去丟，」她對著丈夫上樓的背影說：「我沒意見。」她想保持冷靜，卻陷入和艾德一樣的情緒當中。「你丟了，只表示我會去買更多東西來補足，我要把櫥櫃全都裝滿。」他走進臥室。「就算你餓死我也不在乎，這個家裡的其他人就是要吃。」他沒有回答。「像國王一樣！」她怒吼：「我們要吃得像國王一樣好！」

39

連續好幾週，艾德拿著鐵鎚到地下室敲打牆上腐爛的磚塊，結果地下室變得滿目瘡痍，好比射擊場的紙靶；而起居室成了地雷區，他的破壞力更強大，不分好壞，整片木地板幾乎全掀了開來。排水管塞住、車庫門故障、一次暴風雨過後地下室再度淹水；如今廚房的櫃子和桌臺全安裝好了，艾德拒絕聘僱任何工人來幫忙。

他怒氣沖沖地坐在她身旁的駕駛座上，以一身不協調的打扮當作無言的抗議，稍早，愛琳為了要他換下髒內衣且加快動作，才剛對著他吼了半個小時。他們要去麥圭爾家。因為心煩，他開起車來不停地在車道間飄移，碰到塞車才緊急踩下煞車。

「你可以專心一點嗎？車子在路上閃來閃去的。」

「我知道怎麼開車，」他說：「我已經開了——」他頓了一下，才說：「我打從十六歲起，就學會開車了。」

就因為太晚出門又碰到交通阻塞，當他們到麥圭爾家，時間已經很晚了。艾德關掉引擎後仍坐在車裡，她站在車外對他招手，接著才又拉開靠自己這邊的車門。

「你到底來不來？」

門廊的燈亮了，麥圭爾夫婦其中一人很快會來開門。她坐回車上，也許她該用另一種切入方式。她努力隱藏語氣中的不耐煩。「怎麼了？」

「等我一分鐘，」他說：「妳在旁邊說話，我沒辦法思考。」

「親愛的，」她盡可能溫和地說：「我們真的連一分鐘都不能等了。」

「再說一次，等一下會有誰？」

「就我們而已，我們和法蘭克，還有露絲。」

「那好，」他說：「我們見的人太多了。」

自從搬家後，他們還沒和任何人見過面，但現在不是爭辯的時候。「你說得對，」她說：「我會節制一點，暫時把焦點放在房子上。」

「謝天謝地。」

「現在我們可以進去了嗎？」她把葡萄酒遞給他。露絲拉開門，親吻他們兩個人。艾德把酒拿給露絲時，他的手在發抖，愛琳發現露絲也注意到了。

晚餐已經準備好了，他們進門立刻坐下，露絲走了幾趟把盤子端進來。愛琳想幫忙，但露絲要她坐下。法蘭克打開葡萄酒的瓶塞，讓酒先透個氣。愛琳覺得自己開始放鬆了。

「錢坑有什麼進展？」法蘭克問道：「你們找到埋屍的地方了嗎？」

通常這時候，艾德會利嘴利舌地回應，然後兩個人開始鬥嘴。

「還好，」艾德平淡地說：「還算順利。」

「艾德忙著處理淹水後爛掉的磚塊。」

「真好笑，我這陣子去上進修課程，正好講到水的歷史，」法蘭克說：「比方灌溉、水運等等。但是還沒講到水患，到時候我會告訴你們，說不定我能給點意見。」

艾德什麼也沒說。

「能回學校學點東西一定很好。」愛琳說。

「我們不年輕了，」法蘭克說：「得讓腦子繼續轉動。我說得對吧？」

艾德還是沒說話，這時露絲正好端著一盤烤牛肉走進來。

「請開動，」她打個手勢邀請艾德，「大家自己拿。」

愛琳本能地想幫艾德拿，但他坐在她和盤子之間。艾德用放在烤牛肉盤上的叉子，想叉一片肉，但沒叉住，肉掉回盤上濺起醬汁，又潑到桌布上。他又試了一次，這次雖然叉得太深，但終於將一片烤牛肉放到自己的盤子裡，他接著拿，第三片又掉到自己的腿上。露絲和法蘭克飛快地互看一眼。艾德拿起第三片烤牛肉放在盤子上，完全沒想要擦拭沾濕的褲子，而盤子上就躺著三片薄薄的肉。他把叉子遞給愛琳，就餐桌禮儀來說，他本當為妻子取牛肉，或把整盤牛肉遞給她。愛琳必須站起來才拿得到牛肉，她先幫自己拿了幾片，接著又在艾德的盤子上多放了兩片肉，她抬起頭才發現主人夫婦都在仔細觀察她的動作。

「要我幫你拿點牛肉嗎？」她問法蘭克。

「沒關係，我自己來。」

「這些東西好漂亮啊。」她把餐具遞過去，但仍然站著。「我來幫妳拿吧。」她對露絲說。她覺得自己好像棋手，要預先想好接下去該怎麼出手。「我來幫大家盛馬鈴薯。」她為露絲舀了一些馬鈴薯，也幫自己盛了一點，接著順理成章地幫艾德拿了一些。愛琳同樣為大家都拿了些蔬菜。

艾德帶著懷疑的表情看著自己的盤子。他試著用叉子進食，但幾次都沒有成功，於是開始用指頭幫忙推，在食物掉到襯衫前，成功地吃了幾口。

這是法蘭克嘲弄艾德喝醉酒的好時機，通常艾德對法蘭克的任何說詞都無力招架。他們一向毫不留情地彼此嘲諷，在兩個男人瘋狂笑鬧時，她和露絲還會懷疑他們是不是有毛病，但今晚法蘭克靜靜坐著凝視艾德，直到發現愛琳的目光才轉開頭去。

他們費力度過了這頓晚餐。愛琳想跟露絲到廚房清理杯盤，但露絲說：「妳陪他們，盯好一點，別讓他們惹麻煩。」

愛琳幫他們端來飲料。到了起居室，幾個人不再像用餐時那麼尷尬了，法蘭克滔滔不絕地敘述自己上的課，藉此緩和氣氛，艾德不時插嘴，聽起來像是大家真正在交談。這時，露絲也走了過來，四個人端著酒杯坐著，享受老朋友聚餐後的溫馨時刻，一個話題結束後，自然有人提起另一個話題。

「康諾好嗎？」法蘭克問道。

「他的成績很好，比較糟的是生物，你相信嗎？」

「我高中時成績很差，」法蘭克說：「如果成績這種事在當年和現在一樣重要，那我的人生一點機會也沒有。」

「我也是。」艾德說。

「當年和現在是兩個不一樣的世界。」露絲也表示同意。

「他已經高二了，」艾德說：「很快就會穩定下來了。」

愛琳縮了一下身子。

「我以為他才高一。」露絲說。要在法蘭克和露絲這麼關心他們的朋友面前提起孩子，真是一件危險的事。

「對，高一，」艾德說：「我剛剛就是這麼說的。」

「他很喜歡英文課。」愛琳很快地接下去。

「好極了，」法蘭克說：「我愛死文學了，下學期我要修莎士比亞。」

「艾德很失望，」她說：「他本來希望孩子能走上科學這條路，希望他進醫學院。」

「那是妳自己一廂情願的想法，」艾德說：「我只要他跟隨自己的天賦。」

「也許他的想法會改變，」法蘭克說：「聽著，我想邀他過來度週末，你們覺得他會想來，還是會覺得討厭？」

「他一定會很高興。」愛琳說。

「或許他過來的時候，你們可以勸勸他，」艾德說：「相信嗎，他竟然不喜歡生物課，其實他只是沒把心思放在上面。」

「我不曉得能不能幫上忙，」法蘭克說：「我第一次考生物就當掉了。」

「恐怕那聽起來和康諾一樣。他的生物成績不怎麼理想，文學才是他的重點。」

「這裡有回音嗎？」法蘭克笑著問：「我要打斷你的話了。」

「請便。」愛琳想假裝鬆了一口氣，「算是為了我們大家好吧。」

「也許他需要的不是減量，而是多喝一點。」法蘭克站起來，先後拿起愛琳和艾德的杯子。艾德的杯子是滿的，他看了一下。

「我幫你倒新的。」他說。

他們繼續喝了幾分鐘，露絲在盤子上加滿起士和餅乾。

「回去告訴康諾，要他想想週末有什麼計畫。」法蘭克說。

「你們真的要讓康諾來度週末？」艾德說。

「假如他願意的話。」

「幫我一個忙，和他聊聊，要他多放點心思在理科上。」艾德說。

「趁我還沒忘，」露絲突然說：「告訴你們一件好笑的事。」她開始說起上次進城時車子被拖吊的事。這件事一點也不有趣，而且比愛琳期待中的簡短太多，但她仍然可以感覺到自己的雙眼因為感激而發熱。

接下來要吃做成圈環形狀的南瓜磅蛋糕和喝咖啡。晚餐的這個階段從來沒像這晚的此刻如此舒適。艾德一口接一口地吃著蛋糕，大夥兒愉快地坐著讓肚子裡的食物消化。她知道不久後就要告辭，接下來應該沒有時間再出錯。

露絲幫他們把外套拿過來，兩對夫妻在門廊上告別。

法蘭克說：「記得問問康諾，以後想做什麼事。」

「我會記得。」愛琳說。

「也許你們可以開導開導他，」艾德說：「他的理科不行。」

法蘭克瞪大了眼睛，臉上露出像是扮鬼臉的尷尬笑容。「別讓那傢伙開車。」他說。

儘管她喝的酒比艾德多，但仍然由她開車。她感到筋疲力盡，不只一次差點睡著。艾德一路上像孩子似地打呼，完全不知道每次妻子恍神時，他有多危險。

40

起居室和餐室的地板仍然慘不忍睹。艾德不只還沒開始鋪木板，連材料都還沒買，而這時已經是十二月的第二週了。為了地下室，他暫停地板的施工。看到家裡最重要的廳室成為禁區，愛琳幾乎要發狂。她已經放棄在搬進新家的第一個聖誕節舉辦邀宴的美夢（聽到寇克立夫婦答應當主辦人，她怕自己會把聖誕晚宴的舉辦權永遠讓給辛蒂），但她還是想坐在自己的起居室裡。他想獨力完工根本是自欺欺人。

聽到樓下傳來的破壞聲響，外人會以為艾德是在看守刑房。他在樓下時她從來不會下去，而他滿身泥灰地上樓後，則是理所當然、毫無悔意地坐下來吃東西。愛琳趁丈夫入睡時下去查看進度。不知怎麼地，整個空間逐漸有了眉目，地板上永遠有一本攤開來的居家修繕指南，從幾乎翻爛的書頁看得出他費了多少精力來整頓。

閱覽室的咖啡桌上有一把拋棄式剃刀，下面還有一灘刮鬍泡沫。她告訴自己，應該是艾德在刮鬍子時下來接電話，分心才會把東西放在這裡。她拿起刮鬍刀，看到下面壓著他珍藏的《物種起源》第五刷版本，忍不住驚呼出聲，除了艾德之外，沒有人可以碰那本珍貴的書，而且他從來不會把這本書拿到書房之外的任何地方，書會放在咖啡桌上已經夠讓人驚訝，封面沾到一團刮鬍泡沫，更讓人無法想像。她第一個——也是唯一的想法，是把刮鬍刀留在原地，讓艾德發現毀了這本書的人是他自己。

最近愛琳會留紙條給他。她會在睡覺前把紙條放在他的床頭桌上，像個和主管偷情的祕書，為情人留下隔天的行程。我們今晚要和卡達西夫婦出門，或是別忘了六點鐘有親師座談會。寫紙條有某種樂趣；無論傍晚的不良溝通帶來哪種讓人喘不過氣的壓力，都會像是炎夏午後的一杯水一樣，蒸發得乾乾淨淨。

有張紙條特別奇特，她越讀越覺得神祕，上頭寫的文字像是深不可測、不需文字傳達的以心傳心。她擺脫不掉那種特殊的感覺，這張紙條雖然是她寫給艾德的，但似乎同時也傳達了訊息給自己。離聖誕節只剩六天了，艾德，請別忘了幫康諾買新的棒球手套，我已經提醒你三次了。我可以去買，但是我對手套一竅不通，這種東西好像應該是由父親出面去買才對。你還是個父親，對吧？

他們怎麼會走到這步田地，讓她給他留下這樣的紙條？每天晚上他花許多時間批改考卷，再也不會在十一點前上床睡覺，而前幾天她才花了一整晚的時間，幫忙他登錄實驗報告的分數，每次學年結束他都會面臨這種危機。這陣子她一直不由自主地想起一件事，這會兒她又想起傑克森高地老家後院裡那堆無法解釋的木料；怪的是這一幕在她腦海中特別清晰，那堆木料宛如博物館裡的裝置藝術，目的是為了保留她從前歲月中那些微不足道的細節。她會默默地仔細推敲，從每個角度去觀看，試著去瞭解為什麼這個惹人厭的影像，還不肯消失在過眼雲煙裡。

儘管她覺得好像聽到黎明慢慢降臨的聲音，但其實黎明是在一瞬間突然出現；這就像她聽到笛聲時火車還在好幾公里外，但下一秒車身就從她身邊呼嘯而過，還捲起一陣狂風。

然而她無法說出腦裡的那句話，艾德得了……因為他不可能得那種病。他的工作能夠讓他得到足夠的刺激。一直到最近他仍然持續閱讀，幾乎每天都填字謎，一週運動四次。艾德是朋友圈裡身材保持最好的男人。

也許是腫瘤、腺體的問題、營養不良，或是哪個內臟出了毛病。

無論是什麼，她都得帶他去檢查。

要提起這件事不容易。他會說她不知道自己在說什麼，如果他腦部有問題，身為腦科專家的他，會第一個知道，她幾乎已經聽到他說這些話，況且她自己也不全然相信，還希望丈夫能用獨斷傲慢的手勢打發她的恐懼，要她別歇斯底里，但在這件事上，她不能任他處置，她必須弄清楚丈夫身體究竟出了什麼狀況。

她等的是開口的時機，想看他會不會忘了什麼，或明顯說出奇怪的話，但他教課回家後，就像個必須以工作來償債的僕人，直接到地下室去工作。他跑了好幾趟五金店，買來夾板、煤渣磚，從車子上扛下一袋袋水泥，她擔心他的身體承受不住。

她打電話給艾德的醫師，說明對丈夫健康的擔憂，但醫師說她想太多，艾德健康得像匹馬。「我什麼時候……嗯，六個月前才看過他，」他說：「他的肺和游泳健將一樣強壯，我用聽診器連個雜音都聽不出來。讓他在週末多休息，給他一杯冰茶，開電視讓他看球賽；不過他的膽固醇倒是可以再低一點，暫時別讓他吃起士漢堡，蝦子也不能吃。」

愛琳聽在耳裡，覺得這話彷彿是指控。「我們家不吃甲殼貝類，」她說：「我會過敏。」她想克制自己的惱怒。「你會不會覺得他有點迷糊？」

「迷糊？」

「我是說他的腦袋，理解力變差了。」

「可能是妳對他的期待太高。男人不是完美的生物，我們和汽車引擎一樣會耗損，需要維修，但保單已經過期。而艾德的引擎很有力，還能跑很久。」

她等了又等，想抓到他犯錯或出個大紕漏。他的修繕工程持續有進展，但仍然拒絕請外人協助，他每天鞭策自己更努力，以完成工程，而她則是耐心又專注地觀察。她感覺到情況逐漸趨向她以為的那樣，艾德的恢復能力越來越差，儘管她必須把工作帶回家完成、急著想找一組工人來鋪設起居室和餐室的木地板、樂意看到情況對她有利，但她發現自己仍然支持艾德，為這個拿鐵鎚敲掉自己每個夜晚的男人難過。他蹲坐在地上埋頭研究修繕指南，拿著鐵鎚的背影像顆大圓石；她看著丈夫，希望能用意志力讓他恢復原來的光彩，然而她知道這個願望不可能成真。

晚餐時，她看著一天比一天憔悴邋遢的丈夫，才吃了幾口就把盤子推開。

一天晚上，愛琳喊他吃飯沒見他進來，於是要康諾去叫父親。

「他說他不來了。」兒子上來告訴她。

「去告訴他，說我要他過來。」

「妳也許該去看一下，媽。」

「怎麼了？」

「他光是坐在地上不動。」

她走進餐室，看到艾德身邊全是木板。他雙手拿的半塊木板上有突起的釘子，釘子尖端全是碎屑，她看到另外半塊木板好好地釘在地上。他一定是想徒手扯起木板。

「站起來，艾德。」

「我做完就進去。」他說。他彎下腰去用力喘氣，看來彷彿遭人鞭打過，接著他單膝跪了起來，姿勢有點像是在懇求，他這個樣子讓愛琳想到耶穌受難。如果他想追求某種詩情畫意的自我犧牲，那麼她絕不會讓他如願。如果他真的要那麼做，那麼唯一會難過的人只有他自己，他大可找人來幫忙，他們的錢至少還夠處理家裡的地板和廚房，他頑固得不像話。

「你做完了。」

「我要完成這個部分。」

「你做完了，」她說：「過來吃晚餐。」

但他沒跟上來。她和康諾吃過晚餐後，愛琳幫他端來一盤冷香腸和豆子，她幾乎沒辦法正眼看丈夫，只能把餐盤放在他腳邊的地板上。這半小時他完全沒有移動，坐在餐室中央的同一個位置，如果想要觀察他堅持要自己製造的一團亂，那是最好的位置。

她打了電話，安排包工來完成廚房和地板的工程，裝上嵌燈，修補粉刷一樓所有的牆面。準備動工的前一夜，她告訴艾德隔天會有工人過來，他完全沒有抗議。她納悶地想，或許她早該強迫他放手，但是當年兩人結婚時，她沒領到任何婚姻指南，或在停電時專用的緊急照明裝備，她只能在黑暗中摸索火柴。

41

裝潢工程在一九九二年元旦過後兩週開始。她興奮地看著廚房裡的工人忙進忙出，不但幫他們準備飲料，還在中島桌臺上擺了麵包、包裝好的馬鈴薯沙拉、袋裝薯片等等冷食。

一天晚上，她幫工人拎了幾手啤酒回來。艾德拿起一手往地上扔，其中一罐啤酒在重摔過後爆開，噴濺得櫃子上到處都是。一位剛去用廁所的地板施作工，正好從起居室走進廚房。

「沒事吧？」他問道。

「你管好自己他媽的事就好。」艾德說。

她好幾年沒聽到艾德說髒話，說不定她從來沒聽過。

「妳還好嗎？」工人沒理艾德，而是問愛琳。

「你他媽的給我滾出去。」艾德說。

「隨便你，」工人說：「你高興就好。」他困惑地舉起雙手，順從地退出廚房。

愛琳提著沒打破的啤酒，跟著工人走出去。「我丈夫壓力太大，」她說：「我要為他用那種語氣說話向你道歉。」

「沒關係，」工人說：「做我們這一行的，常碰到這種人。」

「他不是你剛剛看到的那種人。」

他睿智地歪著頭說：「有些男人不喜歡家裡有其他男人來做他覺得自己該做的工作。」

她覺得自己理當站在艾德這邊。「他最近才剛丟了工作。」她沒想到自己會說謊，「遣散。」

「真遺憾。」

「很快就會過去，我們不會有事的。」

他和其他工人都看著愛琳，彷彿想看她是否會進一步揭露其他消息。

「這些請大家喝。」她拿起啤酒。

「我們不會客氣，」她說：「可是得等今天工作結束。」

聽到這句話，愛琳想起自己的父親，她從前也聽過他為了工作而婉拒酒精。這些工人回去鋪木板，她則是走向餐具櫃，去找父親退休時公司送他的水晶杯組，每個杯子上都鐫刻了「謝弗啤酒」，她拿出杯子擦拭。

這天下工前，她將啤酒放在餐室桌上，用珍藏多年的「謝弗啤酒」托盤端出水晶啤酒杯。

「請大家用這些杯子喝。」她說。

「喔，我們不需要杯子，女士。」一個工人客氣地說。

「看你們用這些杯子是我的榮幸。這些是我父親的杯子，就這麼一次，我希望能看到杯子裡裝滿啤酒。」

屋頂還能再撐幾年，地下室的爛磚塊目前保留原狀，她夢想中的磁磚地板只好等到下一次了，同樣暫緩的計畫，還有廚房和閱覽室之間洗手間的整修，以及將洗衣間從地下室移到一樓的工程；二樓有部分壁紙撕不下來，部分壁面需要粉刷。在她最初的想像當中，牆壁全都經過粉刷，地上鋪的是白磁磚。愛琳參考了不少居家設計雜誌，但最後發現白色似乎是最合宜、最明亮，也是她目前唯一能負擔的選項。要等到放眼望去一片純白還需要一段時間，目前她只好忍受灰色、黃色、棕色和病態的淺紫色。她覺得家裡有很多地方看起來像是接待室，但是從廚房穿過餐室再到起居室的走廊——也就是客人會用的走廊——已經可以待客，她不會讓客人上樓或下樓，只要她再存下幾千塊，就可以拿來打點洗手間和閱覽室了。

另一個問題是家具。她就是沒辦法忍受從老家帶過來的東西，那些寒酸笨重的舊家具除了沒辦法妝點新家之外，甚至連擺都擺不滿。傷痕累累的餐桌、扶手嚴重磨損的椅子、四方形茶几和永遠凹陷的靠枕，全像是新家具入駐前負責占空間的物品，她現在才看出這些東西幾乎得全部換掉，她可以用信用卡付款。此外，她還想在樓上布置一個起居室間，買張她一直想要的桌子，在每間客房裡都擺套音響，再加上一張扶手椅和一盞漂亮的閱讀燈。這些帳單清償過後，她才能換掉康諾從小用到大的家具。

她知道自己欠缺美感，不懂得如何營造出這房子應該有的氣氛。她打算聘僱室內設計師來規劃。新的藝術品到處都找得到，家裡放了藝術品可以讓人聯想到真正的品味，這些同樣可以刷卡買單。艾德一定會投反對票，但他只要把他的命運交到她的手裡就對了，他們總有一天能結清債務，艾德說不定能拿到另一筆補助金，他們都可能加薪。一切就位後，他們會像落魄的波士頓顯赫家族一樣勤儉度日，甚至會想出辦法存回這筆錢。未來的每年，手頭都會有比過去一年更多一點的錢。

42

愛琳最近一直有點喘，於是去找自己的醫師看診。「如果他身體沒出狀況，」愛琳告訴她的醫師，「那我要和他離婚，我再也受不了了。」

埃肯醫師要她帶艾德來看診。愛琳在艾德面前表示，要他去找她的醫師做年度例行健診，儘管他六個月前才檢查過，但也沒有表示異議，她知道自己做得沒錯。各有所思的兩個人在候診室貌似平靜地坐著等待，愛琳帶他進診療室後，才又走了出來。說要離婚是誇張了點，但此時，她清楚知道自己寧可忍受一切，唯一的希望是能聽到醫師說丈夫只是成了渾球。

埃肯醫師和艾德在診療室裡待了半小時，然後出來找她。

「先別和他離婚。」埃肯醫師說完便將轉診單遞給她，要將艾德轉到他信任的神經科醫師團隊。

她已經做好萬全的心理準備，以為艾德會為了到蒙堤費奧里醫學中心而大發脾氣，然而他再度順從地坐在繃了軟墊的桌旁等待醫師，寬厚的後背看起來像是麵糰。

一開始做的是血液檢查和體檢。神經科團隊的主任卡利法醫師想排除所有可能導致記憶喪失的因素，於是又檢查了艾德的甲狀腺指數，因為艾德的家族有甲狀腺異常的遺傳，院方還為艾德做了電腦斷層掃描。

他的甲狀腺沒問題，掃描也沒發現腫瘤。

她又帶他回去做檢查。卡利法醫師要艾德坐下，自己則隔著桌子坐在艾德對面。愛琳緊張兮兮地坐在一旁的椅子上，彷彿把艾德當成在開幕夜跛行初登場的戲劇新手。

卡利法醫師要艾德從一百開始倒數。艾德數到九十七後停了一下才說：「八十六。」在正確連續倒數幾個數字後，又跳了一次十位數。這時卡利法醫師要他停止倒數。

這時，她原來預期的吵鬧爭辯似乎成了幻想。艾德看起來既膽小又脆弱，面帶微笑，努力想博取考官的歡心，也許他下意識想請醫師在健診時手下留情。

卡利法醫師要他畫出三個同心圓，艾德在紙上畫出第一個正確的圓形，接下來畫出和第一個圓形連接的橢圓形。第三個圖形顫抖的線條與其說是圓形還不如說是四方形，而且與前面兩個圖形沒有交集。

「很好，好極了。」艾德畫完後，卡利法醫師不動聲色地說。她看著醫師的雙眼，但看不出驚訝，也找不到線索好判斷檢查結果是否正常，是老化或有其他病變。她不知道自己是不是能畫出同心圓，當然了，要在旁人的目光下畫出來一定更難。她覺得自己像在看孩子考試，而且因為不忍艾德的無所遁形，而開始懷疑自己的決定是否正確。她有什麼權利要丈夫來到一個原本就想挑他毛病、檢視他是否偏離準則的男人面前，探討他邁入中年後的怪異舉止？何況這些準則很可能打一開始就是片面的標準？她突然想趕快把丈夫帶回家，讓他用自己的方式處理問題。有個說法可以形容艾德這樣的男人，而且這種說法經得起時間考驗又備受尊敬：心不在焉的教授。

「我不是藝術家，」艾德笑著說：「你應該看我畫消化系統的圖。」

卡利法醫師笑了出來。

「這可能有點抽象。」艾德說。

卡利法醫師看了之後搖搖頭。她不喜歡這位醫師的態度，他太圓滑、太公正、髮型太完美而且牙齒太白。長久以來，她一直希望艾德繼續醫學院的課程，但現在只覺得自己之前對丈夫太嚴格，她知道這種醫師在工作時的想法，他們自以為能在水上行走，艾德的工作收入沒醫師多，看起來也不光鮮亮麗，但他的工作可是這種醫師要下任何結論的基礎。如果艾德說一切正常，那麼事情出錯的可能性絕對不大，她帶丈夫來見這個小人物是侮辱了艾德，卡利法就連提醫師包都沒資格，何況是診斷艾德。

「這部分檢查得差不多了，」卡利法醫師說：「我再問一個問題，然後再讓你去做體能檢查。」

「好。」

「告訴我，你知不知道現在的總統是誰？」

沒有比這個問題更為嚴重的侮辱。她幾乎想叫艾德就用嘲諷的態度面對，或刻意說出錯誤的答案，但她不想讓醫師自以為得意地在小本子上記錄下來。

艾德光是坐著，很可能是想要找出個機智的冷笑話。

「我知道他是共和黨人，」他說：「這點我很清楚。」

「可以把他的名字告訴我嗎？」

艾德摸摸下巴。「雷根？」他問道：「是雷根嗎？我看得到他的臉。不是雷根，對吧？這真尷尬。」

「你知道答案，艾德。」她說。她看到醫師的表情，真想賞他一巴掌。

「我知道他長什麼樣子，」艾德說：「只是忘了他的名字。」

卡利法醫師寫下幾個字。她想大聲說出答案，這整件事簡直是太蠢了。她沒辦法相信艾德會讓自己卡在這個問題上，艾德看起來沮喪透了，好像他沒通過的測驗不是記憶，而是品格。

「再想一下，」卡利法醫師說：「有時候越要想就越是記不得。先想點別的，答案可能自己會跑出來。」

「像是拋不掉的累贅。」艾德說。

「有點像。」

艾德揉揉額頭，像是想把答案從腦袋裡揉出來，他重重地嘆了一口氣。「我不記得，」他說：「是誰？」

「布希，」醫師說：「喬治．布希。」

「對！就是布希！我就知道。天哪，我知道的！我認得那張臉。當然了！加上他的競選夥伴，這些人太容易搞混。」

醫師沒有說話，自顧自地寫下筆記。

她想起自己從前背誦總統名單和主政時期的年代。亞伯塔修女把學生叫上臺，一人回答一個問題，亞伯塔修女問她西奧多．羅斯福的繼任者是誰。羅斯福前後有太多總統的姓名有W這個字母，到今天她都還記得：威廉．麥金利、威廉．霍華德．塔虎托、伍德羅．威爾遜、華倫．哈定。她雖然認真背下了這些人名，但當時所有的姓名一股腦衝了上來，接著她只知道當時腦筋一片空白，人名模糊成一片。「怎麼啦？杜莫帝小姐。」亞伯塔修女說。而在愛琳說出「威廉．威爾遜」時，教室裡的孩子全笑成了一片。

「你說得沒錯，」她說：「的確很容易混淆。」

艾德愧疚地看著她，似乎以為她和卡利法醫師站在同一條陣線上，不是自己這邊的人。她挪動椅子朝艾德靠近了些。醫師的筆記好像永遠寫不完。

「我還要記錄下最後一件事。」他說，邊寫字邊對艾德豎起一根指頭。「好了。現在我要請你換上短褲做一些動作。」

他們到隔壁的診療室去，愛琳幫忙丈夫換衣服，像是幫他換衣服讓他去上體育課，她真想知道接下來還有哪種羞辱。卡利法醫師走進來，要艾德站著彎腰碰觸腳趾、先坐下再起立、原地跑步，然後詳加記錄。艾德在變換動作的空檔朝她看了過來，她想鼓勵丈夫。隨後卡利法醫師又要他用指頭碰鼻尖，但艾德有了障礙。

「我發誓我沒喝醉，」他說：「但做完這些測驗後，很可能會想去喝個爛醉。」

43

彌撒結束後，因為母親不想在雪地上走路，於是他們一起等父親開車過來。這時候天空又下起小雪，母親撐起雨傘，和兒子一起在傘下等待。

「光是打棒球是不會有什麼成就的，你也知道。」

如果母親說的是辯論而不是棒球，康諾很可能更訝異。近來母親積極鼓勵他加入辯論隊。

「我喜歡打棒球。」他說。

「喜歡是一回事，把時間花在上頭又是一回事。人不見得喜歡自己做的每一件事；再說你一定會喜歡辯論，你天生好辯，這是我遺傳給你的。」

「妳為什麼這麼想要我參加辯論隊？」

「我想要你盡量發揮優點，善用天賦。」

「妳想要我去選參議員。」他說。

「我要你快樂。」

「或是選總統。」

「別把我當成噴火龍。我的確想稍微逼你一點，那有什麼不對？」

他靜靜地站著思考這句話。沒錯，那有什麼不對？對面人家的車道本來已經鏟乾淨了，現在又鋪了一層白雪。哪天能擁有一棟那樣的房子，能僱人來鏟雪應該很不錯，但他沒什麼興致加入辯論隊，那些傢伙永遠蓄勢待發，想展開割喉戰。

「爸怎麼說？」

「你爸爸和我都希望你能得到最好的一切。」

「他怎麼說？」

「你爸爸怎麼說？」她大笑了。「『讓那個孩子自由發展，』他說：『讓他做他想做的事，讓他找點樂子，趁還有時間，享受點純潔的時光。』」她動了肝火，幾個正要去開車的路人突然轉頭看過來。「如果你一定要知道我就告訴你，你爸說：『能讓兒子高興最重要。』你曉得我怎麼講嗎？」母親露出強硬的表情。「我說，要讓兒子有出人頭地的機會。辯論隊的孩子都是學校裡成績最好的學生，日後能進長春藤名校的就是那些孩子了，要讓康諾成為其中的一份子。讓他也進名校，準備將來當律師，當政治家。那些都是會帶獎狀和獎學金回家的學生，成為其中的一員有什麼不好？將來能賺大錢，舒舒服服地過日子有什麼不好？」

「媽，我們現在講的不過是辯論隊而已。」

「他們是資優生，你應該要和他們交朋友，否則就是在浪費自己的時間。」

「我喜歡棒球。」他說。

「你不能當職業球員。」

「大概不會吧。」

「絕對不會。」

「好吧，絕對不會。」

「聽好了，」母親說：「你爸過來了，別告訴他我們談過這件事。他只要你打棒球就好，在這個階段——甚至永遠都不要去思考太複雜的事，他要你像曠野中的馬那樣自由奔放。」她說這句話時伴隨著尖銳短促的笑聲。「但是我不認為那是真正的生活，也許我想馴服你，讓你充分發揮能力。我應該就是這種個性，但是我知道一件事，如果聽我的話，以你的能力，這輩子不可能有任何欠缺，我可以引導你走向好日子。如果我是男人，我自己就會在那個世界裡。」

44

他們回診了幾次。卡利法醫師除了重新做了某些測試之外，還另外加做其他幾項。他們第一次看診那天剛好是聖派崔克日，在六週後，愛琳和艾德去聽檢驗報告的結果。

這天是她婚後最緊張的一天，艾德的心情則不是緊張足以形容。他有種詭異的平靜，像個正等著施打毒劑的死刑犯。

兩人在診間裡等待醫師。她握著艾德的手，但以他拍撫她雙手的方式來看，彷彿愛琳才是要聆聽檢查報告的人。

卡利法醫師拿著病歷走進來，他身上帶著輕微的金屬體味，艾德開始警戒。

「我有好消息也有壞消息要宣布，」卡利法醫師說：「好消息是，就體能來說，你壯得像頭牛，是個很好的樣本。」

她先是興奮，但恐懼接踵而來。「壞消息呢？」

醫師轉頭對她說：「壞消息是妳丈夫很可能罹患了阿茲海默症。」

她倒抽了一口氣；艾德的手在她的雙掌中握起了拳頭。

「我實在不願意說這種話，但是在接下來的人生中，你們可能要把每個日子都當作最好的一天。如果我是你們，我會盡可能地妥善運用每一天。」

艾德反握的力道很大，讓她痛得縮了一下。

「我不懂。」她說。

「如果不是阿茲海默症，他很可能活到九十五歲。他的心肺、腎臟和循環等等功能都好得很，但問題偏偏就在於他得了阿茲海默症。」

「你確定嗎？」她問道。

「恐怕是這樣沒錯。」卡利法醫師態度冷淡，像老電影中早期的大型電腦輸出打孔卡似地說出答案。

「我就知道。」艾德冷冷地說。她頓時明白，自己很可能也早猜到丈夫這些年來已心裡有數。

「怎麼可能？他還不滿五十一歲。」

「以阿茲海默症來說是很早沒錯，但事情就是這樣，」卡利法醫師說：「我很遺憾。」他看來的確遺憾，但這遺憾不是針對她，而是因為他得宣布噩耗。「真希望我能再說些別的。」她看著艾德，期待丈夫為她解釋一下醫師沒交代的狀況。「我先離開一下，讓你們兩個人單獨談談。」醫師起身時把病歷放在艾德腿上。「我相信你們會有很多細節要聊，過十分鐘後我再進來回答所有的問題，討論我們往後的醫療計畫。」

醫師離開後，他們坐著思考剛收到的這兩個說來矛盾的資訊，除非事實真是這樣，否則說起來太沒道理；但如今真假已經毫無意義。艾德得了阿茲海默症，這再明顯不過了。不知怎麼地，這似乎早已不是新聞。

「我們要怎麼辦？」

「我們再找別人診斷。」她說。

「沒必要，卡利法就是那個『別人』。」

「他很可能誤判。」她說。

「他沒有。」艾德充滿權威的語氣讓她心臟怦怦地跳，這股強烈的愛意讓她不得不避開兩人的眼神交會。

他們靜靜地坐著。醫師宣布診斷結果時，艾德在她手中握起的拳頭一直沒有放開，但這時她感覺到丈夫的指頭逐漸鬆開。

「那又怎麼樣，」艾德說：「還能怎麼辦。」聽在她耳裡，這句話同時是哀悼也是允諾；允諾日後順其自然發展。「我們要怎麼辦？」他又問了一次。

「我們要用有尊嚴又優雅的態度來面對這件事，」她說：「就這麼辦。」他襯衫的一邊領子翻了起來，她撫平丈夫的領角，幫他把釦子塞入釦洞。

他們開車到中央大道上的奈森熱狗店。艾德小時候住康尼島，當時他一向搭通勤列車，現在她想帶給他小小的慰藉。這片由當地馬路延伸而出的帶狀海灘看似平凡無奇，但前身卻是赫赫有名的衝浪大道，年輕的消費族群似乎在這個地方投射出充滿契機的氛圍。排在她前面的是一群散發著濃烈古龍水香、頂著刺蝟頭、身穿襯衫腳踏高筒球鞋的阿爾巴尼亞人，正忙著和櫃臺的女服務生調情，說笑之間看得出來，他們對這天夜晚的期待。她看到窗外一輛花俏的雪佛蘭大黃蜂跑車衝進停車場，後面跟的是龐帝亞克的火鳥。

她帶艾德到外面偌大的露天座位區坐下。他用單手穩穩拿起熱狗送到嘴邊，一口咬下堆滿酸白菜、洋蔥、佐料、芥末和番茄醬的頂端。一滴醬料噴濺到他的襯衫，艾德默默擦掉髒污。從前他連襯衫上的一滴番茄醬都無法忍受，但現在，他彷彿看透了這些帶來挫折的日常瑣事。

他們把車開回家裡的車庫。她要他到地下室脫下襯衫和內衣再上樓，自己則是走進洗衣間。在經過樓梯間時，她發現有人偷了他放在壁架上的電動工具。

艾德在家時，只要有工人過來，他一定把自己關在書房裡。無論是工作也好，是氣憤也行，反正她已經不去計較。他們一定是把他當成容易下手的目標。當初還住在傑克森高地時，只要有工人到家裡，他便會謹慎地看顧工具，她還經常因此嘲笑他過於偏執。

之前有兩組工人進過她家，一組人整修地板和廚房，另一組負責粉刷，她不可能查明小偷是誰。偷走一個男人的工具是最卑鄙的行為，她難過地想，特別在這種他再也無法親自使用的時候。

她沒告訴艾德工具不見了，而是在第二天提早下班去買新工具，拆了包裝直接放回工具架上。嶄新的工具銳利又沒有使用過的痕跡，不太可能逃過他的法眼，然而他現在的注意力和往常不可同日而語。這是愛琳婚後首度想要丈夫拆穿她出自溫情的計謀。

＊

艾德堅持不讓兒子知道他得了阿茲海默症，他們也不打算告訴學校裡的任何人，理由是考量到服務三十年的退休金。若加上他大學時期在公園管理處工作的年資，艾德總計以不同的形式在紐約市政府工作了二十八年半，只要撐到三十年，將來每個月領到的退休金，會比這時候退休多出一千兩百美金。她必須從體制中盡可能擠出最豐厚的福利，因為日後總有一天，艾德的照護費用會高到難以應付。

診斷結果出爐後，艾德逐漸平靜下來，然而蒼白憔悴取代了他原來愛爾蘭味十足的橄欖膚色，他整個人的氣味也起了轉變，愛琳幾乎可以嗅到丈夫的毛細孔散發出來的恐懼。之前他已經不那麼勤於沖澡，現在則是完全不洗，而且他只有在她強迫要他站在身邊，聽她下口令時，才願意刷牙，儘管如此，他們仍然一如往常去上班。她不禁要懷疑這種死氣沉沉的氛圍會永遠持續下去。

一天晚上，兩人躺在床上，艾德問：他是否就要死去？

「還沒有，你還不會死，」她說：「你這輩子還有很長的時間要過。」

「我好害怕，」他說：「我已經走在死亡的路上。」

「就某個層面來說，我們全都一樣。」

「我的時間有限，算得出來。」

「大家都是這樣。」

「康諾就不是，」他說：「還不是。」

她想說康諾也不例外，因為這是事實，但她知道艾德有多麼沮喪。

「的確還沒有。」她說。

「我不希望他也得阿茲海默症，」他說：「我想要他過著平靜的生活。」

她實在忍不住。「就算他沒生這種病，生活也很可能不平靜。人生有太多無法預料的狀況。」

「他不會得阿茲海默症。告訴我他不會。」

「他不會的。」

這個回答暫時安撫了艾德，讓他可以入睡。她清醒地躺著想：時間會一分一秒地走向最後一刻。

也許康諾不會得阿茲海默症症，但說不定她會。

世事難料。

這一點，才是無法逆轉的事實。

依據愛琳自己多年的經驗，對阿茲海默症病患而言，就算是醫院都不夠安全。在走廊間迷路或是光著身子離開病房四處遊蕩還算是小事，曾經有一名病患在樓梯間跌斷脊椎，連進食都可能會造成傷害。這些病患經常會因為割傷、燒燙傷入院，她甚至看過因斷指就診的病患。這種疾病的因應方式是施以藥物，醫界目前還沒有任何可以改善病情的藥物，但部分仍在測試階段的藥品或許會有幫助。她必須讓他加入研究治療計畫，艾德能夠對他之前錯過的計畫做出貢獻，而且一毛錢都不收。她曾經夢想擁有一輛豪華轎車、到國外旅行、脫離醫藥界；如今她只希望艾德腦力退化的速度不要那麼快。她不得不期待有個頭腦清楚而且視物質回報如無物的務實者出現，以繼續艾德過去拒絕進行的研究。

打了幾通電話後，她得知內森克萊精神科醫學研究中心有一項研究計畫仍有空缺，這所研究中心在過了塔潘吉大橋的奧蘭志堡，車程只有四十分鐘。這項研究計畫是評估以膽鹼分解酶抑制劑SDZ ENA 713治療阿茲海默症患者的長期安全性、容忍度及效能。在藥品於美國上市或放棄實驗之前，只要艾德有需要，便能取得藥物。

研究中心經過初步評估後，交給愛琳一大疊正式表格，其中一份「參與研究之能力評估」，上頭清楚載明，執行評估的醫師判斷艾德無法理解這項研究的目的、風險和效益，而且無法自行決定是否參與。她知道這是形式上的文件，研究中心需要她以艾德代理人的身分簽字。雖然她已經取得代理人的資格，但這仍然讓她感到痛心，因為艾德清楚瞭解研究中心告訴他的一切，而且說不定比研究中心的人員更加瞭解。

她難過地簽下「選擇決策代理人的能力評估」表格，因為醫師在評估時問艾德她是誰。艾德說：「我太太。」彷彿這是再簡單不過的事。

「你是不是希望將決策代理權交給你的妻子？」醫師刻意用誇張的口氣詢問，像要表達這個答案的重要性。

艾德大笑以對，問醫師是否已婚，醫師點點頭。

「那麼你聽到我太太從婚後就掌握所有決定權，應該不意外才對。」艾德說。醫師以同為丈夫的心情笑了出來，圈選了這個選項：「病患在此時此刻仍有決策能力。」看到艾德在這種時候還能展現出如此迷人的魅力，她不得不佩服。

她堅忍地為丈夫簽下同意參與研究計畫的表格，但是看到「選擇決策代理人之紀錄」表格時，她差點失態，因為這是艾德唯一能親自簽名的文件，而眼見他在應簽位置上方兩公分之處落筆，再斜斜地往下拉，使得簽名就和他的狀況一樣步步往下走。

45

愛琳十分想念她的髮型設計師寇特，不單是因為他知道怎麼處理她蓬鬆的瀏海，她還想念和寇特之間有趣的交流，想念他遷就她對政治的熱中，還讓她入門一窺時尚文化。愛琳不再去找寇特後，和流行時尚之間便斷了關聯；走進「食物賣場」購物時，雜誌封面上的名流人士越看越陌生。

儘管如此，她還是不打算回傑克森高地找寇特。布隆克維的髮廊讓愛琳望之卻步，但剪頭髮是避免不了的事。這間髮廊的裝潢比寇特那裡時髦，等候區有個迷你日式池塘還放了幾張皮椅。她不想在這裡談論和政治有關的話題，因為她摸不清其他人是支持誰，或身邊有誰在聽；她也沒拿起放在咖啡桌上的《時人》、《名流》、《首映》或《每週娛樂》，因為她不願讓任何人有理由看低她，就算其他等待的人都大大方方地翻閱，也動搖不了她的決心。她擺脫不掉這種感覺，認為自己必須遵守一套與眾不同的規則，然而從來沒有人好好為她解說原因。

布隆克維的髮廊提供了接近芳療等級的全套服務，包括美甲、按摩和臉部保養，設計師手藝高超，剪出來的髮型符合她的要求，但脖子有點涼。頭髮過兩天就會完美無瑕地服服貼貼，而且髮型也維持原貌沒有改變，有如訂做的假髮。然而再過一陣子，頭髮還是會拒絕聽從梳子造型，而她得等上一段時間，才能再次有正當的理由來此再上門。

之間愛琳自己還搞不清想要剪什麼樣子時，寇特便已為她設計好造型。他修剪的方式很保守，有時她甚至懷疑他究竟是真的在剪，還是光站在後面聊天，手持剪刀只是虛晃一下而已。他一向先掃掉地上的頭髮才為她脫下罩袍，因此她無法檢視證據。然而剪好的幾週後，還是會有人問她是上哪家髮廊。

三月最後一週的某一天，她坐在髮廊的等候區，聽到在她前面的女人和設計師聊天，說她穿著貂皮大衣沾到濕油漆，幸好布隆克維皮草店幫她處理得乾乾淨淨。這女人的年紀雖然比愛琳的年紀略長一些，但仍然穿著尖頭細高跟鞋，頭髮挑染了巧克力色、焦糖色和牛奶糖色幾種深淺的色彩。愛琳看到她的貂皮大衣就掛在鉤子上，皮草光澤豐潤，似乎剛經過修剪、清洗，甚至還吹乾定形。女人聊起貂皮大衣的口吻像在講另一回事，而愛琳唯有拿到正確的鑰匙，才能破解密碼似的。她從前就認為自己要擁有一件貂皮大衣才能融入這個環境。

一週後，她路過布隆克維皮草店正好遇到春季拍賣，於是走了進去買下一件貂皮大衣。密實豐厚的皮草裹在身上，愛琳覺得自己彷彿縮回了少女時期的身材。在動物保育人士大力反對下，在某些地區穿戴皮草大衣不再是流行，但在布隆克維仍然有穩定的客群。而愛琳擁有兩個重要條件，一是買皮草的錢（或者說還刷得過的信用卡），以及穿上皮草後一起出門的對象。誰曉得這兩個條件還能維持多久？

「我們雨天救急的存款怎麼辦呢？」艾德看到皮草大衣，這麼問愛琳。

「如果雨還要下更大，」她說：「連諾亞的方舟都救不了我們。」

天氣逐漸暖和，穿皮草嫌熱，但她買下大衣後的某個週六氣溫下降，於是她決定這天是這半年間她最後一次穿上貂皮大衣的機會。她在龐德菲爾路上的法國餐館訂了七點鐘的桌位，幾個月來，她一直想走進郵局對面這間高級餐廳。她和艾德把車子停在龐德菲爾路和卡夫特街的交叉口，離餐廳還有幾條街，原因是她想走在路上給大家看，然而她一下車就發現自己過度盛裝，除了她以外，路上沒別人穿皮草，而且重點是她搬過來後，還沒看到多少和她同齡的女人穿貂皮大衣。

她還沒走到餐廳就已經滿身大汗，因此在進門前便先脫下了大衣。她之前的想像，是讓餐廳領班為她緩緩脫下大衣，而且一次只脫下一邊的袖子。愛琳把大衣拿在手上，才感覺到衣服的重量不亞於一名沉睡的孩童。把這件衣服遞給領班時，她暗暗希望沒人看到，愛琳決定把衣服放到冬天再穿。

打從有記憶以來，愛琳便一直想穿貂皮大衣，總覺得穿上皮草的女人看似沒有任何世俗的憂慮。她向來花的是自己的錢，信用卡帳單終歸得自己付，所有入帳的帳單她都會立刻付清。先不想大衣是在季末折扣時買下的，單是這期的總金額就讓她幾乎要驕傲起來。

46

康諾住在多倫多的叔叔菲爾過來小聚。晚餐後，艾德說起自己大學暑假曾經到祕魯當教會志工，這段往事大家都聽到會背了。故事的笑點在於他和主事神父之間明顯的高矮差異。

「我站起來足足有一百八十二公分，」他說：「然後——」

「你沒那麼高，」康諾插嘴，「你老是把一百八十二掛在嘴上，其實你大概是一百八。」

「我有一百八十二。」父親威嚴地說。

「你是希望自己有一百八十二。」康諾不久前才量過身高，知道自己約莫有一百七十八，而父親並沒有比他高多少。他走過去，挺直身體和父親背對背站好，要父親脫下鞋子，自己也脫掉了腳上的馬汀大夫鞋。

「兒子，我明明就是一百八十二。」

「你從前可能有，」他說：「但搞不好你身高縮水了。」

「我沒老到那個程度。」

「說不定就是，」他說：「你可能提早縮水，爸。這足以解釋不少事。」

父親迅速地狠瞪他一眼。「夠了。」說完立刻把頭轉開，「要不要來點喝的？」他問菲爾叔叔。

「我和你一起去拿。」菲爾叔叔說。

康諾跟他們走到廚房。「如果你真的有一百八十二，」他說：「就證明給我看。」

「別爭了，小子。」叔叔說。

「這樣好了，」康諾說：「門就在旁邊，我們標記你的身高，像從前在老家標記我的身高一樣。」

父親看起來不怎麼高興，但還是站到門邊。康諾又要他把鞋子脫掉。

「一百七十九點五。」他拿起筆在門上重重畫了一條線，大聲宣布。

康諾正要拿出洗碗機裡的餐具。他握住刀柄，看到刀刃在靠近刀柄處斷了，成了殘缺不全的廢物。

「這把刀差不多了，」他拿起刀對著光看，「我要把這東西扔了。」

他扔了刀，但父親走過去，默默地把刀子從垃圾桶裡撈出來。

「這把刀有終身保固，應該可以用一輩子，」母親實事求是地說：「是高檔貨。」

「看得出來。」康諾促狹地說。

父親拿著刀，把刀當成忘憂石似地在指縫間把玩。

「我一直想打電話給廠商。」母親說。

康諾無法置信。「我們不能把刀丟了就好嗎？不要打電話給廠商了。你要這把刀幹嘛，爸？沒搞錯吧。」他拉高了音調，這種語氣對有能力爭吵的父親而言，不但挑釁而且傷人。

「說出來你也不會信，」父親說：「我要用這把刀來攪拌醬汁。」

「我真的要打電話給廠商，」母親說：「他們有義務履行保固合約。」

「家裡的刀子多得很，為什麼一定要這把？」

「你爸爸在我們結婚時買下那把刀，在當時是一筆不小的數目。這個答案你滿意了嗎？」

母親的口氣像是就要哭了出來，他知道自己不該再多嘴。

「這不就表示你們要永遠留著那把刀。」康諾說。

47

過去一年間，愛琳不時幫艾德整理學生的作業。到了一至五月，學期即將結束時，她發現自己幫丈夫批改實驗報告和考卷的次數變得更頻繁了。他負責監督她，為她說明。他們會各拿一疊報告批改，最後再由她檢查他負責的部分。

同樣地，這一年來，艾德持續為正在進行的公費研究計畫蒐集資料，準備在研討會上發表。在確診之後，他花了雙倍心力做研究，在實驗室裡度過不少個夜晚。她知道自己應該要為丈夫沒有放棄日漸微弱的企圖而感到驕傲（有些時候她的確感到很驕傲），然而她曉得這麼做不可能為他帶來新的經費、邀約或聲譽，他甚至連完成整份文件都有困難。相反地，愛琳希望艾德能陪她待在家裡，夜晚特別孤寂，只好想像他身在遠處相伴，好一起度過孤寂的夜，也算是小小的補償。她想像丈夫在燈光昏暗的實驗室裡，為了錯誤的實驗數據而傷透腦筋。

艾德一天服用兩次實驗藥物，她不願冒險讓他忘了服藥，非得每天早晚親眼看他吞下藥才放心。十三週後，她帶他回醫院做第一次用藥評估。

「我好像我養的那些白老鼠。」他們坐在候診室相連的橘色椅子上，他這麼告訴愛琳。她納悶地看了他一眼，他才又說：「實驗室裡的白老鼠。」

「那不一樣。」

「就是一樣。」他說。「可是沒關係，我可以當好多年的白老鼠，沒問題的。」

「夠了，艾德。」

「說不定可以幫上某個人的忙。」他說。

「說不定可以幫助你自己。」

「我不是主角，這是新藥測試，其他人才是重點。」

「話不能這麼說。」她說。

「沒事的，這是科學實驗，我本來就是為了科學而來。」

她安靜了一會兒，沒說話。

「我是白老鼠。」這下子他更確定了。

「好吧，」她說：「你是白老鼠。」

「白老鼠終究會死，」他說：「我一向不喜歡看到牠們僵硬的屍體，而且那種感覺一直沒有改變。」

她想像從鼠籠裡傳出臭味、老鼠呆滯的雙眼，死了後乾縮的身子看起來像是貓的玩具。「那種經驗一定很不舒服。」她說。

「很讓人難過，沒有人感謝牠們的貢獻。」

院方為他量體重，記錄體溫、脈搏、呼吸和血壓等生命跡象，抽了血也採集尿液樣本，還做了心電圖和記憶測驗；此外，他們還監看了他某幾項行動能力，要他排積木、切肉、寫字。對艾德來說，寫字是最困難的項目，他厭惡自己的筆跡，因為字跡呈現的證據超乎他願意接受的程度。

最後，院方把實驗的藥物交給她，十三週後再進行下一次評估。她覺得藥袋裡彷彿裝著活生生的許諾，她猶豫了一下，不知是否該一次把所有的藥交給他。有時候他會回復原來的樣子，也許是幾天、一個下午，或是兩、三個小時。就算艾德在其他時間的狀況一團糟，短暫恢復自我的時光還是很值得珍惜，然而她知道事情不會那樣發展；真正的艾德並不是躲藏在某處，抓到機會便跳出來享受幾天的自由，現在眼前的艾德就是真實的他。

48

七月初的一個週二，他們躺在床上，臥室的窗戶沒關。她想讀小說卻心神不寧，最後終於放棄手上的書，從藏在床下一疊阿茲海默症相關書籍中抽出一本來看，這些書本來應該是艾德要讀的，但他雙手交叉擺在胸前，雙眼凝視著天花板。

從診斷結果出來到這個時候已經有四個月了，她也成功擺脫當時「別告訴任何人」的怪誕邏輯，但她顯然不能任艾德決定什麼時候該吐實。

她不能大剌剌地昭告眾人，因為她曉得，一旦背叛他對她的信任，艾德不可能會原諒她。

她合上書，用手肘撐起身子面對著他。「我們辦個晚宴怎麼樣？邀請幾個最要好的朋友過來。一次讓他們知道。」

「我寧可不要。」

「這總比分別告訴他們容易。」

「誰說我們要分頭告知？」

「一場難忘的晚宴，」她說：「可以凝聚團隊精神，讓大家感覺要一起面對。我看看能不能在週六晚上辦。」

他咬著牙說：「聽起來，妳好像已經決定了。」

「我們必須讓康諾知道。」

「這我拒絕，」他幾乎吼了出來，「我什麼都還不想告訴他，我不想讓他以那種方式對待或看低我，我還要繼續當他的父親。」

「你永遠是他的父親，」但這話非但沒能安撫艾德，還讓她自己不停去思考「永遠」這兩個字的意義，在阿茲海默症破壞他的神經突觸和行動能力後，他不會還是從前那個完整的艾德。

「無論如何，」艾德說：「我都要等。」

康諾大部分的時間不是去打籃球就是到城裡的朋友家，回家後也待在自己的房裡。如果她更加小心，說不定可以瞞得更久。

「好，」她說：「我們可以往後延一點，但是你最好要有心理準備，我們總有一天得告訴他。」

「我會告訴他。」

「親愛的，我不是要惹你生氣，可是你辦不到。」

「如果我死了，」艾德陰鬱地說：「那麼他就不必看到我那種樣子，他可以留住記憶中的父親。」

「好極了，說得太好了。你馬上給我忘掉這種不該有的念頭。你哪兒都不准去。」

「如果狀況能維持像現在這樣就好了，」他的語氣有了轉變，「我可以接受。」他把餐巾拉到領口。

「也許藥效會逐漸發揮，」她說：「如果這些藥沒有作用，那一定有更好的藥可以用。科學會迎頭趕上這種疾病，在等待的同時，我們要盡一切力量，我們也會很忙。你必須保持警覺，大量閱讀。」她看了他放在床頭桌上的書一眼，艾德已經好幾天沒讀書了。「我們一起猜字謎，去看戲、欣賞歌劇，還要去旅行，不要讓疾病追上來。」她握住丈夫的手，感覺到他的手僵硬又有點涼，她把另一隻手放在他胸口，去感覺他的心跳。

對於這番話，愛琳也不知道自己相信幾分，但光是說出來，心裡就舒服多了。她回頭繼續看書，這個章節討論的是大環境變動會如何加速患者病情的惡化，並且提到熟悉的環境和人，很可能足以預防記憶退化。

她回想起艾德有多不情願搬離傑克森高地。她堅持搬到布隆克維是否讓他暴露於險境？罪惡感在她的意念裡生了根，驚恐隨之爆發。

「我們承受不了瞞著康諾的壓力，」她說：「萬一他自己發現了怎麼辦？萬一他不小心聽到我說電話呢？」

「不要在電話裡講這些事。」

「我們明天就得告訴他。」她說。

「再等一週吧。」

「好，」她說：「這個週六先辦晚宴，下週六就告訴康諾。」

「那天他要出賽。」

「你把他的行程背下來了？」

「他每週六都會出賽。」

「那就等他比賽結束。相信我，這樣做最好。」

「好，」他說：「我相信妳。」

他毫不抗拒，怪的是她反而覺得失落。她知道這種新關係，代表從前的互動方式即將畫下句點，在接下來的日子裡，他會逐漸變得和她的孩子一樣。

舉辦晚宴的那天下午，她四處奔忙做最後準備，艾德忽然走進來要她取消邀約。

「這不是真相，」他說：「我們要告訴他們的是謊話。」

「親愛的……」她說。

「那是謊話。」

這時要取消已經太晚，卡達西夫婦一定早就上路了，說不定連麥圭爾夫婦都已經出發了；再說，爐子上的幾道菜也都煮熟了。

「這些人是我們的朋友。」

「那是謊話。」

「如果由我來說，你會不會好過一點？」

「妳高興就好。」他朝她手一揮，姿勢像個發脾氣的老人。

「他們馬上就到了。告訴我，你希望我怎麼做？」

「那是妳的事。」他說。他打開水龍頭，拿杯子接水，水滿後從杯口溢了出來，但他仍然拿著杯子，像是在製造一個小噴泉。

「我覺得我們應該依照先前討論的方式進行。」

「不！」他的反應很激烈，「他們什麼都不必知道。這全是謊言。」

「你覺得他們沒看出端倪嗎？」她發現自己也拉高了聲調。「你覺得大家猜不到？覺得他們沒有長眼睛和耳朵？」她停了一下。「也沒長腦袋？」她一說出口立刻後悔。

「他們不可能看出來，」他憤怒地說：「沒什麼好看的。」他走了出去。

她在大門的門梯上找到焦慮的艾德，然後在他身邊坐下。「我們總有一天要說出來。」她伸手想握住他，但他飛快地閃開。對面鄰居正在修剪花草，她還沒和他們正式見面，愛琳打算等自己能掌握一切、運作得宜後再去自我介紹，但時機一直沒有出現。長久以來，他們就這麼隔著樹籬打過幾次照面，卻連揮手招呼都沒有，現在她也覺得彆扭。

「沒什麼好說的。」

「你寧可瞞著大家？」

他沒有回答。

「如果你只想要我們和康諾，三個人一起去面對，我辦不到。也許我沒有你那麼勇敢，我以為自己有足夠的勇氣，然而我必須得到大家的鼓勵，我從來沒這麼迫切地需要過。」

他轉頭看著她。

「我今天晚上什麼也不說，」她說：「我們可以等你準備好。但是我有一個條件。」

他瞇起眼睛。

「在那之前，別讓我覺得自己是在孤軍奮鬥，康諾必須先知道。讓我們面對現實，其他人我不管，但是我必須知道這個家裡的所有成員會一起面對這件事。」

「好。」他說。

「你是阿茲海默症患者。」

「別說這種話。」

「這就是我的意思，」她說：「我們必須一起面對真相。」

「好吧。」他說。

「我知道你曉得，」她說：「但是我必須聽你親口說出來。」

「我曉得，沒錯。」

「那就說出來。」

「說什麼？」

「說你是阿茲海默症患者。」

「妳瘋了嗎？」他說：「我才不說那種話。」

愛琳心想，若他不參加晚宴也好。如此一來，她可以告訴大家丈夫生病了，就算他最後一刻選擇晃了進來，她也可以開個玩笑，說艾德奇蹟似地復原。他們不一定會覺得奇怪，也許他們早已發現蛛絲馬跡，但也很可能視而不見。她不像從前那樣擔心別人的觀感，就算有人離開她精心設計、用來招待賓客的區域，上樓看見她家二樓的慘狀也沒關係。

法蘭克和露絲、辛蒂和傑克、湯姆和瑪麗，以及伊凡和凱莉同時出現，彷彿租了一部巴士一起前來。她先上飲料，忙著為大家掛外套，還來來回回地端來東西，藉此分散大家的注意力，一邊還要幫忽然來到門口向大家打招呼的艾德找藉口。

她帶大家走進餐室。她已經打好主意，準備說這次聚會沒有特殊原因，只是不想等到聖誕節才邀請摯友們過來。說來這不算撒謊，她真的樂意看到大家到家裡來，過去幾個月他們都沒出席聚會，找了不少理由搪塞。

法蘭克的生日快要到了，於是她要他坐桌首——也就是艾德的老位置，然後要艾德坐在她旁邊。如果法蘭克猜到原因，她相信他不會說什麼。趁大家聊得盡興時，她把食物加滿了艾德的餐盤。

她氣的是，丈夫要她日後再對朋友說實話。艾德把食物掉在身上，撞倒杯子濺濕長褲……這些都沒關係。愛琳想專心和大夥兒交談，從聚會開始到這個時候，她首次有鬆了一口氣的感覺。她心不在焉地吃著晚餐，連傑克都忍不住在上菜之間，問她是不是有哪裡不對勁。

當大家開始享用主菜時，艾德敲了敲自己的酒杯。她本能地捏捏他的膝蓋，他努力地站了起來。「我有件事要告訴大家。」聽他發言，聊天的音量降了下來；她也站了起來，表示自己對丈夫的支持。「我的好朋友，看到你們真好。」

他停頓了太久，似乎發言就到此為止，她揉揉他的後背作為鼓勵。沒有人知道該做何反應。他說的話有點滑稽，有點像雷聲大但雨點小。她以為法蘭克或傑克會接著說：「我們也很高興看到你們，現在坐下來讓大家好好吃飯吧。」但他們並沒這麼說，因為艾德表情嚴肅。

「我們有個消息要讓大家知道，」他說：「但不是個好消息。」

沒有人動，也沒有人說話。

「我們做了一些檢驗，也看了好幾個頂尖的醫師。」

聽他以這麼平靜的語氣提起卡利法醫師，連她都覺得驚訝。他內心深處的某種特質浮現出來，這是他個性中最主要的特點。他的腿在發抖，於是不得不靠著餐桌站穩身子，他盡了最大的努力，這讓她十分佩服；儘管她不在意，但他努力想讓愛琳不必背負說出他病情的重責大任。她手搭著艾德的肩膀，要他坐下來。

「看來，我是得了阿茲海默症。」他說。

大家再次震驚地說不出話，接著有人低聲驚呼，有人伸手掩嘴，也有人表現出關切。法蘭克大手拍向桌子，要艾德解釋更多的細節，傑克詢問診斷過程，伊凡和凱莉把椅子拉向彼此，握著手表達他們的支持，辛蒂哭了出來，瑪麗難過地坐著，露絲想開玩笑以緩和氣氛，而湯姆則是一大口乾了杯裡的酒，然後用餐巾捆住一隻手的拇指與食指。沒有人繼續用餐，愛琳不確定自己是否還需要上甜點，她開口問大家是否想換到起居室去慢慢接受這個消息。大家站起來之後，一一擁抱艾德，他似乎相當有自信，很快便瞭解狀況，像是拋開了侵吞他精力的惡瘤。愛琳一想到丈夫花了多少心力瞞著大家就覺得恐懼。這種隱瞞自成一格，也算是超乎常人的堅忍。

傑克跟著她走進廚房，喃喃低語，字字句句都像他不想嚥下的貝殼。

「妳怎麼能做這種事？怎麼可以用這種方式羞辱這個男人？」

她緊握住手，忍住想掌摑傑克的衝動。「這是艾德自己的選擇。」她堅定地說。

「沒有人會做這樣的選擇。」他轉過身，以退伍軍人的僵硬姿勢走了出去。

她不得不提醒自己，面對這種事，男性和女性的反應大不相同。她在醫院裡工作了這麼多年，這種事看得太多，男人的自我越是增長，聽到噩耗的反應就越笨拙。

「原因在於毒性物質的沉澱。」她回到起居室，正好聽見艾德這麼說。討論診斷結果讓他充滿能量，聽來就像個教授。

「毒性物質的沉澱，」法蘭克重複艾德的解釋，音調中有種受到驚嚇的空洞感，「我管的就是毒性物質沉澱。」

「神經突觸受損，」艾德說：「大腦皮質萎縮，功能受到影響。」

無論艾德的短期記憶出了什麼問題，至少在現在，他的長期記憶仍然像是堅不可摧的堡壘。他討論神經生理學時，似乎超脫了臨床症狀，會讓人忘了主角正是他本人，而他彷彿也喜歡用這種抽離的方式來討論這件事。他說起話來泰然自若，讓圍在身邊的朋友流露出欽佩的神情，但同時也逐漸理解到殘忍的事實：艾德有過人的心智，但偏偏是生物學上殘忍機遇的受害者。

「早發性的病例是最嚴重的狀況，」她在廚房裡告訴瑪麗：「不但會抹除記憶，還會摧殘運動和語言功能。」她停了一下。「那才是真正的阿茲海默症。」她的語氣流露出近似自豪的情緒，像是要表示，若她的丈夫一定得罹患神經病理的退化性疾病，那也得是最正統、最棘手的腦部疾病。

大家留得比平時更晚才離開，似乎沒人曉得何時離開才恰當，也許他們還不願意踏上接下來的路，或許是面對自己黑暗的念頭，以及和伴侶間逐漸消磨耗損的互相陪伴。最後還是艾德毛躁地問：「到底要不要散會啊？」接著便氣沖沖地上樓去睡覺，連聲再見都沒說。露絲揚起眉毛，愛琳以同樣的表情看著她的好友，於是露絲起身將大家趕到門口。

其他人相繼道別，走下門階，但露絲和法蘭克留了下來，法蘭克用保溫杯裝了咖啡，好在回家的路上喝。

「我就知道有什麼不對勁。」他說。

「應該很明顯。」

「我不知道妳怎麼看待這件事，這好像不是真的。」

「我也有這種感覺。」

「我嚇到了，」他說：「偶爾，在我忘了拿鑰匙或忘了車停在哪裡時，我會想自己是不是得了阿茲海默症。」

法蘭克確實害怕，血色盡失的臉頰讓他看來形容憔悴。

「你可以找他談，這你知道，他還是你的朋友，人也還和我們在一起。」

「我不知道怎麼和他談這件事。」

「張開嘴巴，看會說出什麼話囉。」

法蘭克拖拉著腳步，像提著燈籠似地拿著保溫杯走出去；露絲擁抱她，久久才放開，最後，廚房裡只剩下愛琳一個人。杯盤四處亂放，剩菜不是用保鮮膜蓋住，就是倒進了垃圾桶。杯盤狼藉的廚房從來不像此刻這樣，讓她有種鬆了一口氣的感覺。起碼還要再過一個小時，她才會關燈上樓。

接下來的週六，在康諾主投的球賽結束後，一家人無精打采地沉默用餐。孩子的疲倦彷彿透過一層隱形的薄膜傳染給雙親。

「你今天投得怎麼樣？」她問道。

廚房裡閃閃發光的新裝備還沒磨損的痕跡，感覺像是別人的家。

「不錯。」康諾說。

「不錯，」艾德思索這個回答，「比不錯更好吧，三振了——多少人？」他看著康諾問道。

「十三個。」

「而且沒有任何打者真正擊中球。」艾德說。

「我也保送了八個傢伙。」

「重點是康諾懂得控球，這個不可否認。比賽靠他主投才打破困境，整場下來投了不少球。」

這句話好比提示一般，康諾揉了揉肩膀。

「只要用心，永遠有成功的希望。左投也能飆出這樣的速度？只要他繼續下去，將來一定會成為大將。」

愛琳等著丈夫把聊天內容移轉到他的疾病上。她捕捉到他的目光，但他搖搖頭，表示計畫取消。她想用眼神表達自己的不悅，但他低頭看著眼前的湯，不想迎視她的雙眼。

「艾德。」她喊丈夫，輕咳了一下。他抬起頭來。

康諾的雙眼明顯露出疲態。艾德站起來，把手放在兒子的頭上，疼愛地撥弄他的頭髮，接著走到水槽邊看向窗外。

「怎麼了？你們兩個又吵架了嗎？」

「沒有，」艾德說，雙眼仍然看著外面，「聽你媽媽說話。」

「你長大了，」她說：「已經可以聽大人之間的事。」康諾坐得更直了。「大人談論的事，以及你爸爸和我討論的事。」

「拜託，別說什麼鳥啊蜜蜂的事，我已經超過那個年紀了。」

她忍不住露出一抹淡淡的、哀傷的笑容。她覺得喉頭一陣梗塞。「我們有壞消息要告訴你。」她說。孩子原本逗趣的表情消失了。「什麼事？」

「和你爸爸的健康狀況有關。」她頓了一下才說。

艾德轉身走回桌邊，坐了下來。「你媽媽想說的是，我得了阿茲海默症。」

「你知道什麼是阿茲海默症嗎？」她問道。

「知道。」他雙眼來回地看著雙親。「就是會忘東忘西。」

「對。」

「人老了不是都會這樣嗎？」

「有時候是，」她說：「大部分都是，但有些時候，年紀輕一點的人也會得這種病。」

「你會恢復嗎？」

「市面上有很多藥，」他說：「我現在正在服用實驗藥物，效果有待觀察，但我的狀況應該會越來越糟。」

「你害怕嗎？」

這是愛琳首次看到有人當面問艾德，疾病帶給他的感受，通常大家談的都是疾病本身，甚至連她都沒開口問。

艾德坐直身子，眼神波動，流露著哲思。「偶爾會，那是當然的，」他說：「這是部分影響。」他看著被自己拿來當定音鼓敲打的糖罐。「我喜歡而且熱愛我的生活。我不想失去自己的人生。」

「你這個年紀得阿茲海默症不是太年輕了嗎？」

「如果你要聽我的回答，對，沒錯，」他說：「但如果你問的對象疾病本身，答案會是否定的。」

「惡化的速度有多快？」

「寶貝，」她告訴康諾：「別一下子問你爸爸這麼多問題。」

艾德抬起一隻手制止愛琳。

「可能很快，」他說：「也可能可以撐個好幾年，每個病患的狀況都不一樣。」

康諾似乎在思索剛剛聽到的話。

「總有一天會惡化到你認不出我，是嗎？」他一會兒後才問道。

艾德顯得很激動，這個問題似乎觸怒了他。她想說幾句話緩頰，但他卻站起來，俯身用雙臂摟住兒子。

「我會永遠知道你是誰，」艾德親吻康諾的頭頂，「我答應你。就算你覺得，或是就算我看起來像是認不得你也一樣，我會永遠知道你是誰，你是我的兒子，你要永遠記住。」

「你也要永遠記住。」他站起來擁抱父親。

愛琳動手清理餐盤。

「媽。」康諾喊她，長長的手朝她伸過去。

她走過去站在這對父子身邊。看康諾的樣子，應該是想要她過來讓一家三口彼此擁抱。愛琳一直想讓康諾知道這件事，而且希望兒子能夠在知情後勇敢面對，堅強地接受，然而儘管是母子，他們還是截然不同的兩個人。她和艾德的一切努力，都是為了讓兒子能過比他們更好的生活，但偶爾她會懷疑自己是否因此犯了錯，才會讓他不夠堅毅。

一家三口環抱在一起的念頭讓她有些困窘，她真的辦不到。畢竟擁抱無法驅走即將到來的黑暗未來，而且她認為康諾的擁抱簡直像小販銷售假藥的叫賣聲那樣不真實，於是她飛快地在他後背連拍了三下，當作某種無聲的結論，然後轉身上樓。

49

把艾德的病情告訴康諾後，愛琳終於可以公開地和姊妹淘討論丈夫的狀況。她每天輪番打電話給露絲、辛蒂、瑪麗、凱莉、凱西和瑪姬阿姨，每掛斷一通電話就立刻撥打下一個號碼。既然已經開始，她就不想中斷，於是她選在晚餐結束，等艾德到書房裡批改實驗報告、寫上課內容後才開始打電話。電話接通後，無論這些朋友原來正在和誰講電話，一定會立刻斷線，轉而聽她說話。她拿起電話時不見得知道自己想說什麼，但是對話自有節奏，而且一定與艾德有關，她甚至連試都沒試過要找新的話題。她認為如果自己說得夠多，這件事就會變得尋常，衝擊性不再那麼大，也沒那麼嚇人。

她打電話到麥圭爾家，只要是法蘭克接聽，一定立刻把話筒又交給露絲。大約是在對朋友宣告病情那次晚宴的一個月後，某次法蘭克匆匆丟下電話的方式惹惱了愛琳，於是她要露絲把話筒交還給法蘭克。

「你們究竟消失到哪裡去了？」她問道：「為什麼從來不打電話？為什麼還沒和他碰面？為什麼沒邀他去喝啤酒？你們這些該死的男人為什麼從來不找他出門？他每天晚上都把自己關在書房裡。」

「我一時還沒辦法接受。」

「他懂。打電話問候他就可以了。」

「我會。」法蘭克回答。

儘管嘴上說好，他仍然沒有動作。又過了一週，愛琳再次要露絲叫法蘭克來聽電話，然後假裝是法蘭克打電話過來，直接把手上的話筒遞給艾德。她擔心艾德會注意到電話鈴聲沒響，然而他接下話筒後，便像個青少年似地和法蘭克聊了起來，興奮之情溢於言表。她聽著艾德結束對話，這一講就講了將近一個小時，期間阿茲海默症的症狀都沒有發生。男人和女人有一個差異，男人之間不吐露祕密也能融洽相處，這讓她甚感欽佩，然而問題是，他們仍會縮回到自己的孤島上。

她接下艾德手上的話筒後，逼法蘭克承諾盡快再打電話來找艾德，但法蘭克依然失信了。接著當他們在麥圭爾家聚會時，法蘭克在晚餐時幾乎沒有發言，而且一吃完甜點就離開了。

這陣子，愛琳經常向露絲提起自己的夢。在焦慮的夢境中，她的牙齒掉了，身上的皮膚脫落。讓她驚訝的是，露絲建議她去找心理醫師，而且聽露絲提起自己接受心裡治療的正面效果更是意外，這簡直是令人難以想像。露絲當然不是沒感情的石頭人，而且她聆聽他人苦痛和問題時，還能展現出無比的同理心，永遠會找時間陪伴朋友。重點是露絲從來不說出心裡話，除非把她捆起來，在她眼前掐死她的貓，否則她可能都不會流淚；幾年來，愛琳一直把露絲表面上的說法當真。露絲說弟妹全是她一手帶大的，受夠了小孩，所以決定不生，但某天深夜，當兩家的男人都睡了之後，露絲才承認這個決定其實是出於她內心的恐懼，怕自己和酗酒的母親一樣，毀了孩子的一生。此後，愛琳只要瞥見露絲疼惜地凝視康諾，就知道她心裡還有更多沒對任何人說出來的話，包括法蘭克在內。

愛琳把心理諮商視作一種任性、縱容，只適合有錢有閒但朋友少的人；此外，天主教徒不可能去找心理醫師，那是教堂告解室的功能；但如果你從二十出頭就沒走進告解室該怎麼辦呢？她想像自己花一個半小時細數自己所有的罪孽，從神父手中領了一長串禱文清單後走出告解室，但腦袋沒比走進去之前更清楚。

露絲的心理醫師叫作傑瑞米．布里爾，診所就在露絲家附近，和熨斗大廈只隔了一個街區。布里爾醫師到門口向愛琳打招呼，然後帶她走進診間，要她在扶手椅上坐下。愛琳四處張望，想找到想像中的躺椅，但只看到一張桃花木辦公桌、兩張扶手椅，以及掛在小書櫃上方有三張讓人安心、分別來自哈佛、康乃爾和耶魯的證書。昏暗的診間裡，只有一盞落地燈和幾道穿過百葉窗照進來的光線。

布里爾醫師坐在扶手椅上請愛琳說話，而她發現開口比她想像中來得容易。她談起父母親、在伍德塞的年輕歲月、在傑克森高地的生活、她的工作，甚至還提到齊歐先生。講了一會兒，她便感覺到心中糾結的樹叢，終於落下了第一根樹枝，待她安靜下來，布里爾醫師──他本來要她直接喊他傑瑞米，但她不可能這麼做，就算他比她年輕十歲也一樣──說了一番令她滿意的話。醫師說，艾德一定具有過人的智慧，才有辦法長久以來維持正常的外在表現。

「沒法如他聰明的人可能老早就放棄了，」布里爾醫師說：「誰曉得他瞞了多久？」

醫師鼓勵愛琳繼續談她對艾德罹病的感覺，雖然她稍早的念頭是不要提起這個話題，但一旦說出口，話中的坦率和條理讓自己也感到吃驚。讓她訝異的是，布里爾醫師一直保持沉默，然而他的雙眼忽而圓睜忽而瞇起，自成韻律卻又像催眠，光這樣就讓她掏出許多心裡的話，過了好幾分鐘，她才覺得思考的速度趨緩，說著說著便停了下來，這時醫師告訴愛琳，諮商時間結束了。

第二次諮商時，她覺得不自在，無法暢所欲言。布里爾醫師除了一開始向她問好後，也沒再說話。兩個人就這麼坐著，鋪著波斯地毯的診療室裡一片沉默。這讓她想起艾德不高興時偶爾也會無聲地對待她，同樣地，康諾小時候也曾經固執地不發一言。

「什麼是妳最恐懼的事？」過了一會兒，布里爾醫師問她。

「我不太確定，」她說：「可能是孤單一個人吧。」

接著又是一陣沉默。

「為什麼？」

「有誰想孤孤單單的？」

「有些人可能會。」

「我就不會。」她說。

「妳是不是覺得妳丈夫拋下妳，讓妳變成孤單一個人？」

「我有時候似乎會這麼想，我猜是吧。」

「我懂，」他說：「你們不可能戰勝阿茲海默症，這個疾病打倒的不只是患者本人，連配偶、子女和朋友也會受害，確實會帶來非常孤絕的感覺。」

這個人太極端，不是一言不發，就是說些她不想聽的話。

她明白自己不可能贏，不可能打敗艾德的病，但是她也不打算坐著聽別人說她會輸。她當下決定再也不回來諮商，而這個選擇反而讓她輕鬆開了口，在接下來的三十分鐘裡，滔滔不絕地說些自己完全沒想到的事，到最後，愛琳竟覺得有機會說出這番話像是解脫。愛琳幾乎要覺得放棄諮商是件可惜的事，因為儘管每次的效果不怎麼顯著，而且對象也不會是像她這種人，但她總算領悟到心理諮商的可貴之處。

她看得出艾德不能工作的日子迫在眉睫，她得精打細算，於是她到阿茲海默症協會去詢問可能派得上用場的資源。社工人員告訴她，要等到她窮到一無所有的那一天，他們才幫得上忙。

「一無所有？」

「醫療輔助計畫只有在你們的開支達到門檻時才能使用，妳可以保有原有收入的部分金額，但妳丈夫的不行，這麼一來，才能納入醫療輔助計畫。你們得先出售所有的資產，這筆錢可以拿來整修住宅，或是添購新衣、買醫療險或居家用品，甚至預先準備你們兩個人的喪葬費用等等免不了的開支，但不能買珠寶，千萬不能有。唯一例外的是，妳的訂婚戒指，以及你們兩人的婚戒，這些可以留下來。如果妳花錢的速度太快，主管單位會介入調查，那麼一來，你們可能就拿不到補助金，但你們無論如何都能留下房子和車子，這麼做的好處，是在你們瀕臨破產時會得到應有的協助。」

「你是說，如果沒有——照你的說法，先讓自己破產，不然就是沒辦法支付看護的費用或無家可歸，我就得不到醫療輔助計畫的協助？」

「以目前的情況來說，沒錯。」

「我存款帳戶得先清空？」

「是的。」

「加上所有的股票？」

「對。」

「那麼退休金帳戶呢？」

「也一樣。」

「我告訴你，」她生硬地說，尊嚴像熱氣一樣湧了上來，「我這輩子一直很認真工作。」

「我很遺憾。」

將來的開支可觀，他們的存款很快就會花光。居家看護的費用（除非逼不得已，否則她拒絕把丈夫送進安養院）和二胎貸款的金額差不多。家裡有兩份薪水時，他們還負擔得起，但艾德能領到的退休金大約是薪水的百分之四十，她不可能不挪用退休金存款來付貸款，也就是說，退休金帳戶裡的錢也會花得很快。

「早知道，我就訂做櫻桃木櫃了。」她說。

「妳說什麼？」

「我太謹慎。我應該敲掉磚頭改用大理石磚，該買三件貂皮大衣而不是在拍賣時搶下一件，應該每年去歐洲，應該在二、三十歲的時候和身邊的人一樣，像喝醉的水手那樣撒錢。如果我生活貧困，這還比較容易接受。」

愛琳去找布魯斯．艾普斯泰恩，這位稅務律師是她同事桑妮的丈夫。她和布魯斯兩人面對著面，坐在他位在上西區的辦公室裡。他的書架上不光有法律書籍，還放著一些經典文學作品。「最好的對策是妳和他離婚，」他把一盤巧克力推到她面前，「當然是光就財務而言，兩個人的財務分開，把所有財產放在妳名下，並且拿走所有現金。」

愛琳拉扯西裝外套下襬鬆脫的縫線。

「我知道妳不想聽這個建議，」布魯斯繼續說：「但這是最理想的做法。如果妳和他離婚，他立刻能拿到醫療補助金，最好不要感情用事。在現實中妳不必真的和他離婚，妳仍然可以照顧他，只是換了個身分。」

「我要怎麼告訴我兒子？」

「他不必立刻知道。」

「我要怎麼告訴艾德？」

「告訴他妳是為了精打細算，說妳這麼做是為了你們兩個人著想。基本上什麼都不會改變，唯一的差別是，你們能得到州政府的協助。」

「就因為我丈夫得了阿茲海默症，我就得和他離婚？」

「我知道這麼說很傷人，」他說：「但是妳想知道解決方案。從財務的角度來看，離婚才是上策，如果我不告訴妳就是失職。」

「要怎麼做？我該怎麼和他離婚，怎麼拿到所有的錢？」

「你們家有個未成年兒童，這對妳有幫助。編個藉口，指控他不忠，要成功離婚的方法很多，最後妳拿到錢，事情就解決了。」

「我不認為我做得出這種事。」

「我不驚訝，」他的語氣溫暖，「但我覺得妳應該慎重考慮，為了將來不會後悔，我勸妳深思，而且不要感情用事，如果妳一定要把感情放在第一位，那麼就要理智思考。若妳把感情看得比金錢重要，就必須克服某些心理障礙才能照我的建議去做，這是最合理的選項，然而合理性不見得永遠是我們的指標，我只能說，如果我們的狀況相同，我會希望桑妮這麼做。離婚對妳和妳丈夫都好，還有，要記得，在上帝眼中，你們的婚姻是永遠的。」

布魯斯的勸說，無異是要她徹底翻轉她這輩子的信念。長久以來，她一直覺得自己若有機會一定能成為好律師，然而當她聽著布魯斯冷靜分析事實時，她才理解自己缺乏他那種純然以邏輯論事的能力。她不會為了留住財產而和艾德離婚，她寧可散盡家財，反正她這輩子注定要工作。

50

康諾在他女友蕾吉娜家的地下室裡，儘管他想讓她躺倒在柔軟的地毯上，然後撲到她身上，但充其量只敢和她擠在靠在壁板前的沙發上。他伸手去摳壁板的接縫，準備順勢攬住她，這天他已經摟過她兩次，但心裡仍然很緊張。第一次兩個年輕人才摟抱親熱了一會兒，便有人拉開階梯上的門，蕾吉娜的母親朝著地下室裡大喊：「你們沒事吧？」兩人立刻坐到沙發兩端，最後他才又一寸寸地移回她身邊。就在他剛靠上她時，蕾吉娜的母親像是有第六感似的，在樓上喊康諾，要他幫忙拿放在櫥櫃最上面的托盤。據蕾吉娜說，她母親之所以願意讓兩個人單獨待在地下室裡，是因為她聽說康諾學校的男生都是好孩子。

蕾吉娜的家庭來自黎巴嫩。她父親看來嚴厲，康諾連話都不敢和他多說，若她父親在家，康諾不喜歡和女友單獨留在地下室，畢竟因此而變得焦慮划不來。

他們在看影片，但他連片名都不記得，除了蕾吉娜撥頭髮掃過他的皮膚，以及她每次吸氣時身體微微貼向他的感覺以外，他做什麼都不能專心。稍早，她沒有異議地和他接吻了幾分鐘，但現在堅持要看影片，但從她微慍的神情來判斷，女孩應該是力圖表現除了小小的慾念之外，自己還有家教和穩重，其實康諾看得出來，蕾吉娜和他一樣緊張。

他伸手環住她，手掌先貼在她消瘦的肩膀上，再慢慢往下移到她的鎖骨上。她穿著polo衫，腿上放著一大碗爆玉米花，津津有味地咀嚼；接著他的手滑到她領口三角形的敞開處，停在露出來的皮膚上。有雙長手臂真好，因為這個姿勢還滿彆扭的，幾秒後，她挪動身子靠在他的法蘭絨襯衫上，但他知道這只是為了讓他把手拿開。

他從來沒把手放到她的衣服下，總是隔著衣料撫摸她，蕾吉娜每次都是在幾秒鐘後阻止他。他曾經把手放在她的大腿上，但女孩立刻拉開他的手離開。

某次在沒話好聊的情況下，他把父親的狀況告訴了她。他一看到她表現出的憐惜表情，就曉得必要時可以重拾這個話題，而且此話題的效用應該不只是沒話找話說。

看蕾吉娜認真盯著影片的方式，康諾忍不住懷疑她是否要在影片結束後交書面報告給她母親。他只能想到她身上的味道多麼像春天，還有，她是否發現他已經勃起。

「嘿。」他說。

「嘿什麼嘿。」她瞥了他一眼，視線又落回電視上。

「我很難過。」

「怎麼了？」

「不知道，」他說：「沒什麼。」

這下子，她轉過頭來看著他了。「什麼事嘛？」

「沒事，」他說：「看片子就好了。」

「你現在就說。」她的表情認真。康諾看不出她是否在開玩笑。她父親的限制和無所不在的陰影，似乎也在無聲地看著這一幕。

他豎起指頭壓著自己的嘴唇要她別多問，這把她氣得火冒三丈。

「要不你就告訴我，要不，今晚再也不准接吻了。」她說。

「別鬧我，」他說：「我只是不知道要怎麼開口。」

她把大碗爆玉米花放在茶几上，盤起雙腿。「你這下子真的要告訴我了。怎麼了？到底有什麼事？」

「我在想我爸爸，一想到他我就難過。」

康諾努力擠出擔心的表情。

「告訴我嘛。」她把雙手放在他的膝蓋上。

「我想到他慢慢會離開我，總有一天會忘了我是誰。」

她搖搖頭，看起來像個四十歲的女人。「他不會忘記你的。」她的語氣半帶否認半帶安撫，就好像看到了艾德日漸衰退的狀況。

「他一定會，大家都會離開。」

「我不會，我會陪著你。」

「妳也會走。」

「我不會。」她說。

蕾吉娜靠過來擁抱康諾，他親吻她的脖子，順勢來到她的雙唇。影片繼續播放，但這時連她也不看了，她久久地親吻他，感情的層次和以往不同。康諾的褲子憋得他勃起的部位發痛，他雙手摸遍她的身子，看她沒推開，又把手從她衣服下襬伸了進去，一隻手鑽進她的胸罩下。康諾知道自己的呼吸越來越急促，接著他把另一隻手也伸了進去，一手握住她一只乳房，感覺自己像是跨越了某種分水嶺。他親吻她的脖子和耳朵，最後終於拉起衣服親吻她的乳房；他不敢逾越這條界線，以後還有機會，有些事可以保留。他父親幫了他一個大忙，父親的病況是威力強大的武器，必須節制使用，他不想上癮，但話說回來，善加利用這件事也沒什麼錯。

地下室的光線似乎更暗了。他吸吮她的乳頭，像是想抽吸出埋在裡面的寶藏，他知道這麼做不對，在他的啃咬下，蕾吉娜幾度瑟縮。

有人拉開地下室的門，女孩立刻拉下衣服，這正好，因為他已經從親吻乳房發展到他私下練習過的某些動作，他為了失去的純真而感到愧疚。到了這個時候，已經不可能回頭了。

51

正如薇吉妮雅多年前說的，她的名字果然列在電話簿上。正確的說法應該是：電話簿上有她丈夫李藍．卡洛的名字。自從簽下購屋合約後，愛琳一直想找薇吉妮雅，也真的好幾次拿起電話，但考慮到應該從何說起就胃痛，所以總是在撥號前掛上話筒。她不願白白折損自己的尊嚴，於是決定親自上門。

愛琳選了一個週六去拜訪老朋友，心想，若他們不在，她可以留張紙條隔天再去。她穿著挑選的衣裙，也去做了頭髮。薇吉妮雅家在市中心的小坡上，是那種沿著蜿蜒的街道建築，但與馬路隔了一大片土地的大房子。

距離卡洛家只隔一條街時，愛琳已經緊張到不得不停下車好讓自己鎮定下來，直到走進卡洛家的最後一刻之前，她才明白自己一直期待這次的會面。當年和薇吉妮雅在百貨公司展示間的巧遇，在她心裡播下一顆種子，經過這麼多個寒冬後，如今終於拔地而出。她想要薇吉妮雅看到這棵樹上盛開的花朵，薇吉妮雅看得懂嗎？她希望薇吉妮雅看到老朋友毫無預警地來訪——她雖然住在城的另一頭但勉強算得上鄰居，會覺得理所當然。

卡洛家正面的大草坪上種了太多樹，而且樹齡看起來比這個國家的歷史還悠久，這時已經是十月初，樹葉開始轉黃。愛琳看著薄霧中的街道又停了下來，靠邊休息了一下才繼續前進。

她開著車來到薇吉妮雅家前面，看到車道上停著一輛車。她打檔停車，關掉引擎，老車喘著氣停了下來。她後悔沒先在托普麵包店買盒餅乾或到花店買些花，但話說回來，過了三十年才帶著伴手禮造訪也太奇怪了，她能想像薇吉妮雅一臉懷疑地接下搖起來卡卡作響的餅乾盒，以為裡頭裝的紀念品來自刻意遺忘的過去。

她站在路邊盯著薇吉妮雅家看，這棟房子稱得上完美，找不出任何她想變動的角落，也不覺得有誰——包括那些買下老屋整修，卻毀了原有風格的沒品味買家在內——會想做任何變動。這片景觀已經足以讓人感到破產也值得，而房子本身也毫不遜色。這地方很平和，唯一打破寧靜的是遠處有人除草的聲音。在她的想像中，有個老人戴著手套在翻土，同時還拖著一個裝雜草的沉重垃圾袋。

她無法說服自己朝前門走過去。搬完家整頓完畢後，她藉由想像和薇吉妮雅喝下午茶，來度過好些孤單的午後時光。她一直在等待自己房子整修到足以見人、一切安頓得宜，還要讓她有足夠的時間，從有利的地位來運籌帷幄的那一刻，可惜時機從來沒有出現。愛琳縱容自己幻想這位多年不見的老朋友依然會熱情相迎，然而她也知道，要是再度和薇吉妮雅見面，所帶來的傷害很可能比自己願意承認的還嚴重。

她踏上穿過草坪的鋪石步道，沒走幾步，一隻狗便衝過來狂吠，嚇得她站在原地不敢動。這隻小小的傑克羅素犬看起來殺傷力不大，但聽到牠持續又帶著奇特警覺的吠聲中，愛琳認為小狗除了要外人離開的警告外，還有其他意思。這隻狗先在她四周跑動，接著邊吠邊揚起鼻子、瞇著眼睛站定，以讓人氣餒的方式打量著她。她試圖隱藏心中的恐懼——她怕的不是狗，而是牠的想法、所見和洞察，因為擔心這個小傢伙會看穿她的荒謬。屋子裡沒人走出來阻止小狗吠叫。這隻結實的小東西看起來竟無比強硬，豐厚的毛皮看似永遠警戒地豎了起來。

這時有個女子從房子側面的灌木叢後面走了出來，看到她，愛琳嚇得心臟差點停止跳動，並且忘了面前的小狗。她想轉身離開，但也知道在沒有立刻行動之下，更讓她看來像是落荒而逃。眼前這個應該是薇吉妮雅的女人，快步走過來準備制止小狗，而狗兒則是訓練有素地往回跑到主人身邊戒護。隔著這段不遠不近的距離，愛琳認不出對方是不是當年看她試穿伴娘禮服的那個活潑女郎。她打扮得很體面，搭配棕色便褲的芥末色襯衫在陽光下閃閃發光。

「有什麼事需要我幫忙嗎？」薇吉妮雅站在幾公尺外問道。她略帶銀灰色的頭髮，不知為何看來比較像是日曬過後的健康色彩。薇吉妮雅把頭髮往後挽成整齊優雅的髮髻，歲月讓她變瘦了一些，那身衣服讓她看來幾乎像個軍人。她好奇地看著愛琳，愛琳以為對方認出了她，一會兒之後才發現薇吉妮雅單純只是不懂為什麼會有個女人站在她家的草坪上。

「希望可以，」愛琳說：「我應該是迷路了。這條路轉來轉去找不到方向，我要回高速公路去。」

「妳想到哪裡？」

「抱歉，我沒聽懂？」

「妳要朝哪個方向走？」

「是這樣的，我剛才去找朋友，現在要回家。」

「妳家在哪裡？」

「在城裡，」她擔心薇吉妮雅聽出她有多緊張，「皇后區。我想，我應該要走布朗克斯和公園大道接哈琴森公園大道。」

「皇后區的哪個地方？」

她的心臟噗通噗通地跳。「道格拉斯頓。」她的嘴巴太乾，最後幾個字幾乎是咳著說出來。

薇吉妮雅的說明鉅細靡遺，包括過了紅綠燈後大概要走幾公里才會看到布朗克斯河，存在愛琳記憶中的散漫消失無蹤。她突然有種孤寂的感覺，原來自己從來沒真正認識過薇吉妮雅。

她聆聽薇吉妮雅描述熟悉的路線，為自己爭取到時間恢復自持；此後，若不詳加解釋，她再也不可能坦然回到這個地方，不可能和薇吉妮雅相認或坐在她家起居室裡喝茶。她仔細觀察薇吉妮雅的臉，想找出蛛絲馬跡，讓她得知再也沒機會聽到的故事。她有子女嗎？丈夫是否還在？她是不是過著幸福快樂的生活？

「謝謝。」愛琳在薇吉妮雅說明後向她道謝。

「不客氣。」

「妳家很漂亮，」她說：「真的非常美，要不欣賞都難。」

52

他們開車離開祖母住的公寓後，順著史密斯街上勾瓦納斯快速道路繞回寇特街，到了洛連街後右轉繼續走。

康諾此時已經熟知街道的名稱了。父親一連三個週末帶他來逛從前的住處，想在遺忘前盡可能擷取回憶的精華。

他們來到紅鈎游泳池。「我小時候都來這裡游泳，」父親說：「很難想像已經過了那麼久。當年大家都光著身子，但沒人注意。太好玩了，我們整天在這裡混，晚上回家時，每個人都曬得像桃子一樣紅。知道嗎，這個游泳池現在還在使用。」

出自禮貌，康諾點點頭；跑這一趟，其實害他沒辦法參加萬聖節派對。

「可是今天沒開，」父親說：「這我知道，今天太冷了。」

父親走出車外，神情開朗坦蕩。康諾心裡突然竄出一絲醜陋的念頭。

你真的知道嗎？你還知道些什麼？打一開始，你就從來不像一般的父親，不是嗎？與其他人相比，你還真是怪胎，從你和那些讓你癡迷、編目過後的卡帶、錄影帶都可看出。你即使到夏天還是穿著長袖襯衫，從來不穿短褲，愛看老電影，總是說相同的笑話，生活離不開實驗室的白袍和削尖的鉛筆，堅持文法和發音要百分之百完美，穿蠢斃的球鞋戴汗濕的棒球帽，而且耳毛長了也不剪。你開車永遠不超過速限，誤差最多時速五公里。燒杯試管、登記表和手提箱從不離身，而且這個老街坊的故事，我真的聽膩了，如果我要，我現在就可以讓你這個宅男、怪胎、書蟲心碎。

接著父親又開車到哥倫比亞街。他們看到一棟廢棄的建築，舊招牌上的粗黑大字標示著「康斯坦姆」。「我以前工作的工廠現在淪落成這樣了。」父親說。工廠的外牆滿是塗鴉，經過長年風吹雨打，油漆已經剝落，第二行的「化學公司」幾個字只剩下模糊的字形。「從前紐約市區有不少工廠，現在那些工作機會都消失了。工廠的工作——我該怎麼說？使中產階級應運而生。」

父親保持了一段時間的清醒，這不太常見，但在這種狀況下，他能夠就某些主題滔滔不絕地發表意見，完全看不出他的心智有什麼問題。康諾總是會從中看到一點希望，覺得父親可能會回到斷裂索橋的這一端。

「如果不是在工廠工作，我不可能走到事業的顛峰。現在這個國家什麼都不生產了。」

「我們製造飛彈，」康諾說：「拍電影，煎漢堡。」

父親好像沒聽到他的話。「在你這個年紀，我就到這裡來工作了。」他說，隨後用探究的眼神看著他。「不，當時要比你大一點，在我二十出頭的時候。我一直把你當作比實際年齡大，你看起來好像我弟弟菲爾。」

康諾打開收音機，調到播放搖滾樂的WDRE電臺，正好聽到超脫樂團（Nirvana）〈少年心氣〉（Smells Like Teen Spirit）的前幾個音節，他不顧父親要他把音量放低的要求，兀自把音量調大，反正父親不是真的在他身邊，也許，他在父親的心裡並沒真正存在過。

53

「爸，幫我練習明天的辯論賽。」

「好。」

「辯論題目是『安樂死的倫理考量』，我必須模擬正反雙方的論點。你知道辯論賽的程序嗎？」

「大概知道吧。」

「我提出贊成的論述，你來反對，接下來再角色互換。我先擔任正方，你來質詢，我們先這樣開始，後續再告訴你怎麼做，好嗎？準備好了嗎？我的第一個論點是安樂死有其正當性，因為只要是人，都應該擁有為自己做決定的至高權利。我們支持個體具有決定自己居住和工作地點的權利，如果我們認為這些權利不可侵犯，那麼，沒有任何權利比為自己選擇死亡更重要，病患應當要有權掌控自己的狀況，為了維護自由選擇權和身為『人』的尊嚴，我們應該准許人為自己做決定。爸，你覺得這樣站得住腳嗎？」

「我在聽。」

「你應該要寫筆記，這樣才能攻擊我的論點。來，寫下我說的話，而且要寫快一點，立刻找出反駁的觀點。試著找出我論點的破綻，質疑其中的假設，比方你可以說，有許多想安樂死的人還是熬過了疾病末期，他們終究會感激自己沒做出安樂死的決定。盡全力攻擊我，爸，我得練習怎麼迴避才不會被看破，要熟練但不能做作，隨時保持冷靜和自信，你可以逼我說出愚蠢惡毒的話。上週我痛宰對手，即便如此，裁判給我的分數仍害我失去八強種子辯士的資格，偏偏女生高興怎麼惡毒都可以，這太爛了。那個史岱文森女校的女生所說的話尖酸刻薄，但是她的分數竟然比我還高。不過話說回來，如果我的技巧更好，說不定可以優雅地擊敗對手，而且還因為良好的態度而加分，所以這表示我要練習再練習。我現在要向你挑戰了，爸。你可以說，『安樂死不可行，不可能公允執行。』」

「安樂死不可行，不可能……你剛剛說什麼？」

「沒關係。聽我說，有關成效問題的討論是禁止的，所以我說，『在林肯與道格拉斯有關奴隸制度的辯論後，反方可敬辯士的論點不可能存在。』屌爆了！」

「怎麼了？發生什麼事？」

「我必須找出更好的例子，比方說柏拉圖、傑佛遜。史岱文森那群尖牙利齒的賤貨，休想靠隱喻占我便宜。」

「什麼？」

「沒事。史岱文森的女生把洛克（註：約翰．洛克，**John Locke**，英國哲學家）抬了出來，想搶正方，我想當反方，我還真的低聲下氣地要求擔任反方，讓她們去耍強硬好了。這週我絕對要摺倒那個女生，我已經嚐到獲勝的滋味了。我的第二個論點是『社會契約論』，也就是個人犧牲某些權利和自由以換取社會的保護。在社會中，為了求得生活保障，人必須放棄傷害他人的權利；如此推演，安樂死具有其合理性，因為這個做法就是為了不去傷害別人。」

「我不支持安樂死，兒子。」

「那就是我們該堅持安樂死合乎倫理的原因。」

「兒子，安樂死不但不合乎倫理也不正確。」

「爸爸！我在和裁判說話，我不能看著你，和裁判對視必死無疑。你得反駁我，舉出不合理的『滑坡謬誤』。比方說，如果我們准許安樂死，那麼你的不合理因果關係應該是自殺也合理，接下來可以延伸到優生學和誘導式安樂死，會影響到種族比例以及整體經濟。在壓力之下，人可能會讓別人安樂死以取得利益，或是避免陷入經濟困境。」

「沒有人可以逼迫別人安樂死。這個國家的法律不允許。」

「就說醫療界無權協助病人死亡好了，醫療人員的責任是讓病況好轉，或是在不顧生活品質的狀況下讓病人延續生命。如果你這麼說，我可以反駁，有許多末期病患受到太多折磨和痛苦，不想靠機器維持生命。」

「我聽不懂了。」

「我的第三點主張，是當病人受到極度痛苦時，安樂死是最人道的選擇。」

「痛苦是會過去的。」

「你可以說說醫藥界持續研發新的止痛藥，定下這種決定的時間表，必須長到足以反映科技進步的速度。」

「我只知道我不贊成安樂死。」

「我的對手從來不回應我第三個論點，所以你應該直接肯定這個議題。」

「什麼論點？兒子，我們可以喊停了嗎？我們能不能光是談談就好？」

「爸，你想知道你能找出的最好反方案例是什麼嗎？你就是阿茲海默症患者。你想想看，如果我們可以隨便執行安樂死，也許你早就走了。」

「說不定你會被安樂死，兒子。」

「這個週末和我對壘時，史岱文森那個女生絕對恨不得有人讓我安樂死。」

54

春季學期開學沒多久，艾德的系主任史坦．寇威打電話到愛琳上班的醫院找她，表示系上接到艾德班上學生不少抱怨，其中還包括一封匿名的死亡威脅，但他立刻表示這個威脅完全不可信。

「死亡威脅？」

「不能說死亡，」他婉轉地說：「我不該說死亡，只是傷害而已。」

「嗯，這會讓人比較放心嗎？」

「我打電話來的主要原因，不是為了談死亡威脅，」史坦說：「從前也有學生因為不滿而抱怨，我們處理過；有些孩子學到不去信任體制、程序和糾正。我們得討論的是──」

「他們準備打他，史坦。」

「他們好像要請人動手。」他的語氣有種古怪的合理推測。

「雇職業打手！」

「小混混吧，」他說：「艾德會先接到警告。」

「一群不知感激的混蛋傢伙，」她說：「可惡又齷齪的東西。他把生命中最寶貴的歲月貢獻給這群畜生，這種付出實在不值得。」

「他們會受到懲處的。」史坦向她保證。

「校方應該開除那些人。」說完這句話她還想繼續說：應該在他們身上澆瀝青拔毛，應該萬箭穿心，應該要送去槍斃。

「可能會，」史坦說：「聽我說，我打電話來不是為了這個，是關於艾德。」他頓了一下。「還有他的工作。」

她心跳加速了。長久以來，她一直擔心會接到這通電話，他們還得熬過一年半，艾德才有三十年的資歷。

「那你怎麼會找我？」她說，心想，以懷疑來掩飾焦慮是最安全的做法。「直接和他溝通不是比較快？」

「這陣子我一直想找艾德溝通，但他不再和人交談，進系辦查看信箱後立刻離開，老是低著頭穿過走廊。我留了紙條在他的信箱裡，但是他沒有反應。我曾經在他進系辦時攔住他，要他坐下來聊聊，但是他從我身邊擦身而過。在以系主任的身分和他說話之前，我想先以朋友的身分和他聊聊，所以才想到可以打個電話給妳。」

「感謝你的用心。」她嘴上雖然這麼說，心裡卻因這個再平凡不過的人而生起一把怒火。在史坦還是系上後進時，她在傑克森高地宴請過他好幾次，現在他聲稱自己是艾德的頂頭上司，況且他當年之所以能拿到這個位置，還得歸功於艾德的拒絕。

「我們把蛛絲馬跡拼湊起來以後，」史坦說：「事情好像是因為艾德給學生打錯了分數。我看過考卷，情況的確不對，他秋季的給分一塌糊塗。」

她不懂，成績計算怎麼可能出錯？她親眼看著他填寫表格，也許艾德又把填好成績的單子搞丟，最後一刻才填了新成績單。

「我打電話找妳，」史坦說：「因為，呃，妳知道他出了什麼狀況嗎？艾德有沒有說什麼？」

她感覺到自己無路可走。「沒有，」她說：「我完全不曉得。」

「妳必須告訴我，愛琳。艾德和我同事超過十年了，妳也知道我拿他當家人看待，他到底是怎麼了？」

他可能把她當成朋友，但打電話來的可是系主任。「他最近抱怨過頭痛，」她本能地說：「偏頭痛。下週排了腦部掃描，我們要檢查有沒有腦瘤的問題。」

「腫瘤？天哪，愛琳，我真難過。」

「謝謝，」她說：「我們期待結果是好消息。」

這通電話結束後，她打了電話找賈斯伯．泰德。賈斯伯是艾德的愛徒兼研究夥伴，也為艾德以贊助金進行的計畫案工作；同時，賈斯伯四歲的女兒還是艾德的教女。她把剛剛史坦和她的對話告訴賈斯伯，唯獨沒提腦瘤的說法。

「妳一定嚇壞了。」他說。

「我可以告訴你一件事嗎，賈斯伯？我是說，我可以麻煩你不要告訴任何人嗎？」

「那當然。」

「艾德把你當兒子一樣疼愛。」她說。

「我也把他當父親。」

久久之後，她才說：「他得了阿茲海默症。」

「天哪。」

「我們不想讓系上任何人知道。」

「好。」

「我們得讓他繼續在學校裡留一陣子，他想繼續教書。」

「那當然。」

「我對史坦撒謊。」

「怎麼說？」

「我告訴他艾德要做腦瘤檢測。」

聽到賈斯伯溫暖的輕笑聲，她才放下心裡的大石頭。

「我不是故意要笑，」他努力調整回嚴肅的語氣，「只是——史坦，他真的是……好標準的史坦。」

「沒關係，」她說：「我需要笑聲。這件事太不真實，太不可思議了。」

「我可以掩護他，」賈斯伯說：「幫他準備教材，打分數，他的學生可以來找我問問題。」

她知道艾德會怎麼回答賈斯伯的提議：我不能對你做這種事，泰德，你眼前的工作很重要。有時候，她覺得自己像是在長途跋涉，而且在好幾公里之前就弄丟了指南針。她知道自己最好別把這個溫暖的男人拉進騙局當中。

「也許你可以暫時幫點忙。」她說。

「好，沒問題。」

「幫我個忙。」她說。

「妳儘管開口。」

「請你裝傻，別讓艾德知道我們談過這件事，暗地裡幫忙就好，他不會注意到有哪裡不一樣。至於分數這件事，你可能得找個方式解釋，讓他覺得是他在幫你忙，比方說你想研究不同階段的作業品質之類的。你瞭解艾德的，不必我多說，只要讓他以為我們沒說過這段話就好。」

一週後，她打電話給史坦，說檢驗結果排除了腦瘤的可能性，但找不出艾德欠缺活力的原因。她說，只要情況明朗，她便會再打電話告訴他。

隔天早上，她在艾德去上課前拉住他。「你一上完課就立刻走人，」她說：「聽懂了嗎？」

艾德點點頭。

「別和任何人交談，包括學生在內，任何人都不行，唯一的例外是賈斯伯・泰德。」

艾德又點點頭。

「如果你發現自己正在和人交談，」她說：「無論怎麼樣，都不能說自己罹患了阿茲海默症。」

「阿茲海默症是什麼？」他問道。愛琳以為自己快要崩潰，最後才看到艾德慢慢咧出促狹的笑容。

「別開這種玩笑。」她說，但心想：**老天爺，先別讓他個性的這個特色消失，如果祢想知道可以先拿什麼，我可以開張清單。**

55

電話響時，艾德已經睡了。這是這個月她最擔心的事。

「情況越來越糟，」史坦說：「他得離開教職，這對他自己、對學生都好。」

她煮了一壺水，努力讓自己鎮定下來。外頭呼號的大風吹得廚房窗戶喀喀作響。

「你覺得那麼做最好就行，」她說：「行政上有什麼手續嗎？你有沒有哪間沒人用的隔離房好安置他？」

「我考慮讓他退休。」

「他不打算退休，」她說：「他大概再過十五年才會想到退休。」

「他無法勝任這個工作了，愛琳。」

「他的教授職務是終身職，難道不該給他一點時間調適嗎？」

「他退休對系上比較好。」

她感覺到自己開始發抖，而且恐懼多於憤怒。她忍不住想去找艾德，叫他給她一點建議，他在這種時刻總是頭腦清明。她知道，如果丈夫在她強迫之下繼續工作會很辛苦，而且和系上的關係會越來越惡劣，他們會找出他不適任的跡象。

「我一點也不在乎你們的科系，」她說：「他的貢獻夠多了。我在乎的是我的丈夫。」她拚命動腦筋，消逝的每一秒鐘，都持續腐蝕她討價還價的空間。她想學艾德那樣思考，艾德會找出埋藏在潛意識深處的演算規則，以找出正確的答案，他會從頭開始思考這件事。「他可能可以在學校裡再做個兩年，」

她說：「審核過程就可能會耗上這麼久，特別是對艾德這樣足以成為模範的人更是如此。」

「我們沒有人想傷害艾德。」他說。

接著，愛琳似乎聽到艾德在她耳邊低語，她知道該怎麼辦了，這個方法可以讓雙方皆大歡喜，而且可以免除日後的爭執。艾德一直很謹慎，無論身體狀況如何，仍然堅持每天上班。通常這讓她十分氣餒，甚至覺得他荒唐，然而到頭來，他們竟能從中受益，填滿他三十年的資歷。

「我不求審核了，」她說：「他還有超過一年的病假可以請，讓他教完這一年，然後讓他請病假。」

第二天史坦回電給她，說艾德有幾個同事自願替他代課到這學期結束，學校會支付他到暑假的薪水，病假則從秋天開始計算。

「這是我對他的心意，」史坦說：「他不必上課，根本就不必來學校。」

「你好像把這當成好事一樁，」她說：「假裝不知道他有多麼熱愛他的工作。」

「每個人都知道他熱愛教學。」

其實她寧可相信的是，艾德內心深處從來沒愛過教學，不曉得為什麼，這麼想會讓愛琳覺得兩人更親密。她想要相信的是艾德假裝愛教書；假裝毫不倦怠地和一群蠢才永無止盡地討論教材，以便讓學生有良好的反應，如此一來，他才不會那麼厭惡自己的工作，但她心知肚明，她想要的全是假象，艾德從不覺得教學是犧牲，而且比她認識的任何人都熱愛自己的工作。真正犧牲的是她，理由是為了讓丈夫快樂。

*

「沒有任何一個學生會知道他為教學付出多少代價。」她告訴史坦。

一九九三年二月十三日，艾德最後一次去上班。一週後，她陪他回學校簽了人事資料，才發現自己犯下大錯，她沒算錯丈夫沒用的病假日數，她沒弄清楚的是，在計算退休金時，這些日數沒辦法併入合計。當然了，此刻才後悔已經太遲，她打了電話給史坦，討論是否可以幫艾德爭取年資但一無所獲，於是她直接罵這位主任是混蛋，接著重重掛上話筒。

到了六月，艾德任職紐約市政府的服務年資是將滿二十九年而非三十年，這表示他的退休金會低於薪資所得，再加上他未滿最低退休年齡，金額還會更低。社會保險每個月會給他一筆一萬四千美金的殘障補助津貼，足以彌補部分差額，但他們必須縮減日常支出以配合新的所得。

由於政府預算凍結，艾德四年沒有加薪了。大家都說接下來的一、兩年間會有大幅度調整，如果這是真的，而且如果他留在原職，他會拿到應有的薪資。他終究沒能眼見自己加薪，但話說回來，他也沒有為了這些錢而硬撐下去。原本，他正要進入教育生涯真正賺錢的階段，可以教到七十歲或更老，薪水可望年年高升。

艾德還一併損失了政府每年撥給他的三萬美金獎勵金，這筆錢應該還會再調升四次。對愛琳來說，少了這筆錢是重大的打擊，因為這筆額外的獎勵金是帶來舒適生活和奢華夢想的基金，更是艾德身分地位的象徵。

他們結婚沒多久，艾德便選好了退休金提撥方案。他選擇的是能帶給夫婦兩人，或在他過世後愛琳獨享的每月稅後最高給付；相對地，這偏偏就是唯一不能在他退休或過世後提供她健康保障的方案。當年，他們盤算的是，她理當會在同一個工作單位服務年限屆滿後享有自己的保障，他們沒想到婚後的幾年間，她因故換了幾次工作，比方說即使繁重的責任、優渥的薪水，但對愛琳這樣意志堅強的女人而言，若是升遷管道受阻，或是她發現某些事在道德上有可議之處，卻無法閉嘴不提。

若想保留健康保險，愛琳得繼續全職工作，任何全職的工作都行。眼光放遠來看，要有資格領到紐約市的基本退休金和健康保障，她必須在中北布朗克斯醫院或任何市立醫院繼續工作十年；無論就年紀或薪資比例而言，這都不是最理想的工作。

她真希望自己和艾德能早早設想到日後一定會觸及的健康保障問題，但是誰能這麼詳細地預測未來？當年，他們認為艾德正要起步，工作生涯至少還有幾十年。兩人拿最高報酬當賭注，可惜成了輸家；而代價是，在艾德最需要她照顧的時候，她不得不堅守工作崗位。

如果她在十年內丟了工作而得花錢買保單，她會碰到入不敷出的困境，屆時她除了沒有收入以外，還得負擔醫療保險費用、房貸、水電帳單、柴米油鹽等支出、康諾兩年後要用的學費（艾德得知自己罹病後便要愛琳承諾，不能因為他生病就不讓康諾進自己理想中的大學），以及聘請看護在她上班時照顧艾德的費用（以每週六百美金為基準）。若送艾德進安養院，費用將更可觀（每個月四千美金起跳），她雖然沒這個打算，但她曉得這並非不可能，而條件還要她能買到負擔得起的保險。原因出在幾個月之前她因為蜂窩性組織炎，一隻小腿腫到將近平時的兩倍粗，假設她還有資格購買私人保險公司的健康保障，說不定得把每一分錢都花在上頭；如果她在沒有保險的情況下生病，她很可能失去一切。她從十五歲開始工作，努力存下這輩子每一筆收入的十分之一，然而她仍然可能因為美國健康保障制度推來的這塊巨石阻擋道路，而讓她在隔夜之間便失去家產。愛琳一生克盡職守照料病患，但毫無轉圜餘地的制度，卻在她最無力面對困難時，將最大的壓力加諸在她身上。

56

幾年來，艾德老是說自己有多麼想教康諾開車，但當康諾滿十六歲拿到學習駕照後，經常得好說歹說，父親才肯讓他坐在駕駛座上。父子倆在某個狂風呼嘯的三月天，開車到越野購物中心的停車場，停在梅西百貨前面。父親先下車，繞到康諾門邊揮揮手，要兒子移到駕駛座上。

康諾練習加速、煞車、轉彎、停車、倒車時，父親鎮定地坐著，但當康諾練足膽，準備從停車場開上馬路，父親卻露出驚駭的表情。車子開到第一個十字路口，艾德猛踩想像中的油門大喊：「放慢一點！」

「是綠燈！」康諾雖然踩了煞車，但仍吼了回去。

到下一個路口，康諾先打方向燈，減速後才向左轉。

「注意那棟房子！」父親用力踩下假想中的煞車。

他加速，父親就往後躺，踩煞車，父親便吸氣；還會在他超車時緊緊拉住車門上方的把手。

接著父子再次開車外出時，從康諾把車子開出車庫直到停回家的期間，父親幾乎全程叫嚷個不停，接著他難過地坐在車內向兒子道歉，說他就是忍不住。

接連幾次開車出門的結果都相同，康諾最後終於不搶著開車了，他決定等到高二再上駕訓課。

一天晚上十點，父親穿著棒球夾克來到康諾的臥室門口。

「跟我來。」他說。

「去哪裡？」

「跟我來就對了。」

母親在廚房裡喝茶，父親從她身邊經過，走進地下室。

「他要去哪裡？」

「我不知道。」康諾說完也跟著走過去。

母親在父子倆背後高喊，但兩個人都沒有回應。他跟著父親走進車庫，坐進車子的副駕駛座，父親倒車出車庫時，母親走到車庫門口看，而既然父親沒降下車窗，他也只能聳聳肩。她跟在車子後面走到車道上，表情顯得有些擔心，她一手端著茶杯，另一手拉住睡袍以抵擋春夜的寒意。

父親慢慢倒車到車道上，母親則轉頭走回屋內。彎曲的車道兩邊依著石牆種了矮樹籬，石牆後面是幾根石柱，要往前開已經需要技術，何況是倒車。父親的車子刮過太多次，母親早已放棄為他重新鈑金。這晚，父親慢慢倒車來到街上，完全沒碰到樹籬、石牆或石柱。

父親沒有開下坡往城裡去，反而朝另一個方向，沿著小路開到越野大道的交流道口，再經過交流道轉進通往購物中心的斜坡。商店已經關門了，父親把車開到離梅西百貨有段距離的位置，接著熄掉引擎。

「你來開車。」

父子倆都走出來，繞過車子前方交換座位。明亮的商店招牌和高速公路路燈的光線照進昏暗的停車場，營造出霧濛濛的氛圍，除了零散停放的幾輛車外，停車場裡沒有別人。他未曾在夜裡開過車，對正在學車的康諾而言，他很熟悉這片場地，問題是停車場內的車子從來沒這麼少、看起來這麼小，這讓他無從判斷遠近。他短促地輕吸了一口氣，啟動引擎排檔。

「把車開出停車場，到路口先左轉再右轉。」

他把車開上和公園大道平行的密德蘭大道。

「開到第一個路口，先看號誌指示，然後左轉上越野大道往東走。」

「我還不能上快速道路。」

「聽我的就對了。」父親冷靜地說。這次，父親沒有侷促緊張的肢體動作，也沒踩下假想中的煞車。這陣子，艾德原來的性格不時地偶爾出現，像是穿過三度空間的幻影。

車子開到通往快速交流道口，紅燈正好亮起，康諾檢查自己是否繫好了安全帶。綠燈亮起後，他歪著身子把車開上交流道，覺得車身好像要和自己分離。

「上交流道時要加速，我們要開到哈琴森公園大道。」

「哈琴森？如果我被攔下來怎麼辦？」

「我們北上，」父親說：「開到左側車道，別緊張，放輕鬆就好。這時候車子不多，你放輕鬆就能開得很好，把速度加快到八十至九十公里之間。」

康諾踩下油門，車速跟著加快，他越踩越重，看著指針跳到八十、九十五公里。鬆開油門後，他發現父親的眼睛是閉著的。

「我們得讓你適應真實世界的環境，」父親說：「保持在左側車道上，我們要切進哈琴森北向車道了。」

這種感覺，彷彿哈琴森可以接到全美國所有的高速公路；這裡是起點，他可以到達任何地方。他想開一整夜的車。

「快到了，」父親說：「北向二十三號匝道，切出去是斜坡。假如你開到最後的號誌前，後方沒別的車，我要你用力踩煞車。狀況若發生是不挑時機的，我希望你隨時保持警覺。」

57

愛琳上班前，得為艾德沖澡、穿衣、做早餐，同時還得幫丈夫打點簡單的午餐和晚餐。

她用粉紅色螢光筆圈出微波爐的「啟動」按鍵，並在微波爐門上用膠帶貼住一張卡紙，畫上指向「啟動」鍵的箭頭，下面再標註「按下去」。她離開家門前的最後一項工作，是把艾德的午餐盤子放進微波爐，設定時間；愛琳等到最後一分鐘才做這件事，是因為害怕食物在外頭擱太久會酸掉。

整個早上，她一直擔心丈夫連吃個午餐也會搞砸。艾德必須百分百精準才能完成這項任務，如果他按下「啟動」以外的任何按鈕，最後只會吃到冷凍的起士碎肉茄汁義大利麵，或是吞嚥涼的燉牛肉。回到家，她會看到微波爐上的定時器還停留在原來的設定時間，午餐有一半掉在地上，餐桌下是碎盤子，而《紐約時報》則好端端地放在套子裡；因為艾德不再閱讀。

微波爐一天只能設定一次，所以，她留下另一盤三明治，蓋住後放進冰箱裡，當作他的晚餐。他晚餐吃得早，隨著日落時間而定，在她下班到家前就進完餐。為他準備兩份三明治會比較輕鬆，但若丈夫在她不在家時每天吃超過一餐的冷食，似乎有失體面。康諾回家的時間永遠太遲，來不及為父親加熱食物。

她不能讓他自己注意是不是肚子餓了，或查看機上盒顯示的時間，所以她會打電話回家提醒他用餐，把該做的步驟依序告訴他。

早上，她會把電視頻道調到像迷你馬拉松賽一樣，播放固定影集的頻道。挑個不完全正經八百的頻道讓他專心收看，比放任他選臺容易，因此她會趁艾德沒注意時，偷偷將電視和機上盒的遙控器收到茶几的抽屜裡。

任何事只要經過艾德的手都會變得一塌糊塗，但她仍然繼續讓他處理帳單；因為這攸關他的男性尊嚴。有些帳單付了兩次，有的連拆都沒拆就直接扔掉。電話公司來電通知，表示她溢繳了五百塊，要她這陣子別再付錢。她把接下來的帳單藏起來，但是又過了一個月，他早她一步拿到信件，於是又從兩人的共同帳戶裡開出一張大額支票，這下子，溢繳的款項直逼一千美金。

愛琳不可能處處留下紙條，詳細解釋所有雞毛蒜皮般大的細節，因為他能看得懂多少，不再有人曉得，再說，幫助行為與荒謬念頭的界線究竟在哪裡？難道她還得告訴他大便後該怎麼擦屁股，小便該怎麼對準？最簡單的做法，就是下班後把地上的尿漬擦乾抹淨。

夫婦倆上街時，艾德對銀行避之唯恐不及；甚至在愛琳用自動提款機領錢時，都不敢陪在她身邊，這也許是因為他聽到她提到錢、提到家中經濟困窘就緊張的關係。她知道，艾德對於自己如此失控也很難過；他不明白的是，她樂意繼續把責任交給他——愛琳是真心想要這麼做，但問題是這個想法不可能被實踐。

她決定不續訂報紙，改要他到市區的報亭去買。讓他完成她交付的任務，可以帶給他成就感；同樣地，她也要他負責買牛奶。牛奶並非每日的必需品，但是規律的作息可以改善生活；這種事，會刻印在他的長期記憶裡。艾德買來的牛奶大多能安全進入冰箱，偶爾才會潑在流理臺上。康諾從早到晚只吃穀麥片——有時候，會讓人覺得他光靠這些東西就能維持生命，所以她很少會有必要把牛奶倒掉。

艾德每天回家時，還會帶回一盒甜甜圈，她不知道丈夫在什麼時候養成這個習慣。儘管扔掉了不少，但她依然會吃掉自己的那一份。由於壓力使然，她用餐的時間比平常晚多了，不到一年的時間，她衣服的尺寸就大了好幾號。艾德每天吃半個甜甜圈，但看起來卻越來越瘦。

夏天來臨，他們會在週末一起到市區去。一路上，他認識的人多到讓她難以置信，直到這時，她才曉得他喜歡坐在離「食物賣場」超商一個街區遠的長椅上。愛琳心滿意足，知道搬家到頭來還是明智之舉，倘若換成在傑克森高地，他沒辦法過得這麼自在。

愛琳總是在丈夫入睡後才塞錢到他的皮夾裡，過去，她父親退休後，她也是這麼做，讓父親晚上有錢泡酒吧。多數店家都認識艾德，也會幫他拿出皮夾裡的鈔票，再找回零錢。她希望他們遇到他，願意發揮耐心，「吉拉德」賣場的人員就很幫忙，會幫艾德記帳。她每週會抽出一天，在下班時順路過去幫艾德結帳。

他還喜歡到托普麵包店喝咖啡吃小麵包，因為店裡有一套桌椅。麵包店老闆黛安娜會親自為他端東西過來。「就算妳不付錢，」她告訴愛琳：「他還是吃得到。」

有一次，他從「食物賣場」回家，顯得十分沮喪。

「他們好像找錯錢了。」他說。

她檢查他的皮夾，發現裡面的金額和收據不符。

「你中途有沒有到其他地方去？」

他反應激烈地搖頭。如果艾德注意到，那麼店員偷錢的舉動一定很明顯，然而她不知道自己是否能信任丈夫的判斷，她就是沒辦法確定他說的話是否吻合事實。

「我們回去問。」他說。

她想像這麼做的後果：店裡所有人都拉長脖子看，這種關注讓人倍感羞辱，而且他們又提不出任何證據。她的聲音會越來越高，最後的結果，是她得另外找地方買東西。

「不值得，」她說：「我們就算了吧。別擔心，偷你錢的孩子將來會倒楣。」

但她卻開始想像小偷興高采烈的表情，越想越氣，於是要艾德上車，載他回店裡。到了賣場，艾德像個孩子似的，把雙手和鼻子貼在厚厚的玻璃上。

「他在那裡。」他指出目標。

她站著瞪視店裡的一個年輕人，這個黑人少年襯衫後背的下擺沒塞進褲子裡，動作優雅輕鬆，雙手拿起堆在輸送帶前端的貨品快速掃描，而且動作似乎比其他人快，看不出任何忙亂。他可能幫艾德結過幾次帳，艾德可能把皮夾遞給他，請他自己拿錢，說不定他直到這天才占艾德的便宜。她血液流動加速，嘴裡有金屬的味道。

「過去坐在長椅上。」她交代艾德。

愛琳走進店裡，冷氣帶來的清涼，和外頭八月悶熱的傍晚形成強烈的對比，冷顫讓她心裡的怒火越燒越旺。她想直接走向站在結帳通道的那個年輕人，但又不想表現出歇斯底里的模樣；最好的處理方式，是先發制人。她假裝若無其事地走到賣乳製品的通道拿雞蛋，另外拿起一組口香糖放在雞蛋上面，然後掏出一張二十塊新鈔。

「我要你找回所有的零錢。」她已經盡可能地放低音量，但從語氣中仍然聽得她的不悅。「一毛不差。如果你膽敢再對我先生做那種事，我會讓你沒工作。如果你以為自己可以從天知道哪個地方來到這個鎮上，就可以隨便偷拿別人的錢，那你就錯了，我會讓警察找上你。」

年輕男孩挑釁地慢慢嚼了幾次嘴裡的口香糖，一邊數要找還的零錢，算好之後撕下收銀機列印的收據。

「我不知道妳在胡說些什麼。」他答道，把找還的零錢遞過來，但眼睛卻越過她看著下一位顧客，開始掃描後者貨品的條碼。她故意在男孩面前數零錢，卻發現排在她後面的顧客以厭惡的目光看著她，也就是說，後面的顧客認為她才是犯錯的一方。

她非但沒有走開，還覺得自己才剛要開始。

「我希望你活得夠久，好親自經歷你帶給他的羞辱。」她說：「我希望你日後會變成困擾又孤獨的老男人；我希望你坐在某個地方的安養院，不知其他人都在哪裡。」

艾德說，他會趁兩場彌撒之間、教堂門沒關時，進去坐在後面。「裡頭沒聲音，」他說：「感覺很寧靜。」

她想到糾結在他腦子裡的雜音。他究竟聽到什麼？在她的想像當中，那應該會像收音機轉臺時所出現的雜訊。

「你在想什麼？」她問道。

「妳，」他說：「還有康諾。我不希望你們在我走後過辛苦的日子，我更不想康諾也得這種病，如果能避免，要我做什麼我都願意。」

想到艾德一個人坐在偌大的教堂裡，她就感到難過。

「如果我幫你寫禱詞，你會接受嗎？」

「當然會。」他說。

他之前說的可能是實話。

「親愛的上帝，」她寫道：「我毫無怨尤，虔誠地請託您保護我認識且摯愛的人。」她工整地將禱詞寫在一張卡紙上，然後摺好放進他的皮夾。

她從來沒聽艾德問：「為什麼是我？」然而她忍不住要代他提出這個問題。為什麼是艾德？為什麼挑這個時候？他還這麼年輕。答案很明顯，這種事無法預料，無理可循，或者來自遺傳，受環境影響，但她不喜歡這個答案。她也知道自己無法接受「事出必有因」的說法，於是她選擇第三條最務實的路。他的病找不出原因，但是他們必定能從中得到某種收穫，生命當中不見得要有神聖的計畫，才有意義。**她告訴自己：因為他生病，人類的生命才有機會變得更美好，大家才會更珍惜人生。艾德會讓大家**

知道他們的人生比自己想像的更好。這種想法不輸其他的答案，而且還帶著看似有理的深意，然而，當她夜裡無法成眠，當對外的所有活動逐漸靜止，在所有人都消失，只剩她一人時，她會看著自己的手背，心想：一切都是幻覺，那些安慰的說詞也不例外。這種時候，她像是回到童年。小愛琳躺在床上，聽客廳裡的雙親演出父親從酒吧返家後的固定戲碼。她心想：從當時到現在，一切都沒有改變，我身處同一個時空。那樣的場景上演過不下百次，她還記得自己每次都會盯著手看，當年和此刻唯一的差別（幸好有這個差別，她才能安心地確認同樣的生活沒有一再重現），是她指關節之間的一條條皺紋，她用指頭撫摸，去感受其間起伏的線條。

58

他們在家裡度過除夕，這是兩人認識二十八年來的頭一次。去年他們一家人開車到麥圭爾家，看時代廣場跨年活動的電視轉播，但至少離開了家；今年，她實在沒辦法面對帶他出門所要做的準備工作。她知道自己會整晚盯著丈夫，完全享受不到任何樂趣。

除夕夜是兩人的見面週年紀念日，因此對他們而言，這天具有特別的意義。從前住在傑克森高地時，他們會去參加宴會，艾德換上燕尾服，她則身著閃亮的禮服搭配珍珠項鍊。每次她都得手忙腳亂地吹頭髮、化妝，然而只要一看到艾德還圍著大毛巾對鏡刮鬍子就覺得氣餒。過去他們一向請布蘭達·奧蘭多照顧康諾，很晚才回家，隔天早上再一家三口一起去望彌撒，愛琳雖然感到很累，卻累得很滿足。

她穿著家居服和拖鞋坐在廚房的桌旁，用塑膠夾將頭髮固定在腦後。康諾坐在她前方讀報紙的運動版。

「你除夕夜有什麼打算？」

「和瑟西莉雅去參加派對。」

「在哪裡？」

「懷特平原一帶吧，我不知道。」

「你準備怎麼去？」

「我想應該會開爸爸的車。」

「你問過他了嗎？」

「我本來以為沒必要，我想你們會留在家裡。」

兒子話中的某種意味惹惱了她。「本來是這樣的，」她說：「但是我改變主意了，我想要全家一起出門。」

「我已經有約了。」

「我們三個人一起出去用餐，你可以吃飽再去。」

「我說好要去瑟西莉雅家和她父母一起吃飯，然後再去參加派對。」

「打個電話就好，說你晚點再去找她。」

「隨便，妳說了算。」

康諾氣沖沖地離開廚房。她高聲喊閱覽室裡的艾德，要他去沖個澡，自己則上樓去，幫他拿出休閒外套、正式的襯衫、領帶，和整燙過的長褲。愛琳穿上晚禮服，拉開套著貂皮大衣的塑膠套。

外頭在下雪。艾德停在車道上的雪佛蘭轎車擋住車庫出口，她的車沒辦法出來。艾德走向駕駛座的門，她拉住丈夫的手臂。

「鑰匙在你那裡嗎？」她問康諾。

「對。」

「由你開車，你爸爸和我都累了。」

這種天氣，她不可能讓艾德開車，但就算天氣狀況完美，最近他一坐上駕駛座，愛琳便幾乎要心臟病發。他曾經在車道倒車時撞上石牆，後照鏡被撞掉，整個車身刮出又長又醜的刮痕；另一次，如果不是愛琳大喊，同時還伸出手攔在丈夫胸前，他差點就要在教堂外面撞倒一個老婦人。她一直想從艾德手中拿下汽車的使用權，只是苦無讓丈夫不至於產生反感的理由。總得有人告訴艾德他的駕駛生涯已經終結，但她不想當那個人，她辦不到，沒辦法收走他的車鑰匙或是把車賣掉，然而她也不能任他撞車。這麼下去，說不定會有人送命，說不定就是艾德自己，她遲早得找出方法。

康諾跳上車，艾德坐進副駕駛座，她坐後座。她看著艾德摸索安全帶扣環，久久扣不上，最後，康諾終於伸手過來為父親扣上。

康諾回頭問她：「我們要去哪裡？」

「讓我們驚喜一下，帶我們到市區，去你想去的地方。」

「你們不會喜歡我去的那些小餐館、披薩店和烤肉酒吧店。」他說：「我去過一次Hard Rock Café（譯註：中文意譯為「硬石餐廳」），你們一定會討厭那個地方。」

「你開車就好，我會讓你知道要上哪裡去。」

雪勢比她想像的來得大，路面已經結了冰。康諾雙手緊握住方向盤，小心翼翼地行使，儘管如此，還是不慎滑了幾個車身遠，差點撞倒灌木籬後面的石牆。

「我們最好別冒險，」他說：「到這附近的塔普或城市小棧。」

「繼續開，」她說：「你可以的。」

「或是到迪克破屋。」

「我們要到市區。」她口氣堅決。

「拜託妳扣上安全帶。」他說。

她看到兒子瞥著照後鏡。「你只管看路就好。」她說。但他的目光一移開，她便馬上扣上安全帶。

他往前開了一個街區，轎車再次失控。他們滑了一大段路，重重地撞上停在路邊的BMW轎車。

安全帶緊緊勒住她的肋骨；她鬆開插扣。狂飆的腎上腺素讓她感覺像是觸電。「大家都還好嗎？」

艾德顯得很震驚，但沒有受傷，康諾和她也都沒事。

她下車查看，發現另一輛車的車尾被他們撞爛，他們自己的轎車前半截幾乎全毀。

「該死，幹！」康諾爆粗口。

「你嘴巴乾淨一點，不要說那種沒水準的話。」她斥責兒子，接著語氣又緩和下來。「喔，真的，的確是『該死』。」

她小心翼翼地繞過車子的副駕駛座車門，來到前擋泥板旁時停下了腳步。變形的檔泥板被撞進了輪子底下，車子底板和車門相接處嚴重彎曲。艾德坐在車裡一邊發抖，一邊伸手去拉門把。

「我早就知道自己不該開車。」康諾說。

「門打不開的，艾德！」她對他搖頭喊道，接著又轉頭看康諾。「你看呢，車子還能開嗎？」

「好像滿慘的。」他說。側彎的右輪像是跪拜在雪地上。康諾搔搔耳朵。「我不知道輪子怎麼會彎成那樣，我沒開很快。」

「我看車子是報銷了，你說呢？都這麼舊了，不是嗎？」

「大概吧。」

「去告訴他們，說出了車禍，要他們打電話報警。」她指向離馬路一小段距離外的斜坡上一幢看似住家的大宅。

接著她滑坐進駕駛座，伸長手越過艾德——她的丈夫自虐似的，毫不留情地用力拍打自己的頭頂——從置物箱裡拿出用了許多年的信封，上頭有艾德的筆跡，寫著「保險和行照」。實在難以想像，如今只能用大寫字母溝通的這個男人，一度能夠如此流暢地書寫。

她目送康諾拿著文件爬上通往斜坡頂的階梯，在兒子的身影消失後才發動汽車。僅存的一盞大燈在雪中發出亮光，映照在受損的BMW轎車上。愛琳啟動暖氣，但艾德馬上關掉，這一定是他無意識的反應，純粹出自於老習慣，因為沒有人——就算是艾德也不例外——會荒唐到**這種地步**。她拍開他的手，再次打開暖氣。

愛琳和兒子站在雪中等待拖吊車，艾德則坐在車上。

「這下可慘了，」康諾說：「修理費用一定很可觀。」

這輛雪佛蘭轎車的全險，是愛琳和艾德長久以來爭論不休的問題。她屢次表示，對一輛車齡十年的轎車而言，這無異是浪費錢，但艾德仍然堅持己見。

「實際上說不定沒有那麼貴，反正，保全險就是為了這種事。」

「媽，對不起。」

「沒人受傷，」她說：「沒人送命就好，車子總歸要換。」**也可以不換**，她心想。她隱約感覺一抹微笑浮上嘴角，連忙壓抑下來，並壓低聲音說：「嗯，這是擺脫車子的一個好方法。」

「妳說什麼？」

「我說：『這是擺脫車子的一個好方法。』」

「新年快樂。」他悶悶不樂地說。

「新年快樂。」

*

保險公司的拖吊人員提議先送他們回家，再把車子拖走。於是她坐在艾德的腿上，而康諾則坐在他們和司機之間。

車子開上車道後，康諾問司機是否願意順路載他去車站。

她大感驚訝。「你該不會還打算出門吧？」康諾一定知道自己只要踏進家門就出不來。司機和康諾都看著她，徵求她的同意。「去吧。」她說，氣惱地揮手要兒子離開。

她先從艾德腿上爬下來，再扶他下拖吊車。積雪又厚了幾寸，她牽著他的手，引導他穿過新雪覆蓋的地面。愛琳按下車庫門的密碼，看著拖吊車離去。

到了樓上，她取下珍珠項鍊，脫下晚禮服，換上家居厚T恤和運動褲；接著幫忙艾德完成就寢前的準備，若他想提早上樓休息才方便。

愛琳從冷凍庫拿出桶裝冰淇淋，在抽屜裡拿來兩支湯匙——但第二支是為了遮掩她內心的愧疚。艾德最多只能吃兩湯匙。

他們坐著看完電視上對嘴演出的歌唱節目，等待倒數時間。艾德在新年來到的幾個小時以前，便已經仰著頭、張開嘴睡熟了，她不想叫醒他。

時間逐漸接近午夜，她想起他們初次相見的夜晚，想起他在倒數結束時如何靠過來親吻她。那一整夜，她等的就是那一刻，當時兩人在舞池中央，身邊還有其他上百對男女。他親吻她時，她經歷了聽人說過上千次，卻被她視為無稽之談的感受：身邊的人似乎都消失了，只剩下他們兩個人，如今真的只剩下他們夫妻倆，身邊的人差不多都已經消失。時代廣場上的巨型水晶球懶懶地降下，螢幕上亮起「一九九四」。她努力喚醒他那天初次吻她的記憶，只記得他的吻一開始簡單到幾乎是純屬禮貌，接著突然雙手捧住她的臉，像是熱情突然爆發似地親吻她，彷彿在兩人相遇前許久便在等待這一刻的來臨，她立刻知道自己會嫁給他。這麼多年過去，這時她眼前的男人和那晚幾乎判若兩人，內衣領口處的毛髮露了出來，胸腔軟弱地起伏，似乎沒有真正地在呼吸。她俯身用嘴唇碰觸他的嘴，艾德閉著雙眼，和多年前那個夜晚的愛琳一樣。她擔心艾德會突然驚醒然後大叫，要不然就是推開她，然而睡夢中的艾德卻開始回吻。

艾德的雪佛蘭轎車宣布報廢，她拿到了保險理賠金，直接存入支票帳戶。

愛琳想，也許可以拿這筆錢為自己買輛新車。她受夠了美國車，說不定可以買部和康諾撞上的那輛BMW同款的雙門跑車，或是看來光亮堅固又強壯的賓士E-class。如此一來，她便不必擔心車頂掉漆、車頂燈四周的頂蓬鬆脫、生鏽的裂縫和關上車門的巨大噪音。她可以買輛停在教堂停車場也不會覺得丟臉的車。

養兒子得花不少錢，但是他也會為這項投資帶來回饋。

59

出席艾德母親的喪禮的賓客來自各地。這是自艾德的驚喜派對後，愛琳首次看到費歐娜離開史坦登島，而菲爾和琳達則是從多倫多搭飛機過來，有菲爾在身邊，艾德的哀痛絲毫不減，反而顯得更難過。艾德似乎到了這時才頓悟：兩兄弟在不同國家度過的時光不可能倒流。喪禮前一天，他們在廚房的桌旁坐了好幾個小時，菲爾說話，艾德聆聽。她每次走進廚房，都看到艾德縱情哭泣，流下大顆大顆的淚水。

蔻菈一直是卡羅花園海星聖母教堂的重要支柱，因此教堂裡擠進許多愛琳從來沒見過的人。艾德在度過童年時代的教堂裡，似乎沒比她更自在，他在做彌撒時經常滿臉通紅，她不斷提醒要他記得呼吸。蔻菈病了一段時間，這一生過得好且長，但艾德很可能沒想到他母親總有一天會過世。

愛琳一直認為艾德在他母親家時勤勉的表現——例如主動買燈泡來換、幫蔻菈提日用品等等——是稱職兒子的表現，然而他對喪母的反應，代表他對蔻菈的情感之深，遠超過愛琳的想像，這可能和他現階段的狀況有關。他比一般人更接近死亡。

彌撒結束後，大家全急著去開車，二月的這天酷寒難當，愛琳的阿姨瑪姬問艾德怎麼去墓園。

「嗯，」他站在教堂前問道：「妳車子停在哪裡？」

「就在轉角。」

「好，好。」他說。艾德不安地擰絞雙手，似乎這雙手會給個答案。「妳要先上高速公路。」

「哪一條高速公路？」

「離這裡最近的那條。天哪，叫什麼名字來著？」

「你是指皇后區高速公路嗎？」

「對，沒錯！」

「要從哪裡上交流道？」

交流道離艾德從小住到大的公寓只有一個街區，從現在所站的地點到交流道的位置，他可能開車經過不下數千次。

「不遠，」他說：「就隔幾條街。」

愛琳打斷艾德的話，告訴瑪姬該怎麼走。她等到瑪姬走遠，聽不到他們交談時才再次開口。

「你不知道皇后區交流道在哪裡嗎？」

「我當然知道，」他說：「就在這附近。」

她看到準備要離開的康諾在車旁打冷顫，接著轉頭看艾德，訝異地發現這對父子年紀差距之大。與其說是她丈夫，不如說艾德看起來更像和蔻菈同齡的人，他雙肩往前垂，臉上刻畫著最近冒出來的皺紋，像是喪母之痛帶來的創傷讓他迅速老去。她知道，自己總有一天會變成他的看護，但她想要盡可能延緩那一刻的到來。

當夜，儘管家裡才剛辦過喪事，而且菲爾和琳達就在客房，愛琳的事件仍然來到艾德上方，緊貼著他前後擺動；事後，她躺在床上想，不知艾德能夠做愛的時間還有多久。想到可能會失去伴侶，她幾乎整晚失眠，一直到隔天早上她才想通，困擾她的不是身體上的寂寞，而是她初次有了領悟：自己終究也會死。

她有一本日誌，上面記錄他每項失誤初次發生的時間；這和幼兒成長日誌相同，只不過時間逆行。某些衰退精準地揭示他心智狀態的重大改變，其他則是偶發的障礙，虛驚一場。

一九九四年二月十九日：蔻菈喪禮後他無法指出皇后區高速公路的位置。失去方向感。

凱倫・寇克立的婚禮上，她轉身背對艾德拿盤子裝開胃小點，等她再次看到他時，發現他站在遠處牆邊的一群人之間，等著婚宴攝影師拍照。那些人是新郎的家人，她一個也不認識，但艾德露出無懼的微笑站在他們當中，似乎把自己當成看著他們長大的長輩。他毀了那張照片。攝影師結束拍攝後，她不留情面地迅速將他拉開，希望沒人注意到他，只不過在凱倫和新婚丈夫看沖洗出來的成品時，她無計可施。

一個美艷女子從那群人當中走出來，神色激動。「有人騷擾我，」愛琳聽到她氣憤地說：「那個男人把手搭在我的臀部上。」

「是誰？」她的男友問道：「把他指出來。」

女孩指向艾德的位置。那個女孩的男友——身材壯得像用禮服裹住的飽滿香腸——一手捶打另一手掌心，這個威嚇性十足的動作，還真的令人害怕。愛琳本能地擋到艾德面前，舉起手攔住拳頭的去路，像是要保護孩子的交通指揮人員。

「不是你們想的那樣，」她盡可能冷靜地說：「完全不是那樣。」

一九九四年四月十六日：在凱倫的婚禮上襲臀。若他處在人群當中要站在他身邊。參加派對要陪著他。至於道別時他伸手襲向蘇珊的胸口呢？那不是意外。

他們接到邀請，要去醫院院長位於雀兒喜的家裡參加派對。兩人把車停在幾條街外，步行過去，以吸收曼哈頓夜晚的能量。艾德穿上體面的西裝，她則穿著一年前買下但苦無機會展示的華麗洋裝，近來壓力大使然，讓她身上洋裝的有點緊，但仍然能夠勾勒出她的曲線。

她走在前面，幾步遠之後，回頭才發現丈夫仍杵在她身後，像隻不肯前進的頑固小狗。

「怎麼了？」她走回去想拉他一道走。「有什麼事？」

「妳把我拋在後面，自顧自地走。」

「胡說八道，」她說：「我們只差幾步路。」

「我從來沒見過那些人。」

「那有什麼關係？他們都是好人。」

他搖頭。

「你要去和他們見面，艾德。我回覆我們會一起參加，這事不能搞砸，這位院長不是帶我進來的人，他比較年輕。我今晚必須好好表現，需要你從容面對，好嗎？我一定要做滿十年。」

「他們永遠不會認識真正的我。」他說。

愛琳從未想過艾德可能有這樣的念頭，但話說回來，他們過去也不曾和從前不認識他的人相處。她說：「半個你，就強過世上百分之九十的聰明人。」愛琳驚訝地發現自己真的相信這句話。「即使現在，你也比我們馬上在派對裡要見到的任何人更風趣、更聰明。別忘了你是誰，跟在我身邊就好，他們不會注意到的。」

他整晚沒離開過她，也沒人看出哪裡不對勁。派對的好處是任何對話都不可能深入，如果艾德沒有立刻回答問題，發問者反而覺得有趣，他思考答案的時間越久，人便顯得更有意思。愛琳負責端盤子，一次只給他一小口。昏暗的燈光、雜音和為數不少的賓客也幫了忙。西裝筆挺的艾德出盡鋒頭，讓她在院長面前占盡優勢，而且院長和他聊了許久，談他做過的研究。

離開派對後，一走到街上，艾德便像大病發作似地劇烈顫抖。她看得出他一定是發揮了超人的意志力，為她勉強穩住自己。

接下來的幾天，他筋疲力盡，交談能力在不久後逐漸退化。

一九九四年五月二十日：雀兒喜的社交聚會過後，開始口齒不清。

法蘭克中風的幾個月後，他們和露絲及法蘭克夫婦在大都會博物館見面。法蘭克坐著輪椅。

他們才剛到幾分鐘，露絲便堅持要喘口氣，離開丈夫一會兒。愛琳懂，露絲現在是法蘭克的全天候看護，於是兩個女人告訴艾德和法蘭克，要他們在長椅旁等候，她們要去看服裝展覽。儘管露絲本人的打扮完全是走實用路線——粉藍色開襟毛衣已經是奢侈品——看到精細複雜的洋裝仍然讚嘆不已。愛琳的目光則是流連在厚度足足有一指厚，看來足以藏一整個人的抓褶上。

回到長椅旁，她們發現兩人的丈夫都不見了。愛琳雖然驚慌，但仍然憑直覺來到主藝廊，也真的看到艾德雙手握著輪椅的握把，站在他最喜歡的畫作前，那是大衛的〈蘇格拉底之死〉。他和法蘭克加起來，幾乎都還稱不上是一個功能完整的個體。

她和露絲靜悄悄地到兩個男人身後。

「中間的人是蘇格拉底。」艾德正在解釋。愛琳和露絲互看了一眼。「我忘了這個手放在他膝蓋上的人叫什麼名字。」她想說出克里托的名字，從前她聽丈夫說過，但她沒講話。「坐在床尾那個人的名字我也忘了。」她心想，是柏拉圖。「你知道這個故事嗎？」法蘭克不停地點頭。「他們要他接下杯子。」法蘭克點頭如搗蒜。「他們擔心他對大眾的影響力。」她訝異艾德還記得這麼多有關這幅畫的故事。他將法蘭克推向畫作，她知道警衛的眼光落在他們身上。

「看他的手指頭往上指，」艾德說：「他正在說：『我知道這杯之後還有更多。』杯子裡裝了……裝了……」艾德努力尋找詞彙。法蘭克想說話但說不清，結結巴巴地說了幾個音節。

「毒堇汁。」露絲話語簡潔，但情緒並非毫無波動。她接過法蘭克輪椅的把手，推著他往外走。

一九九四年六月十一日：大都會博物館，艾德忘了克里托、柏拉圖和毒堇汁。

他老愛進廚房纏她。她看得出艾德想要讓人覺得他還有用，於是拿了顆蕪菁要他切，但在她轉身背對著他煮東西時聽到一陣噪音。她立刻轉過身，看到他把半顆蕪菁放在刀子上，而且把刀子和蕪菁一起往砧板上摔。康諾本來坐在桌旁翻閱哲學書，為下個辯論季找可以引用的句子，這時馬上跳了起來搶下刀子。

「給我！」他說：「老天爺！你究竟在幹什麼？」

她把兒子拉到餐室。「如果再讓我看到你這樣和你爸爸說話，」她說：「我絕對會賞你耳光，不管你幾歲都一樣。」

艾德在下午三點半上床休息前，一直氣呼呼地坐在電視機前面。

一九九四年八月三日：他上床時間，打破凌晨四點鐘的紀錄。

60

父親站在咖啡機前面，弓形腿的站姿既像裹著髒尿布的嬰兒，又像徒步橫渡沙漠而且還被雷打到的老槍手。父親繫著打反的領帶，細的一頭壓在粗的上面。

差不多是第一百次了，他又拿出濾紙，他先把濾紙平放在旋開式濾斗上壓平，再以動物似的精力三番兩次地對正。康諾看得很不自在。父親的表現彷彿像是一切都仰賴這個動作不可，和他以前在拋磨銳角或鋸木材一樣；問題是他捏皺了濾紙，所以沒辦法好好放進濾斗裡。康諾從盒子裡拿出一張新濾紙放進濾斗裡，然後拿下父親的領帶在自己的脖子上重新打一次，而在這個時候，父親一直順從地笑著，眼睛則看著地板。

母親回家後，康諾到車旁幫她拿下雜貨，父親亦步亦趨地跟在後頭。他看得出母親經過評估才把購物袋交給父親；她先確認他拿的袋子裡裝的是罐頭、包裝肉品和盒子，沒有會滾遠或會打破的東西。母親拿出一盒麗滋鹹餅乾，在其他東西還沒整理之前，就先打開盒子。

康諾撕開薯片包裝。「我最近吃個不停。」他告訴母親。這對母子的嘴裡都含著食物。

「別被我傳染，」母親說：「我吃東西是為了填補空虛。」

康諾認為空虛就是這棟房子的代名詞。房子太大，太空，他可以想像自己坐在房子裡吃成超級大胖子的樣子。

*

他必須離家念大學。離得越遠，就越不可能回來，高價機票錢會讓他無法定期回家。

他檢視母親和他一起列出來的大學清單：哈佛、耶魯、普林斯頓、哥倫比亞、賓州大學、威廉學院、麻州大學安默斯特分校、約翰．霍普金斯大學和喬治城大學，另外再加上兩個備取的安全傘，譬如德魯大學和福坦莫大學。清單上每所學校都在五小時車程內。他決定，除了備取上的學校外，他一個都不申請。他擬了一份新名單：芝加哥大學、西北大學、聖母大學、史丹佛大學和萊斯大學；並不是大學校，就是他不必多費唇舌來解釋優點的學校；簡而言之，就是讓她願意付錢。他準備迫使她就範，如果他能進更好的大學，愛琳絕對不會讓兒子去念備取的偏遠學校，就算對方提供獎學金也一樣。或者是覺得他們很可能真的端上獎學金就是了。他有成績，有SAT測驗成績，而且林道式辯論比賽還拿到全州第三名。她寧可付全額學費，把聖母大學的貼紙貼在檔泥板上。她早就說過願意負擔康諾的教育費：用的是抵押房產借來的錢，再加上私人信用貸款；他只曉得母親告訴過他，表示她不會讓他煩惱還錢的問題。如果他申請卻沒通過，他會親手把德魯大學的貼紙貼在車上，因為她念的是聖約翰，憑什麼要為他念德魯而感到失望？

他覺得自己可以一勞永逸，透徹清楚地去看這個世界。他要把一切全都拋在腦後。他馬上就要重獲新生，而且這一次會備妥他所需要的所有防衛。他會一邊前進，一邊開創世界；彷彿一眨眼就能穿過一千年。

61

康諾跑著到中央車站追一點半的最後一班列車，但等他人到了月臺，列車正好開走。他嘆了一口氣，踢了回收報紙的大金屬桶一腳。他早就見識過了，如果住在郊區又錯過最後一班列車，那麼就像進了如同地府般悲慘的夜間世界。早上第一班車是五點半，這段時間會很難熬。

雖然他母親說過，如果他不回家，無論多晚都要打個電話，但他決定不打電話回家報告自己錯過列車，因為他聽到母親的聲音就覺得愧疚。那天早上他離家後，一整天沒有和家裡聯絡。母親負擔過重的腦子裡，已沒有多餘的空間執行宵禁和家規，她只能信任他，寄望他別惹麻煩。康諾一直很安分，但他知道母親希望他在家裡的時間能多一點。愛琳雖然逐漸習慣兒子晚歸，但心裡仍覺得受傷。半夜兩點半，他從車站穿過寂靜的步道走回家，上樓經過父母的房間時，偶爾會聽到母親低聲喊他，然而她最近似乎已經一覺到天亮。這天晚上，他打算賭賭運氣，看自己是否能搶在母親早上醒來前進入家門，以避免任何爭執，這對大家都好。

他穿越四十二街搭地鐵B線到西四街去。有個和他短暫交往過的女孩提過，在西四街有個叫作斯莫的地方，她曾經在那裡消磨過一整夜，他們會讓不點酒精飲料的未成年孩子過夜。斯莫是一家爵士俱樂部，他對爵士樂一竅不通，但到斯莫去，總比坐在餐館裡和人打架好。

他付了入場費。俱樂部沒坐滿，他挑了張在燈光下又靠近舞臺的桌子，然後點了一杯可樂，音色圓潤的喇叭手正在演出，鼓手、鋼琴手和薩克斯風手在後面作為陪襯。

大家都對他露出溫暖的笑容，女侍似乎不介意他手筆不大。喇叭手結束獨奏以後，聽眾給了零星的掌聲，這些安慰性的鼓勵，像是打在冷氣機上再彈跳而下的夏日陣雨。

聽眾中說不定什麼人都有。康諾打定主意，要把這些人視作重要人士，是決策者。他想像他們高興地看著一個年輕人加入爵士迷的陣容，想像他們認為他成熟又優雅。儘管他聽不懂音樂，仍然盡全力假裝熱切，表現發自內心的著迷；聽到喇叭手不換氣吹長音，也不忘痛苦地扭曲臉部以示欣賞。

演出繼續進行，聽眾逐漸離場，樂手似乎也慢慢放鬆下來。他們向坐在附近的人點頭問好，閒聊幾句；樂曲間的休息時間更長。他感覺到音樂不同了，需要更多的投入。

接近凌晨四點，聽眾散坐在他背後的座椅上，臺上的樂手換了新組合，女侍繼續為他的可樂續杯。夜晚充滿了無限可能，時間站在他這邊，他可以隨心所欲，想當什麼都可以。

在家中沉睡的父母彷彿存在於另一個世界。他準備把自己交付給積極進取、熱愛生命的人，這些人會是他的新良師。

凌晨五點，女侍端出幾盤食物放在入口的長桌上，他看到有人過去取用。

「食物是為我們準備的嗎？」他問女侍。

「大家都可以享用。」

他從來沒見過這種事。他們先讓他留下來過夜，接著還讓他吃早餐，餐點沒什麼特別，但來得特殊又意外，讓他感覺像場盛宴。

他在盤子上疊了餐包和奶油，舀了一些蛋，用杯子裝柳橙汁，等著將領餐的位置交給下一棒，以短暫交換共同的熱情，但他後面的男人拿了個餐包便回去坐下，也沒人跟過來取用。康諾尷尬地逗留了一會兒，假裝凝視奶油，最後越來越不自在，才走回座位低頭吃這頓單人早餐。

他在七點鐘走進家門，看到母親趴在廚房的桌旁睡覺。中島流理臺上堆著烤盤，地上有散落的糖霜。前一晚，他本來應當和母親一起做聖誕餅乾，這是家裡的小傳統，但下午他和朋友出門後就沒有回家，根本忘了這件事。

他數數烤盤，知道她做了和從前一樣的分量。他掀開一個烤盤的蠟紙，看到有些餅乾沒灑糖，有些變了形。

母親枕著雙臂趴睡，早上醒來應該會腰痠背痛。

他輕輕地搖搖母親。「媽，」他說：「上樓去，去床上睡。」

他花了一點時間才叫醒她。愛琳慢慢站起來，朝樓梯走去，但她先在門口停下腳步，轉過身對著康諾。

「我再也不會熬夜等你了。」她平靜地說，康諾的心跳停了一下。「就算你不打電話回家，我也不會擔心，我保證將來絕對不會再為你擔心，你自由了。」

康諾漫步走進父母的臥室，薰衣草香皂的氣味取代了瑞典肉丸的味道。聖誕夜這天，臥室裡的收音機和樓下的收音機同步放送聖誕節應景音樂，看來他母親就算是換衣服時，也沒辦法不聽〈圍著聖誕樹跳舞〉。

父親抹上多得嚇人的刮鬍泡沫，拿起藍色的ＢＩＣ拋棄式塑膠刮鬍刀，他堅持用這種一次得大包裝購買的單刀頭剃刀，這種東西就算給手腳靈巧的人用，也可能刮傷自己。康諾看著父親將刑具拿到臉旁，準備動手剃下巴的鬍渣，心想，他得在慘劇發生前離開浴室。

他下樓，看到母親正在檢查爐子裡的火雞。

「你爸爸跟我說他不喜歡聖誕節。他說他一向不喜歡，說我熱情過度，一切都失控了。」她在烤肉上淋上醬汁，流到爐底的汁液嘶嘶作響。「你覺得看起來像是失控了嗎？」

他的四周有一盤盤買來的調理食物、摺好的餐巾、擦得光亮的銀器、洗過的水晶杯盤、大量的裝飾品、烤好的餅乾，還有一大堆她親自採買且包裝的禮物。

「妳這裡是沒有。」他說。

「我努力保持像聖誕節傳統這樣的好事，因為無論我做或不做，日子都一樣難熬。有時候，我們必須自己騙自己。」

康諾真的不明白她怎麼受得了父親一波波席捲而來的愚行蠢舉，他連和父親待在同一個房間裡都沒辦法。他對她態度惡劣，但若你正面指責，他又會像個狡猾的男孩一樣否認。他要她隨傳隨到，但一點感激的樣子也沒有。

父親下樓時，臉上黏著沾著血跡的衛生紙碎屑，看起來像是一叢擠爆的蚊子。

「你應該改用別的刮鬍刀，」康諾說：「你現在用的這款會刮傷你的臉。」

「我用的刮鬍刀沒什麼不好。」父親說。

「你應該試試吉列鋒速3。」

「我的刮鬍刀好用得很。」父親咬著牙說話，氣憤地緊握拳頭。

「或改用電動刮鬍刀。」

「為什麼你們全都要找我麻煩？」

「沒有人找你麻煩，」康諾的母親說：「他是想幫忙。」

「我不需要任何人幫忙，我自己應付得很好。」

「你抹太多刮鬍泡沫。」康諾說。

「不知感恩的傢伙！」

「艾德！」

母親跟著康諾走進他的房間。「你應該要愛你爸爸。」

「我愛啊，」康諾說：「我知道。」

「你們現在這些爭執，再過二十年就不算什麼了。」

康諾打斷她的話。「而且無論我現在有多忍耐，比起妳來根本不算什麼。我知道。」

母親似乎在思考他這句話。他不記得上次她沒有直接反應是多久之前的事了，這比直接爆發更令他難受。

「你必須花時間認真思考，你究竟想當個什麼樣的人，我要說的只有這樣。你有沒有幫你爸爸準備聖誕禮物？」

康諾轉開頭。

「來，拿著。」她說，從皮夾裡拿出一張二十塊紙鈔。

「拿這幹什麼？」

「如果你這麼在乎他的臉，去商場幫他買支電動刮鬍刀。」

在康諾把東西送給父親後，在聖誕節早上，他聽到父親用電動刮鬍刀的聲音。艾德下樓時，手上還拿著ＢＩＣ拋棄式刮鬍刀。

「我這次竟然沒有刮破臉。」父親說。

「很好，」康諾說：「你喜歡電動刮鬍刀嗎？」

「我沒用。」

「我聽到聲音。」

「你聽到的不是電動刮鬍刀的聲音。」父親憤慨地說。

「我明明聽到了。」

「你胡說八道。」他拿著ＢＩＣ刮鬍刀在康諾面前比劃。「我用的是這個。」

「才不，我親耳聽到了。」

母親嘆口氣，唐突地插嘴，說：「你可不可以放過你爸爸？」

「好，好。」康諾拿出冷凍庫裡的冰塊。「偏不，你知道嗎，他鬼話連篇。」

「你嘴巴注意了！」母親說。

「我聽到了。他為什麼不承認？爸，你為什麼不肯承認？真是遜斃了。」

「我用的是刮鬍刀片。」

「你不是！」

「我這樣刮。」父親把刮鬍刀拿到臉旁，開始朝沒塗抹刮鬍泡沫的臉上刮，雖然縮了一下但仍繼續刮。「就是這樣刮。」

「住手！」康諾的母親大喊：「夠了，停下來！」

康諾上前拿刮鬍刀，艾德的下巴冒出一滴血。父親轉身拿刮鬍刀撲向兒子，康諾連忙把頭往後仰。

「艾德！」母親驚呼了。

「好啦！」康諾說：「你用的是刮鬍刀片！」他想搶下刮鬍刀，但艾德扔下刀子，抓住兒子的手腕用力扭。

「我就是用原來的拋棄式刮鬍刀。」

康諾痛得不得了。「爸，你可以為了我用另一支刮鬍刀嗎？今天是聖誕節，我特地買來當你的聖誕禮物。」

「當然好。」父親放開他的手腕。「什麼另一支刮鬍刀？」

「我買來送你的那支。」

「我已經用了，」父親露出微笑，說：「好用得很。」

康諾看了地板上的刮鬍刀一眼，那是血證。他的手腕仍然抽痛，他想撿起刮鬍刀，這回輪到他拿來對付艾德。

「你會喜歡真好。」他平靜地說。

「真是好禮物。」父親說，接著揉揉下巴，好奇地看著手掌上的血跡。「很好的禮物，你真是個好孩子。」

康諾看到母親轉身開抽屜時臉孔扭曲，似乎想忍住淚水。

「我們現在可以好好過個聖誕節了嗎？」她問道：「可不可以忘了一切，過個好節？」

62

情人節廣告播到一半，父親站起來，沒穿外套就往外走。等康諾追上時，艾德已經走到車道的中央了。

「你要去哪裡？」

「情……，情——人節。我要去買張情——人節卡片給你媽。」

「我們可以等媽開車回家後再去，外頭冷死了。」

父親轉頭，繼續往街上走，康諾先是在後頭喊，接著跑回屋裡拿了兩人的外套才又追上去。父親堅定地往前走，康諾攔下他的時間，短到幾乎不夠他穿好外套。

「我和你一起去，」他說：「走慢一點。」

他們頂著冷風走到市區。康諾扶著父親的手肘，領他走進文具店裡賣情人節卡片的走道。父親挑了一張又一張的卡片，最後手上拿了一整疊。

「爸，等一下。」康諾伸手搭在艾德的肩膀上，想讓他冷靜下來。

「我需要情人節卡片。」他喘著氣說。

「我來幫忙。」康諾搶下艾德雙手緊抓著的卡片，帶他去看送給妻子的情人卡。「從這裡到這裡才是情人節卡片。」康諾邊說，邊用指頭憑空畫出界線。

父親迅速挑了另一疊卡片，康諾再次抽出艾德手上的卡片。

「要我幫你選一張恰當的嗎？」

「要！」父親高興地喊。

康諾找出一張有拷凸文字的卡片。花體字「送給我摯愛的妻子」下方有一束花，卡片裡寫了幾句尋常又刻板的祝福，他每次看到這些句子，都不解怎麼會有人願意買這種東西；儘管如此，這張卡片看來就像他父母過去幾年來會買來交換的東西，再說，他也不打算出什麼奇招。康諾把卡片遞給艾德。

「這張很好，」父親平靜地說：「非常好。」

康諾想，既然人都來了，不妨順便買一張送給凱特琳。說來也怪，他找到一張卡片，多少符合他對她的感覺，他打算要幽默，改造那些太真情流露的語句，於是他又買下一張戲謔的卡片。

63

她很喜歡車站旁邊的星巴克。星巴克剛開幕時，她聽到一些抱怨；布隆克維抵制所有連鎖店，哈根達斯冰淇淋是唯一的例外。她倒是找不到拒絕光顧的理由。咖啡店建築物義式風格的磚片屋頂和實木材料很合她的品味；露臺和咖啡桌也讓她聯想到艾德和她去義大利旅遊時看過的披薩店。她偶爾會把咖啡端到露臺上喝，看那些菁英人士去搭火車，或是看純種狗拖著主人往前走，但大多數時候，她都坐在室內。

愛琳週六到星巴克去，讓自己離開艾德半小時，喘口氣。她不是為了喝咖啡或閒聊，而是因為星巴克容許讓她在陌生人當中獨處，此外也為了跟上風潮：點餐隊伍前進的速度很快，糕點整齊排放在玻璃展示櫃裡，奶泡和瀰漫在空氣中的磨豆香十分怡人，音樂永遠不刺耳，鄰桌傳來的交談聲不會變成放縱的高談闊論。她喜歡的是星巴克沒有小咖啡館的氛圍，沒有那種親密的同謀感，在星巴克，她不會覺得自己遭人忽視；這裡的客人就算坐在一起，仍然是一座座孤島。她還喜歡無論什麼時候走進去，店面人員似乎永遠認不出她。愛琳不想太受打擾，也不想真正獨處，在這裡，她愛坐多久就能坐多久。

她坐在裡頭讀從家裡帶來的《紐約時報》，在她讓眼光從攤開的報紙上飄移到鄰座時，發現旁邊的女人在哭泣。那個女人比愛琳年輕，大概三十五、六歲，頭髮往後梳成俐落的馬尾，上班套裝相當合身，外貌並非不吸引人。對方把雙手藏在膝蓋下，胸口隨著啜泣起伏。愛琳想繼續讀報紙，但在訝異又尷尬的情況下，忍不住又看過去。女人的啜泣越來越大聲，附近幾桌的客人頻頻互望，有個男人朝愛琳揚了揚眉毛，似乎在說：*怎麼會有這種事？*此時像是有頭野獸闖了進來，打亂她沉思之湖的寧靜水面。

愛琳本來打算站起來離開座位，卻呆若木雞地坐著。在回家陪艾德之前，她還有整整五分鐘的時間。她不知道那個女人是否期待旁人採取什麼行動，她是不是該說「無論妳碰到什麼事，一切都會好轉」？身為陌生人的她，難道該把女人擁進懷裡，說「沒事了，哭出來吧」？也許這麼做是唯一且正確的反應，但問題是愛琳怎麼知道一切都會好轉？她能如此保證嗎？

愛琳決定繼續埋首看報紙。她用眼角餘光瞥到女人起身離開，朝龐德菲爾德街走過去。她衝動地想跟上去，但又不願有人以為她認識那個女人，於是等了十分鐘才慢慢走出去，順手把還剩一半的咖啡倒掉。

走到清涼的戶外，愛琳知道自己的決心開始動搖。她走向自己留在車站停車場的車子，還沒走到停車場的第一排，便轉身跑向龐德菲爾德街。愛琳記不得自己上回這樣奔跑是多久之前的事了，她不曉得還能不能看到那個女人，但至少她曾經去尋找。她往前跑，看到自己在店面櫥窗的倒影，覺得自己為了追一個莫名其妙的女人而擺動疲憊的身子狂奔，看起來既不優雅又荒唐，更何況她完全不曉得若真追到女人，該對她說些什麼話。

愛琳來到龐德菲爾德街和帕克路的交叉口四處張望，看見那個女人路過藥局，朝火車站走去。她知道自己該怎麼說了。她會站到女人身邊，問對方有什麼需要她幫忙的地方，她要說：「妳不是唯一有這種感覺的人。」

她加快腳步朝女人走過去，心跳越來越快。當她距離女人只剩下幾個車身的距離時——這時對方已經路過了克雷文餐廳，愛琳放慢腳步，不想在開口時表現出歇斯底里的模樣。在距離女人不到一公尺時，她深吸了一口氣。

她超越了女人，走路的速度恢復正常，順著彎曲的街道繞回自己的車旁，一路上都沒有回頭。上車後她又想了想，決定開回方才的路口，看是否能再看到那個女人。她可以把車停到路邊的停車格，下車找那個女人，若真的說不出話來，也可以靜靜地站著。她可以站在對方身邊，也許這樣就能幫上一點忙。女人離剛剛她超前的地方不遠，但愛琳再次猶豫地繼續開車，在羞愧和尷尬的雙重情緒之下，她發現自己竟然沒循每天都行駛的路回家，而是繞了遠路。無論那個女人遭遇了什麼事，都得自己想辦法解決；有時候人生就是如此。自己的哀傷自己處理，沒必要假裝會有其他途徑。

64

再過不久，康諾就要進大學了。這天，母親要他帶父親出門。他們近年常去的棒球和高爾夫練習場不在考慮範圍內，謝亞球場又沒有比賽，於是康諾帶父親到大都會博物館，因為他想不出和父親在一起還能做何消遣。

博物館大廳裡擠滿了避雨的人。「看起來好像車站候車室。」父親說。這個貼切的評語讓康諾大感驚訝，瞬間回到了幾年前的過去。當時他們兩人爬上大都會博物館的階梯高處，正要進去。「這個國家偉大之處就在這裡，」父親掏出兩個二十五分錢硬幣互相摩擦，「這就夠我們兩個人進門了。」他把硬幣交給康諾。「歷來的慈善家以及有遠見和品格的人，都懂得回饋眾人。前來欣賞這些無價的藝術，你只要付出自己負擔得起的價格就好。」但父親仍然付了館方建議的費用。

康諾帶著父親，從大廳登上看似永無止盡的階梯。兩個人來到〈流灣〉前站定，這幅畫描繪一個男子獨自坐在一艘斷桅小船的甲板上。畫面上，小船浮沉在浪頭間，環伺的鯊魚虎視眈眈；男人支著手肘往後躺，他若不是最鎮定的人，就是屈從於惡劣的環境。

「賀默的作品。」父親說。

「你知道這位畫家？」

「他是我最喜歡的畫家之一。我小時候在聯合街的圖書館借過有關他的書，當時我還不知道他是誰，純粹只是喜歡封面的畫作。那本書我留了好幾個月。」

「我不曉得。」康諾很驚訝，沒想到父親記得自己對於藝術的偏好。他突然想起和父親一起在博物館不同樓層度過的許多午後。總有一天，他要成為一個不辭勞苦，只為讓其他人快樂的人。

「像是處在困境當中，」父親說：「我真不曉得他處於困境會怎麼做。」

「誰？」康諾問道：「賀默嗎？還是船上的男人？」

父親只是點點頭。「謝天謝地，這些藝術家創作了他們的作品，」他說：「否則我們將一無所有。」

康諾笑了。「也許不然。」他說。

他們離開博物館時，雨勢仍然滂沱。父親的雙手在發抖，康諾架住父親的胳膊，帶他步下濕漉漉的階梯，來自四面八方的雨水毫不留情地鞭打著兩人。

到了樓梯下方，父親突然停下腳步，康諾心煩意躁，他想早點從大雨中脫身。站在灰濛濛的大道上，雨帽汗濕眼鏡，遮蔽了他的視線，讓他幾乎看不清楚父親的臉。

「你還好嗎？」他問道。父親咧嘴露出明亮的笑容。

「好美。」父親說。

「什麼好美？」

「這一切。」父親打個手勢，比劃著周遭。

他到父親書房去找膠帶，看到艾德坐著瞪視自己的證書。書架尾端的一些書倒了下來，康諾上前扶正。書房的所有東西都蒙了一層薄薄的灰塵。

他在兩、三個小時後拿膠帶回去，發現父親仍然維持原來的姿勢。一開始，他以為父親一定是睡著了，接著才看到父親清醒地看著牆面。康諾問他在想什麼。

「要拿這些證書，一定花了不少心血。」父親說。

＊

康諾首次要搭火車去機場，準備搭機前往芝加哥的那天，他母親要上班，他真希望母親能請假一天。康諾把兩只軍用背包分別甩到兩邊肩膀上，背起後背包準備動身。父親要進市區上教堂，於是父子倆一起出門。

兩人通過跨越史布蘭溪公園大道的天橋時，康諾看到雙向的車流，想到包含這種小地方的街道和高速公路地圖，像極了河川分布圖，或是人體循環系統圖解。他停下腳步看了一會兒，這又是他另一個初步成形，但尚且無法明確向自己表達的念頭。他知道，進入大學以後，這些含糊的概念會逐漸清晰；進了大學，他會將枯燥乏味的人格特質培養和歷史傳記的錯誤結論等拋諸在後；發光發熱的會是以經驗為根基的純理性思考。

來到跨越布朗克斯河的大橋時，他們距離火車站只隔一條街了，這次停下腳步的人是他父親。一開始，康諾以為父親只是心不在焉，但接著又納悶地想，不知父親是否想模仿他幾分鐘前的舉動，於是他放下一只行軍包，在車子呼嘯而過的時候拉拉父親的袖子。「爸！」他說話的音調比預期來得憤怒。父親搖搖頭，指著河面說：「那是什麼？有什麼事？」康諾這才看到一隻青蛙懶洋洋地蹲在岩石上，也許那塊岩石是青蛙習慣停留的地點，也許父親從前看過，因此才會刻意尋找。他似乎很高興康諾也能親眼看見。父親拍個手，青蛙就跳進河裡，激起一圈圈水波。

十二點二十三分的列車進站時，他已經來到街區的半途上，應該還來得及。父親在高溫下駝著背、臉色蒼白，腳步有些不穩。康諾大可搭十二點五十五分的列車，甚至再下一班；看來他有足夠的候機時間。

他帶父親穿過高架鐵路下方，到他這個夏天最常去的格林德咖啡店。

「兩杯冰沙。」這對父子來到櫃臺前面，康諾點了飲料，一說完就自覺像個傻子。但父親若是聽見，似乎也不在意；康諾又點了一個玉米馬芬蛋糕，兩個人分著吃。他領著父親到店內後方的座位坐下，一起慢慢享用飲料和點心。

「對不起，我要念那麼遠的學校。」

「別放在心上，去過你自己的生活。」

外頭有車輛散發的熱氣，晴空的艷陽威力懾人；夏末旺盛的精力在鬧區裡嗡嗡作響。到一點二十三分前，他還有另一個二十分鐘。

「你自己回家沒問題嗎？」

父親點點頭。他們一起走向車站。

「結果你沒去教堂。」

「那裡一樣好。」艾德指著咖啡店。

他目送父親去買報紙。隨後，他在水泥牆陰影籠罩下的長凳上坐了下來，從背包裡抽出一本書。想到父親獨自走回空盪盪的家，他完全沒辦法專心，到火車即將到站的汽笛聲響起時，他總共才讀了一頁，然而火車尚未到站，在他手忙腳亂地收起書、整理好行囊時，他已經拋下關於父親的所有思慮。

65

十月的一天早上，她幫他打開電視時，發現螢幕沒有影像。修理技師沒辦法立刻過來，而她又必須上班。她讓艾德坐在沙發上，但知道他除了坐著想東想西之外，沒別的事好做；她無法想像，少了電視來分心，丈夫這一整天要怎麼度過。

她這天幾乎什麼事都沒完成，還至少打了五、六次電話給他。他每次接到妻子的電話都匆匆掛斷，話說得不多，好像手邊還有事在忙。

愛琳回到家時，艾德仍然坐在沙發上，位置和她早上離開家時看到的完全一樣。她不解的是他怎麼可能在同一個位置坐整整九個小時。愛琳去檢查微波爐和冰箱，知道他至少站起來吃過東西；說也奇怪，盥洗室地板上的尿漬竟也讓她心情好轉，還好她打了電話回家，讓他站起來走動。

第二天的狀況相同，到了第三天，技師終於在愛琳上班前出現。

技師只不過重新設定電視和機上盒，一切就又回到正常。除了應收的費用，愛琳還多給了四十塊小費。

「如果我們日後需要你幫忙，請把我們列入優先名單。」她想以和顏悅色的態度來隱藏心裡的絕望。「我們家就是不能沒有電視。」

66

為了趕赴隔天早上的課，康諾熬夜看完《罪與罰》。凌晨時分他像罹患了腦炎，在半睡半醒間與倦意搏鬥，這次的閱讀經驗因此也更個人化了。感覺上，這個故事講的很可能是任何大學學子在壓力下精神崩潰，要不，至少是離家遊子在西伯利亞冷鋒肆虐下如何縮成一團。

九點鐘時，他低頭閉眼準備小憩五分鐘，殊不知接下來的時間轉瞬來到十點五十分，於是他手忙腳亂，打算準時去上十一點的課。他再次感激自己申請到單人房，因為這棟有最多單人房的宿舍雖然醜得嚇人，卻離校園很近。

他隨手套上衣服，衝下樓時一次跨五或六階樓梯，重重地踩在轉彎處的平臺上。他跑著通過建築物的庭院——這棟建築由監獄設計師操刀，所有的立面幾乎全是清水混凝土牆，令康諾每天都很詫異，這天也不例外，他想：這棟宿舍和校園大半的新哥德建築，真的相互撞擊出嚴重的矛盾。他再次錯過早餐，加上接下來的兩堂課，他注定還要錯過午餐，錯過太多計畫中進食時間的結果，是他難以分辨飢餓和愧疚的襲擊有何不同。他通常會到梅迪奇、佛羅里安或薩洛尼卡去用餐，因為和他混在一起的演員同學，會在排演前和排演後到這些地方，占張桌子整夜輪流使用。

他一路跑，經過洛克菲勒紀念堂來到方形中庭。這段穿過校園來到考伯樓的衝刺，讓他跑得上氣不接下氣，來到目的地時已經氣喘如牛。曾經有段時間，他可以輕而易舉地跑完這段路，但在他決心追求心靈人生以後，便不再花時間照顧身體。他認為這是高尚的選擇，唯一的例外，是在他檢視證據時看到的慘狀。他的肌肉大量軟化，過去修長的身形如今只能說是過瘦，他不像一般大學新鮮人一樣增加七公斤，反而足足少了九公斤。他猜想，自己看來應該像是染上毒癮，但其實他連嘗試都不敢。他父親是藥物實驗對象已經足夠了，更甚的是，在父親罹患阿茲海默症的這段期間，他得以近觀腦部化學變化的失控效應，他不想做任何會傷害腦部的事。當然了，他明白睡眠不足和許多藥物一樣具有毀滅性；現階段他使用的最強烈藥物，也不過是咖啡因而已，咖啡是他從早到晚的飲料，量多到足以讓他在任何時間都略顯得緊張。康諾一頭濃密的頭髮剪成五〇年代的樣式，又大又笨重的塑膠框眼鏡看起來就像舞臺支架。時序由十月進入十一月後，天氣——冰冷、酷寒、撥雲見日，以及間歇出現的瘋狂溫暖高溫——讓他的造型有更多變化。

他停在考伯樓前方順口氣，看著那些菸槍匆匆把熱氣吸進肺部。無論哪種天氣，這些人都永不疲倦地站在圓弧造型大石椅開口處抽Goloises和Lucky Strikes那類無濾嘴的香菸。冬天時，大家都會嘴冒熱氣，校園裡的每個人看來都像菸槍。

走進教室後，他在圓桌旁找了個位置坐下，接著他突然醒過來，而且發現大家全看著他。原來是教授點他回答，要他推測書中主人翁拉斯克尼科夫除了自己聲稱的合理解釋外，還有其他什麼可能的殺人動機。康諾回答，他猜想拉斯克尼科夫可能備受某種類似戀母情結的情緒折磨，在父親過世的情況下，為了供養母親及妹妹，他背負著必須成功的壓力，而對他百般刁難的房東則猶如母親的替代角色，也許這位掌管當鋪的老婦人替代的，正是那些沒有解決的情緒。

蓄著邪惡山羊鬍的俄裔美籍教授臉上露出饒有興致的微笑。這種事過去也發生過，瞌睡中的康諾偶爾也會有突如其來的出色論點。康諾在想，教授若非具備了稱之為「俄國靈魂」、難以捉摸的特質，就是他在自己的學術生涯中也曾經度過類似的睡眠不足時期，某種不知名的因素，讓教授得以將康諾怪異的懈怠舉止，視為如假包換的學術成就。若康諾沒讀這本書，他當然難以回答，然而康諾卻公然在課堂上當著教授的面睡覺，接著還能在藐視或憐憫他的同學面前，提出他們想深思但不得其解的看法；教授似乎覺得這才是研究杜思妥也夫斯基的自然方式。

康諾就是忍不住，他的睡眠永遠不足，經常站起來就離開，有時候甚至就在交談之間也不例外。若是在牆邊靠太久，他會雙腳一軟，幾乎跌倒。要讀的書太多，他參與的對話通常會延續到深夜，他甚至會目送夜貓子去睡覺，然後自己繼續閱讀。

下課後，他趁兩節課之間的幾分鐘空檔站在考伯樓前面。康諾瞥見那位固定會帶兒子來學校的教授，那個四、五歲左右的男孩有一頭紅髮。他看著那對父子牽著手穿過校園，教授不知指著什麼東西，兩人停下腳步，觀察一隻松鼠滑下垃圾桶斜斜的桶蓋，碰一聲掉在塑膠桶裡。

他好希望自己的父親在身邊，他們可以在校區外租一間小公寓共用。父親可以成天在校區散步，晚餐時間再和他碰面，父親還可以跟他去上課。艾德一定會喜歡先進的實驗室、才華洋溢的學生，以及更崇高的使命感。父親一向認為所有的校園都有相同的本質，教育機構之間與其說是類型不同，不如說是程度上的差異，但是艾德從來沒待過這樣的校園。

第二堂課下課後，康諾先回宿舍準備一點功課，接著去吃晚餐、排演。他爭取到《皆大歡喜》劇中奧蘭多的角色，過去擔任辯士的經驗讓他口條優雅。問題是，除了自己以外，他不知該如何扮演他人，何況他連「自己」是誰都還不太確定，於是他透過研究旁人來捕捉不同的特徵，再塑造出特定的角色。他想把所有的大學生都視為如此，但當他遇見一些健壯青年，可以輕鬆扮演似乎是為他們量身打造的角色後，他只覺得又蠢又愧疚。幸好他在《皆大歡喜》的角色個性有些天真，因為他上了舞臺很可能會喘不過氣又不知所措，正好符合他的角色。

他們花了一週的時間編排打鬥場景，這是整齣戲當中他最能勝任的部分。他有好幾個月沒健身了——還是到如今已經有一年了？——但是他依然靈巧，可以輕鬆自在地表演後空翻，這使得他其他方面的表演更見尷尬。父親一定會欣賞他的打鬥演出。艾德一向喜歡看海上歷險，以及同僚並肩冒險犯難的二戰電影。

劇組人員在排練結束後一起到梅迪奇餐廳，他發現自己加入了一場關於自由意志的激烈交鋒，不少人湧進了沙發卡座區，把他擠到牆邊，因為包括潔娜在內的幾個女孩，特別青睞某個幕後人員，因為他的木工技巧過人，而在抽象的校園生活競技場贏得具體地位。康諾和潔娜親熱過幾次，她本來差點就要給他獨家權利。

康諾的咖啡不知續了多少次，他情緒高昂，在吃下一盤焗烤義大利麵餃後，閒來無事地把玩小托盤上的糖包，這時他靈光乍現，對時間和空間的本質突然有了洞見。在這一瞬間，他看到這包糖來到他面前以前的種種經歷。他看到甘蔗長大後經過收成和精煉、看到生產過程，也看到自己正要使用這包糖。他還看得見未來：糖包的包裝會送進垃圾場，然後被埋進土裡逐漸腐爛、分解。他手中的糖包在某時某刻尚不存在，但在下一刻卻握在他手中，而在某個時刻，殘餘的糖包躺在垃圾袋裡等著收送。他知道自己再怎麼努力，也沒辦法清楚解釋給別人聽，好讓他們能夠瞭解。其他演員正在爭論劇作家田納西．威廉斯、尤金．歐尼爾和亞瑟．米勒的作品，康諾人在心不在。他心想：*多米諾化工生產的砂糖、爸爸做的砂糖裝進了像這樣的糖包裡。在過去的某一刻，他手上也握著這樣的糖包。*康諾能看到他父親望著未來，也看到了人生、妻子、兒子的模糊輪廓。他的父親會過世、會下葬，康諾也一樣，然而有其他的人會繼續生產相同的糖包。

他想打電話給父親，把這個滾燙的想法告訴艾德，但是他知道，即使是在最好的情況下講述，任何人都很難理解這些話，何況是對處於目前狀況的父親，然而他仍然急切地想分享這個想法，而且他可以感覺到靈感逐漸消失。他連轉頭告訴坐在身邊的傢伙都來不及，於是他只能在腦海裡喚出父親年輕時身穿工作服，手上拿著紙夾的影像，然後捏著糖包，把意念傳遞給那個不知身在哪個時空的年輕男人。

他撕開包裝，把糖倒進咖啡裡，看著糖慢慢溶解。

這齣戲的導演見過他在臺上傑出的表現，因此可能有了誤解，她不曉得康諾其實只有一般演技。他有本事站在觀眾面前以宏亮的聲音說話，但他能在年輕無知的狀況下表現得令人信服只有一個原因，那就是康諾知道他卡在自己體內（這是他對自己僅有的瞭解），而且知道自己不是在演戲。

第二天早上，他同樣晚起，也同樣衝下樓梯，但這次他踩在轉彎平臺上的腳步太重，立刻知道有東西折斷。他先是跛著腳進了教室，接著才進醫院，當天晚上，斷了一隻腳的康諾，架著兩支撐拐去排演，導演似乎一直在等這一刻。他們當然沒有候補演員，康諾還是得親自上陣，他們重新編排了打鬥場景，康諾和演對手戲的演員表現得精彩絕倫，有人甚至建議他們應該在康諾復原後，演出一場只有兩人你來我往的前衛演出。原來劇團把這場戲改成臂力比賽。

不知怎麼地，康諾覺得架著撐拐比較安全。他必須用撐拐在舞臺上練習走路，而多出來的體能需求，正好消磨掉他對背臺詞的緊張和絕望，讓他在演出前終於能放下劇本。斷腿是意外，但他寧可想像那並非單純的偶然，而是生命中另有高高在上的主宰；在嘈雜的咖啡館裡盯著糖包時一閃而過的不凡洞見，其實和宇宙的真理有所關聯。這種可能性很美好：也許他在某個地方、在另一個時空和父親在一起，因為光看著砂糖晶粒在咖啡杯裡溶解，他就能夠喚起影像。

他得記得打個電話給這個老先生。

67

十一點的彌撒結束後，他們先在附近街區散步，然後才去「食物賣場」超商。他們邀了寇克立夫婦過來共進晚餐，她得先買些東西。兩人通過第一扇電動門走出超商時，艾德在寄物處前面停下腳步，開始嚷嚷：「不！不！」

「別挑這個時候胡鬧，」她說：「我們得趕緊回家。」

「我不要和她一起走！」他喊道：「警察！」

她用力拉他的手。艾德抓著滑門往後縮，但不知怎麼地，手上仍然拎著購物袋不放。

「我們得走了，」她說：「拜託！」

「我才不和妳走！警察！警察！」

她拉得更用力了，艾德腳步踉蹌，整個人仆倒在地，購物袋裡的甜瓜掉出來滾到街上。她拉不動丈夫。一開始，經過的人只是好奇地看著她，慢慢地，有人停下來目瞪口呆地注視；到了艾德繼續喊著要找警察時，他們身邊已經圍了一大群人，連超商員工都走了出來。一定是有人打電話報警，因為她接下來就看到兩個警員排開人群走過來。

「警察！」艾德看到警員，狂亂地喊叫。

「警察就在這裡，」她絕望地說：「閉嘴。」

她的怒火對這件事沒有任何幫助。愛琳告訴警員她是艾德的妻子，但艾德繼續叫喊，要他們盤問她。一個打扮入時，身穿羔羊皮大衣的女人從人群中走過來，表示看過愛琳，愛琳卻從來沒見過她。

「我在附近看過她，」女人平靜地說，似乎想輕描淡寫地帶過他們之間的連結，「在教堂裡見過。她照顧他，這不是家暴。」

愛琳總算鬆了一口氣，但一想到自己出了多大洋相，心情便越加沉重。這個可靠的證人出面之後，警員的態度趨於緩和；一名警員要大家離開，另一名則詢問艾德是否不舒服，愛琳是否想打電話找人來幫忙。混亂之中，愛琳誰也想不出來，他們連個鄰居、朋友都沒有。

「妳沒有人可以打電話求助？」

「我在這一帶沒有熟人。」她驚訝地聽到自己說出這句話。兩名警員神情凝重地對望，彷彿在說，若不是接到指派，他們才不想來幫她搬整屋子的書，然後兩人用手臂架著艾德，帶他上車。

回到家以後，她打電話給寇克立夫婦取消晚餐之約。他則胡言亂語地咒罵，表示再也不吃她準備的任何東西，無論她給他什麼都不吃。最後，愛琳終於說服艾德上樓進入臥室，而艾德上床沒多久便睡著了。

「棒透了，對吧？」幾小時後，她叫醒艾德給他吃藥。「我們今天過得真開心。」

「你在說什麼？」

「我們今天不是過得很開心嗎？」

晚餐後，艾德立刻回頭繼續睡。她繼續回廚房，打開為邀請寇克立夫婦而買的葡萄酒。她問過葡萄酒店的店員，確認這瓶酒能滿足最挑剔的味蕾。過去幾年來，傑克．寇克立一直在自學有關於葡萄酒的知識，而且在最近成了品酒家——這個字眼是他教她的。店員遞來一瓶她看不懂酒標的法國波爾多紅葡萄酒，說這瓶酒的口感好，單寧濃烈而細膩，有豐富的果香，後韻帶著煙燻味。她點點頭，裝出聽懂的表情。這瓶酒的價格超過預算，她本來想換一瓶她喝過而且較便宜的酒，但店員打量她的方式，讓她決定把酒帶去結帳。

一瓶酒快喝完時，她打電話給辛蒂。

「我差點就進了監獄，」她說：「而他竟然問，『我們今天不是過得很開心嗎？』」她喝光杯裡的酒，「這是我喝過最好喝的酒。」

她掛斷電話，開始掃蕩冰箱裡的食物，包括她為晚餐買來的開胃點心、剩菜和她在當天早上烤的蛋糕。

愛琳感覺到頭痛發作前的顫抖，頭痛是她避開酒精的原因。酒精迷人之處，她心知肚明；喝酒能忘卻一天的煩惱，讓人放鬆，把心思放在諸如下一杯酒這樣的簡單事物上，以及遺忘。能遺忘的話就太好了。

68

愛琳知道面對群眾和暴露在寒風中可能不太理想——艾德比從前怕冷，另外，太多刺激可能會讓他抓狂——但是她就是克制不了。過去他們還住在傑克森高地時每年都去，但自從搬到布朗克維後，她再也沒去過第五大道欣賞聖誕櫥窗。她不想再次錯過。

她把車停在離商店街不遠的停車場裡，心想他在穿過人牆時一定會邊走邊抱怨，但當她牽起丈夫的手往前走時，艾德完全沒抗拒。

第一站是羅德泰勒百貨公司。從安裝在上方的隱藏式喇叭中流洩出「聖誕鈴聲」的音樂，第一個櫥窗裡的場景是聖誕節早晨，人偶在無聲的旋轉布景裡機械式地上下跳動。有個小男孩人偶看到新腳踏車，高興地張開雙手上下跳動，像是在跳哥薩克舞；小女孩摟著新洋娃娃前後擺動的樣子，像拿著一架飛機模型；孩子的父親維持相同的動作，拉動火爐上方的襪子。艾德戳戳她的肩膀。

「這是不是妳看過最美的景象？」結婚這麼久，她還沒看過艾德這麼熱切興奮。「看！」他說：「妳看！」

下一個櫥窗，以及接下來從福群商場到梅西百貨的所有櫥窗都一樣。艾德孩子氣的歡喜程度絲毫沒有減低，當她帶他站到下一排裝飾著花環的隊伍中時，他臉上除了期待，別無其他表情。

當天稍晚，愛琳躺在床上，她失望地發現自己不記得任何一個櫥窗布置。她只看到艾德歡喜的笑臉，和他鼻樑上反射著櫥窗燈光的眼鏡。

第二天早上，康諾打電話回家給她，表示不會回家共度聖誕節。他決定在新女朋友家裡過節，他在感恩節用的是相同的藉口。

「那個女孩是誰？先是感恩節，現在是聖誕節？看樣子我們得見見她了。」

「妳會見到她的。」康諾的回答讓她沮喪。

「嗯，」她說：「你爸爸一定會很失望。」

她決定取消原本已計畫好的聖誕夜小派對。反正艾德看不出差別，他們可以吃冷凍食品，邊看電視。若不是派特堂弟在她和康諾講過電話後，也打電話過來說，他和泰絲及兩個女兒確定可以過來，她當真會取消派對。派特就如同她的親弟弟一樣。在愛琳二十歲之前的幾年，派特每年都會到愛琳的父母家，和她父親一起裝飾聖誕樹，他讓愛琳極度思念父親。當派特知道愛琳因為康諾不回家過節而感到沮喪、難過時，便說他們會在二十三號星期六晚上過來，到愛琳家度長週末。

「我的兩個女兒可以幫忙準備，」他說：「她們可以下廚、打掃，妳要她們做什麼都行。」

她知道自己應該為此而感動，但這和她原本的計畫不同，而她最想要的，是有事——任何事都好——可以照她的計畫進行。

派特和泰絲帶著女兒來到愛琳家時，艾德也出來歡迎，但幾分鐘後，當大家要享用她準備好的豐盛午餐時，他又躲到樓上。她看到艾德坐在床尾的沙發上，滿臉困惑。

「你要下來和我們一起吃嗎？」

「樓下那位女士，」他說：「我知道我應該要認識她。她是誰？」

「你是說泰絲嗎？」

「那是她的名字？」

「泰絲，」她說：「對。」

「好。」他站起來。他們走到門口準備下樓，這時他攔住她，說：「別告訴她我不認識她。」

「但是你認識她。」

「別說出來。」

「我不會說，」她說：「相信我。」

「那好。」

「你記得她的名字嗎？」

「別考我。」

「這不是考試，」她說：「我是想幫忙。」

他站在原地想了想。「她叫什麼名字？」他過了一會兒才問。

「泰絲。」

「我說過，別考我。」

「不，」她笑著說：「不是『考試』，是泰絲（譯註：泰絲原文為Tess，與考試test發音相近）。泰絲是她的名字。」

他反覆念了幾次。「妳再說一次，我怎麼會認識她？」

「她是派特的太太。」

他開始不耐煩了。「派特，妳的堂弟派特？」

「對。」她忍不住想笑。

他說：「妳怎麼不早說？」

「你知道派特是誰嗎？」

「妳的堂弟派特，」他說話的樣子，似乎也把愛琳當作冥頑不化的傻子，「我當然知道。」

「你當然知道。」愛琳邊說邊咯咯地笑。她為他扶好眼鏡，帶他下樓。

第二天早上，艾德出門去買報紙，這讓她能有短暫的喘息空間。宴會前有太多事要做，幸好她兩個姪女來幫忙。這天天氣反常地溫暖，她想像艾德可能會去坐在超商的長椅上休息。

依蕾絲幫她切馬鈴薯，瑟西莉負責擦拭銀製餐具。她教兩個女孩怎麼做法式鹹派。聖誕音樂讓她的動作輕盈活潑，她一邊指揮女孩做料理，一邊想著艾德在變身為耳機狂之前的愉快模樣，當年他會站在起居室裡隨著交響樂揮動看不見的指揮棒。她喜歡看著丈夫盡情模仿的奔放模樣，喜歡看他為自己瘋狂舉動大笑的樣子。

她心情好到幾乎忘了康諾沒回家過節。看著認真工作的依蕾絲和瑟西莉，她還真想知道如果自己有女兒而不是兒子，一切會有什麼不同。女兒不會像兒子那樣離開吧，她所有的朋友的女兒，似乎都不會搬到距離母親超過幾公里之遙的地方。

艾德出去一個半小時了。他走路慢，很可能還在路上，何況她忙得正高興，但又過了一會兒，聽到泰絲問：「艾德人呢？」愛琳才開始緊張。她不是擔心他會出事，而是怕他走丟，剛才她太自滿了。

「托普，」她說：「一間本地的麵包店。他們把他寵壞了，我最好去拯救櫃臺小姐。如果他們允許，他可以整天在那裡混。」

愛琳開車沿著帕瑪路緩緩前進，遇到店面就停下來往裡頭張望，覺得自己好像探路的罪犯。她在市區裡繞了一圈，沒看到艾德坐在哪張長椅上。他離開家門後，天氣變得更冷了，風勢也更大。她後悔為了面子——不只是為了她自己，也是為了他，而沒為他買醫療警示手環。他在街上遊蕩，沒有任何證件可以說明他的狀況。

她順著金寶大道往南開，再迴轉到他可能會轉錯彎的小路上。來到密德蘭大道時，她看到有個男人走向一輛在越野高架道路下停著的車子。愛琳愣了一秒鐘，才頓悟那個揮舞雙手的男人是她丈夫，她立刻冒險朝他走過去。一看到愛琳，艾德便開始拍手，她扯著他的袖子將他往後拉，一輛藍色賓士車大聲按喇叭，減速開過他們身邊。一開始她以為是住在街頭的鄰居，在看到不認識的灰髮男駕駛後，才放下一顆心，但那名駕駛認識她嗎？他會不會在晚餐時提起這一幕？

愛琳氣到說不出話來。她試著想像艾德在路口造成的混亂，他在這裡多久了？警察還沒過來逮捕他，算她走運。

她幫忙坐在副駕駛座上的艾德扣好安全帶，什麼話也沒說，就回到駕駛座去，最後才開口問：「你跑到離家那麼遠的地方做什麼？」

「反正妳已經找到我，」他說：「不要小題大作，走吧。」

「你迷路了嗎？還是搞錯方向？」

艾德低頭看自己的腳。她這才發現他的鞋底從皮面脫開，他得買雙新鞋，要不，至少也得把鞋子送去縫。這陣子，她一直沒去理會這種細節，她私底下的想法——最近越來越常出現，而且讓人羞慚的想法是——反正艾德不會發現。

「我想去商場。」

「搞什麼！」她吼了出來：「老實告訴我，你是不是找不到回家的路？」

「不是。」他搖搖頭。

「我必須知道，艾德。」

「我想去買禮物送妳。」

「我們討論過這件事，也決定了，記得嗎？今年，你和我不交換禮物，這樣比較簡單。」

「我不是要買聖誕節禮物。」他說。

「那是要買什麼禮物？」

「我們的紀念日。」他撥弄手上的戒指，說：「除夕夜。」

「我們的結婚紀念日是一月二十二日，艾德。」

「可是我們是在除夕夜認識的。」

她安靜下來。她能夠想像他們回家時，泰絲會露出關切的神情。那個表情的意思是（當然是出自善意）：**妳當初為什麼要讓他出門？**艾德沉沉地坐在副駕駛座上。「我們得回家了，」她說：「大家都擔心死了。」

接近家門時，愛琳看過去，發現丈夫手上拿著皮夾。

「反正我也沒有錢。」他說。

她有好一陣子沒在他皮夾裡放錢，並且也拿走了信用卡，免得有人占他便宜。

她掉過頭，開車回商場，把車停在梅西百貨前面的停車場。愛琳拿出自己的皮夾，裡頭有一張閃亮亮的百元大鈔和一些小鈔。

男人只要拿到錢，情緒就會跟著波動。父親退休後，她在家裡還住了好幾年，那段時間她拆了不少定時炸彈。艾德把皮夾交給她，她俐落地把摺好的百元大鈔放進去，動作像在打預防針。

兩人走進商場，愛琳告訴艾德，她會在皮包部門等他，然後目送他緩步離開。他停下腳步和一名女售貨員交談，後者指向電扶梯。艾德搭著上行電扶梯，雙手緊握著橡膠扶手、看著旁邊的模樣，像是把兩側當成船緣。她決定隔著一段距離，遠遠跟在後面；她以為他會發狂地把一件件洋裝扔到背後，但他慎重其事地穿過走道，像是逼近獵物的老虎。他用眼睛看衣服，但是沒有伸手碰，他經過一排排展示架，顯然想速戰速決，最後他在遠處牆邊一排洋裝前面站定，在他挑選洋裝時，愛琳假裝在另一條走道上看衣服。一名售貨員過來，艾德揮手請她離開，他像是和愛琳心靈相通似地，跳過他面前一件過時的洋裝，走向相連的陳列架，並用眼光掃過上面的貨品，接著才拿起一件洋裝。她看到衣服在光線下閃閃發光，布料的花色雅致，剪裁優美。這時他興奮地招手請售貨員過去，把洋裝當作遊行旗幟似地拿在身前。

她看著艾德和售貨員之間奇特的溝通。艾德把皮夾交給售貨員，女孩的臉上露出耐心但困惑的表情，她猶豫地拿著皮夾，他摸向褲子後側本來放信用卡的口袋，最後他沮喪地拿回皮夾，從裡頭拿出一張紙條遞給女孩。

女孩點點頭，去拿來一件相仿的洋裝。他一定是將愛琳的尺碼寫在紙條上，他為了記下細節而發展出來的方法，讓她無法想像，然而買對尺碼的機會不大，她現在得穿到十號。

艾德走向收銀臺時，她才想到衣服一定遠遠超過一百美金，於是連忙衝過去，她知道艾德會生氣，但到了這個時候也管不了那麼多。她拍拍丈夫的肩膀，把他嚇得輕呼一聲往後跳。看清是妻子之後，他興奮地喊了好幾次她的名字，散發出昔日可見但如今受困的男子氣概。

「真有趣，怎麼會在這裡碰到你。」她說。

「妳喜歡這件嗎？」售貨員努力調整出快樂的笑容，以便愛琳審視。

「很漂亮。」她說。愛琳瞄了尺碼一眼，八號，他比她想像的更精準。

「我喜歡看妳穿藍色的衣服。」他說。簡潔明瞭的陳述讓她聽了心痛。他沒氣愛琳在交易時出手幫忙，唯一表現出的只是想要取悅她。他已經沒了自尊和自我，人生殘缺受損；但他同時也變得更柔軟。

「我們刷卡結帳。」她搶先艾德一步，在他伸手拿放在櫃臺上的皮夾以前，便把自己的信用卡遞給售貨員。女孩把艾德寫的紙條還給她。上面寫著：「愛琳的尺碼」，原本大大的「六」被劃掉，改填「八」。她趁艾德轉頭時拿起一支筆，把「八」劃掉，盡可能模仿艾德的筆跡，在旁邊寫下「十」，她會再回來換尺寸。愛琳把紙條塞回他的皮夾，把一百塊鈔票放回自己的皮夾裡，他沒必要帶著大鈔到處走。

這年聖誕節，麥圭爾夫婦和寇克立夫婦沒辦法過來相聚。他們都有理由，寇克立夫婦幾年來一直說要去亞利桑納州探視辛蒂的哥哥，而法蘭克住緬因州的姪女剛生小孩。他們沒有設法趕過來，讓愛琳無法釋懷，最近他們和艾德相處時表現得很奇怪，兩個女人的態度猶豫，兩個男人雖喋喋不休但少了人情味，依她想，他們找到藉口不來應該對他們而言是種解脫。她覺得自己彷彿已經從尋常家庭主婦的階段畢業，踏入另一個罕有的層級，也就是丈夫健在的寡婦。

她和泰絲忙到凌晨一點，終於把家裡整理乾淨。就在她以為可以安然度過這晚，不必面對任何混亂場面時，艾德醒來走出臥室，在二樓走廊上來回踱步，他邊喊邊用力揮打雙臂。家裡的客人一個個放棄裝睡，從他們的房間走出來，包括派特、泰絲、他們兩個女兒，和臨時決定留宿的瑪姬阿姨。派特在大男人心態驅使下想出面調解，但是她不讓他插手，只請泰絲幫忙她制服艾德。

隔天早上，沒有人急著撕開禮物，兩個女孩敷衍了事般，疲倦地分送禮物。隨著康諾的成長，愛琳花了更多心力來維持聖誕節早晨的儀式，她努力想鼓動她們的活力，但最後還是敗給了疲倦感。她們在早餐時同樣無精打采，光是喝咖啡，留下一堆食物沒碰。愛琳心想：**康諾沒回家是正確的決定。**

愛琳把炒蛋倒進垃圾桶，決心要再過一個節慶味濃厚一點的聖誕節。她要在那天掛上所有的裝飾，該有的儀式一個也不能少，明年，聖誕樹上會掛著綠色的大星星。今年她覺得自己爬上梯子在樹枝上掛裝飾不安全，但當然也不可能讓艾德爬上去，派特到了以後，她又分派他其他任務，最後把這件事給忘了。晚餐時，除了怕艾德帶來尷尬以外，她心裡只想到聖誕樹光禿禿的樹梢像是腫瘤的模樣——就算聖誕樹擺在閱覽室也一樣，她的內心看得很清楚。她沒想到那顆星星對於她精心建構的場景有那麼重要。那顆星星在電燈關掉後會閃爍出和祖母綠一樣迷人的朦朧光線，有種吸引人上前的魔力。明年她會要康諾幫她掛上星星，從此以後，若兒子不想回來，大可不必回家過任何節日，她要從下個聖誕節萃取出足夠讓她度過餘生的完美記憶。

第五部

無盡疏離的渴望

1996

69

當初僱用愛琳進入中北布朗克斯醫院的寶拉．庫根離職，轉到另一所醫院工作，雅德蕾．亨利成了她的繼任者。愛琳得知消息不但驚訝，還感到沮喪。早年在愛因斯坦醫院時，愛琳曾經擔任過雅德蕾好幾年的督導。雅德蕾上任後火速將愛琳調到晚班，藉口她需要具備愛琳這樣資格的人來督導晚班，但愛琳猜想，雅德蕾應該想要她走路，很可能是因為她對雅德蕾造成威脅，也可能是為了要報復。她記得當年對雅德蕾要求嚴格，但那是因為她看出雅德蕾的潛力，不想看她白白浪費，特別是決策者在做升遷考量時會對雅德蕾特別嚴格，因為她是黑人。

如果雅德蕾為了要擺脫愛琳而將她調往夜班，那雅德蕾注定不會成功。為了健康保險，愛琳就算置身於啟示錄的火焰當中也會再苦撐兩年，況且值夜班算幸運，因為艾德會在太陽下山後早早上床睡覺。他多半躺在床上，而且他越來越怕黑夜，因此就算他起床走動，也絕對不會離開家。她少了憂心艾德忘了關瓦斯導致氣體洩滿整個屋子的煩惱，相較於放任艾德在夜裡無人看守，愛琳也沒太多要擔心的地方。她傍晚和他一起上床，十點起床準備，十一點準時報到。新生活的運作比她想像的更順利，她不必花錢僱人在三點鐘過來，早晨下班回家能打點艾德的事，還能保持充足的睡眠。

也許她談及夜班有多舒適時找錯了對象，要不，就是她沒適度表達氣惱，因為還不到一個月的時間，她又被調回了日班。她成功地讓艾德單獨待在家裡已經有段時間，但她煩惱他可能迷路，而且艾德現在在警察局已經是知名人物了。她想盡可能讓艾德和她一起住在家裡，越久越好。

她在醫院裡四處打聽，想問有沒有人認識私下接案的居家護理人員，而且要好手才行。她找到一個女孩來陪艾德，這個牙買加女孩體格壯碩，頭上纏著頭巾，態度大方，看起來是做這個工作的完美人選。沒想到愛琳有天為了她上班遲到，因為那天，女孩因故遲到，說是公車的問題。女孩通勤除了要換兩班車，還要步行一大段路，所以愛琳一開始沒有質疑她的理由；此外，她沒有備用人選，所以沒立場匆匆行事，只是口頭警告一番。結果女孩再犯，愛琳又警告她，這已經比她對手下護士的容忍度多了一次，到了第三次，愛琳直接開除女孩，但到了這個時候，她已經找好了替補的人手。

第二個雇用的女孩上班準時，但愛琳有天提早下班，回家看到起居室裡的艾德坐在他從來不用的扶手椅上，像頭黑猩猩似地雙手互摳，護士則是躺在閱覽室的沙發上，邊看肥皂劇邊用無線電話聊天。愛琳告訴她，護士的工作內容包括陪伴艾德坐著，讓他感覺像個人。接下來那週，愛琳再次提早回家時，女孩又在講電話，只不過地點換到了露臺，儘管那一週還有四天才結束，她仍然付了女孩一整週的薪水，要對方不必再來。

如果她能留在家裡自己照顧艾德，一切就容易多了。就算在入行三十年後——其中有二十五年負責管理——她仍然比這些孩子強。在她一路往上爬的時候，照顧病患是最重要的事。如今他們心裡有別的事。

至於第三個女孩，愛琳在試用期便覺得不對，女孩費盡心力仍然難以安撫發脾氣的艾德，而讓他鎮靜下來的時間不夠餵他進食，艾德要從馬桶上站起來時她幾乎扶不動，問題是，在付不出優渥薪水的狀況下，她請不到優秀的護士，於是愛琳只好勉強僱用女孩；接下來，她接到電話，得知艾德跌倒，但看護士沒辦法扶他起身。

護理人員應該要有超越自己體型的爆發力，和救生員或螞蟻一樣有著不一樣的特質。女孩外表夠健壯，但你看不出潛藏在某些人內心的軟弱之處。

四個月期間，她用了三名護士。她沒耐心繼續試下去，於是她沒找人替補，而是嚴格要求艾德，要他不能幫任何陌生人開門，還要他不能離開家。她祈禱他會聽話，至少在她找到解決之道以前，他得要聽進去。

至於醫療警示手環，她決定讓步加上，就算有人會把他視作殘障，她也沒餘力去阻止了。

70

愛琳的老朋友貝瑟妮不曉得從何得知艾德的近況，追查出她的電話號碼，打電話來主動伸出援手。貝瑟妮本來是護士，是愛琳第一次在愛因斯坦醫院工作時的同事。兩人認識沒多久以後，貝瑟妮便辭職和一名企業主管結婚，但她們仍然保持聯絡了好幾年，因為貝瑟妮的女兒泰瑞莎，和康諾同年。每年夏天，愛琳、艾德會帶康諾到貝瑟妮位在夸格的海濱小屋度幾天假，然而華特在八〇年代中期受聘為百事可樂工作，一家人搬到了帕契斯後賣掉了夏日小屋，從此沒再聯絡。

貝瑟妮告訴愛琳說她住在附近，就在培勒姆，而且她和華特已經離婚。泰瑞莎高中一年級就輟學，和演員男友一起搬到洛杉磯。

「華特的心都碎了，」她說：「我告訴泰瑞莎，我只希望她快樂。我一直想說服她讓我過去看看她，說不定我會直接過去，給她一個驚喜。」

貝瑟妮在那週每天都打電話來報到，愛琳也歡迎她的關照，因為她和不少朋友都逐漸疏遠。她和貝瑟妮一向處得來，這個女人個性直率，牙買加風格十足的幽默感往往讓人難以招架。愛琳的生活裡需要更多的直率，她周遭的朋友一聊到艾德都太過謹慎。

她邀請貝瑟妮過來喝下午茶。貝瑟妮表示自己離婚後成了心靈導師。「我猜自己在離婚前就開始了，」她放聲大笑，說：「這可能和我們準備要離婚有關。華特不怎麼支持但我因此獲得啟迪。」她拿出一張華特的照片，愛琳覺得很奇怪。她不懂貝瑟妮為什麼還要帶著前夫的照片，照片裡的華特似乎完全沒變老，看來是貝瑟妮的牙買加料理讓他青春永駐；貝瑟妮也拿出一張泰瑞莎離家前拍的照片，當年她只是個少女，還戴著牙套。

貝瑟妮表示自己迷戀上信心療法。她的靈療師能夠和名叫懷瓦姆斯的靈魂溝通。「妳應該找個機會和我一起去，說不定妳會喜歡。」

「我對巫毒教派沒興趣。」愛琳說。

「那不是巫毒，」貝瑟妮說：「而且也不是教派。」她笑了出來。「我這次先放過妳，但若我想要，我可以很堅持的。」她又笑了。「我會一直勸妳，直到天荒地老。」

愛琳也大聲笑了出來，但心裡有些不安。她倒了另一杯茶，打斷緊繃的氣氛。

貝瑟妮讓這段友誼發展得很輕鬆，因為每次都是她開車過來探視愛琳。一個週二傍晚，就在愛琳打算準備簡單的晚餐之前，貝瑟妮突然在後門現身，說要帶愛琳到某個地方去。

「艾德在家，」愛琳說：「我抽不了身。」

「他不會有事的。來吧。」

她喊喊樓上的艾德，他已經躺在床上，電視也打開了，於是她跟著貝瑟妮走下後門階梯。

「我們要去哪裡？」

「我要給妳一個驚喜。」

能出門她當然高興，感動有這位貼心的朋友知道她需要放鬆。她以為她們會去擁擠的餐廳，或是客人都在聊天的咖啡館。

貝瑟妮看來也很歡樂。她身穿罌粟紅襯衫，棕色臉頰的亮色腮紅和唇彩正好搭配。她把手放在愛琳頭靠的後側，倒車離開車道。

「去哪裡呢？」愛琳盡可能溫和地說：「這下子妳讓我好奇了。」

「我要妳敞開心胸。」貝瑟妮說。

她們把車開到密德蘭大道時，愛琳才想到貝瑟妮並不是要帶她去享用美食或瘋狂購物，她們要開車去加入她的聚會。「喔，不好，」愛琳說：「大事不妙。」

貝瑟妮咧嘴笑。「我知道，」她說，然後誠懇地大笑，「可是，不是那樣的，會很輕鬆有趣。我知道妳一定會喜歡那些女人。」

「我說過我對那種事沒興趣。」愛琳說。然而貝瑟妮自顧自地繼續開車，才穿過市區沒多久，車就已經停到了培勒姆。

「沒什麼好害怕的。」貝瑟妮伸手按住愛琳的手。「妳還不曉得自己會有什麼看法。」

她盯著貝瑟妮的瘦削臉蛋和稍嫌接近的雙眼看了一會兒，自從她們失去聯絡後，這些年來，她的皮膚一直維持原貌。此時愛琳為貝瑟妮感到難過，遺憾她竟會需要這些唬弄人的戲法。她決定和貝瑟妮一起進去，但僅此一次，算是還老朋友人情，也為了學習放開心胸，這和康諾四歲時陪他在迪士尼世界和卡通人物一起進早餐一樣，因為那才是正確的做法。

走進裡面，圍著圓圈而坐的幾個女人站起來歡迎她。她加入其中也坐了下來，這時一個女人從另一個房間走進來，顯然就是靈媒本尊。她個子嬌小，不超過一百五十五公分，頭髮經過刻意處理後顯得蓬亂，似乎在展示她苦修的誠意。她就坐前沒有任何儀式，坐定後則安詳地環顧四周的人，最後讓目光停留在愛琳身上。有好一會兒，她光是直視愛琳，臉上的微笑逼得愛琳不得不尷尬地還以微笑。

這個女人要求大家先練習呼吸。愛琳忍住笑聲，也加入了練習陣容。

「我要歡迎愛琳．列爾瑞今晚過來加入我們，」女人說：「是貝瑟妮把她帶到我們身邊。謝謝妳，貝瑟妮。愛琳和她丈夫碰到一些困難，我們是不是該幫助她？」

愛琳感覺到自己開始臉紅。她沒料到這群女人會這麼快就把注意力完全放在她身上。「請各位別為我操心，」她說：「我只是過來看看。」

「愛琳的丈夫罹患阿茲海默症。」女人無視愛琳的發言，繼續說話，房間裡的幾個女人咯咯地笑，露出瞭然的表情。「但是我們看多了，不見得每件事都像表面那樣，我們今天要來探究她丈夫的靈魂出了什麼狀況。貝瑟妮說他叫作艾德蒙？全名是艾德蒙．列爾瑞？」

愛琳有股衝動，想護著艾德的名字不讓她們知道，好像召喚出這個名字，她們就會把它附加在某個來自遠途的詭異咒語，足以讓一個男人在街上暴斃。

「是的，沒錯。」她說。

「我的名字是瑞秋。我馬上要召喚懷瓦姆斯過來拜訪，他會和妳聊聊妳丈夫的狀況，我會擔任他的媒介。妳看起來會覺得是我在說話，但我只是管道，妳不需要害怕，我們大家會手牽手，妳只要握緊兩邊人的手就會安心。在這段時間，在懷瓦姆斯進入我的身體以後，我的精神不會在這個房間裡，沒辦法回答任何問題，有任何問題，妳必須直接問他，但我會建議妳讓他發言就好。妳可能會注意到我的聲音會有些微的變化，那是懷瓦姆斯借用我身體的結果。」

瑞秋開始有節奏地呼吸，雙手跟著畫圈圈，以沙啞的喉音斷斷續續發出聲音，像在吹奏音階暖身的長笛家，接著，她開始說話了，而且聲音低沉得近乎滑稽。

「我是懷瓦姆斯，」她說：「我來這裡找妳，愛琳．列爾瑞說話。我來這裡，是為了告訴妳，妳丈夫是宇宙最壓抑的靈魂之一，轉世了這麼多次，他一直在和他的精神搏鬥。幾世紀以來，他一直是亞特蘭提斯人。」

愛琳知道貝瑟妮和艾德之間一直有點隔閡。當他們還往來時，貝瑟妮就已經有點受到這種新世紀思想的影響了，而艾德對這種事從來就沒耐心。她真想知道貝瑟妮告訴這個女人多少細節。

「這次，」瑞秋以聽來刺耳的沙啞男中音說：「他對抗的是自己的靈魂。身體上的抗爭反映著靈魂上的戰鬥，讓他一心想取得控制的不是這個疾病，情況正好相反，他對控制的迷戀一再累積，才引發這場病，他必須學習如何在這輩子敞開心胸，將自己的靈魂從幾世紀的搏鬥中釋放出來。」

愛琳不得不肯定瑞秋的表現，在她和懷瓦姆斯接上線之後，完全沒有前後不連戲的破綻，然而愛琳實在很難認真看待這回事，而且不得不咬著舌頭免得還嘴。這種事的對象不是她，而是某些意志脆弱一些人，或是教育程度低一點的人。無論瑞秋在經營什麼非正統教派，如果她以為可以把愛琳當作潛在信徒，那麼她就錯了。愛琳確實面臨難關，但對她來說這不表示她變笨了。

71

她也想過要殺了艾德；但如今他衰退的速度太快，她只是想在聖誕節之前留住他。讓自己驚訝的是，她的目標竟然減至一項，但那是她唯一能專注的焦點，即使是在這個時候（離聖誕節還有八個月）也一樣。一旦艾德離開，她知道他再也不會回來。

過去他們有諸多目標，甚至為此擬過清單：學蓋爾語，造訪納帕山谷的葡萄酒廠。她想不起清單上還有什麼事項，但他們一項也沒有完成。

房子的整修工程一直沒有結束，一樓大部分看起來又新又漂亮，但二樓許多地方仍然破舊。她沒回學校修博士學位，網球技術永遠沒有進步，兩人再也沒有去歐洲旅行。日後，他們可能哪裡都不能去。

然而他們也不必到任何地方，只要能將他留到聖誕節就好，日後她願意逆來順受。她要的不過是一次合宜的送行儀式，讓聖誕夜必定會聚在一起的親朋好友圍繞在身邊，讓廚房——也就是這個家的心臟——擠滿人。一直到午夜都不會有人離開；身穿套裝坐在沙發上的艾德面帶微笑，不會鬧出突發狀況；接著是隔天早上的彌撒，隨後他們要開車到附近的親朋好友家喝咖啡吃蛋糕，交換第二輪的禮物，之後，就讓事情發生吧。她用不著一整天的時間，讓他在四點發作，讓他發狂、危險又無法安撫，她會親自開車送他進安養院，反正她一向討厭聖誕節當天的夜晚。那是一年當中最寂寞的一夜。

72

愛琳同意讓貝瑟妮帶她回去見那位靈療媒介（或隨她自稱什麼都可以）朋友瑞秋。她打算以「文化現象」之名來體驗這件事，就像她在研究所讀書時錯過的「集氣」或「祈福」一樣。她清楚知道這些人行事詭異到極點，而且她只是站在人類學的角度來研究她們，那麼她也沒必要築起一道猜疑的高牆。

她加入這群女人當中，圍成一圈坐著等「懷瓦姆斯」駕臨。那個女人——瑞秋——赤著腳，像貓一樣無聲無息地走進來，收攏長袍裙襬，像印度人一樣盤腿坐下。愛琳是不可能這樣坐下來的，除非有一整隊人馬拉著她的身子舒展開來。

瑞秋（兼懷瓦姆斯）開始對坐在圓圈的一名新會員說話，她是這次療程一開始的焦點。愛琳想到懷瓦姆斯真正想傳達的訊息——而不是陰森森的方式時，幾乎要喜歡上這當中不拘形式且不帶威脅的見解。整件事就像猜謎遊戲，以表演為媒介來傳遞古老堅定的智慧，這顯得風雅有趣。她想，許多住在市郊住宅區的家庭主婦，可能會排斥由牧師、神父、猶太拉比甚或精神科醫師傳達的意念，然而透過這樣的前衛手法，她們可能會真心接受。

沒多久，瑞秋（兼懷瓦姆斯）把她（他）的注意力轉到了愛琳身上。瑞秋立刻掌握了有關艾德的重點事項。愛琳不會套用懷瓦姆斯的看法來解釋艾德的狀況，瑞秋的資訊雖然可能是來自貝瑟妮，但她顯然是出色的心理諮詢師。隱藏在荒謬的角色背後，她的說法多少有些合理性。

這次療程進入尾聲，在懷瓦姆斯對另外幾個女人說過話之後，瑞秋誇張地演出全身虛脫的模樣，其他人則圍成一圈坐著吃零食。瑞秋換上另一套衣服，收拾好剛才的長袍後，才加入女人陣中。

貝瑟妮開車載愛琳回家時，說她已經為愛琳前兩次的療程結過帳，但下次的療程得收費一百美金，如果她要買個人療程，費用則是一百五十美金。

愛琳苦惱了好幾天，不知該怎麼對貝瑟妮說她不想回去找瑞秋，但到了週二早上，在她穿衣服準備去上班時，她突然發現自己很期待當晚和貝瑟妮見面。在她所有的老朋友當中，貝瑟妮是知道艾德現況後，還唯一積極踏入她生命裡的人。愛琳從衣櫃裡翻出還塞得進去的寬長褲，搭配遮住腰部肥肉的寬外套。她沒有加入貝瑟妮的教派，日後也不會，但在她邊燙衣服邊考慮該上哪個顏色的口紅來搭配綠外套時，她知道自己必須走入人群。

七點二十分，貝瑟妮來按電鈴時，艾德已經就寢。愛琳最後一次在頭髮上噴上髮膠，關掉化妝室的電燈，朝廚房門喊了聲「請進！」依舊一身豔麗打扮的貝瑟妮走進門，這天她穿的是綠松石色的襯衫和白色外套。兩個女人一起上車，愛琳拉下遮陽板，對著小鏡子把口紅塗在上唇上，然後抿嘴暈開。貝瑟妮遞來紙巾讓她拍勻。

有一群堅強的女人相伴讓人滿意，她們多半是半退休的專業人士，也許她正好是瑞秋的目標族群——處於心靈脆弱狀態的女人，但其他人似乎並非如此，就算她們是，她也不在乎。她不打算去認識她們，她相信自己不會傾服於瑞秋的魅力之下。愛琳的心靈有一片空缺等待彌補，她從來沒想過自己會坐在某個異教團體領袖的起居室裡，或是聽到後續療程價格後，仍然處變不驚。

她納悶地想，不知其他人想從中獲得什麼。依懷瓦姆斯的解釋，世界似乎不是太重要，當我們過著影子人生時，我們真正存在的地方是他處。她不需在五十來歲時去加入某個新方案，她只是要去度過讓她離開家的一個小時。

愛琳療程結束時簽下支票，絲毫不覺得有何不妥。貝瑟妮面帶微笑地接下支票，再交給瑞秋。愛琳知道貝瑟妮可以分紅，但也樂見其成，有人能為她想的感覺很好，而且她喜歡讓懷瓦姆斯那傢伙說個不停。這強過心理治療。愛琳沒辦法忍受布里醫師診療室裡的寂靜無聲，不喜歡醫師期待她開口說出，顯然是被她藏在心裡的話。

73

如果你在愛琳結婚那天告訴她，說幾年後，在某個五月底的怡人傍晚，她會到警察局去接丈夫；那麼她會大笑著說：「那是你不認識艾德。」但她接到了呼叫，接下來是她在暮色中把車子開進停車場，擠進兩輛巡邏車之間的狹小車位。她關掉引擎，坐著思考自己終究還是敵不過命運。

她走向報到桌，看到丈夫和一名員警坐在等候區，他的襯衫沒塞進褲子裡，頭髮亂成一團。艾德臉上看不出一絲苦惱，反而顯露一副恭順的樣子。讓人訝異的是，他僵硬的姿勢竟流露出皇室氣質，像是古埃及法老的雕像。

她自我介紹後，知道員警是蓋格警官。

「真抱歉，出了這種事。」她說。

艾德看到妻子便低聲悲嘆，像是召妓被捕，也像犯下其他不可告人的輕浮罪行。

「契如洛警員會陪妳丈夫坐在這裡，」蓋格警官說：「我要麻煩妳到我辦公桌旁去簽一些文件。」

她想盡快離開這個地方，但不想讓他們斷下結論，指稱情況完全失控之類，因為她猜不透，若真如此，他們會如何處置艾德。只要他們別把他帶走，她可以承受任何難堪。

「妳丈夫在教堂前面的車流中走來走去，」蓋格警官平靜地說：「他揮動雙手攔車，結果路上的車子一路塞到了火車站。看到我們走近，他立刻抓狂。」

「我很抱歉。」

「如果不是負責的警官看到他手腕上的醫療警示手環，我們會以擾亂安寧和拒捕的罪名逮捕他。我們查明他是想找到回家的路。」他掏出薄荷錠，問她是否要來一顆，「是阿茲海默症？對嗎？」

「是的。」她說。

「我看他還年輕。」

「五十四歲。」

「據我瞭解，這種事件不是第一次發生了。」警官說。她光是點頭。「他會到市區來？」

「不會，」她說：「這次是例外。」

「沒有人希望演變成法律事件，比方說妳丈夫會對自己或他人造成危險，或是居家狀況對他的安全有礙——」

「我是護理師，我懂法律。」

「妳是不是讓他獨自出門？」

「我們家通常有護士在，但我不得不讓她離開，目前還沒找到接手的人。我讓他戴上手環就是擔心出狀況，我必須上班，沒辦法留在家裡陪他。」

「妳考慮過安養中心嗎？」

「只要我還能照顧，就不會送他去。」

「你們有沒有其他可以幫忙的家人？」

「沒有。」她說。

「一個都沒有？」

她想到上大學的康諾。她原本期待他進大學後會漸漸懂事，但若沒人提醒，他連爸爸生日都會忘記打電話回家。

「嗯，我有個兒子，但是他離開家去念大學，這個暑假又有戲劇演出。我不能要他回來。」

「列爾瑞太太，妳知道我怎麼想嗎？妳介意我直說嗎？」

「你想說什麼？」

「妳當然可以叫他回來。」

那天晚上，愛琳躺在床上，想到蓋格警官看她的樣子。這陣子，好些進了家門後看到艾德目前狀況的男人會這樣看她，例如修理師傅和送貨員。她現在皺紋變多了，魚尾紋隱約可見，幾天前她似乎看到了逐漸成形的雙下巴，然而她知道自己仍然美麗，而且她為了艾德而處於這樣的困境，似乎更激發男人的騎士精神，甚至連知識水準不是太高的人都一樣。最近愛琳只要拉開門，就會盡快把家裡的事告訴他們，她認為自己有責任解釋艾德的失能。他以辛苦學來的居家修繕技巧而自豪，若是他尊重的專業技師將他的苦勞一筆勾銷，視他為無用的家庭主夫，他一定會很生氣。

只是他們會憐憫地看著她，有些人的表情甚至比憐憫更甚。他們不喜歡直視艾德，或有他在場時，也會刻意拉高音量，這使得他們的交談比原來該有的更像共謀。

她不能騙自己，不能不承認自己也沒給蓋格警官好臉色看。她知道除了隱約的不滿以外，她的表情並沒有透露太多的情緒，然而罪惡感仍然浮現出來。當艾德伸手摸索她的肩膀時，她立即轉身過去，背對艾德睡覺。

74

在劇組成立後首度排練的那天，康諾約了潔娜，在開始排練前先在梅迪奇碰面。他路過咖啡館，再繞了整個街區一圈，才鼓起勇氣走進去，潔娜坐在店內後方的桌位。

「對不起，我遲到了。」他說。

潔娜第一次朗誦劇本時，就已經證明她生來該扮演性感狂野的小精靈帕克。康諾展現了讀臺詞的熟練技巧，碰巧適合演佛洛特，也就是在眾工匠那齣戲中戲裡扮演提斯比的風箱修理匠。他喜歡想像自己足以勝任魔王奧布朗一角，就像潔娜之於帕克一樣，但導演是明眼人。奧布朗的角色讓一名高年級學長搶了去，而且他發送的電力足以吸引大半的劇組人員，包括潔娜在內。聽到導演宣布提斯比將要穿粉紅色舞會禮服登場後，最響亮的笑聲便發自魔王本尊（譯註：此段提到的劇本為莎士比亞的《仲夏夜之夢》）。

「沒關係。」她彎腰拿背包，紅色長髮垂了下來，遮蔽康諾的視線。「來，我把這個給你。我們應該彼此都放下了。」

「等等，」他慌了，「先讓我坐下來。」康諾坐進去時，膝蓋咔嗒地響了一聲。在她面前坐直身子，他才覺得在胸口積了一整天的緊張情緒，隨著令人反胃的結果慢慢沉入腸胃裡。她不可能重新考慮，如果促使她離開的是某些不小心的時刻——例如黎明前熱情但不夠體貼的溫存，他也許還能將她拉回身邊。她的容忍度很特殊，甚至可以去喜歡那些活力十足的年輕男人的自我耽溺，但無論怎麼說，兩人未曾度過不愉快的夜晚，這可能是他對於獻身已經準備了太久。他的需求宛如她腳邊的沉積物，層層堆疊卻反而擋住她看他的視線。

「我們應該有時間喝杯咖啡，」他說：「然後稍微聊一下。」

「那就來杯咖啡吧。」潔娜揮手要侍者過來，她每次要做好什麼事都會皺著眉頭，模樣可愛極了。她毫不爭辯便放棄，必定有某種涵義：對她而言，他們的關係早已往後退到她的過去。「你想聊什麼？」

「就是想聊聊。」他沒辦法說出肺腑之言——要她別離開。兩人安靜地坐著。經過歷代學生的使用，滴落的燭油卡進桌面的縫隙內，他用餐刀摳挖。康諾無法直視潔娜的雙眼。

「你爸爸還好嗎？你要不要回家？」

他掄著指頭敲桌面。「如果留下來能改變狀況，我不一定要回去。」

「你應該要回去，」她說：「你必須待在家裡。」

「我好想妳，」他終於爆發了：「沒有妳，我不知道該怎麼辦才好。」

「你在逃避某些事，你得正視現實。」

「對不起。」他說。

她嘟起嘴唇，像打了個小結。「為什麼？」

「因為妳生日時沒有任何安排，」他說：「我要為了我犯下的所有過錯道歉。」

她笑了。「你唯一的過錯是要我和你結婚，而我唯一的過錯是沒有立刻拒絕。」她看看手錶，拿出一只封住的信封。「我現在可以給你了嗎？」

信封裡放的是戒指，中央鼓了起來。他覺得胸口好緊。

「我們談婚姻都還太年輕。」她說。「我們才十九歲！我不應該收下這個東西的，我當時應該是嚇到了。」

他沒說話，只顧拿刀子挖桌上的縫隙，但刀子太鈍，一點作用也沒有。

「我們不要老是這麼嚴肅！開心一點。」

「我們可以成功的。」他說。

「我請客，我們遲到了。」她拍拍他的手，抬頭找侍者。「和你聊得真開心。」

他靜靜坐著，開始覺得絕望。

「屹耳驢先生，現在不是悶不吭聲的時候。除了維尼的朋友驢子，我還漏了什麼人嗎？」

他忍不住微笑。「拜託，一下就好，妳可不可以別這麼惹人愛？」

「我才不可愛，」她說：「那是你眼裡的我。重點就在這裡，我心裡有太多結，和你一樣。」

其他演員開始做伸展練習時，他們兩人才到場。這齣戲對體力是個挑戰，所以戲劇教授兼導演戴爾要求他們必須練就靈活的肢體；此外，這齣戲會在雷諾德俱樂部外頭頂著星光露天演出，所以他們在戶外排演，以適應自己聲音的投射效果。

他一邊伸展，一邊默默預演稍後要告訴戴爾的話。除了修過戴爾的課之外，康諾對這位教授幾乎一無所知，即便如此，仍多少視他如父執輩，害怕讓他失望。康諾到教授辦公室裡一坐就是幾小時，聽他滔滔不絕地講述戲劇。儘管戴爾提到的劇本，康諾大多沒讀過也沒看過演出，但康諾仍然努力地在正確的時間點頭，一離開辦公室再直接去圖書館查書。雖說在下次見戴爾之前，他會草草讀過這些劇本，但仍會落後一堂課的進度。

「接下來的兩個月時間，我們都會在這裡，」戴爾叫大家集合，說：「這個場地沒有私密性，寬闊又沒有回音，音響效果糟透了。」他指指天空。「除了最響亮的聲音，開放空域會吸收一切，而且現場也沒有麥克風，你們必須用自己的聲音來填滿這個空間。」

康諾站在潔娜身後，越過她的肩膀看著戴爾說話。她心情愉快到讓人擔心。康諾看到她和奧布朗對望了好幾次。

「好，現在，」戴爾說：「請大家散開。」康諾盡可能留在潔娜附近。「排成兩排，每個人在另一排都有個夥伴。」在大家移動位置後，康諾看到潔娜正是他的夥伴。「靠近對方，」戴爾說：「貼近一點，把你們的臉靠在夥伴的臉旁邊。」

到現在，康諾終於知道自己不是當演員的料。站上舞臺時，他從來不確定該看向哪裡，他當初之所以嘗試挑戰這齣戲，是為了讓自己的腦子吸收一點莎士比亞，琢磨出一部分和潔娜共享的空間，而她現在正直瞪著他看，他連雙手該怎麼放都不曉得，只能笨拙地垂在身側。

「我們要做個小練習。我要兩排同學各往後退一步，好，你們有沒有注意到差別在哪裡？正視夥伴的眼睛，他們是不是也看著你？」

是的，大家都彼此相望。諷刺的是他們又配成了一組，對於這個巧合，她像是打心底覺得好笑。

「好，現在，」戴爾說：「我要請你們做一點不一樣的事。我要你們告訴夥伴你們愛他們。不要害羞。現在就說你們愛他們。」

「我愛妳。」康諾說，他距離她只有幾步之遙。她揚起眉毛，露出大大的笑容也說了同一句話，像是想逗他一起笑。他這才想起，過去，她從來沒向他說過這麼精確的幾個字。

「現在再退後一步，」戴爾說：「退一大步。你們得多費點心力才看得見對方，也許不必太遠，但稍微保持距離。和夥伴距離遠一點要怎麼辦？要怎麼補償？這裡是戶外，你們的聲音必須讓遠處的人也聽得到。現在再對你們的夥伴說你們愛他們。」

康諾的音量比剛才稍大一點，而潔娜似乎字字真心。她的天分確實無庸置疑。

「好，再退一步，忘了距離這件事。像對方就在你身邊一樣地說出來，只不過是把音量放大。」

「我愛妳。」他軟弱無力的聲音飄過偌大的空間。他不知道該如何運用橫膈膜發音，一口氣撐不了多久。

「現在退後兩步。這次用力喊出來！這是彌足珍貴的愛。」

康諾照著戴爾的要求邊咳邊說，潔娜這時是遠方整排夥伴的其中一人。

「退兩步再說一次！」

這次他什麼也沒說，光是聽。他分辨不出任何人的聲音，只聽到一群人堅定的呼喊。

「退最後一步！使勁地喊！」

潔娜成了遠處的模糊人影。他的喉嚨瘦痛。康諾朝後大大張開雙手，用盡全身力氣吶喊。

母親打了電話叫他回家，但他說自己對導演及整個劇組都有責任，必須留下來排演。在母親的靜默當中，康諾聽得出她對於他提及責任和拒絕返家幫忙時，反應有多驚訝，事實上，這個說法讓他自己也嚇了一跳。

一直到母親打這通電話，他才發現自己有多畏懼再見到父親。他從來沒打算永遠不返家，只是沒有立刻行動的計畫。潔娜原本是他想到最可行的理由，但如今她似乎再也成不了藉口。他大可說要留在芝加哥，和她把事情談清楚——康諾似乎能聽到自己將一切合理化：**我未來的妻子，要不，至少我當時是那麼想**——但是他現已把兩人真正的關係看得太清楚，無法在日後假裝不知情。

他是不是過於努力地迅速長大，好讓人看不出他自覺像個孩子？他之所以向她求婚，是不是想讓自己的缺席看似冠冕堂皇？其實，一想到要和她結婚，連他自己都嚇壞了。他和她一樣，沒真的想要結婚。其實比起心碎，他更覺得鬆了一口氣，但這麼一來，他不得不去思考自己沒做到的事。他再也沒有不回家的藉口。

他退出劇組，帶著兩個塞滿髒衣服的軍用背包跳上飛機。母親說過不能來接他，於是他搭巴士又換火車，再從車站走路回家。

他背著兩個背包擠進後門，訝異地聽到閱覽室裡的電視音量大到震耳欲聾。他記得母親提過父親做過測試，確認失去部分聽覺。他走進閱覽室，卻發現父親在門廳，搖搖晃晃地站在摺梯上從大門的小門窗往外看。康諾先關掉電視的聲音才過去喊父親，而艾德只顧喃喃說話，於是康諾走過去碰碰艾德的肩膀。「爸！」他拉高音量說：「我回家了。」雖然離家將近一年，但這個訊息似乎沒帶來什麼效果。

「他在外面。」父親看了康諾一眼，既嚴肅又像在託付祕密。

「誰？」

「那個男人，」艾德陰森森地說：「每次都會來的那個男人。」

「他人在哪裡？」

康諾踮起腳往外看。外頭除了剛修剪完圍籬、走向鄰居家的園丁以外，沒有別人。

「你是說他嗎？」康諾指著園丁說：「你是說薩爾？」

「不是，不是。」父親目光閃爍，雙手抽搐；壓低的語調和充滿驚嚇的瞪視，意味著任何事都可能發生。康諾想相信父親仍然有能力準確地察覺危險，也許他回來的正是時候？

康諾再次轉頭看向窗外，但自覺愚蠢又轉回來。

「下來。」他握著父親的手肘，但父親僵著身子不動。「只要往下踩一階就好了，把腳往前踏一步。」父親試了一下立刻收回腳，換另外一隻腳嘗試。「靠在我身上。」康諾說。艾德照兒子的指示，雙腳踩到地上後拍了幾下手才注意到兒子站在面前，顯得很尷尬，但接著又走到門窗邊，情緒激動地伸手往外指。

「他在那裡！就是那裡！」

康諾衝上前去。父親沒說錯，那裡之前確實有個男人，而且是眾所周知地風雨無阻的來者。他可以投遞死訊或毀滅，也可能送來「食物賣場」的傳單。

「爸！」他說：「你不曉得那是郵差嗎？」

郵差的身影消失在樹籬後方。「我不信任他。」父親說完話，出奇迅速地走進廚房，將水槽上方的百葉窗拉開，露出一道從外面便看得到他臉孔的大縫。

艾德走開後，康諾看到好幾片百葉窗已經折了角。母親一定是寧願將就，也不肯一再換新，從這一點便看得出她想法的轉換。

父親拉開紗門走出去時，紗門正好猛力回彈撞上他。艾德雙手將一疊信件緊抱在胸口走回來，部分信件掉在地上，他把其他郵件像一疊像往下掉的蘋果似地拾回中島桌臺上。

「你這是做什麼？」康諾看得目瞪口呆。

「去拿信。」

「就這樣。」

「我每天都這樣拿。」

「可是一分鐘前你才說你不信任他，而且還嚇壞了。」

「他每天都來，」父親說：「我不知道他是誰。」

「他是郵差。」康諾絕望地說。

「我不信任他。」

「但你知道他送信過來？」

「對，」他說得通情達禮，「他每天都會來。」

「那你為什麼還懷疑他？」

「我不知道他是誰，」艾德說：「我每天去收信，那是我的工作。我還有其他工作。」

他拖著腳步回到閱覽室，一屁股坐了下來。康諾跟在後面，打開電視，立即傳出像隆隆砲聲似的聲音。康諾回到廚房撿起掉落的郵件，心裡不禁納悶父親上次拆信看不知是多久之前的事，也不知艾德是否有可能再拆信。他幫自己做了一個花生果醬三明治果腹。閱覽室傳來噪音雜訊，他走進去，發現頻道斷了訊，父親把像是飄著電子雪花的螢幕當節目收看。噪音沒有干擾他父親，艾德手上的遙控器像個護身符，康諾想拿下遙控器，但父親握得很緊，於是康諾只好走到電視機前面去調低音量，變換頻道才找到連線的影片。

「這東西啊，」父親反感地說：「老是故障。」艾德張著嘴，流出一絲口水，康諾拉起艾德的袖子為他抹掉，父親會意地看了他一眼。康諾真想知道父親究竟還保有多少意識。艾德發出微弱的聲音。

「看到你真好。」康諾伸出一隻手環住父親。

艾德仍然盯著電視，但拍了拍自己的膝蓋。「好，」他說：「很好。」

他們一起看影集「神探可倫坡」，彼得．福克飾演深具貝克特風格的偵探，永遠身穿一襲風衣，面露厭世又略顯困惑的愁容——經驗與純真在他內心糾結。康諾想著：謝天謝地，還好「神探可倫坡」和「法網遊龍」一再重播。沒有電視，他真不知道該拿什麼填補和父親共度的時光。

比方說，廣告時段他就完全不知道該說什麼，總得靠母親出手營救，講些永遠說不完的家族朋友的故事，或者細數當天的瑣事。康諾覺得聊些最新的切身經驗未免有失尊敬，寧可聊些父親已經知道，或父子倆一起經歷過的領域，然而要把這些話題帶入對談中也不太自在。幸好無論如何，在必須回到熟悉的事物時，他仍然可以感覺到話題逐漸回來。

「我必須說，我滿喜歡保羅．歐尼爾（譯註：Paul O’Neil，九〇年代洋基隊強打）的。」康諾正經八百地說道。父親繼續看著電視。「我不是那種為恨而恨的大都會球迷。他是球隊的靈魂人物，是藍領勞工。」父親沒有接話，看來對話沒什麼希望繼續下去。「不管是不是洋基隊，只要有紐約隊伍進入決賽都讓人興奮。」最後這個評論似乎抓住了艾德的注意，因為他臉上露出微笑，似乎這是個他從沒聽過的新聞；父親在前一年的十月才看過決賽的每場賽事，而且康諾每場比賽後都打電話回家，但康諾突然發現，這對父親而言確實是新聞。

「好欸！」父親說：「做得好！」

康諾覺得在老先生面前步步為營太傻，該是面對現實的時候了：他父親的短期記憶之門已經關上，艾德可能不記得幾分鐘前發生的事，只要康諾一離開房間，父親甚至不會記得他已經回家。他不會希望兒子在週五夜還待在他身邊；這會讓他難堪。而康諾不想讓父親難堪，於是上樓梳洗準備出門，家鄉還有好久沒碰面的人。

他仍然留著自己第一瓶古龍水，當年他用得省，只在雙耳後和頸邊各抹一滴。這個氣味隨著他的汗水在舞池揮發，也隨著體溫附著在沙發上。去念大學時，他把這瓶古龍水留在浴室裡，他的浴室檯面儼然是青春期的祭壇，而古龍水就像祭品。

康諾在父母房間的浴室裡找到他的古龍水，而且用得一滴也不剩，情緒從最初的震驚轉為憤怒。一定是艾德在家裡閒晃時順手拿到房子的另一頭。他彷彿能看見父親笨手笨腳地打開蓋子，灑出來的古龍水順著指縫流進洗手槽。在他的想像當中，艾德將古龍水倒在掌心，拍向脖子和胸口，動作一點也不協調，而且偷取了即將在兒子面前展開的未來。他的嗅覺殘存多少？他抹古龍水有什麼用？他一生中的那個階段已經結束了。

康諾拿著古龍水瓶下樓。「是你做的好事嗎？」他把瓶子拿到艾德鼻尖前問道：「是你嗎？本來還有超過半瓶的古龍水。」

「我不知道，」父親顯得很害怕，說：「我不知道。」

這次，康諾的態度沒有軟化。

「我曉得了，」他說：「你不知道。怎麼樣，就是你用掉的。沒錯，這只不過是一瓶古龍水，但是對我來說具有特殊的意義。」

父親睜大了雙眼，前額擠壓皺紋，嘴角往下拉，整個人往後倒在沙發上。「對不起，」艾德說：「我不知道，我不知道，真的對不起。」

康諾有點想說這沒什麼大不了，但不知怎麼地，偏偏就是說不出口。

「聽好了，」他說：「對我的東西你要小心一點，好嗎？無論我留什麼東西在房間裡都一樣，你最好別去動。」

「對不起。」艾德說。

康諾發現自己的決心開始動搖，努力抗拒才沒去安慰父親。艾德對所有東西都一樣粗心對待，認為大家都該去收拾善後，而且你還不能生他的氣，你應該要毫無間斷地為他難過。怎麼樣，忘了這回事吧。康諾是兒子，不是父親，收拾善後還不是他的工作。

他去市中心的朋友家，兩人泡了兩、三間酒吧，到打烊才離開。第二天早上，他搭第一班五點半的列車回家。

母親搖醒他。

「現在你爸爸有他的步調，」她說：「你擾亂了他的作息。他要坐在這張沙發上看電視，起來，去你自己的床上睡覺。」室內昏暗，只有一抹銀色的光線穿過拉門照進來。他聞到咖啡香和爐子上蛋糊的甜味。「上樓去就對了。」她臉上閃過不滿的神色。「你不一定要回家。」

「妳在說什麼？我不是起來了嘛。」

「我必須知道你在家時，我可以期待你的配合方式。」

「我人在這裡，」她說：「妳需要我做什麼？」

「你可以在家陪你爸爸嗎？今天我不想讓他獨自一個人。」

「好啦。」他說。

她在原地站了幾秒鐘，低頭看兒子。

「我能信任你嗎？」

「當然可以。」他說。

「留在家裡看著，要他吃東西，注意別讓他受傷。陪他坐坐，別太晚睡。」

「知道了。」他說。

「他看到你回家很興奮。」她想讓這句話聽起來充滿希望，但語調卻顯得哀傷。「他一天到晚找你。『康諾在哪裡？康諾在哪裡？』」

母親為父親穿上長袖襯衫和寬鬆的長褲，他這身打扮看似要出門上班；儘管如此，當中還是有個破綻：襯衫下襬沒塞進長褲裡，她解開艾德的皮帶，拉高褲襠後重新拉好拉鍊。

康諾穿過廚房。用來打鬆餅糊的大碗是空的，她準備的分量不夠他和父親一起吃。他豎起大拇指往背後一指。「全交給妳了。」他原本可以用更輕柔的語氣說話，但他卻沒有。

母親在樓梯口攔下他。

「你會待在家裡嗎？」她問道：「現在就告訴我。如果不行，我再想別的方法，我不能為了你不負責任的行為而冒險。」

「媽，放心，」他說：「我會照顧他的，去上班吧。」

他來到樓梯上方，聽到母親告訴父親，要幫他把電視打開，父親含糊地回應，接著康諾聽到音量一級級轉大。「如果你有任何需要，」母親拉高嗓門蓋過電視聲響，「康諾在樓上。」就算父親有回應，康諾也沒聽到。「我愛你，」母親說完話停了一下，「你能回應同樣的話嗎，親愛的？」康諾不知道父親是沒回答，或是他說了，只是自己沒聽見，但沒多久，他便聽到車庫門打開的聲音。

康諾認為讓父親自己喝汽水是件重要的大事。父親抓住杯緣，過快地將汽水拉向自己，杯子應聲在地磚上摔碎。康諾用手撿起大塊玻璃，拿掃把和畚斗將小碎片掃進垃圾桶，再抹乾地板，於是他得到了一個結論：你不能讓他自己拿任何飲料喝，他根本得穿戴圍兜。飲料必須端到他嘴邊，用塑膠杯甚至是兒童吸管水杯裝。在你用抹布吸乾潑在他腿上的水時，他只是毫無自衛能力地乖乖坐著；艾德連想都沒想過要揮開你的手，或爭辯要自己擦，光是嘆口氣任人處置而已。他臉上的表情既脆弱又無助，不會爭辯說大家都會犯錯，再加上哀傷、深情又拚命討好人的眼神，看來就像隻受虐的狗。

「不准動，」康諾說：「連一公分都不能動。」但他不知道自己為什麼要這麼講，因為他早已掃淨所有的玻璃碎屑。

父親撥弄著腰帶想解開，上上下下地拉著褲腰，像是想搧風滅火。接著康諾聞到了味道。他想幫父親解開褲子，但父親不肯。

「不，」父親大喊：「不！不要！」

父親低聲嗚咽，把手放在身後，不想讓東西掉下來。在費力掙扎時，部分糞便弄濕了他的褲子，最後康諾想辦法把父親帶進樓上的浴室，艾德身上還穿著衣服，但他總算解開了腰帶，這時父親開始大吼大叫地發起脾氣。康諾解開父親的褲子後隨即停手，沒必要不加思考便匆促行事，他應該先脫鞋子再重新開始。

「你能坐下來嗎？如果可以，坐下來比較好整理。」

「走開！」父親吼叫著：「走開！」

康諾擋到父親背後，讓父親能往後靠在他身上免得直接倒地。艾德一肘撞上兒子的胸膛，像渾身著火似地揮打著四肢，若能轉身面對康諾，艾德可能會一拳打在兒子臉上。

康諾緊緊抓住父親，一再地說：「沒事，沒事。」他必須讓一切緩和下來。

他先護住父親的頭，再從他身後爬出來，接著脫掉艾德的鞋子，拉開褲子拉鍊，再將褲子往下拉。父親緊抓著褲子踢康諾，但康諾仍然成功地將父親的褲子拉下來整件脫掉。沾黏在艾德雙腿的穢物一塊塊掉落在浴缸裡，康諾聽到啪嗒聲之後，明白自己絕對不可能像母親一樣成為護理師。父親呼吸沉重，並以讓人毛骨悚然的火熱眼神瞪著他，似乎想阻止兒子的目光游移在他赤裸的身子上。

康諾把褲子丟在地上，他還沒有足夠的勇氣和內褲奮鬥，於是先解開襯衫的鈕釦。艾德沾了穢物的身體濕滑，不容易扶穩，但康諾仍然將他的襯衫脫掉，父親現在只穿著髒內褲和襪子。

「爸，你別這樣好嗎？可不可以停一分鐘別動？」

「走開！」父親怒斥：「我受夠了！」

「乖乖聽我的話。」康諾沒好氣地說。

「別來煩我！走開！」

脫下父親的內褲時，康諾刻意轉開視線，一方面是因為他不想讓父親感到羞辱，另一方面，則是因為他上次看到父親的生殖器的時間，要回溯到他兒時父子共浴的年代。浴室裡的熱水氣味超過他的忍受範圍，讓他反胃。康諾把雙手當尿布，捧起父親內褲掉落的一塊塊穢物，丟到裝了回收塑膠袋的垃圾桶裡。父親光著身子躺著，康諾必須扶艾德幫他沖洗，但他得先洗淨浴缸，否則父子倆會把整個屋子都踩髒。他的衣服也全都打濕了，於是迅速脫到只剩下內褲。他必須以全副力氣扶父親站起來，到了這個時候，艾德已經不再抗拒，但全身鬆軟，所有重量都放在兒子身上。康諾扶父親站起來以後，立刻拉上浴簾，再次打開水龍頭，將卡在浴缸內壁的穢物沖進排水孔。他抓下架子上的毛巾為父親擦淨雙腿和屁股，問題是無論怎麼擦似乎都沒辦法完全弄乾淨。艾德低著頭，雙肩垂垮，胸口隨著悲淒的嘆息而起伏。康諾看毛巾髒到不能再用便捲起來丟到地上，拿起香皂和另一條毛巾當擦澡布，先擦洗艾德的生殖器，再仔細清洗父親的雙腿和背部。這輩子，他第一次和父親有這麼多的肢體接觸，接著康諾在雙手打上香皂，清洗父親和自己的雙腳，隨後又搓洗雙手，最後才關水。「就快洗好了。」說完話，他拉開浴簾，牽起父親的手，帶他離開充滿蒸氣的浴室。康諾跑到櫥櫃拿出更多毛巾，他第一個想法是拿毛巾圍在自己腰間然後脫掉裡面的濕內褲；但念頭一轉，想到父親赤裸但兒子卻穿著內褲無異是羞辱，於是脫掉自己的內褲，同樣光裸地站著。他拿毛巾擦乾艾德身上的水時，父子倆都沒穿衣服，擦乾後，才在兩人身上各圍上一條毛巾。他在藥櫃裡找出艾德的古龍水，倒了一點在手掌上，再拍向父親的脖子，衝鼻而來的香味，讓他想起父親教他刮鬍子的一幕。「順著鬍子的方向剃才不會刮傷，」當年父親對著鏡子說：「慢慢來，不急。如果可以，同一個位置最好不要刮兩次。」說完話，他彎身讓康諾摸他的雙頰，去感受他冰涼滑順的皮膚。

康諾為父親穿上內衣和T恤，帶他上床，為他蓋上被子。

父親入睡後，康諾才出門買成人尿布。他不懂母親為什麼沒早點想到這麼做，這可以省下大家不少麻煩，也是個簡單的解決方式。他想不出任何不用紙尿布的理由，一個都想不出來。

「他想在離開後，把書桌留給你。」隔天早上，母親在吃早餐時說道。父親這時人在樓上。「其他東西要等我死了以後才能拿。」

「天哪，拜託。」

「你想永遠當小孩嗎？總有一天，你必須聽到這些事。」

康諾知道，那張書桌是艾德成年後與他父親少有的快樂回憶之一，只不過父親現在用不著，成了母親算帳單的桌子。而她可以改拿康諾房裡的小書桌來用；他會去換過來。

那張實木書桌寬約一點五公尺，深度將近一公尺，稱不上是傳家之寶。除了木料刮傷之外，也有椅子碰撞的凹損；桌板由兩側各一組的抽屜櫃支撐。

桌板正面和兩側的邊緣以膠帶貼了許多紙卡，其中一張列著一家三口的出生年月日，另一張則畫著由他祖父母、叔伯姑姨和表親組成的樹狀族譜，上頭標出「愛琳·杜莫帝（妻）和艾德·列爾瑞（自己）的下方是康諾·列爾瑞（兒子）」。一張卡片上的「社會福利號碼」幾個字，似乎是父親為了留下紀錄的隨機組合；書桌裡另一張寫著「籃球充氣針」的紙卡上貼著幾根籃球灌氣針。

康諾趁父親在閱覽室看電視時，將拆解的沉重書桌分次拖到二樓自己的房間。組合完畢後，瞬間湧現的責任感帶給他飽滿的能量。他要在抽屜放滿東西，要處理日後即將面對的重要工作——如果他在桌前坐得夠久，這些任務會依序出現。

他自己的桌子很輕，不必拿下抽屜就能輕鬆搬下樓。康諾把桌子放到原來放父親書桌的位置，桌子上方的牆面掛著父親所有的證書，相較之下，那桌子卻猶如縮小版的家具。康諾把紙卡貼到桌面。

接下來，他只要把父親的椅子搬上樓，再把原來他自己的椅子抬下來就大功告成了。父親的椅子不能轉也沒有滑輪，可後仰的靠背讓慣於深思的人在尋找新點子時，得以舒適地思考。

這張椅子固定在金屬底座上，比他想像來得重；放到樓上，他房裡立刻有種嚴肅的氣氛。他坐上去，動手撕去書桌上的其他紙卡。康諾往後靠，放鬆心情地隨意漫想。

他一定是睡著了，因為他聽到父親的喊叫才醒過來。他連忙下樓，看到父親在書房裡。「我的書桌。」父親的語氣哀怨。

康諾拉拉襯衫下襬。「媽說你想把書桌給我。」

「對。」他淚流滿面地說。「給你。」他指著康諾，戳向他的胸口。「你。」

「我搬到樓上去了。」

「是在我死了以後，」他說：「我死了以後。」

這瞬間，父親這輩子的恩情，一股腦全掉在康諾身上。

那天晚上，聽到母親要他把書桌搬下樓，康諾幾乎要鬆了一口氣。

有那麼一會兒，他好希望父親能忘了這件事，但他也明白，艾德的狀況並非如此。父親會忘記你希望他記住的事，但記得你想要他忘懷的一切。

第二天，他再次坐在自己的小書桌前，想寫封信給潔娜，可惜苦無靈感下筆，最後，他在信紙兩面以各種不同的方式寫滿自己的名字。

這天天氣不錯，他決定帶父親到外頭練習傳球。

他在手提袋中找出棒球手套，當初父親在到處寫標示時，也在這兩只手套上寫了好幾次他們的姓氏。康諾越是仔細看，越覺得這些醒目的字跡，宛如溺水者的呼救。

搬到新家的那年，父親幫他們兩人都買了新手套。當時，康諾覺得父親不修邊幅的樣子有失他的面子，所以在買下手套後，幾乎再也不和父親一起練習傳球。他的手套比較舊，不少地方的皮革都裂了開來。在他放棄棒球轉而練習辯論後，由鍛鍊體能轉向修練智力的決心也幾乎確定了方向，所以在他離家就讀大學時，連想都沒想到要帶走棒球手套。

他拿了一顆網球放在手套凹處，準備帶父親到戶外。來到一樓的樓梯口才將父親的手套交給他。

「我們去練習傳球。」

艾德幾乎抓不穩手套，於是康諾決定放棄手套不用。他讓艾德背對著牆壁站立，自己退開幾步才把球拋到地上，盡可能讓球反彈到父親面前。看艾德沒接，康諾又過去撿起球放在父親的雙手上，父親沒辦法投球，但是可以用最簡單的方法，把球彈到康諾面前。康諾能分辨出父親什麼時候會投球，因為艾德會先握著球，接著才出手。

康諾覺得花那麼多時間陪艾德坐在電視機前面，若不是會瘋掉就是會變傻，因此，他多半會留在房間裡看小說，努力忽略樓下傳來的電視聲響。他還會一再重寫給潔娜的信，這封折磨人心的信越寫越長，而他也越來越清楚自己不可能將信寄出去。到了這個時候，他已經知道這封信是為自己而寫，重點是弄清楚自己出了什麼問題，一開始怎麼會想向她求婚。她是對的：他確實才十九歲。想到自己在上學期大部分的時間的表現既像小孩又像老人，連康諾自己也覺得尷尬。

康諾一聽到父親驚呼便立刻衝下樓，艾德臉朝下地趴倒在廚房，顯然是踢到隆起的地墊絆倒，康諾幫他翻過身，看到父親嘴裡有血，摔斷了一顆門牙。他撿起地上的斷牙，放在中島桌臺上。地上的血太多，康諾擔心父親說不定咬斷一截舌頭，於是強迫他張開嘴檢查，還好只有牙齦和嘴唇受傷，儘管如此，艾德的舌頭下仍然不停地流血，康諾先扶他靠在水槽邊，先要他把血水吐出來，才讓他在桌邊坐下。地上有個打翻的破盤子，艾德跌倒時一定將盤子摔了出去。康諾撿起破盤子和用保鮮膜包著的三明治，一起丟進垃圾桶裡。

隆起的地墊像一連串小山丘，他自己也踢到過幾次。康諾現在想起來了——他怎麼會忘了？——母親早就要他去買雙面膠來固定地墊。

他看到父親吞下血水時，喉結跟著上下跳動，立即用濕毛巾抱著冰塊讓艾德含住；一會兒之後，他才扶他到樓上去換衣服，再帶他下樓。康諾用拖把擦掉地上的血水，把艾德摔斷的一小塊牙齒放進身上的牛仔褲裡，因為他沒辦法扔掉牙齒，但又太難為情，無法把牙齒放在桌臺上。收拾好後，他和父親一起坐在沙發上等母親回家，看她要拿他們父子倆怎麼辦。

康諾聽到車庫門打開又關上，母親提著幾個購物袋走上來。她把袋子交給康諾，甩下肩包放在中島桌臺上，要康諾去收拾東西。

「把雞肉留在外面，」她說：「我等一下要煮。」

愛琳朝艾德喊聲「嗨」，拿杯子裝滿水。康諾認真地拿出購物袋裡的東西，努力不去看母親。直到收拾完畢，再也沒有東西要整理，康諾才轉過頭，正好看到母親慢慢地喝下第二杯水，模樣像極了在喝藥。她透過手上的杯子看著兒子。

「我可能要請你去店裡買大蒜，」她說：「我漏了買。」

「好。」

「我一定要關電視，我連自己說話的聲音都聽不到。艾德！」她第二次喊道：「我回來了。」

愛琳把杯子放進水槽，腳步浮動地有些怪。

「媽，等等。」

「什麼事？」

「剛剛有點事，爸爸受傷了。」

她朝丈夫走過去。「什麼事？」她聲音裡有種出人意料的驚慌。「出了什麼事？」

她拿走遙控器，把電視音量關小。

「出了什麼事？」她又問了一次，康諾很可能是第一次聽到她如此警覺的語氣。「你到底要不要告訴我？」

父親像座雕像般坐著，目光越過她，落在閃爍但無聲的螢幕上。

「他跌倒了，我不在這裡。他重重地摔在地磚上。」

「讓我看看，艾德。他哪裡受傷？」

「他整個人趴倒，下巴劃傷，並且撞斷了一顆牙。」

「嘴巴打開讓我看看，艾德。」

父親面無表情，木然地坐著。

「嘴巴張開！」她尖銳的聲音帶著絕望。愛琳轉頭問康諾：「究竟有多糟？」

「他流了很多血。」

「嘴巴張開！」說完話，她坐在沙發上，用手去扳開艾德的嘴唇，艾德緊咬著牙，但康諾看得到牙齒掉落後的空洞。母親沒有轉頭對他吼叫，而是理順艾德的頭髮，親吻他的臉頰。

「喔，艾德，」她壓低聲音說：「我們要拿你怎麼辦才好？」

「什麼都不必，」父親終於說話了，「不要管我就好。」

他的視線本來一直沒離開電視，但這時瞥了康諾一眼。這一眼當中有尷尬，同時也帶著反抗。

康諾打個手勢，要母親到廚房去，愛琳沒直接跟上去。康諾離門口遠遠地等她，因為他不想讓艾德看到，他覺得羞愧。

電視的音量恢復了，一會兒之後，母親走了進來。

「什麼事？」

「我不認為自己能勝任。」康諾的雙手往後靠在桌臺邊緣。

「勝任什麼事？」

「照顧爸爸這件事。我不曉得。」

「究竟出了什麼事？」

他低下頭。「他跌倒，就是這樣。」

「嗯，你多注意他就好。」

「我要說的就是這個，我不認為我辦得到。我本來以為沒問題，但我做不到。這對我來說太難，壓力太大。」

「我十歲就在做同樣的照顧的事了。」

「但我不是妳，」他說：「這就是我們現在的問題。」

「真是好極了。」她說。她揮手要他挪開，拿出放在下面櫥櫃裡的砧板。

「這事快把我搞瘋了。」他說。

「那你覺得這對我有什麼影響？」

「妳還是去上班。」

「我哪裡都去不了，」她說：「我的心思一整天惦念著家裡。」

「對不起，我不想讓妳失望。」

她切穿包著雞肉的塑膠膜。「別擔心我會不會失望，你該擔心的是把我丟在困境裡。我需要人幫忙，該死！」

「我可以去找工作，賺錢回家，妳可以付錢找看護。」

「你的錢自己留著吧，」她說：「接下來你會需要付錢找心理諮商師。」

「這樣說未免太冷酷。」

「我本來以為你回家——」她的刀尖指著康諾「——對他，對你都好，如果不是這樣，就算是我做錯了。」

「我真希望我辦得到。」他說。

「你可以的，」她說：「只是你自己不知道。」她本來要剁雞肉，但這時又放下刀子。「來，」她說：「這交給你，你覺得你可以嗎?還是你也要我找別人來剁雞肉?」

他能夠感覺到自己臉上的血色盡失，而母親似乎也發現了。「把雞胸肉切成薄片。」她的語氣柔和了一點。她走過去拿出冰箱裡的花椰菜。「切完雞肉再切這些，同樣切小塊。我的腳好痛。」接著她走回起居室。康諾切好雞肉，洗過花椰菜後便到門口探頭看在起居室裡的愛琳。母親把雙腳收到椅子上，一手拉著旁邊的紗簾，另一手揉腳。她看著外面的馬路，沒發現兒子正看著她。康諾小時候，母親會要他幫她按摩，康諾總是邊揉邊抱怨，因為她上班一整天，雙腳濕黏又有腳臭。這幾年來，她的雙腳痛得更厲害，腳底更硬，裂痕也更深了一些，但是他想毫無怨言地為她按摩她的雙腳，卻想不出該怎麼把這個念頭告訴她，只好靜靜地站著觀看。她像是在看什麼東西，他不記得上次看過愛琳坐在沙發上是多久以前的事了，但在一家人剛搬進來時，她經常坐在那裡。

他回到廚房用力地切花椰菜，因為他記得母親說過，她聽到刀子剁在砧板上的聲音便覺得滿足。切完花椰菜，他繼續空剁了一會兒，而且保持穩定的節奏，讓聲音聽起來像是真的在切菜，隨後他又回到起居室。愛琳不再按摩腳也沒繼續望著窗外，但仍然坐在沙發上，看到兒子過來，她十分疲倦地看了他一眼。

「怎麼了?」

「我能幫忙嗎?」

「花椰菜切好了?」他點點頭。愛琳輕嘆一口氣。「我會進去煮，把東西留著就好。」

「我可以幫妳按腳嗎?」

「我的腳？」

「想要我幫妳按摩嗎？」

她的表情略顯扭曲，像是在盤算該怎麼出口諷刺，接著她似乎考慮了一下。「你是心甘情願地要幫我按腳？」她懷疑地說。

他想起父親缺了牙的嘴，和舌頭下的大量血水。

他好幾年沒碰到母親的腳了，而且還半帶著期望，希望自己不必再去碰。

「對。」他說。

愛琳揚起眉毛。「那就太好了。」她說。

他往沙發上一坐，和從前一樣握起母親的一隻腳放在自己的腿上。母子倆坐得這麼近，讓他差點因為尷尬而反胃。他試探性地按摩她的腳跟，熟悉的濕黏感、關節上的毛髮、裂開的水泡和骯髒的指甲，一切依舊。

「你爸爸還好嗎？」她問道。

「很好，一直在看電視。」

她似乎放鬆了下來，還把頭靠在枕頭上。他專心地按摩，雙手施予恰當的力道，不知道為什麼，他一向善於按摩，而且練習的次數也不少。往常父親通常在書房裡忙，母親看到他就會放下報紙，問他是否可以幫她按腳。以前愛琳常說自己上班時沒空坐下，這個說詞像是撒嬌；也只有在這種時候，她才會在他身邊有這種表現。比起過去，康諾現在看到更多母親這項說法的證據；爆凸的青筋、僵硬的肌肉、雞眼和拇趾囊腫、硬繭和裂痕，都在傾訴她職業生涯的歷史。她穿的都是好鞋，但這些鞋子包覆著一個過勞者生命中無限蔓延的帳目，一旦脫下鞋，所有真相都藏不住。

他找到穴道，努力釋放出疼痛；愛琳如釋重負地輕喊著。稍晚，當愛琳想起兒子如何辜負她時，一定又會感到失望；但現在她一心想的可能是希望他不要停下來；如今，他的雙手更有力了。小時候他會吵著不想按，而她會哄他繼續幫忙，即使在他說自己累了之後仍不讓步，現在他沒那麼容易累，康諾要讓母親決定什麼時候停止。閱覽室裡的電視音量仍然震天價響。他抬起母親另一隻腳，好讓自己坐在中間。康諾想起口袋裡的牙齒。這次很可能是她生命中最後一次讓他按腳，因為讓母子倆再如此相聚的機會難求，他主動朝母親伸出雙手的能力有限；若是女朋友就容易多了，他經常向歷任女友提議可幫忙按腳，也對她們獻上真摯的心意，期待有朝一日，情意能深植在對方心裡，說不定還能得到回報，然而就算沒有回報他仍舊會付出，而且給得更多，因為每個人內心都有需要宣洩的感情。

75

她不可能仰賴兒子，但也不願意再找一名居家護士。時候到了，她該要用另一種方式來處理問題。真相是她像是上了手銬般，和艾德分不開，只要是下班時間，她無論做什麼都要帶著艾德。她需要的是一個能在家裡待得更久，而且更能機動配合的人，這個人能讓她擁有多一些自己的時間，而且能輕輕鬆鬆地在艾德跌倒時，扶他站起來，說不定這個人還能幫忙打理家務。也許打從一開始，她家需要的就是一個男人。

如果要找個全職人手到家裡，就得先找到錢。自從她和艾德買下房子以後，銀行貸款利率大幅下降，愛琳決定好好利用這個機會。她增貸的金額，讓貸款利率由原來的百分之十點三降到百分之八出頭，而她每個月只要增加一點工作就足以應付。

她在醫院裡到處試探也貼了海報，但沒有任何實質回音。她手下一名護士娜蒂雅．卡普夫說她的哥哥塞爾吉很可靠也夠強壯，根據娜蒂雅的說法：對於在晚上開計程車而言，他體格太強壯。顯然塞爾吉沒有任何護理經驗而且年屆五十，但是娜蒂雅覺得他能夠勝任，加上他既有耐心又冷靜。塞爾吉自己沒有車，住在布萊頓海灘，搭A線再轉程北線通勤列車，車程遙遠，但是他不介意。愛琳知道，週薪九百美金會是豐厚的生活變動，這個金額只比艾德的撫卹金和社會福利稅後總和少一點點。娜蒂雅說，塞爾吉很可能會爭取機會，到威徹斯特度過每週的部分時間，這正好也可以讓他遠離她的嫂嫂。「她是俄國人。」娜蒂雅眉毛一揚，一語帶過；而愛琳則是點頭回應，好像真知道俄國妻子有多恐怖。

「今天有客人來家裡。」在娜蒂雅帶塞爾吉來面試的不久前，愛琳才告訴艾德。「我一個同事會帶她哥哥塞爾吉過來，我想，你應該會喜歡他。他很想和你碰面，他在這一帶的朋友不多。這對兄妹是從俄國來的，所以我要麻煩你讓他度過愉快的時光。」結果艾德聽她說了這些話，反而硬是坐在廚房桌旁不肯動。她想要丈夫到閱覽室免得礙事，以便她先給塞爾吉一些時間，參觀並認識這個地方，等塞爾吉看到列爾瑞家是多麼舒適，她為人有多好之後，再帶他去見艾德。可惜艾德就是不肯讓步，這下，愛琳幾乎可以預料接下來會發生什麼事了——塞爾吉在家裡待的時間不超過一分鐘，艾德緊張害怕地扭擰雙手又哭又鬧，塞爾吉臉色一變，做出決定：眼前的景象這太離譜、太怪、太不自在了，他寧可找其他工作；很高興和你們夫婦見面。大家隨即禮貌道再見，家裡又只剩下她和艾德兩個人，而康諾在搭飛機返校前，像個鬼魂似地來來去去。

她拿著一盤起司和餅乾，試圖將艾德引誘進視聽室，但他只顧坐在廚房的桌邊喃喃抱怨，愛琳朝他招手，拍拍她身邊的靠枕。他一定是有某種預感，知道她計畫出賣他。

最後愛琳關掉電視，到廚房裡陪艾德坐。她像要賣房子似地擺了些乾燥香花，其實就某個層面來說，這個說法也沒錯。她知道俄國人很愛讀書，說不定塞爾吉會迷上艾德那堆書，說不定這些書會燃起他學習英文的熱情，讓他讀遍一排又一排的書。

她倒了杯酒，拿起報紙閱讀，同一個段落卻一讀再讀。此時聽到門鈴聲響起，她立刻從椅子上跳下來，連忙為艾德整理好他翹起的領口。她看到玻璃窗外的娜蒂雅露出大大的笑容，她身強力壯的哥哥則跟在後面。塞爾吉跨過門檻時摘下了便帽，壯碩的體格占滿整個空間。他先和愛琳握手，接著走過去和艾德握手。他的頭頂禿了一塊，旁邊是一圈灰色的短髮，但除了這一點，塞爾吉是男子氣概的化身，他氣色紅潤，體毛從襯衫領口下方冒了出來，就算是穿著牛仔褲和皮夾克，仍然表現出得體的禮儀。塞爾吉個子比艾德矮，但身子比樹幹還粗。

「你們家好漂亮！」娜蒂雅驚嘆道：「這一帶好美！你說是不是，塞爾吉？」

他點頭表示同意。愛琳請這對兄妹坐下，然後把他們的外套拿到視聽室去放。她出來時，娜蒂雅已經坐在艾德身邊，塞爾吉則坐在兩人對面。雖然愛琳交代過娜蒂雅，要她表現出尋常拜訪的樣子，但她仍然以敏銳的眼光看著艾德，最讓愛琳放心的是塞爾吉鎮定的態度。他臉上同樣有熱切的表情，但他往後靠向椅背，刻意留下空間給艾德，看他的舉止，應該是明白艾德正在經歷怎麼樣的過程。這個男人的雙手讓愛琳想起自己父親的手，她能夠想像這雙手緊緊抓住卡車上的啤酒桶，用大金屬鉤固定桶箍，再慢慢垂吊到地窖裡，她似乎看得見塞爾吉將金屬龍頭接到桶身，沒有弄倒桶子，也沒有讓裡頭的氣體外洩。

她讓艾德和娜蒂雅留在屋內，自己帶塞爾吉繞一圈參觀屋子。兩人走進客房時，愛琳聽到塞爾吉腳下的木板嘎吱作響，有那麼一會兒，她覺得塞爾吉可能會踩穿地板跌下去，怕這房子沒辦法承受他的重量。

凌晨三點，艾德怒罵著醒過來。愛琳試著揉他的頭，但他拍開她的手，咬著牙咒罵，接著她才發覺床單濕了。他可能把一肚子尿全尿在床上，她一向謹慎，會讓他在上床前先上廁所，但她這次也許忘了。這並不是第一次，她已經習以為常，不但自己能繼續睡到天亮，也不覺得讓他睡在略濕的床單上有何不妥。但這回整張床單完全濕透。

過去幾天，她實驗性地讓他在睡前穿上紙尿布。他抱怨腰上的束帶不舒服，而且只要人一動就會發出刺耳的聲響，但她明白真正的問題是，丈夫覺得穿紙尿布是一件令人羞辱的事。一天晚上他脫掉紙尿布，結果還是尿床，從此以後，她便放棄要他穿戴紙尿布的念頭。

艾德激動到連連抱怨，下床開始漫無目的地亂走，為了某種沒有人知曉的理由而不肯妥協。她來回地奔走，一邊換上乾淨的床單，一邊要他別靠近樓梯免得跌下去。換好床單後，她拉下他的T恤，但他不肯讓她換內褲，愛琳累到不想和他爭執，於是讓他穿著濕內褲回到乾淨的床上；接下來的時間她沒睡，雙手一直忙著，想知道他的內褲究竟乾了沒有。

她上上下下、徹底打掃過房子，準備迎接塞爾吉的到來。有個陌生男人來到家裡，愛琳也覺得緊張。這天是週日，也就是塞爾吉每週工作的第一天。她從來沒喜歡過週日傍晚，這個時間，總會讓她想起初中年代而心生恐懼。

在塞爾吉將到家裡工作的前幾天，她刻意若無其事地把這個名字掛在嘴上，希望透過這個暗示，在艾德的腦海裡留下印象，覺得這個人進入他們的生命是自然的事。她覺得，在艾德從前進行實驗，以對生命無害的極少量純古柯鹼來調整白老鼠的狀況時，一定也有相同的感覺。「塞爾吉會到家裡來幫助我們。」她說：「塞爾吉會幫我們處理一些事。」「塞爾吉週日會過來。」「塞爾吉可能會在家裡住一個星期。」

當天早上，兩人短暫望了幾分鐘彌撒後，她帶艾德在市中心散步了兩小時。他若是累了，表現會比較好，儘管如此，在她聽到門鈴聲去開門讓塞爾吉進來時，艾德還是一再說：「不，不要！」最後他根本不是在說話，而是拉高嗓門像嬰兒般地哭嚎。

「這位先生是來幫忙的，」她說：「你能聽我說話嗎？」他的臉脹成了紫色。「這位先生不是因為你才來的，懂嗎?他來家裡，我才不會因為自己不在家而擔心你，他是為了我才來的。」

艾德慢慢安靜下來，臉色也逐漸恢復自然，似乎又能呼吸了。

她半夜醒過來，看到艾德半趴在她身上，想努力做些什麼事。她不確定他是否知道自己在做什麼，也不確定丈夫是否真的清醒。她讓他躺下，先安撫他劇烈的心跳，接著才來到他的上方做愛，這次經驗不太自在又有些讓人心碎，但她體內的血液仍然急速流動，而且比她聽聞好些朋友幾年來的體驗更熾熱。

塞爾吉會等到她週五下班回家才離開。愛琳本來大可付他低於九百美金的週薪，但是她想藉由薪水來傳達這份工作的重要性；何況她要求這個男人離開家和妻子——儘管娜蒂雅說他很樂意。

塞爾吉的最主要工作，是幫艾德備餐和陪伴他。週五晚上是尷尬的時刻，關係本質的轉移無法避免，她拿出一疊五十美金的鈔票對摺，避開他的視線再遞給他。有幾個週五傍晚，他會陪艾德看完電視才離開；其他幾次則是在門口等她回來。儘管要離開，他看來仍然樂於聊天，他的話不多，原因是英文的掌握能力欠佳。就這個層面而言，他和艾德倒成了一對寶，她想像這兩個男人像原始人一樣咕噥對話，這不是世上最惡劣的想法。如果事情在她面前發生，她可能也得假裝沒看到，但並不表示她不能偷偷引以為樂。

76

母親十分納悶，不懂他為何仍然待在家裡，為什麼沒回學校去。其實康諾覺得當個「魯蛇」（失敗者）也無妨，但若要把自己視為反社會份子就渾身不對勁，他沒辦法就此轉身離開，斷然地背棄家人。他希望自己是個更好的人，於是覺得應該留下來，他給母親的說法是，他在能力許可範圍內會幫忙，但是不會是照顧父親的主要幫手；愛琳則是要他省了這個麻煩。最後，他只好表示自己之所以要留在家裡，是因為不想回芝加哥過暑假。

一天，在用早餐時，他告訴母親，打算去探望從前的老師寇索先生。

「很好。」她的語氣平淡，畢竟兒子已做了決定，多說無益。

「我想請他指導我一些方向，說不定他能幫我理清一些事。」

「去找老師不是為了那種事，」她拿下無動於衷的面具，「那種事要找你父親談，他還是你爸爸。」

「我不知道該怎麼和他討論，也不知道該怎麼對他解釋其中的問題。」

「那你打算和老師說什麼？」

「寇索先生曉得該怎麼快速思辯。」

「沒有人的頭腦比你爸爸更清晰。」

「拜託，媽，爸爸已經不是從前的他了。」

「這種事，你還是該去找你爸爸。我才不在乎寇索先生有多了不起，他難道是所羅門王？是古羅馬帝國最偉大的奧里略皇帝？如果不是，那就去找你爸爸談，他還和我們在一起。」

他們坐在寇索先生放滿獎座的辦公室裡，四周還有許多從前球隊以及寇索先生和他傑出學生的合照，其中有一個成了名律師，另一個是好萊塢重量級製作人。康諾不確定自己為何而來，是為了尋求老師的支持、指導，或是只想在這個男人身邊待一會兒。康諾記得，學生時代，他曾經在寇索先生的辦公室裡見到幾位從前的學生，他們畢業幾十年後還會回來的理由不難瞭解。寇索先生這樣的男人，可以在微風岬避暑小屋煎出完美的牛排，也能在喝了十輪酒以後，照樣細數杜思妥也夫斯基為何完勝托爾斯泰；倘若生命對寇索先生而言是一場競賽，那麼他似乎能把每個人都拉到身邊，加入他的隊伍。

「我還是沒辦法相信，有這樣的手臂，你竟然會放棄棒球，」寇索先生往後靠向皮椅的椅背，雙手交握枕在腦後，說：「然後再加入說服你去送死的軍隊的提議之中。」

康諾上了高二，在棒球季開始前決定轉戰辯論，寇索先生到那個時候仍然需要他。寇索先生愛為理念爭論的程度，不亞於康諾的辯論教練柯托斯基先生，但他下了課會去協助大學球隊的教練，坐在板凳上，邊啃葵花子邊擬定戰略。他和柯托斯基先生之間有種友善的競爭，後者在歷屆畢業生身上蓋上的正字戳印，是無比精準的清晰咬字，而前者說起話來含糊不清，最愛在高一的演講課上找人才，這兩個人似乎分站在世界的兩邊。

「我主修英文，」康諾說：「我想向你道謝，這個選擇和你有很大的關係。」

寇索先生笑了出來。他坐在椅子上前後搖晃，整個人的重量壓得彈簧嘎吱作響。「二十年後看到銀行存摺時，別回來找我哭窮。」

他往前坐，交握的雙手放到辦公桌前端。康諾可以清楚地看到老師手上脫皮後留下的粉紅色痕跡。他熱切的眼神中充滿探究精神，眼睛上方是一對弧度柔和的眉毛，歷經滄桑又布滿凹痕的臉孔，增添了他的嚴肅與強悍。康諾高二那年退出棒球隊，之後一直很怕遇到寇索先生，但到了高三卻選修了寇索先生的當代文學，讀了整整一學期《尤里西斯》（*Ulysses*）、《押沙龍，押沙龍》（*Absalom, Absalom*）和《喧嘩與騷動》（*The Sound and the Fury*）以後，康諾記得最清楚的是，寇索先生帶進課堂的父性睿智。有一次，在解釋市場供需對定價造成的衝擊時，他要學生想像當他們朝賣熱狗的小販走過去時，發現推車上只剩一條熱狗，而天又開始下雨。「你們認為他會賣多少錢？」康諾記得他這麼問：「你們以為物價會刻在從天上掉下來的板子上？」

「你暑假在哪裡打工？」

「我回來幫忙照顧我爸爸，」康諾緊張地說：「但是我覺得自己不適合擔任看護，你懂吧？」

寇索先生靜靜地端詳他，一會兒後才說：「你怎麼會覺得自己可以像這樣隨便棄守？」

「我媽媽會找人來，」康諾還是很緊張：「這對大家都好。」

「你的家人都是好人，」寇索先生的語氣中有些不快，「但你還完全不知道這件事對人生的意義，對吧？」

康諾別開頭，兩人之間又陷入一陣沉默。

「和你一起辯論的那些傢伙，他們暑假有沒有去打工？」

「應該說是有薪水可領的實習，」康諾說：「都是些頂尖的公司。」

「你想找工作嗎？」

康諾心想，在此刻之前他雖然還不清楚，但那八成就是他來坐在寇索先生面前的原因。「對，」他點點頭說：「我需要找工作。」

「你能做**真正**的工作嗎？」

寇索先生掄指輕敲桌面，他的指尖粗大，指甲修得很整齊。兩人又都沒說話，這時，康諾坐在開著冷氣的辦公室裡，覺得手臂和短褲下雙腿的汗毛全豎了起來。

「當然可以。」

「公園大道上一棟大樓的管理委員打過電話來，說要提供我們畢業生暑期打工的機會，比方說看門、搬東西之類的雜役。」

他翻動桌上一疊資料，從裡頭抽出一張紙，看樣子似乎一直知道這張紙的位置。

「管理員有兒子是吧？」康諾問道。

寇索先生輕聲笑著說：「那可憐的孩子才十歲。這陣子，大家的申請程序都提早了。」

聽到這個工作，康諾想掩飾他的尷尬。「你要我去告訴他，說這裡的入學資格是不能買賣的？」

「最好還是當作祕密。」寇索先生將文件摺了三摺，態度正式地遞給康諾。「如果你表現得好，我們應該可以把這個工作當作傳統，呃，至少可以維持五個暑假吧？如果那個孩子進入我們學校，說不定還能繼續更久。為了紀念你斷送的運動員生涯，我們就稱之為『康諾．列爾瑞獎學金』吧。」

77

康諾的駐點位置在地下室，就在四部貨梯旁邊，他必須在這裡等鈴響，看哪個命運之燈會亮。門一關之後，他可能要衝到對應的樓層護送老奶奶到洗衣間，或是帶屋主去他們儲藏室檢視小小的寶藏。

地下室除了他，還有幾位阿爾巴尼亞人，他們應該是就讀高中的年齡或稍長一些，但都沒有就學。從他們和馬庫先生說話時充滿活力的模樣，康諾看出這些年輕人野心勃勃，想要高升到大廳工作。這當中有些人舉止粗鄙；有些人是最近才過來的移民——連英文都說不好。他知道自己升遷的機會比任何其他人都好，但他得先修剪亂髮，刮掉參差不齊的山羊鬍；但是他不在乎，他只是個過客，而且他相信馬庫先生看過他一眼之後，一定也知道他的想法。

這次按鈴叫他的，是一名打工換宿的漂亮女孩。女孩把雇主家的床單放進烘乾機，康諾幻想著自己也跟著走進去，然後引誘她，接著把電梯停在兩層樓之間，在裡面做愛。送她回樓上後，他站在樓梯轉彎平臺上想像門裡的臥室；回到地下室，又坐在椅子上想她，最後不得不站起來走進更衣室裡的廁所。薩迪克用力敲門打斷他時，他還沒完事。

康諾把垃圾桶拿進電梯，再到頂樓去收垃圾，把住戶的垃圾都倒進大樓的桶子裡。在十二樓，年高德劭的布瑞費爾曼太太拉開門，從裝滿可樂的迷你冰箱裡拿出一瓶遞給他。她到現在還活著的唯一目的，似乎是分送小禮物給雜役。看到她破舊髒亂的住處讓他覺得困窘，裡頭放著老舊的廢棄家具，壁紙斑駁脫落，完全沒有他在其他公寓裡看到的雅致裝潢，例如如同和湖上碼頭一樣寬大的廚房中島石板桌臺。她有孩子，但他們從不來探望母親。金錢不是尊嚴的保證。

他來到十樓，住B號公寓的卡德叩先生正好拉開門，把垃圾袋丟進大垃圾桶，一看到他嚇了一跳，連忙走開。康諾覺得自己像是聚光燈下的偷窺者，他有這種感覺並非毫無原由，即便是最自豪的雜役小弟，也偶爾會做出前一天康諾所做的事：把垃圾收到地下室後，他翻看了垃圾和回收紙，他並不是想看有什麼值得回收的東西，而是要找這些公寓持有人手上揮舞權勢的證據，例如銀行對帳單、工作備忘錄、讓人目瞪口呆的各種帳單，和他們生命中所有讓人驚嘆的細節。

整棟大樓到了下午，便會進入午餐後的小憩狀態，貨梯旁有道粉刷過的磚牆，他可以靠著牆讀《看不見的人》。書中讓他揮之不去的片段，不是獨營電燈電力公司精心謀策的計畫，而是一段段微弱螢光燈閃閃爍爍的走廊。他閱讀時唯一的光源是貨梯內光禿禿的日光燈管。他直接把椅子放在貨梯裡坐了幾分鐘，但一聽到走廊傳來腳步聲便心慌。

正式地說，他在工作時不能閱讀，但他想讀時，若閱讀方式不舒適，也尚可容忍，於是他在電梯口站好幾個小時讀書，一聽到有人來立刻收起書本。只要馬庫先生經過——那天他心情不錯，裝腔作勢地吹著口哨宣布自己到來——康諾就凝視著樓層按鈕面板，像極了實驗室裡等待外界刺激的猴子，儘管如此，有次他的動作仍然不夠快，馬庫先生沒有下達指令也沒有發問，彷彿未卜先知地交代康諾一項雜務。「你一會兒去外面把附近掃一掃，」他說：「然後去店裡幫我買包萬寶路淡菸和一手海尼根。」（馬庫先生第一次要他去買啤酒時，康諾說自己還不足齡，馬庫先生的回答一字不差地說：「看這身打扮，沒有人會問你年齡。」）「回來以後，你再去打掃防火梯。」從來沒有人會用防火梯，但康諾當週已經擦過三次了。大樓的防火梯有四座，每座有十六段階梯，而且永遠一塵不染。

78

那天晚上出奇溫暖。她下車後，聞到自己種下的玫瑰飄散出麝香般的芬芳。塞爾吉站在她家後門，在星光閃爍的清朗夜空下抽菸。她向他打個招呼，覺得不太自在，她不確定是否該邀他進屋，因為他抽完菸後自己就能進去，這幾乎像是他在等她回家。

愛琳上樓去，一會兒之後，聽到傳來的塞爾吉短促壓抑的咳嗽聲，她曉得他進屋來了。她和丈夫躺在床上時聽到另一個男人在家，確實讓人不自在。自從塞爾吉來了以後，她終於能夠一覺睡到天明，就算艾德半夜醒來發脾氣，她也不必擔心，只要躺在床上睡覺，讓他在屋子裡走動就好。

愛琳聽到塞爾吉上樓的腳步聲。她躺在床上，從他房裡傳來電視的聲響，壓低的音量，有人聲也有罐頭笑聲，偶爾還有他自己模糊的笑聲。

塞爾吉關門後，在房裡的動靜是個謎。她曾經趁他不在家時進去看過，發現裡頭的物品比她第一次帶他參觀房間時多，增加了電視、收音機、扶手椅和茶几；此外，房裡還有一小疊俄國書的英譯本、一本俄英字典、一瓶鬍後水，以及他裝家當用的手提箱，當然了，房間裡還有一張床。

她感到有一波不受歡迎的慾望從她的身體深處緩緩湧了上來。她躺在床上，試圖忽略這股顫動，然而慾望徹底占領了她的注意力，讓她連指尖都發麻；房裡的熱度越來越令人難受，床單也不再柔軟，甚至還會擦磨她的皮膚。愛琳明知不該如此，儘管這感覺像背叛，而且艾德就睡在旁邊，她仍然開始碰觸、撫慰自己，她好幾年沒這麼做了，一直到她聽到自己不自覺地發出近乎悲切的輕喊時才停手。事後，她躺著急促換氣，感到不夠滿足的小缺憾，她又試了第二次，仍然沒有結果。

79

康諾沒聽到馬庫先生走近，當他的視線離開書本往上看，赫然發現馬庫先生就在眼前，連驚呼聲都卡在喉嚨間。

「到我辦公室來。」馬庫先生說。康諾站起來跟上去。「先把那些報紙捆好。」

康諾走進辦公室時，馬庫先生正凝視著與牆同寬的水族箱。

「你花很多時間看書。」他說。

康諾緊張地點點頭。

「你聽說過卡謬的《墮落》吧。」

他懷疑這是陷阱。馬庫先生通常在值班即將結束時才投擲炸彈，那種時候，你通常沒有太多時間反應。康諾有次在週六值七點到三點的班時遲到，下場是遭到馬庫先生冷面對待。他本來以為馬庫先生從來不睡覺，還在大樓的每個出入口都設置監視錄影機，最後才知道是薩迪克打小報告。那些人一有機會就擴張自己的勢力。

「我知道那本書，」他說：「可是還沒看過。」

馬庫先生過去在為了承擔家計而休學之前，在愛納大學就讀，對此他深深引以為傲，而且不只一次提起他本來打算主修英文。

「那是個有關地獄的寓言故事，」馬庫先生說：「書裡的酒保是個惡魔。」他揮揮手。「深入閱讀後，才會覺得內容太沉重。」他從菸盒裡拍出一根菸，在沒有窗戶的辦公室裡點來抽。「你週三早上六點四十五分進來。」他遞給康諾一疊摺好的衣服。「穿上門房制服，還有，你要把鬍子剃乾淨。」

80

貝瑟妮倒車駛出車道時，愛琳看到康諾沿著坡地往上走。大多數的夜裡，他不過半夜是不會回家的，有時候甚至值班到隔天太陽升起。愛琳搖下車窗。

「冰箱裡有雞肉。」她以為兒子會揮手打招呼，繼續往前走，沒想到他停下了腳步。

「妳要去哪裡？」

她轉頭看了貝瑟妮一眼，後者握住愛琳的手，鼓勵地輕捏一下。

「我出去一下，」她說：「還有馬鈴薯，放一個進微波爐吧。」

愛琳回到家，看到塞爾吉在廚房裡啜著看似咖啡的飲料等著她，據她猜測，飲料裡很可能加了伏特加。

「今天工作很辛苦。」他說。

「都沒事吧？」

「連在俄國，我都沒做得這麼累。」

「怎麼了？出了什麼事？」

「多說沒有用。」

「艾德還好嗎？」

「他睡了。」

「那就好。」她說。

「我不介意辛苦工作，」他說：「可是他讓人真的很累。」

說完話，他吹了聲口哨，代表某種程度上的專業尊重。她感同身受地點點頭。

「他拿大便塗浴室的牆壁，」他說：「我弄乾淨了，連磁磚縫都洗得乾乾淨淨。」

「謝謝你，」她說：「真抱歉。」

「我可以……？」他拿出香菸，在愛琳回應前已經含在嘴裡，而且心不在焉地點著打火機。

「我們到外面去。」她說。

兩人站在露臺上，他點起了香菸。她不知道該說什麼，只好保持緘默。他一口接一口地抽菸，盯著她看，煙霧後面的雙眼閃爍熾熱，他的身材健壯結實，除了髮量漸疏的頭頂外，頭髮仍然濃密。塞爾吉雖然站在露臺中央，但看起來占據了更大的空間。

「要來一支嗎？」他伸長手，拿著菸盒問道。

「不了，謝謝，我不抽菸。」

「試試看，」他說：「偶爾來一支，可以讓妳好好放鬆。」

她從來沒抽過菸。除了她對此種近乎食古不化、死心塌地又毫無來由地認定，覺得抽菸是自願走向罹癌之路的念頭之外，她也一向認為香菸不但有害健康，而且又髒又臭——唯一例外的，是她高中時期愛上一個會抽菸的男孩，中毒似地迷戀上他身上古龍水、汗水和口中的滋味，以及在他抽過菸後，親吻帶給她的急切心跳，然而，目睹了母親的菸槍人以後，愛琳對香菸永遠不可能有好印象。她只要看到塞滿菸蒂的菸灰缸就反胃，還會想像有人強迫她吃下一個個菸蒂，或被菸灰嗆得不能呼吸。

「好吧。」她說，然後接下他遞過來的菸。心想，有時候生命就是如此，幾年來一切都那麼理所當然，接著一眨眼，幾乎還來不及思考，事情就變了調，就像所有隱藏在表象下的壓力，突然找到了決定性的活門，一股腦地洩了出來。她伸手要來打火機，但他卻拿下自己口中的香菸，用末端的火點燃她的菸再遞過來。

「妳得用正確的方式點菸。」他說。

她一連吸了好幾口。塞爾吉要她深深吸氣，她照著做，還盯著他尋求認可；他面帶微笑，覺得有趣。她先是肺部充滿熱氣，接著大聲咳出來。

「不可以笑我。」她說。

「大家都是這樣。」他說。

「大家指的通常是十來歲的小毛頭，」她說：「不是五十四歲的女人。」

「我就會嗆到，」他接著說：「妳才沒有五十四。」

「偏就是。」

「妳可能五十四歲——」他比劃著她看不懂的手勢，愛琳猜想這對俄國人應該比較有意義。「——但妳不是。」

她臉紅了。「我覺得我抽夠了。」說完，她把菸丟到地上踩熄。那支菸幾乎原封不動，尷尬之下，愛琳把菸往後踢向屋子。

「妳工作很辛苦，」塞爾吉仍然繼續抽菸，「我太太三十年來都沒工作。」

「謝謝你。」她傻傻地說。和塞爾吉說話讓她不自在。一開始她以為是自己的語言障礙，但現在她開始另有想法了，家裡住個男人的奇特感覺當中，似乎有某種根植的張力。

「我過了六十歲，就不想工作了。」他抽完菸，也把菸蒂踩熄。兩個人走回屋裡，塞爾吉坐在桌旁看報紙，愛琳動手收拾碗盤。

她沒聽到他下樓，而且他進來時愛琳正好背對著他，但錯不了，艾德走了進來，因為她的胃緊張焦慮地抽搐。愛琳聽到丈夫努力要說話時發出的單音節聲響，這個聲音像是小鳥的求救訊號。

塞爾吉放下報紙，忍耐地看著艾德。

「你要不要坐下來，我幫你沖杯茶。」她說。

「我的……」艾德結結巴巴地說話，口齒不清的聲音越來越急迫。

「艾德，親愛的。拜託你。」

塞爾吉抬起一隻手，要她安靜。他要艾德坐在自己的椅子上，自己則站起來離開廚房。她聽到塞爾吉踩在階梯上沉重的腳步聲，沒有意識到自己把茶壺裡加熱過的水直接倒掉，而不是倒在她拿出來的茶杯裡。水槽冒出了蒸氣，她發現不對連忙停手，但這時茶壺裡的水已經不夠注滿茶杯。

「看看你害我弄的。」她說。

塞爾吉一離開，艾德便鎮定下來。他坐在剛才塞爾吉坐的位置上搖搖頭，繼續結巴地說話，但語氣緩和多了，這次像隻輕柔咕咕叫的鳥。「不。」他輕聲說。

「沒關係，」愛琳站到艾德身後為他揉背，「沒事的。」

「我的。」他說。

81

夏季制服是短袖上衣，沒有外套，但褲子的材質是厚實的羊毛和聚酯纖維混紡，而且不能摘下帽子。大樓沒有冷氣，所以他們打開密閉四方形空間的每一扇門，希望涼風能吹進來。

酷暑帶來的好處，是許多住戶因而選擇離開市中心。康諾幫他們把如山的袋子和足以裝滿一輛車、以衣架掛好的衣服送進荒原路華（Range Rover）或吉普（Jeep）休旅車裡，收下他們的十塊錢小費，目送他們到漢普頓或長灘島去度假。連馬庫先生都出城度週末。週五下午，馬庫先生身穿Polo衫，背著高爾夫球具走進大廳，在他要康諾去把車開過來時，身上的汗水還有古龍水的香味。康諾愛死了馬庫先生不在的時光，因為他可以明目張膽地看書。

至於還留在家裡的業主，倒是不怎麼難應付。財力雄厚的航運大亨，將刻意留長的幾絲頭髮橫梳過光亮的頭頂，他低著頭，客氣但出神地快步通過，彷彿為了擅闖而感到抱歉；另外幾個年紀略輕、看似狡猾的傢伙還沒在漢普頓找到房子，只要康諾不表現出和他們地位平等的態度，他們會和康諾聊運動或一起對女人品頭論足，不會擺架子。這些人會自己叫計程車，看到康諾聽到他們的聲音起身相迎時，會要他坐下，但若他把一切視之為理所當然而不理會，他們會立刻冷眼相對，將所有的情誼拋在腦後。

十二樓C號公寓的夏納漢先生可能是這棟樓最成功的屋主。他不是最富有的一位——航運大亨穩坐寶座——卻最有權勢。他掌管一家投資銀行。夏納漢先生大大的頭蓋骨讓人一看就安心（許多電影明星也是如此），一口牙齒幾近完美，體脂肪比例甚低，而且還可能是這棟大樓裡，最把門房當常人看待的住戶。這沒什麼好驚訝的，據說他從前念大學時也當過門房。

夏納漢先生大部分時間都和他兒子在一起，契斯就讀寄宿學校，回家過暑假。他由豪華轎車接送，中午回來和契斯共進午餐；有時會提早下班，沒一會兒再次出現在大廳時，已經和兒子一樣換上慢跑服裝相偕出門。這對父子去中央公園慢跑前會先在前庭做伸展操，回來後，同樣在前庭做伏地挺身。若要照章行事，他們不能在前庭運動，但大家都睜隻眼閉隻眼，因為夏納漢先生人太好，而且一年就只有這個時候才看得到兒子。

有時候，夏納漢先生和契斯會坐在大廳的長椅上，若不是因為他們出門時其中一個要綁鞋帶，就是回來後另一個要休息、稍微喘氣。他們像青少年似地戲謔鬥嘴，夏納漢先生顯然以兒子為榮，才十五歲的契斯，身高已經超過一百八十公分，幾乎快和父親一樣高。只要看到他們離開大廳去慢跑，康諾心中便會油然而生出一股期待。

就各方面而言，康諾都還算喜歡大廳的生活，然而剛過中午，太陽大喇喇地照進大廳、空氣悶熱潮濕到蓋過喇叭聲，康諾就會開始自責。他不但把自己的父親丟給陌生人照顧，還讓母親因此多花錢。她付給塞爾吉的費用，是康諾在這棟大樓工作薪資的兩倍，而康諾本來可以義務照顧父親，絕對有另一個沒這麼黑暗的角度可以來衡量這件事，只是他不知道，也許某些進行的事件意義太重大，超過他的理解範圍。他高一的英文老師葛羅斯曼先生曾經講述過《王子復仇記》中的戀母情結。哈姆雷特不瞭解自己腦袋架構出來密謀，或是慾望和義務之間的衝突。葛羅斯曼先生說，因為早年喪父，哈姆雷特承擔著重責大任，這讓他難以反應。也許康諾的大腦也是這樣運作，說不定也有遠大、看不見的謀略。然而他擔心的，是自己永遠沒辦法清楚看見。

82

她安排好一對一會談的時間。同樣地，貝瑟妮會接送。

為了表達此次往來交易的主權，愛琳想一進門就把支票交給瑞秋，但瑞秋機靈地撥開她的手，說費用可以稍後再處理。瑞秋坐在起居室的中央。讓愛琳訝異的是，牆上沒有瑞秋的任何照片，說不定這屋子是她某個助手出借的，以作為聚會之用。

她們很快進入正題。貝瑟妮坐在愛琳身邊握著她的手，一起聽懷瓦姆斯說話。愛琳幾乎可以切身感覺到話術的羅網當頭罩下來，儘管如此，貝瑟妮緊握的手掌仍然讓她逐漸放鬆。

「妳丈夫真正的故事，比外表看來複雜得多。」懷瓦姆斯費力地說了幾句話，接著是一連串的咳嗽，似乎瑞秋還沒有完全進入這個角色。愛琳喜歡認為這超越迷信，但她也能感覺自己希望懷瓦姆斯不會說負面的事。「妳只認識這輩子的他，但是你兒子和他糾纏了好幾世。這次，你兒子擁有了智慧和情感。妳丈夫只有智慧，他正在為自己的靈魂奮鬥。」

「真的？」愛琳懷疑地說。懷瓦姆斯對艾德的說法有所偏差，愛琳想以自己的信念來挑戰。所有認識艾德的人，都知道他對事情有強烈深刻的感受，但是她要怎麼和懷瓦姆斯爭辯？

「但是他後來的作為其實也對自己好，」懷瓦姆斯說：「他把其他人放在自己之先。」

愛琳想起艾德祈禱為的不是自己得到救贖，而是為了康諾和她。也許懷瓦姆斯說的，是和這種事有關。要不，就是瑞秋知道，讓愛琳難過地離開，會影響生意。

「妳兒子離開，因為他生他父親的氣。」

「有意思，」她說：「我以為他離家是為了念大學。」

她想擠出微笑，但懷瓦姆斯的臉上一點笑意也沒有。「他和妳先生已經對抗好幾千年了。」

整個把戲太荒唐，顯而易見，但愛琳決定關掉腦子裡理性的批判。她選擇讓自己的心靈沉浸在瑞秋深具麻醉效力的話語中。愛琳知道，是她自己在網邊打轉。一週花個一、兩百塊，她能收到最需要的禮物：讓人暫時帶她離開自己的生活。

「有時候好像是這樣。」她說。

「妳受到保護，」懷瓦姆斯說：「因為妳有某些特殊的同年經驗。我們都知道我指的是什麼，我現在不必說出來。妳必須為自己的心開一扇窗，妳的靈魂需要新鮮空氣。妳得向妳在乎的人伸出手，給他們愛的擁抱；記住，肢體的碰觸，在愛的傳達上扮演了決定性的角色。」

「好。」她覺得自己好像在聆聽一段臨終前的獨白。怪的是，無論懷瓦姆斯要她怎麼做，她都願意。

「妳有個好兒子，有個好丈夫。他的這場戰役和對妳的感情無關。這輩子，妳必須幫助他的靈魂。」

「謝謝你，」她說：「非常感謝你。」

83

八月初一個滯悶的午後，馬庫先生經過康諾前面時手指一彈，要康諾跟他下樓。他們走進辦公室，在馬庫先生對電話另一頭的包工吼叫時，康諾在破舊的皮椅上就坐。他看著海水水族箱，裡頭的小丑魚和天使魚在珊瑚間追逐，讓他對萬物定律突然有了清澈的洞見；但幾小時後，這些想法絕對不會像一開始來的有深度。包商想申請週末通行，好讓工人盡快完工，但馬庫先生謹守原則。門房和雜役理所當然地以為馬庫先生遇到這種事會從中牟求私利，但康諾聆聽馬庫先生安撫包商，於是思考著起最基本的道理：有時候，世上的事不見得一定有尚待發掘的黑暗面；馬庫先生說不定只是個堅守原則的人。

他想到自己的母親，以及他偷聽到的電話交談。偷聽讓他愧疚，但問題是他忍不住，因為只要他在，母親就毫無來由地不和她那位名叫貝瑟妮的女性朋友說太多話。眼見母親受到詐騙，他的愧疚轉成了憤怒。

既然馬庫先生交遊廣闊，他很可能認識一些人，可以嚇嚇那位女士，交代貝瑟妮別再來糾纏他母親。找一、兩個人到她家站在門口就好，不必多說。

馬庫先生掛掉電話，往後靠向椅背。他點了一支菸，久久地審視康諾，臉上沒有露出任何惡意，但這只讓人更擔心。他談話時從來不會用玩笑話起頭，一向直接切入正題。

「要是說到你沒刮鬍子，我可以給你一把剃刀要你刮。」他說：「說你午餐時間太久，我說，他正在長大。說你太常和住戶聊天，我的看法會說，是他英文說得真好，可是你不戴帽子……你不戴帽子站在我面前……」

「你會放過我？」

「沒這麼好，我不會，」馬庫先生說：「我告訴過你的老師，說我會看著你，鞭策你。你要回樓下工作。」

84

她加購了週二晚上團體聚會的電話連線和週四晚上的個人電話諮詢。電話連線的費用比較便宜，一小時二十五美金。

一天晚上，愛琳和瑞秋講電話時，坐在桌前的康諾厭惡地瞪著母親。她想噓聲要他離開，因為兒子在，她不方便講電話，但康諾硬是不肯走，於是她只好告訴瑞秋，表示自己稍後再回撥。

「到底出了什麼事？」她掛掉電話，康諾立刻追問。

「什麼？」

「貝瑟妮有什麼事？」

「沒事。你為什麼要問？」

「我前兩天才看過一個節目報導這種事。他們會把妳吸乾殆盡般不斷壓榨，有些人最後淪落到無家可歸的地步。」

「看看這間廚房，」她說：「看看桌臺，你覺得我像無家可歸的樣子嗎？」

貝瑟妮再次過來接愛琳去找瑞秋時，家裡的氣氛詭異。康諾走進廚房，塞爾吉跟在後頭，接著兩人一起到地下室去。愛琳朝底下喊著自己要出門，卻沒聽到回答，但接著貝瑟妮倒車出車道時，愛琳看到自家車庫門往上升，竟是康諾和塞爾吉坐在車子的前座。這是第一次，以往她過去從來沒看過這兩個人一起坐在車裡。到瑞秋聚會所的路上，愛琳一直很納悶，不知道他們要去哪裡。以往她通常很享受這段車程，她會和貝瑟妮一起跟著熱門音樂電臺唱歌，但這天，雖然她離開時艾德已經入睡，但她仍然掛念著讓丈夫一個人在家。

她才剛走進室內，電鈴就響了。貝瑟妮拉開門，愛琳看到了康諾和塞爾吉。看康諾要走進來，貝瑟妮說：「麻煩一下，年輕人。」貝瑟妮想阻止他，但塞爾吉輕鬆地揮個手便推開她，跟著康諾往裡走。

「你來這裡做什麼？」愛琳問道。

「我要看妳到什麼地方。」

「你跟蹤我？」

「我不曉得出了什麼事，」他說：「可是我不喜歡。」

說來也怪，但看到兒子出現，愛琳竟然覺得安慰。在那一瞬間，她覺得自己不再是孤軍奮鬥。

「你爸爸在哪裡？」

「家裡，在床上睡覺。」

「你得回家去。」她說。

「是妳得回家去。」他回答。康諾的語氣帶著讓人出乎意料的權威感，他像是在此刻突然成熟了十歲。愛琳發現自己真的要有想起身走向大門的念頭。

瑞秋態度自然又充滿自信地走進來，伸出一隻手搭在愛琳的肩膀上。「這一定是妳兒子，」她說：「很高興能見到你。」她的聲音中充滿了讓人解除武裝的暖意。「我一直在期待這個機會。」

她伸出手，康諾下意識地和她握手。

「你和我理解當中的康諾一模一樣。」

「我大概應該說謝謝吧。」他轉頭對母親說：「好了，媽，我們得走了。」

「你的朋友怎麼稱呼？」瑞秋問道。

「這位是我先生的看護，塞爾吉。」愛琳說。

塞爾吉雙手交抱在胸前，絲毫不為所動。康諾一定事先為他設定了扮黑臉的角色；愛琳想到這裡就覺得感動。

「媽，我們走了。」康諾說。

「嗯，我知道你同時有許多不同的感受，」瑞秋對康諾說：「憤怒、迷惑、失控。我知道你的心在正確的位置上，我可能比你想的更知道你正在經歷的一切。說不定在哪個時候，你可能自己也會想找我談談。」

「不了，」他說：「妳可以把江湖術士那一套收著自己用。」

「講話注意一點。」貝瑟妮朝他走過去。塞爾吉閃身擋在康諾前面，這兩人看起來像是對峙的大狗和小狗。屋子裡的氣氛越來越緊張。

「大家都深呼吸好嗎，」瑞秋說：「拜託，請坐下。」

「我不坐了，」康諾說：「我來接我母親離開這個地方。」

「是這樣，你才會帶你的朋友一起來嗎？」

康諾點點頭。

「身體是一回事，」瑞秋說：「身體可以制伏，會受到囚禁，心靈就完全不同了，心靈尋找的是它的自然狀態，也就是自由。你不可能永遠禁錮心靈。如果你母親想尋求自由，她日後還會回來，你或任何人都沒辦法束縛那個慾望，你可以鍊住她，但她的心靈會突破枷鎖。我們這裡就是教導如何讓心靈突破枷鎖。」

康諾的表情看來像是在等待母親出面救援，但是愛琳愣住了，部分是因為好奇，想知道兒子在念了一年大學後，會怎麼面對這個挑戰。

「我不知道該怎麼評論這些事，」他說：「我相信妳是好人，我不過是來接我母親而已。」

「你沒權利說教，去指導你媽媽怎麼過她的生活。」貝瑟妮厲聲說：「如果她發現了你不能理解的道理，你沒資格擋她的路。」

愛琳不高興了。「放輕鬆，貝瑟妮。」

瑞秋舉起雙手，做出和平的手勢。「你是個聰明的年輕人，」她鎮定地說：「你願不願意思考一下，也許在你感官所能理解的範圍以外，有一個真實面存在？說不定，一切可能不是表面呈現意象？」

「媽！」康諾惱怒地喊愛琳。

「你何不問問她，看她要的是什麼？」貝瑟妮走過來，站在愛琳身後。愛琳可以感覺到貝瑟妮的指尖在她背上施壓，催促她坐在雙人椅上。出乎愛琳的意料，她真的坐了下去。「她這輩子聽到太多男性告訴她要怎麼做，而她不打算開始聽自己兒子的命令。」

康諾往後靠在牆上，看起來筋疲力盡。塞爾吉仍然保持雙手環胸的站姿。愛琳知道，在康諾眼中，她一定是中了瑞秋的魔咒。她希望康諾能看到她體內流動著懷疑論者猶如花崗岩的血脈，無論瑞秋如何開採，都不可能掏空。

「我要你知道一件事，」瑞秋告訴康諾：「妳母親在這裡得到很好的照顧。」

「媽，我們可以走了嗎？」

「我沒事，」愛琳說：「我不要你覺得這裡有什麼不法之事。」

「妳給了她們多少錢？」

「他只關心他能繼承多少遺產，」貝瑟妮說：「他們都是這樣。」

「這樣講對我兒子不公平。」愛琳說。

瑞秋朝康諾走近了一步。「聽你用這種簡化的說法來形容你母親和宇宙真理建立的關係，我真的很難過。我收了微薄的金額，方便她得到啟迪，但那也只夠支付基本的行政費用而已。」

「妳們趁她最脆弱的時候詐騙她，應該感到慚愧才對。」

「你說話小心一點。」貝瑟妮出言警告。

「別糾纏我母親。」

「你只是個小混混。」貝瑟妮說。

「妳們是邪教的瘋狂信徒，」他指著貝瑟妮和瑞秋，「妳，還有妳。」

愛琳知道自己該出聲，但是她就是說不出任何話來。

「我是看在你母親的面子上才這麼容忍你，」瑞秋說：「我不歡迎你們，請現在就離開。」

貝瑟妮往前走，塞爾吉也一樣。

「媽……」康諾只說了這個字，簡單卻哀怨。

「你冒犯了我，」瑞秋說：「我已經請你們離開了。如果你不走，我只好請警察過來。」

「我不會丟下我母親。」

「我相信那不是你能決定的事，」瑞秋說：「你何不心平氣和地離開，讓我們繼續做些對你母親有好處的事，不要惹她為了沒必要的事而焦慮？」

康諾並沒有移動。

「現在就出去。」瑞秋說。

「媽！」

「沒事的。」愛琳說。

「你聽到你母親怎麼說了。」貝瑟妮又朝康諾走過去。「現在就走。如果瑞秋沒報警，我也會打電話。」

塞爾吉用深邃的雙眼懇求愛琳。她感覺到他胸中壓抑的怒火，她想像得到，如果有人傷了康諾，就算一根汗毛也好，塞爾吉絕對會爆發。

「妳要和這些人一起留在這裡？是這樣嗎？」

她想說：**我晚一點就回家**，但她仍然說不出話。

「無知，」貝瑟妮說：「你是個無知的孩子，你不知道自己在說什麼。我真為你難過。」

「不可以這樣和我兒子說話。」愛琳聽到自己的聲音，屋裡的人全都安靜下來。她站起來。「他不是無知，是好意。如果他冒犯了妳們，我很遺憾，我相信他也很抱歉，對吧？」

「那當然。」康諾說，顯然想掌握這個契機。「抱歉。」

「我要回家了。」在愛琳自己意識到之前，她離門口已經只剩一步之遙。「我累了，感謝妳們做的一切。」

「妳不必像這樣，讓愧疚主宰妳，」瑞秋說：「妳就快有重大的突破了。」

「妳們給我許多幫助，」她說：「帶給我很大的改變。」

「妳還有很長的一段路要走，」瑞秋說：「不要欺騙自己。」

「我的確還有一段長路。」

「我晚點打電話給妳。」

「應該不必了。」

「別讓他影響到妳，」貝瑟妮說：「他沒比妳丈夫好。」

愛琳一動也不動。「妳對他連基本的認識都沒有。」她伸手到皮包裡掏出支票，遞給瑞秋。

「別傻了。」瑞秋想伸手握她的手腕。愛琳甩開她的手，把支票放在桌上。「我們永遠歡迎妳，再考慮一下。」

她一定是站了太久，因為康諾喊她過去。愛琳走向前門。貝瑟妮想抄前攔住她，但是塞爾吉像塊就位的墓碑似地來到貝瑟妮面前，以壯碩的體格攔住她，讓愛琳繼續走到馬路上。

「不會有事的。」貝瑟妮在她背後喊，但愛琳沒有回頭。康諾跑在前頭，塞爾吉帶她走下門階，走到停在路口的車旁，接著又幫愛琳拉開後車門。康諾像個決心肇逃的駕駛，堅定地開車穿過街道。

在鴉雀無聲的車裡，愛琳納悶的是，兒子如何籌畫整件事，以及有多少人知道，他當初又是怎麼向塞爾吉解釋的。

康諾把車停進車庫，大家一起上樓。塞爾吉走向自己的房間，愛琳母子則站在廚房裡，小心翼翼地彼此互望。

「你不必做那種事。」她說。

「要，一定要。」

「我希望能夠好好向你解釋。我知道，這麼說像是我在找藉口，但是我沒有陷入你所想像的險境，一直都沒有。在這段時間，我仍握有控制權。」

他只顧低頭看自己的腳。愛琳好想知道兒子究竟在什麼時候長到這麼大。她好幾年沒這種感覺了，兒子似乎在她面前一寸寸長大。她猜想，在康諾眼中，她可能像他父親一樣失控，說不定他以為雙親都逐漸喪失心智。

「不管怎麼說，我還是要感謝你對我的關心，但我真的沒事。」

「別客氣。」他說。

「我是真心的，你是好孩子。」

「拜託，你是我媽欸。」

她想要兒子來擁抱她，但他光是站在原地，對母親的眼光充滿懷疑。

「過來。」愛琳伸出雙手擁抱兒子。她感覺到他靠在她胸前呼吸，想起自己抱著小嬰兒康諾的感覺，孩子身上乾淨的睡衣像他一樣柔軟又清香，她兩手就能托住兒子整個身軀，嬰兒的小屁股貼在她的手掌上。當年，孩子把她當作愛的泉源和施予者；她對他沒有任何隱藏，而且，除了他，她別無所求。此時，一切又回到了當年，至少此時此刻是這樣。他會在瑞秋的聚會所出現，便說明了一切，而他在她的懷抱中，同樣也代表了一切。

擁抱過後，康諾奇怪地看著愛琳。

「怎麼了？」

「說不定那兩個瘋女人真的幫了妳。」

「怎麼說？」

「剛剛是妳第一次那麼做。」

「做什麼事？」

「主動擁抱我。」

她搖搖頭，說：「不可能。」

「反正在我印象中是這樣沒錯。」

她再次搖頭。「發生過的事，比你記憶中來得多。」

來到樓上，她正好碰到走出浴室的塞爾吉。他對她揮手的方式不同了，像是兩個要換教室、恰巧在學校走廊遇到的學童。她在主臥室門邊站了一下，聽到蒙著床單的艾德重重地呼吸。

她走到床邊，發現艾德醒著。他安靜得讓人毛骨悚然，而且直視她的雙眼。

「哪裡？」他問道，像是仍然半睡半醒，「去哪裡？」

「和貝瑟妮在一起。」

「誰？」

「我從前的同事，不重要。」

艾德對人的判斷一向又快又精準。她上床躺在丈夫身邊。艾德迷迷糊糊又睡著了。她醒著，聽她房裡、塞爾吉房裡和視聽房裡的三臺電視同步低語。她想像著塞爾吉仍保持清醒，和她一樣孤寂地守夜。

85

艾德失去了對物件形體性質的感覺。那天上樓時，他在每個階梯上都會停下來。愛琳必須緊跟在他身後拍他的腿，指示他該抬哪條腿，接著還得幫他抬腳。艾德的腳一旦凌空、沒踩住任何東西，他就會大發脾氣。他們行進的速度猶如在冰川上漫步，沒過多久，他停下腳步再也不願意移動，就算愛琳推他的腳也沒有用。艾德的雙腳儘管萎縮，但仍然有相當的力量。她就是沒辦法說服他鬆開握著欄杆的手。這個時候——而且最近越來越頻繁——她真希望塞爾吉沒回家去度週末。

終於抵達二樓時，他們兩個都累壞了。她帶他走進浴室，千辛萬苦才幫他脫掉衣服，讓他一條腿跨過浴缸不算難，但要讓他另一條腿跨過去幾乎是不可能的任務。他跨坐在浴缸上，像是在牛仔競技中，劈腿表演分跨兩匹飛馬的牛仔。她必須讓艾德轉移身體重心，才能讓他另一條腿跨進去，但更多問題才剛要出現。愛琳不能讓他躺下來，否則絕不可能要他再站起來；但淋浴又可能害他滑倒撞破頭。若為了如此嚴重的傷害就醫，無異於判定他會被送走，不能再由她照顧。浴缸乾時她還能克制焦慮，但水一放進去，她開始真正感到害怕。她不知道他買了哪款浴缸止滑墊，但那東西薄又無力；況且，如果他真的跌倒，除了她的身體，他也沒有其他東西好抓。她打開蓮蓬頭幫他清洗，洗好澡要跨出浴缸時，艾德發脾氣不願意跨越浴缸。她連哄帶騙又強迫他抬起腿，但艾德仍然動也不動。他站太久的雙腿，因為稍早強烈反抗而開始顫抖，冷水珠下的身子開始打顫。她決定再把水打開，讓他暖暖身子。於是在她關水前，他只能無言地站在沒有必要的熱水下。事情不能就這樣繼續下去。她想去拿無線電話打電話找救兵，卻又不想讓他單獨留下，就算她只花幾秒鐘也不行，此外，她不知道可以打電話找誰。她擔心艾德被帶走後一去不回，更不可能找救護車。她當然可以大聲呼救，問題是沒有人聽得到。

她試著又拍又抬他的腿，勸他配合，拿出男子氣概勇敢面對。她想誘騙他放鬆心情，然後出其不意地去抬他的腳，但只要她雙手抱住他的小腿，他立刻全身緊繃。她真希望自己先搬了浴椅進來，可惜沒有。到了這個時候，艾德極度疲倦，已經不想再抗拒，但也沒辦法使力。他想坐下、想離開浴缸，但都辦不到。他不知打哪來的力氣，仍然有力氣維持站姿，但愛琳知道他不可能永遠站立，到最後，終究會像一棵樹木那樣倒下。她坐在磁磚地板上，看著赤裸身子的丈夫。

「拜託，天哪，告訴我該怎麼做。」她大聲說了出來。

她挫敗的外表，一定觸發了他內心深處某種保護配偶、免得讓她受苦的原始衝動，因為他作勢要跨出浴缸。她跳起來，伸手讓他扶。他使出強勁的力道抬起腳，彷彿幾經掙扎後終於從泥漿裡掙脫。她帶他走進臥室時，才發現從他們上樓到這一刻，已經過了兩個小時。這像是前兆：他的大腦逐漸凍結了，兩人珍貴的居家時光所剩無幾。

她小心又關愛地為他套上衣服，穿著內褲和T恤的艾德一身白地坐在床邊，她感覺到自己對丈夫的柔情和渴望濃烈到無法承受。她讓他躺下，仔細地為他蓋好被單，塞到他胳膊下；隨後才蜷縮在丈夫身邊，緊靠在他身側，努力記住夫妻一起躺在床上的感覺。愛琳沒睡；她聽著他的呼吸，看著他胸膛起伏，就著從窗口照進來的月光凝視艾德的臉孔。夜裡，她感覺到他的勃起，於是拉掉他的內褲。他沒有為此驚訝，反而在她的呢喃細語下緩緩醒來，愛琳的身體來到丈夫身上接納他。她和新婚時期一樣直視他的雙眼，而他也沒有避開視線，儘管他的肢體幾乎完全失能，卻仍然能達到高潮。愛琳看到艾德驚訝地睜大雙眼，高興地輕聲笑了出來。她在他懷裡依偎了一會兒，飄動的思緒落到自己雙親身上。今晚和艾德不可思議地交歡正是證明：外人眼中的夫妻親密生活，不過是光譜的片段。這種對於肢體接觸的渴望，足以克服棘手的障礙。她開始重新構思雙親的生活，想像他們最沒有意料到的時刻，即是屈服於某種既似假亦非真的熱情之下。

如果她想睡，就得和丈夫保持一點距離；然而她又太想靠近他，於是這麼多年來，她首次試著面對丈夫睡覺。愛琳沒想到自己竟然真的能睡著，接下來，她只知道房裡充滿了陽光。

隔天，也就是週六早晨，她打算去探望剛動過膽囊摘除手術的辛蒂，但她不想帶艾德去，於是他讓艾德和康諾留在家裡，自己開車到拿索大學醫學中心。

當晚回到家，她看到除了廚房裡一盞櫥櫃燈以外，所有的燈都沒開，而艾德躺在門廳冰涼的地磚上。除了咒罵康諾，她一樣沒放過自己，因為她出門前就感覺到不對勁。她知道自己不能信任兒子，卻還是把艾德交到他手裡，她大聲喊康諾，沒聽到回應。

她扶不動艾德，連讓他坐直都辦不到，丈夫的身軀像是僵直的屍體，差別只在於他仍在呼吸。她衝到無線電話前面，發現康諾留下了紙條，表示他要進城找朋友。愛琳全身像是流竄著怒火。她把電話拿到艾德身邊，先放在地上，若非絕對必要，她不打算聯絡任何人。她盡可能鑽到身下，想用大腿頂起丈夫卻不見效；她也試著將他滾到毯子上，但艾德像是發了狂，她只好停下來，徒勞無功地安撫他。艾德口中發出咔嗒聲，全身抽搐，身子從來沒這麼沉重過。她懷疑自己在康諾回家前是否能穩住情勢，況且他很可能會搭從中央車站出發的最後一班列車。

救護車沒幾分鐘就到了。兩名男性救護員將艾德固定在擔架上，她一起上車，來到他曾經住過的勞倫斯醫院。他一定事在這段車程中甦醒了過來，因為他能夠在攙扶下走進醫院，但他在急診室裡發狂地怒吼、揮舞雙手，甚至還毆打了一名護理員。院方只好用束帶讓他就範。

「為什麼？」他不斷地問：「為什麼？為什麼？」

他比幾天前更憔悴，身體的異化作用一旦啟動，接管的速度快得驚人。她沒注意到艾德變得多麼消瘦，牙齒多差，且多需要剪頭髮。

她在醫院盡可能久留。回到家裡，她沒辦法讓自己上樓到臥室，只好先坐在廚房的桌旁。愛琳無意識地等待康諾回家，過了一會兒後，她才發現自己在做什麼。她到視聽房想看電視，可是沒辦法專心看任何節目。唯一讓她覺得合理的舉動，是改坐在安靜的廚房裡。愛琳咬著牙，咀嚼自己的憤怒。

康諾在兩點十五分走進廚房，她安靜地坐著看他。

「妳怎麼還沒睡？」他說，把帆布包扔在中島桌臺上。

「我請你留下來陪你爸爸，你為什麼讓他單獨留下來？」

「不過是一會兒的時間而已。」

「你怎麼會以為讓他一個人留在家裡會沒事？」

她拉高嗓門怒吼。愛琳看到兒子縮了一下，圓睜的雙眼充滿恐懼。他拿起帆布袋斜背在胸前，像是想背著就跑。

「我出門前他上床睡覺了。他哪裡都去不了，而且妳再過一個小時就會回家。」

「那可好，」她說：「他去別的地方了。」

*

她上樓小憩片刻，隨後只見房裡一片明亮，塞爾吉帶著喉音的響亮問候從樓梯下傳了上來。時間是下午一點，上次她睡到這麼晚，不知是多久前的事了。她想起艾德人在醫院。

她走到扶手邊往下看。「我早該打電話給你，」她說：「出了太多事，結果我忘了。你今天不必過來的。」

他站在門廳，把帽子拿在胸前。「你們今天不去教堂？」

最近他習慣週日提早到，他們去教堂望過中午彌撒回家時，塞爾吉就已經在家。

「艾德出事了，」她說：「昨晚不知怎麼垮了，現在人在醫院。」

「我留下來陪妳。」他說。

「我馬上要去醫院。」

「反正我會留下來。」

「沒有必要。」

「我陪妳。」他又說了一次，而且更果斷。

康諾不在房裡。她對著樓下喊，但他也不在樓下。愛琳沒淋浴就換上衣服，不只是因為時間晚了，還因為艾德不在家，塞爾吉更像是家裡的客人，儘管塞爾吉在他們家中坐著！什麼也不做地度過不知多少小時，然而去招呼他還是讓愛琳覺得彆扭。

愛琳來到樓下廚房，塞爾吉已經坐在廚房的桌旁，明顯壓抑著情緒。她看得出他呼吸沉重同時緊握拳頭，一隻手扣著帽子。他問明事發經過，聽愛琳說完，他把帽子抓得更緊了。

「我留下來。」他說。

愛琳走進病房時，護士正要讓艾德用餐，但他強力抗拒。看他揮舞雙手、緊閉雙唇的樣子，真會讓人以為護士拿的是叉子對著他。護士終於把食物放進他嘴裡，他安靜下來細細咀嚼幾秒鐘，隨後立刻吐在餐盤上。

「他早餐時也是這樣。」

「換我來。」愛琳說。她厲聲要他好好配合，否則——否則怎麼樣？她有什麼法寶？

「如果你不吃，」她說：「你就不能回家。」

他戲劇性十足地揚起眉毛，沒怎麼抗議就吃光剩下的餐點。醫師巡房時，愛琳和醫護人員討論他因為身體狀況不穩定，突然有極大的變化因而住院的問題。他們的目標是讓他恢復到原來的狀況，院方同意以此為基準：若他能自己站起來走到浴室，他們就放他出院。由他的情況來判斷，這個目標應該夠遠大，可以讓她有時間自我調整，以面對新的情勢。她需要艾德合作，以便想出下一階段該怎麼做。

第二天，她在醫院裡留到很晚，離開時已經餓壞了，開車回家時，又想到冰箱裡什麼都沒有。她知道自己該打電話叫外帶食物回家，但她連打電話的精力都沒有，遑論思考要點什麼食物。她再也沒辦法問艾德：「你看我們該吃什麼？」愛琳不想吃加熱的冷凍食品，她一想到那些結了冰的殘餚就反胃。那些食物像是上輩子的東西了，事實上，這麼說也沒錯：那些全是屬於她和艾德的共同生活。

她走進廚房，看到中島桌臺上掛著一件圍裙，爐子上還有個鍋子，她彷彿得到解脫似的，差點就要高興地喊出來。

原來坐在沙發上的塞爾吉站了起來，堅持要愛琳坐下。他加熱鍋子裡的食物，還幫她端來一杯水，接著舀出不多不少的食物放在盤子裡拿到她面前，並站著觀察她的反應。食物很可口，是某種口味的燉牛肉。

「把收據給我，」愛琳說：「我把錢還你。」

他還是老樣子揮個手。他就是這樣，永遠不會變，和驢子一樣固執。他早已整理好廚房，不見下廚的痕跡，愛琳只看到乾淨的爐子和燉鍋；不但水槽裡沒東西，盤架也很乾淨。也許他自己也下廚，說不定他也吃膩了冷三明治。她覺得，艾德現在進餐時可能有相同的感覺：餐點像是變魔術般地出現在他面前。

塞爾吉站著低頭看她，讓她越來越不自在。「請坐下。」她說，塞爾吉坐了下來，先是掄著指頭輕敲桌面，接著摸到一本郵購目錄，於是把目錄捲起來，一邊輕輕敲打桌子的邊緣，一邊看她用餐。

隔天早上，她早起送康諾到機場。他們塞在車陣中，愛琳看著坐在副駕駛座沉沉入睡的兒子。大家都說他長得像艾德，只有她看不出來。

他在抵達機場前醒過來。幸虧他們得花時間拿出行李廂的袋子，道別的時刻才不至於太長。她走到車外和兒子站在一起，短暫的臨停時間只夠取下行李。

「如果妳需要我回來——」他的視線落在她背後的車門上。

「感恩節前不必，我負擔不起。」

「很抱歉，我沒辦法在家裡幫忙。」

「我有塞爾吉，」她說：「我不會有事的。」

他慢慢地點頭，似乎有話想說，但隨即垂下雙眼，在再次溫暖迎視愛琳的目光前轉開頭。

「你會來不及登機。」她說。

他抱抱愛琳，拿起行軍袋。「如果有需要，妳就打電話叫我回來。」他說。她看得出康諾盡可能露出嚴肅的神情，但他在陽光下瞇起眼睛，卻讓她想起他小時候坐在她腿上，伸手拉她背後窗簾的模樣。歲月怎麼會將他們兩人推到這步田地？

「去吧。」她說，他轉身走進落地滑門。她看著他繞過轉角，消失了身影。一名警員來到她車旁停下，要她把車開走。她透過車窗和後視鏡看著機場的飛機，最後什麼都看不見。

才上班不久，她便接到醫院來電，通知她艾德已經可以出院。電話另一端的女人說，院方會在下午送他回家。

「不可能，」愛琳說：「我那時候沒辦法在家裡等他，你們的通知太突然了。」

「資料上寫的是妳在家裡有幫手。」

「沒錯。」

「那麼我們會把他送回家，交給妳家裡的看護。就法律來說，他還不能獨處。他的狀況穩定，血壓已經下降，而且能夠進食，我們必須讓他出院回家。」

「他能站嗎？」

「不必人扶，當然就能站。」

「妳說說看，他進醫院時自己能不能站？」

「他入院時我不在。」

「那我告訴妳好了，他可以。那時他下了救護車，自己走進醫院。如果妳問我，我會說他狀況不穩定。」

「我要告訴妳的是，他可以出院了。」

「我們說好了，他必須能自己走路，能自己上下樓。」

「只要有人在旁邊幫助，他就可以行走。」

「我要提出抗議。我不同意院方要他出院的要求。醫療保險容許的時間是兩天，對吧？」

「沒錯。」

「那就讓他留下。」

她用力掛斷電話。他一回家，她就必須把他留在家裡，直到最後。就情緒而言，若沒有這類足以減輕她罪惡感的意外發生，要愛琳親手將丈夫送進安養院可說是不可能的事。如果接他回家，她必須等待——甚至她心裡某個陰暗的角落可能必須期待——他發生不測。她不想那樣過日子，而且最困難的是，無論她自以為是多優秀的護理師，甚至在醫院人手短缺、罷工或太多人在不恰當的時刻同時請假時，她能夠以一代三；或者無論她有多麼相信自己比任何人都能將他照顧得更好——她都相信他進安養院理當會更好。這個時候，她可能該鼓起勇氣帶艾德回家，但是她辦不到。她已經到達自己的極限，如果這是唯一能迫使艾德離開她的方法——她的確這麼想，那她就得好好把握，把愧疚留到日後，或很可能是一輩子去面對。

她花了一整個早上的時間打電話給她家附近的安養院。她不能等到下班的時間，因為安養院的行政人員也會下班。偷偷打電話不容易，雅德蕾似乎隨時監看著她。

她打了幾通電話沒得到好消息，只好提心吊膽地提早下班，開車到契斯特港的楓林安養院，這地方在她家北邊，車程只有半小時。他們能夠收容艾德，也接受她的申請，但要求預付三年的費用。愛琳覺得安養院的態度很清楚，就是不願意將艾德納入醫療給付系統，因為一般市民繳的費用較高。三年預付款的總金額超過二十二萬五千美金，其中包含了每六個月一次的費用調漲。就算她提清現金存款，仍然不到這筆金額的十分之一。這讓她不得不挪用他們退休帳戶的錢，因為他們已經把房屋貸款的錢拿去繳了康諾的學費。問題是，就算要這麼做，時間上也來不及。

她一輩子都投入了醫療事業，過程中並非沒有結識任何盟友。她的朋友艾蜜麗（當年是愛琳聘僱她進入聖約翰主教醫院）在首席檢察官辦公室裡有熟人，於是艾蜜麗請辦公室裡的人打電話到楓林安養院，要他們別放棄預付款的條件，讓愛琳可以在拿到醫療保險的核可文件前，先支付第一個月的五千八百美金。文件下來後，醫療保險會給付前二十天的百分之百費用，隨後的八十天，在愛琳支付百分之二十的自付款後，保險會負擔百分之八十，但接下來，她只能靠自己了。

她打電話給勞倫斯醫院，請他們為她傳真申請表格。

「他們明天會轉交給艾德，」她告訴塞爾吉：「你能不能再留一下，以防我臨時需要幫忙。我只能說，艾德也可能會回來。」

塞爾吉點點頭，像是要說：他本來也沒做他想。

「當然了，我一定會付你錢。」她雖然這麼說，但完全不知道錢要從哪裡來。這些細節她會稍後再解決，當務之急是先度過這個難關。

愛琳和塞爾吉靜靜地享用他準備的晚餐。他臉上的表情——有可能是圓潤的臉形——磨平了她的焦慮。他喜用無聲表達一切似乎勝過言語，尤其是半帶怒意的目光（讓她想起自己的父親），以及睜大眼、露出幾乎無辜的微笑。

晚餐後，塞爾吉要洗碗盤，愛琳要他去休息。他表示抗議，最後是她堅持要使用廚房電話，通知親友艾德的狀況，他才願意離開。她盡可能打電話給親友，直到時間真的太晚——包括不同時區的時間——才罷手。之後，她離開廚房的庇護，面對一樓其他的空間，關掉所有的燈，上樓到寂寞的臥房裡為艾德打包。

整理行李是件荒謬的事。在這個所有用品都不可或缺的時刻，她不可能將整個衣櫥減到只剩必要品；另一個問題是，艾德和她對重要用品的看法不盡相同，有些他鍾愛的襯衫早該拿去當抹布。她拿出從前用來去旅行的袋子，每樣都放個三或四件，接著又從閣樓拿出一個稍大的袋子。日後她會有時間找出他真正需要的東西，但她希望艾德在去的頭幾天有足夠的準備，以防萬一，接著她看到他的毛呢外套，外套的釦子少了好幾顆，手肘、袖口和領口也都已磨破。穿上外套的艾德看起來就像流浪漢，但他偏不肯丟掉，就像是他永遠沒離開那處他從小住到大、只有冷水的公寓一樣。她氣他的固執，然而他對物質慾望方面的欠缺，也讓他們存下了收入中的不少錢。她雙手拿著這件毛呢外套，差點就要崩潰，但最後還是把衣服掛回衣架上，從衣櫃裡拿出另一件新一點的外套。

因為睡眠不足，她昏沉地度過了白天，而且還感覺上司隨時盯著自己，像是以為雅德蕾能感覺到她心不在焉。醫院在中午時間將艾德轉送到安養院，但是她不能打電話。她好想把雅德蕾拉到一邊，向她保證自己絕對沒有覬覦她的職位，但要怎麼做，才不至於犯上呢？她覺得自己有工作已經很幸運，但是她看不出有哪種表達方式，可以讓自己不顯得絕望。雅德蕾只要嗅到一絲軟弱，就會對她窮追猛打，但這不能全怪她。朱利安尼市長辦公室緊盯著醫療照護系統的效率，讓醫護界的中階管理人員操勞到極點。雅德蕾若想保住飯碗，表現某些冷酷多少也是必要的。從前，愛琳在聖約翰主教醫院工作時，也曾經站在這種拉扯的另一方。一開始，她想到自己背負著上級施予的沉重壓力，也曾一度感到困擾，但如今她已經不在乎。

現在該要是聰明的時候，不但得聰明，還要堅強。不過她懷疑自己是否會有機會當個愚笨又脆弱的人；恐怕到了那個時候，所有人也都會如此，只不過他們的愚蠢不會有任何浪漫的意味，到時候他們不但老，而且還會心智衰退又貧窮，但至少她不會像艾德一樣，成為唯一面臨這種情況的人。之後艾德的身邊會有很多人，但是安養院裡不可能有人像他，畢竟他比較年輕，所放棄的人生也更長，但話說回來，即使是在他的最佳狀況，無論在什麼地方，要找到像艾德的人本來就不容易。他比大多數人聰明，也更敏銳。就這方面來說，對於因衰老而寂寞的生活，他也比愛琳更有準備。他這輩子的大部分時光，一直是這個世上的陌生人。

86

下班後，愛琳開車到安養院。她走到環狀的接待櫃臺前；安養院的走廊以接待桌為中心，呈放射狀排列。櫃臺下方有一排紅色側標的檔案夾，上面標註了DNR（放棄心肺復甦急救）。當初幫艾德申請入院時，她也在表格上勾選了這個選項，但看到整排顯眼、無奈的標示，仍覺得觸目驚心。只有少數幾個檔案沒有放棄急救的標示，這讓她感到羞愧；不放棄急救代表那些家庭沒有放棄希望，或他們願意堅持到最後一刻、到科技的盡頭。

接待人員請她到視聽室，許多輪椅在電視前方排成了圓弧狀。這裡頭多的是比她丈夫年長的女人，有些長他甚至有幾十歲，與其說她們正在看電視，不如說她們的視線多半停留在室內燈光上。廳裡只有少數幾名虛弱枯瘦的男性；最初，她沒瞥見艾德，但隨後看到丈夫藏身在另一名男性病患後面，那名病患不斷地吹鼓臉頰再吐氣，像是在吹奏土巴號。艾德彷彿卡在阻塞的車陣之間，低聲呻吟著。當愛琳站到他面前時，艾德的呻吟轉成哭嚎，而且還上下揮動雙手。她將土巴號手推到旁邊，後者吸氣時懷疑地看著她，接著「啵」一聲吐氣。她問過櫃臺後，將艾德推到休息室，不想打擾他的院友。

坐在輪椅上的艾德又喊又打，想轉過身來看愛琳。他想站起來卻被安全帶扣住，如果他起身的幅度更大，肩上的壓力會讓他直接坐回原位。他們轉了幾個彎來到走廊盡頭，終於來到休息室，幸好裡頭沒有別人。她將艾德推進去才關上門，在面對艾德的藤椅上坐下來。他哀嚎個不停，愛琳伸手撫摸他的肩膀，艾德一把揮開妻子。她想摸他的臉，他卻作勢要咬。他看起來神智瘋狂，外貌凌亂。安養院的人員為他穿上一套破舊又不搭配的衣服，她會找他們談，讓院方好好照顧他的最好方法，是讓他們知道她會經常出現，不可能讓他們偷懶。這和她督導手下護士的原則相同。

他忍耐了一會兒，讓她用手理順他的頭髮；但隨後又把手放到頭上，彷彿想刻意破壞她的傑作。

「我知道你不想來。」她說。

「不要。」他搖頭說：「不，不，不要。」

「我在這裡。我會在這裡陪你，而且每天都會來。」

他的面容帶著困惑的哀傷，拚了命要傳達他的感覺。

「你在家裡我沒辦法好好照顧你，」她吞嚥困難地說：「我沒辦法確保你的安全。」

他安靜了下來。她發現，要讓自己不致崩潰是件難事，但是她決心撐過去。

「不。」他說。

「好，」她說：「這是暫時性的做法，等你穩定之後，我們會讓你離開這個地方。」

他對「暫時性」這個說法嗤之以鼻，過去的幽默感似乎回來了；接著，他又開始哀嚎，只不過這次和他們的對話脫節，而且幾乎像是沉思，他瞪著遠方。她搖搖他，想讓他停止，最後老天垂憐，他終於安靜下來。

「我白天不能待在這裡，」她說：「但是我下班後會過來，每天來。你聽懂了嗎？我會一直在這裡，你會一直看我直到看膩。」

他揚起眉毛。「不，不，不！」他說。

「不必擔心我，」她說：「我不會有事，我會找人幫忙的。」她再次伸手想拍平他的頭髮，然而他揮開她的速度讓人訝異地快，而且力道不小。

「不！」他的叫喊像是懇求而不是命令。他指著她，說：「不！不！」

「不要怎麼樣，艾德？」她心底發毛，艾德似乎知道什麼事。她沒說她留下塞爾吉幫忙，但是她感覺到這是他們正在談的主題。

「什麼事？」他又安靜下來，努力想要說話，下唇往前推，下巴往上揚，雙眼搜尋妻子的眼睛。

「不。」他的聲音柔和了下來，但是語調堅定。

「不要怎麼樣？你不要我找幫手？」

「不。」

「好，」她說：「我會想辦法撐下去。」

「不。」他又說了一次。

愛琳開車回家的路上，夕陽仍有餘光。她決定拐個彎穿過市區，從龐德菲爾路轉瓦雷路，進入坡地豪宅區。這一帶道路彎曲，可供會車的路段不多，她停下車，禮讓另一輛路過的車。茂密的樹木恣意揮灑綠意，和都鐸復興式的住家互相平衡，每幢房子似乎都安置在最完美的位置上，房子之間有最完美的距離。

她把車停在薇吉妮雅家的前面。她納悶地想，不知道薇吉妮雅有沒有看到她來到這裡，會不會注意到這輛車老是開到她家對街稍作停留才離開。

下了山坡，她來到花園路，把車停在空無一人的網球場旁邊。當他們還住在傑克森高地時，她為艾德買一對一的網球課，讓他在法拉盛網球中心跟職業選手學球。她一直忘不了第一次看他打球（當時的對手是湯姆．卡達西）的仰慕之情，以及他徹底吸收當天所學，成了網球好手的模樣。網球似乎是最適合他的運動，或正確的說法是，前提是要他能照她的安排過日子。打網球的運動量足夠，也和他喜歡的長跑一樣能消耗精力。網球場的設計先進，負責教學的職業選手不是即將在美國網球公開賽嶄露頭角，就是剛退下的選手。艾德在那種場所可結識菁英，建立良好的人脈，構思出以其他方式無法計畫的雄心大志；何況網球場沒有鄉村俱樂部刻意營造的華美——她知道艾德對那種地方毫無興趣。只是沒想到，他最後還是反對這樣的大手筆花費，一堂課都不肯去上，康諾也不願意去。兩百塊美金的課程一毛錢也沒用過。

她穿過市區，又繞回龐德菲爾路，經過幾家餐廳；再過幾週，戶外用餐區便會擺出來。她想像能和艾德在那些桌旁享用晚餐，手上端著酒，路過的城裡人也會停下來喊他們的名字打招呼，但如今她頂多只能形單影隻地用餐，或和其他地區的朋友一起來，抑或是根本不來，因為她在這個城裡一個人也不認識。

她停好車，步行經過郵局、法國餐廳、文具店、托普麵包店、朗吉熟食店、對街的特莉芙羅花店，看到波堤契里婚紗店的櫥窗展示了一襲從上身到長襬全釘了珠的絕美洋裝，最後才來到火車站南往北方向的月臺。她找了一張長凳坐下，望著一段距離之外的勞倫斯醫院，也就是讓她來到布隆克維的最初原因。這時候的溫度怡人，夏日的濕氣已經轉成了乾爽的秋風。到對面月臺等待往紐約列車的人越聚越多。她有股衝動，想跳上列車，看夜晚會將她帶往何處，但塞爾吉在家，而她也得回家。

列車駛向她這側的月臺。遠方閃爍的光點轉個彎成了明亮飛馳的光束，列車「轟」的一聲進站。她腳下的月臺隆隆地震動，度過耐人尋味的短暫幾分鐘之後，列車門滑了開來，乘客不疾不徐，陸續下了車，有些人走進地下通道，其他人則分散到街上，毫不猶疑又極有效率地走向坐在車裡等待的配偶，或步行回家。月臺很快就空了，再次留下她一個人；對面月臺的火車也在幾分鐘後到站，帶走月臺上的旅客。

日後，她再也不會來接艾德，艾德同樣也不會來接她，再也沒有人會在雨天夜裡亮起車尾燈，引領她回到他身邊；她再也沒有機會趁另一個人手握方向盤時，坐在副駕駛座上短暫休息。如果她不想從車站走路回家，就只能搭計程車。那些在車站排班等客人的計程車司機，臉上都只有冷漠的表情。他們不會把車開進你家的車道，而是繼續載著其他乘客往前去，讓你留在空無一人的自家前方，聽模糊的卡車聲、遠方高速公路的噪音，以及夜晚讓人昏昏欲睡的寂靜。

她回到自己車上，再次穿過鬧區，開進小路繞回家。把車停進車庫後，她熄掉引擎，在車裡久久坐著，等待車內燈光自動熄掉，讓黑暗吞噬自己。愛琳聆聽著房子的節奏和規律的心跳聲。地下室裡的熱水器隱約輕震，她聽到隔了幾段階梯之外，塞爾吉的收音機傳來微弱的聲音。

她來到二樓，站在他的門外，他正在聽古典音樂。男人獨自欣賞古典音樂是種微妙的需要，他們似乎覺得讓音樂攪動了情緒太尷尬。她等到樂章結束才敲門。房裡的塞爾吉穿著體格撐得方方正正的Polo衫下方，搭著鮮麗的條紋運動褲，腳上的白色球鞋非常刺眼，整體看來有些滑稽。

「我只是要告訴你一聲，我回來了，」她說：「謝謝你留下來。」

他手一抬，揮走她的禮貌。

「你要喝點茶嗎？」

「好。」他說。

「雖然不是俄國茶，但愛爾蘭茶應該夠濃了。」

「什麼茶都好。」他說。

她準備熱水煮茶。這星期初，在康諾回學校前，她做的蛋糕還有一些，她也端了出來。茶壺笛音響起時，他走了下來。她忙著準備茶點，閃避在廚房逐漸蔓延開來的沉默。她並不想擺出高他一等的姿態，但她發現自己講起話來不但放慢速度，還拉高音量。沒多久，再也沒別的東西好準備，於是她拿來茶壺為他沏茶，和他一起坐著。

「你喜歡古典音樂？」她沒話找話說。他挑起眉毛，點頭的弧度幾乎無法察覺，打破了她本以為藉這個問題可以開展對話的希望。她有種感覺，無論以哪種語言交談，塞爾吉的話都不多。「我丈夫和我常去——以前會去卡內基音樂廳欣賞交響樂，我們買了套票。」

她本來還想傻傻地問他是否聽說過卡內基音樂廳，但這時他清了清喉嚨，說他女兒曾經在那裡演奏過。她很慶幸自己拿茶杯抵著嘴唇，正好可以遮掩驚訝的表情。

「她在茱莉亞音樂學院學琴。」他說。

愛琳這才發現自己從來沒和這個男人深入談他的家人。她知道他有兩個孩子，老大是兒子，在西岸工作，但她一直記不住他的名字；現在想想，他說不定是矽谷的軟體開發工程師，而不是如她原來所想的想像，是個警衛。

「卡內基音樂廳，」她說：「相當不簡單。」

「她學小提琴。」

「小提琴好像是最困難的樂器，」她說：「但話說回來，所有樂器對我來說都一樣。」

「這樣說對也不對。」他睿智地說。她很想聽他多說一些，但不想開口問；心裡納悶的是，他週五晚上離開她家後，過著什麼樣的生活。她想像塞爾吉的女兒會回家過週末，一家三口坐在布萊頓海灘大宅的大廳桌旁，一邊喝添加香味的伏特加，一邊聽音樂。她認真思考現實的真相：他的居家時間是他真正的人生，在她家的時間純屬工作。

「真的很感謝你留下來，」她說：「我想要再說一次。我說不準確切的時間，因為我不確定艾德會在安養院住多久；當然了，我會付你同樣的薪資，你在這裡辛苦了。」

他的手又一揮，驅開如此庸俗的話題。若非這個手勢讓愛琳十分寬慰，她說不定會覺得受到冒犯。他往後靠向椅背，彷彿在打量她。塞爾吉的臉孔散發著暖意，像是他喝的是伏特加而不是茶，在那一瞬間，愛琳懷疑他是不是隨身帶著酒瓶而且喝了一口，或是在樓上已經喝過。

「我需要工作，」他短促地笑了笑，「就算妳不付錢，我還是會留下來。我一點也不介意和我太太保持距離，妳懂吧？」

她輕啜了一口茶。

「她和妳不一樣，」他說：「她沒努力工作，根本不工作，俄國女人和美國女人不一樣。我之前去開計程車，其實我早該退休了。」

「如果不必擔心錢的問題，日子會好過很多。」

「要是有不必你費心照顧而且還會照顧你的好老婆，日子就很好過。」

她又切了片蛋糕，緊張地吃了起來。

「可是，」他說：「她看到我帶錢回家會很高興。」

「你留在這裡的時間，我有事想麻煩你，」她說：「一些居家修繕。家裡有些說好要做的工程，我先生沒有做完。你手巧嗎？」

「在俄國的時候，我是工程師，」他驕傲地說：「我曾經從零開始，做出一把小提琴，純粹是興趣。我能做好妳家的工作。」

「家裡的工作不需要那麼精細。」愛琳想隱瞞自己的驚訝。她說出第一絲閃過的念頭：「只要幫我把這個地方整修得好一點，好方便出售。」說完這句話，她才領悟到自己其實永遠不會賣掉這幢房子，在內心深處，她認為自己會在這裡終老。

「這房子很漂亮，」他說：「可以賣很多錢？」

「說了你不會相信的。這一帶的房價現在不是太好，附近蓋了一些低收入戶住宅，大家也都不怎麼買單。」

「妳賣房子可以拿到很多錢的。」他沒接受她的說詞。

「我們拿房屋貸款支付康諾的學費，」她猶豫地說：「你知道貸款是什麼意思嗎？」

「房屋貸款，知道。」他似乎有些不高興。她又覺得困窘，交談過程中要釐清他聽得懂多少，還真的很彆扭。她越來越覺得他懂得遠比她以為的多，儘管她已經喝太多，但愛琳又幫兩人倒了茶。她兩側的太陽穴開始嗡嗡作響。

「所以我還有很多貸款要償還，」她說：「如果我搬到小一點的地方，說不定可以打平。」她不知道自己為什麼要把這些事全告訴塞爾吉。

「妳不會有問題的，」他說：「妳的頭腦好。」

氣氛起了微妙的變化，若不是她，就是他開始軟化。

「我不知道艾德什麼時候才會回家，或是他的狀況有沒有可能穩定下來。」她反覆地說：「如果他的情況有了變化，我希望你能在這裡，至少還要一小段時間。請告訴你太太，在這段過渡期間，我很感謝她的耐心，我相信她一定會想知道，如果艾德不在家，你為什麼還要過來。」

「我太太不知道妳丈夫住進安養院。」

「她不知道？」

「不知道。」他放聲笑了開來。「那有什麼差別？何況我會繼續拿錢回家。」

愛琳沒說話。

「妳要等多久？等妳先生回來？」塞爾吉問道。

愛琳知道自己臉紅了，動手收拾盤子。

「該等多久就等多久，」她說：「等到我確認他回不來為止。」

她換個話題，把要請塞爾吉在隔天她上班時做的事項告訴他，包括打掃車庫，清理塞住排水溝的樹葉，換掉房子旁邊壞掉的聚光燈。她不曉得塞爾吉是否聽得出來，這些事都是剛剛才想出來的。待辦事項的清單不長，但至少要花幾天的時間才能完成。愛琳上樓準備睡覺時，幾個女性朋友打電話過來，一直聊到十點過後，她從頭到尾沒提起塞爾吉。

掛掉電話後，她躺在床上想，不知道隔天到安養院要面對什麼狀況。她擔心的，是無論艾德對過去的生活還能掌握多少，在裡頭度過一夜以後，全都會消失。她擺脫不掉那個影像，艾德用退化到猶如水晶般且帶著怨恨的眼睛瞪著她看，似乎認為愛琳送他進安養院是一種背叛，他在安養院裡每留一天都是背叛的累積。

塞爾吉上樓就寢後，她聽著他先是在床上翻身，最後悶聲打鼾。她在電視深夜節目閃爍的燈光和模糊的音效中迷糊入睡，但刺耳又響亮的廣告聲嚇得她時睡時醒，接著只曉得朝陽喚醒了她。

此時，她還沒走到接待櫃臺就碰見了交誼經理。這位女士的手臂上站著一隻熱帶大鳥，她想介紹牠讓愛琳認識。

「這是卡麗普莎，」女人伸長了手臂，說：「說妳好，卡麗普莎。」

「嗨，卡麗普索。」愛琳強裝愉快。

「是卡麗普莎。說妳好，卡麗普莎。」經理的名牌上寫著凱西，她身為交誼活動經理，卻沒有主動自我介紹。鸚鵡站到凱西的手腕上，以讓人毛骨悚然的目光盯著愛琳。

「我叫愛琳。」

「如果妳手抬起來，牠馬上會站到妳手上。」愛琳一時想不出該怎麼緩和不自在的感覺，於是心不甘情不願地伸出手。「伸直，」女人明確地指示：「把手臂伸直，牠會直接走過去。」

愛琳伸長了手臂，沒多久，大鳥便果決地跳過去。在鸚鵡踩過她手臂內側柔軟的皮膚往上走，接著以爪子站定時，愛琳強迫自己忍住尖叫。

「會抓得有點痛。」女人說。

「確實沒錯。」

「妳會慢慢習慣。」

「大概吧。」愛琳簡短地回應。

「我會帶牠去探視病患，牠喜歡爬到他們身上。」

愛琳沒辦法相信。「爬到他們身上？」

「全身跑。」

她很懷疑艾德會享受這項活動。鸚鵡從她的手臂往上爬，最後決定停在她的肩膀上，像是早已在上面插了旗。儘管鳥透過布料捏她的肩膀，但仍讓愛琳稍微放鬆了一點。

「牠……她不會弄痛他們嗎？」

「她不會傷害任何人，」女人憤慨地說：「就算他們大喊大叫或是手亂揮，她還是表現得像個淑女一樣。」這時鸚鵡開始啄愛琳的領子，下個目標可能是她的耳朵，這時女人迅速地把鳥帶回自己的手上，嘴裡還嘖嘖有聲，表面上看似責備大鳥，但愛琳覺得女人罵的真正對象其實是她。

艾德不在視聽室的病患當中。

「請問我先生在哪裡？」她詢問接待櫃臺的值班護士。

「請問妳說的是哪位？」

「艾德．列爾瑞，」她說：「昨天住進來的。」

「可能在睡覺。他今天過得很忙。」女孩揚起了眉毛。

「出了什麼事？」

「有時候，病人要有一段適應期。」

「到底出了什麼事？」

「我們不得不約束他的行動。他不想接受改變，他比我們一般病患年輕，活力旺盛一點。」

除了擔心，愛琳還有一絲驕傲。她急著想看艾德，於是立刻邁步沿走廊走進房間，看到他躺在床上盯著天花板，床頭桌旁的收音機低聲播放著音樂。幾秒鐘後，她才發現頻道轉到了饒舌音樂臺，於是憤怒地關掉收音機，朝櫃臺走過去。

「我先生的收音機轉到了饒舌音樂臺。」

女孩茫然地看著她。她一頭燙直的頭髮——天曉得那是真髮還是假髮，在頭上堆成色彩繽紛的高塔，像是上過釉彩的陶飾。她早該知道的，這個女孩不可能懂她在說什麼。

「他的收音機絕對不能放饒舌音樂。」

「我很抱歉，呃，列……」

「列爾瑞。愛琳．列爾瑞。我先生的名字是艾德．列爾瑞。我每天都會過來，而且我不要聽到他的收音機播放饒舌音樂。」

「對不起——」

「我是護理師。我知道工作人員換床單、打掃房間時會聽音樂，但不管怎麼樣，他房裡的收音機都不可以轉到饒舌音樂臺。」她知道自己開始冒汗。「我要把話說清楚。」

「妳想找我的督導說話嗎？」

「我明天會打電話過來，」愛琳說：「謝謝妳。」

「沒問題的，」女孩說：「我向妳保證。」

「我知道不會有問題。」愛琳說完，轉身回去看艾德。她能夠想像那名護士對她的看法。打從她開始管理護士開始，她就已聽過太多次同樣的批評，然而她一點也不在乎。

她內心深處知道，如果艾德從前的自我還在，而且足夠，他很可能會出於好奇，真心嘗試著欣賞。曾經有許多次，艾德的開明讓她吃了不少小苦頭，但這些都可以忍受，因為他自然而然就會放棄，有時候甚至會對那些讓她氣憤的事情也沒有耐性——例如那個她永遠忘不了的夜晚，兩個西裔年輕人靠在她家對面的街燈邊站了一小時，而且口出穢言，艾德氣得到門廊訓斥他們一番，要他們到別的地方去使用那種不入流的言辭，因為他們住的不是那種地區。她站在門廳，從他身後看著他們偷偷摸摸地離開。然而，現在的艾德幾乎分辨不出任何差異，她再也不能要他去講理，或是互相阻斷，甚或隔絕他們身邊的噪音。無聲的收音機彷彿在責備她，愛琳為丈夫放了張納京·高的CD。

探訪結束要離開時，愛琳差點在看似相同而且互相貫通的走廊迷路。她詢問該如何走到大家口中的「前門」，沒想到這個主要出入口位在建築物的後方，而且和她想像的不同，並不是面對著大街。這處所謂的「前門」其實是「後門」，如果她真走了出去，就得繞過整個安養院，才能到她以為的「前門」去開車。

這地方的設計讓人生氣，說不定設計師的理念，就是讓人不想來。根據視聽室裡裡人數稀少的訪客來判斷，大部分的人都有相同的看法。

然而她不是訪客；是在下班後來看丈夫的例行事項，這是她日常生活的一部分。她要讓院方知道，儘管艾德住在安養院而不是在自己家，但除此之外，一切都沒有改變。

就算他們把他的房間排在迷宮中央，她仍然每晚都會來。

她要在永不消逝的婚姻當中，做一個絕不離開的女人。她不會因為護理人員把艾德視作另一個老而無用的傢伙，而改變對丈夫的信念。他們不知道自己照顧的是何等的男人，可是她不會多做解釋，因為這些人不值得她多費唇舌。她甘願讓他們以為他是個連話都講不清楚、病弱、愚蠢的男人，因為她知道真相。她永遠比他們瞭解實情。

87

她請他在車道加鋪一層瀝青，要他粉刷任何可以上漆的表面，接著再要他到外面油漆雪松板、籬笆、窗框、通往階梯的沉重鐵門，甚至連磚頭都不放過。他清除了舊壁紙，改貼怡人的新花色。她要他把閣樓的隔熱紙換新、清除地下室和閣樓的垃圾、疏通房子前方的排水溝；他拆掉一樓半套衛浴的馬桶換新，順道也裝了新梳妝臺。他獨力完成大部分的工作，至於較大的工程，愛琳則是付錢請園丁下班後來幫忙。他有自己的工具，沒動用她買給艾德那套。塞爾吉補好車庫漏水的牆面，也補強了車道尾端與上坡面相隔的擋土牆，這道擋土牆逐漸傾斜，聽說再不處理遲早會崩塌。他先架起木料扶壁避免牆面繼續前傾，又挖空從前回填至基腳的泥土，在裂口處填滿混凝土塊和布料，最後用土補平；接著在雙層加固的牆頂平臺以木板搭框灌漿，砌出讓她聯想到蛋糕奶油抹面的平整表面。

他的工作成果讓她的朋友讚不絕口。她在他們的讚嘆中聽出隱約的曖昧，但若他們不挑明，她樂得讓那些人去私下臆測。也許他們以為塞爾吉會取代艾德，說不定還認為她徹底失控。又或許他們以為她需要在新舊生活之間建立一道橋樑；以為她和他上床。隨他們愛怎麼想就怎麼想，她告訴自己：讓他們去猜想、臆測、咋舌，讓他們沉溺在憐憫、反對或任何情感當中吧。

自宅改造工程的水準讓她引以為傲。附近少有交談的鄰居開始詢問施工者是誰，她含糊表示是個友人，而且當她將這些詢問轉達給塞爾吉時，他毫不隱藏的驕傲也出乎愛琳的預期。她寧可他對工作品質的讚賞表現得無動於衷，因為若他永遠把自己放在另一個較為單純、抽象的角落，那麼她便不必當他是為了環境而低頭；然而，看到大家的稱讚為他多少帶來喜悅後，愛琳發現，最初擔心派他做事是降低他身分的考量顯然是多餘的，於是差他工作時逐漸自在了起來，而這正是她這段時間持續努力的目標。她所不知道的是，他一旦離開，她並不知自己該如何是好。

時序由十月來到十一月，一連串較大的工程逐漸進行到尾聲，房子呈現出當時她簽下合約、把自己和房子的命運並列時預見的光潤。她明白房子的修繕終究不可能完整，因為她不打算去動閣樓和地下室；此外，配電永遠不會更新、貯油槽不會挖空、管路不會重拉，而且石綿板也不會拆掉，接下來，她不可能繼續支付目前將近每個月四千美金的費用。醫療給付的一百日期限在這季即將結束，也就是說，她開始要按月支付安養院六千美金，這筆錢出自退休帳戶和房屋貸款剩下的餘額。

她想和他討論離職一事，但是比較容易的做法，是繼續撒薪水挖存款，再向自己保證下週付款日之前一定會告訴塞爾吉。她記得塞爾吉說過：只要我繼續拿錢回家，她就高興了。

一天，塞爾吉問起他是否也可以在她家過週末。愛琳聽到這個要求不由得驚慌；原本，她準備在這天告訴他家裡的工作該告一段落。事實上，她差一步就要開口，接著他表示自己在幾週前與妻子分手，這幾個週末一直以他妹妹的沙發為家。

她很震驚。「我沒辦法負擔你的全職薪水。」

「妳不必付我錢，」他說：「我住這裡會付妳錢。」

「付錢給我？」

「我打雜工，」他說：「到妳鄰居家工作。」

他的提議聽來極端，但這個奇特的方案卻自有誘人的合理性。她顯得猶豫不決，但知道自己必然會接受這個做法。

「我喜歡這一帶的環境。」他的話填補了她念頭轉換間的空隙，也開啟了對話。

「你不要付我錢，」她說：「住在這裡的期間，你可以繼續整修房子。」她不由自主地併攏腳踝。「這就足以抵消房租了。當然，你到頭來終究會找到自己的家。」

她幫他做了傳單，上頭寫了她家的電話號碼但沒留下她的名字，複印後張貼在布隆克維當地的推磨奴隸咖啡館，以及勞倫斯醫院的布告欄。另外，她還在《省錢一族》廣告報上登了廣告，並去那些詢問過塞爾吉修繕成果的鄰居家敲門告知。

洽詢的電話陸續打進來。她上班時，會順道載他到史密斯凱恩斯車行，結果他也買了一輛二手福特金牛座轎車；此後，大多數早晨，他在她醒來前就已經離開，通常他會為她準備一壺他自己從來不喝的咖啡。

漸漸地，她不再為是否留下他、讓他離家而導致他們夫妻分手而感到愧疚。塞爾吉和妻子分手是他自己的事，和愛琳沒有關係，而且據她所知，他們感情不睦也不是最近的事。如果每週分開幾天便足以讓夫妻不和，那麼分手也許是必然。

每週五，他會留下足夠的錢來分攤伙食費；至於水電，他幾乎用不上。

要他們一起用餐未免太親密，而且那麼一來，兩人同桌必定會有許多該填補的時間；於是，若她下廚，她會先吃再將食物留在爐子上；換他掌廚時，他則會把食物留在冰箱裡。她要是幫他在樓下留了食物，就會敲他房的門，在關上的門外告訴他。塞爾吉的做法，是留下以簡單文法寫成的紙條：「晚上我下廚，妳別做。」

他洗澡會把衣服帶進浴室，著裝完畢才走出來。有一次——他一定不曉得她已經回家，她在樓下的階梯口看到他腰上圍著一條應該是從健身房拿來的白色舊浴巾，踩著重重的腳步走進他的臥室。浴巾兩端在他臀部上方打個結，他的肚子頂著浴巾但不見下垂，比起她來，他的贅肉成分似乎健康一些。一陣蒸氣隨著他竄進走廊；他紅咚咚的臉孔和胸口像是煮熟的龍蝦，但身體其他部分白得像石膏。

他會洗自己的衣物，也常會幫她洗，但是從來不會同時洗兩人的衣服。用不著她開口，他自己懂得區分。

他們分別在自己的房間裡看電視，閱覽室的電視幾乎不再使用，少數幾次例外，是她確定他已經上床睡覺以後，才小聲地下樓打開電視，調低音量而且不開燈。若聽到樓梯在他的重量下嘎吱作響，她會切換到靜音，但那都是想像出來的聲音。廚房裡的一片黑暗似乎會稍有晃動，像是他走了進去，然而他從來不會在夜裡進廚房。

她會把《紐約時報》帶去上班，但這麼做不是因為她想在當班時看，而是要將整份報紙在晚上交給他，避免兩人必須因為交換版面輪流看而延伸的尷尬對話。她下班回家時會把報紙留在廚房的中島桌臺，他十分周到，總是趁她不在廚房時才去拿，而讀完後也會放進回收桶。多數時候，他會留給她《紐約郵報》作為交換，打從離開傑克森高地後，她就少了這個會帶著愧疚的娛樂，那是在她到二或三樓的奧蘭多家去接康諾的時候。她忘了自己當時曾多麼享受趁康諾討價還價要留下來時，坐在奧蘭多家餐桌旁邊翻報紙邊聊天的時光。

感恩節在她腦子裡打轉有好一段時間了，她必須找個好理由，對康諾解釋塞爾吉為什麼還留在家裡。不知怎麼地，她一直沒告訴兒子；而康諾不常打電話回家正好省事，儘管她知道自己多此一舉，但她還是請塞爾吉不要接電話。最後，她打電話要康諾不要回家過節，把機票錢留著下次用，她告訴兒子：最近手頭緊，反正他再過幾週便要回家。康諾嘴上抗議，但半推半就的態度，讓她不至於為自己的做法感到難過。她聽得出他心中的愧疚，但他的愧疚不只是因為沒能回家，另一個原因，是因為他對自己沒回家的罪惡感不夠強烈。

幾個朋友出自好意，邀她共進晚餐，可是她說要去派特堂弟家過節。那天早上，她和艾德一起用過早餐後，回家為自己和塞爾吉準備了感恩節晚餐，而且是全套晚餐，包括所有該準備的配菜，以及一隻大到足夠吃好幾個星期的火雞。

這是塞爾吉第一次享用的美式感恩節晚餐。她看著他在盤子上堆起佳餚，而且吃完一盤又一盤。在他第三次伸手去舀撒了棉花糖的甜薯泥時，她感覺到心底有一股暖暖的驕傲之情，彷彿啜飲了一口添了香料的熱紅酒。光塞爾吉一個人就用掉了一罐紅莓醬汁。

十二月初的一個晚上，愛琳在楓林安養院度過折騰的幾個小時，艾德拒絕進食，哀怨地哼個不停，在來到安養院之前，她還經歷了疲累的一天。回家後，她站著刷洗煎肉鍋的焦汁，一直沒有坐下，這時她聽到塞爾吉走進廚房來到她身後。她抬頭看到他映在窗玻璃上的倒影。沒多久，她不再假裝不知道他站在門口；他的腳步聲太重，而且室內像是有電流通過。她放下刷子，吸口氣提起勇氣才轉頭面對他，他一言不發，看著她的雙眼流露出奇特的熱切；接著，他朝她走過來，她本能地舉起戴了橡膠手套的雙手。他繞過中島桌臺，站到她面前。她感覺得到，自己的呼吸開始加速，他緩緩地靠近她，他的舉動帶著試探意味，這個發現讓愛琳不安；他似乎擔心他們的命運，對於他即將要做的事，他彷彿無法控制。她責備自己，當初不該收留這個陌生人，他可以對她為所欲為，而她絕對無力阻止。

他一隻手來到她腰間，愛琳沒閃避，她感覺像是靈魂出了竅，在身體外頭看著自己。

「妳在做什麼？」

「沒事的。」她說。

他將她拉向自己。她抬起雙臂，半是為了保護，半是因為冷，濕手套給她的皮膚帶來一陣涼意。她抵著他，感覺到自己的腫脹和濕滑。得知艾德的診斷結果至今，她胖了至少二十五公斤，幾乎是艾德每掉一公斤她就多胖回來一公斤，彷彿她吃東西，是為了維持他們之間的平衡。塞爾吉過來親吻她時，她看到他光滑的皮膚，不免懷疑他是否在下樓前剛刮過鬍子。他抹了不少從藥妝店買來的鬍後水，這個氣味並沒有如想像中的令她抗拒。她能夠感覺到他胸膛下的心跳，他撫遍她的身子，雙手在經過的路徑上留下難以抹除的戰慄。最後，她只知道自己和他上了樓梯。

事後，她鎖上自己的房門，還把扶手椅推過去擋住門，她知道這很荒謬，但她認為有必要保護自己，有必要躲藏好。她上床先哭了一會兒，才不知不覺地入睡，身體自然會做該做的事。她在惱人的燈光下醒過來，聽到塞爾吉房裡調低音量的電視聲響，然而她就是知道，他並不是醒著的。

到了早晨，她先沖過澡穿好衣服，才搬開扶手椅。大膽地走出房間後，她發現塞爾吉的房門大開，她走過去探頭一看：他放在房裡的東西都清空了。愛琳鼓起勇氣下樓，訝異地看到塞爾吉坐在餐桌旁小口地啜飲咖啡，行李箱就放在身邊。

「原諒我。」他說。

「原諒你什麼？」

「我想，妳會要我走。」

「別胡說，」她說：「你還有工作要做。你可以開始找住的地方。但在找到住處之前，這裡就是你的家，對我來說這就夠了，什麼都不必多講。」

88

康諾知道母親要等到聖誕夜才舉辦她的派對以後，便利用感恩節假期擬定了計畫。辛蒂·寇克立打算主辦晚宴，去年一樣是她主辦，而既然輪流舉辦的傳統已經被打破，辛蒂很可能一直繼續下去。這不會是最好的做法，母親說：因為派對沒什麼可以期待，而且客人不能留太晚，但對她而言，在這特別的一年邀請同一群人參加她主辦的派對，確實意義重大。她明白同一群人沒必要參加兩邊的派對，但她也知道，若她堅持，大家一定會出席，所以她絕對要堅持才行。她說，她主辦的聖誕晚宴要和他們從前的派對一樣好。他知道，若父親不能出席，母親會心碎，所以他打算親自確認父親一定會在場。

他們在聖誕節的早上一起去探視艾德。安養院的布置和裝飾營造出節日氣氛。每個座位區都有三兩成群的訪客，許多房間也擠滿了人，處處歡樂。護理人員對待他母親的態度，不如接待由遠方搭機來探病的病患子女或孫兒那麼正式，但相對來說卻更慎重。她不但每天來，而且從不諱言自己同是專業護理人員，這一定讓安養院人員不敢便宜行事。

這對母子看到父親張著嘴躺在床上睡覺。他們沒叫醒他，而是分別坐在床鋪兩側的椅子上等他自己醒來。康諾看得發毛，覺得自己像是在看父親的屍體。在他準備搖醒父親時，母親早他一步，做了相同的動作。父親平靜地張開眼睛，吐出一串急促的單字。他抬起手搔鼻子，動作緩慢地像是指頭在肉眼看不見的黏稠液體中移動。

母親很努力地為他做心理建設，也早已告知他父親自暑假後日益惡化的狀況。父親光靠自己沒辦法下床，於是母子倆一起扶著父親下床改坐輪椅。

父親在椅子上坐穩後，康諾看著他的膝蓋，想知道過去相連父子的肢體動作，到如今是否仍然有跡可循。那要從他兒時說起了，當年父親經常用雙臂環住他，宣稱：「看看，我有個這麼好的兒子。」艾德發病的早期，只要康諾擁抱他，他就會退縮，簡單地說聲：「好孩子。」到了艾德逐漸喪失力氣後，原來的緊握成了輕撫；失去協調能力後，輕撫又轉為沉重的拍打。「用按的就好，」有次父子倆相握時，康諾說：「用按的。好，你的手先不要動，像這樣。」父親口齒不清後，會含糊吐出幾個字，當時他說得清楚的，只有：「好，好，好。」到了最後，艾德連「好」都說不清楚，就算沒有其他人分辨得出來，但康諾就是知道他想表達什麼。到了下一個階段，康諾會俯身親密擁抱父親，最早，坐在沙發上的艾德還會伸手相迎，後來艾德不再伸手，只會拍拍他自己的膝蓋。到了最後這個階段，康諾發現只要他走進病房，艾德就會拍膝蓋。然而這天，坐在輪椅上的艾德沒有任何反應。

康諾推著輪椅，來到面對草原的大景觀窗前。前一場落雪在地上留下幾處白色的積雪。由於天氣太冷，他們沒帶艾德到外面的露臺。母親沒說可能要帶父親回家過聖誕節，康諾看到父親的狀況後也就明白了。但是他沒有動搖，他能將父親抬上車、抱上樓梯，在這天讓母親回到原來的生活。

他們打開送給艾德的幾個禮物，交換禮物的過程十分安靜，而且為時不到兩分鐘，感覺和空手而來沒有兩樣。母親請護理人員為父親換上節日的衣服，艾德穿上了他聖誕節愛穿的、中間有一排雪花圖案的灰色毛衣，搭配襯衫和正式的寬長褲，但他看來像是不小心穿了別人的過大衣服。康諾心裡沒有漸進式的緩衝機制，此時沒有辦法減低眼見父親身上衣服寬鬆至此所帶來的衝擊。

母親異常地安靜，康諾喋喋不休講個不停，直到驅動這場獨白的動力耗盡，才終於停下來，一家三口看著外面的落葉隨風打轉。

交誼活動經理凱西走了過來，那隻熱帶鸚鵡停在她的手臂上。「你看，列爾瑞先生，」她說：「卡麗普莎要祝你和你家人聖誕假期快樂！」鸚鵡穿著迷你尺寸的聖誕老人道具服，腰間打了黑色腰帶，頭上戴著裝飾著毛球的呢氈帽，而且還踏了幾個舞步。康諾忍不住大聲地笑了出來。也許這就是把鸚鵡打扮成這副德性的重點，他心想，說不定這個瘋瘋癲癲的女人自有她的道理。母親對這個女人和鸚鵡視若無睹，眉毛幾乎沒抬一下，康諾讓鸚鵡在手臂上站了一會兒後，決定把母親帶離安養院，免得她心情更低落。「我們走吧，」他說：「還有好多事要做。」康諾將父親推回房裡。母子倆上車後，他對母親說要去上廁所，接著回去把自己的計畫告訴櫃臺接待人員，表示當天傍晚會回來接父親。負責接待的女孩先查看康諾是否在有權帶艾德外出的人員名單上。

「沒問題，」她蓋上艾德的檔案夾，說：「我必須提醒你，一旦你帶他出去，他就是你的責任。」

「我懂。」康諾盡可能以輕鬆的語氣回答，但沒能隱藏住聲音裡的顫抖。

他必須伺機而動，才能等到離開的好時機。母親一定會需要他幫忙。這年，她投入的心血更勝以往，買來新燈串和裝飾品，還布置了第二個馬槽，添購第二顆聖誕樹頂的星星和看來要價不菲的花環。

這年準備工作之緊湊，也來到另一個層級。在塞爾吉做最後採買時，康諾把閣樓裡最後幾個箱子扛下來。為一樓眾多的聖誕老人、木頭士兵和雪人填補最後陣容。家裡的每面牆都掛了人造冬青，所有的門上也掛了花環。聖誕樹的裝飾繁複，不但有串串小燈，披覆的金蔥彩帶更厚得像是煮過的菠菜。燈瀑沿著火爐、踢腳板流動，繞過門框後爬上欄杆。茶几和櫥櫃檯面上放了插電蠟燭，點了燈的馬槽和陶瓷聖誕樹像是要爭奪空間。每一件飾品似乎都點了燈，要不就是後面有燈光照亮。擺設雖然多，但在插頭插上或燈光打開後，屋子裡仍然有種裝飾不足的感覺，陰暗的空間似乎比明亮的布置更顯眼。

廚房裡的食物多到像是有大隊廚師進駐，不像出自單單一位意志堅定的主廚之手。流理臺和中島桌臺上到處可見鍋碗瓢盆。餐廳裡，餐桌的備用桌板全拉了開來，在紅色麻布桌巾上還鋪了一層白蕾絲。他們在餐桌旁邊放了一張小一點的桌子與起居室相連。每套擺好的餐具上都有小鼓手造型的餐巾座，即使臨時加進來的小桌子也放滿東西，連杯子也不可能再放得下。

客人陸續到達，康諾幫他們把外套掛到地下室的衣架上。大夥兒聚在廚房裡，手上端著馬克杯裝的蛋酒，享用葡萄酒、切成小方塊的起司、奶油餅乾、松露巧克力、碗裝核果、以牙籤叉好的瑞典肉丸、大受歡迎的鹹餅乾、摘成小串的葡萄、沾了醬料的薯片、配好布利起司的麵包角、鋪在吐司上的手切火腿、進口熟食肉片——這些只是樂團正式演出交響樂前的調音。剩菜足夠吃一整個星期。

他看著母親輕盈地走進廚房和湯姆開玩笑，要他留點肚子吃晚餐，清理完一盤盤牙籤和麵包屑後，又俐落地回去和瑪麗聊天。她在派對時總能展現出最好的自己，而且有種能讓大家放鬆心情的天賦。愛琳老是說自己會是一流的外交官或政治人物，但康諾知道，若他能走上外交之途或從政，那愛琳就真的滿足了。

燈光的溫度加上賓客的體溫，視聽房很快便暖和了起來。他拉開落地窗，一股冷風鑽進屋裡，於是他立刻關上。起居室裡的扶手椅、摺椅和沙發上都坐滿人，大家把裝了開胃小點的盤子放在腿上。傑克·寇克立和一位住在前一條街上的鄰居站在前廳的酒吧桌旁，客人在兩人之間穿梭，取用飲料。前門開了一道縫，好讓空氣流通。康諾將門完全拉開，一眼看到傑克在他的車庫工作室裡花了一年時間製作的整隊木雕馴鹿，以及裝飾在籬笆上、走道和樹叢間的燈飾。

他走到外面，隨手關上門，拉掉一串燈泡的插頭，扔到房子右側的黑暗當中。回到屋裡，他告訴母親有串燈壞了，他要去店裡買一串來換。他知道她不會讓這麼明顯的瑕疵破壞完美的夜晚。康諾上車開往安養院前，在家門口稍停了一下，檢視自己製造出來的一小段缺口。他懂母親為什麼會操心這種細節，因為他看著這段缺口，也隱約有種不祥的預感。他搜尋到播放聖誕音樂的電臺，駛進眼前黑夜快速落下的夜晚。

他停好車，等待開門鈴響。與前廳相連的走廊上有一條高度及腰的紅色帆布條，兩側以魔鬼氈固定，看起來雖像超大尺寸的終點線，但事實上是用來遏止逃跑的有效工具。康諾拆開一側穿過去，重新黏好魔鬼氈，心裡有種莫名的哀傷。

他在「瞭望臺」找到父親，從這個小房間可以俯視安養院的正面草坪，院方將部分吵鬧一點的十來個病患安排在草坪上用餐，享受下午的美好時光，免得打擾到其他人。他們帶著餐點，看護人員在別處，輪椅像是碰碰車似地排列在一起。康諾的父親低聲呻吟。康諾聽得出來，父親看到他站到室內時，發出的聲音有微小的不同，但他沒有脫離迷糊的狀態。父親的睡覺時間過了，工作人員將他推到瞭望臺是為了等康諾過來接人。牆上的電視正在播晚間新聞。

康諾推著輪椅走出來，到了紅色帆布條前，停下了腳步。

「我要去按密碼，」他說：「假如你不說出去，我可以把密碼告訴你。」

他等著看父親的眼睛是否會亮起來，展現他對通往自由之路的渴望，然而父親似乎沒注意到他說的話，仍然持續發出低吟。他按下密碼，拆下帆布條後推父親出去，突然有種帶父親出獄的感覺。來到戶外沒多久，父親便不再呻吟。

「這就是你想要的嗎？」康諾彎腰問道：「你想到外面？」

父親的靜默彷彿是確認。

「如果我早知道就好了！不過待在外面太久會很冷，再說，我們要去一個我猜你會很高興看到的地方。」

他走到車旁，拉開車門，雙手架在艾德的胳膊下，扶他站起來後再讓他坐進車裡，先為他繫上安全帶，再收起輪椅放進行李箱。

這是父親幾個月來首次離開安養院，康諾納悶地想，不知父親坐在車上經過長長的車道時，心裡究竟有什麼感受。樹上的葉子落了，強風呼嘯掠過光禿禿的枝幹，在車燈照亮下，看起來就像伸長手想阻止父親逃亡的警衛。車子來到馬路上，父親癱軟地靠著車窗，靜靜地把雙手放在腿上，脖子的角度看來不怎麼舒服。

「爸，坐直。」康諾說，但是艾德沒有移動。康諾伸手將父親拉正，打開收音機。他希望能看著窗外，看到掛在前院籬笆上的燈串、窗裡的蠟燭、草坪上的裝飾，以及更重要的，看到安養院外面的世界，看到這天是聖誕節，看到聖誕節真的存在，但父親看來似乎根本未發現自己離開了瞭望臺。沒關係，等他回家以後，他會看到家裡為了迎接聖誕節所做的布置，會因此想起節慶的喜悅。他會被帶回原來的生活當中。這麼做可以讓爸爸高興，但更重要的是看到母親在這最後一個家庭聖誕派對，看到大家相聚的喜悅。父親進安養院前，她說過自己看太多次，而今這個可能性慢慢逝去，她的內心一定不好過。至於對這趟返家之行一無所知的父親，一旦回到家之後，最後也會明白多虧有康諾，他才不必在病房裡孤單地度過這個節日，只有貼在門上那張從藥妝店買來的聖誕老人海報相伴。不管是度過一個毫無慶祝的聖誕夜，或是任父親一無所知地昏睡，對康諾而言都太沉重。

路上車不多，他們很快就回到家，這段路花的時間，和去店裡買串燈泡的時間相差不遠。他家附近的路上停滿了車，他只好停在一段距離之外。他本來想帶父親走進家門，讓他坐在沙發上，但這下也只好拿出輪椅推他。來到距離家中車道不遠處，康諾看到了露絲．麥圭爾，她按下鑰匙圈上的按鈕鎖車門。她一定是把法蘭克留在家裡了。看到康諾，露絲驚訝地睜大雙眼，她來到車道前方和他們會合。

「這是怎麼一回事？」

「聖誕快樂。」康諾靠過去擁抱露絲，怪的是她全身僵硬。

「嗨。」她向他父親打招呼，彎下腰親吻他。站直身子後，露絲問：「怎麼了？」

「我認為我們應該全家聚在一起過節。」

露絲放下拿在手上裝禮物的袋子。「你媽媽知道嗎？」

「這是給她的驚喜。」

「不好。」她搖搖頭。「這個主意不好。她完全不曉得他要回來嗎？」

「我一個人策畫的。」他說。

「喔，天哪。」她像是飛快地動腦筋。露絲又拿起袋子，來回快速走了幾步又放下來。「怎麼辦，要怎麼辦？」

「沒事的，」康諾說：「不會有問題。我們會度過一個愉快的夜晚，這是她想要的。」

「你媽媽現在的壓力很大，」露絲說：「她現在不好過，假期又讓一切變得更辛苦。相信我，我知道的。」她指向原本應該是她丈夫座位的副駕駛座。「我讓護士陪法蘭克留在家裡，因為要在這樣的晚上帶他出來很困難，而且我不想讓你媽媽難過。她只想好好度過這個夜晚，然後繼續往前走。」

「她的心情不錯，看到爸爸一定會很高興。」

露絲走到一小段距離之外向康諾招手，要他放開輪椅跟過去。康諾先固定好輪椅才走過去。

「相信我，」露絲說：「她盡了一切力量，想要度過這一天。她盡了全力。你何不送他回去安養院？」

「我已經把他帶到這裡來了，」他說：「我不想讓他難過。」

她不贊同地看著他。「你不會讓他難過，他不會知道這有什麼差別。你何不送他回去呢？我們不必把這件事告訴你母親。」

「我離開這麼久，她會生我的氣。」

露絲惱怒地雙手一攤。「那就讓她生氣，別把事情弄得更複雜。」

「可是今天是聖誕夜，有爸爸的陪伴，她會很高興。」

「再怎麼樣，你也得先進去把你的想法告訴她，我會陪你爸爸。把你的計畫告訴她，讓她有機會做決定，不要貿然出現在她面前。」

「我想讓她在廚房裡看到我爸，」康諾說：「我想看她臉上的表情，我也想看他的臉。」

他握住輪椅的握把，鬆開輪子上的煞車。

「你聽我的話好嗎？我認識你媽好幾十年了。」

「她是我的**母親**。」

「康諾。」她怒目瞪著他。

「我不能送他回去。」

「你**可以**。」

「外頭好冷，」他說：「我要帶他進去。」

「至少讓我先告訴她，讓我有機會解釋。」

「不會有事的。」但是露絲早已拎起袋子，早他一步朝車道走去。他推著輪椅穿過路邊的車子朝家裡前進，接著扶父親站起來，慢慢走上門梯。門梯沒有扶手，所以他必須伸出一隻僵硬的手臂扶牆，另一手環住父親的腰，一次拉他往上爬一階。一波焦急的期待之情湧向他的胸口。這時父親又開始低聲呻吟。他們緩慢前進，像是來到了高潮時刻，然而他希望這更像一個難忘夜晚的序曲，而且對他母親而言，應會是個讓聖誕佳節更臻完美的結局。他突然開始緊張反胃。康諾拉開紗門，想要用手肘接住回彈的門，但就在他握住父親站穩時，紗門砰一聲打在門框上，後面的門隨後打開，開門的傑克．寇克立本來滿臉笑容，但一看到康諾的父親，傑克的臉色突然大變。他拉開紗門讓康諾帶艾德進門，這對父子一走進去，露絲和愛琳正好從裡頭走到前廳，兩個女人快速交談，不時以手勢強調，快步走來時都沒有抬眼往前看，到了這一刻，愛琳才看到康諾和艾德，頓時停下腳步，而聚在廚房裡的所有人全轉過頭看著康諾，臉上的表情不是困惑就是嚴肅。康諾瞬間明白自己的判斷錯得離譜。母親並沒像他所想的衝過來，而是站在原地張著嘴說不出話。康諾確信這只是短暫的幾秒鐘，但感覺起來竟像是一輩子，而且在他腦海中，這幅影像的慢速曝光時間一定會持續那麼久。塞爾吉在坐慣的老位子上調整自己的坐姿，手上的雞尾酒像是停在半路上，說時遲那時快，母親發出一聲帶著喉音的啜泣，低喊了一聲「喔，艾德！」再以手掩嘴作為收場。他轉過頭，打從到安養院接他回家後首次審視父親，這次匆促的行動讓他沒有機會做這件事，但這時，他開始覺得自己曾經停下來看，也不會真正看到艾德。說巧不巧，垂在父親嘴角的黏稠唾液偏在這個時候滴到地上。康諾擦掉口水，後悔至極地站在原地，由他母親帶頭的一群人迎向他父親，慎重地將他帶向閱覽室的火爐邊，晚宴在開始前便宣告結束。塞爾吉似乎是迫於無言的熾熱凝視，起身離開廚房。康諾可能要再等一天——或等到下輩子，才能感覺到自己獲得救贖。他從來沒像這個時候這樣，覺得離父親如此遙遠，大夥兒的背像是人牆，遮住了艾德；母親走了過來，賞他一頓他活該領受的訓斥。

「幫我整理外套。」愛琳鎮定的語氣中聽得出急迫，她沒時間發火。這輩子，她的期望不斷下修，而她也知道處理事情的先後順序。「去幫大家倒飲料，我們要好好利用這個狀況。」

康諾忙完後才到前門廊去，撿起他拆下的燈串接回去。光線立刻重現，母親想為過往車輛以及要轉彎開上車道的親友沿籬笆拉出的光串，也恢復完整。他站著打量簡潔明亮的燈串，想從光線當中獲得單純的喜悅，努力忘記這些燈和屋裡更多的幾百顆燈火，都無能抵擋某種深不可測的黑暗。他的父親不在了，早已離開。

89

她本來還擔心晚宴會太晚結束，因為大家看到艾德都愣住了，不確定自己該在什麼時候、可不可以離開，但大夥兒一個接著一個陸續回家。愛琳知道，要是讓艾德在所有親友告辭後才離開，她一定會傷痛難當，於是她在所有人離開前，趕緊宣布要送丈夫回安養院。她請傑克和康諾扶他走下門階，向大家簡短告別，交代露絲負責幫大家拿外套。康諾想開車自己送父親，或是陪母親一起送，但她堅持自己跑這趟路。

來到安養院，她無視規定，直接把車子停在前門口。她把輪椅留在行李箱裡，先態抱住丈夫再將他拉到自己身上，像是和一個昏迷男人共舞一樣，努力讓他保持站姿。安養院裡漆黑一片，只剩下門廳一盞燈。她按了電鈴，用雙臂抱住艾德，

邊等邊懊惱，稍早應該把艾德留在車內，或是花點時間先拿出行李箱裡的輪椅，問題是她沒辦法清楚地思考。她又按了電鈴，艾德在發抖，她繼續按電鈴，考慮是否該扶他回車上，說不定根本不該回安養院，就在這個時候，一位工作人員來應門，愛琳請她推輪椅過來。這位工作人員回來時還帶了同事。愛琳推艾德回病房，送他上床，親吻他道晚安，趕著在情緒湧上前離開——稍早為了擺脫這波情緒，她快速地搖頭甩手，像是要甩乾水滴一樣。

她沒有足夠的勇氣，沒辦法讓艾德在家裡過夜，如果讓他回家住只是為了再送走他，她一定會心碎，另一個考量則是塞爾吉。自從那晚走進他的房間讓事情發生後，她再也沒和他發生過關係，最初，火花迅速引燃了烈火，但到現在，她幾乎已經說服自己相信事情從來沒發生。然而他們最近倒是發展出

另一個習慣。他會在愛琳入睡後到她床上抱著她，夜裡再回到他自己的床上，但有幾個早上，愛琳醒來時會發現塞爾吉在她身邊，甚至曾經在他懷裡醒過來。她不能讓艾德睡那張床，因為那已經不像是他們夫妻倆的床了，但那也不是她和塞爾吉的床，而且也越來越不像她自己的床，就這麼簡單。她躺在上面難以入睡。她想買新床已經有好幾年的時間了，這下子，她知道自己必須立刻換床，說不定隔天就換。既然艾德已經回過家，事情就不會如同往常一樣。

愛琳樂得看到康諾賴床晚起。她下樓看到塞爾吉在廚房裡等待。多虧他，愛琳覺得輕鬆多了，他飛快地做個手勢阻止愛琳開口說話，表示他能理解。愛琳有種感覺，說不定她和這個男人根本不必靠語言溝通，他自然會明白她的心意。他一向會讓愛琳好辦事。前一晚，塞爾吉一看到艾德走進家門，便上樓回到自己的房間，而且沒再下樓，艾德現身讓大家都分了心，她確定塞爾吉的離開沒使得任何人妄下結論，她很感激，因為選擇離場是完美的做法，而且不必由她開口。

他很快就收拾好東西，事實上，他也沒太多私人物品好整理。她問他要去哪裡，他表示在想通下一步該怎麼做之前，會去和他女兒同住。她直覺塞爾吉最後會和妻子復合，從一開始就是如此，這不但是為了他自己也為愛琳，對他而言，更是一條生路。

看他站在門口，她突然有種近似驚慌的感覺，於是問他是否要和她一起到市中心去吃早餐。他答應之後，愛琳迅速地帶他離開，這就像是，如果她兒子下樓看到他們兩人一起到市中心，他們之間的事就會在她心裡停留得更久。

她坐進塞爾吉的車裡，這是她首次搭他的車。看到乾淨整齊的車裡沒有紙屑也沒有食物包裝時，她有種莫名的感動。她聞到車裡有空氣清淨劑、破裂皮革和——她沒想到自己竟分辨得出來的塞爾吉的味道。

她本來想去比德餐館，或市中心另一家她老是記不得名字的地方，但是在他開車時，她才想到要和他坐在一起享受一頓好餐，還要在結帳前久久對望，會有多不自在，因為她知道自己對他的感情比願意承認的來得更深，而且她知道他也一樣，否則他大可不必謹守與她僅有一次的親密關係。

她要他把車停到帕瑪路貝果店外的停車場，兩人走了進去。她驚訝地發現這是他們首次一起在公共場所露面。她問他想吃什麼，他要她買她認為他會想吃的東西。她記得看過他吃過起士雞蛋三明治，於是為他點了一個他愛的美式起士搭配原味貝果——這個選擇容易到讓她驚訝，和黑咖啡。她也幫自己點了起士貝果，但是把美式起士換成巧達起士。愛琳付錢時太緊張，又補了一塊錢才給足金額，她多少能感受到她想像中艾德付錢時的心情，此外，她還感覺到一波不知是難過還是愧疚之情像電流般通過她的全身。她付錢時瞥了塞爾吉一眼，看到他正大剌剌而且絲毫不覺得抱歉地望著她，也許是因為他現在可以大方地看吧，她相信站在櫃臺後方的女人一眼就能看出他們的關係——如果她誠實面對，這個說法絕對正確。

她端來食物，和他一起坐在小咖啡桌旁的塑膠椅上，兩人聊著最安全的話題：天氣，以及咖啡是否順口。他請她再為他拿一張紙巾，因為店家把紙巾放在櫃臺後面，若由他去要，恐怕得經過一番協商。這讓她想起那些他抱著她的夜晚，像隻嘆口氣睡在火爐前方的小狗；她想伸手碰觸他的臉，但是她知道自己永遠不會和他在一起，促使兩人在一起的情勢同時也是阻礙，他們的生命大不相同，缺乏同一標準，而且稍早在她的臆想中，以為這事比她在事發時的認知更具意義的想法，此時也已經不見蹤影。

吃完貝果三明治後，她加點了一個鬆餅給兩人一起吃，他們謹慎又柔情，小口小口地吃著，讓她心裡的哀傷有呼吸的空間。小塊的鬆餅屑吃光後，他們再也沒有理由繼續坐在店裡，但兩人仍然繼續坐著互相凝視了一會兒。她看得出他也有相同的感覺，儘管如此，她仍然不打算為這個感覺找出名稱。他們坐著，讓沒名沒姓的情感像電流風暴的狂風一樣，在兩人之間流竄，接著她站了起來，他跟著她走出去。她陪他走到車旁，他提議送她回家，但她說自己寧願走路。他即將上車，行人從前方、後方朝他們走過來，她不想讓人看到他們在一起，因為她知道，任何人只要看她一眼就等於看穿一切。在她阻止自己之前，她伸出雙手，迅速地最後一次擁抱他。她一點也不想遺忘，不想忘記他襯衫、古龍水、菸味和汗水交雜而成的清新氣味；不想忘記他紅黑格紋粗呢外套奇特的純真，以及自己臉頰貼上頭的感覺；不想忘記他緊擁她的力量或他呼吸的聲音。她眼前慢慢浮現艾德發病後和住進安養院後的歲月，這些日子積在她的胸口，但是她不願釋放，因為她不認為自己有權那麼做。她要帶著這些光陰，至少還要再更久一點。塞爾吉在她頸子上印下細碎的吻，說了聲她聽不懂的俄文，接著又捧住她的臉，在她額頭上扎扎實實地大聲親了幾下，隨後才走向駕駛座的門旁。塞爾吉久久地凝視她，在他龐大的身軀鑽進車內時，車子跟著搖晃了好幾下。她聽著他發動車子，看著他離開，又等他繞過圓環後朝布朗克斯河的方向前進，一直到什麼蹤影都看不見以後，她才回店裡幫康諾買了幾個貝果。等兒子起床後，她會再和他一起吃。那麼一來，她不必做太多的解釋，而且會讓剛才坐在店裡的感受不那麼真實，然而就某種意義而言，這也會讓那段經歷更真實，更屬於她自己所有，不必為任何人存在，就那麼一次，她是為了自己而做，而且不需要道歉。她直視女店員的雙眼遞出錢，然後推開門邁步走回家。接下去是上坡路段，她知道自己到家時會喘不過氣來。

第六部

艾德・列爾瑞的不動產

1996——2000

90

到了晚上，她捨不得離開他。最簡單的做法，是乾脆不要道別，她會告訴他，說她要去辦事或去小睡一下，藉這樣的說詞來暗示自己會再回來。「我要去店裡買東西。」說完後，她便直接穿過走廊從後門離開，一路上不停地告訴自己：她隨時可以轉頭走回病房。

有一次，在她說「我要去買東西吃」時，他譏諷似地笑了出來，她端詳丈夫，想看出他臉上是否顯露出任何促狹或刻意讓她愧疚的神色，然而他還是茫然地凝視著她看不見的焦點。他的疾病讓她也跟著多疑起來。

她每天都去安養院，到了週末也不接受邀約到郊外或海灘散心。她的朋友認為她對自己太嚴苛：她卻不做此想，甚至還覺得付出得不夠。**我大可接他回家住，**她想要說：**我可以自己照顧他。**大家要她過點像樣的生活，說她太投入，但她想的其實是：**我做得還不夠。我是護理師，拜託，那是我的工作。**然而她說出口的是：「我很好，我沒事，沒事。」

他的皮夾還在五斗櫃裡。她會去撫摸柔軟的舊皮革，把駕照拿出來看，或讀他們一起寫的禱詞。皮夾裡放的是在他還有行動能力的最後幾年間，在他還是文明社會的體面成員時的隨身物品：七塊美金現金，一張由她親筆列出他姓名、地址、電話號碼和她辦公室電話號碼的卡紙、阿茲海默症協會的「安全返家卡」（如果我看來像是走失或失神，請打以下電話……協助我。）他的手機和加油卡、AAA汽車保險會員卡（會員資格二十七年）、兩張不同的投票資格登記確認書、華朋超市會員優惠卡、傑克．

寇克立顧問公司名下的好市多會員副卡、美國退休人員協會卡、社會福利卡，一張寫了車上電話號碼的卡片、西爾斯百貨公司會員卡（會員起始於一九七三年）、藍盾醫療保險和GHI醫療保險卡、美國教師聯合會所屬之紐約市立大學教職員工會的會員卡（卡上標明是優良教師）、紐約科學學術會會員卡，以及一張她在一九六八年六月的照片（當時她仍苗條）、一張康諾高一時身穿棒球隊制服的照片、一張康諾在預備學校時期的照片、一張兒子聖貞德小學的畢業照，最後是她修改過的、標記她衣服尺寸的紙條。她打開摺起的紙條，本來要劃掉十改寫十二號，想想直接丟到垃圾桶，但她一看到自己手寫的「十」，眼淚一股腦地流了下來。

他的室友瑞霍德・哈金斯先生從前是知名的鋼琴老師，如今行動必須仰賴助行器，還拒絕在病人袍裡多穿件內衣，後開式袍子緊勒他光裸的後背，顫巍巍的腳步怎麼都跨不遠，而且還稍微駝背，不過他的警覺性倒是令人驚訝地高。除了要水喝以外，他不會主動開口說話，但若她問他今天是否安好，他也會說：「還不錯，謝謝。妳好嗎？」他一向輕聲細語，讓她不得不湊過去才聽得到，他說話時不會提高語調，讓問句一點也不像在問問題。儘管他說話如此，長相卻十分嚴峻，除了灰白交雜的大鬍子，臉上也從來不露出笑容。她曾經帶他到休息室的鋼琴前面，那次，他用枯瘦的指頭緊緊抓住她的肩膀，她沒再帶過第二次。他說話或坐在椅子上時，經常會豎起食指，像節拍器似地前後搖擺，除此之外，他不算是太糟糕的室友，院裡有更糟糕的病患。

克萊先生和索納本小姐喜歡坐在休息室裡的觀景窗邊聊天。他們愉快的心情常會讓愛琳覺得訝異。遠遠望過去，從他們的表情、笑聲、手勢，和興奮搶話的模樣來看，愛琳確信他們聊的一定是孫子。經過一段時間的相處，愛琳越來越好奇，於是靠過去聽。克萊先生說：「我女兒，我女兒啊，她要過來看我，還會帶一百美金來。」索納本太太則是以聽來像是德文的「保重」回答。

一九九七年十二月二日，她終於到達可以領取退休年金的年資。這天她上班前打了電話給人在柏林的康諾，但他不在家。沒找到兒子反而讓她鬆了一口氣。她不確定他是否會歡喜聽到這個對她而言意義重大的消息，而且也不想因而感覺傻氣或喪氣，於是她留了訊息要康諾回電，心想大概要再過一個星期左右，在他有事要說時，他才會接到回電。在這個特別的日子宣布消息，對兒子而言可能太過直接，再說，她不想冒險聽他會有什麼反應。這件事對她的重要性遠超過她原來的想像。過去這段時間，她一直沒把握是否真能熬到這天，而且這已經和健康保險無關，而是為了讓她對一件事能夠維持初衷。

她下了班，帶著一小瓶香檳到安養院去。交誼廳裡排了一圈鼓，交誼活動經理凱西站在中央，用帶子把鼓掛在脖子上。愛琳站在門口看。凱西拍打著她那比其他人花俏的鼓，臉上掛著近似狂亂的笑容，想鼓勵病患模仿她。聚在一起的病患以女性居多，當中只有少數幾名男性。愛琳深感慶幸，還好艾德的體能狀況讓他沒辦法參加類似活動。凱西兩手輪流迅速地打鼓，發出像是塑膠杯掉落在實木地板上的聲音。「現在輪到你們！」凱西認真地說，還懇切地環顧眾人。一位年長的婦人嘆了一口氣，說：「噢，拜託。」愛琳心中突然感激地想去擁抱她。

艾德在他的房裡。他聽到拔開軟木塞瓶蓋的聲音嚇了一跳，睜大了眼睛，但是沒有移動。愛琳必須慢慢地將香檳倒進他嘴裡，才不至於全流出來，他一嚐到氣泡就開始舔。她可以發誓，在她把消息告訴他時，她確實看到他的嘴角流露出笑意。

幾年來，她一直以為自己到了確保能拿到年金的這一天會決定退休，然而，當她坐在病房裡喝完香檳以後，卻發現就算自己的經濟狀況有了起色，就算安養院的費用沒有如預期的每六個月調漲，到這個時候每月不到七千美金，但對於退休一事，她還是連想都不想。如果真的退休，此後她只能一天到晚待在安養院裡，但是她還有餘生要過。在她一生諸多無庸置疑的事實當中，其中有一項，就是她確實是護理界的好手。她這輩子一直在想自己踏入其他行業——她通常會想到律師，或是從政等最適合大麥克·杜莫帝子女（就算是兒子也一樣）的事業——但她這時驀然體悟，她做的正是自己最拿手的事。在她一路左顧右盼時，這個工作已經成了她的職志。最重要的事，是好好發揮自己所長。若她除了房子和兒子的教育之外，沒有其他成就能足以證明自己長久以來在工作上的努力，那麼光做這個工作也值得驕傲，沒有人能夠抹滅人類生命的這種紀錄——即便根本沒有人登錄也一樣。

91

一九九八年感恩節的隔天早晨，康諾獨自前往安養院。他探望過父親，還沒走到大廳又回頭到父親的病房，站在門口往裡頭看，一會兒後才離開。回車上轉動車鑰匙後，康諾再次回到病房，但這次走進了房間裡。他坐在窗邊的椅子上，握住父親的手，就像才剛到一樣。

父子倆在中午一起去用餐。餐廳裡很吵，幾個女人扯開嗓門叫人來幫忙，另外幾個則是語無倫次地大喊大叫，刺耳的噪音穿過父親經常迷失於其間的雲霧，讓坐在輪椅上的艾德受到驚嚇，開始發抖。康諾認為原因在於父親的紳士風度，因為如果是男性病患的喊叫，應不會有相同的效果。

用過午餐，他們回到父親房裡，沒多久，康諾能想到的話題幾乎全都說盡了。他說到大都會隊因為在球季決賽週五連敗，差點丟了外卡；洋基隊在例行賽史上贏得最多場次，蟬聯世界杯冠軍；還把大學最後一年的情形告訴父親。他沒辦法分辨父親是否聽得懂，母親在場時，溝通起來比較輕鬆。她說話的方式，就像他隨時可能回答。她會把家中的麻煩事告訴他，例如「你老是叫我們別那麼做。」或是「你早就知道了，對吧？」康諾就是沒辦法用這種口吻和父親說話。他沒辦法讓自己相信父親有可能回答，而且老是用疑問句，似乎對父親太不尊重。他寧可安靜地陪父親坐坐，或是放音樂聽。

病房的氣氛安靜又平和，擺在霍金斯先生那側的小鋼琴成了花盆和兩張裝框照片的棲息地。他從來沒看過霍金斯先生坐在鋼琴前面，但話說回來，霍金斯先生幾乎從不待在房裡，他永遠在走廊上撐著助行器走動，像是想耗盡自己所有的精力。

「你知道霍金斯先生是德國人嗎？我知道我提過柏林，可是讓我再說一次，柏林是個了不起的地方，就藝術、文化和文學來說都是如此。整個城市就像工地，他們建築全新的一切，但他們同時也很努力地不去創造任何新的事物，我指的是他們刻意不去粉飾歷史，而是以細膩的態度面對過去。過去不完美，他們知道自己絕對不會淡忘納粹時期的暴行，但他們努力成為世界的歷史記錄者，或者說，至少要保持作為這個世界逐漸逝去的良心。德國人毫不懈怠地審視內心，堅決反對竄改歷史，對於過去的生活方式或是對讓他們踏上地獄之路的任何微弱暗示，都不會感情用事地看待。當然了，德國還是有少數新納粹黨員，就像世界上到處都有種族歧視或排外人士一樣，但就文化來說，至少就知識份子而言，在重新踏穩腳步前，德國人對那些思想都慎重處理。你沒辦法指控德國人——至少柏林人、柏林的知識份子，或我最近才認識的柏林自由大學學者來說是如此，你懂吧？因為他們，我終於得以修正從前的觀點，而且立足點堅定，不容挑戰——過去我一直假裝納粹迫害從來不曾真的發生。那些人甚至不贊成那種過度體貼的思想，也從來沒對良心鬆懈過。他們隨時保持高紀律而且毫不動搖的警惕，讓良知不致疲乏。良知疲乏，嗯，他們不會用這個字眼，因為良知代表善行。他們對自己近乎苛求，要自己記得過去，甚至是在自己出生前的種種惡跡劣行是壞事，不能有絲毫的善意。他們承認自己缺乏紀律，即使當時不在場，還是得追溯。我們可以從他們身上學習如何看待蓄奴、對待美洲原住民、二戰期間日裔美國人拘留營、隔離有色人種的「吉姆．克勞」（Jim Crow）法案，以及未曾告知全體非洲裔參與對象實情的塔斯基吉大學（Tukegee）梅毒實驗，或是烙印在美國精神上的殘酷插曲。」

兩人又靜靜地坐了一會兒，康諾才拿出套裝莫札特選集的一張CD播放——

這是他送給父親的聖誕禮物。他已經決定這年的聖誕節不飛回紐約，只是還沒有告訴母親。他猜，這麼一來，她就不得不接受寇克立家的邀請，而不會像去年他在柏林時那樣，獨自在楓林安養院度過另一個讓人沮喪的聖誕夜。如果他回家，母親會希望一家三口一起過節，但他不想讓母親這麼做，於是只能出此下策，逼她改變一下，接受別人的照顧——不管是辛蒂或任何人都行。

音樂來到某個樂章中間，父親開始拍手歡呼，康諾也跟著拍手，他想起孩提時代在卡內基音樂廳裡坐在父親身邊，當年他會注意父親會在什麼時候權威地拍手，然後跟著拍手。

一個樂章結束後——他看了封套上的文字，知道這是莫札特第四十號交響曲——父親有點錯亂的微笑，接著又啜泣，聲音大到掩蓋過樂聲。康諾分不清究竟是交響樂讓父親反應如此激烈，或是艾德無意識的心靈深處湧現了某些情緒。他無故地發起脾氣。康諾不想讓這次的探視難看地收場，於是推著父親的輪椅出了視聽室，自己也離開安養院。這次，他沒有再回頭。

92

有好幾個星期了，她看出終點將至。他的臉色灰暗，氣息腐臭，茫然的眼神中找不到一絲清明，頭部永遠下垂，脖子的肌肉似乎失去作用，陣陣痙攣讓他差點跌下椅子。

艾德過世的前一個月做了一件事，讓她日後不斷思考，納悶他在最後這段時日究竟保有多少知覺。她經常覺得他隱約有清醒的時刻，但也知道那多半是自己心境的投射。相信丈夫不記得自己所失去的，可以讓她沒那麼痛苦，但是另一方面——她知道這太自私——她又想要丈夫記得她。

情人節的前幾天，她推著坐輪椅的艾德回病房。安養院布置了粉紅色的彩帶和心形剪紙，似乎沒把這地方當作患者安養的設施，而是當成擠滿青春期學生的中學。愛琳為了閃避迎面而來的另一輛輪椅，推著丈夫靠向牆邊，在那一刻，艾德伸手撕下一個心形剪紙。「伸手」這個說法太強烈，正確一點的說法，應該是心形剪紙碰到他，而他的手本能地湊上去。他一路抓著剪紙回到房間，直到她將他推到定點、在他身邊坐下以後，這張剪紙才掉在兩人之間的地板上。他伸出抽動不停的手，看來像是要指給愛琳看。她撿起剪紙，差點就要問這是否要送給她，然而她曉得自己不想聽到無聲的答覆，於是把剪紙放在床頭桌上。

他的嘴角有黏稠的唾液，牙齒上糊著沒辦法清乾淨的牙垢，而且顏色越來越深，已經從黃色變成壞死般的藍斑。

她沾濕紙巾擦拭他的臉，說了「情人節快樂」後親吻他的嘴，她不記得有多久沒親吻丈夫了，驚訝地發現親吻他的滋味仍然甜蜜。

93

母親留言的某種特殊語氣促使他立刻回電，而不是像以往那樣，一直拖到週末結束。她從來不會在答錄機裡留下壞消息，但當中一定有些暗示或難以察覺的顫抖成分，然而對康諾來說，這麼一點暗示也就足夠了。這麼多年來，他已經習慣壞事發生的特殊頻率。他知道這沒什麼邏輯可循，父親的疾病不會有突發性的變化，只會緩緩惡化；儘管如此，只要電話鈴聲在他入睡後響起，他還是會嚇得立刻跳下床。

「你爸爸病了。」電話接通後，母親這麼告訴他。

他環視公寓一周，紙張四處散落，所有東西的表面都覆蓋著厚厚的灰塵。這幾個星期，不管是他或室友都沒有打掃。這是他們大學生活的最後時光，大家都想在所剩無幾的日子當中盡可能汲取更多時間。他聞了一下，沒洗的衣服飄散出尿騷味，髒水槽的碗盤有股霉味，只有他室友的女朋友抱怨時，他們才會動手清理。

「妳確定？」他問了一個沒意義的問題，她目睹過好幾百人過世。

「他染上肺炎，」她鎮定地說：「對他這種狀況的病人來說，情況很危險。」

「妳為什麼不早點打電話給我？」

「我想看他能不能撐過來，如果沒有必要，我不想要你請假，反正我現在打電話給你了。」

「他現在怎麼樣？」這是個蠢問題，但是他希望，甚至半帶著期望，說不定母親這次會給他不同或模稜兩可的說法。

「很平靜，」她說：「我在他床邊，努力讓他舒服一點。」

他可以想像縮在一片漆黑之間的安養院，陰暗的走廊上，只有父親房門上方閃著銀色的燈光。他想像母親把手貼在父親的胸膛上，想像父親痛苦地呼吸，與他眼裡的恐懼。

「我們只希望他能撐到你回來，」她說：「打電話到捷藍航空訂位，刷美國運通卡。」

他沒有自己的信用卡，上大學時，母親給了他一張美國運通的副卡，上頭用大寫字母寫了他的全名康諾．J．列爾瑞，發卡年度是一九六七年。「讓你在緊急狀況時使用。」那天早上她上班前這麼告訴他，接下來是她永遠都會加上的最後一句話：「自己小心。」

他慎重其事地準備行李，胸中充滿了旅行前慣有的緊張與興奮，但這次是為了另一項重大的旅程。大家都說，父親過世，是每個男人生命中具決定性的一刻，而且很可能是最具決定性的一刻。他馬上要躋身進入男人的無聲大團體，分享彼此生命中獨特的經歷。康諾想到一覺醒來後，自己可能會變成另一個身上烙印了合法標記的人，便覺得應當更謙卑。每摺好一件襯衫，每挑出一雙襪子，他似乎都看到了那個更好的自己，會穿上這些衣物來到這個世界。一件嚴肅的上裝，一條合宜的褲子，他最好的鞋子；經過長久的準備，他馬上可以看到明確的命運。公寓裡還有些雜事要處理，例如倒垃圾、清理堆在水槽裡的碗盤。康諾以前所未有的熱切將所有東西歸位。這些都是他擔當重任之前的鍛鍊，過後，他將不只是母親的兒子，也是一家的代表，簡單來說，也就是這個家庭的男主人。他的一舉一動都會有重大的意義。他沒有時間感傷，只能以男人的擔當，毫無怨言地挑起一切責任。

他站在門口往外看了一會兒，因為這說不定是他最後一次以未成年人的眼光看向門外的街道。他深吸了一口傍晚的空氣，聞到了樹木和汽車廢氣的味道。他的公寓頓時變得雅致了，康諾開始懷念起這段生活；接下來，他要把這段日子拋在腦後，一切將重新開始。任何事都不能阻止他、傷害他，他能夠踩過熾熱的炭火，安然來到清涼的彼岸。

他準備好要離開前，又打了一次電話。「他怎麼樣了？」這麼問，是因為他問不出最明顯的問題：他還活著嗎？

「他很痛苦，」她說：「但是人還在。」她的聲音逐漸失控。「我告訴他你馬上要回來，他握了握我的指頭。」

他在芝加哥機場辦理登機手續，通過安全檢查，在登機門附近找了位子坐。他不會等太久，因為他在班機起飛前沒多久才趕到機場。他拿出書想閱讀，但想到父親即將過世，又突然感到心慌。他已經度過了一段沒有父親陪伴的人生，但父親仍然是他的導師，他會把耳朵貼在父親胸前聆聽心跳，以父親的堅定不移為慰藉，湊到父親身邊時，他能感受到他頸側柔緩但沒有知覺的脈動。他仍然是他的標竿，是他的父親。

旅客開始登機了。包括他在內，坐在後段的乘客首先登機。他覺得自己像馬匹一樣蓄勢待發，等飛機一落地就準備往裡衝。他沒有托運行李，一抵達紐約後，堂舅派特會到機場接他。

康諾是最早坐進那排座位的旅客。他把書放到前方椅背的置物袋裡，然後放下小桌板，掄指輕敲桌面。排隊的旅客陸續登機，再過不久，他就得起身讓路給坐窗邊的乘客，或是看著坐走道的乘客把手提行李塞進上方的置物箱。他後悔不該急著上機，儘管他沒有要上廁所，還是收起桌板站了起來。

他靠向鏡子，把額頭貼在上面，呼出的熱氣凝結在鏡面上，如果有必要，他會繼續停留在鏡面裡。他想尋找某樣東西，某種資訊，只不過自己也不確定想找什麼。

接著他看到了。從頭到尾都在：那是父親這輩子的驚訝，父親前額V字形的風流尖似乎在機上爬上了他的額頭；父親鼻翼微翻的鼻子；父親能夠安撫人心的下顎；凹痕明顯的下巴；深色的頭髮，以及略大的雙耳。

他咧嘴審視自己的牙齒，他經歷過一些波折，但齒列仍然完美。小時候，他就是不想在睡覺時戴上輔助牙套固定的頭帽，經常在配戴時間的登錄簿上作假，然後在去見牙醫前的最後一刻又驚慌失措，發現自己耽誤了太多時間，不得不換好幾支筆，再虛構數字，編纂出充滿紀律和忍耐度的證明。整整兩年間，父親每個月都會開車帶他去看牙醫，康諾每次都抱持等著聽到自己罪狀的心情，但每次都得到赦免。父親從來不會揭穿他的謊言，反而是高興地開車載他出門，又開心地掏錢支付與兒子笑容無關的費用。成人世界的預算，似乎是取決於子女的快樂。

他沒有繼承父親的牙齒。父親戴的牙橋得摘下來在水龍頭下清洗，還會應康諾的要求發出喀噠的響聲作為娛樂。而且父親的門牙缺了半顆，當年康諾窩在房裡時，父親自己在廚房裡跌了一跤，碰到地磚撞斷了牙。

「你要搭飛機回家了，」他對著鏡子說話，努力要自己認清事實，「你爸爸快死了，他是你最好的朋友。此後，你不會再和從前一樣。」

但是這個做法沒有奏效。康諾一回到座位，就把剛才在廁所裡的感覺拋到一邊。靠窗的位子上坐了一位比他年長幾歲的迷人女孩，而靠走道的年長上班族則一副懶得和她調情的樣子。康諾擠進中間的位置，坐走道的男子不必站起來讓出通道，後者的眉頭連皺都沒皺一下。

等待飛機起飛時，康諾盯著前方椅背上的小螢幕，上頭的地圖標示出他們目前的位置，圖面上的飛機和一整個州的面積一樣大，看來只要一動，就能飛越這段距離，可惜小飛機還是停在原地。

「聽說那本書不錯。」他指著女孩手上的書。

「噢，確實，」她說：「寫得很美，這位作者的書我都喜歡。」

「妳怎麼會想要到紐約？」

這個突如其來的轉折似乎讓她有些驚訝，但他不得不跳換主題，因為他沒讀過這位作者的任何書。「我去紐約找朋友，」她說：「是我大學時候的室友。她搬到紐約，在一家時尚名店工作。」

「我叫作康諾。」他想和她握手，但手肘彆扭地卡到了座位。

「我是卡拉，」她說：「很高興認識你。」

康諾似乎聽到鄰座的上班族嘆了一口氣。

「妳去過紐約嗎？」

「沒有，所以我好興奮。」

「妳打算停留多久？」

「一個星期。」

「有什麼計畫嗎？」

「算不上計畫，」她說：「我連導遊書都還沒買，目前只知道會住我朋友家。我忙到沒時間好好安排。」

「妳一定要去搭史坦頓島的渡船，那段旅程可以看到全紐約最美的景觀，而且只要花五十分錢。」

上班族咳了一下，說：「現在免費了。」

「抱歉，你說什麼？」

「搭渡船從前要五十分，但現在免費。」

說完話，把注意力轉回手上正在圈點的文件之前，他意味深長地看了康諾一眼，似乎要說他知道康諾在打什麼歪主意。

「不管要不要錢，聽來都不錯，」卡拉說：「我喜歡船，也喜歡省錢。」

康諾和卡拉互看了一下，她露出迷人開朗的笑容，接著她開始看書，康諾也拿起放在置物袋裡的書。一會兒後，她問康諾是不是住在紐約，他說從前是；她又問他為什麼回來，他說自己的父親在久病後很可能就要過世，卡拉表示遺憾。說出他返家的目的以後，似乎讓他們陷入更深的靜默當中，他有點後悔，早知道就該隨便編個理由。飛機轟隆隆地起飛，他注意到卡拉在胸前畫個十字，兩手合十，輕輕親吻自己的指尖。

航程結束前，他問她喜不喜歡印度菜。

「你猜怎麼樣？」她說：「我好像從來沒吃過印度菜。」

他說：「第二大道靠第三街附近有兩家比鄰的印度餐廳。兩家餐廳一模一樣，裝潢和吊燈都相同，也都掛著一串串塑膠辣椒。他們競爭好幾年了，兩個老闆都站在門口吆喝，想拉客人走進門裡的世外桃源。妳不是進左邊，就是走進右邊的餐廳。以後妳就是他們的人了，他們會記得妳，妳再大膽，下回也不敢走進另一家餐廳。」

「你都去哪一家？」

「右邊那家。」他說。

「那你怎麼知道兩家一模一樣？」

「我從來沒想過這個問題，」他說：「我猜，我應該是嚇到不敢去求證。妳不曉得那幾個傢伙有多嚇人。」

她笑了出來，他看得出自己引起了她的注意。在這段航程中，他一直在等待兩人能來電，等她放下陌生人的姿態。也許他的機會來了。

「說不定我們可以趁妳在紐約時去看看，」他說：「如果妳想試試，我們可以到左邊那家，我很願意冒險一試。」

「我不想動搖你的忠誠度。」她說，調整了坐姿。他擔心自己可能問得太急，這麼一來，在僅剩的航程中，兩人可能會覺得尷尬。

「妳說得對，」他說：「寧可打安全牌也不要有遺憾。」

「你確定你真的有時間？我是說——你父親的事。」

「我可以抽空。」他說。

「不必擔心我，」她說：「有太多事可以忙，你有事要忙。」

「我沒事的，」他說：「我可以找時間出來，而且他的情況說不定會好轉。從前也曾經這樣。」

「好啊，」她說：「如果真的不會打擾。」

他們交換了電話號碼。她臉上看得出疑惑，像是康諾嚇到了她，又彷彿潛入了料想不到的冷水中似地振奮。她久久端詳著他，似乎要問，他既然有那麼多更重要的事情要辦，是否真的還有時間帶她玩，這個眼神讓他確信，自己在卡拉眼中是個好相處又心胸開放的男人，就算身在逆境，也會為了在生命中更重要的事抽出時間；少了這些事件，我們的生命不過比枯燥的例行程序豐富一點點罷了。

飛機降落後，乘客陸續離開機艙。她必須取下上方置物櫃裡的行李，而幾個乘客擠進了兩人之間。他在空橋連接處等她，刻意避開其他人的目光，怕他們看出他的意圖。他覺得有必要陪她去拿行李，她即將面對紐約其他的人事物，他則會成為她旅途中一連串男人的其中一個。無論他手中握了什麼王牌，最後終將隨著短暫的交會而敗陣，她會輕易地忘了他，不過最後幾百公尺的這段路，可以確保這種事不會發生。

在兩人繞來繞去穿過航廈時，康諾發表幾則對紐約的尖酸評語，贏得她的笑聲。他像是乘著幸福的風，肩上的行李宛如沒了重量；而她也加快了腳步，好跟上他的步伐。康諾心裡充滿了各種可能性，這次相遇可能是序曲，兩人離開自己的城市，說不定可以在這裡另有發展。這天是康諾這趟旅程的第一天，他不可能知道自己將要面對什麼轉折；而走在他身旁的這個女孩滿懷期待。在旁觀者眼裡，他可能宛如她的男朋友，同樣首次造訪這個城市。

來到行李輸送帶前，他們的腳步已經快到近似小跑步。他沿路轉頭看著她，繼續往前走了一段路以後，康諾突然想起自己回紐約的原因似的，於是透過毛玻璃尋找堂舅派特。

斜坡下的旋轉門越來越近，焦慮竄進了他的心裡。他發現自己放慢了腳步，笑容逐漸縮小，他看著卡拉的時間少了，目光轉到了旋轉門外等著他的派特堂舅身上；最後，他的腳步慢到連卡拉都發覺不對勁。透過毛玻璃，他看到堂舅和母親模糊的身影；他的注意力渙散，也沒有回答卡拉的問題，他不想讓母親看到他和卡拉說話，把他視作輕佻的傻子（其實他突然察覺，這其實是真相）。很快地，卡拉不再提問，快步繼續往前走，他刻意落後幾步，知道自己透過玻璃看到了什麼，但一直到他來到母親面前，無可避免地看到她臉上的淚水後，才肯承認真相。到了這一刻，康諾才知道，在他完全忘了父親的時候，父親已經過世。

他推開旋轉門走了出去，母親一手在臉頰邊搧風，說明他已經知道的事。派特堂舅站在母親身邊，沒有說話。

「我好遺憾。」她說。

只差兩小時，他就能見到父親最後一面。經過母親爭取，安養院同意等康諾回來，讓他向父親道別。

派特堂舅像要參加一級方程式賽車似地過彎，送他們到安養院。母親坐在入口處的長沙發上，派特堂舅陪他穿過走廊來到父親的病房，讓他一個人走進去。父親的雙眼還睜著，他親吻父親的額頭和臉頰，艾德的身子涼了，儘管他知道父親已經離開，仍然繼續和他說話。艾德的嘴巴沒合上，康諾看著父親的斷牙，艾德再也不需要牙齒了，他什麼都不需要了。

一會兒後，母親過來帶他。「這樣應該就夠了。」她說。

他再次吻了父親，離開時，在門口停了下來回頭看，就在他準備往回走時，他看到了派特堂舅嚴厲但帶著懇求的目光。母親的臉上寫滿痛苦，看得出她無法再和父親一起待在病房裡而難受的心情，她打起精神是為了等康諾回家，但道別的時刻到了。要她以多年來看待過世病患的目光來看待自己的丈夫一定不容易；但是在她眼裡，他和其他無數逝者很可能沒有不同。他輕輕關上門，三個人一起走向停在外面的車子。

94

最後，是肺炎送走了艾德。如果腦部衰退，身體功能也會停止運作，他肺部積水，呼吸衰竭。

在他於一九九九年三月七日過世後，她做了一個決定：如果有所謂的來生，她要回到打著「假日」和「陽光」大旗、與這輩子截然不同的另一個世界，但她此生都會是愛琳．列爾瑞，不會再婚，這就是生命：你得隨船一起沉沒。有誰能說這不是愛的故事？

她睡在艾德慣睡的那側。她並不特別喜歡床的那一邊，但就是沒辦法睡在自己的老位置。只要她睡回去，便會躺著想那些自己背對著丈夫入睡的夜晚，如果那些夜晚能重來就好了，哪怕只有一夜，也足夠讓她轉身面對艾德。

她知道他會希望遺體能為醫學帶來貢獻，但當年診斷出病情的神經科醫師不打算申請解剖，他們認為他確實罹患了阿茲海默症，病歷早已歸檔；而負責藥物試驗的醫療團隊也不打算解剖。

她大可自費申請解剖，只要填寫一些文件，把艾德的遺體運往另一個州就好。整個程序大約得花八千美元，和最後這段期間他住楓林安養院的月費差不多，然而她無法接受的是，將一窺艾德這種傑出人士的心智之謎的權利，要和金錢連結在一起，他們應該要受寵若驚才是。

她終究沒有申請解剖。她無法忍受找人切開丈夫頭顱的想法。他的牙齒斷裂，牙齦紅腫，頭髮蓬亂，一度讓他引以為傲的肌肉萎縮鬆垮，身上到處有傷痕痂疤，缺乏日曬的皮膚蒼白暗沉。她沒辦法想像丈夫的身體再度受到摧殘，儘管他自己曾經解剖過不少遺體，但愛琳想到讓艾德這樣躺在解剖檯上，仍然有說不出口的心疼，於是，艾德完整地入土，所有問過的問題都有答案，至於沒問出口的，則永遠不會有人提出來。科學至此來到盡頭，剩下的只有遺體，而她只想要溫柔對待。

想當年，她費盡心思為那只積家錶換了皮錶帶，但艾德一直沒戴；腕錶在盒子裡沉睡了三十二年。她拿出盒子裡的錶。放在盒底絲絨襯墊下的金錶鏈宛如褪下的蛇皮，她請珠寶店員把錶鏈裝回去，恢復原狀的金錶全新、有收藏價值，加上金價上漲，所以值不少錢，但這些都無關緊要了，因為她想讓艾德戴著下葬。

愛琳因為裝修工人偷走了他的工具而買的新工具，他從來沒機會用。他過世的幾週後，愛琳付錢請人把那套工具，連同他書房裡的一箱箱唱片、VHS錄影帶、科學叢書一起運走。那些教科書已經過時，現在也沒有人會聽唱片，至於影像模糊不清的錄影帶，都是艾德從黑白電視轉拷的老電影，或是教堂和橋樑的紀錄片。康諾對這些不符合潮流的東西一點興趣也沒有。

守寡後，愛琳的時間比從前充裕，她腦子裡時常浮現丈夫在罹病初期退休後的模樣。印象裡的他還是很英俊，頭髮雖然少了些，但還未褪去亮眼的色彩，即使他的眼白泛黃，藍眼眸仍然在光線下閃爍；此外，他比從前瘦弱，衣服鬆鬆地掛在骨架上。時間雖然剛過中午，但屋裡昏暗，只有電視忽明忽暗的光影，和透過露臺門照進室內的陽光，茶几上雖然有盞燈，但是她離家上班前有太多雜事要準備，所以忘了打開。而記憶中的他則動作不夠流暢俐落，沒辦法去開燈。以往艾德從早上八點就坐在電視前面了，收看的是她為丈夫選好的頻道，這是為了讓他在她漫長的工作日有事可做。那個時候，他已經看過了偵探影集的每一個故事，但在記憶力逐漸下降的情況下，仍然可以重溫熟悉的片段，比方說，他很可能忘了故事中段的劇情，他記得最清楚的是基本架構，例如劇烈的爭執，痛苦的表情和大團圓的幸福結局。他仍然有感覺，還是會哭，沒錯，他還是會哭，只差不曉得自己在哭。事後，他會感覺到臉上乾掉的淚痕，像是從不愉快的夢境裡醒過來一樣。他無法閱讀，一句話說到結尾就忘了開頭；他還看得懂報紙標題，可以勉強從中拼湊出字句來陳述世界大事。如果她不在家，陪伴他的只有電視，若她在，他們會聽音樂，或是由她唸書給他聽。艾德肚子餓時自己會想辦法到廚房，不過得經過幾次嘗試，才能成功地從沙發上起身，而且回到視聽房時經常會找不到電視遙控器。回視聽房後，他不想固定收看同一個頻道，因為他跟不上情節發展，只曉得故事與謀殺和調查有關，那些偵探總是有案子可辦，竊盜案層出不窮，永遠有東西消失。

衣櫃的盒子裡有顆骷髏頭，那是艾德用來上解剖學的教學樣本，他給頭顱取了名字，叫它「喬治」，但愛琳只肯稱之為「那顆骷髏頭」；他偶爾會拿出頭骨，展示給康諾和他的朋友看，她認為這樣的展示太驚悚，堅持要他說明時間盡可能簡短。康諾和他的幾個朋友會用手指戳頭骨空洞的眼窩，用指甲摳珍珠白的骨頭，觸摸象牙色的牙齒，要不就是扳動下巴骨假裝說話。有一年——康諾當時大概八或九歲，她為街坊所有孩子辦了一場萬聖節派對。那天早上，艾德在早餐時告訴康諾：「喬治今晚要粉墨登場。」派對正熱鬧時，孩子全聚到了地下室，艾德身穿黑袍，用鍋子燒了黑炭，再用炭灰抹黑整張臉。他先關掉所有電燈才下樓，一群小朋友圍成一圈等待驚喜演出，艾德來到圈子中央時，刻意壓低聲音說話，對著手電筒高舉看似飄浮在半空中的頭骨。孩子們又驚又喜，全扯開嗓門尖叫，連早就知道會有這段插曲的康諾也不例外。

艾德曾經說過，他死後要捐出頭骨，供解剖教學使用。他很喜歡一個故事：有一名接受古典戲劇訓練的舞臺劇演員，在死後把頭骨捐贈給生前所屬的劇團，在《王子復仇記》劇中擔任頭顱的道具，以代表自己永生。

她拿出衣櫥裡的盒子，放在自己的書桌上，她過去從來沒打開過這個盒子。愛琳慢慢地，一次掀開盒子的一角，看到顱骨，她打了個冷顫，然後把東西放在桌上面對自己。她當了這麼多年護士，多次面對死亡，也上過解剖課，但親眼看到骨頭仍然會感到敬畏，她坐著看頭骨空洞的眼窩。她認識艾德的這段期間，丈夫的五官下當然也是頭骨。她手上這個頭骨原本屬於另一個男人，血肉藏匿在骨頭下，這個男人一度也有自己的家人和朋友，她忽然頓悟，她距離人生的結尾比開端更近。

她本來打算把頭骨捐給桑德斯高中，但想想又作罷。她過世後，會留下這個孤兒般的頭骨讓別人收拾，康諾得替它找個家，或是把這東西丟掉。這顆頭骨的命運掌握在康諾手中，就像她決定如何處理丈夫的遺體，兒子有朝一日終究得處置她的遺體，而總有一天，康諾的遺體也會有人負責。

＊

她越是想到艾德在多年前拒絕紐約大學教職一事，就越會去思考其他更多難解的可能性：他的理由，可能不只是缺乏野心的使命感；他需要布朗克斯社區學院的程度，可能勝過學校對他的需要；他可能害怕日常生活的改變，更不想暴露在更進一步的檢視之下；他知道的可能比說出來的要多；說不定，早在她看出蛛絲馬跡之前，他就已經知道實情。

他接受的藥物實驗有三年之久，接下來的兩年，她讓他繼續服用藥物，直到他吞不下藥丸才喊停。他之所以堅持拒絕，並不完全是針對她，而是出自本能，害怕自己會嗆到。

他服用的藥物本來沒有命名，只有一串長長的數字和號碼：SDZ ENA 713，日後才定名為「憶思能」（Exelon），並且成了處方藥。到了後來，很多事都不同了，貼片也是後來的產品，患者不必吃藥。這可以省下不少麻煩。

愛琳自問，她之所以會感到沮喪，是否因為藥物讓他的性格越來越沒有彈性，到了最終階段才無法挽回。個性僵化本來就是這種藥物的一項副作用。如果不服藥，她能不能讓他撐得更久？他是不是能因此免於死在一張陌生的床上？

有時候她會躺在床上想，總有一天，醫界會研發出改變一切的新藥。她知道屆時自己一定會既悲又喜，但艾德若能得知絕對會為此高興。他一生最快樂的事，就是看到科學的進步，還有康諾和她，這她得承認。即使這通常也是她面臨崩潰的臨界點。

不少夜晚，她會鑽牛角尖。在得知他的病情以前，她曾經因為他突如其來的惡劣表現，短暫考慮和他離婚。她會想像，當年若真的離婚，艾德如今不知會是什麼狀況；她再怎麼想，都無法想像他會住在哪裡，會有誰照顧他。時間久了以後，她逐漸相信陪伴艾德到他終老是她的宿命，是她此生的一切——早年她照顧自己母親的經驗，再加上護理師的訓練，就某個層面而言，都成就了她這輩子最重要的工作。這麼想，她才能再次安穩入睡。

這是艾德送給她的最後禮物：讓她不再為自己沒走上的道路而懊悔。

她仍然會到安養院，因為她和其他病患已經建立起感情。她會帶餅乾去探望大家，在回家前，和他們坐在電視前面一起看晚間新聞或重播的影集。有幾個晚上，她會讀雜誌給班席格太太聽，但一般而言，她最常幫的忙是在他們看厭了某個節目時，幫大家轉臺。

一天晚上，她回家前在走廊上看到霍金斯先生推著助行器朝她走過來。夜裡，天花板上的照明已經關了，唯一的光線來源只剩桌燈。黯淡的光線照在霍金斯先生雪白的病人袍上，讓他看起來像是惡靈的傳令官。

「霍金斯先生，你好。」兩人接近時，她開口打招呼。霍金斯先生早就停下了腳步，雙手拄著助行器站定。他抬起一隻手指著她，勸誡意味十足，但說話的聲音太輕，愛琳只好湊過去聽。

「夠了，」她聽到他用輕如嬰兒的語調說：「夠了。」

她端詳他的臉，想判斷自己是否沒誤會他的意思。若沒有把耳朵靠到他的嘴巴前面，她聽不到他的聲音，但她看得懂他的嘴形。他一再地說：「夠了。」而且一邊搖頭。

她發現，如果有心，她可以把他說的話當作某種徵兆。雖然她的決定不會影響任何人：她的生命當中只剩下自己。霍金斯先生沒錯，她不能繼續到安養院來，她一直在等人允許她告退。

她親吻他長了鬍鬚的臉頰。「謝謝你，」她說：「晚安，再見了。」她經過拉繩，出門後才站定腳步回頭看。這個地方留給她的最後影像，是霍金斯先生宛如鯨魚出水般的灰白色背影，他從桌燈前面經過，緩慢地轉彎，走進曾經與艾德共享多年，但如今只屬於他一人的病房裡。她不知道他是否也想念艾德，但她希望他根本不記得。

大家都要她把房子賣了，找個小一點、便宜一點的住處，然後把賣屋的利潤存下來。問題是她不需要錢。艾德的壽險給付，正好讓她清償挪作康諾學費的貸款和安養院的帳單；餘款甚至夠她修理老早就該修理的屋頂。她的存款不多，但是她有房子、有艾德的養老金，而且只要她繼續工作就還有薪水可領；何況她不必再擔心安養院的帳單，不必再付錢給塞爾吉，康諾也即將畢業。

此外，如果賣了房子，她能去哪裡？回傑克森高地？她在傑克森高地沒有牽絆。她當初買下這幢房子時，就打算在這裡終老，這個計畫沒有改變。

辛蒂．寇克立懇切地說：「妳過去人生的陰影還留在這裡。」

不是我過去人生的陰影，愛琳心想，是我從前心中的未來，那才是真正留在這個地方不願離去的陰影，是我差點擁有的未來，只要我不離開，那個未來就不會逝去。

接著，她想：在這個國家，我們太勤於搬家了。

95

父親過世的三週後，康諾的大學生涯進入最後一季，他的主修課目只剩下最後一堂課。他另外還得拿到科學學分，得為選修的戲劇課演出美國劇作家田納西．威廉斯的劇本。他本來要以索爾．貝婁對馬丁．艾米斯的影響來作為論文題目，但他就是打不起精神，而且也沒把系上的特殊榮譽學位當成目標，學校的一般學士學位就夠了。

這一季開始沒多久，他開始和丹妮兒交往，經常和她以及兩人的朋友，到堤基或吉米酒吧去消磨時間。他打撞球、桌上足球或彈珠臺，靠咖啡因聊天到深夜，和丹妮兒享受頻繁的性生活。幾乎每天都有他或他室友的朋友睡倒在他們住處的沙發上，生活就像一場沒有盡頭的派對。他開始缺課，他還是每週到藍色滴水獸家教中心三趟，去年九月起，他開始在這裡輔導還在念五年級的迪洛絲，接著，他在丹妮兒上課時，留在她的住處等她下課，因為她太高興看到他，於是他沒多想，沒考慮自己是否在浪費時間。康諾認真揣摩他在田納西．威廉斯獨幕劇《如雨那樣和我交談，讓我聆聽》中的角色，這齣孤寂的戲劇講的是一個男人回家，對默默受苦的女友傾訴自己在街上遊蕩的夜晚，感覺上，這有點像他自己的生活，唯一的差別在於故事裡是主人翁回家找女朋友，在真實生活中則是丹妮兒回家找他。他放手不管其他的課程；中世紀文學有篇報告沒做，隨後是科學課，接下來又陸續耽誤了其他課業，他意識到自己沒辦法畢業卻無力挽回，他知道不能曠課，因為他總共只修了三門課。他深陷漩渦，知道自己往下沉淪，但是抓不到穩固的救生索。母親沒辦法參加眼前的畢業典禮，因為她才剛升遷，不方便請假，所以他不必大費唇舌解釋自己為什麼沒和其他人走在一起，況且讓母親以為他順利畢業也沒什麼不好。丹妮兒才大三，她對他表示，他們共度了一段美好時光，但她接下來的夏天要去佛羅倫斯念文藝復興藝術。他賣掉所有能賣的東西，把書寄回家，而且為了紀念父親，決定搭乘美國國鐵火車回家，因為從前他們說好要一起搭火車橫越美國。湖岸特快車在夜裡出發，穿過印第安納州、俄亥俄州和賓州，最後才會南下紐約州。太陽升起後，他看到沿路的小城鎮，以及從前的轉運樞紐，和哈德遜河岸的迷人景觀。他讀了一點書，沒有睡覺也沒和人交談，大部分時間都看著窗外想著父親：他一定會讚賞這片風光，廢棄工廠、鏽蝕的建築和一堆堆廢料等，則寫下了「美國製造」的歷史。列車經過波基普市後，他斷斷續續地哭了一個半小時，最後車子終於停靠在紐約市的賓州車站。他走這趟行程並不是為了悼念父親，但他突然發現自己做的正是這件事，他在芝加哥上車後，便開始了這段為時二十小時的默哀行程。一直到他眼見紐約上州過去的榮景，卻無法與父親分享之後，才意識到父親人已不在。

康諾走進公園大道上的大樓大廳，看到一個瘦小的傢伙，不合身的門房制服像是向父親借來作為演戲用，另一個穿著雜役制服的男孩用拖把擦地磚。「你是哪個高中畢業的？」他問操作櫃臺設施的孩子，看到對方眼中混雜著遵從和優越感的熟悉神情——像是要說這個地方對他而言不過是短暫的落腳處，康諾忍不住縮了一下。男孩證實了他的疑問：在他之後，這個工作果然持續流傳。

他問起馬庫先生。男孩以青春期過後的低啞聲音，透過對講機說了幾句話，沒幾分鐘，馬庫先生從他的公寓裡走出來，猝不及防地熱情擁抱康諾，兩人走進馬庫先生的辦公室。魚缸裡現在的魚比較小，但數量多了些，顏色也更鮮豔。

「你看起來不錯，」馬庫先生點起香菸，說：「氣色很好，而且終於刮鬍子了。」他揉揉下巴，批判的雙眼流露出喜悅之情。「你是專程來找我的嗎？」

「同時也要找別的東西，」康諾說：「找工作。」

馬庫先生良久地審視他。「你念完大學了。」

康諾按了按放在大腿旁的原子筆。「對。」

「你想回來。」

「我是這麼想，」他說：「我很遺憾，上次不歡而散。」

馬庫先生揮揮手，像是在驅趕蒼蠅。「暑期打工。」

「我想的不只是這樣。」康諾說。

「像你這樣聰明的孩子，還有其他選擇。」

「我會努力表現，」康諾說：「會做得比從前好。」

馬庫先生不再眨眼睛了，本來略帶評估的目光轉成了嚴厲的瞪視。

「這些傢伙都有老婆有家人，有帳單要繳。這裡提供了穩定的薪水，受人尊重的工作，但也許這不適合你。」

「我不會再帶書來了，」康諾說：「不會再看書，會乖乖戴帽子，天天刮鬍子，我懂得分寸。」

馬庫先生搖搖頭。他可能想起了康諾的缺點——拖拖拉拉，愛探究大樓住戶的私事，一逮到機會就坐下。

「我不是過去那個孩子，」康諾說：「我現在懂了。我不會遲到，知道要閉嘴，不管閒事，我絕對不會坐下。」

馬庫先生笑了。「連我都會坐下。」他再次搖頭，但這次看來像是想找個解決方案。「我沒有全職工作給你。」

「什麼工作都可以。」康諾承諾。

「你有大學文憑，可以去其他地方找工作。」他說：「你這麼做沒道理。」

「我喜歡這個地方，」康諾說：「我不想進辦公室，整天坐在辦公桌前面處理文件。」

馬庫先生久久沒說話，辦公室裡只有魚缸裡的魚快速游動的聲音。

「你明天要在十一點四十五分過來。」馬庫先生終於說話了。

「謝謝你，老闆。」

「暑期打工，」他說，康諾點點頭，「我只有這個缺，然後你得走人。」

康諾在門房放假時，代理他們的職務，要不就是在員工出入口登記人員進出時間和控管貨梯。他的薪水比三年前高，但由於工會曾經有罷工紀錄，資方只得在年資議題上讓步。暑期短工的工資，只有全職人員的百分之八十。他必須再等一年，所得才能和其他人相等，但康諾無所謂：說不定這麼一來，他們就不會把他當成空降部隊。

他刮鬍子、剪短頭髮，而且也戴了帽子。幾個高中學弟視他為前輩，謹慎有禮地對待他。康諾猜想，在他們眼中，他可能是個曾在人生路途上慘跌一跤的人。

八月初，備受大家敬愛的資深門房蘇格蘭約翰（或是大家口中的「蘇格蘭佬」、「蘇格蘭人」，但從來不是短短的「約翰」）在簡單的蛋糕咖啡慶祝後榮退，離開他三十年來從早上七點到下午三點的值班生涯，留下門房領班的空缺。馬庫先生把康諾叫進辦公室。

「告訴我，你打算在這裡留多久。」

「能留多久？我以為我只能待到九月。」

馬庫先生好整以暇地停了一下。「你回來這裡，是為了修正自己吧。」

康諾聽到這個說法有些尷尬，靜靜地看著馬庫先生。

「明天早上，你要在六點四十五分到。」馬庫先生說。

「蘇格蘭佬的班？」

馬庫先生點點頭。康諾也點頭回應，有種終於結業的感覺，彷彿這才成了個大人。七點到三點，是唯一比其他時段複雜的時段；業主出門上班上課，保母和僱員來報到，包裹送達，還要在狹小的空間裡分類整理郵差送來的一袋袋郵件。

過了一陣子，他發現其他全職人員對他的態度有了微妙的轉變，他似乎逐漸脫離從前那個只顧自己的年輕人，只要可行，他會掩飾其他同事在實務上的能力不足，像其他門房那樣盡力提供協助。在他們九月進了大學後，他覺得自己彷彿成了正職人員。他和其他門房唯一的差別，是他會在休息時間看書而不是看報紙，午餐時間不會在更衣室裡閒聊，而會到附近散步，到古根漢博物館看看，或坐在餐廳裡看書。

他成了大廳的固定人員；記得所有屋主的姓名和他們的門號，知道屋主小孩的名字、從哪個大學回家過週末；此外，他也知道住戶家保母、帶著攜帶式按摩床的按摩師，以及他們從未提過的情人的名字。他懂得為住戶保密，對櫃檯作業瞭若指掌。只要有熟悉的面孔來到門口，他便會按開對應的電梯門，如果有陌生人接近，他拿在手上的對講機話筒會立刻來到耳邊，按下應該按的按鈕。

他看得出自己在場，會讓某些住戶不太舒服，如果面對的談話者英文不夠流利、沒念過大學、沒從一流高中畢業，或是長得有點像巴爾幹人、墨西哥人都好。為避免煽起焦慮，他盡可能不談自己。那些暑期來上班的年輕人是一回事，他們在階級的水面上短暫激起漣漪，大家不但容忍，甚或寬容對待。他們領了好薪水之後繼續前進，上了某些住戶的子女甚至擠不進的好大學，他們證實了住戶生活方式的公正性，和對菁英管理這個見地的持久性。

母親給他壓力，要他繼續念研究所或換工作。他要怎麼解釋，在她花了那麼多學費之後，他竟然沒能從大學畢業？她的話像從水面下傳出來，在抵達他耳朵前，要先穿過他精神上某種黏稠的物質。他覺得自己的心智緩慢，想像力受到拘限；從上到下、從裡到外都越來越沉重。

在他出錯的大學最後一年中，唯一的亮點是他花在輔導迪洛絲的時間。他開始把時間花在馬庫先生的兒子彼得身上。這孩子念八年級，從三年級起，就沒拿過低於九十分的成績，康諾幫他增進練字彙，讓他在大廳旁的小房間裡做模擬考試。

感恩節假期間，如今已經是大學新鮮人的孩子，像返家的凱旋英雄，過來探望馬庫先生；馬庫先生給大家熱情擁抱，讓康諾感到無比嫉妒。他們把康諾當成酷勁十足的大哥，但他自己完全沒這種感覺，還會被他們的優越感刺傷。

透過從前越野隊的老朋友陶德·考夫林介紹，他認識了如今在布魯克林綠點區分租公寓的室友。他在人氣夜店包爾瑞遇到住在對面的陶德。傍晚時分，康諾會去參觀藝廊、參加派對或欣賞演出，並有了新的交往對象。薇奧蕾是演員，工作是酒保，她從未質疑他對工作的選擇，單純假設這是過渡期，只待他找到具有創意的人生方向。

他開了一張支票寄給母親，償還她貸款借來的部分學費。愛琳當著兒子的面撕掉支票。「不必為我做這種事，」她說：「學費由我來出。別以為你償還貸款，就不必為你的工作而感到愧疚。」

他不知道自己為什麼沒在秋天回學校繼續學業。一方面是，回學校等於說謊，彷彿給自己或母親一個無法達成的承諾，何況他一開始也沒把自己沒畢業的事告訴母親。他並非不想盡情發揮生命，只是還不確定自己的野心在哪裡。

幾個月過去，他把原來的滿杯愧疚全一乾而盡——因為父親需要他時他卻離家，讓父親進安養院，手上只剩下乏味人生這只空壺；儘管他不再感覺自己過著他人的生活，但還不覺得屬於自己的人生已經展開。

他從來不查帳，光是把支票存進去，而餘額總是可以支付所有帳單。他不想做長期的財務規劃，一想到把那麼長的歲月串在一起——二十年、三十年、四十年，他就覺得可怕。

一月初，彼得．馬庫取得了瑞吉斯中學的入學資格，康諾的喜悅不在話下。他想要彼得緊緊掌握世界，將輔導彼得視為榮耀。

馬庫夫婦邀他到家中好共進晚餐慶祝，他很快就忘了自己是在老闆家，遺忘的速度之快，連他自己都訝異。這裡可能是公園大道的任何住家。對講機響了幾次，馬庫先生起身去接；另外，東尼也帶著一個大信封來到馬庫家門口，除此之外，康諾純粹是個受邀的好的家教老師，這家人因為兒子學業進步，因而設宴回報。這天他們吃義大利麵餃，一起喝了幾瓶葡萄酒，將一整個馬庫太太口中的傳統阿爾巴尼亞蛋糕吃個精光。

康諾啜飲咖啡，凝視著彼得驕傲的臉。男孩把感激之情全寫在臉上，不過，就算他完全沒表現出來，康諾也不在乎，因為他知道自己為他帶來的改變。這一刻他突然頓悟，終於知道自己有多想當老師。最該爭取的目標，當然是大學教職，但就算申請到像樣的博士課程——前提是他得先取得學士學位——他也不見得能完成學業。大學時期，他一直很喜歡寫報告，但是對學術面缺乏熱情，例如著迷於專業著述的發表。他最多只能期待進高中任教，然而這也行不通，因為每個世代理當比上一個世代更強，每個人都期待比自己的父親更有成就。如果他成了高中老師，他必須接受自己永遠不可能強過父親的事實。母親想要他成就大業，而他卻在大樓幫人拉門，幸好在這段期間，他學到了要像蝶蛹一樣看向外頭的世界。如果他照心中的理想去發展——他能夠想像自己會相當享受帶領青少年穿過荊棘的過程，在別人眼中他仍然挫敗，或對他前所未有的失望。

他如今像是所有門房寵愛的兒子。有了他的協助，讓管理主任的孩子跨越門欄，進入體面的世界。這個新地位為他帶來一些好處，讓他的工作更沒有阻礙，而且他在大樓裡也有了類似家的去處——例如大廳、地下室的更衣室，現在又加上管理主任的公寓。他以後還會有到馬庫家吃晚餐的機會，他可以繼續輔導彼得至少四年的時間，指導彼得做決定，讓彼得藉由他的觀點受益，幫助他申請獎學金進入好大學。等到彼得大學畢業多年後，從位在下城的工業風裝潢公寓回家，搭著公司禮車來到這棟大樓時，康諾會心平氣和地為彼得開門，因為那個時候他的年紀早已老到再也感覺不到厭惡。他只要等待時機；隨著歲月流逝，一切都會變得更簡單。他哪裡都不必去，他只需要留在大廳，時機自然會來找他。

如果哪個人得找個棲息處觀察世界流轉，康諾心想，大廳還算不壞——特別是在夏天寧靜的夜晚，你可以把所有的門全打開，讓涼風吹進來，看黃昏接管這個城市，欣賞落日映在中央公園對側高樓玻璃的餘暉。

馬庫先生端來咖啡壺，康諾伸手蓋著自己的杯子。馬庫先生一臉堅決地問康諾，是否真的不要再來一杯。馬庫先生切下另一片蛋糕，康諾看著蛋糕蓋住自己的盤子，開始有種欺瞞不安的感覺。他知道這不過是一塊蛋糕，但這塊蛋糕展現了奇特又神聖的力量；就好像若吃下這塊蛋糕，他就得放棄自己對生命的理想；吃下蛋糕就是宣示忠誠。他們以微小的代價買下他的未來：一個手工甜點，未來更親近的關係，家庭的隱約暗示，某種大哥哥的身分。他沒有精力去抗爭，至少他現在沒有籌碼。他伸手拿叉子，看自己切下一小塊蛋糕，彼得靜靜地看，記住每一幕，而且比任何人都更專心觀察。突然間，透過無比銳利的洞察力，康諾驚訝地看出這不再是他的個人經驗，他身處彼得正在體驗的一段經歷當中，到了這個時候，他才真正看到後浪。

96

愛琳十來歲時，曾經夢想一探死亡谷國家公園，在夜空和群星下入睡。如今她已是五十八歲的婦人，於是決定妥協，入住豪華的爐溪度假酒店。

她選在涼爽的二月成行，原因是她向來無法忍受熱氣，也不想讓太陽把她白皙的皮膚烤黑。儘管預防措施齊備，她頭一天走進一望無際的沙漠便備受驚嚇，接下來的多數時間，她都留在室內，把時間花在酒店的餐廳、火爐前的沙發區，或溫水游泳池畔的躺椅上。

一天晚上，她參加團體行程參觀國家公園。到了著名景點賽道場，她站著看整片布滿裂縫、看似蜥蜴皮似的乾地。不需要導遊解釋，更不必具有對星座的基本知識，她一抬頭就知道自己看到了什麼，因為銀河根本不可能錯認。導遊指著賽道場上滾動的石頭說：飄移之石，從來沒有人能對石頭移動的原因做出讓所有人都滿意的解釋。一位團友滔滔不絕地說，石頭之所以會移動，是受了風或冰的推動。她聽得出他的論點不夠穩固，道聽塗說的知識顯然是來自坊間的流行雜誌，學術素養差艾德太遠。艾德除非真的明白，否則也不會輕易開口。如果有可能，她會樂得在一旁看丈夫吸收知識的模樣，看他因為推想理論而閃爍的雙眼。她可以學習丈夫對這位說個不停的觀光客的耐心態度。艾德若能看到，一定會欣賞這些石頭不落地而且無法解釋的飄移方式。

97

父親過世的第一次週年紀念日，康諾搭火車到布隆克維的天堂門墓園。母親到車站接他，載他到特莉芙羅花店。

「挑漂亮一點的花。」她說。

他看得眼花撩亂，最後選了一束做好的綜合花束。回到車上，母親顯得不太高興。

「他們沒有玫瑰？」

「不知道，」他說：「我挑了我覺得好看的花。」

「你買的是菊花和雛菊，應該要買玫瑰的。」

「妳剛剛又沒說要玫瑰。」這下子母親看起來真的生氣了。「我可以回去換玫瑰。」

「不必了，這樣就好，」她說：「反正你爸爸也分不清楚，他可能會和你選同樣的花。」

陣陣大風吹過墓園，母親清了清喉嚨。

「親愛的上帝，」她說：「請祢保守我丈夫艾德的靈魂。」她看了看康諾。「讓他知道我們想念他，愛他。」她又看了康諾一眼。「我向來不擅長祈禱，如果真有天堂，你父親會在那裡，我只知道這些了。」她回頭看著墓碑。「艾德，自從你走後，我無時無刻不想念你，也許你早就知道了，說不定你聽得到我的想法，如果真是這樣，那就太好了，這表示我根本不必開口說話，但既然我已經開始，就不能半途而廢。有時候我覺得你根本沒有離開，我想找你談事情，卻找不到人；我收起報紙，想和你談談我看到的報導，你卻沒坐在我面前。康諾想念你。我本來要告訴你去年發生的種種，但如果你聽得到，那你早就已經知道，如果聽不到，這番話也是自言自語。我真心愛你。現在大概該念《主禱文》了吧。」

母親念完主禱文之後，在地上找小圓石好放在墓碑上，這是她學到的猶太傳統，把圓石堆在墓碑上，彷彿喜鵲築巢哀悼。她臉頰上的毛細血管泛紅，但低溫對她似乎沒有影響。她很堅強，但當母子倆站在寒風中時，康諾想到了母親一個人住，家裡有那麼多空房間，沒人氣也沒聲音，等他吃了蛋糕喝過茶再離開家，又會把她單獨留下。本來聽到母親打算賣掉房子他很高興，但她還是因為某種牽絆，沒出售房子。

母親在墓碑上放了兩顆圓石，人被風吹得往後退。「這地方是你爸爸選的，」她說：「我們剛搬過來就開始翻目錄，那是在我們知道他生病以前的事了。挑墓地聽起來很病態，但其實不是，他想要親眼看看，所以我們到這裡來找。當時這裡沒這麼滿，但園方已經有了規劃。你爸爸想葬在這片斜坡，他會喜歡這種水氣重的冷天氣，天上滿是烏雲。我不知道你記不記得，他很喜歡墓園，我們每次出門旅行，都會去參觀墓園；他還喜歡讀墓碑上的文字，也許我該想些好一點的墓誌銘。」

他考慮過是否要刻「摯愛的丈夫和父親」，但那太刻板，問題是銘文不講究新潮，就算適合其他人，也無法概括他父親的一生。刻文下方留下了給母親日後安葬的空間。她這時站在他身邊，但有朝一日也會離開，到時候，他得負責埋葬母親。康諾想擁抱母親，為她擋開那無可避免的一日，他無法壓制心裡的驚慌，然而他只能驅開恐懼，伸出一隻手攬住她的肩頭。

「這是你爸爸唯一在意的不動產。」她這句話像是在自問自答。這塊地不大，但是看出去的景觀很美；如果再加上露絲和法蘭克．麥圭爾買下的相鄰墓地，小社區儼然成形。他們買下墓地時還算最先購得的幾人，但在接下來的期間，這個地區的死亡率急速攀升，墓地很快就滿了，同一條路再過去一點，還有另一片新開發的墓園。這裡沒有康諾的位置，不過那沒關係，他會決定自己最後的安息地，說不定到時候會有他現在還不認識的人幫他決定。

不會變動的資產。他忍不住要聯想到這幾個字的另一層意義。他父親真正的財產是什麼？父親的投資組合中有房子和家裡的財物；有他對科學的貢獻；有他帶給學生的改變，以及那些學生投射在他人生命中的影響；另外就是康諾自己了。他是父親真正的資產，尚未浮出水面的資產。

他撿起一顆圓石，堆在墓碑上的小石堆上，隨後，這對母子朝車子走去。

「你爸爸還看上了一點，傳奇棒球明星貝比．魯斯也葬在這裡。」

康諾記得自己在報紙上讀過，有些棒球選手會開車到貝比．魯斯的墓地，希望能沾點好運，但他沒想到就是這個墓園。

「魯斯的墓在哪裡？」

「離這裡不遠。」

「爸爸去看過嗎？」

「他在魯斯的墓前站了好久，」她輕聲笑了出來。「安安靜靜地，一副很嚴肅的樣子，就像你們談棒球的模樣。」

他們開車來到離道路有一小段距離的高聳地標前方，墓碑底座用大寫字母刻著魯斯的姓氏，石碑上刻著耶穌以手勢祝福一個小男孩的模樣。旁邊一個小一點的石碑刻著斯佩爾曼主教的禱詞：「願指引貝比．魯斯贏得關鍵球賽的聖靈，能指引全美國的年輕人。」另一側的小石碑上刻了魯斯和妻子克萊兒的生辰和逝世日期。墓碑前方有一堆球迷獻上的棒球，一支球棒，還有人把棒球卡貼在墓碑上。

此時他想到埋在道路另一頭的父親，除了親友，世人都忽略了他。死亡是公平的，但是墓園裡仍有高下之分。

康諾上前撫摸墓碑，他也不免俗的，希望能求得一點運氣。若母親不在場，他說不定會跪下。有好一會兒時間，他覺得自己回到了上教堂的孩提時代，把銅板丟入奉獻箱，點亮蠟燭，現在該是他祈禱的時候了。祈禱，許願，沉思——這全都相同嗎？有沒有人會聆聽？宇宙是否只有空無？**幫助我**，他想：**拜託**。然而配戴獎牌的貝比．魯斯光是站著，和石碑的來處一樣安靜。

回到家，母親準備煮茶，康諾到書房用電腦。書房仍然飄散著父親的氣味，至少與父親有關的東西都在，例如舊書、削鉛筆機和桌燈熱熱的金屬。母親走進來，拿起桌上一件東西。

「我在整理檔案櫃時看到這個東西。」她說，遞給康諾一個寫了他名字的信封。「你爸爸本來希望我早點交給你，可是那陣子事情太多，我大概是把信封放錯了地方。」

他努力掩飾，不想讓她看見憤怒像毒藥似地爬滿他全身。「信裡寫什麼？」他盡可能鎮定地問。

「嗯，」她說：「我又沒有用蒸氣燙，打開黏住的信封口。我記得他想告訴你一些想法，要我等到他心智失控後交給你，但他顯然不會要我等到現在。」

康諾小心翼翼地接下信，說：「謝了。」

「你大概會想自己讀信。」母親說完話，便走出書房。

那封信像是還沒讀過的判決，康諾沒開信，而是走向檔案櫃去翻抽屜。其中有個抽屜裡放著他少年時代的紀念品，有成績單、獎狀、他寫給父親的生日卡和父親節卡片、他小時候在學校裡做的工藝作品，還有一隻他過去一刻也不能少但如今已經遺忘的填充兔子。歲月流逝，父親的收藏也越來越多，這些物件無疑能幫助他記憶，到最後，他再也不繼續收藏了。

另一個抽屜裡有好幾個鞋盒，裡頭放滿了收藏四乘六照片的相簿，從前只要拿底片去沖印，相館都會贈送這種免費相簿。相簿上沒有標註日期，但其中一本有他參加越野聚會的照片，由此看來，這些照片的拍攝年代應該是他讀高一的時候。照片的主角大多是康諾，但沒有一張是康諾直視鏡頭，父親似乎一直在等他回頭看。康諾想像父親透過觀景窗，以眼神默默地呼喚兒子的目光，想到這裡，他突然覺得無盡的孤單。直到看見范柯蘭德公園草坪的幾張風景照之後，康諾才鬆了一口氣，但隨後，康諾翻到一張父親和從前隊友的合照，又開始覺得嫉妒——畫面上，父親攬著那個個性敏感的孩子，這位同學度過了不愉快的高一後便轉學了，康諾拚命想，才想起他的名字叫羅德。父親站在羅德身邊顯得十分矮小，而羅德似乎得彎著腰，才能和艾德一起入鏡。兩個人的臉靠得很近，臉上都有燦爛的笑容，看起來像一對親生父子。

康諾清楚知道自己多怕讀信。他走到書櫃邊，父親的藏書只剩下兩層參考書，一些母親還沒處理的精裝哲學書和文學書；另一個架子上陳列著父親的著作，猶如聖殿般地擺著出版的論文和摘要筆記。康諾還記得父親退休前在實驗室裡花了多少時間。現在他才明白父親一定知道自己在實驗室的日子不會太長。

他能不能這麼想：父親是否想要為自己罹患的疾病找出原因，甚或解藥？無論他研究的是什麼，最後仍然沒有結論，但或許能影響到更廣大的世界。如果是這樣，那麼那些摘要和筆記很可能是關鍵，讓艾德不再只是一個葬在坡地上、被遺忘的人。他希望有那麼一天，世人會造訪父親的墓地，感謝在他死後才為人所知的貢獻。

康諾找出他後期的筆記，但沒看到任何突破性的紀錄，也沒有任何足以讓他為過世父親寫下人生第二幕的素材。筆記本上，只見顫抖的字跡和一串串沒有欄位區分的數字。

他回去坐下，拿起面前的信封。看過父親的筆記後，他原本對讀到判決書的恐懼已經消失。他本來像個青少年，希望信裡有他亟需聽到的指引，但這時卻怕拆信後只有失望。他甚至想保留封住種種可能的封印，想留下選擇權，以便自己隨心所欲地投射；用自己的想像力將自己拖出困境。

98

一九九二年五月十六日

我親愛的兒子：

我想花點時間告訴你幾件我認為你該聽，而且只能從我這裡聽到的事。不久前，我得知一些壞消息，我希望自己在這封信裡交代的事，可以回答你日後的問題。我告訴你這些事，並非想強調這有多重要；我希望離開以後，我在你的生命中會像是搭著你的肩、扶持你的手，而不是掐住你喉嚨的拳頭；但如果你認為這些事的確重要，那麼對我而言亦然。我希望你能看懂我的字跡，更希望你能讀懂我的心思，我擔心的是，自己的頭腦隨時可能比我想像的更紊亂，我想在機會流逝前寫下這封信。

我要你記住我，但前提是要你自己願意。我努力成為能讓兒子真心誠意記得，而不是出自於責任感才會想到的父親。你記憶中的父親，是我最單純的自我，我們不必透過文字就能彼此理解，這種理解和我與你母親所在的精神空間，是我活得最完整的世界。對尚未出世的後代而言，我這一生能夠記錄下來的事項可能才是重點，如此才能在家族樹譜的枝幹上增添精彩的葉片，但那是抽象的概念；我這封信是為了你而寫，你才是我用血肉之軀來感受的人。我不想讓你有無解的問題，我想讓你隨時帶著我，而且希望你因此快樂，獲得勇氣，如果有必要，我也希望你能忘了我，我希望你能吸取生命的精髓。

我得慢下速度，要先深呼吸。

如果你想記住我，請記得我們一起做過的事，記住我們好幾次為了參加拼字競賽的不斷複習，每次都會花好幾個小時。你從前發音像是僧侶在吟誦，我們晚餐前開始練習，餐後繼續到你上床睡覺才停。記住練車場，空球籃；記住釣魚，泛舟；記住我們的練投，一起看過的比賽；記住我們聯手組裝的收音機和遙控汽車。記住我們到漫畫書店採購，到義大利旅行，到迪士尼世界玩樂；記住我陪著你做功課。別忘了我們到打擊場練打，我教你辨認飛鳥、植物和動物，帶你去賞鳥，還有那些我們聽過的交響樂演奏會，欣賞過的戲劇，麥迪遜廣場花園的車賽。我們親眼見證了撐竿跳、跳遠、賽跑刷新紀錄，看尼克隊出賽，看摔角明星野獸喬治．史蒂爾、金剛邦迪、巨人安德雷和綠巨人霍根現場競技。記住我曾經輕揉你的背哄你入睡，我們一起聽收音機裡大都會球隊出賽的實況轉播，我們在夜裡一起看書。我投的滾地球、高飛球曾經擊中你。我開車穿過紐約五個行政區，載你到你住在州界外的朋友家，你打電話回來，我會去火車站接你。我們一起去參觀博物館，並肩坐在理髮院剪頭髮，每年都帶你去買新的棒球用具。我們慢跑，一同做伏地挺身，頂著低溫到場上拋擲美式足球。我們在寇克立家的避暑小屋，幫你克服你對盪鞦韆的恐懼。我教你怎麼從鐵路橋安全地往下跳。我們做復活節彩蛋時，你最喜歡看顏料融在水裡，像彩雲一樣散開。我們攜手剷了那麼多次雪。

現在最重要的是，讓你聽到我多希望你能好好地活，盡情享受你的生命，我不想讓你為了我的病而有所顧慮。

我要你知道，我愛我的工作而且表現傑出，我相信這遠勝過金錢的價值。我沒有提供你富裕的人生，可是我有信心，我絕對是讓你引以為傲的父親。

我沒辦法陪在你身邊，聽你談你人生的重要事件和高低起伏，但是在最艱困的時刻，我希望你這麼想：

想像你自己正在參加你熟悉的越野賽。這天你跑得不順，大家都超越你；你很疲倦，睡眠不足，肚子又餓，垂頭喪氣地準備面對失敗。你向生命要求多少，生命就會給多少，但有些事是人生不能給的，例如，你在這天沒辦法獲勝。這只是一次挫敗，你陸續會遭遇更多，你來到世上不是為了計算得失的次數，是要付出愛，接受愛。你垂頭喪氣有人愛你；不管你是否能跑到終點，你接受的愛仍然相同。

但是我仍要告訴你，這值得你鼓起勇氣去做。勝敗沒關係，重點是你要驕傲地跑，要堅強地跑到終點。歲月轉眼就消失，我會離開，你能不能記住我站在一旁為你加油？我不可能永遠都在，但是我把自己的心留了一角給你，只要你活著，你就擁有最美好的一切。

我走了以後，希望你能在腦海裡聽到我的聲音，在你最需要、最絕望、最孤獨的時候聽。當你覺得生命太殘酷，覺得世上的愛太少；在你覺得自己失敗，不知目的何在、無力前進時，我希望你能從我的聲音裡汲取力量。我要你記住我是多麼珍愛你，如何為你而活。倘若你看到這個世界上有太多矮化你的巨人，覺得抬頭挺胸得經過奮戰，我要你記住，除了工作成就之外，人生還有更遠大的目標。成為正直的人就是價值；你做正確的事也是價值。

我的世界就要結束，我的競賽早已開始。終點線不會有桂冠等著，也不會有人獲勝，拋下這輩子，就是我的獎盃。

我要你永遠別忘了我的聲音。

我摯愛的兒子，你是我的世界。

99

母親邊喝茶邊看報紙，面前擺了一盤餅乾。她已經為他準備了一套茶具。

「怎麼樣？」她問道：「他怎麼說？」

他站在門口。「我沒有把事情堅持到底。」

「為什麼不看完？你好像見了鬼。來，坐下來。」

他走到椅子旁坐下，把手上的信擱在桌上，就放在自己的茶托旁。

「我看完了。」他說。

「你剛剛才說你沒堅持到底。」

「媽，我讀完信了。」他知道自己的嘴唇在顫抖。「給我一秒鐘想一下。」

「好。準備好再告訴我。」

為了有事可做，他拿起餅乾，餅乾是母親喜歡的果醬奶油小餅。他咬了一口但沒有咀嚼，讓這一小口餅乾在舌頭上融化。

「我說我沒有堅持到底，」他說：「我指的不是信，我說的是別的事。」

「什麼事？你在說什麼？沒頭沒腦的。」

「大學，」他說：「我大學沒畢業。」

「你當然畢業了。」她飛快地說，拿了一塊餅乾。

「我沒有。」

「你在說什麼？」

「我沒念完大學。我差了幾個學分，就這樣回來了。」

她嚴厲地看了他好一下子，慢慢咀嚼餅乾。

「你現在說的是實話？」

「我為什麼要為這種事騙妳？」

「**你告訴我啊**，顯然你一直在說謊。」她又拿了一個餅乾，很快地吃掉。康諾也一樣，這是為了減低心裡的焦慮。

「我沒有說謊，我只是沒老實說。」

「你現在是要說你沒拿到學位？」

「沒拿到。」他說。

她嘆了一口氣，把臉埋進手掌間。「所以你才會去那棟該死的大樓工作？」在雙手掩蓋下，她的聲音變得很模糊。

「對，」他說：「可能吧，我也不知道。」

「就是，」她幾乎是叫嚷了：「你明明就是。」她的臉色逐漸明朗，不是因為喜悅，而是因為這個見解。「這就是原因。我帶大的孩子不是這樣，我就是知道。我知道當中一定有問題，我早該看穿的，天曉得我怎麼會沒看出來。」

她的目光焦點落在遠處，彷彿想找出一次解決好幾個問題的方法。他許久沒看到她這麼鮮明的表情了，父親在過去幾年所帶來的壓力，讓皺紋取代了她臉頰原有的圓潤。

「對不起，」他說：「我知道妳很生氣。」

「喔，這你真的說對了，」她說：「不只生氣，我很憤怒，你別搞錯，你沒有權利做這種事。我才不管那是不是你自己的人生，當中牽涉到其他人的人生；不只是我或你爸爸而已，還包括我父母，和你祖母。那麼多人辛苦工作，就是為了把你送進目前的位置，何況還花了一大筆錢。」

「我接下來會還妳。」

「你接下來要做的，」她嚴厲地說：「是立刻辭掉現在的工作，回學校補修學分。就算我得自己開車送你到芝加哥，像你小時候那樣坐著看你念書都沒關係，我才不管你為自己做這種事找什麼藉口；我告訴你，那些藉口算什麼，全是胡說八道而已。你要拿到學位，為自己過真正的生活，如果你還出錯，那我就真該死了。」她拍拍雙手。「我真不相信我怎麼沒看出來，我知道你不是這樣，我早就知道了。」

「我不是怎麼樣？」

「過這種離譜的生活。」

「如果我就是呢？」

「不可能，」她說：「你是我懷胎生下來的，我對你至少還有點認識。」

「我過的生活有什麼不對？」

「你休想用這種高姿態和我說話，」她說：「我母親拖地拖了三十年，你懂嗎？為那些自以為是的小孩清理嘔吐物。辛苦工作沒什麼不對，問題在於那不是你該過的人生。不可能是，那是別人的生活，是你借來的，你再也不能做那種事了，就這樣。」

「妳不能逼我回學校。」他說。

「我不但可以，還一定會那麼做，而且我不在乎你是不是蠢到看不出我是出自於愛。你可以等我死了以後再感謝我，你不必站起來為哪個該死的混混開門，我絕不會讓我兒子做那種工作，因為我還是你的母親。」

100

愛琳一聽到醫院裡有人要賣兩張大都會球隊出賽的票，立刻回想起在他們搬家前，艾德說他在學校買了球票。當時她覺得那是他逃避的藉口，但如今她轉念了，想把丈夫的做法，視為心情紊亂的男人真心想讓家人度過一個愉快的下午，而且就算自己沒辦法完全參與、分享也無妨。在尚未得知艾德病情之前的那段期間，她對他的行為毫不寬容；到了現在，她總算有了包容的空間。

她買了票，自己一個人去看，為艾德留下一個空位。那天是二〇〇〇年十月的第一天，樹葉已經開始轉黃，當天相當溫暖，雲層不厚，她幾乎能聽到艾德說「真是**打棒球的好日子**」。這場賽事是這一季的最後一場。她聽人說這場比賽無關緊要，因為大都會隊無論如何都會進入季後賽。她到達時已經遲了，看到球場擠滿了人。大都會隊的對手是蒙特婁展覽會隊，她記得這支球隊不太強，但對手是誰似乎不重要。球場瀰漫著顯而易見的高昂士氣，艾德最愛這種氛圍，尤其是康諾也在場的時候。

她把皮包和外套放在身邊的空位上，自己隨即就坐。一名賣熱狗的小販氣喘吁吁地爬上階梯，停在離她幾排遠的位置。她看著小販輕輕掰開麵包，熟練地夾進熱狗，從鼓鼓的圍裙口袋裡掏錢找零。她餓了，但又不喜歡他全身汗淋淋地又賣食物又摸錢，擔心不夠衛生。

她一直想放空，不要去在意日常生活的噪音，包括她獨自在家時喧囂的寧靜在內，而球場是放空的好去處。其他人站起來歡呼時，她仍然坐著，沒隨著喇叭傳來的規律聲響拍手，也沒跟著大家喊衝；然而她容許自己吸取球迷一點高昂的精神。

大都會隊一直小幅領先，到了第七局，展覽會隊開始急起直追。雙方在九局下半依然纏鬥，看到大都會隊三人出局，愛琳一掌拍在膝上，她看著咬得光禿的指甲，才發現無論對球隊本身有沒有影響，贏得比賽對她都意義重大。艾德一定會樂得看到兩隊進入延長賽，先發制人就能決定命運，兩隊靠的都是借來的時間。每次出局都會影響結果，但是大都會隊贏球似乎才是正確的事。

愛琳明白這些比賽為什麼能讓她丈夫如此著迷，每天都可能有紀錄刷新，但廣大的現實世界卻不受影響。就像新聞永遠都有，至於報導價值，則是另外一回事。投手的每顆球和打者的每次揮棒都不同，卻同是熟悉主題的變奏。在這段獨立而出卻不知為何顯得永恆的期間，球場上的白線，四周的圍牆，這些簡潔的幾何線條成了世界的界線。

十局結束後，第十一局接著展開，兩次安打後出現了一支犧牲短打——她永遠不可能忘記這個名詞，因為完美的犧牲短打僅次於打帶跑戰術和三殺，是艾德最喜歡的演出——在一人出局的狀況下，將前面的打者分別送上二、三壘，接下來的打者保送上壘，但隨後大都會隊投手安全三振了下兩名打者，愛琳總算鬆了一口氣。十一局下半，頭兩名打者迅速出局，第三名打者擊出一壘安打，接下來的打者擊出驚險的高飛球，中外野手接到球立刻回傳游擊手，後者再傳回本壘，由投手觸殺盜壘的跑者，造成三人出局。第十二局上半，大都會隊投手連續三振三名打者——她似乎聽到艾德握拳高喊連續三個三振——而展覽會隊投手在下半局同樣送走三名打者。十三局上半，無人上壘，她聽到身後有人說，這場比賽，是大都會隊當年最長的一戰，她心想：那當然了，而且她的心臟就快承受不住了。

十三局下半，投手保送第一名打者上壘，她彷彿聽到艾德說：保送滿壘最危險，接下來輪到大都會隊投手打擊，她知道投手不善打擊，通常球隊碰到這種狀況，都會安排代打，或要他們短打，然而投手竟然棒子一揮，以內野滾地球讓自己安全站上一壘，她發現自己站起來大聲喊：「跑！跑！跑！」她的聲音淹沒在上百位球迷的歡呼聲當中。下一名打者端出短打的姿勢——她記得艾德這個說法，正面迎接自己的命運，他一揮棒，三壘手立刻衝上前接球但回傳失誤，二壘上的跑者直奔本壘得分。她握緊了雙手，聽到四周此起彼落的歡呼，她感覺到自己的喉嚨緊縮。

這場勝利無關緊要，卻帶來這麼大的影響。球員退場時，她壓抑不住心裡的喜悅。她坐著看球迷離開，空盪盪的球場逐漸安靜下來，壘包之間還留著跑者的腳印。到了管理員將塵土掃成堆，開始整理場地時，她才緩步走向自己的車子。

101

她依自己寫在通訊錄上的公寓號碼，按下電鈴。一名害羞嬌小的女人前來應門，說的是西班牙文。愛琳看到女人身後的起居室有一張嬰兒床，燙衣板上攤著一件襯衫。她問起奧蘭多一家，但是女人似乎聽不懂她的問題，愛琳只好告辭下樓，大廳的住戶資料上同樣沒有登錄奧蘭多一家人的姓名。

她繞過轉角，來到帕倫坡家。來開門的是帕倫坡先生本人，她上次見到他是八年前的事了，他老了許多，如今大概已接近八十了。

「帕倫坡先生，」她說：「是我，愛琳．列爾瑞。你好嗎？」

她看不出他究竟是認不出她，還是不想讓她知道他還記得。她和他不常說話，但兩家當了多年的鄰居，她想要認真看待這段情誼。看到他手掌朝下地伸出左手，她感激地相握。帕倫坡先生的指節粗大，但皮膚光滑，他收緊握著她的左手，用另一隻手輕拍愛琳的手，他的雙手像小火爐一樣溫暖。

他說自己的妻子已經過世，愛琳向他致哀，但無法將艾德的事情說出口。他說他兒子搬離了他家二樓。「我這把年紀當房東太累，我女兒要我把房子賣掉，搬到紐澤西黑克茲鎮和她一起住。我考慮過，但是我到那裡能做什麼？前不著村後不著店的，去看草怎麼長嗎？住三樓的柬埔寨年輕人不錯，會修理東西，我也會上樓找他打撲克牌。」他笑了。「他把我的錢都贏光了。」

她問他有沒有奧蘭多一家人的消息。帕倫坡先生說起唐尼，然後他走進屋裡，出來時遞給她花園市一家汽車美容公司的名片。他說唐尼幾年前就開了店，除了展店，現在還增設洗車服務。

「事業很成功，」他說：「而且也結了婚，對方是個好女孩，夫妻倆有兩個女兒。」

她臉上露出喜悅的笑容。唐尼突破了環境限制，開創了奇蹟，艾德一定會感到很驕傲。

「太好了。」他說。

「我去看過他們，那附近很漂亮。蓋瑞住的貨櫃屋停在他們自己的院子裡，布蘭達幫商店管帳。妳該看看雪倫，變得好漂亮，可以去當電影明星了。」

「我的天，」她說：「蕾娜呢？」

「我太太死後，蕾娜也走了。」

帕倫坡先生在胸前畫個十字，愛琳也跟著畫。聽到帕倫坡先生問起她家的狀況，她含糊地簡短帶過。她也知道，不承認艾德過世未免有點傻，但她就是說不出口。她必須讓眼前的男人以為艾德還在。

兩人互道再見，就在她轉身走下門梯時，聽到屋裡有重物掉落的聲音，她毛骨悚然，怕是帕倫坡先生跌倒摔死，於是立刻回頭敲門，驚慌的程度連自己都驚訝。看到帕倫坡先生來開門，她說出能想到的第一句話，預祝他感恩節快樂，因為她不知道在過節前會不會再見到他。他有點困惑，向她道謝後才又回到屋裡，留下她一個人。她的心跳加速，恐懼的滋味溜進她嘴裡。她在帕倫坡家的門梯上坐了一會兒，讓自己鎮定下來。她認為自己怕的是被人留在身後——但這不可能，在那之前，她已經先走了。她雖然為唐尼感到高興，但得知他沒有一直住在這一帶仍覺得沮喪，她從來沒想過他能夠發憤圖強，徹底改變自己的生活。她習慣了自我安慰，假想唐尼一直過著相同的生活，在不知不覺中為她留在這個地方，幫她守住過去。想到這個世界不停變動才真的嚇人。

她沒有創立自己的朝代，甚至不確定自己的血脈會不會延續下去。她的兒子回芝加哥繼續學業，但是她忍不住擔心康諾，而且程度更勝以往。她憂慮的不再是康諾是否會為她未來的孫子孫女奠定什麼基礎——老天垂憐，希望他能遇見一個好女孩，安頓下來，生幾個小孩，此時讓她操心的反而是兒子自己的未來。

她想去恭喜唐尼，但過了這麼久沒有聯絡，又不知從何開始。愛琳把玩手上的名片，接著把名片收進皮夾裡，心想：**我希望你人生如意，希望你家有個漂亮的大後院，希望你能邊煎牛排邊看著女兒在身邊跑，我便能安心合眼了。**

她站起來走過去站在老家前面。新屋主讓茂盛的花草蓋過花圃，高度還擋住了門，她也不會挑那種款式的窗簾，但這毫無疑問是她的老家。她曾經數次站在相同的位置欣賞這棟房子，一波情感湧了上來，讓她因為過去不顧一切地想逃離老家而感到羞愧。她走上門梯。

街燈亮了，但黃昏的光線沒有褪盡，這時還算不上入夜。她想回到過去，回到這個地方還是她生命所在的時刻。樹梢的鳥兒鳴唱，街上的車子開得飛快，扶手光滑的油漆喚醒了她手掌上的皮膚。她閉上雙眼，聆聽熟悉的聲音：一架飛機飛向他方，遠處的喇叭聲此起彼落；空氣中夾雜著汽車廢氣和樹葉的香味。在這個時間，她可能剛結束在勞倫斯醫院漫長的一天回到家，也可能是一家人到亞爾托羅用過晚餐，她跟在艾德和康諾後頭拾級而上。只要走進屋裡，她就能看到艾德戴著耳機坐在沙發上。她會說：**隨你愛聽多久都好，把唱片全聽完吧，等你聽完之後，我會在這裡，無論要等幾年，我都會在。**她會用雙手握住丈夫的手，溫柔無比地親吻他的手背，讓他明白這不是讓步。**我們留在這裡就好，**她會說：**讓我們永遠留在這裡。**

她不認識住在這裡的人，但是她覺得自己無法不看看屋裡就離開。她花了一輩子的時間逃離這裡，這會兒，她累了。一定有什麼方法可以讓過去與當下相會，就算她必須回頭，也沒有關係。

她握著門環，又快又堅決地敲了三下。一個年輕男孩前來開門。她很難將他和從前那個七、八歲的小孩連想在一起，當年他父母來看房子時，愛琳看過他站在門外。他現在已經長得高大魁梧，頭髮梳得很整齊，潔白燦爛的笑容像是當選的官員。

「請問有什麼事嗎？」

在自己的家門口，讓人當陌生人似地接待，愛琳有些心慌意亂。她不得不克制自尊，以免在探索成功之前便先打退堂鼓。

「我是愛琳．列爾瑞，」她說：「從前住在這裡。」

她覺得自己好像那些鬼鬼祟祟上門宣揚怪異信仰和悲觀論點的人。如果他在她結結巴巴說完話之前，當她的面關上門，她也不會怪他，但他卻邀請她進門。

「我不想造成你們的不便。」她跨過門檻時這麼說。

「一點也不，」他說：「可以麻煩妳脫鞋子嗎？」

她很早以前就想在自己家裡這麼做，只是找不到合適的說法。她穿著絲襪，門廊冰冷的地磚踩來冰冷，但是一走進起居室，雙腳便陷進了舒適的長毛地毯裡。他們把電視擺在她從前放扶手椅的地方，這臺電視看起來滿吸引人的，她真不懂，當初她和艾德為什麼沒早點在這裡放一臺。她看到了這家人的父親，她記得他們姓多默。多默先生優雅地用雙手拍拍膝蓋，伸展修長的身子，從沙發上站起來。

年輕人開口要介紹愛琳，但立刻被父親打斷。「我知道妳是誰，」他熱情地招呼：「歡迎妳回來！妳覺得房子是不是還一樣？我太太正在準備晚餐。安娜貝兒！過來這裡。」

屋裡的裝潢與從前大不相同，她估計不出起居室的寬窄，在她眼裡，這個一度讓她不知該怎麼裝潢、永遠過寬或過窄的起居室已順應了新主人的需求，在過程中找到了應有的和諧，彷彿一直在等這家人的來到。然而，當她望向餐廳，看見從前與整面牆同高的鏡子時，受到的衝擊更為強烈，她的腸胃為之一抽。餐廳裡有更多大小不一的擺設，這些東西若放在她家一定很刺眼，但放在這裡卻展現了豐富的趣味。

「我好喜歡你們的裝修。」話一出口，她便自覺失言。時間過了幾乎要八年，多默一家人不是「裝修」這個家，而是把這裡變成自己的家，就算他們曾經裝修，也已經是很久之前的事了，現在提起未免有些荒謬。

大家尷尬地圍成一圈站著，只要有互相介紹的場合都是這樣。她看到男孩偷瞄了電視一眼，這個動作讓她的內心出現一股暖意，因為她兒子在這種階段也會做同樣的事。

愛琳想找話題聊時看到茶几上有個獎盃，上頭的雕像勝利地伸展出雙臂。「這是什麼？」她輕快地問，順手拿起獎座。這東西比她預期的重，和舞蹈或少棒比賽的輕量獎盃不一樣。

「他參加辯論比賽贏來的。」多默先生說。她想起多默先生的名字同樣是多默。「州際冠軍賽。我們以他為榮。」

「別聽他的，我沒有拿到冠軍，」男孩說：「我只拿到亞軍。」

「今年他會得冠軍。」父親說。

她看得出男孩因為成了焦點而不自在，於是放下獎盃。她記得他們是天主教徒。「你念的是不是聖貞德小學？」她問道。

「是的，」男孩說：「從三年級開始。」

「我兒子也是。」她猜，男孩現在應該也進了康諾當時就讀的高中，他們是辯論比賽的常勝軍，但萬一不是，她不想拿這個問題讓男孩更加尷尬。「我記得你有個姊姊，她在嗎？」

「她在耶魯。」多默先生驕傲地說：「我們不常看到她，除了假期，她每兩週會帶髒衣服回家洗。」

他輕聲笑了出來，覺得女兒大老遠帶衣服回家洗很可笑，愛琳還聽出他話中的喜悅，儘管女兒有了高學歷，正要邁向理想的專業生涯，但終究還是他的女兒。

愛琳有些沮喪，想到自己的兒子上次用她的洗衣機已經不知是多久之前的事了，而她自己一星期大概也只開一次洗衣機，就在這時，多默太太走出廚房，看到家裡有陌生人，驚訝地輕呼出聲。她一定是忙著準備晚餐才沒聽到敲門聲。愛琳很清楚這種感覺，家務的責任包括為一大一小兩張嘴巴備餐，而他們表達感激的方式則是狼吞虎嚥地吃下晚餐。她想到過去自己的丈夫、兒子吃飯的樣子，也一向讓她感動。

「妳好。」多默太太打過招呼，轉頭看丈夫等他解釋。

「安娜貝兒，這位是列爾瑞太太。」

「列爾瑞太太？」

認出她的當然是丈夫而不是妻子；有妻子毫不間斷地勤勉工作，丈夫才能保持清晰的頭腦，妻子忙完一天的家務之後，已經沒有餘力思考。愛琳挺直背脊，向同為女性的多默太太表示敬意。

「把房子賣給我們的列爾瑞太太。」他補充了一句。

她用手遮住嘴巴，壓下驚呼。「喔！歡迎！妳怎麼有空到家裡來？」

「我正好到這附近。」

「請原諒我，我一團糟。」她指著腰上的圍裙，圍裙正面有一片剛沾上的明顯痕跡。「維傑，請你幫列爾瑞太太掛外套。」原來男孩叫作維傑。非得等到女主人出場，才會有人注意到這個重要細節，換成艾德，恐怕也會和多默・多默一樣，優雅地站在這裡但失了禮節。男孩過來，幫愛琳一次一隻手地脫下外套。「我可以帶妳到處看看嗎？」多默太太說：「我相信妳一定很想看看房子。」

愛琳確實好奇。多默太太——安娜貝兒——精準的觀察和敏銳度讓她精神一振，差點忘了立刻回答問題。

「太好了，」她說：「請叫我愛琳。」

兩個彼此欣賞的女人像是同儕，堅定地握了握手。安娜貝兒帶她到瀰漫著豆蔻和咖哩香味的廚房。他們把廚房改造成左右兩側都有工作空間的長形空間，可以利用的檯面變多了，使用的花崗石檯面和她家裡的有點像。廚房裡甚至還設計了可以用餐的吧檯式桌面，高腳凳藏在下面，但她看得出這家人應該是在餐廳裡用餐。整修工程做得很細膩，換成她和艾德也會願意花這筆錢——這要假設她不知道每次看到自己的房子，內心深處就有另一個想換房子的念頭。多默家還整修了浴室，換了磁磚，裝上爪腳浴缸和柱式洗手臺；此外，他們還把主臥室的一個衣櫃改成小浴室。她一直希望那層樓有第二間浴室，那麼一來，如果有人使用，她便不必走到地下室。室內的踢腳板全部換新，到處都看得見印度風格的飾品，有絲質壁毯、木雕，還有鑲嵌琺瑯的銅瓶，但是牆上仍然掛著十字架，主臥室裡掛的是教宗的照片。她愣了一下，才認出這裡曾經是她和艾德的臥室。裡頭沒有任何物件看似相同，床鋪散發出夫妻同枕多年所帶來的生命力和精力。

「你先生和兒子都好嗎？」

在那一瞬間，她沒有辦法以含糊的應對來轉移話題。「我先生去年三月過世了。」她說。

「啊！真是太遺憾了！列爾瑞太太！」

「謝謝妳，」她說：「還有，請喊我愛琳就好。」

「回到這裡的感覺一定很特殊。」

「其實感覺很好。」

「請留下來和我們一起用晚餐吧，我們正要開飯。」

她知道該怎麼禮貌地告退：*我得走了*，或是*我真的不能多留*，這類讓大家都有面子，又可以回到原來生活節奏的場面話，但是她現在不想說那種話。她太疲倦，想和這家人一起待在這個由她拋下、卻由他們重新整頓的安樂窩裡。儘管周遭的一切有種讓她覺得備受壓迫的巨大差異，她仍舊可以想像自己永遠留下來的樣子。她不想回到自己空盪盪的家裡，那地方只剩下狂吹的風，掃過屋外壁板的枝幹，她甚至怕有人會在她睡夢中，從窗戶爬進去。眼前這個家有滿滿的生命力，在裡頭不可能擔心害怕，然而她也看清了一件事：除了自己的家，任何人在其他人家中都不會感到畏懼。畢竟客人這種身分，有某種神聖的性質。

女主人帶她到餐廳桌旁，請她坐下。多默和維傑關了電視走向餐桌，交談間聽得出兩人心情愉快。「妳喜歡印度料理嗎？」安娜貝兒一溜煙走進廚房，多默打破了魔咒。愛琳嚇得一愣，她已經坐了下來，正要把放在腿上的餐巾拉平，沒有了退路。她絲毫不想在這家人面前失禮，然而真相是她憎恨印度菜，而且看到傳統的土色醬汁和猶如泥漿地上的肉堆就討厭。稍早，她聞到了香料的氣味，卻只當作是無可避免的細節，是種族的識別而非日常生活。不知為何，她沒有想到多默家會在自己家裡吃印度菜。融入、同化才是前進，不是嗎？她不知道該怎麼看待比如這些看似融入其實沒有、像她卻不是她的人，這些人的孩子和她的孩子進同一所甚至更好的學校，但起點卻完全不同。

她怎麼能說自己厭惡印度料理？若說了出來，她便得說明一切，解釋她對這一帶、對自己的生活的感覺，以及她對這個世界的期待：簡單、可以預料、熟悉。這和他們的飲食無關，而是氣味、香料、奇特的作料，以及神祕難解的調理方式；是因為她沒有選擇權。突然間，這附近來了這麼多印度人，她有太多朋友搬走；不知在什麼時候，街坊所有餐廳全成了印度餐廳，到了最後，她所剩無幾的朋友都會離開，但印度餐廳不但一家也沒少，還越來越多。她以前看不上眼印度食物，而這時卻要享用。

「我不知道，」她說：「我從來沒吃過。」

她終於說出事實。長久以來，她一味地嫌惡，堅稱吃一口就會噎著，但她從來不曾真的品嚐。如果她說自己吃過就好了，說「我不喜歡」總比「我氣到不想吃」來得容易，但是你也不可能欺騙自己一輩子。

此時她的喉嚨又緊又乾，喝了一大口水，幾乎把整杯都喝完了。

「妳一定會喜歡。」多默先生在太太端著盤子進來時說。他說出每道菜的名稱，愛琳激動到記不住。多默先生為她舀菜，維傑遞來大碗，裡頭裝著像是軟墊的薄麵包。她拿到裝滿菜餚的盤子後，其他人才開始舀菜，食物飄散出來的香氣不像她想像的讓她反感，而是帶著香甜的辛香。她盤子上的食物顏色像火星，但現在要改變主意已經來不及。

多默先生再一次把菜名告訴她，她用叉子取了一點送進嘴裡，吃出了雞肉、醬汁裡的番茄和奶油，還有些不知名的香料。這道菜複雜而且矛盾，入口時既溫順又強烈，圓潤的口感相當怡人，點綴其中的米粒，讓融合的食材吃來更有層次。她知道，對於食物，自己沒有其他足以讓這次經驗失色的記憶。如果品嚐被人遺忘的食物可以喚醒過去，那麼另一種提示、對未來的提示，便等在陌生的味道當中等待。她正在享用印度料理。她從來沒想到自己會有這麼一天。

「很好吃，」她本來想節制發言，但最後還是忍不住，「太好吃了。」她手上的叉子又回到盤裡，驚訝地挺直背脊，發現大家都溫暖地看著她。直到這個時候，她才發現這家人在餐桌前的位置，和當年她自己、艾德和康諾的座位相同，父親坐在桌首背對窗戶，男孩背對著鏡子，女主人坐在兒子對面，隨時準備去盛菜。愛琳坐在這張餐桌旁經常空下來的座位上。以前用餐時她曾經看著這個位置想，要是有人能無預警地來訪，為她帶來外界的訊息那該有多好。她從來沒想過以訪客的角度來看這個場景，這一幕呈現了完整的生命，看起來，世界上最重要的一切全都在場。

「以前，我不曉得自己錯過了什麼。」她說。若她想說出心中的想法，就得長篇大論敘述自己的故事，於是她拿起叉子再叉一口，希望這家人能從她臉上的微笑，看出她內心超越禮貌的感情。

尾聲

二〇一一年

這天又悶又熱，萬物的運作降至半速。他開了窗也開了電扇，但室內的空氣依然頑固地停滯不動；因為期末考即將來臨，他不得不一反原則地匆匆講課。通常只要天氣變得這麼熱，二年級學生都寧願做其他事也不肯聽講，但這次的高溫逼得他們陷入類似專注的沉默狀態。這是午休前的最後一堂課，學生們沒用粉筆灰在活頁紙上畫陰莖，然後拍到同學背上，也沒在他點名唸書時，裝出可笑的腔調、故意放慢到讓人無法忍受的速度，或是全班同聲唸出每個句子的最後一個字。最初他還滿喜歡這種悶熱的日子，但現在他是資深教師，也已經贏得學生的尊敬和注意力，於是這種天氣成了他最討厭的日子，因為他會感覺到自己教學的極限；進步的空間永遠存在。當他看到卡敏．普里歐把書往上拋，要他別再裝模作樣，並讓大家早點下課時，他似乎也高興起來：至少，這是生命活力的象徵。

到了下課前，他發現自己已經忘了課堂上討論的內容，不知道自己本來要說什麼，連剛才在讀什麼書都不記得。他轉頭看黑板找線索，但除了畫了線強調的「同理心」幾個字之外，他什麼也沒看到。潦草的字跡顯然出自他的手。他看向教室最前方的一張桌子。《變形記》。他慌了手腳。第一個浮上腦海的想法是：阿茲海默症，恐懼穿透了他全身。他才三十四歲。

他慎重地深呼吸，放輕鬆就好了。他知道卡夫卡的《變形記》，也認識這些孩子，尼克．殷德里卡多，湯米．道爾頓，坐在另一邊的是馬文．涅瑞和布蘭登．金，那位睡著的小傢伙——他一掌拍向桌面，孩子嚇得跳了起來——是卡敏．普里歐。

至於他自己呢，他是康諾．列爾瑞，是朋友口中的老康，學生應該喊他列爾瑞先生。等這些孩子四十歲，有了自己的小孩以後，他才真的會是列爾瑞先生。

他想甩開腦子裡浸滿水又茫茫然的感覺，但就是甩不開，恐懼又湧了上來，這不是夢。這個他和歷史系同仁一起使用的教室裡，張貼了古代和現代的世界地圖，一張莎士比亞和一張湯瑪斯．傑佛遜的海報，還有一幅大衛〈蘇格拉底之死〉的複製品。這段靜默越來越沉重，孩子們的臉上露出欣喜的表情，彼此互望，開始竊竊私語。

「安靜！」他喊道，「現在就安靜！」他聽到自己的聲音，但覺得這不像自己，而像電影裡那種古板至極的教師。如果他想保住威嚴，就得立刻行動。「我可以在這裡等一整天，等到各位願意學習為止。」他說，走到他父親的桌旁，「你們可以和我一起等。」他等了一下，但沒等到回應。「我們要做一件重要的事，要學習自主教育。各位會拿到這份教材，當我什麼都不懂，然後用這份資料來教我，你們當中要有一個人上臺來當老師。」學生們不約而同、戲劇效果十足地抱怨起來。「要不然，我們也可以隨堂抽考。」這麼一說，大家抱怨得更厲害了。他點了坐在後排的賈斯汀．尼克斯。賈斯汀有張寬臉，對於以正統英文進行文法正確的對話毫無興趣，賈斯汀指著自己的胸口，假裝往後看是否還有其他學生，惹得同學大笑。

「好吧，列爾瑞先生，」賈斯汀說，接著邁開大步走向教室前方，「我來了，各位，我要當列爾瑞先生。」

他遞一截粉筆給賈斯汀。「上場吧，」他說：「我們知道什麼？要知道什麼？」

他坐在自己的椅子上，教室裡一群青少年在高溫下的氣味，讓人難以忍受。他朦朧地聽到賈斯汀的聲音，孩子似乎在游泳池底說話，賈斯汀不是在教《變形記》，而是在模仿列爾瑞先生站在黑板前面揉頭頂推眼鏡，賈斯汀學得真像。啞劇進行了一分鐘後，康諾終於感覺到空氣湧入肺部，學生都在觀察他的反應。「你幫了大忙。」他盡力表現出鎮定的模樣，挖苦地說。他不想讓大家知道他說的是真心話。

「我認為，這段小示範讓我們都受益良多，請大家為他鼓掌。」

課堂上爆出誇張的掌聲和諷刺的歡呼，還有人舉起雙臂像是要釋放壓抑的充沛精力。他點了另一個學生上臺，接著是第三個，大家都對這本書發表了一些看法。最後他站起來，用意志力要自己感覺到精力十足，掌握了所有力量。

「我要大家思考的，」他說：「是當門打開後，葛列戈的父母一看到那隻大蟲就知道那是自己的兒子。有沒有人覺得這一點很奇怪？他們為什麼沒衝過去打開衣櫃找葛利戈？為什麼沒去窗邊，看兒子是不是跳下去跌斷了腿？為什麼立刻假設自己的兒子變成了——崔佛，你說說看，變成什麼？」

「一隻蟑螂。」崔佛回答。

「接下來這點我們討論過了。卡夫卡在德文原版裡給他的稱呼比較像是害蟲。我們也知道故事到了最後，卡夫卡讓清潔婦稱他為某種昆蟲。賈斯汀，既然你表現得那麼好，你來回答。」

「甲蟲。」賈斯汀說。

「好極了！甲蟲。我們也說過，甲蟲是吃什麼？吃糞。」

全班又是一陣呻吟。他覺得自己彷彿進入了神遊狀態，他知道自己能做個好結尾。現在他站在大家面前、指引全班閱讀已經是例行的常態，不可能搞砸，授課過程甚至不會詞窮，然而恐懼仍然在他內心深處滾動。

「那是加諸在葛利戈身上的額外羞辱。總之，我們該怎麼解釋他雙親知道甲蟲就是兒子？也許他們沒辦法把兒子視為害蟲，說不定他們一直覺得他不如人類。他一直配合他們的需要，協助他們，在他們眼中，也許兒子終於找到適合自己的軀體。」

下課鈴聲響了。他提醒學生記得看書，接著收拾自己的東西。他知道有幾個學生聚到了他的桌前，是丹尼．帛巴諾和賈斯汀。丹尼一向會過來，他不好意思在全班面前發言，但很喜歡過來聊聊他們讀的書，康諾通常不會拒絕。

「今天不行，丹尼。」他匆匆走過去，說：「明天再告訴我。」他知道自己傷了丹尼的心。他沒必要這麼粗魯，但是他一定得離開。賈斯汀跟著他走出教室，加快腳步要趕上他。

「我惹上麻煩了嗎？」

「你？怎麼說？」

「我剛才模仿你上課。」

「大家都沒事，」康諾說：「都沒問題。」

賈斯汀還來不及反應，康諾已經過走廊走出校門。他從賈斯汀下方的樓梯往上看，發現賈斯汀正看著他下樓，他知道自己看起來一定是滿臉著急、趕路的樣子。

到了外面，他開始小跑步。街角的燈號正要轉成紅燈，他加速衝過馬路。他跑過好幾個街區，一路跑到哈德遜河邊的公園才癱坐在長凳上喘氣，汗水讓他的襯衫全濕。從高中畢業後，他還沒認真跑過這麼遠，他深吸了幾口哈德遜河畔的空氣，努力把注意力轉移到曬在頸子的陽光上。一艘經過的拖船鳴了霧笛，笛聲讓他聯想到牛蛙的聲音，讓他心裡有種特殊又不知名的熟悉感覺。他凝視著空氣中薄霧般的水氣，看著船隻緩緩通過，看著河對岸的大樓競相探向天際線。康諾想到生命在這條河邊遇見的種種安排。

這種先兆不是第一次出現。有一次，他站在廚房，在黎明的昏暗光線中將妻子的手機從充電座上拿下來，準備插上自己的手機，當時，他突然忘了手上的東西叫作什麼。他雙手撐著桌臺邊緣，前額靠在微波爐上，想脫離這片失語的濃霧，這種情況持續了至少有一分鐘之久。他開始恐慌，心情好比睡覺壓住了手臂，血液無法循環，他嚇醒後驚呼出聲，拚命甩打手臂，想確認手臂究竟是不是永遠失去知覺，一直到血液恢復循環，手臂開始有刺痛感才安下心。那天他唯一能想到的是印象模糊的一首詩，詩的最後一句是：黑莓，黑莓，黑莓，一會兒後他又記起詩的名字：〈羅格尼塔斯的沉思〉，最後才既害怕又解脫地想起手上握的正是黑莓機，他潛意識的反應比刻意搜尋來得快，這很可能是日後必定事發的徵兆。

貝比．魯斯在棒球生涯中總共擊出七一四支全壘打，漢克．阿倫七五五支，貝瑞．邦茲七六三支。哈克．威爾森在一九三〇年創下單季一九〇的最高打點數，但是幾十年後，棒球史專家發現紀錄不合，將數字修正為一九一。盧．賈里格連續出賽二一三〇場，卡爾．瑞普肯的紀錄是二六三二場。奧瑞爾．赫希瑟在一九八八年連投五十九場無失分，唐．德爾斯戴爾的紀錄是五十八又三分之一局。賽．揚贏得五一一場球賽，華特．強森的紀錄是四一七，克利斯帝．馬修森和彼特．亞歷山德都是三七三場。貝瑞．邦茲的保送上壘次數是二五五八次，瑞奇．韓德森的得分紀錄是二二九五，漢克．阿倫的打點是二二九七，彼得．羅斯在一九八五年創下四二五六次安打紀錄，超越泰．柯布的四一九一（另一說法為四一八九）。米奇．曼特爾到了運動生涯的尾聲表現不佳，最後的打擊率以二成九八作結。一九四一年，泰德．威廉斯當年的打擊率高達四成〇六，但仍將最有價值球員的獎項，拱手讓給連續五十六場擊出安打的喬．狄瑪奇歐。杜懷特．古登在菜鳥時期便三振了二七六名打者。勞夫．金納儘管只打了十一季，卻拿到全國全壘打七連霸。

或許他該記住其他數據，也許該背選舉日期和政變日期；說不定他應該要依年代背下歷任總統、副總統的名字，外加他們的競選日期和死亡日期，要不，就是美索不達米亞或鍊金術的歷史、量子力學的原理，但是他不懂那些數字，他只懂棒球。他記得棒球紀錄，最早是因為父親知道，而他喜歡和父親一起討論，每想到最後，他腦袋裡也只剩下這些數字。

羅貝多．克萊門生涯打擊率為三成一七，曾經為十七場明星賽開球，安打數正好是三千。一九七二年搭機前往尼加拉瓜賑災時，不幸在波多黎各墜機身亡。他過世後隨即獲選進入棒球名人堂。為了他，全美棒球記者協會特別破例，沒有援用退休五年後才判定球員是否對棒球有所貢獻的條例。

他等著造成恐慌的茫然感覺再次出現，一會兒後，他開始懷疑這種事是否真的發生，或來自他的恐懼。課堂上某種讓他不安的氣氛和似曾相識的情境，會引發他的恐慌。他不斷看到相同的景象：他轉身看到黑板上的字，但又不記得那些字怎麼會出現，那幾個字高深莫測，帶來無法忽視的訊息。

他想起，在還沒有人知道父親的病情之前，他曾經到過父親的教室，親眼看著父親崩潰。

同理心。他並非隨時都有這種心態，同理心像是要鍛鍊、要保持的肌肉。有時候，他覺得自己的目標並非教學生怎麼寫出更好的論文，而是要讓他們花更多心思，去思考身為「人」的意義。

蜜雪兒一直想說服他重新考慮拒絕生小孩的立場。他一開始就告訴過她，不管是他自己會不會罹病，或是否會遺傳給孩子，他都不想冒險。他說過，這條血脈到他為止，而她本來同意，但是她的母親在聖誕節後過世，她的想法又有了轉變。

他拿出皮夾，在隔層的角落裡找出一小塊牙齒。他拿出牙齒對著陽光看，用指尖感受光滑的琺瑯質表面。這塊牙齒看來像是一小片貝殼也像碎石，多年來，這塊牙齒換過許多次皮夾，他不能繼續拿這個東西折磨自己，懊悔幫不了任何人。

前一晚，他答應去做基因檢測。她要他承諾，若他確實沒有那種基因，他們就要生小孩。這個時候他突然想起來，當他在課堂上陷入茫然之前，他想的正是自己未來的孩子，他能夠假想那孩子的臉，綜合了他妻子與他自己的特徵。事實上，若他真的有早發性阿茲海默症的基因，他也願意看孩子來到人世，更別說他也可能不會罹病，如果他有那種基因，他會竭盡所有能力來保護自己的孩子。

他現在懂了，他真正想要的，是和妻子生個小孩。她和他一樣，沒有太多家人。她母親過世後，她父親搬到加州和她弟弟瑞奇一起住，除了在休士頓還有個表親之外，蜜雪兒沒有別的親人。蜜雪兒和愛琳互相迴避了好幾年，一開始，他以為原因在於蜜雪兒是尼加拉瓜裔美國人，但他最近認為更可能的理由，是兩個女人的個性都太強勢，毫無來由地互不相讓，也許這和蜜雪兒是律師有關，她曾經是高等法院法官的職員，現在在律師事務所工作。蜜雪兒還不到三十五歲，卻已經體驗過太多愛琳夢想擁有的經歷，然而這些日子以來，他母親和蜜雪兒越來越親近，如果他們要和她一起做什麼計畫，打電話找愛琳的人會是蜜雪兒；當他們到他母親家，用了晚餐後，這對婆媳會在廚房的桌旁下西洋雙陸棋，而他則是在視聽房裡看電視。他知道，如果有小孩，蜜雪兒和愛琳相處起來會更融洽，而且不難想像蜜雪兒馬上就要喊他母親「奶奶」，這一定會讓她們兩人都高興。

他可以用父親愛他的方式來愛自己的小孩，藉此來紀念父親。如果他注定要在孩子面前表現出軟弱的一面，表現出無助、無用又可憐的樣子，或是遺忘、失禁、迷路，那就順其自然吧。如果他的孩子沒辦法接受——嗯，小孩子不都是這樣嗎？他們太常往外跑，太晚回家，說話傷人，把責任拋在腦後，還會傷父母的心。幾年後，他們會懂得反省。

那麼父母又會怎麼做？他們看得比孩子清楚，他們會原諒孩子，就算嘴巴不承認，心裡也會。

他等不及回家找蜜雪兒了。看到他的轉變，她一定會很高興，知道他有那麼多話要說，她可能更驚訝。她一直鼓勵他多談，今晚他準備說個夠，她會沒辦法讓他閉嘴。他要告訴她完整的故事，那些不光彩的段落也不例外；他會好好措辭，把那些插曲合理化。他得從頭開始說，他會讓她有足夠的細節去判斷。把那種事記得那麼清楚算他走運。他相信，所有的片段都在內心某處，他會好好去挖掘。

他站起來，走向圍起曼哈頓的欄杆。他看了那一小塊牙齒最後一眼，把東西扔進河裡，牙齒連水花都沒有激起就沉入了河床；說不定過了幾千年，牙齒會流進大海；也許再過幾千年，牙齒會被沖上岸，抵達一個有著新物種、新空氣，但可使用的土地卻貧瘠的嶄新世界。而現在呢，只要他還能呼吸還能動，還有感覺還能思考，那麼，從此刻到他死前這段分配給他的時間，有太多事情可以期待：現沖紅茶的柑橘芳香；捧起摺好的毛巾放入櫃子中感覺到的彈性；遠方兒童嬉鬧時，透過臥室窗口傳來的震動；咬了滿口的煎餅捲內餡；馬匹趕蒼蠅時抽動的耳朵；外野草地上的嫩綠；手掌上宛如是皺了的地圖的掌紋：泥巴的氣味、感覺甚至口味，以及緊靠著自己的溫暖軀體。

他會盡情擁抱自己的孩子，然後說：「好，好，很好。」

謝辭

本書第一、三、四、五部的標題，我要感謝《大亨小傳》（*The Great Gatsby*）、羅伯·洛威爾（Robert Lowell）的《臭鼬時光》（*Skunk Hour*），艾倫·杜根（Alan Dugan）的《情歌，我與你》（*Love Song: I and Thou*），以及羅伯·哈斯（Robert Hass）的《羅格尼塔斯的沉思》（*Meditation at Lagunitas*）。

我要感謝：Stephen Boykewich，Aidan Byrne，Joshua Ferris，Chad Harbach，Christopher Hood，以及Tracy Tong的仔細閱讀與有用的筆記；Aaron Ackermann，Bonnie Altro，Charles Bock，John James，Matthew McGough，David Moon，Bergin O'Malley，Brad Pasanek，Amanda Rea，Chris Wiedmann，以及Boris Wolfson的友誼和鼓勵與支持；我所有老師，特別是Tristan Davies，Eric DiMichele，Stephen Dixon，Judith Grossman，Michell Latiolais，Alice McDermott，Jean McGarry，John Mullin，David Powelstock，Mark Richard，Jim Shepard，Malynne Sternstein，William Veeder，Michael Vode，Robert von Hallberg，Greg Williamson和Geoffrey Wolff；我在霍普金斯大學和加州大學爾灣分校的同學；我在Paragraph寫下了本書大篇幅內容，我要感謝所有員工；我在Xavier高中所有親愛的同事，尤其是Margaret Gonzalez，Ben Hamm，Mike LiVigni，以及英文系所有人員；我優秀的經紀人Bill Clegg，以及WME的Chris Clemans，Raffaella De Angelis，Anna DeRoy，Elizabeth Sheinkman；我優秀的編輯Marysue Rucci，發行人Jonathan Karp，以及Simon & Schuster出版社的許多人員，特別是Elizabeth Breeden，

Andrea deWerd、Cary Goldstein、Emily Graff、Jessica Lawrence、Christopher Lin、Carolyn Reidy、Richard Rhorer、Lisa Rivlin和Wendy Sheanin；負責審稿校對的Peg Haller；Fourth Estate的Clare Reihill；Belfond的Caroline Ast；感謝Mickey Quinn分享記憶，我的姊姊Liz Janocha和姊夫John；感謝我父母親一輩子的愛和故事；感謝我的妻子Joy不可或缺的校訂，以及在我們帶著一對雙胞胎住在只有一個房間的公寓時，讓我有足夠的寫作時間與寬容。

國家圖書館出版品預行編目 (CIP) 資料

別忘了我自己 / 馬修.湯瑪斯(Matthew Thomas)著
; 蘇瑩文譯. -- 初版. -- 新北市 : 臺灣商務, 2017.12
面 ; 公分. -- （Open ; 3）
譯自 : We are not ourselves
ISBN 978-957-05-3115-2(平裝)

874.57 106018738